Zum Buch:

Auch wenn der Fundort der Leiche in Deckers Revier Greenbury fällt, stammt der ermordete Brady Neil aus der Nachbarstadt Hamilton – um die Ermittlungen weiterführen zu können, geht Decker einen Deal mit dem dortigen Polizeichef ein: Victor Bacchus will, dass seine Tochter Lennie Teil des Ermittlungsteams in diesem Fall wird. Sie ist gerade vom Philadelphia PD zurück nach Hamilton gewechselt und soll jetzt erstmals einer Mordermittlung beiwohnen. Decker ist wenig glücklich über diesen Job als Babysitter, stimmt aber zu. Bald findet er heraus, dass Brady Neils Vater wegen des Mordes an dem Ehepaar Levine einsitzt. Der Fall, mit dessen Lösung vor zwanzig Jahren Victor Bacchus den Grundstein für seine Polizeikarriere gelegt hat. Kann das ein Zufall sein?

Zur Autorin:

Faye Kellerman hat Mathematik und Zahnmedizin studiert, es dann aber vorgezogen, hauptberuflich zu schreiben. Ihre Krimis, insbesondere um das jüdische Ermittler-Ehepaar Peter Decker und Rina Lazarus, haben sich weltweit über 20 Millionen Mal verkauft. Mit ihren vier Kindern und ihrem Ehemann, dem New York Times-Bestseller Autor Jonathan Kellerman, lebt die Autorin in Kalifornien und New Mexico.

Faye Kellerman

Erbsünde

Kriminalroman

Aus dem Englischen von
Mirga Nekvedavicius

Genehmigte Sonderausgabe 2023

© 2019 für die deutschsprachige Ausgabe
by HarperCollins in der
Verlagsgruppe HarperCollins Deutschland GmbH, Hamburg

© 2018 by Plot Line, Inc.
Originaltitel: »Walking Shadows«
Erschienen bei: William Morrow,
an imprint of HarperCollins Publishers, US

Published by arrangement with
HarperCollins Publishers L.L.C., New York

Umschlaggestaltung: Deborah Kuschel/
Verlagsgruppe HarperCollins Deutschland GmbH
Umschlagabbildung: TT, Chaiwat Trisongkram, Schaef1,/Getty Images,
IStock/Andyworks
Satz: GGP Media GmbH, Pößneck
Druck und Bindung: GGP Media GmbH, Pößneck
Printed in Germany

ISBN 978-3-365-00746-4

Für Jonathan.

Und für Lila, Oscar, Eva, Judah,
Masha und Zoe – in Liebe, Oma.

KAPITEL 1

Es hatte sich ein größerer Menschenauflauf gebildet, aber noch randalierte niemand. Über ein Dutzend Ruheständler in Hauskleidung und Bademänteln hatte sich um acht Uhr morgens auf der Straße versammelt und verlangte, dass die Behörden tätig wurden. Der Anruf hatte Decker zwanzig Minuten zuvor erreicht, als er sich gerade die blaue Krawatte band, die seiner typischen Dienstkleidung aus dunklem Anzug und weißem Hemd den letzten Schliff verlieh. Er verzichtete darauf, erst im Revier vorbeizuschauen, sondern fuhr direkt zum Schauplatz des Verbrechens: sieben zertrümmerte Briefkästen, deren metallene Befestigungsstangen aus dem Boden gerissen worden waren; überall auf Straße und Gehweg lagen Briefe und Postwurfsendungen verteilt.

Der weißhaarige Floyd Krasner war der Rädelsführer. »Das ist jetzt das dritte Mal in ... was, drei Monaten?«

»So lange ist es noch gar nicht her«, meldete sich Annie Morris zu Wort. Sie war in den Siebzigern und trug einen Frotteebademantel über ihrem geblümten Schlafanzug. »Das dritte Mal in zwei Monaten. So fängt der Sommer gar nicht gut an.«

»Kann man wohl sagen«, bekräftigte Floyd.

Janice Darwin band sich den korallenroten Bademantel fester und fügte hinzu: »Wissen Sie, um mich hier mit Verbrechen herumschlagen zu müssen, habe ich mein Leben in der Stadt nicht aufgegeben.«

Welche Stadt das war, wusste Decker nicht genau. Es war auch nicht weiter wichtig. Er strich sich den Schnurrbart glatt – silbergrau mit Resten seiner ursprünglichen rötlichen Farbe, die man auch an seinem Haar noch erahnen konnte. »Ich weiß, Sie sind frustriert ...«

»Was Sie nicht sagen«, platzte es aus Floyd heraus.

Zustimmendes Grummeln aus der Menge.

Decker sah sich den älteren Herrn an: hängende Schultern und ein wütender Ausdruck in den Augen. Floyd und er waren ungefähr im selben Alter. Im Gegensatz zu ihm verfügte Decker jedoch über einen kräftigen Rücken und breite Schultern, wenngleich er vermutete, dass er inzwischen dank Schwerkraft ein paar Zentimeter an Körpergröße eingebüßt hatte. Trotzdem war er noch immer sehr stattlich und überragte die allermeisten. Er wurde oft gefragt, ob er in seiner Jugend Basketball gespielt hatte.

Nein. Zu schwer und nicht schnell genug.

Er wandte sich an die Anwohner: »Hat jemand gestern Nacht irgendetwas gehört? Ein Schaden dieser Größenordnung muss doch einen ziemlichen Krach gemacht haben.«

Niemand meldete sich zu Wort. Was auch zu erwarten war, da die Hälfte der Leute Hörgeräte trug, die sie abends ablegte. Deckers Blick wanderte hoch zu den Hausdächern, dann wieder zurück zu Floyd. »Was ist eigentlich mit der Überwachungskamera passiert, die wir an Ihrem Haus angebracht haben?«

Krasner nagte verlegen an seiner Lippe. »Ich hab sie abmontiert.«

»Warum?«, fragte Decker perplex.

Kurzes Schweigen. »Hat die Regenrinne verstopft.«

»Floyd, die Kamera habe ich eigenhändig angebracht. Sie war nicht mal in der Nähe Ihrer Regenrinne, darauf habe ich geachtet.«

Der Mann senkte den Blick. »Sie hat meiner Frau nicht gefallen. Sie fand, dadurch sah das Haus aus wie ein Hochsicherheitstrakt.« Dann funkelte er Decker wütend an. »Ist doch auch egal. Sie wissen doch ganz genau, welche kleinen Mistkerle das waren.«

»Vermutlich, aber ohne Beweise kann ich sie nicht festnehmen, oder?« Decker schüttelte ungläubig den Kopf. »Die Kamera hat über zweihundert Dollar gekostet. Was haben Sie damit gemacht?«

»Liegt in der Garage.«

»Funktioniert sie noch?«

»Ja, tut sie.«

»Würden Sie sie mal holen?« Decker drehte sich zu Anne um, die neben Floyd wohnte. »Hätten Sie was dagegen, wenn ich die Kamera an Ihrem Haus anbringe?«

»Nein, nur zu. Sie hätten mich auch gleich fragen können.«

»Floyd hatte sich damals angeboten. Ich hatte keine Ahnung, dass er sie wieder abmontiert hat.«

»Sie hat die Regenrinne verstopft«, wiederholte Floyd.

»Nein, hat sie nicht.« Decker sah zur versammelten Menge. »Alle mal herhören, gehen Sie jetzt wieder nach Hause. Ich werde Aufnahmen von dem Chaos hier machen, und wir schicken jemanden vorbei, der die Briefkästen wieder aufstellt.«

Karl Berry ergriff das Wort. »Wäre es nicht einfacher, für uns alle Postfächer zu organisieren?«

Janice widersprach sofort. »Ich will kein Postfach. Ich habe gerne einen richtigen Briefkasten.«

»Wieso? Ich kriege immer nur Werbung.«

»Karl, da müssen Sie sich an die Stadtverwaltung wenden. Ich kümmere mich nur um Verbrechen«, sagte Decker.

»Und zwar nicht sonderlich erfolgreich«, kommentierte Floyd.

»Na, das war aber nicht sehr nett«, sagte Annie. »Wenn Sie nicht die Kamera abgeschraubt hätten, hätten wir sie vielleicht auf frischer Tat ertappt.«

Floyd brummelte etwas Unverständliches. Schließlich sagte er: »Ich hol das blöde Ding ja schon.«

»Gehen Sie jetzt alle nach Hause. Ich fange am Ende des Blocks an und arbeite mich vor.«

Als sich die Anwohner langsam wieder in ihre Häuser begaben, ging Decker die Straße hinunter. Greenbury war ein Städtchen in einer ländlichen Gegend im östlichen Upstate New York, aber manche Gegenden hier waren ländlicher als andere. Canterbury Lane, die Straße, auf der er sich gerade befand, endete an einem Waldgebiet, das jetzt frühsommerlich grün und dicht belaubt war. Die Tage waren jetzt wieder länger, die Sonne schien heller, der Himmel leuchtete blau, und trotz der ungehaltenen Menschenmenge von eben war Decker bester Stimmung.

Die milderen Abende lockten allerdings auch die ortsansässigen Rowdys ins Freie. Sie trieben sich auf den Straßen herum, rauchten Hasch in abgelegenen Gässchen, und wenn sie wirklich ungestört sein wollten, trafen sie sich im Wald, nahmen Drogen, hatten Sex und vollführten welche gestörten Rituale auch immer ihre unterbelichteten Hirne sich einfallen ließen. Decker vermutete, dass die Kids, den Kopf voller Meth und Satan, vom Wald her gekommen waren und beschlossen hatten, aus Spaß ein bisschen Vandalismus zu betreiben.

Das letzte Haus des Blocks grenzte auf zwei Seiten an den Wald an und gehörte Jeb Farris, einem Finanzmanager im Ruhestand, der meist den Sommer in Greenbury verbrachte. Er war noch nicht eingetroffen, also konnte Decker ihn nicht um Erlaubnis fragen, durch seinen Garten zu stiefeln, aber er nahm an, Jeb hätte nichts dagegen. Er war auf der Suche nach Beweisen für jugendliches Fehlverhalten: Zellophanpäckchen mit weißem Pulver, Pillen, Asche von Crackpfeifen, Jointstummel. In dieser Richtung gab es nichts, aber das, was er stattdessen fand, war ein ziemlicher Schock.

Decker brauchte einen Moment, um die Fassung wiederzugewinnen. Dann nahm er sein Handy heraus. Als Erstes rief er McAdams an, der ihn fragte: »Na, wie läuft's mit der Rollator-Brigade?«

»Harvard, ich habe gerade eine Leiche gefunden.«

»Wie bitte?«

»Vorne, wo der Wald anfängt, da, wo Greenbury langsam in Hamilton übergeht. An der Nordseite von Jeb Farris' Grundstück. Ich brauche zwei uniformierte Beamte, die das Gebiet mit Absperrband abriegeln, die Spurensicherung und einen Coroner. Dem Mann wurde der Kopf auf der rechten Seite eingeschlagen, und neben der Leiche liegt ein blutiger Baseballschläger.«

»Alter?«

»Anfang bis Mitte zwanzig. Männlich, Bart, allerdings nicht viel. Schick Kevin Butterfield her, wenn er Zeit hat. Er kann vor Ort die Leitung übernehmen.«

»Irgendeine Vermutung, wer das Opfer ist?«

»Nein. Er liegt auf der Seite, das Gesicht ist halb verdeckt, und ich rühre ihn nicht an, bevor der Coroner da ist. Ruf in Hamilton an. Die sollten dort in der Gerichtsmedizin jemanden Geeignetes haben. Schreibst du mit?«

»Jedes Wort.«

»Wenn du die Streifenpolizisten, Kevin und die Jungs von der Spurensicherung benachrichtigt hast, möchte ich, dass du folgende Schwachköpfe ausfindig machst: Riley Summers, Noah Grand, Chris Gingold, Erik Menetti und Dash Harden. Ich will wissen, wo jeder Einzelne von denen gestern Nacht war und was er gemacht hat.«

»Wohnen die nicht alle in Hamilton?«

»Aber die Leiche befindet sich hier in Greenbury.« Decker dachte kurz nach. »Ich werde die Sache mit Radar besprechen. Er soll mit den Kollegen in Hamilton reden. Aber wir müssen sie auf jeden Fall vernehmen.«

»Die Schwachköpfe.«

»Genau. Wie läuft's übrigens bei dir?«

»Bitte?«

»Lebst du dich gut ein? Alles in Ordnung?«
»Ich würde lieber bei Rina und dir wohnen.«
»Kommt nicht infrage.«
»Ist doch nur für den Sommer, alter Mann.«
»Kommt trotzdem nicht infrage. Aber du kannst heute Abend zum Abendessen vorbeikommen ... wenn wir bis dahin hier fertig sind. Aber selbst wenn nicht, kann Rina uns Sandwiches machen.«
»Gerne. Klingt besser als das, was ich geplant hatte.«
»Und zwar?«
»Thunfisch aus der Dose mit einer Garnitur Selbstmitleid.«

Die größere Gemeinde Hamilton grenzte unmittelbar an das College-Städtchen Greenbury, aber die zwei Ortschaften hatten eine vollkommen unterschiedliche wirtschaftliche und soziale Struktur. In Hamilton gab es die großen Warenhäuser, Supermärkte, Fastfoodketten und eine richtige Stadtverwaltung mit richtigen Problemen und richtigem Verbrechen. Greenbury mit seinem Universitätsviertel war ein Städtchen voller Boutiquen, Bauernmärkten, Cafés, Gastropubs und einem malerischen kleinen, ungefähr einhundert Jahre alten Rathaus, das stilistisch an den Historismus angelehnt war. Das Polizeirevier, ein rechteckiges Backsteingebäude, das ungefähr so modern anmutete wie eine Dorfschule, befand sich im Zentrum des Univiertels. Allerdings verfügte es über WLAN, und die Klimaanlage war kürzlich repariert worden, sodass es sich in den Räumlichkeiten zu jeder Jahreszeit gut aushalten ließ.

Decker recherchierte die Namen online. Die Jungs aus Hamilton hatten diverse Vorladungen für Tagging und Vandalismus, aber keiner von ihnen war je eines Gewaltverbrechens beschuldigt worden, ganz zu schweigen von Mord. Die bevorzugte Vorgehensweise der Jungs schien zu sein, so viel

Chaos in Greenbury anzurichten, wie sie nur konnten, und sich dann schnellstmöglich wieder in den Schutz ihrer eigenen Stadt zurückzuziehen. Decker hatte jedes Recht, sie zur Vernehmung zu zitieren, aber es wäre viel einfacher, an die kleinen Mistkerle dranzukommen, wenn er den entsprechenden Kanälen folgte. Wenn er vollen Zugriff auf die Unterlagen des Hamilton PD haben wollte, benötigte er die Kooperation dieser Behörde – und das erforderte immer viel Fingerspitzengefühl. Mike Radar konnte hier helfen, also legte Decker ihm den Fall aus seiner Sicht dar.

»Hamilton war bislang nicht gerade sehr erfolgreich darin, die Jungs in ihre Schranken zu weisen«, erläuterte Decker.

»Die Kollegen aus Hamilton wären sicher begeistert, das zu hören.« Radar näherte sich langsam seinem zweiten Ruhestand. Der erste war gewesen, die Großstadt zu verlassen, um hier am Greenbury PD die Stelle als Captain anzutreten. Decker hatte einen ähnlichen Weg eingeschlagen: Auf der Suche nach etwas Ruhigerem und weniger Zeitintensivem hatte er sich aus Los Angeles hierher versetzen lassen. Aber im Lauf der letzten drei Jahre hatte er in drei überaus ungewöhnlichen Mordfällen ermittelt. Um mit Raymond Chandler zu sprechen, war Gefahr offenbar wirklich sein Geschäft.

Decker fuhr fort: »Ich will nicht einfach bei denen reinplatzen und Forderungen stellen. Im umgekehrten Fall würde ich das auch nicht wollen, aber ich muss dringend an diese Jungs rankommen.«

Radar war drahtig und hatte schütteres graues Haar. Er war intelligent und scharfsinnig, aber manchmal ein wenig zu vorsichtig. Er sah auf die Uhr. Es war kurz nach neun Uhr morgens. »Wer ist gerade am Tatort?«

»Kevin Butterfield. Vielleicht McAdams. Wir warten noch auf den Coroner.«

»Sind auch Kollegen aus Hamilton dabei?«

»Die Leiche wurde in Greenbury gefunden. Das ist unser Zuständigkeitsbereich. Das Ganze trägt die Handschrift dieser Mistkerle, und ich bitte lediglich um ein bisschen Zusammenarbeit zwischen unseren beiden Behörden.«

»Warum glaubst du, dass einer der Jungs den Mord verübt hat? Du hast mir doch gerade erzählt, dass keiner von denen wegen eines Gewaltverbrechens vorbestraft ist.«

»Zerstörte Briefkästen sind aber deren Markenzeichen.«

»Das können sie auch gemacht haben, ohne den Mord verübt zu haben.«

»Falls sie die Leiche gefunden haben, haben sie's auf jeden Fall nicht gemeldet.«

»Vielleicht ist der Mord nach den Briefkästen passiert?«

»Oder es war vielleicht doch einer von denen. Oder sie waren's nicht, haben aber den Täter gesehen. Es wäre das Schlaueste, sie als Zeugen vorzuladen und zu hören, was sie zu sagen haben.«

Radar gab ihm recht. »Ich werde mal ein paar Anrufe machen. Aber ohne Beweise, worum genau es geht und wer genau beteiligt war, dürfte es schwierig werden.«

»Wie du schon sagtest, die Leiche hat möglicherweise auch gar nichts mit den Kids zu tun.«

»Und wir wissen nicht, um wen es sich handelt?«

»Bei der Leiche? Keine Ahnung. Ich warte drauf, dass McAdams oder Butterfield sich bei mir melden.«

»Vielleicht sollte ich mit den Anrufen warten, bis die Leiche identifiziert ist.«

»Sag Hamilton, ich will nur wissen, ob die Jungs irgendwas gesehen haben. Mach es nicht unnötig kompliziert.«

»Und wenn es doch kompliziert wird?«

»Gar kein Problem.« Decker grinste. »Kompliziert kann ich besonders gut.«

KAPITEL 2

Im Juni war das Wetter in Greenbury extrem wechselhaft: von kühl bis warm und drückend, dann wieder kühl. An den Fünf Colleges in Upstate hatten gerade die Sommerkurse begonnen, und auf den Straßen herrschte reger Betrieb. Zwei Wochen zuvor hatten die alljährlichen Abschlussfeierlichkeiten stattgefunden, und jedes Hotel und Bed-and-Breakfast war ausgebucht gewesen, was bedeutete, dass bedürftige Studenten im Abschlussjahr, die ein wenig zusätzliches Einkommen benötigten, ihr Zimmer ebenfalls vermietet hatten. Aber weder Decker noch seine Frau Rina wollten Fremde bei sich zu Hause haben, die überall in Bademantel und Hausschuhen herumschlurften. Dieses Vorrecht hatte einzig und allein Decker.

An diesem Morgen war Decker früher als sonst aus dem Haus gehastet. Wenn er das tat, kam er häufig vormittags auf einen Kaffee zurück, vor allem, wenn Rina an dem betreffenden Tag nicht zur Arbeit musste. Heute kam er nach Hause und fand sie draußen im Garten vor, wo sie Blumentöpfe mit Chrysanthemen, Rittersporn, Sonnenblumen und Gladiolenzwiebeln bepflanzte, die ihr Schnittblumen für die Vase liefern würden. Nächste Woche wäre das Gemüse an der Reihe.

Rina blickte auf, dann erhob sie sich und wischte sich die Erde vom Jeansrock. Sie war etwa einen Meter fünfundsechzig groß und schlank. Mittlerweile war sie in den Fünfzigern. Mit der Zeit waren ihre ursprünglich eher kantigen Gesichtszüge weicher geworden. Auf ihrer Stirn zeigten sich kleine wellenförmige Linien, und rund um ihre strahlend blauen Augen hatte sie Lachfältchen. Ihr dunkles Haar war noch immer dicht und voll mit kaum einer Spur von Grau. »Hallo.«

»Hallo«, begrüßte sie auch Decker. »Hast du Zeit für einen Kaffee?«

»Klar. Ist alles in Ordnung?«

»Ja, alles bestens. Warum fragst du?«

»Du siehst aus, als ob irgendwas Unvorhergesehenes passiert ist und du nur auf den richtigen Zeitpunkt wartest, um es mir zu sagen.«

»Ich habe eine Leiche gefunden. Männlich. Jung. Wir wissen noch nicht, wer es ist.«

»Oje! Geht das aufs Konto dieser Jungs aus Hamilton?«

»Keine Ahnung. Störe ich dich gerade?«

»Ich hab doch noch den ganzen Tag Zeit. Komm, gehen wir rein. Du kannst Kaffee kochen, während ich mich frisch mache.«

Sobald er sich gesetzt hatte, seine Koffeindosis in Griffweite, beschrieb Decker seiner Frau den Fund im Detail.

»Falls das Opfer die Jungs beim Zerlegen der Briefkästen erwischt hat, findest du nicht, dass es eine extreme Reaktion wäre, ihn gleich umzubringen?«, fragte Rina.

»Ist schon Seltsameres vorgekommen.«

»Schon, aber viel wahrscheinlicher würden sie doch nur abhauen. Und falls sie erst das Opfer umgebracht haben, warum sollten sie danach noch die Briefkästen umreißen?«

»Ich weiß nicht, um wen es sich bei dem Opfer handelt. Ich frage mich nur, ob es einer von den Jungs ist, und in dem Fall müsste ich sowieso mit den anderen reden ...« Sein Handy klingelte. Als er es hervorholte, warf er einen raschen Blick aufs Display. »Tyler.«

»Geh ruhig dran.«

»Danke.« Decker ging hinüber ins Wohnzimmer und drückte auf Annehmen. »Yo.«

»Wir haben ein Portemonnaie und einen Führerschein gefunden. Brady Neil. Sechsundzwanzig Jahre alt, eins zweiundsiebzig, siebzig Kilo.«

»Ziemlich klein.«

»Im Vergleich zu dir ist jeder klein.«
»Adresse?«
»In Hamilton.« McAdams gab die Straße und Hausnummer durch.
»Gut. Sieht das Gesicht so aus wie auf dem Führerscheinfoto?«
»Wer sieht schon aus wie auf seinem Führerscheinfoto?«
»McAdams ...«
»Durch den Schlag wurde sein Gesicht in Mitleidenschaft gezogen, aber das ist er. Ich mach ein Foto von seinem Gesicht und dem Führerschein und schick dir beides auf dein Handy.«
»Prima. Falls er Eltern hat, können die ihn anhand der Bilder identifizieren. Erspart ihnen den Besuch im Leichenschauhaus. Was hat der Coroner bezüglich Todeszeitpunkt und -ursache gesagt?«
»Letzte Nacht gegen Pi mal Daumen.«
»Doch so Präzise, was? Und die Todesursache? Irgendein Hinweis außer dem, was ich mit bloßem Auge feststellen konnte?«
»Ihm wurde der Schädel eingeschlagen, aber sie will sich erst auf eine Todesursache festlegen, wenn sie ihn obduziert hat.«
»Wer ist denn der Coroner?«
»Fiona Baldwin. Kennst du sie?«
»Nein.«
»Ich auch nicht. Ich schick dir jetzt mal die Bilder. Aber ich kann nicht gleichzeitig mit dir telefonieren.«
McAdams beendete das Gespräch. Kurz darauf klingelte es erneut. Radar.
»Wo bist du gerade?«
»Zu Hause und trinke einen Kaffee, bevor ich mich wieder zum Fundort aufmache.«
»Komm ins Revier. Es gibt Gesprächsbedarf.«

»Klingt aber nicht gut.«

»Bis gleich.« Radar legte auf.

Decker seufzte und ging zurück in die Küche. »Der Captain will mit mir reden.«

»Worüber denn?«

»Vermutlich darüber, dass ich nicht bekomme, worum ich gebeten habe.«

»Die Erlaubnis, die Jungs aufs Revier zu holen und dir ihre Akten anzusehen?«

»Ganz genau.«

»Tja, es gibt jede Menge Katzen, die aus Bäumen gerettet werden wollen, und kleine alte Damen und Herren, denen du über die Straße helfen kannst, damit dir nicht langweilig wird.« Als Decker frustriert an seiner Lippe nagte, stand Rina auf und gab ihm einen Kuss. »Radar ist in Ordnung. Wenn er sich nicht mit der Polizei von Hamilton anlegen will, hat er sicher gute Gründe. Jetzt ab mit dir. Wir sehen uns heute Abend. Oder vielleicht auch nicht, falls du doch die Erlaubnis bekommst, in deine Richtung weiterzuermitteln. In beiden Fällen hättest du etwas, worauf du dich freuen kannst.«

»Mit Victor Baccus kann man vernünftig reden«, erläuterte Radar Decker. »Ich glaube, er ist nur zu gerne bereit, den Fall an einen erfahrenen Mordermittler abzutreten.«

Decker hielt inne. »Das hättest du mir auch am Telefon sagen können. Also, was ist der Haken?«

»Er hat eine Tochter, die ebenfalls Polizistin ist ...«

»Kommt nicht infrage. Bevor ich nichts Näheres über die Sache weiß, spiele ich für niemanden den Babysitter.«

»Das Mädchen war fünf Jahre beim Philadelphia PD, davon zwei als Detective.«

Decker verzog das Gesicht. »Sie zieht aus einer Großstadt nach Hamilton? Da muss sie was verbockt haben.«

»Also, sie kommt nachher vorbei, dann kannst du sie selber fragen.«

»Mike!«

»Hör zu, Baccus ist in Ordnung, Pete. Seine Frau ist schon seit Längerem krank, vielleicht ist seine Tochter deshalb wieder zurückgekommen. Du solltest nicht vorschnell urteilen.«

»Klingt, als hätte ich keine Wahl.«

»Stimmt – wenn du den Fall haben willst.«

Deckers Telefon klingelte. »Das ist McAdams.«

»Geh dran.«

Decker meldete sich mit »Was gibt's Neues?«.

»Schalt auf Lautsprecher«, bat Radar.

Decker tat wie geheißen. »Leg los, Tyler. Der Captain hört auch zu.«

»Hallo, Sir.«

»Guten Morgen, Tyler«, begrüßte ihn Radar. »Ich weiß, ihr habt ein Portemonnaie gefunden. Brady Neil. Sechsundzwanzig, wohnt in Hamilton.«

»Kennen Sie ihn, Boss?«

»Nein.«

»Wissen wir schon, ob der Junge vorbestraft ist?«

»Tun wir, und ist er nicht«, sagte Decker. »Aber mit diesen Jungs will ich immer noch reden.«

»Wird das Hamilton PD mit uns zusammenarbeiten?«, fragte McAdams.

»Es sieht folgendermaßen aus«, entgegnete Radar. »Chief Baccus möchte umfassende Zusammenarbeit zwischen unseren beiden Departments. Damit hat niemand ein Problem. Aber Baccus will, dass wir seine Tochter Lenora – Lennie Baccus – mit in unser Team aufnehmen. Sie ist siebenundzwanzig und hat fünf Jahre lang am Philadelphia PD gearbeitet, davon zwei als Detective. Während dieser Zeit hat sie einen ziemlich raffinierten Autoschmugglerring geknackt.«

»Welcher Autoschmugglerring war das?«, hakte Decker nach.

»Keine Ahnung«, antwortete Radar. »Wenn du und McAdams das Mädchen übernehmt, wird das die ganze Sache definitiv erleichtern. Ihr wisst ja beide, dass sich der Mord in Hamilton ereignet haben könnte und die Leiche nur hier abgelegt wurde. Falls die in Hamilton einen Tatort finden, ist es sowieso nicht mehr unser Fall.«

»Klingt einleuchtend«, kommentierte McAdams. »Dank des Führerscheins haben wir die Adresse des Toten.«

»Die habe ich bereits recherchiert. Sieht so aus, als ob Brady bei seiner Mutter lebt bzw. gelebt hat«, sagte Decker. »Ich setze die Mutter von seinem Tod in Kenntnis, sobald ich mit dieser Frau geredet habe.«

»Officer Baccus, Decker.«

»Verzeihung, mit Officer Baccus …« Decker schaltete den Lautsprecher wieder aus.

»Und was soll ich machen?«, fragte McAdams.

»Du bleibst am besten vor Ort und hilfst Kevin dort. Es sei denn, du möchtest die Nachricht vom Tod überbringen?«

»Das kannst du viel besser, Boss. Egal, wie viel Mühe ich mir gebe, ich hab einfach nicht dein fein ausgebildetes Einfühlungsvermögen.«

»McAdams, nur du schaffst es, eine unangenehme Aufgabe auf mich abzuwälzen und es wie ein Kompliment klingen zu lassen.«

»Durchschaut. Mit Gefühlen kann ich nicht umgehen, mit Worten dafür umso besser.«

Lenora Baccus war eine attraktive Frau mit kurzem blonden Haar, das ihr ruhiges Gesicht umrahmte. Ihre Gesichtszüge waren markant: ein energisches Kinn, volle Lippen und mandelförmige leuchtend blaue Augen. Sie schien etwa eins achtundsiebzig zu sein, jedoch eher schlaksig als kräftig. Mit ihrem schwarzen Anzug und dem weißen Hemd wirkte sie eher wie eine Managerin als eine Polizeibeamtin. Auf Decker machte sie einen zurückhaltenden, jedoch nicht schüchternen Eindruck. Die beiden unterhielten sich in einem der zwei Vernehmungszimmer, da sich die Greenbury-Detectives ein Großraumbüro teilten und jeder alles mitbekam, was bei den Kollegen vor sich ging. Das war ein Vorzug, was raschen Informationsaustausch anging, jedoch weniger geeignet, wenn man ein wenig Privatsphäre benötigte.

Nachdem sie sich etwa zehn Minuten unterhalten hatten, sagte Decker: »Ich habe gehört, Sie haben in Philadelphia einen äußerst raffinierten Autoschmugglerring geknackt.«

»Hat Ihnen mein Vater das erzählt?« Sie lachte nervös. Lennie hatte lange rote Fingernägel. Bevor sie weitersprach, schnippte sie mit dem Daumen die restlichen Nägel an. »Er übertreibt. Ich glaube, das tut er mehr für sich. Er wollte immer Söhne haben.«

»Erzählen Sie mir von diesem Einsatz.«

»Zunächst mal war ich eine von vier Beteiligten. Aber wir waren alle Frauen, auch der Sergeant, der den Einsatz geleitet hat. Wir waren ein wirklich gutes Team. Der Sergeant war verdammt streng, aber sie war fair. Wir haben Ergebnisse erzielt. Die Sache hat sich für uns alle ausgezahlt.«

»Warum sind Sie dann aus Philly weggegangen?«

»Aus Philly?« Sie musste schmunzeln. »Sind Sie von dort?«

»Nein, aber ich kenne da ein paar Leute. Warum sind Sie weggegangen?«

Ein schmerzlicher Ausdruck trat auf Lennies Gesicht. Sie schnippte erneut ihre Nägel an. Eine nervöse Angewohnheit.

Schließlich sagte sie: »Das klingt jetzt ganz blöd, aber die Wahrheit ist, ich war intellektuell für den Job gerüstet, aber mental nicht stark genug. Ich hab die Belästigungen durch die männlichen Kollegen nicht mehr ausgehalten.«

»Haben Sie sie angezeigt?«

»Ich hab es in Erwägung gezogen. Ich habe mit meinem Sergeant darüber gesprochen, und sie hätte mich unterstützt. Aber wir wissen doch alle, wie es läuft. Sobald Sie eine Anzeige machen, sind Sie erledigt. Es spricht sich rum, dass Sie kein Teamplayer sind, und dann will niemand mehr mit Ihnen zusammenarbeiten.« Sie schüttelte den Kopf. »Ich hätte es einfach durchstehen sollen. Aber dann hat Dad mir hier eine Stelle angeboten – mehr Geld und weniger Stress.« Erneut schüttelte sie den Kopf. »Vermutlich bin ich den bequemen Weg gegangen.«

»Es ist gut, die eigenen Grenzen zu kennen.« Decker betrachtete das Gesicht der jungen Frau. »Ich habe gehört, Ihre Mutter ist krank. Ich will Ihnen nicht zu nahetreten, aber hat das auch eine Rolle bei Ihrem Entschluss gespielt, wieder nach Hamilton zurückzukehren?«

»Mom hat MS. Und zwar schon sehr lange. Ich habe vermutlich schon an ihre Krankheit gedacht, als ich wieder nach Hause gekommen bin. Auf jeden Fall unterstütze ich Dad jetzt bei der Pflege.« Sie hielt kurz inne. »Ich würde wahnsinnig gerne in einem richtigen Mordfall ermitteln. Die Fälle, die ich bislang bekommen habe, sind nicht gerade anspruchsvoll.«

»Wenn Sie Großstadtfälle haben wollen, müssen Sie auch in einer Großstadt arbeiten. Das meiste, womit ich zu tun habe, ist reine Routine und nicht sehr spannend. Aber genau deshalb bin ich hierher nach Greenbury gekommen. Man kann nicht beides haben.«

»Sie haben natürlich recht«, sagte Lenora geknickt. »Wenn man Teil eines Teams ist, ist keine Aufgabe zu klein oder zu unbedeutend.« Decker schwieg. Die junge Frau lächelte und senkte den Blick. »Ich könnte auch gerne den Kaffee und die Donuts besorgen ...«

»Ich mag keine Donuts«, entgegnete Decker. »Hören Sie zu, Officer Baccus, die Mordkommission ist kein Zuckerschlecken. Wir haben es mit den übelsten Teilen der menschlichen Gesellschaft zu tun, und so was lässt einen eine sehr lange Zeit nicht los. Ich weiß wirklich nicht, ob Sie das Zeug zu diesem Job haben, und nichts, was Sie mir bislang erzählt haben, macht die Sache klarer für mich.«

»Rufen Sie meinen ehemaligen Sergeant an. Sie wird Ihnen bestätigen, dass ich wirklich sehr gut in meinem Job bin. Ihr Name ist Cynthia Kutiel. Wenn Sie mir Ihre Handynummer geben, kann ich Ihnen sofort ihre Nummer per SMS schicken.«

»Tun Sie das. Hier.« Als der Benachrichtigungston auf seinem Handy ertönte, sagte Decker: »Ich werde Ihren Sergeant kontaktieren. Außerdem möchte ich, dass Sie mit Detective McAdams und Detective Kevin Butterfield sprechen. Die beiden werden gemeinsam mit mir an dem Fall arbeiten. Damit die Sache ein Erfolg wird, müssen wir alle gut miteinander auskommen.«

»Natürlich.«

»Gibt es Ihrerseits noch Fragen?«

»Nein, momentan nicht. Aber wenn wir zusammenarbeiten, werde ich sicher jede Menge Fragen haben.« Sie zog eine Grimasse. »Ich meine, *falls* wir zusammenarbeiten.«

Decker betrachtete sie erneut. »Zeigen Sie sich selbstbewusst, auch wenn Sie sich gerade nicht danach fühlen. Selbstmitleid kommt generell nicht gut an.«

Statt peinlich berührt im Boden zu versinken, entgegnete Baccus: »Verstanden. Ich will wirklich etwas lernen, und ich bin ein richtiges Arbeitstier. Ich werde eine positive Bereicherung für Ihr Team sein.«

»Gut. Detective McAdams und Detective Butterfield sind gerade mit der Spurensicherung am Tatort.« Decker nannte ihr die Adresse. »Fahren Sie da raus, und sehen Sie sich das Ganze mal an. Ich sage McAdams Bescheid, dass Sie kommen.«

»Jawohl!« Baccus erhob sich und streckte ihm die Hand entgegen. »Vielen Dank.«

»Sie sind aber noch in der Probezeit.«

»Ich verstehe.«

»In Ordnung.« Decker hielt inne. »McAdams will Rechtsanwalt werden und studiert Jura, in Harvard. Er ist ein guter Detective, aber jung und ungestüm. Er wägt seine Worte nicht besonders sorgfältig ab. Manchmal stößt er Leute vor den Kopf, aber er ist geistesgegenwärtig, und darauf kommt es an. Damit müssen Sie umgehen können. Die gute Nachricht ist, dass er Sie nicht anmachen wird. So einer ist er nicht.«

»Dann werden er und ich absolut keine Probleme haben. Sie können mich übrigens Lennie nennen.«

»In Ordnung, Lennie. Und Sie dürfen Boss zu mir sagen.«

KAPITEL 3

»Jetzt soll ich also den Babysitter für ein verwöhntes Balg spielen!«

»Äh, wer im Glashaus sitzt ...«

»Okay, verwöhnt geb ich ja zu, aber wenn man im Dienst angeschossen wurde, ist man kein Balg mehr. Das passt einfach nicht.«

»Sie hat fünf Jahre beim Philadelphia PD gearbeitet. Sie war Detective bei der KFZ-Kriminalität.«

»Bei der KFZ-Kriminalität in Philadelphia? Also bei deiner Tochter?«

»Genau dort. Cindy war ihr Detective Sergeant.«

»Wow. Hast du's ihr gesagt?«

»Baccus? Natürlich nicht. Aber ich werde Cindy anrufen, nachdem ich die Angehörigen des Toten informiert habe. Ich wollte dir nur eine kleine Vorwarnung bezüglich der neuen Kollegin geben. Sie sollte demnächst bei dir aufkreuzen.«

»Hat sie dir gesagt, warum sie beim Philadelphia PD gekündigt hat?«

»Sexuelle Belästigung.«

»Ach komm! Das kann nicht dein Ernst sein!«

»Sie ist bildhübsch, Harvard. Ich nehme es ihr wirklich ab, aber ich werde noch mal bei Cindy nachhaken. Wenigstens wird in Hamilton niemand mit der Tochter vom Boss seine Spielchen treiben.«

»Aber es zeigt schon einen gewissen Mangel an Durchhaltevermögen.«

»Stimmt. Sie ist gleich bei dir. Sei nett zu ihr, Harvard. Wenn wir Zugriff auf die Akten von Hamilton haben wollen, brauchen wir sie im Team.«

»Wenn ich zu nett bin, denkt sie möglicherweise, dass ich sie anbaggern will.«

»Hmm, guter Einwand«, musste Decker zugeben. »Du hast recht. Sei nicht nett zu ihr. Sei einfach so unausstehlich wie immer.«

Jennifer Neil identifizierte ihren Sohn Brady anhand der Aufnahmen des Polizeifotografen und konnte sich so den qualvollen Besuch im Leichenschauhaus ersparen. Sie war knapp eins sechzig und spindeldürr, ein winziges Persönchen mit einem verlebten Gesicht, das sie älter als ihre neunundvierzig Jahre wirken ließ. Die verkniffenen Lippen waren kaum mehr als eine weitere Falte in ihrem runzligen Gesicht. Ihre tränenfeuchten Augen waren rot gerändert. Die Frau trug weite Jeans und ein Guns-N'-Roses-T-Shirt einer Konzerttour, die zwanzig Jahre zurücklag.

Sie wirkte vollkommen verloren.

»Gibt es jemanden, den ich anrufen könnte, damit er sich um Sie kümmert?« Als keine Antwort kam, fuhr Decker fort. »Jemanden aus der Familie oder eine Freundin?«

Langsam schüttelte sie den Kopf. »Wann kann ich ihn sehen?«

»Das müssen Sie nicht, Mrs. Neil. Am besten behalten Sie ihn so in Erinnerung, wie er war.« Sie schwieg. »Sind Sie sicher, dass ich niemanden anrufen kann?«

»Es gibt keinen Ehemann, wenn Sie das meinen.«

»Haben Sie noch weitere Kinder?«

Sie kämpfte mit den Tränen. »Eine Tochter. Wir haben keinen Kontakt.« Sie hielt kurz inne. »Ich sollte ihr wohl Bescheid sagen.«

»Wenn Sie möchten, kann ich das für Sie übernehmen.«

Jennifer Neil nickte.

»Wie heißt ihre Tochter?«

»Brandy.«

Brandy und Brady, dachte Decker. Oder vielleicht war es auch Brady und Brandy. »Wie alt ist sie?«

»Dreißig.«

Also Brandy und Brady. Jennifer Neil war erst neunzehn gewesen, als sie das erste Kind bekommen hatte. »Haben Sie eine Kontaktnummer?«

»Die muss ich erst suchen. Keine Ahnung, ob sie noch aktuell ist.« Sie verließ das Wohnzimmer. Das Haus war klein, ordentlich und sauber, aber wenig wohnlich eingerichtet. Es gab eine passende Kunstledergarnitur, auf den Beistelltischen lag kein Stäubchen, und der braune Teppich war frisch gesaugt, jedoch hier und da abgewetzt oder fleckig. Kurze Zeit später kam Mrs. Neil mit einem Zettel und der Telefonnummer wieder herein. Decker steckte den Zettel ein und nahm sein Notizbuch heraus. »Ich weiß, es ist ein furchtbarer Zeitpunkt, um Ihnen Fragen zu stellen, aber es wäre hilfreich, wenn ich ein kleines bisschen über Brady erfahren würde.«

Die Frau gab keine Antwort, sondern wischte sich nur die Augen.

»Brady war sechsundzwanzig?«

»Ja.«

»Hat er bei Ihnen gewohnt?«

»Ja.«

»War Brady berufstätig, oder hat er eine Ausbildung oder ein Studium gemacht?«

»Beides.«

»Wo hat er gearbeitet, und wo hat er studiert?«

»Er hat in der Elektronikabteilung bei Bigstore gearbeitet.«

»Also kennt er sich mit Computern aus?«

»Keine Ahnung.«

Ihre Teilnahmslosigkeit schockierte Decker. »Sie haben keine Ahnung?«

»Nein. Er war ziemlich zugeknöpft, was sein Leben anging.«

»Okay. ›Zugeknöpft‹ bedeutet was genau?«

»Wir haben einfach nie über persönliche Dinge geredet. Um ehrlich zu sein, haben wir so gut wie gar nicht geredet. Er ist ein junger Mann, Single, Mitte zwanzig. Wir haben überhaupt keine Gemeinsamkeiten.«

»Aha. Wissen Sie, wie lange er schon bei Bigstore arbeitet?«

»Seit ungefähr zwei Jahren. Muss wohl befördert worden sein, denn Brady hatte immer Geld in der Tasche.«

»Er hatte Geld?«

»Immer.«

»Über welche Größenordnung sprechen wir denn?«

»Er hatte ein Auto und die ganzen technischen Spielereien – na, Xbox, iPhones und den ganzen Kram. Ich war ziemlich sauer, dass er Geld für diesen Mist hatte, aber nie von sich aus angeboten hat, etwas fürs Essen und die Miete beizusteuern.«

Auch als Abteilungsleiter in einem Warenhaus verdiente man nicht so viel, dass noch viel zum Ausgeben übrig geblieben wäre. Der Junge hatte vermutlich gedealt, und zwar etwas Stärkeres als Hasch. In Upstate waren Opiate ein ziemliches Problem. »Hat er Ihnen Geld gegeben, wenn Sie ihn darum gebeten haben?«

»Ab und zu mal ein paar Hundert.«

»Und obwohl er Geld hatte, hat er bei Ihnen gewohnt?«

»Vielleicht hatte er ja deshalb Geld. Wie auch immer, ich hab ihn in Ruhe gelassen, und er hat mich in Ruhe gelassen. Er hat im Keller gewohnt. Ist ein großer Keller mit zwei Zimmern und 'nem Bad. Falls er sich jemals eine eigene Wohnung besorgt hätte, wollte ich ihn vermieten.« Sie biss sich auf die Lippe und wischte sich die Tränen ab. »Ich schätze mal, das ist jetzt kein Problem mehr.«

»Wie hat Brady sich Ihnen gegenüber verhalten?« Als Jennifer Neil ihn verständnislos ansah, führte Decker aus:

»Wurde er ausfallend, war er teilnahmslos, oder war er Ihnen gegenüber gewalttätig ...«

»Nein, selbst wenn er früher mal über die Stränge geschlagen hatte, war er nie gewalttätig.«

»Über die Stränge geschlagen?«

»Na, was Teenager eben so machen: Saufen, Hasch rauchen, Schule schwänzen, nachts nicht nach Hause kommen. Manchmal ist er jetzt abends immer noch weggegangen, aber morgens war er nüchtern genug, um zur Arbeit zu gehen.«

»Sie haben gesagt, er hat nebenher noch studiert?«

»Ja, er ist in die Abendschule gegangen. Zumindest hat er mir das erzählt. Vielleicht stimmt's, vielleicht auch nicht. Früher hat der Junge einfach nur zum Spaß Märchen erzählt. Hat er von seinem Vater.«

»Ist Brady je mit dem Gesetz in Konflikt geraten?«

»Nicht dass ich wüsste.« Neil sah Decker an. »Können Sie das nicht rausfinden?«

»Das habe ich bereits versucht. Keine Vorstrafe als Erwachsener, aber an die Jugendakten komme ich nicht dran.«

»Er hat früher ständig die Schule geschwänzt. Ein paarmal hat die Polizei ihn nach Hause gebracht. Aber dann hat er die Highschool geschmissen, und ab da war Schwänzen kein Thema mehr. Er hatte eine ganze Reihe Hilfsjobs, in Fast-Food-Restaurants und so, bevor er die Stelle bei Bigstore gekriegt hat. Wie gesagt, er musste da gut verdienen, weil er immer Geld in der Tasche hatte.«

Decker dachte über Brady nach, der in der Elektronikabteilung gearbeitet hatte. Vielleicht war er ja auch in Lagerdiebstahl verwickelt gewesen. Als Teil eines größeren Rings, und die Sache hat ihn eingeholt? Beide Arten von Nebenerwerb – Dealen und Diebstahl – waren so gefährlich, dass sie der Grund sein konnten, warum er als Leiche geendet hatte.

»Und Sie wissen nicht, wo er aufs College gegangen ist?«

Jennifer Neil sprach weiter. »Vor einem Jahr hat er gesagt, er hätte ein paar Kurse am Community College belegt. Wie gesagt, keine Ahnung, ob's gestimmt hat.«

»Wissen Sie, ob Bradys Geld von etwas anderem als seinem Job gestammt haben könnte?«

»Darüber weiß ich auch nichts. Meinen Sie so was wie Drogen dealen?«

»Glauben Sie denn, er hat gedealt?«

»Ich weiß es nicht, Detective. Wann werden Sie die Leiche freigeben?«

»Ich rufe Sie an, sobald ich Bescheid weiß.« Decker wartete kurz ab. »Wissen Sie, ob es jemanden gibt, der Brady Schaden zufügen wollte oder wütend auf ihn war?«

»Nein.« Die Antwort kam wie aus der Pistole geschossen. »War's das?«

»Ich würde mir gerne sein Zimmer im Keller ansehen, Mrs. Neil. Wäre das in Ordnung?«

»Ich habe keinen Schlüssel.«

»Darf ich das Schloss aufbrechen?«

Jennifer Neil traten erneut die Tränen in die Augen. »Natürlich.«

»Danke.« Die Frau schwieg. Decker fuhr fort: »Mrs. Neil, kennen Sie eventuell irgendwelche Namen von Bradys Freunden?«

»Nein. Der Keller hat einen eigenen Eingang. Brady ist gekommen und gegangen, wann er wollte. Ich weiß, dass er manchmal da unten Besuch hatte. Ich habe die Stimmen gehört. Aber mehr weiß ich nicht.«

»Männlich? Weiblich?«

»Hauptsächlich männlich, aber ab und zu auch eine Frau.«

Decker erwähnte die Namen der Rowdys, die vermutlich für die Zerstörung der Briefkästen verantwortlich waren. »Kommt Ihnen einer dieser Namen bekannt vor?«

Jennifer Neil schüttelte den Kopf.

»Wie steht es mit Freunden aus seiner Teenagerzeit?«

Sie dachte gründlich über die Frage nach. »Sie könnten's mal bei Patrick Markham oder vielleicht Brett Baderhoff versuchen. Mir fallen nur die beiden ein. Sie können es auch bei seiner Schwester probieren. Zwischen uns herrscht zwar Funkstille, aber das bedeutet nicht, dass die beiden keinen Kontakt hatten.«

Um das Vorhängeschloss aufzubrechen, brauchte Decker einen Bolzenschneider. Als er schließlich in der Wohnung stand, fragte er sich, was die ganze Geheimniskrämerei eigentlich sollte. Es handelte sich um einen ganz normalen Wohnbereich, lediglich wesentlich ordentlicher, als er es von einem jungen Erwachsenen erwartet hätte, der noch zu Hause lebte.

Die Wohnung hatte ein kleines Wohnzimmer mit einer Küchenzeile bestehend aus zwei Kochplatten und einem kompakten Kühlschrank. Kein Ofen. Brady besaß ein Sofa, zwei Sessel und einen Großbildfernseher. Jennifer hatte recht, er hatte eine teuer aussehende Spielekonsole und weitere elektronische Spielereien. Nirgends Fotos von sich oder anderen Personen. Angrenzend an den Wohnbereich befand sich das Bad mit Dusche, Toilette und Waschbecken.

Ein Queensize-Bett füllte fast das gesamte Schlafzimmer aus. Es gab zwei Türen, eine zum Wohnzimmer, die andere führte direkt in die Einzelgarage, in der auch die Waschmaschine mit Trockner stand. Bei dem einzigen Fahrzeug darin handelte es sich um einen etwa fünf Jahre alten weinroten Ford Focus. Brady mochte zwar Autobesitzer gewesen sein, was ihn eine Stufe über seine Mutter stellte, aber der Ford war kaum ein Prestigeobjekt.

Decker ging zurück in die Wohnung und machte sich an eine gründliche Durchsuchung. Er überprüfte Schubladen und Schränke, sah in den Kissenbezügen und Taschen nach. Er warf einen Blick unter die Matratze und entdeckte dort ein halbes Dutzend Fotos, auf dem ein viel jüngerer Brady mit einem Mädchen zu sehen war. Er sah aus wie ungefähr fünfzehn, das Mädchen ein paar Jahre älter. Der Junge auf dem Foto hatte dunkelbraunes Haar und durchdringende dunkelbraune Augen. Das Mädchen war blond und hatte blaue Augen. Obwohl die beiden Faxen für die Kamera machten, war der Blick des Jungen stechend.

Die Suche dauerte nur etwa eine halbe Stunde, weil Bradys Wohnung nur mit dem Nötigsten ausgestattet war. Der junge Mann war kein großer Trinker: nur zwei Sixpacks Bier im Kühlschrank. Auch schien er kaum Drogen zu nehmen, abgesehen von einem kleinen Tütchen Gras. Keine versteckten Pillen. Keine versteckten Pulver oder Rauschgiftzubehör. Auch gab es keine Schränke vollgepackt mit Elektronikartikeln oder Geheimverstecke voller Handys. Falls er in irgendetwas Illegales verwickelt gewesen war, musste das irgendwo anders stattgefunden haben.

Jennifer Neil wartete oben an der Treppe auf Decker. »Haben Sie was gefunden?«

»Ein bisschen Marihuana.« Decker kam die Treppe herauf. »Nichts, was den Verdacht nahelegt, dass er gedealt hat.«

Sie nickte. »Wie sieht's da unten aus?«

»Ziemlich ordentlich. Falls er da wüste Partys gefeiert hat, hat er danach wieder aufgeräumt.«

»Ich glaube nicht, dass ich schon runtergehen kann.« Wieder wurden ihre Augen feucht. »Na ja, irgendwann muss ich's wohl ... Vor allem, wenn ich den ...«

Sie konnte den Satz nicht zu Ende bringen. Decker wusste aber, wie er weiterging: wenn ich den Keller vermieten will. Von Mutterliebe war bei Jennifer Neil zwar wenig zu spüren, aber soweit er es einschätzen konnte, hatte zwischen Mutter und Sohn keine offene Feindschaft bestanden. Er holte das Foto aus dem Keller hervor. »Mrs. Neil, könnten Sie mir sagen, wer das da neben Brady ist?«

»Das ist meine Tochter.«

»Brandy?«

»Ja.« Kurzes Schweigen. »An das Bild erinnere ich mich. Es war Sommer, und wir hatten uns gerade ein Maislabyrinth angesehen. Ich hab das Foto mit Brandys Handy gemacht.«

»Wie alt waren die beiden da?«

»Sechzehn und zwölf. Kurz danach ist Brandy von zu Hause abgehauen, nachdem wir uns furchtbar gezofft hatten. Ich hab nicht mal versucht, sie davon abzuhalten.«

»Wo ist sie hingegangen?«

»Keine Ahnung.«

»Vielleicht zu ihrem Vater?«

»Wohl kaum. Der hat die letzten zwanzig Jahre im Knast gesessen. Demnächst könnte er auf Bewährung freikommen, aber vermutlich wird's nicht klappen. Die Familie wohnt immer noch hier.«

»Die Familie des Opfers?«

Jennifer Neil nickte.

»Wofür sitzt er ein?«

»Mord.« Sie hielt kurz inne, bevor sie fortfuhr. »Zweifacher Mord. Ein Ehepaar mit einem Juweliergeschäft. Bei dem Einbruch hätten sie gar nicht im Laden sein sollen. Na ja, jemanden auszurauben ist ein Verbrechen, egal, wie man's dreht, aber er hatte nicht vor, die Leutchen umzubringen.«

»Verstehe. Wissen Sie, ob Brandy oder Brady ihren Vater im Gefängnis besucht haben?«

»Keinen Schimmer.«

»Aha.« Decker schwieg kurz, dann fuhr er fort. »Und Sie wissen nicht, wo Brandy wohnt?«

»Nein. Vor ungefähr fünf Jahren hat sie mich aus heiterem

Himmel angerufen, nur um mir zu sagen, dass es ihr gut geht. Sie hat mir ihre Telefonnummer gegeben und gesagt, ich soll nur im Notfall anrufen. Keine Ahnung, ob das jetzt ein Notfall ist, aber ich glaube, sie würde es wissen wollen. Ich würd's jedenfalls wissen wollen.«

»Ich werde mit Brandy sprechen.«

»Noch mal vielen Dank.«

Decker hielt inne. »Erinnern Sie sich noch an die Namen der Opfer Ihres Exmanns?«

»Lydia und Glen Levine. Levines Juweliergeschäft. Der Sohn hat den Laden übernommen. Während des Überfalls war er dort und hat sich im Schrank versteckt. Er war der Hauptzeuge im Prozess gegen Brandon und seinen Partner.« Eine kurze Pause. »Das klingt jetzt sicher blöd, aber ich erzähl's Ihnen trotzdem: Mein Ex und sein Partner Kyle haben hoch und heilig geschworen, dass sie das Ehepaar nur gefesselt haben und beide noch lebten, als sie abgehauen sind. Sie haben auch geschworen, dass jemand die Schüsse abgegeben haben muss, als sie bereits weg waren. Vermutlich ist das Schwachsinn, aber ich weiß nicht ... Brandon war so manches. Aber für einen Killer habe ich ihn nie gehalten.«

»Was hat der Zeuge ausgesagt? Der Sohn?«

»Dass er dabei war und gesehen hat, wie mein Exmann und Kyle seine Eltern erschossen haben.«

»Aber Sie glauben ihm nicht?«

»Er hätte sie selbst erschießen können, nachdem Brandon und Kyle gegangen waren. Außerdem kam auf dem Zeugenstand raus, dass der Sohn gerne gefeiert und viel Geld ausgegeben hat, und es gab auch Gerüchte, dass die Eltern ihm den Geldhahn abdrehen wollten. Aber weil Brandon und Kyle mit der Beute gefasst wurden, lief's eindeutig auf eine Verurteilung raus.«

»Wie hieß der Sohn?«

»Gregg Levine. Wie gesagt, er hat das Geschäft immer noch.«

»Schön. Waren Sie zum Zeitpunkt des Raubes mit Brandon Neil verheiratet?«

»Neil ist mein Nachname. Er heißt Brandon Gratz. Ja, wir waren verheiratet. Darum konnten sie mich auch nicht zwingen, gegen ihn auszusagen.«

Decker nickte. »Zwanzig Jahre Gefängnis sind eine lange Zeit. Aber für einen Doppelmord ist das eine relativ milde Strafe. War das die Empfehlung der Geschworenen?«

»Nein, das war lebenslänglich ohne Bewährung, aber der Richter gab den beiden jeweils zwanzig Jahre mit der Aussicht auf Bewährung.« Sie sah Decker an. »Glauben Sie, an dem, was Brandon sagt, ist was dran? Dass ihm jemand die Schuld in die Schuhe schieben wollte?«

»Das weiß ich wirklich nicht.« Decker lächelte. »Kann sein, dass ich wiederkomme und mir Bradys Wohnung noch mal ansehen muss. Wäre das in Ordnung?«

»Klar, aber nicht unbegrenzt. Ich hab doch was damit vor.« Sie senkte den Blick. »Ich brauche das Geld.«

»Ich verstehe, Mrs. Neil. Danke für Ihre Zeit und Ihre Hilfe.«

»Detective, vielleicht wirke ich etwas hartherzig, aber bitte finden Sie raus, wer meinem Sohn das angetan hat. Wir standen uns nicht nahe. Trotzdem sollte niemand mit einem Mord davonkommen.« Erneut sah sie zu Boden. »Ich habe meinen Exmann nicht verpfiffen. Es war mein gutes Recht, nicht gegen ihn auszusagen, also hab ich's auch nicht getan. Aber sobald sie ihn verurteilt hatten, war ich insgeheim froh, dass er nicht damit durchgekommen ist.«

KAPITEL 4

»Wie läuft's mit dir und Officer Baccus?«

McAdams sagte nur: »Ich ruf dich gleich zurück.«

Decker legte auf. Er holte sich einen Espresso aus einem kleinen Café, und auf dem Rückweg zum Auto klingelte sein Handy. »Alles klar bei dir, Harvard?«

»Jetzt kann ich in Ruhe telefonieren.«

»Wie macht sich die Neue?«

»Sie ist ziemlich zurückhaltend. Gefällt mir.«

»Und was noch?«

»Der Coroner ist gerade gegangen.«

»Ich meine, was Baccus angeht.«

»Sie macht sich haufenweise Notizen. Vermutlich war sie 'ne gute Studentin. Hast du schon deine Tochter angerufen, um rauszufinden, mit wem wir hier zusammenarbeiten?«

»Noch keine Zeit. Außer stumpfer Gewalteinwirkung hat der Coroner nichts gesagt?«

»Zwei Schläge. Schon der erste dürfte ihn bewusstlos geschlagen haben, mit dem zweiten wollte der Täter auf Nummer sicher gehen. Der Coroner hat keine offensichtlichen Schuss- oder Stichverletzungen entdeckt. Sie kann aber erst Näheres sagen, wenn sie die Leiche auf dem Seziertisch hat. Wie lief's mit den Angehörigen?«

»Jennifer Neil und ihr Sohn hatten kein enges Verhältnis, obwohl die beiden im selben Haus gewohnt haben. Das Verhältnis zu ihrer Tochter ist ebenfalls zerrüttet, aber sie hat mir erzählt, dass Brandy und Brady eventuell noch Kontakt haben.«

»Brandy und Brady?«

»Ja, ganz genau. Ich werde ein Treffen mit der Tochter ausmachen. Vielleicht kann sie uns ja einen etwas detaillierteren Eindruck von ihrem Bruder vermitteln. Brandon Gratz, der

Vater der beiden – und Exmann von Jennifer –, verbüßt gerade eine Haftstrafe für zweifachen Mord.«

»Jetzt hätten wir also Brandon, Brandy und Brady.«

»Achte nur ja drauf, dass du nicht durcheinanderkommst, wenn wir eine Liste mit allen am Fall Beteiligten erstellen. Brandons Haftstrafe war zwanzig Jahre, und die Entscheidung über eine Entlassung auf Bewährung steht in Kürze an. Die Geschworenen haben lebenslänglich ohne Bewährung empfohlen, aber der Richter hat sich darüber hinweggesetzt. Schon komisch.«

»Oh-oh, du hast wieder diesen Tonfall.«

»Welchen Tonfall?«

»Den, der besagt: ›Ist zwar nicht mein Fall, aber ich bin trotzdem neugierig‹.«

»Bin ich auch.«

»Nicht nur ist es nicht dein Fall, es ist noch nicht mal dein Zuständigkeitsbereich, außerdem ist bereits ein Urteil gefällt worden.«

»Ist mir klar. Ich frage mich nur, ob Bradys Tod vielleicht irgendetwas mit den Sünden des Vaters zu tun hat.«

»Das ist zwanzig Jahre her.«

»Vor zwanzig Jahren warst du acht – und ich schon ein ziemlich guter Detective in der Mordkommission. Für dich ist das lange her, aber nicht für mich. Ich finde, es lohnt sich, die Sache zu überprüfen.«

»Aber nicht jetzt sofort.«

»Da geb ich dir recht. Klingt, als hätte Brady Neil in der Vergangenheit ein bisschen gedealt. Außerdem arbeitete er in einer Elektronikabteilung. Diebstahl und Drogen könnten ebenfalls Motive für einen Mord sein. Jedenfalls habe ich eine Kontaktnummer für Brandy Neil. Ich werde sie anrufen und ihr die Nachricht überbringen, hoffentlich bei einem persönlichen Treffen.«

»Jetzt gleich?«

»Irgendwann im Laufe des Tages. Brady und seine Schwester hatten mal ein enges Verhältnis. Ich habe Fotos gefunden, auf denen die beiden zusammen zu sehen sind, als sie noch jünger waren.«

»Wo hast du die gefunden?«

»In Bradys Wohnung im Keller. Nichts dort weist daraufhin, dass er in irgendetwas Illegales verwickelt war, aber seine Mom behauptet, er hätte immer Geld gehabt. Sie hat keine Ahnung, wo er das herhatte. Ich erzähle dir alles im Detail, wenn wir uns sehen.« Decker hielt kurz inne. »Wann wird das eigentlich sein?«

»Zwei von den kleinen Arschlöchern, um die ich mich heute Morgen kümmern sollte, kommen aufs Revier. Heute Nachmittag um vier.«

»Welche denn?«

»Äh, wart mal kurz. Hier: Dash Harden und Chris Gingold. Riley Summers kommt morgen Vormittag um zehn. Von Noah Grand und Erik Menetti hab ich noch nichts gehört. Wenn ich hier am Tatort fertig bin, kann ich bei den beiden vorbeifahren und nachsehen, ob die Jungs zu Hause sind – und sie um ihre Unterstützung bitten.« Er hielt kurz inne. »Muss ich das Mädel mitnehmen?«

»Officer Baccus, meinst du wohl. Ja, nimm sie mit.«

»Decker, ich bin Einzelkind. Ich teile nicht gerne.«

»Dann ist das deine Chance, am Arbeitsplatz noch was dazuzulernen. Stöbere deine Jungs auf, aber sei wieder im Revier, wenn die kleinen Mistkerle kommen. Du und Kevin könnt den einen übernehmen, ich und Baccus nehmen den anderen.«

»Sie wird dir keine Hilfe sein, Boss.«

»Ich brauche keine Hilfe, Harvard. Aber was ich schon brauchen könnte, ist ein bisschen Glück. Und wenn das nicht hinhaut, werde ich mich einfach auf Plan B verlassen müssen.«

»Und der wäre?«

»So lange dranbleiben, bis ich was rausfinde.«

Zurück im Revier, gab Decker »Mordfall Lydia und Glen Levine« in den Computer ein. Wie erwartet fanden sich Hunderte von Verweisen in den normalen Medien sowie interne Polizeiinformationen. Die Akten von damals waren vermutlich längst im Archiv gelandet. Zudem wäre es sehr zeitintensiv, das Ganze durchzugehen, und da es einen aktuellen Mordfall gab, um den er sich kümmern musste, kannte Decker seine Prioritäten.

Er griff nach dem Telefon und rief Brandy Neil an. Es klingelte ein paarmal, dann schaltete sich ihre Mailbox ein. Decker hinterließ seinen Namen, Dienstgrad und Kontaktnummer – sowohl Handy als auch die im Revier – und legte dann auf. Er wollte gerade seine Tochter anrufen, als etwas auf dem Bildschirm seine Aufmerksamkeit weckte.

Eine der Zeitungen, der Hamilton Courier, hatte ein Zitat des Leitenden Ermittlers im Levine-Doppelmord abgedruckt.

Sein Name war Victor Baccus.

Decker starrte auf den zwanzig Jahre alten Artikel. In einer Stadt der Größe von Hamilton konnte die Verhaftung der beiden für einen zweifachen Mord verantwortlichen Täter sehr förderlich für die Karriere sein.

Nicht nur ist es nicht dein Fall, es ist noch nicht mal dein Zuständigkeitsbereich, außerdem ist bereits ein Urteil gefällt worden.

Ihm fiel auf, dass er noch immer den Hörer in der Hand hatte. Er wählte Cindys Handynummer. Als sie dranging, fragte er: »Hast du kurz Zeit?«

»Ist irgendwas passiert?«

»Nein.« Decker schwieg kurz. »Klinge ich etwa besorgt?«

»Normalerweise fragst du nicht als Erstes ›Hast du kurz Zeit?‹.«

»Du hast recht. Hallo, Prinzessin, ich hab dich lieb. Hast du kurz Zeit?«

Er konnte Cindy lachen hören. »Ungefähr fünf Minuten. Worum geht's denn?«

»Wir haben hier in Greenbury eine Leiche gefunden, aber es kann sein, dass der Mord in Hamilton passiert ist ...«

»Du willst wissen, ob du die Zuständigkeit abtreten solltest?«

»Klingt das nach mir?«

Wieder lachte sie. »Erzähl weiter.«

»Natürlich hätte ich gerne vollen Zugang zu den Akten der Kollegen in Hamilton. Der dortige Captain war einverstanden, aber er hatte eine Bitte, aus der ich mich nicht rauswinden konnte.«

»Und zwar?«

»Seine Tochter, ebenfalls bei der Polizei, in die wunderbare Welt der Mordkommission einzuführen ...«

»Ach, warte. Ich weiß, worauf das hinausläuft. Das Hamilton PD. Lenora Baccus.«

»Ja. Anscheinend hat sie mit dir zusammengearbeitet.«

»Hat sie. Hat sie dir gesagt, warum sie unser Department verlassen hat?«

»Sexuelle Belästigung. Ich rufe nicht an, um zu diskutieren, wie zutreffend der Vorwurf war, aber ich hätte gerne deine Einschätzung der Frau. Sie hat mir erzählt, sie war in deinem Team und ihr habt einen großen Autoschmugglerring gesprengt.«

»Stimmt.«

»Was hast du von ihr gehalten?«

»Fleißig, sehr sorgfältig, bereit, dazuzulernen, gute Schützin, kann gut mit Leuten umgehen und arbeitet sehr gut im Team.«

»Ziemlich hohes Lob. Kommt da noch was?«

»Noch was Negatives, meinst du?«

»Was auch immer du noch sagen willst.«

»Eigenständiges Denken war nicht so toll. Und, um ehrlich zu sein, war sie auch nicht die robusteste Persönlichkeit bei uns. Keine Frau sollte sich mit irgendeiner Form von sexueller Belästigung auseinandersetzen müssen, anzügliche Kommentare eingeschlossen, aber die Realität sieht nun mal anders aus. Baccus ist überdurchschnittlich attraktiv, da hätte ich erwartet, dass sie etwas besser auf so was vorbereitet ist. Die ständigen Bemerkungen waren wirklich ätzend, aber Baccus haben sie anscheinend völlig aus der Bahn geworfen. Als ob sie noch nie unerwünschte Aufmerksamkeit von Männern bekommen hätte.«

»Vielleicht ist sie behütet aufgewachsen.«

»Möglich, aber mal ehrlich … Wie gesagt, wir Frauen sollten uns so einen Scheiß nicht gefallen lassen müssen, aber es ist hilfreich, wenn man so gestrickt ist, dass man den ganzen Mist einfach ausblenden und seine Arbeit machen kann. Das Leben ist nun mal kein Ponyhof.«

»Das wundert mich aber, schließlich kommt Baccus aus einer Polizisten-Familie.«

»Ich glaube nicht, dass ihr Vater sonderlich begeistert von ihrem Berufswunsch war.«

»Da kennen wir doch noch jemanden …«, frotzelte Decker.

»Daddy, als du dich dann mit meinem Dickschädel abgefunden hattest, hast du meine Entscheidung nicht nur unterstützt, du warst auch eine tolle Informations- und Wissensquelle. Manchmal warst du ganz schön hart zu mir, aber ich wusste immer, wo die Kritik herkam. Jedes Mal wenn die

Arschlöcher mir zu sehr zusetzen, höre ich deine Stimme in meinem Kopf: Mach einfach deinen verdammten Job.«

»Du musst dich immer noch mit Arschlöchern rumschlagen?«

»Ständig, Dad. Aber die gute Nachricht: So langsam stehe ich im Dienstgrad über denen allen.«

Decker strahlte. Dann fragte er: »Wie sollte ich mich deiner Meinung nach gegenüber Baccus verhalten?«

»Gib ihr konkrete Aufgaben: XY recherchieren, Z anrufen, das Alibi von Soundso überprüfen.«

»Und einen Verdächtigen vernehmen?«

»Das habe ich sie nie tun sehen. Intuitiv würde ich sagen, das ist nicht ihre eigentliche Stärke. Aber du bist ein toller Lehrer. Sie kann sich glücklich schätzen, dass du sie unter deine Fittiche nimmst.« Cindy hielt kurz inne. »Jetzt muss ich aber Schluss machen.«

»Danke, Prinzessin. Ich hab dich ganz doll lieb.«

»Ich dich auch, Daddy.«

Decker beschloss, es ein weiteres Mal bei Brandy zu versuchen. Diesmal meldete sich tatsächlich jemand. Er fragte: »Spreche ich mit Brandy Neil?«

»Wer sind Sie?«

»Detective Peter Decker, Polizei Greenbury. Wäre es möglich, uns persönlich zu treffen?«

»Wieso? Worum geht es denn? Woher haben Sie meine Nummer?«

»Von Ihrer Mutter.«

»Warum?«

»Es geht um Ihren Bruder Brady.« Ausgedehntes Schweigen am anderen Ende. »Ms. Neil?«

»Das können nur schlechte Nachrichten sein.«

»Könnten wir uns treffen?«

»Ist er tot?«

»Leider ja.«

»Ermordet?«

»Es sieht ganz so aus.«

»Oh, verdammt noch mal!« Diverse Kraftausdrücke drangen aus dem Hörer. »Wie ist es passiert?«

»Ich erzähle Ihnen gerne alles, was ich weiß. Aber es wäre hilfreich, wenn wir uns treffen könnten.«

»Wo denn? Auf dem Polizeirevier in Hamilton?«

»Ähm, wenn es ginge, würde ich mich lieber auf dem Revier in Greenbury treffen. Ihr Bruder ist in unserem Zuständigkeitsbereich umgekommen, daher leiten wir die Ermittlungen. Ich will die Kollegen in Hamilton nicht stören. Falls es Ihnen bis nach Greenbury zu weit ist, komme ich zu Ihnen.«

»Nach Greenbury fahre ich so gut wie nie. Ich würde ungefähr eine halbe Stunde brauchen.«

»Wie gesagt, ich kann zu Ihnen rauskommen.«

»Nein, ich würde mich lieber auf einem Polizeirevier treffen. Nehmen Sie's mir nicht übel, aber ich weiß ja nicht, wer Sie sind.«

»Das finde ich sehr klug von Ihnen. Wann können Sie herkommen?«

»Nicht sofort. Es ist zwei Uhr nachmittags. Ich bin noch auf der Arbeit. Ich schätze, gegen sieben könnte klappen.«

»Das wäre wunderbar.« Decker nannte Brandy Neil die Adresse des Reviers und seine Handynummer. »Wir sehen uns dann gegen sieben. Bitte sagen Sie Bescheid, falls etwas dazwischenkommt. Und ganz herzlichen Dank.«

Bevor er auflegen konnte, fragte sie: »Wo ist mein Bruder jetzt?«

»Immer noch im Leichenschauhaus.«

»Wenn meine Mutter Ihnen meine Nummer gegeben hat, weiß sie es, oder?«

»Ja, das tut sie.«
»O Gott! Wie furchtbar ... einfach grauenvoll.«
»Ja, wirklich furchtbar. Mein herzliches Beileid.«
»Musste er leiden?«
»Nein«, teilte Decker ihr mit.

Keine Lüge, aber auch nicht die Wahrheit. Er wusste es schlicht und einfach nicht genau, und daher bestand auch kein Grund, die Sache für sie noch schlimmer zu machen.

KAPITEL 5

Auf dem Stuhl im Vernehmungszimmer saß Dash Harden. Sein Verhalten war aufsässig, aber sein Gesicht verriet Furcht. Mit Sachbeschädigung, einem anonymen Verbrechen, kannte er sich aus, aber jetzt musste er sich dem Feind persönlich stellen. Dash war achtzehn und etwa einen Meter achtzig groß, sein Körper war allmählich der eines Erwachsenen, und an seinen schmächtigen Ärmchen begannen sich richtige Muskeln zu zeigen. Er hatte hellbraunes Haar und ein von Sommersprossen und Akne gesprenkeltes Gesicht. Seine Haare waren kurz geschnitten, und sein Gesicht hatte etwas Bulldoggenartiges. Er wiederholte immer wieder, er sei die ganze Nacht zu Hause gewesen. Da Decker keine Beweise hatte, dass Dash an der Zerstörung der Briefkästen beteiligt war, verriet er Lennie Baccus, dass er den Sachverhalt etwas großzügig ausgelegt hatte. Ihre Aufgabe war es, zuzuhören und sich Notizen zu machen, vor allem was die nonverbalen Reaktionen anging, da die Vernehmung aufgezeichnet wurde. Dabei sollte sie besonders auf Dinge achten wie die Körperhaltung des Jungen, seine Unruhe, was er mit den Händen anstellte, der Augenkontakt mit Decker, ob er aufblickte, den Blick senkte oder wegsah. Während das Gesagte vordergründig betrachtet einfacher zu verstehen war, waren es die Gesten, die nahezu immer die Wahrheit sagten.

»Dash, diese Briefkästen sind jetzt zum dritten Mal umgeworfen worden«, sagte Decker. »Nach dem zweiten Mal haben wir eine Überwachungskamera installiert.« Der Teil stimmte tatsächlich. »Du und deine Freunde seid auf den Aufnahmen zu sehen.«

Dashs Bein zitterte. »Ich war nicht da.«

Decker hatte dem Jungen noch nichts von Brady Neil erzählt. Seit zwanzig Minuten unterhielt er sich jetzt bereits mit Dash, also war es an der Zeit, einen Gang raufzuschalten. »Glaubst du wirklich, ich würde mir die ganze Mühe machen und dich hier auf dem Revier befragen, wenn es sich nur um ein, zwei kaputte Briefkästen handeln würde? Na ja, mehr als zwei. Wie auch immer, darum geht es mir gar nicht.«

Harden rutschte weiterhin unruhig auf seinem Stuhl hin und her. »Ich war gar nicht da.«

»Doch, warst du.«

Schweiß trat dem Jungen auf die Stirn. »Ich schwöre, ich war nicht da.«

»Doch, warst du.«

»Nein, war ich nicht.«

»Ich hab dich auf den Aufzeichnungen der Überwachungskamera gesehen.«

Längeres Schweigen. »Das war ich nicht.«

»Schön, dann warst du's nicht.«

Das Gesicht des Jungen erhellte sich. »Kann ich gehen?«

»Nein, kannst du nicht.«

»Und warum nicht?«

»Weil ich dich auf den Aufzeichnungen gesehen habe, und das hat mehr Gewicht als deine Behauptungen.«

»Das war ich nicht.«

»Dash, deine Kumpels und du beschädigt schon ziemlich lange Briefkästen, Hauswände, Straßenschilder und Gebäude in Greenbury. Und dann verzieht ihr euch immer wieder schnell nach Hamilton, wo ihr glaubt, in Sicherheit zu sein. Aber diesmal nicht. Sag einfach die Wahrheit, und wir sind hier fertig.«

»Ich war nicht dort.«

»Doch, das warst du.« Decker schenkte dem Jungen etwas Wasser ein. »Junge, der Erste aus eurer Gang, der mir die Wahrheit sagt, kriegt die mildeste Strafe – ihr bekommt nämlich alle eine Anzeige. Ich weiß, dass du von der Leiche weißt.

Das bedeutet, ich setze die Anklage von Zerstörung von Eigentum – öffentlichem Eigentum – einfach auf Mord rauf ...«

Der Junge sprang förmlich von seinem Stuhl auf. »Ich hab niemanden umgebracht!«

»Ich glaube dir, Dash.« Der Junge beruhigte sich. »Komm, setz dich wieder.«

Dash tat wie geheißen.

»Erzähl mir, was du über die Sache weißt.«

Neue Schweißperlen traten auf die picklige Stirn des Jungen. »Sir, ich weiß überhaupt nichts von 'ner Leiche.«

Decker sah zu Lennie und verdrehte kaum merklich die Augen. »Dash, ich glaube, du bist ein guter Junge. Du bist der Erste, der hergekommen ist, um mit uns zu reden. Und darum lassen wir auch Nachsicht walten, wenn du endlich anfängst, mir zu erzählen, was wirklich passiert ist. Wenn du nicht redest, zwingst du mich zu handeln. Dann gehe ich nach nebenan, wo mein Kollege gerade Chris Gingold dasselbe Angebot macht.«

»Ich brauch kein Angebot.« Er wippte mit dem Bein. »Ich hab nämlich nichts gemacht.«

»Schön, du hast nichts gemacht. Erzähl mir, was du weißt.«

»Ich kenne meine Rechte. Ich kann einen Anwalt verlangen.«

»Noch habe ich dich nicht unter Anklage gestellt. Aber falls ich das tue und du einen Anwalt bekommst, wird er oder sie dir dasselbe raten. Fang an zu reden, das ist deine beste Chance. Andernfalls werdet ihr alle des Mordes angeklagt. Du bist auf den Aufzeichnungen zu sehen; ihr wart alle dort.«

»Wenn's diese Aufzeichnungen wirklich gibt, dann wissen Sie, dass wir nichts mit der Sache zu tun hatten.«

Kurzzeitig war Decker verunsichert. »Weswegen würde ich das wissen?«

Ausgedehntes Schweigen. Dann: »Das ist alles, was ich dazu zu sagen habe.«

Decker seufzte. »Ich bin einer von den Guten, Dash, also werd ich dir die Wahrheit sagen. Aber das bleibt unter uns.«

Der Junge blieb stumm.

»Es gibt Lücken in den Aufzeichnungen. Wir können sehen, wie ihr die Briefkästen zertrümmert, aber es wird nicht daraus klar, was mit der Leiche passiert ist.«

»Dann haben Sie auch keine Beweise gegen mich.«

»Wir haben Indizienbeweise. Ihr Jungs seid auf den Aufzeichnungen zu sehen, wie ihr auf alles eindrescht, was euch im Weg steht, und mit Vorstrafen wie euren hat das einiges Gewicht. Um darauf zu kommen, was ihr noch mit euren Baseballschlägern angestellt habt, muss man nur eins und eins zusammenzählen.«

»Ich hab niemanden umgebracht.« Dashs Stimme wurde brüchig.

»Ich glaube dir, Kleiner. Aber du lieferst mir nicht gerade viel Material.«

Man konnte förmlich das Spatzenhirn des Jungen rattern hören. »Was passiert mit mir, wenn ich Ihnen erzähle, dass wir die Leiche gesehen haben, und dann haben wir's mit der Angst zu tun gekriegt und sind abgehauen?«

»Ist das denn die Wahrheit?«

Dash nickte.

»Für die Aufnahme musst du mit Ja oder Nein antworten. Habt ihr die Leiche gesehen als du und deine Freunde in der Canterbury Lane wart und Briefkästen zertrümmert habt?«

Erneut nickte der Junge.

»Dash, du musst mit Ja oder Nein antworten.«

»Ja. Okay ... okay.« Er holte tief Luft, seufzte, holte noch mal tief Luft. »Wir hatten gerade ... na, Sie wissen schon.«

»Ja, ich weiß, aber du musst es mir noch mal für das Band erzählen.«

»Wir hatten gerade ein bisschen Spaß.«

»Was meinst du mit ›wir hatten gerade ein bisschen Spaß‹, Dash?«

»Okay ... okay. Wir haben halt, na ja ...«

»Dash, wir müssen mal weiterkommen. Sag einfach, was ihr gemacht habt, in Ordnung?«

»Wir haben Briefkästen umgehauen. Na ja, ist ja nicht so schlimm. Wir haben ja schließlich keine Autoscheinwerfer eingeschlagen oder so.«

Decker lagen Meldungen über eingeschlagene Scheinwerfer und Rücklichter vor. Es wäre ein Leichtes, den Jungen dazu zu bringen, darüber zu reden, aber im Moment ging es ihm nur um Brady Neil. »Sprich weiter.«

»Mein Leben ist so was von beschissen öde! Meine Mom raucht den ganzen Tag Hasch, mein Stiefvater trinkt, und jedes Mal wenn die beiden sauer, besoffen oder zugedröhnt sind, also ständig, krieg ich's ab. Jetzt erzählen Sie mir nicht, ich soll zum Jugendamt gehen. Hab ich schon probiert. War total für den Arsch. Ich hab keine Wahl, ich muss zu Hause wohnen. Wenigstens hab ich ein Bett, was zu essen, und im Winter ist geheizt. Ich spare auf ein eigenes Auto. Sobald ich eins habe, haue ich für immer da ab.«

»Wenn das Gericht rausfindet, was du in letzter Zeit so getrieben hast, wirst du keinen Job mehr haben.«

»Soll heißen, was immer ich mache, ich bin geliefert.«

»Nicht zwangsläufig, Dash. Wenn du versprichst, damit aufzuhören, Briefkästen zu demolieren, kannst du gehen. Aber zuerst musst du mir von der Leiche erzählen.«

Dash sah zu Boden. »Ich hab sie zuerst gesehen – bei dem Haus an der Ecke, gleich am Wald.« Sein Blick ging ins Leere. »Hab mich zu Tode erschreckt. Ich bin zurück und hab's den Bros erzählt, und wir sind alle noch mal hin, um sie uns anzugucken. Dann haben wir was gehört und sind abgehauen.«

»Was habt ihr gehört?«

»Keine Ahnung. Klang, als ob's aus dem Wald kam. Wir sind einfach abgehauen.«

»Um wie viel Uhr war das?«

»So um drei.«

»Drei Uhr morgens? Also eigentlich heute?«

»Genau.«

»Kannst du die Leiche identifizieren?« Zuerst kam keine Antwort. »Dash, weißt du, wer der Tote …«

»Ja, Brady Neil.«

»Du wusstest, dass es sich bei der Leiche um Brady Neil handelte?«

»Nein, zuerst nicht. Als ich hinkam, lag er mit dem Gesicht nach unten. Riley hat ihn umgedreht.«

»Warum hat er das getan?«

»Um festzustellen, wer es ist. Und ob er noch lebt. Hat er nicht. Dann hab ich auch gesehen, dass es Brady war. Sein Schädel war … total eingedellt.« Längeres Schweigen. »Wir sind abgehauen.«

»Woher kennst du Brady?«

»Nur so vom Abhängen.«

»Hat Brady euch Drogen verkauft?«

»Nein.«

»Laut seiner Mom hatte er immer jede Menge Bargeld. Was weißt du darüber?«

Der Junge wandte den Blick ab. »Gar nichts.«

»Was weißt du, Dash? Es kommt sowieso raus, du kannst es mir genauso gut selbst erzählen.«

»Ich weiß gar nichts!«

Decker schwieg und wechselte einen Blick mit Lennie. Während der gesamten Vernehmung war sie ruhig und gefasst gewesen und hatte sich zahlreiche Notizen gemacht. Falls Brady Neil kein Dealer oder Pokerass war und auch nicht bei einer Pferdewette gewonnen hatte, gab es nur noch eine weitere Möglichkeit, wie ein junger Mann einfach an Geld kommen konnte.

Decker versuchte sein Glück: »Hat Brady dich eventuell für geklaute Ware bezahlt?«

»Nein. Ich hab noch nie was geklaut.«

Höchstwahrscheinlich war das gelogen. Decker fuhr fort: »Hat Brady dich dafür bezahlt, geklaute Sachen zu verticken?«

»Das war nicht geklaut.« Dann bemerkte Dash seinen Fehler und biss sich auf die Zunge.

»Was für Sachen solltest du denn für ihn verticken?«

»Das Zeug war nicht geklaut.«

»Zunächst mal, worum hat es sich überhaupt gehandelt?«

»Oller Kram, hauptsächlich alte, kaputte elektronische Geräte. Er hat uns erzählt, die hätte er aus irgendwelchen Müllcontainern.«

»Was für elektronische Geräte?«

»Alte Handys, Laptops und kaputte Spielekonsolen. Für so was, alten Scheiß recyceln, gibt's Abnehmer. Ich bin zu dem Treffpunkt gegangen, wo ich hingehen sollte, hab auf der Straße 'nen Typen getroffen und ihm den Kram übergeben. Ein paar Tage später hat mir Brady dann ein bisschen Geld zugesteckt.«

»Wie viel?«

»So um die zehn bis zwanzig Dollar für die ganze Ladung.«

»Warum hat Brady die Sachen nicht selbst verticht? Warum hat er dich als Mittelsmann eingeschaltet?«

»Keine Ahnung. Aber für mich war's leicht verdientes Geld, da hab ich keine Fragen gestellt.« Dash sah weg. »Und um gestohlen zu sein, sah der Kram echt zu kaputt aus.«

Vermutlich log der Junge schon wieder. Decker fragte: »Und das war das Einzige, was du für Brady gemacht hast? Diesem Mann irgendwelchen alten Müll übergeben?«

»So sieht's aus.«

»Was ist mit deinen Kumpels?«

»Brady hat denen nicht getraut. Hat gesagt, die sind zu dumm.«

Dann war Dash also der Intelligente. Da konnte sich die Welt ja warm anziehen. Decker fragte weiter: »War da manchmal auch ein neues iPhone oder ein neuer Laptop dabei?«

»Weiß ich nicht mehr. Was auch immer. Brady hat gesagt, er hatte das ganze Zeug aus irgendwelchen Müllcontainern.«

»Und ich wette, Brady hat dir auch erzählt, du kriegst keine Schwierigkeiten deswegen, weil du noch nicht volljährig bist. Stimmt aber nicht.«

»War doch nur kaputter Kram.« Dash blieb beharrlich. »Falls er die richtig guten Sachen vertickt hat, hatte ich keine Ahnung davon.«

»Wie lange hast du diesen ›kaputten Kram‹ für ihn verkauft?«

»Ein paar Monate ... vielleicht ein halbes Jahr.«

»Und du hast nie versucht, dein eigenes krummes Geschäft aufzuziehen?«

»Das war kein krummes Geschäft. Er hatte die Kontakte, und er hat das Zeug im Müll gefunden. Für zwanzig Dollar wühl *ich* doch nicht im Dreck rum. Wenn er's saubergemacht hat, hab ich gerne den Laufburschen für ihn gespielt. He, was soll das?«

»Du bleibst schön hier, Dash. Bin gleich wieder da.« Decker war aufgestanden, und Lennie schloss sich ihm an.

Sobald sie außer Hörweite des Jungen waren, fragte Decker: »Was denken Sie?«

»Das Geschäftsmodell klingt plausibel.«

»Schon, aber sagt der Junge auch die Wahrheit?«

Lennie dachte nach, dann sagte sie: »Ich glaube nicht, dass er Brady Neil umgebracht hat.«

»Wieso?«

»Ich denke, vielleicht verbirgt er etwas vor uns, zum Beispiel, dass er Diebesgut an den Mann gebracht hat. Er ist nervös: wippt mit dem Bein, sieht überallhin, nur Sie nicht an. Aber ich glaube nicht, dass er einen Mord verbirgt. Dafür verhält er sich nicht nervös genug.«

»Vielleicht ist ihm menschliches Leben nichts wert.«

Baccus überlegte kurz. »Würde er sich immer noch hier in der Gegend aufhalten, wenn er erst vor zwölf Stunden jemanden umgebracht hätte?«

»Wenn er ein bisschen blöd ist, was ja zutrifft, schon ... obwohl er doch angeblich der Intelligente ist.«

Lennie musste schmunzeln. »Intelligenz ist relativ.«

»Stimmt natürlich.« Decker zuckte die Achseln. »Sie haben recht. Ich glaube auch nicht, dass er Brady Neil ermordet hat, aber er erzählt uns nicht die ganze Wahrheit. Schauen wir mal, wie seine Geschichte sich mit dem deckt, was Chris Gingold sagt. Gehen Sie in das andere Vernehmungszimmer und bitten Sie McAdams und Butterfield vor die Tür.«

Wie sich herausstellte, bestätigte Gingold im Großen und Ganzen, was Harden ihnen erzählt hatte. Dash hatte die Leiche zuerst gefunden, und Dash hatte den anderen auch erzählt, dass er Brady Neil kannte. Chris Gingold selbst behauptete, Brady nicht gekannt zu haben. Das war vermutlich eine Lüge, aber ohne etwas Konkretes, anhand dessen sie die Jungs hätten festhalten können, durften sie wieder gehen – nachdem sie versprochen hatten, sich anständig zu verhalten und keine Briefkästen mehr zu zerstören.

»Morgen um zehn kommt Riley Summers aufs Revier, oder?«, fragte Decker.

»Hat er mir zumindest versprochen«, sagte McAdams.

»Warten wir mal ab, was der zu sagen hat.« Decker drehte sich zu Lennie um. »Diesmal übernehmen Sie die Befragung.«

Dann wandte er sich an Kevin Butterfield, einen erfahrenen ehemaligen Detective, der wie Decker ebenfalls halb im Ruhestand war. Butterfield war groß, hatte eine Glatze und sah drein wie ein Professor, als ob er jede Frage sorgfältig abwäge. »Würdest du bei Officer Baccus' Vernehmung dabei sein?«

»Natürlich, gerne.« Butterfield drehte sich zu Lennie. »Wir sollten uns davor kurz unterhalten. Sagen wir, um neun Uhr dreißig morgen früh, nachdem Sie sich überlegt haben, welche Fragen Sie stellen wollen?«

»Das wäre wirklich toll, danke«, entgegnete Lennie.

»Was ist als Nächstes dran?«, fragte McAdams.

Decker las gerade eine SMS auf seinem Handy. Er sah auf die Uhr: sechs Minuten vor sechs. »Hm, scheint, als hätte Brady Neils Schwester beschlossen, mich für vertrauenswürdig zu halten. Anstatt sich hier mit mir zu treffen, soll ich um halb acht zu ihr in die Wohnung kommen.« Er sah zu Tyler hoch. »Solange du von uns Gehalt beziehst, kannst du auch mitkommen.«

»Soll ich mal rausfinden, was sich bislang bei der Befragung der Anwohner ergeben hat?«, erkundigte sich Butterfield.

»Die haben nicht mitbekommen, wie direkt vor ihrem Haus die Briefkästen zertrümmert wurden, also hege ich da nicht allzu viel Hoffnung«, antwortete Decker. »Andererseits leiden ältere Menschen an Schlafstörungen. Vielleicht hat ja jemand durch die Gardine gespäht und ein Auto davonfahren sehen.«

»Ich hole mir schnell ein Sandwich, dann fahre ich wieder zurück nach Canterbury«, sagte Butterfield.

»In Ordnung.« Zu McAdams sagte Decker: »Du solltest dir auch was zum Abendessen besorgen.«

»Isst du nichts?«

»Bring mir einen getoasteten Bagel mit Frischkäse von Bagelmania mit. Und 'nen Kaffee. Das Zeug hier im Revier ist ungenießbar.«

»Das kann ich übernehmen«, bot Lennie an.
»In Ordnung, vielen Dank.«
»Gibt's sonst noch etwas?«
»Haben Sie schon mal eine Vernehmung durchgeführt?«
»Das ein oder andere Mal.«
»Dann bereiten Sie ein paar Fragen vor.«
»Das mache ich, sobald ich mit Ihrem Bagel zurück bin.«
»Bringen Sie sich auch einen mit. Der geht auf mich.«
»Danke, der ist prima für später.« Ein angedeutetes Lächeln. »Als Neuling in einem Mordfall stelle ich mich auf eine lange Nacht ein.«

KAPITEL 6

Decker hoffte, vor seinem Gespräch mit Brandy Neil noch einige Hintergrundinformationen zusammenzutragen, und ging die zahlreichen Artikel im Netz über den Levine-Doppelmord durch. Schließlich gelang es ihm, daraus eine Geschichte zu rekonstruieren.

Vor über zwei Jahrzehnten hatte Gregg Levine um vier Uhr morgens vom elterlichen Geschäft *Levine's Luscious Gems* aus den Notruf gewählt. Mit Panik und Fassungslosigkeit in der Stimme hatte er berichtet, dass seine Eltern Lydia und Glen ausgeraubt, gefesselt, geschlagen und durch Kopfschuss ermordet worden waren. Die Polizei war sofort losgeschickt worden. Am grauenhaften, blutbesudelten Tatort angekommen, nahmen die Beamten eine erste Aussage von Gregg zu Protokoll. Seine Eltern und er hatten die Nacht durchgearbeitet und die alljährliche Inventur vorgenommen, als zwei Männer in Skimasken in den Laden gestürmt waren. Gregg war gerade in einem Hinterzimmer und spähte vorsichtig hinaus, lange genug, um mitzubekommen, wie die Räuber seinen Eltern einen Schlag auf den Kopf versetzten und auf sie eintraten und -schlugen. Aus Angst um sein eigenes Leben versteckte sich Gregg in einer Abstellkammer hinter dem Boiler, als er Schreie und schließlich zwei Schüsse hörte. Darauf folgte das Klirren von eingeschlagenen Scheiben und gedämpfte Stimmen. Erst zwei Stunden später öffnete er die Tür der Abstellkammer, als er sich relativ sicher war, dass die Eindringlinge das Geschäft verlassen hatten.

Der Anblick, der sich ihm bot, war das nackte Grauen: seine Eltern, gefesselt und geknebelt, saßen dort tot in ihrem eigenen Erbrochenen, Blut und Exkrementen. Obwohl Gregg die Mörder nur kurz gesehen hatte, konnte er eine grobe Beschreibung eines der Männer abgeben. Anscheinend war es einem der beiden zu heiß geworden, und er hatte sich die Maske heruntergerissen. Gregg gab eine Einschätzung der ungefähren Größe und des Gewichts der Männer ab. Er war sich ziemlich sicher, dass der Mann, den er gesehen hatte, ein Weißer war. Die Frage, ob er diesen Mann wiedererkennen würde, beantwortete Gregg mit »vermutlich ja«.

Nachdem die Polizei unzählige aktenkundige Kriminelle, Spitzel und Hehler unter die Lupe genommen hatte, konnte sie den infrage kommenden Personenkreis auf Brandon Gratz und Kyle Masterson eingrenzen. Seit dem Raubmord befanden die beiden sich längst schon nicht mehr in Hamilton, und die Männer und ihre Fahrzeuge wurden zur Fahndung ausgeschrieben. Entsprechende Warnungen wurden herausgegeben: »bewaffnet und gefährlich« und »nicht nähern« ohne entsprechende Verstärkung. Nach einer flächendeckenden Suche fand man die beiden in Nashville; die Beute hatten sie noch bei sich. Aufgrund der Juwelen in ihrem Besitz und der Aussage von Gregg als Augenzeugen wurden sie unter Anklage gestellt, verhaftet, an die zuständigen Behörden ausgeliefert, vor Gericht gestellt und kamen schließlich in Haft. Fast der gesamte gestohlene Schmuck konnte sichergestellt werden, aber zum Zeitpunkt der Urteilsverkündung waren einige besonders wertvolle Edelsteine und auffällige Stücke noch immer unauffindbar.

Victor Baccus war der leitende Ermittler in diesem Mordfall gewesen, aber er war dabei von einem ganzen Team unterstützt worden. Bei den Interviews für die einzelnen Zeitungen hatte er genau darauf geachtet, dass auch seine Mitarbeiter die ihnen zustehende Anerkennung erhielten. Des Weiteren verbrachte er einige Zeit damit, Geld für die fünf Kinder zu sammeln, die die Levines hinterlassen hatten. Im Alter von zwanzig Jahren war der Party-Boy Gregg Levine gezwungen gewesen, sein sorgloses Studentenleben aufzugeben und das

Geschäft zu übernehmen, um den Lebensunterhalt für sich und seine Geschwister zu verdienen.

Die Zeitungen berichteten von nichts Ungewöhnlichem, und beim Lesen witterte Decker nichts als gute, hartnäckige Polizeiarbeit. Ein Verbrechen war begangen worden, es gab eingehende, zeitaufwendige Ermittlungen, und zwei besonders üble Schwerverbrecher waren gefasst worden. Alles erschien vollkommen logisch.

Dennoch fragte sich Decker, was mit der Alarmanlage los gewesen war. Nirgends war erwähnt worden, dass der Alarm ausgelöst worden war, was normalerweise dafürsprach, dass ein Mitarbeiter gemeinsame Sache mit den Räubern gemacht hatte, und es war unwahrscheinlich, dass die Levines so spät noch gearbeitet hatten, ohne die Alarmanlage scharf zu stellen. Er notierte sich das Wort ALARM mit einem Fragezeichen in seinem Notizbuch und würde dem nachgehen, falls er jemals die Originalunterlagen zu Gesicht bekäme.

McAdams kam in Begleitung von Lennie Baccus zurück ins Revier. Zu Decker sagte er: »Wir haben deinen Bagel.«

Decker sah vom Bildschirm auf. »Danke. Habt ihr beide schon zu Abend gegessen?«

»Ja, in einem neuen Café in der Princeton Street. Indische/Thai-Fusionsküche. Das heißt, alles, was sie einem servieren, tötet die Geschmacksnerven ab, während es gleichzeitig dafür sorgt, dass man sich vor Bauchschmerzen windet.«

Lennie lachte. »Also mir hat's geschmeckt. In Hamilton haben wir nichts in der Art. Hat mich an Philly erinnert. Die Restaurants da sind fantastisch.«

»Seid ihr beide da gewesen?«

»Reiner Zufall«, antwortete Lennie. »Tyler hatte schon einen Tisch. Der Laden war winzig, und es warteten schon ziemlich viele Leute in der Schlange. Er war so nett, mir einen Platz anzubieten.«

»Das war meine gute Tat für diesen Sommer.« McAdams sah Decker über die Schulter. »Was liest du da gerade?«

»Lennie, rufen Sie mal Detective Butterfield an und fragen Sie ihn, ob er Hilfe bei der Anwohnerbefragung braucht.«

»Natürlich.«

»Und danke für den Bagel.« Decker wickelte sein Sandwich aus und biss hinein. Frischkäse quoll heraus. Sein Blick wanderte zurück zum Computer.

McAdams verzog das Gesicht. »Wieso liest du Artikel über einen Fall, der zwanzig Jahre zurückliegt? Ich dachte, wir hätten entschieden, das ist eine Sackgasse.«

»Nein, du hattest das entschieden.« Decker drehte sich zu ihm um. »Wenn ich mich mit Brady Neils Schwester unterhalten soll, gehört es sich doch wohl, so viel wie möglich über die Familie herauszufinden.« Er zeigte auf den Bildschirm. »Und Brandon Gratz ist nun mal ein Teil davon.«

»Brandon Gratz?« Lennie hatte ihr Telefonat beendet. »Wieso recherchieren Sie über Brandon Gratz?«

»Gute Frage«, pflichtete McAdams ihr bei.

»Er ist Brady Neils Vater. Seine Mutter hat die Nachnamen der Kinder ändern lassen, nachdem Brandon Gratz verhaftet und verurteilt worden war.«

»O Mann! Ich bin ja so dumm!« Lennie schlug sich an die Stirn und schnippte ihre langen Nägel an. »Klar! Natürlich!«

»Warum natürlich?«, fragte McAdams.

»Weil Brandon Gratz und Kyle Masterson meine Kindheit bestimmt haben.«

»An was erinnern Sie sich bezüglich dieses Falls?«, fragte Decker.

»Ich war sieben, als der Doppelmord in den Nachrichten kam. Hat mich und all meine Klassenkameraden in Angst und Schrecken versetzt. Dass etwas so Furchtbares passieren konnte. Ich weiß noch, ich hatte einen Babysitter, den ich über alles geliebt habe. Nach den Morden durfte sie nicht mehr auf mich aufpassen. Ihre Mutter wollte nicht, dass sie abends noch allein unterwegs war. Ich war zwar untröstlich, habe es aber verstanden. Um ehrlich zu sein, konnten meine Eltern noch lange danach abends nicht ausgehen, ich habe sie einfach nicht gelassen.«

»Haben Sie Familie Gratz gekannt?«

»Nein. Damals hatte Hamilton vielleicht achtzigtausend Einwohner. Jetzt sind es über einhunderttausend. Die Stadt hat drei Highschools. Brady und ich sind ungefähr im selben Alter, aber wir haben nicht in demselben Einzugsgebiet gewohnt, was Schulen anging, daher habe ich nie wirklich viel mit ihm zu tun gehabt. Er ist in Bitsby aufgewachsen – ein Viertel mit vielen Arbeitern und Sozialhilfeempfängern. Etliche der Eltern waren Trinker. Einige haben Drogen genommen. Andere saßen im Gefängnis. Es gab dort jede Menge Kids ohne Zukunftsperspektive. Daran hat sich nichts geändert. Ich bin sechs Meilen entfernt in Claremont aufgewachsen. Ebenfalls ein Arbeiterviertel, aber im Vergleich zu Bitsby eindeutig Beverly Hills.«

»Und haben Sie zufällig die Familie der Opfer gekannt?«

»Die Levines? Die haben in Claremont an der Grenze zu Bellweather gewohnt. Als ich klein war, kam mir ihr Haus wie ein Palast vor, aber in Wirklichkeit ist es nur ein zweigeschossiger Backsteinbau mit höchstens 230 Quadratmetern. Was zwar nicht klein ist, aber nichts im Vergleich zu Lower Merion.«

»Das ist das Nobelviertel von Philadelphia«, merkte McAdams an.

»Ich weiß«, brummte Decker. »Aber Sie kannten die Levines nicht?«

»Naja, ich kannte die jüngste Tochter, Ella. Sie war eine Klasse über mir, und nachdem die Sache passiert war, sollte sie nicht in Hamilton bleiben und ist für ungefähr ein Jahr zu Verwandten gezogen.«

»Wie viele Kinder gab es insgesamt?«, fragte McAdams.

»Fünf. Der Älteste war Gregg, damals dachte ich, er wäre total alt. Aber tatsächlich war er nur zwanzig oder einundzwanzig, als er als Kronzeuge gegen die Angeklagten ausgesagt hat. Muss schrecklich für ihn gewesen sein.«

»Und wie«, kommentierte McAdams. »Dabei war er ja selbst fast noch ein Kind.«

»Ja, aber er hat's geschafft. Er hat das Studium abgebrochen und das elterliche Geschäft übernommen. Nach ein paar Jahren hat er seine ganzen Geschwister wieder zu sich nach Hause geholt. Die Großeltern haben auch mitgeholfen, aber Gregg und die Zweitälteste, seine Schwester Yvonne, haben das Geschäft weitergeführt und sich gleichzeitig um die restlichen drei Kids gekümmert. Ella war die Jüngste, aber die anderen beiden waren auf der Highschool, also müssen sie Teenager gewesen sein. Unterstützung kam auch aus Hamilton. Ich erinnere mich, dass mein Dad mich mal zu einem besonderen Polizei-Dinner zugunsten der Familie mitgenommen hat.«

»Eine Riesenverantwortung für einen zwanzigjährigen Jungen und seine noch jüngere Schwester«, merkte Decker an.

»Heute, zwanzig Jahre später, gibt es das Geschäft immer noch. Die anderen drei Geschwister wohnen nicht mehr in der Gegend. Ich weiß nicht, was aus ihnen geworden ist. Aber Gregg und Yvonne sind noch in Hamilton. Beide haben jemanden von hier geheiratet und selbst Kinder. Sie engagieren sich viel ehrenamtlich, für Pflegefamilien und benachteiligte Jugendliche. Das speist sich ganz sicher aus ihren eigenen Erfahrungen.«

Lennie setzte sich und schüttelte nachdenklich den Kopf. »Ich habe seit Ewigkeiten nicht mehr an Gratz und Masterson gedacht. Bald sollte doch über deren Bewährung entschieden werden.«

»Nächstes Jahr.«

»Das wird nicht klappen. Nicht, wenn man die Familie Levine dazu befragt.«

»Irgendeine Vorstellung, warum Brandon Gratz und Kyle Masterson nicht lebenslänglich ohne Bewährung bekommen haben?«

»Das müssen Sie meinen Vater fragen. Er und ganz Hamilton waren der Auffassung, das Ganze sei der größte Justizirrtum gewesen, der je hier in der Gegend passiert ist. Nach dem Fall ist die Richterin in den Ruhestand gegangen und von hier weggezogen. Ich habe ihren Namen vergessen. Ich kann mich noch erinnern, wie mein Vater über das viel zu gutgläubige liberale Justizsystem gewettert hat.«

»Ihr Vater war leitender Ermittler bei diesem Fall.«

»Ja, ich weiß. Er hat Tag und Nacht daran gearbeitet. Ich glaube, er hat kein Auge zugetan, bis Gratz und Masterson gefasst, angeklagt und weggesperrt worden waren.«

Decker nickte. »Ich habe mir mal die Artikel über ihn angesehen. Die Verurteilungen wurden ihm und der soliden Polizeiarbeit, die er geleistet hat, zugeschrieben.«

»Wie gesagt, er hat rund um die Uhr an dem Fall gearbeitet.«

»Schon komisch, dass er Ihnen nie gesagt hat, dass Brady Neil der Sohn von Brandon Gratz war«, bemerkte McAdams, an Lennie gewandt.

»Sicher hat mein Vater einfach angenommen, ich wüsste es.« Baccus sah zu Decker. »Hat mein Vater Ihnen von Bradys Vater erzählt?«

»Nicht zu dem Zeitpunkt, als Radar mit ihm gesprochen hat, aber da wussten wir auch noch nicht, wer das Opfer ist. Wenn ich ihn danach frage, sagt er mir bestimmt alles, was er weiß. Ob der Doppelmord etwas mit Brady Neils Tod zu tun hat?« Decker zuckte die Achseln. »Im Moment stehen wir noch ganz am Anfang und sollten noch niemandem etwas über unsere Ermittlungen verraten. Wie McAdams nicht müde wird zu erwähnen: Wir sollten uns nicht von zwanzig Jahre alten Fällen ablenken lassen, die vielleicht gar nicht relevant sind.«

Im Zimmer herrschte Stille. Lennie nahm ihren Rucksack. »Ich fahre raus und helfe Butterfield vor Ort, bis es dunkel wird. Soll ich danach wieder herkommen?«

»Dann ist es nach neun. Gerade brennt nichts an, also fahren Sie danach einfach nach Hause.«

»Danke. Ich möchte mich auf die Vernehmung morgen früh vorbereiten.«

»Tun Sie das.« Decker überlegte. »Lennie, wohnen Sie weit von hier?«

»Nein. Gleich hinter der Stadtgrenze. Warum?«

»Falls ich im Verlauf der Ermittlungen Hilfe brauche, würde ich eher auf Sie zurückgreifen, wenn Sie in der Nähe wohnen.«

»Fünfzehn Minuten mit dem Auto von hier. Ich wohne in einem Einzimmerapartment. Wenn ich die Arme richtig ausbreite, kann ich die Wände berühren. Also melden Sie sich, wann immer Sie Hilfe brauchen.«

»Danke. Jetzt ab mit Ihnen. Wir sehen uns morgen.«

Decker wartete, bis die junge Frau gegangen war, dann fuhr er den Computer herunter. »Wir sollten los, wenn wir rechtzeitig bei Brandy Neil sein wollen.«

»Das war 'ne komische Frage«, sagte McAdams. »Wie weit vom Revier sie wohnt. Mich hast du das nie gefragt.«

»Du hast doch in Greenbury gewohnt.«

»Nein, darum ging's nicht.« McAdams wartete.

Schließlich sagte Decker: »Tyler, wie fragt man normalerweise, wenn man wissen will, wo jemand wohnt?«

»Wo wohnen Sie?«

»Und was hätte sie wohl gedacht, wenn ich sie das gefragt hätte?«

»Sie hätte gedacht, du fragst sie, wo sie wohnt.«

»Aber vielleicht auch, mit wem sie zusammenwohnt.«

McAdams dachte darüber nach. »Ach so! Du willst wissen, ob sie bei ihren Eltern wohnt. Du willst nicht, dass sie ihrem Dad beim Abendbrot von unserem Fall erzählt.«

»Victor Baccus ist ihr Vater, und er interessiert sich ganz sicher für jedes Detail, das mit dem wichtigsten Fall seiner Karriere zu tun hat. Und bis wir Brady Neils Mörder gefunden haben, wird Chief Baccus sich fragen, ob es einen Zusammenhang zwischen den beiden Fällen gibt. Möglicherweise wird er seiner Tochter die ein oder andere Frage stellen.« Decker stand auf und wischte sich die Bagelkrümel vom Mund. »Hoffentlich wird sie aber so viel zu tun haben, dass sie keine Zeit für ein gemeinsames Abendessen mit ihren Eltern und unnötiges Geschwätz hat. Komm, wir fahren.«

»Warum sagst du ihr nicht einfach, sie soll den Fall vertraulich behandeln?«

»Ich habe ihr doch schon gesagt, wir sollten noch niemandem etwas über unsere Ermittlungen verraten. Sie war mal Detective und ist eine ausgebildete Polizeibeamtin. Sie weiß, was Vertraulichkeit bedeutet, und das weiß auch der Chief. Wenn ich die Sache zu sehr hervorhebe, wirkt es so, als ob ich a) ihr nicht traue – was zutrifft – und b) ich ihrem Dad misstraue – was eben nicht zutrifft. Falls es zu Unstimmigkeiten zwischen Vater und Tochter kommt, macht das die ganze Sache schwieriger für mich. Jetzt müssen wir aber wirklich los.«

Gemeinsam verließen sie das Revier und gingen zu Deckers Wagen. McAdams fragte: »Glaubst du, Chief Baccus hat seine Tochter in unser Team aufnehmen lassen, damit sie die Ermittlungen im Auge behält? War wirklich 'ne seltsame Bitte.«

»Ja, war es. Keine Ahnung, was seine Beweggründe waren. Ich werde ihn erst mal beim Wort nehmen und mich auf unseren Fall konzentrieren.«

McAdams setzte sich auf den Beifahrersitz. »Ich find's immer noch merkwürdig.«

»Harvard, du bist ein vorsichtiger Typ. Ich bin ein vorsichtiger Typ. Bis wir wissen, was wirklich vor sich geht, behalten wir diese Unterhaltung für uns. Denk dran, was ich gesagt habe, wenn du das nächste Mal mit Lennie essen gehst.«

»Ich bin nicht mit ihr essen gegangen«, beschwerte sich McAdams. »Ich hab ihr lediglich einen Platz an meinem Tisch angeboten.« Er hielt inne. »Glaubst du etwa, sie wollte mich ausfragen?«

Decker drehte den Zündschlüssel. »Worüber habt ihr euch denn unterhalten?«

»Ach, nur Small Talk. Ich habe über die Jura-Fakultät in Harvard geredet, sie über ihre Zeit am Philadelphia PD. Ich hab ihr übrigens nichts über Cindy erzählt.«

»Natürlich nicht.« Decker fuhr vorsichtig vom Revierparkplatz auf die Straße. »Da hättest du auch unter Gehirnerweichung leiden müssen, und das tust du nicht. Wenn du dich außerhalb der Arbeit mit ihr unterhältst, bleib auf neutralem Boden. Mehr will ich dazu nicht sagen.«

»Du traust ihr nicht?«

»Sie ist neu. Ich vertraue niemandem, der gerade erst angefangen hat. In Wirklichkeit traue ich überhaupt niemandem, es sei denn ich arbeite schon sehr lange mit demjenigen zusammen.«

»Wie zynisch.«

»Nein, du bist der Zyniker. Ich bin nur misstrauisch.«

»Wie lange hat's gedauert, bis du mir vertraut hast?«

»Etwa ein Jahr. Nachdem du angeschossen worden warst.«

McAdams war schockiert. »Es musste erst jemand mit einer tödlichen Waffe auf mich schießen, bevor du mir vertraut hast?«

»Irgendwann hätte ich dir schon vertraut, Harvard.« Decker grinste. »Dass du dir die Kugel eingefangen hast, die eigentlich für mich bestimmt war, hat die Sache nur etwas beschleunigt ...«

KAPITEL 7

Bitsby war kaum mehr als ein Elendsviertel. Es gab ein Überangebot an Kautionsagenturen, rund um die Uhr geöffneten Lebensmittelgeschäften mit vergitterten Fenstern, schäbigen Motels, Wettbüros, Läden mit Elektronikgeräten zum Spottpreis und Pfandhäusern. Ganze Blocks bestanden aus unkrautüberwucherten Grundstücken und maschendrahtgesicherten Schrottplätzen. Die holprigen Straßen waren übersät mit Schlaglöchern und die Bürgersteige von Graffiti überzogen. Straßenbeleuchtung schien es kaum zu geben. Decker konnte nicht feststellen, wie effektiv sie war, da die Sonne noch schien, als er mit McAdams bei Brandy Neils Wohnung ankam.

Die Frau, die ihnen öffnete, war dreißig Jahre alt und hatte ein schmales Gesicht, das fast schon ausgemergelt wirkte. Sie war ungeschminkt, ihre trüben blauen Augen sahen müde und traurig aus. Seltsamerweise war ihr Gesicht von einer Fülle kastanienbraunen Haars eingerahmt, das in Wellen und Locken gelegt war. Sie trug Jeans, ein schwarzes T-Shirt und war barfuß. Nachdem Decker sich und McAdams vorgestellt hatte, bat Brandy sie hinein; ihre Stimme klang leise und sachlich.

Als er eintrat, musste Decker an Lennie Baccus' Beschreibung ihrer winzigen Wohnung denken. Diese hier wirkte noch erdrückender, da sie eine niedrige Decke hatte, die aus sogenannten Akustikplatten bestand, was bedeutete, dass die Wohnung vermutlich aus den 60ern oder 70ern stammte. Es gab nur wenige Möbel oder persönliche Gegenstände. Das Sofa war gelb-blau geblümt, der Stoff rissig und abgenutzt. Brandy bat sie, darauf Platz zu nehmen, was die beiden Detectives auch taten.

»Kaffee?«

»Wenn es geht, ein Wasser«, sagte Decker.
»Und Sie, Detective?« Brandy sah zu McAdams.
»Für mich bitte auch. Aus der Leitung reicht völlig.«
»Ich schließe mich an.« Decker holte sein Notizbuch heraus.
Brandy stand auf und ging zu einer Arbeitsfläche im hinteren Teil der Wohnung, auf der sich ein Kochfeld mit zwei Platten und eine Mikrowelle befanden. Der Kühlschrank war klein und kompakt und stand unter den Hängeschränken. Sie nahm drei Gläser aus dem Schrank und füllte sie unter dem Wasserhahn, dann reichte sie jedem ein Glas und setzte sich wieder. »Ich weiß nicht, was ich Ihnen erzählen kann, das hilfreich für Sie wäre. Ich weiß nicht sehr viel über Bradys Leben. Ich meine, sein Leben, nachdem ich von zu Hause weggegangen bin. Als wir alle als Familie unter einem Dach gelebt haben, war es die Hölle.«
»Wie das?«, fragte Decker.
»Na ja, ich hoffe, Sie wissen über meinen Dad Bescheid, damit ich diesen ganzen Mist nicht auch noch erzählen muss.«
»Ja, das tue ich tatsächlich. Wurden Sie geschnitten, als er ins Gefängnis kam?«
»Wir wurden regelrecht bedroht. Wir mussten dreißig Meilen nach Norden ziehen, nach Grayborn, ein kleines Scheißkaff mit einem hübschen Namen. Da haben wir ungefähr drei Jahre lang gewohnt, bis Mom mit uns zurück nach Bitsby gezogen ist und uns unter ihrem Mädchennamen Neil an der Schule angemeldet hat. Zu der Zeit war ich schon um die vierzehn. Natürlich wusste jeder in meiner Klasse, wer ich war, aber jetzt waren wir alle Teenager. Es gab zwei Lager, was mich anging: Für die einen war ich eine totale Aussätzige, für die anderen, die ›bösen Kids‹, war ich cool, weil mein einer Elternteil wegen Mordes im Knast saß. Raten Sie mal, mit welchen Leuten ich mich eingelassen habe.«

»Nicht schwer nachzuvollziehen.«

»Mit sechzehn habe ich die Schule geschmissen. Ich habe Drogen genommen, mich mit Männern eingelassen und war ein verdammt schlechter Einfluss auf Brady. Mit Mom habe ich mich nur gestritten, aber ich hatte nicht damit gerechnet, dass sie mich rausschmeißt.« Brandy senkte den Blick. »Aber das hat sie, und ich habe die Kurve gekriegt. Auf mich allein gestellt zu sein hat mich gezwungen, mich ganz schnell am Riemen zu reißen. Ich habe einen Job bei einem sehr netten Chef bekommen, der weiß, wer ich bin und was ich durchgemacht habe.«

»Was arbeiten Sie denn?«, fragte McAdams.

»Ich bin Buchhalterin, ob Sie's glauben oder nicht. Ich konnte schon immer gut mit Zahlen umgehen. Dad auch, und vermutlich hat ihn das auch ursprünglich in Schwierigkeiten gebracht. Dad war ein Spieler. Mom hat mir immer erzählt, er hätte ein System. Eine Zeit lang hat es funktioniert, aber irgendwann dann nicht mehr, und er machte Schulden. Richtig hohe. Deswegen der Raubüberfall – oder die Raubüberfälle. Der bei den Levines war wahrscheinlich nicht der erste.«

McAdams sagte: »Nehmen Sie es mir nicht übel, aber Sie müssen einen sehr ungewöhnlichen Chef haben.«

»Einmal die Woche gehe ich alles mit seiner Frau oder mit ihm selbst durch. Alle Rechnungen, Auszahlungen und Zahlungseingänge. Ich überlasse nichts dem Zufall.«

»Welcher Art von Unternehmen hat Ihr Chef?«, fragte Decker.

»Papierwaren. Er hat einen Großhandel für alles von Druckerpapier und linierten Notizbüchern bis hin zu hochwertigem Briefpapier. Ich habe mein Leben umgekrempelt. Ich habe ein bisschen Geld auf einem Pensionskonto und ein bisschen was auf der Bank. Ich wohne in dieser miesen Gegend, weil es billig ist und ich nur einen Platz zum Schlafen brauche. Ich will nicht behaupten, dass ich gar nicht mehr feiere. Wenn jemand anderes die Rechnung übernimmt, gehe ich auch mal weg. Aber ich zahle nicht selbst für Drinks, die ich eine Stunde später wieder aufs Klo trage und von denen ich nur schlimme Kopfschmerzen bekomme. Die meiste Zeit lebe ich äußerst enthaltsam.«

»Und zwischen Ihnen und Ihrer Mutter herrscht immer noch Funkstille?«

»Die Frau ist das reinste Gift. Also, nein, ich rede nicht mehr mit ihr. Aber ich schicke ihr jedes Weihnachten eine Karte mit einem Scheck über einhundert Dollar, und sie löst ihn auch jedes Jahr ein. So weiß ich, dass sie noch lebt.«

»Das hat sie gar nicht erwähnt«, merkte Decker an.

»Würde sie auch nicht. Für sie bin ich nur ein böses Kind, das sich nicht um sie kümmert.« Ein tiefes Seufzen. »Was zum Teufel ist mit meinem kleinen Bruder passiert?«

»Wir hatten gehofft, dass Sie uns da vielleicht weiterhelfen können. Was wissen Sie über Brady?«

»Nicht viel. Wir haben gesprochen, aber nicht allzu oft.«

»Worüber haben Sie sich unterhalten?«, fragte McAdams.

»Hauptsächlich darüber, wie wir beide so zurechtkommen.«

»Und wie kam Brady zurecht?«

»Er hat gesagt, ihm ginge es gut. Er hatte einen Job, ein paar Freunde. Mom hat ihn mehr oder weniger ignoriert und er sie. Außerdem hatte er den ganzen Keller als Wohnfläche. Ungefähr viermal so groß wie diese Wohnung und mietfrei. Mom hat Brady immer vorgezogen. Mich fand sie nicht so toll.«

»Kannten Sie jemanden von Bradys Freunden?«

Sie hielt inne und schüttelte den Kopf. »Ich kannte ein paar von seinen Schulfreunden, aber das ist lange her.«

Decker blätterte durch seine Notizen. »Patrick Markham und Brett Baderhoff.«

»Genau. Meine Güte, die Namen hab ich ja seit Ewigkeiten nicht mehr gehört.«

»Gab es jemanden neueren Datums?«

Brandy lächelte. »Ja, jetzt, wo ich drüber nachdenke. Er hatte einen Kumpel auf der Arbeit. Boxer. Er hat im Warenlager gearbeitet. Ich hab ihn nie kennengelernt, aber Brady hat mir erzählt, er und Boxer sind manchmal einen trinken gegangen. Er war schon älter, so um die fünfunddreißig. Klingt nicht wie sonderlich toller Umgang, aber ich kann mir da kein Urteil erlauben.«

»Ist Boxer der Vor- oder Nachname?«

»Keine Ahnung. Brady hat ihn immer so genannt.«

»Klingt wie ein Spitzname«, merkte McAdams an.

»Könnte sein.«

»Wie stand es mit Freundinnen?«, fragte Decker.

Brandy zuckte die Achseln. »Er hat nie jemanden Bestimmtes erwähnt.«

»Die nächste Frage muss ich Ihnen stellen: Wussten Sie von irgendwelchen Aktivitäten, die Brady in irgendeiner Form in Gefahr hätten bringen können?«

»Falls er gedealt hat, wusste ich es nicht.«

»Laut Ihrer Mutter hatte er immer Geld zur Verfügung.«

»Dann fragen Sie die danach.«

»Das habe ich bereits. Sie hatte keine Ahnung, wo es herstammte.«

»Ich auch nicht.«

Decker wusste nicht, wie viel er ihr erzählen sollte. Brandy schien ehrlich zu sein. Vielleicht sollte er es riskieren. »Heute Nachmittag habe ich zwei kleine Rowdys aufs Revier geholt. Beide haben mir erzählt, Brady hat gebrauchte und veraltete Elektronikausrüstung an Recyclinghändler verkauft.«

Brandy wartete. »Okay. Ist das verboten?«

»Nein. Die Kids haben ausgesagt, er hätte die Sachen in

Müllcontainern gefunden. Klingt das wie etwas, das Ihr Bruder tun würde?«

»Kann sein.« Sie zuckte die Achseln. »Brady war schon immer ein … guter Geschäftsmann. Aber seine Geschäfte waren nicht immer legal, um es vorsichtig auszudrücken.«

»Er hat gedealt?«

»Nicht im großen Stil, aber ja, auf der Highschool hat er Hasch und Pillen verkauft.«

»Das ist alles?«

»Tar-Heroin oder Crack hat er nicht vertickt, wenn Sie das meinen.« Sie überlegte kurz. »Zumindest wusste ich nichts davon, falls doch.«

»Also könnte es sein, dass er auch härtere Sachen gedealt hat.«

»Vielleicht.« Brandy sah zur Decke. »Auf jeden Fall hat irgendetwas dazu geführt, dass er ermordet wurde.«

»Da haben Sie allerdings recht«, kommentierte McAdams. »Kannte er sich mit Computern aus?«

»Soweit ich weiß, war er kein Genie oder Computernerd oder so was. Aber er hat ja in der Elektronikabteilung vom Bigstore gearbeitet und wurde zum Abteilungsleiter befördert. Also war er vielleicht doch begabter, als ich wusste.«

»Konnte Brady so gut mit Zahlen umgehen wie Sie und Ihr Vater?«, fragte Decker.

»Ja, konnte er, wenn ich drüber nachdenke. Er war jetzt kein Genie in abstrakter Mathematik, aber er konnte gut kopfrechnen. Ich könnte mir vorstellen, dass so ein Talent im Einzelhandel sehr nützlich sein kann. Heutzutage, mit Taschenrechnern und Computern, ist diese Fähigkeit allerdings nicht mehr viel wert. Aber ist ein prima Partytrick.«

»Und bei Wetten, wenn sich ständig die Quoten ändern?«

»Ich glaube nicht, dass Brady ein Spieler war. Von der Art von Leben hatten wir beide wegen Dad die Nase gestrichen voll.« Brandy sah auf die Uhr. »Tut mir leid, falls das unhöflich klingt, aber ich muss mich morgen mit meiner Mutter im Leichenschauhaus treffen, und mir graut richtig davor. Ich brauche ein bisschen Zeit, um mich zu entspannen. Falls Sie irgendwann später noch Fragen haben, ist das kein Problem. Nur nicht jetzt im Moment.«

Die beiden Detectives erhoben sich und reichten Brandy ihre Karten. »Melden Sie sich, wenn Ihnen noch etwas einfällt«, sagte Decker. »Sie waren eine große Hilfe.«

»Wirklich?«

»Ja, sehr. Danke, dass Sie sich Zeit für uns genommen haben, Ms. Neil.«

»Nennen Sie mich Brandy. Ist zwar irgendwie ein Strippername, aber mir gefällt er. Ist fast das Einzige, was ich von meinem alten Leben behalten habe.«

Als sie wieder im Auto saßen, sagte McAdams: »Wenn Brady ein Spieler wie sein Vater war, könnte das erklären, warum er jetzt tot ist. Vielleicht hat er sich Geld vom Falschen geliehen.«

»Wäre eine Möglichkeit, aber ein echter Spieler hat normalerweise kein Geld rumliegen. Die geben es aus, sobald sie's in die Finger bekommen.«

»Ein Pokerprofi?«

»Der bei seiner Mutter im Keller wohnt?«

»Ein mittelprächtiger Pokerprofi?« Als Decker nicht antwortete, hakte McAdams nach: »Also, was ist deine Einschätzung?«

»Im Moment habe ich keine bestimmte Theorie. Aber was sagst du dazu, dass der Abteilungsleiter der Elektronikabteilung bei Bigstore mit einem Lagerarbeiter befreundet ist?«

»Er hat sich am Warenbestand bedient?«, riet McAdams. »Führen die nicht genauestens Buch?«

»Ich bin mir sicher, sie führen Buch ... aber wie genau?« Decker zuckte die Achseln. »Wenn Brady mit maroden Geräten gehandelt hat, könnte da nicht hier und da mal ein Karton runtergefallen und ein Gerät kaputtgegangen sein?«

»Dann würde Bigstore es doch an den Hersteller zurückschicken.«

»Ja, wenn es sich um ein wirklich großes und teures Gerät gehandelt hat. Aber Bigstore verkauft auch viele Glaswaren – verzierte Gefäße und Vasen, Küchenutensilien, kleine Küchengeräte und Nahrungsmittel im Glas. Zeug, das sie nicht zurückschicken würden, weil es zu klein ist. Wenn es sich bei der Bruchware um ein kleineres Gerät gehandelt hätte – ein Handy oder eine billige Spielekonsole –, hätte sich das Geschäft vielleicht entschieden, alles zusammen über die Glasbruchversicherung laufen zu lassen.«

»Na gut. Nehmen wir mal an, Neil und Boxer haben tatsächlich ab und zu kaputte Geräte geklaut. Diese Theorie würde erklären, wo Neil das zusätzliche Geld herhatte. Aber sie erklärt nicht, warum man ihm den Schädel eingeschlagen hat und er jetzt tot ist.«

»Stimmt, das tut sie nicht.« Deckers Handy klingelte, und Butterfields Stimme ertönte über die Freisprechanlage.

»Hallo, Deck.«

»Hallo, Kev. Wie lief die Anwohnerbefragung?«

»Die und die Aufzeichnungen der Überwachungskameras haben ein paar Treffer geliefert. Ich bin auf dem Revier. Wo bist du?«

»Wir haben gerade Brady Neils Schwester befragt und sind auf dem Rückweg. Wir sind gleich da.«

»Hast du den Frischling dabei?«

»Ja, *der Frischling* sitzt gleich neben ihm«, antwortete McAdams. »Werd ich diesen Beinamen irgendwann mal los? Ich meine, kann man jemanden wirklich guten Gewissens

›den Frischling‹ nennen, wenn er schon zweimal im Dienst angeschossen wurde?«

Aus dem Lautsprecher kam Kevins Stimme: »Du hast recht. Ab jetzt bist du offiziell Harvard. Das Mädchen kann der Frischling sein. Ich bin mir nämlich sicher, man darf keine Frau mehr als Mädchen bezeichnen, ohne Schwierigkeiten mit der Political-Correctness-Brigade zu kriegen …«

Decker musste schmunzeln. »Okay, dann ist Lennie Baccus jetzt offiziell der Frischling.«

»Gut, dass wir das geklärt haben«, lachte Butterfield. »Bis gleich.«

Nachdem er aufgelegt hatte, sagte McAdams: »Du hast ihm nichts von Lennies angeblicher sexueller Belästigung erzählt.«

»Nicht angeblich, die hat wirklich stattgefunden. Meine Tochter hat es bestätigt. Ich habe es Butterfield nicht erzählt, weil ich nicht will, dass er eine vorgefasste Meinung von ihr hat. Sie sollte nur nach ihrer Leistung beurteilt werden.«

»Obwohl sie für ihren Vater spioniert.«

»Das habe ich nie behauptet, das kommt von dir.«

»Aber du hast mir gesagt, du traust ihr nicht.«

»Das hat nichts damit zu tun, wer sie ist, sondern nur damit, wer *ich* bin. Ich bin einfach ein extrem vorsichtiger Mensch.«

»Kann man wohl sagen«, kommentierte McAdams. »Als ich hier angefangen habe, war ich zynisch. Durch dich bin ich misstrauisch geworden. Wenn's so weitergeht, werd ich noch vor meinem dreißigsten Geburtstag zum waschechten Miesepeter.«

KAPITEL 8

»Da gab es eine Frau.« Butterfield blätterte durch seine Aufzeichnungen. Er trug ein weißes Hemd zu einem hellblauen Sakko und einer hellbraunen Hose. »Die hatte Schlafstörungen. Morgens um Viertel nach drei hat sie ein Geräusch gehört. Eventuell das Motorgeräusch eines Wagens. Sie hat durch die Gardine gespäht, konnte aber nichts erkennen, weil es zu dunkel war und sie ihre Brille nicht aufhatte.«

»Gut. Das könnte zu dem passen, was die kleinen Mistkerle mir erzählt haben. Dass sie gegen drei vor Ort waren und die Leiche schon dort lag. Dash Harden hat ebenfalls gesagt, dass sie etwas später ein Geräusch gehört haben und allesamt abgehauen sind. Vielleicht hat die Frau dasselbe gehört.«

»Vielleicht«, antwortete Kevin. »Wie praktisch. Ich habe mir die Aufzeichnungen der Überwachungskameras in der Nähe der Canterbury Lane angesehen. Hat 'ne Weile gedauert, bis ich überhaupt Kameras gefunden habe, weil nicht allzu viele Unternehmen welche haben, und es hat noch länger gedauert, bis ich auf den Aufzeichnungen etwas entdeckt habe. Um diese Uhrzeit ist Greenbury nämlich die reinste Geisterstadt.«

»Alles klar. Was hast du rausgefunden?«

»Schau's dir selbst an: Bei diesem Schätzchen hat der Zeitstempel 3:17:34 gesagt, und er wurde von der Kamera über der Kreuzung Tollway und Heart aufgenommen. Er fährt von der Canterbury Lane weg.«

»Wo hast du die Kamera entdeckt?«

»Sie hängt an der Fassade von Sid's Bar and Grille auf dem Tollway. Der Laden ist nur vier Blocks vom Ablageort der Leiche entfernt. Sid's macht um zwei zu, und ich habe den Besitzer schon gefragt, ob er einen Wagen dieses Fabrikats und Modells kennt. Ist aber nicht seiner und gehört auch keinem seiner Angestellten.«

»Was ist es denn für ein Modell? Ich kann's nicht erkennen.«

»Anhand dieser Aufnahme ist das auch schwer zu sagen. Aber um 3:23:17 sieht man ihn noch mal mehrere Blocks von Sid's entfernt vor der Bank of Northeast. Ich würde sagen, es ist ein Toyota Camry, Baujahr 2009 oder 2010, dunkelgrau oder schwarz.«

»Würde ich auch sagen. Könnte Richtung Highway unterwegs gewesen sein. Ist er noch mal drauf?«

»Nein, ich hatte gerade erst angefangen, in jeder Himmelsrichtung zu suchen, als ich die Aufzeichnungen von diesen beiden Kameras gefunden habe. Morgen besorge ich mir die Aufzeichnungen aller Kameras auf dem Tollway und schaue nach, ob ich den Camry noch mal irgendwo entdecke. Ich werde mir auch die Namen der aktuellen Halter von 2009er und 2010er Camrys von der Zulassungsbehörde besorgen.«

»Gute Arbeit.« Decker sah angestrengt auf den Bildschirm. »Ich kann das Gesicht des Fahrers nicht erkennen.« Er sah wieder auf das Bild. »Dieser Fleck hier. Das könnte eine Person auf dem Beifahrersitz sein. Kannst du das vergrößern?«

»Habe ich schon versucht. Dadurch wurde alles nur noch verschwommener. Wir haben nicht die richtige Ausrüstung für optimale Bildauflösung. Ich könnte es mal bei den Kollegen in Hamilton probieren. Das ist schließlich eine richtige Stadt.«

»Lass Hamilton für den Moment noch außen vor.«

»Warum?«

»Ich will Chief Baccus' Freundlichkeit nicht überstrapazieren.« Die Entschuldigung klang selbst für Decker unglaubwürdig.

»Er würde doch bestimmt hierüber Bescheid wissen wollen«, sagte Butterfield. »Die Briefkasten-Rowdys wohnen schließlich in seiner Stadt.«

Decker war gezwungen, zurückzurudern. »Ja, du hast recht. Ruf in Hamilton an.«

»Es sei denn, du befürchtest, sie könnten uns die Zuständigkeit streitig machen«, merkte Butterfield an.

McAdams sprang in die Bresche. »Baccus hat uns nur ziemlich widerwillig Zugang zu deren Akten gewährt. Jetzt, wo die Ermittlungen Fahrt aufnehmen, glaube ich, wird er den Fall zurückhaben wollen.«

»Wirklich?«, sagte Butterfield. »Obwohl Lennie bei uns im Team ist?«

Decker schaltete sich wieder ein. »Ruf in Hamilton an. Finde raus, welche Ausrüstung die haben, um die Bildqualität dieser Aufnahmen zu verbessern.«

Butterfield überlegte kurz. »Ich kenne ein paar Leute vom NYPD in Brooklyn und Queens. Es ist viel wahrscheinlicher, dass die die Art von Ausrüstung haben, die wir brauchen. Ich könnte sie mal anrufen. Wenn sie so was haben, könnten wir ihnen die Aufzeichnungen mailen.«

»Die Entscheidung überlasse ich dir«, sagte Decker.

»Gleich morgen telefoniere ich ein bisschen rum.«

»Wäre interessant, wenn fünf Personen in dem Wagen saßen. Unsere Briefkasten-Gangster?«, schlug McAdams vor.

»Habe ich auch dran gedacht«, sagte Butterfield. »Ich habe die Autos der Jungs und die Autos der Eltern überprüft. Nur einer von ihnen, und zwar Noah Grands Vater, hat einen Camry. Baujahr 2006 und ein helles Silbermetallic. Der Wagen auf den Aufzeichnungen ist zu dunkel für Silbermetallic.«

Decker sah auf die Uhr. Fast halb zehn Uhr abends. Er war jetzt schon seit über vierzehn Stunden im Dienst und beschloss, dass es für heute reichte. »Kev, lass uns morgen früh damit weitermachen. Jetzt gehen wir alle nach Hause und schlafen 'ne Runde.«

»Morgen um zehn habe ich die Vernehmung von Riley Summers. Lennie Baccus stellt die Fragen, schon vergessen?«

»Ach genau«, sagte Decker. »Das hatte ich gar nicht mehr auf dem Schirm. Wie wär's, wenn ich Baccus ein paar Tipps gebe? Und du rufst bei der Zulassungsbehörde an. Danach überprüft du und McAdams die Geschäfte auf dem Tollway und findet raus, wo es eine Überwachungskamera gibt. Seht zu, ob ihr den Wagen noch mal entdeckt und ob ihr rauskriegen könnt, wohin er unterwegs ist.«

»Alles klar, Boss.« Tyler dachte nach. »Du weißt ja, was reinkommt, muss auch wieder raus. Wir haben einen Wagen, der aus der Canterbury Lane herausfährt. Wie wär's mit einem, der in sie hineinfährt?«

»Das ist allerdings wahr«, pflichtete Butterfield ihm bei. »Ich habe mir noch nicht alle Aufzeichnungen angesehen. Und ich hatte mich auf Autos im Zeitfenster zwischen ein und vier Uhr morgens konzentriert. Falls davor ein Wagen in die Straße gefahren ist, wäre es mir nicht aufgefallen. Außerdem könnten die Briefkasten-Rowdys mit ihrer Zeitangabe danebenliegen.«

»Oder lügen«, ergänzte McAdams.

»Die Möglichkeit besteht immer«, merkte Decker an. »Besorgt euch die Aufzeichnungen, und morgen können wir dann alle ein bisschen fernsehen. Aber jetzt erst mal ab nach Hause.«

Die drei Detectives machten sich gemeinsam Richtung Parkplatz auf. McAdams fragte Decker: »Fährst du mich heim?«

»Es sei denn, du willst laufen.«

»Was machst du nach Riley Summers?«, fragte McAdams.

»Na ja, angenommen, ich lasse ihn wieder laufen, werde ich wohl versuchen, Bradys Freund Boxer ausfindig zu machen.«

Butterfield grinste. »Boxer?«

»Anscheinend arbeitet er bei Bigstore im Lager.«

»Vielleicht ist dieser Freund von Brady Neil ein Hund. Oder Boxer ist seine Berufsbezeichnung? Oder sein Lieblingshobby?« McAdams fing auf einmal an, von einem Bein aufs andere zu hüpfen und Boxhiebe anzutäuschen. Einer kam Deckers Gesicht so nah, dass er den Kopf wegziehen musste.

»He, was ist denn mit dir los?« Decker war genervt. »Hast du heute Morgen vergessen, dein Ritalin zu nehmen?«

McAdams sah schuldbewusst drein. »Sorry.«

»Wo hast du denn die Moves gelernt?«, fragte Butterfield.

»Ich mache in Boston seit 'ner Weile MMA.«

»Ehrlich?«

»Kein Witz. Angefangen hab ich mit brasilianischem Jiu-Jitsu. Gleich in der ersten Stunde hab ich mit 'nem eins fünfzig großen und fünfundvierzig Kilo schweren Mädel gekämpft – sie hat mich auf die Matte geschickt. Danach bin ich dann zu Boxen gewechselt.«

Decker schmunzelte. »Irgendwo steckt da doch eine Lektion drin.«

»Klar. Pass auf, dass du nicht verletzt wirst. Und falls es doch passiert, kannst du denjenigen immer noch verklagen.«

Am nächsten Morgen um elf, nachdem sie eine Stunde lang Riley Summers vernommen hatten, konnte sich Decker nicht entscheiden, ob der Junge ein gewiefter Psychopath oder nur ein weiterer verwirrter und/oder zugedröhnter Teenager war. Die wenigen zusammenhängenden Sätze, die er von sich gegeben hatte, schienen sich mit den Aussagen von Dash Harden und Chris Gingold zu decken. Vielleicht steckten sie alle unter einer Decke, aber es war schwer vorstellbar, dass diese Jungs sich an eine erfundene Geschichte halten konnten, ohne sich zu verhaspeln. Letztendlich ließ Decker den Jungen gehen, nachdem er ihm dieselbe strenge Ermahnung mit auf den

Weg gegeben hatte wie gestern Harden und Gingold: Mach keinen Mist, und bleib in der Nähe.

»Bedeutet das, ich muss nicht zur Arbeit?« Riley hatte Jeans und ein T-Shirt an und kratzte an einem Pickel auf seinem Gesicht herum.

Lennie sah ratsuchend zu Decker. Decker sagte: »Du darfst zur Arbeit gehen, Riley. Aber entferne dich nicht zu weit von Hamilton. Wo arbeitest du denn?«

»Bei Eddies Tankstelle.«

»Auf der Milliken, gleich am Highway?«

»Ja.«

»Was machst du da?«

»Ich betanke die Wagen. Eddie hat keine Tankautomaten.«

»Warum nicht?«, fragte Lennie.

»Weil er so Geld für Komplettservice verlangen kann. Darum betanke ich die Autos. Außerdem putze ich die Scheiben und prüfe den Ölstand.«

Vielleicht war Harden ja wirklich der Schlaue. »Du darfst ruhig arbeiten gehen, Riley.«

»Okay. Kann ich jetzt gehen?«

»Ja.« Decker wandte sich an Lennie: »Könnten Sie ihn nach draußen begleiten, Officer Baccus?«

»Selbstverständlich.«

Als die beiden das Vernehmungszimmer verlassen hatten, schnappte Decker sich die Autoschlüssel. Auf dem Weg zu seinem Wagen begegnete er Lennie, die gerade wieder das Revier betrat. »Ich fahre jetzt zu Brady Neils Arbeitsplatz, und zwar, um jemanden mit dem Spitznamen Boxer zu vernehmen, der bei Bigstore in Hamilton im Lager arbeitet.«

»In Hamilton gibt es zwei Bigstores. Bei welchem denn?« Decker zeigte ihr die Adresse. »Das ist in Claremont, ganz in der Nähe meiner Wohnung.«

»Und wo ist der andere Bigstore?«

»Genau am Rand von Bitsby.«

»Der in Bitsby liegt näher an Brady Neils Wohnung. Ich frage mich, warum er nicht dort gearbeitet hat?«

»Der Bigstore in Claremont ist größer und hat ein hochwertigeres Warenangebot.«

»Ah. Gehen Sie da einkaufen?«

»Ich kaufe da Lebensmittel und Haushaltskram. Manchmal hole ich mir einen Kaffee und einen Muffin im Café. Ist total günstig.«

»Sind Sie oft dort?«

Lennie überlegte. »Einmal die Woche.«

»Kennen Sie irgendwelche Angestellten?«

»Vom ein oder anderen weiß ich den Namen. Die meisten kenne ich nur vom Sehen. Soll ich mitkommen, Boss?«

»Ja. Während ich mit diesem Boxer spreche, hören Sie sich um. Ich bin mir sicher, mittlerweile wissen alle, dass Brady Neil ermordet wurde. War schließlich überall in den Nachrichten. In dem Laden kursieren bestimmt ein paar Gerüchte, teilweise hinter vorgehaltener Hand. Es ist Ihr örtliches Kaufhaus. In Ihrer Heimatstadt. Die Leute werden sich Ihnen eher öffnen. Schauen Sie mal, was Sie rausfinden können.«

»Natürlich. Was soll ich den Leuten sagen, falls sie mir Fragen stellen?«

»Sie sagen denen gar nichts, aber lassen Sie's so aussehen, als ob Sie Ihnen doch etwas erzählen. Wenn dieser Fall gelöst ist, kehren Sie ja schließlich nach Hamilton zurück. Sie dürfen das gute Verhältnis zu den Menschen, deren Polizistin Sie sind, nicht gefährden. Also weichen Sie den Fragen einfach aus, aber seien Sie dabei freundlich und zuvorkommend.«

»Der ist nicht da.«

»Schön.« Decker sah sich im Lager um. Es war riesig, und der Bestand hätte bequem für eine ganze Kleinstadt gereicht, dabei war er noch nicht mal bis zu dem Bereich mit den Lebensmitteln vorgedrungen. Er sprach gerade mit einem jungen Mann Ende zwanzig. Der Junge war kräftig gebaut und hatte muskulöse Arme. Er hatte Piercings in den fleischigen Lippen, und sein rasierter Schädel war tätowiert, bis auf den karottenroten Irokesen in der Mitte, was seine natürliche Haarfarbe zu sein schien. Er hieß Phil G. Das wusste Decker von seinem Bigstore-Namensschild. Der Junge stand auf einer Leiter und räumte gerade Spielekonsolen ein, als Decker ihn fragte: »Wissen Sie, wann er wiederkommt?«

»Keine Ahnung.« Phil schob die drei Kartons, die er im Arm hatte, in ein Regalfach und stieg von der Leiter. Ihm stand der Schweiß auf der Stirn. Im Lager gab es keine Klimaanlage, nur ein großes Schiebetor im Ladebereich, das offen stand. Er drehte sich zu Decker um. »Boxer ist gestern nicht zur Arbeit erschienen und heute auch nicht. Morgen ist sein freier Tag ... Falls er dann noch einen Job hat.«

»Hat schon jemand versucht, ihn zu erreichen?«

»Keine Ahnung. Ich hab ihn jedenfalls nicht angerufen. War kein Kumpel von mir. Fragen Sie die Abteilungsleiterin.«

»Und wo finde ich die?«

»In ihrem Büro.«

»Und das ist wo?«

»Ganz am Ende des Gebäudes. Wenn Sie zum Tor kommen, halten Sie sich links, gehen am Lebensmittellager vorbei, dann nach rechts, dann sind Sie bei den Büros. Ihr Name ist Barbara Heiger.«

»Gut. Danke, Phil. Wissen Sie, wie Boxer mit richtigem Namen heißt? Boxer kann's ja nicht sein.«

»Nee, ist auch nicht Boxer, aber so haben ihn alle genannt.«

»Hat er geboxt?«

»Sie haben ihn noch nie gesehen, oder?«

»Nein, habe ich nicht.«

»Mickriger Typ. So eins zweiundsiebzig, mit ganz dünnen Ärmchen.«

»Sie mochten ihn nicht.«

»Ich hab ihn weder gemocht noch gehasst. Wir haben einfach nicht zusammen abgehangen. Er war Bradys Freund. Die haben sich auf Anhieb verstanden.« Phil sah zu Boden. »Der arme Brady. Ich hab mich ab und zu mit ihm unterhalten, wenn er ins Lager kam. Manchmal hat er Bretzeln und Chips als Snack für uns Zombies mitgebracht. Er hat dann gesagt, die sind von 'ner Party übrig geblieben, aber die Tüten waren jedes Mal ungeöffnet. Was zum Teufel ist mit ihm passiert?«

»Genau das versuchen wir rauszufinden. Sie fanden Brady sympathisch?«

»Ja, von den wenigen Malen, die ich mit ihm gesprochen habe. Er hat im Verkauf gearbeitet. Eigentlich kam er immer hierher, um mit Boxer zu reden, aber er hatte immer ein freundliches Wort für mich übrig ... und für die anderen. Das ist schon 'ne Menge, wissen Sie.«

»Was meinen Sie mit ›Das ist schon 'ne Menge‹?«

»Für die meisten Leute existieren wir gar nicht. Brady hat einem das Gefühl gegeben, ein Mensch wie jeder andere zu sein. Aber wie gesagt, meistens hat er mit Boxer gesprochen.«

»Und weil Boxer mit Brady befreundet war, wollten wir ihm nur ein paar Fragen stellen. Haben Sie eine Ahnung, wo er wohnt?«

Bei Phil fiel der Groschen. »Sie glauben, Boxer ist was zugestoßen?«

»Ja, die Vorstellung ist nicht ganz abwegig.«

»O Mann! Das wäre ja ...« Phils Kiefermuskulatur war angespannt. »Hängt das irgendwie mit diesem Laden hier zusammen? Ich meine, zwei Leute, die hier arbeiten. Ist schon mehr als nur ein Zufall, oder?«

»Wenn Sie einfach nur Ihre Arbeit machen, glaube ich nicht, dass Sie etwas zu befürchten haben.«

»Was soll das denn heißen?«

»Das soll heißen, wenn Sie keine krummen Sachen machen, sollte Ihnen nichts passieren.«

»War Brady in Schwierigkeiten?«

»Ich bin dabei, es herauszufinden. Sobald ich weiß, was hier vor sich geht, sage ich Ihnen Bescheid. Hier ist meine Karte.« Decker reichte sie ihm. »Falls Ihnen irgendetwas Seltsames oder Ungewöhnliches einfällt oder einfach nur etwas, von dem die Polizei wissen sollte, rufen Sie mich an. Ich möchte Boxer finden, allein schon, um mich zu vergewissern, dass es ihm gut geht.«

»Schon kapiert. Boxer hat zwar seinen Job gemacht, ist aber nicht so groß und kräftig wie manche von uns. Der wird schon mal leicht zum Opfer.«

»Dagegen ist niemand gefeit, Phil.«

»Aber manche sind mehr Opfer als andere.« Phil kratzte sich an dem Tigertattoo auf seinem Schädel. »Ich mein's nicht böse, aber Boxer ... der hatte irgendwas an sich. Manche Leute haben einfach von Geburt an ein ›Tritt-mich‹-Schild am Hintern kleben.«

Barbara Heiger war gerade zu Tisch. Decker schlenderte zum nächsten Büro, dessen Tür offen stand. Laut Türschild war es das von C. Bonfellow, Buchhaltung. Der Mann schien Mitte vierzig zu sein, klein und dicklich, mit schütterem dunkelblondem Haar und misstrauischen dunklen Augen. Er saß hinter einem verkratzten Schreibtisch, auf dem sich Unterlagen in Aktenablagen stapelten. »Kann ich behilflich sein?«

»Das hoffe ich.« Decker zeigte C. Bonfellow seine Dienstmarke.

»Polizei? Worum geht es?«

»Stellen Sie die Gehaltsschecks aus?«

»Ich persönlich? Nein. Das läuft alles über das System. Und wenn Sie jemanden Bestimmtes suchen, bin ich nicht der richtige Ansprechpartner. Da müssen Sie mit Susan oder Harold in der Personalabteilung sprechen. Ich sorge nur dafür, dass die Zahlen stimmen.«

»Wo ist die Personalabteilung?«

»Drei Türen weiter. Wen suchen Sie eigentlich?«

»Einen Mann namens Boxer.«

»Kenne ich nicht.«

»Da sind Sie nicht der Einzige. Danke.«

Decker wollte gerade wieder gehen, als Bonfellow sagte: »Wenn Sie mir Ihre Karte dalassen, melde ich mich bei Ihnen, falls ich was höre.«

»In Ordnung.« Decker reichte dem Buchhalter seine Karte. »Was für Sachen hören Sie denn gewöhnlich, Mr. Bonfellow?«

Der Mann wurde rot. »Nicht, dass ich tratsche. Das tue ich nämlich nicht. Meistens sitze ich sowieso am Schreibtisch. Aber die Leute bemerken mich oft gar nicht. Die unterhalten sich, als ob ich gar nicht da wäre, und ich bekomme Dinge mit ... Dinge, die ich hier oben speichere.« Er deutete auf seinen Kopf. »Ich halte die Ohren auf, was diesen Boxer angeht. Ich rufe Sie an, wenn ich was Interessantes höre.«

»Danke. Machen Sie sich aber keine Umstände. Falls jemand rausfinden sollte, dass Sie private Gespräche belauschen, könnte derjenige ziemlich sauer werden.«

»Keine Sorge, Detective.« Bonfellow lächelte. »Ich bin immer sehr vorsichtig.«

Im Personalbüro saßen zwei Mitarbeiter, an die man sich wenden konnte. Decker ging schnurstracks auf Susan Jenkins zu, die so freundlich war, den Namen Boxer im Firmencomputer nachzusehen. Sie war Mitte dreißig, klein von Statur, aber mit einem sehr langen Hals. Decker erinnerte sie an einen Schwan. Die Frau trug ein schwarzes T-Shirt und Jeans. »Ein Boxer ist nicht für das Lager eingetragen, aber ... es gibt einen Joseph Boch.«

»Das ist wahrscheinlich der Mann, den ich suche. Haben Sie seine Adresse und Telefonnummer?«

»Ja, aber die darf ich Ihnen nicht geben. Unternehmensrichtlinie.« Sie lächelte. »Ich gehe mal gerade zum Wasserspender. Gleich wieder da.«

»Lassen Sie sich ruhig Zeit«, sagte Decker. Sobald sie gegangen war, sah er auf den Bildschirm. Joseph Boch war fünfunddreißig, und dem Einstellungsdatum nach arbeitete er jetzt seit neun Monaten für das Unternehmen. Decker schrieb rasch die Adresse und die Telefonnummer in sein Notizbuch.

Kurz darauf kehrte Susan Jenkins mit einem zylindrischen Pappbecher Wasser zurück und trank daraus. »Haben Sie sonst noch ein Anliegen?«

»Vielen Dank, Ms. Jenkins. Sie waren eine große Hilfe.« Decker hielt inne. »Wie lange arbeiten Ihre Angestellten durchschnittlich hier?«

Sie sah zu ihm hoch. »Das weiß ich wirklich nicht. Aber was ich Ihnen sagen kann, ist, dass wir eine hohe Fluktuation haben, vor allem weil den Sommer über viele Teenager als Aushilfen bei uns arbeiten.«

»Und Sie haben wirklich keine Vorstellung, wie lange Ihre festangestellten Mitarbeiter im Durchschnitt hier sind?«

»Wenn ich raten müsste, würde ich sagen, nicht länger als ein paar Jahre. Die Bezahlung liegt kaum über dem Mindestlohn, es sei denn, sie sind im Management. Aber es gibt kaum Aufstiegsmöglichkeiten.«

»Was machen diejenigen – die, die nach einem Jahr kündigen?«

Susan wirkte nachdenklich. »Ich könnte Ihnen keinen bestimmten Fall nennen, aber in Hamilton ist es dieselbe alte Geschichte. Ich glaube, viele von den Leuten haben ein Alkohol- oder ernsthaftes Drogenproblem. Oder beides. Wenn sie nüchtern sind, können sie einer Tätigkeit nachgehen. Aber der Job ist stinklangweilig, also dröhnen sie sich wieder zu. Und dann können sie ihren Job nicht mehr machen. Das ist ein tödlicher Kreislauf. Traurig, aber leider ziemlich vorhersehbar. Was hat Hamilton auch sonst zu bieten?«

»Sie sind aber noch hier.«

»Ich bin zwar hier aufgewachsen, aber ich hatte nie vor zu bleiben. Ich hatte ein Stipendium für das Clarion College; dort habe ich meinen Mann kennengelernt, der am Kneed Loft war. Wir sind dann nach Phoenix gezogen. Er bekam eine Krankheit, der ein gemäßigteres Klima besser tut. Also sind wir wieder da.«

Susan holte eine braune Papiertüte hervor und packte ein Sandwich aus.

»Hier habe ich meine Mutter und meine Schwester. Jetzt, wo ich verheiratet bin und Kinder habe, ist es auszuhalten. Aber als ich noch jünger war ... mein Gott, ich wollte nur so schnell wie möglich weg von hier.« Bevor sie in ihr Sandwich biss, sagte sie noch: »Jetzt habe ich Ihnen wahrscheinlich mehr erzählt, als Sie wissen wollten.«

»Keine Sorge, Ms. Jenkins, es ist immer hilfreich, ein wenig Hintergrund zu erfahren.«

»Offensichtlich sind Sie nicht von hier.«

»Ich arbeite für das Greenbury PD. Davor war ich fünfunddreißig Jahre lang bei der Polizei von Los Angeles.«

»Junge, Junge, das ist aber eine ganz schöne Veränderung. Was hat Sie nach Greenbury geführt?«

»Ich wollte eine Veränderung, aber auch Entschleunigung. Im Vergleich zu L. A. ist selbst Hamilton die reinste Idylle.«

»Vermutlich stelle ich Hamilton schlimmer dar, als es ist. Wir haben auch unsere Ärzte, Rechtsanwälte, Krankenhäuser, Büchereien, Schulen, Polizeireviere, Kirchen und so weiter. Die Stadt ist ganz in Ordnung, aber nichts Besonderes. Die meisten hier glauben an Gott und das Recht auf Waffenbesitz, wie die Politiker sagen würden.«

»Dagegen ist doch nichts einzuwenden.«

»Da bin ich mir nicht so sicher, Detective. Bei Gott funktioniert die Sache schließlich in beide Richtungen: Der Herr nimmt Leben, aber er gibt es auch. Bei Waffen ist es strikt eine Einbahnstraße.«

KAPITEL 9

Lennie Baccus aß gerade einen Muffin im Café des Kaufhauses und unterhielt sich mit einer der Mitarbeiterinnen hinter der Theke. Als sie Decker entdeckte, stand sie auf, wischte sich den Mund ab und verabschiedete sich. Sie nahm ihren eigenen Coffee-to-Go in die Rechte, einen weiteren in die Linke und ging zu ihrem Chef. »Ich dachte mir, Sie könnten einen hiervon gebrauchen.«

»Danke.«

»Schwarz, richtig?«

»Gut gemerkt. Kommen Sie, fahren wir.«

»Wo geht's hin?«

»Ich glaube, ich habe Boxers Adresse. Alles Weitere besprechen wir im Auto.«

Schweigend überquerten sie die große asphaltierte Fläche vor dem Gebäude. Der Parkplatz war zur Hälfte besetzt, hauptsächlich mit Kleinwagen und Pick-ups. Sobald sie im Auto saßen, steckte Decker den Schlüssel ins Zündschloss. Als sie auf die Straße fuhren, sagte er: »Sie zuerst.«

»Ich hab nicht allzu viel.« Lennie holte ihren Notizblock heraus. »Ich habe mit vier Personen gesprochen: die beiden Frauen, die im Café arbeiten, Marie und Gillian. Keine der beiden kennt Boxer, dafür kennen sie Brady Neil. Er ist öfter reingekommen und hat sich einen Kaffee und ein Croissant geholt, und er war immer freundlich. Die beiden finden die Sache furchtbar und sind ein bisschen besorgt, so als ob das Ganze etwas mit dem Laden zu tun hat.«

»Hat es ja vielleicht auch«, sagte Decker. »Joseph Boch alias Boxer ist seit zwei Tagen nicht zur Arbeit erschienen.«

»Seit Neils Tod. Oje, ganz schön gruselig.«

»Phil, der Typ, mit dem ich mich im Lager unterhalten habe, hat Boxer als klein und schmächtig und eine Art Versager beschrieben. Falls er und Neil elektronische Geräte geklaut haben, kann ich mir denken, wer dabei das Sagen hatte.«

»Falls das Unternehmen dahintergekommen wäre, hätte es die beiden einfach rausgeschmissen. Aber doch niemanden umgebracht.«

»Nein, da haben Sie recht. Aber irgendwo müssen wir ja anfangen, und da Boxer nicht zur Arbeit erschienen ist, müssen wir rauskriegen, wieso. Sie sagten, Sie haben mit vier Personen gesprochen. Wer waren die anderen beiden?«

»Buss Vitali, der unmittelbar mit Brady Neil zusammengearbeitet hat. Der hat gesagt, er hatte keinerlei Probleme mit Brady und dass er ein netter Typ war. Immer bereit, zusätzliche Aufgaben zu übernehmen, um einem Kollegen auszuhelfen.«

»Könnte sein, dass er einfach nett war. Könnte aber auch sein, dass, weil er so nett war, seine Kollegen weggesehen haben.«

»Dann glauben Sie wirklich, dass er geklaut hat?«

»Ich glaube, er hatte irgendein krummes Ding am Laufen. Vor allem, weil Boxer jetzt verschwunden ist. Wer ist der oder die Letzte, mit dem Sie gesprochen haben?«

»Hm, Buss hat mir den Tipp gegeben, es bei Olivia Anderson zu versuchen, die in der Bekleidungsabteilung arbeitet. Sie und Brady sind ein paarmal zusammen ausgegangen. Gestern ist sie nicht zur Arbeit erschienen, aber heute war sie da. Sie hat auf mich gewirkt, als ob sie geweint hätte.«

»Was hat das Mädchen Ihnen erzählt?«

Lennie sah auf ihre Notizen. »Die beiden waren etwa zwei Monate lang zusammen, aber dann hat er Schluss gemacht. Neil hat ihr erzählt, es gäbe da etwas, um das er sich kümmern müsste. Aber er hat ihr nie gesagt, was es war.«

»Wann hat er die Beziehung beendet?«

»Vor ungefähr sechs Monaten.«

»Wenn Sie wieder auf dem Revier sind, rufen Sie Olivia an und sagen Sie ihr, dass ich mich gerne mit ihr unterhalten würde. Sie kann entweder aufs Revier kommen, oder ich spreche bei ihr zu Hause mit ihr.«

»Sie scheint ein nettes Mädchen zu sein.«

»Und was man so hört, war Brady ein netter Junge. Aber irgendetwas hat dazu geführt, dass er jetzt tot ist.«

»Kann ich mitkommen, wenn Sie sie befragen?« Lennie nagte an ihrer Lippe. »Ich glaube, sie vertraut mir. Erleichtert die Sache vielleicht.«

»Ich bin mir sicher, Ihre Anwesenheit wäre eine Hilfe, Baccus, aber Zugucken allein reicht nicht. Ich brauche jemanden mit Erfahrung, der mir die Bälle zuspielt. Und das wird McAdams sein. Haben Sie dem Mädchen Ihre Nummer gegeben?«

»Ja, meine Karte.«

»Gut. Dann ruft sie Sie vielleicht an, nachdem sie mit uns gesprochen hat. Wenn sie von sich aus mit Ihnen reden möchte, ist das in Ordnung. Aber tun Sie das an einem öffentlichen Ort. Fahren Sie nicht zu ihr nach Hause, ja?«

»Verstanden.«

»Hat sie sonst noch etwas gesagt, außer dass Brady ein netter Typ war?«

»Nur, dass er alles bezahlt hat. Deckt sich damit, was die Mutter gesagt hat: Er hatte immer reichlich Geld zur Verfügung.«

»Können Sie sich vorstellen, dass er so viel Geld mit Recyclinggeräten verdient hat?«

»Genug für ein Abendessen in einem Steaklokal und einen Kinobesuch. Nicht genug, um sie übers Wochenende nach Paris zu entführen.«

»Stimmt, fünfzig Dollar mehr in der Tasche zählt hier schon als haufenweise Kohle. Und sich fünfzig Dollar mit Recyclinggeräten dazuzuverdienen ist definitiv möglich. Vor allem, wenn man nichts für sie bezahlen musste.«

»Richtig, aber würde jemand einen wegen fünfzig Dollar umbringen?«, fragte Lennie.

»Leute sind schon für weniger umgebracht worden. Besonders von Drogensüchtigen. Aber Junkies schaffen normalerweise keine Leichen von da weg, wo sie sie umgebracht haben, und laden sie irgendwo anders ab. Die nehmen sich nur das Geld und verschwinden.«

»Steht es definitiv fest, dass Brady Neil nicht in der Canterbury Lane umgebracht wurde?«

»Das Blut vor Ort passt nicht zum Schweregrad der Verletzung. Außerdem gibt es jetzt einen zweiten potenziellen Verdächtigen, der verschwunden ist. Das Ganze scheint mehr als ein zufälliger Raubüberfall zu sein.«

»Vielleicht kann Joseph Boch alias Boxer ein wenig Licht in die Sache bringen.«

»Man kann immer hoffen.« Decker lächelte. »Und man kann immer enttäuscht werden.«

Die Adresse lag in einem heruntergekommenen Teil der Stadt in der Crane Street. Es handelte sich um einen etwa um die vorletzte Jahrhundertwende erbauten Bungalow mit umlaufender Veranda. Der Rasen vor dem Haus war braun, obwohl es nicht mehr kalt war, aber hier und da sprießendes Unkraut sorgte für ein paar grüne Farbtupfer. Weder waren die Randbeete bepflanzt, noch standen Blumentöpfe auf den Stufen, aber der bröcklige gepflasterte Weg, der zum Eingang führte, lag im Schatten einer riesigen Eiche. Obwohl das Haus eine nicht asphaltierte Einfahrt hatte, stand kein Auto davor. Im Dielenboden der weiß gestrichenen Veranda klafften Lücken, und was von ihm noch vorhanden war, war brüchig und machte keinen allzu vertrauenerweckenden Eindruck.

Bei der Haustür angekommen, zog Decker eine zerrissene Gittertür auf und klopfte an den Türrahmen. Nachdem er sich mehrfach laut angekündigt hatte, zog er die Gittertür wieder zu. Er lief zu dem schmalen Gartenstück an der Seite des Hauses und spähte über den Zaun. »Ich kann kein Auto sehen.«

Vorsichtig setzte er einen Fuß in den Maschendrahtzaun und schwang sich darüber.

»Soll ich hinterherkommen?«, fragte Lennie.

»Nicht nötig, ich will mich nur mal umsehen. Vielleicht kann man von einem Fenster auf der Rückseite ins Haus sehen.«

Der Garten hinter dem Haus war genauso braun wie der Vordergarten, aber es gab keinen Baum, der ihm etwas Leben eingehaucht hätte. Ein Zaun, der abwechselnd aus Maschendraht und verrotteten Holzlatten bestand, trennte ihn von den Nachbargrundstücken. Überall lagen alte Autoteile: verrostete Radkappen, ein Stück Kotflügel, diverse Ersatzreifen sowie drei oder vier Fahrräder ohne Reifen. Das Haus hatte zwei Fenster zum Garten, aber die Gardinen waren zugezogen. Decker klopfte an die Hintertür.

Niemand regte sich.

»Detective Decker?«, rief Lennie.

»Hinter dem Haus. Ich bin gleich wieder bei Ihnen.«

»Alles in Ordnung?«

»Ja, alles okay.« Decker sah sich ein letztes Mal um, dann kletterte er wieder über den Zaun und landete mit einem dumpfen Aufprall auf den Füßen. Zum Glück gab es Schuhe mit dicker Gummisohle. »Totenstill da drin.«

»Sollen wir einfach unsere Karten dalassen?«

»Nein, ich versuche, Boxer telefonisch zu erreichen. Finden Sie mal beim Grundbuchamt raus, wem das Haus gehört.« Decker tippte die Nummer in sein Handy, aber sofort schaltete sich die Mailbox ein. Während er sich überlegte, was er als Nächstes tun konnte, unterbrach Lennie seine Gedankengänge.

»Der Steuerbescheid geht an eine Jaylene Boch. Sie ist neunundfünfzig und hat das Haus vor fünfundzwanzig Jahren gekauft.«

»Rufen Sie im Revier an und bitten Sie den Namen der Frau durchs System laufen zu lassen.«

»Greenbury oder Hamilton?«

»Greenbury.« Decker spähte durch die Fenster an der Vorderseite des Bungalows, die wie die auf der Rückseite durch Gardinen verdeckt waren. »Wenn die Kollegen nichts über sie finden, versuchen wir's in Hamilton. Und wenn Sie mit jemandem aus Greenbury sprechen, fragen Sie gleich, was die dort über Joseph Boch rausgefunden haben.«

»Ich klemm mich sofort dahinter.«

Decker drückte probehalber den Griff der Haustür herunter. Sie war verschlossen, aber durch vorsichtiges Rütteln konnte er feststellen, dass der Federstift nicht richtig eingerastet war. Er holte sein Handy heraus und rief McAdams an, der noch immer damit beschäftigt war, sich Aufnahmen von den Überwachungskameras auf dem Tollway Boulevard zu besorgen. Nachdem Decker ihn kurz auf den neuesten Stand gebracht hatte, was er bislang an diesem Vormittag in Erfahrung gebracht hatte, sagte er: »Lennie erledigt gerade diverse Anrufe für mich. Kannst du mir Jaylene Bochs Handynummer raussuchen?«

»Könnte ich, wenn ich auf dem Revier wäre. Aber nicht hier draußen.«

»Ach so. Wer ist gerade auf dem Revier?«

»Nickweed vielleicht. Kev ist hier bei mir. Ich wette aber, Radar ist da.«

»Ich ruf ihn an.«

»Kannst du das Schloss nicht knacken?«

»Doch, aber das wäre illegal.«

»Der Typ ist seit zwei Tagen verschwunden. Kannst du damit keinen gewaltsamen Zutritt rechtfertigen?«

»Der Mann ist erwachsen. Und du bist der Jurastudent. Was denkst du?«

»Dir sind die Hände gebunden, es sei denn, da wäre ein komischer Geruch.«

»Die Fenster sind zu, also wenn da was vor sich hin rottet, ist es noch nicht nach außen gedrungen. Lennie ist jetzt mit Telefonieren fertig. Ich muss gerade mal hören, was sie rausgefunden hat. Bis später.« Er ging zu Lennie. »Gibt's was Neues?«

»Ich habe mit dem Captain gesprochen. Er hat gesagt, er ruft Sie mit den Hintergrundinfos und der Telefonnummer zurück. Was machen wir jetzt?«

»Wir warten, bis Radar sich bei mir meldet. Lust auf einen Kaffee oder etwas in der Richtung? Ich glaube, zwei Blocks von hier gab es ein Café.«

»Nein danke, ich hatte heute schon mehr als genug Kaffee.«

»Ich rufe schnell meine Frau an«, sagte Decker.

»Soll ich Sie alleine lassen?«

»Ich mache einfach einen kleinen Spaziergang den Block runter.« Er ging ein paar Schritte und wählte dann Rinas Nummer. »Hallo.«

»Hallo, ich bin gerade im Auto. Kann ich dich in zehn Minuten zurückrufen?«

»Haut vielleicht nicht hin. Jetzt hätte ich gerade Zeit, aber ich will nicht, dass du am Steuer telefonierst.«

»Alles in Ordnung?«

»Ja, wir kommen nur einfach nicht weiter … Na ja, stimmt nicht ganz.« Er berichtete seiner Frau von Boxer und seinem unerklärlichen Verschwinden.

»Klingt nicht gut«, kommentierte Rina.

»Nein, überhaupt nicht. Vor allem weil Brady Neil tot ist. Ich versuche, Informationen über Jaylene Boch von Radar zu bekommen, der ist aber gerade beschäftigt. Wir sind offenbar etwas unterbesetzt.«

»Hast du schon versucht, sie bei dir auf dem Smartphone online zu recherchieren?«

»Was soll mir das bringen?«

»Vielleicht gar nichts, aber man weiß ja nie. Warte, ich fahre schnell rechts ran.«

»Nein, lass mal.«

»Bleib einfach kurz dran. Da vorne ist gleich ein Parkplatz.« Kurz darauf war sie wieder in der Leitung. »Okay. Wie war der Name?«

»Jaylene Boch.« Decker buchstabierte ihn.

»Ungewöhnlicher Name. Dann wollen wir mal sehen, ob es irgendwelche Treffer gibt.«

»Wie geht's dir?«, fragte Decker.

»Alles bestens. Ich hab gerade mit meiner Mutter telefoniert.«

»Und wie geht's der?«

»Einigermaßen. Wir haben schon länger nicht mehr unsere Mütter besucht. Da sie beide in Florida wohnen, sollten wir das für diesen Sommer einplanen.«

»Ja, du hast recht. Wir fahren hin, aber bitte nicht im Sommer. Dann ist es da so heiß und schwül.«

»Meinetwegen, aber danach gibt's keine Entschuldigungen mehr.« Rina schnaufte ein wenig genervt. »Also gut, jetzt geht's los mit Jaylene Boch. Es gibt sechs Verweise, alle im Zusammenhang mit einem Autounfall vor acht Jahren.«

»Autounfall?«

»Ja. Ich öffne mal den Artikel ...« Sie schwieg. »Wie traurig. Ihr Wagen wurde von einem Sattelzug gerammt. Sie hat eine ordentliche Abfindung gekriegt, aber die Arme sitzt seither im Rollstuhl.«

»Hm, das ändert die Sachlage gehörig. Wenn Boxer ihr Sohn war und verschwunden ist, frage ich mich, wer sich momentan um Jaylene kümmert? Das könnte auch rechtfertigen, dass ich nachsehe, ob es ihr gut geht. Ich rufe mal Radar an und frage ihn, was er davon hält. Danke dir, mein Schatz. Wie immer warst du eine große Hilfe.«

Decker legte auf und rief bei Radar an, der gleich als Erstes sagte: »Jaylene Boch erhält eine Erwerbsunfähigkeitsrente.«

»Ich weiß, ich habe gerade rausgefunden, dass sie seit einem Autounfall vor acht Jahren querschnittsgelähmt ist. Falls es sich bei Boxer um Joseph Boch handelt und er verschwunden ist, wer kümmert sich dann um Jaylene?«

»Hier habe ich ihre Telefonnummer. Ruf sie an und sag mir Bescheid, ob sie drangeht. Falls nicht, verschaff dir Zugang zum Haus, nur um sicherzustellen, dass es ihr gut geht. Aber klopf vorher laut an.«

»Alles klar.« Decker legte auf. Er wählte die Nummer von Jaylenes Handy. Nach dreimaligem Klingeln ertönte ein Piepton, und Decker hinterließ seinen Namen und seine Nummer. Aber einfach wieder zu gehen fühlte sich immer noch nicht richtig an. Er ging zu Baccus. »Wir verschaffen uns jetzt Zutritt zu dem Haus, um zu überprüfen, ob alles mit ihr in Ordnung ist. Wie sich herausstellt, ist Jaylene Boch …«

»Querschnittsgelähmt.«

»Haben Sie das auf dem Handy nachgesehen?«

»Ja.«

»Radar hat mir ihre Handynummer gegeben, aber es geht keiner dran. Ich will mich einfach vergewissern, dass sie nicht da drin ist und hilflos auf dem Boden liegt. Einverstanden?«

»Vollkommen.«

»In Ordnung, los geht's.« Decker holte einen Satz Dietriche

heraus, aber dann besann er sich eines Besseren und steckte sie wieder weg. Stattdessen nahm er seine Kreditkarte heraus. Nachdem er sie in den Türspalt gesteckt und damit ein paarmal hoch und runter gefahren war, schnappte der Stift zurück, und das Schloss sprang auf. Als er die Tür aufdrückte, war der heraustretende Gestank überwältigend. Unwillkürlich drehte er den Kopf weg. Dann presste er sich ein Taschentuch vor Mund und Nase. Lennie folgte unmittelbar hinter ihm. Sie war aschfahl geworden.

Decker zog seinen Revolver. »Sie geben mir Rückendeckung. Allerdings glaube ich nicht, dass die Tat gerade erst passiert ist.« Er wartete auf ihre Antwort. »Sie haben doch eine Schusswaffe, oder?«

»Ja, Entschuldigung. Natürlich.« Lennie zog ihre Waffe aus dem Achselholster.

Dicht hintereinander betraten sie das vollkommen vermüllte Wohnzimmer: Pappbecher und -teller, Essensverpackungen, schmutzige Wäsche, dreckige Handtücher, alles auf Tischen, dem Sofa und den beiden Sesseln ihm gegenüber verteilt. Die ans Wohnzimmer angrenzende Küche war in einem ebenso chaotischen, verdreckten Zustand. Schmutziges Geschirr und benutzte Töpfe und Pfannen stapelten sich in der Spüle. Richtige Ameisenstraßen verliefen über die Arbeitsflächen, die Schränke herab und quer über den Fußboden.

Decker flüsterte: »Nichts in diesen beiden Zimmern. Ich überprüfe jetzt die übrigen Räume. Alles okay bei Ihnen?«

»Alles in Ordnung«, antwortete Baccus.

Langsam ging Decker den Flur herunter, von dem drei Zimmer abgingen. Den Rücken an die Wand gedrückt, öffnete er die Tür des Zimmers gleich neben dem Wohnzimmer. Sofort wurde der Gestank schlimmer.

Mit gezogener Waffe wirbelte er herum und betrat das Zimmer.

Die Frau war an ihren Rollstuhl gefesselt worden, ihr Kopf hing schlaff zur Seite, die Augen waren geschlossen und ihre Lippen trocken und aufgesprungen. Man hatte ihr einen Knebel in den Mund gestopft.

»Verdammt!« Schnell sah Decker im Kleiderschrank nach. Leer. Dann tastete er nach dem Puls der Frau und war schockiert, ein schwaches, kaum merkliches Pochen zu spüren. Er drehte sich zu Baccus um. »Sie lebt noch. Rufen Sie sofort einen Krankenwagen!« Vorsichtig entfernte er den Knebel. Jaylene Boch hatte sich eingekotet, etwas war den Rollstuhl heruntergelaufen und auf dem Boden gelandet. Decker tupfte ihr mit seinem Taschentuch die schweißnasse Stirn ab. Als er sie berührte, stöhnte sie auf. »Mrs. Boch, wir sind von der Polizei. Wir bringen Sie jetzt ins Krankenhaus. Bleiben Sie bei mir, in Ordnung?«

Baccus rief: »Der Krankenwagen ist unterwegs. Ich habe auch Verstärkung und die Spurensicherung angefordert.«

»Von welchem Polizeirevier?«

»Hamilton, Sir. Das hier fällt in deren Zuständigkeitsgebiet.«

»Es hat zwar mit unserem Fall zu tun, aber Sie haben recht. Hamilton ist zuständig.«

Wieder gab Jaylene ein Stöhnen von sich.

»Wird sie durchkommen?«, fragte Lennie.

Decker legte den Finger an die Lippen. »Halten Sie durch, Jaylene. Nur noch ein paar Minuten.« Dann sagte er, an Baccus gewandt: »Wir müssen sicherstellen, dass die anderen beiden Zimmer sicher sind. Sonst kommen die Sanitäter nicht ins Haus. Kommen Sie.«

»Lassen wir sie hier einfach sitzen?«

»Sie müssen mir Rückendeckung geben, Baccus. Wir wissen doch gar nicht, wer sich noch im Haus befindet.«

»Ja.« Lennie wischte sich den Schweiß von der Stirn. »Natürlich.«

Hinter der Tür auf der gegenüberliegenden Seite des Flurs befand sich ein Badezimmer mit einer kaputten Toilette, gesprungenen Bodenfliesen und einer bräunlich verfärbten behindertengerechten Duschwanne. Er machte sein Taschentuch unter dem Wasserhahn nass und wrang es aus.

»Kommen Sie«, sagte Decker. »Es gibt noch ein weiteres.«

Das letzte Zimmer lag ganz am Ende des Flurs und musste ein Fenster zum Garten hinter dem Haus haben. Wieder stellte er sich mit dem Rücken zur Wand neben die Tür und drückte sie mit Schwung auf. Der Gestank war entsetzlich. Überall war Blut – auf den Wänden, dem Boden, dem Bettzeug und den achtlos herumliegenden Kleidungsstücken. Leise und vorsichtig ging Decker zum Kleiderschrank und öffnete ihn. Der Schrank war der einzige Bereich des Zimmers, der nicht mit Blut beschmiert war.

Ohne Zweifel ein Tatort, aber ohne Leiche.

Er rannte zurück zu Jaylene Boch und wischte ihr mit dem feuchten Taschentuch die Stirn. Dann drehte er sich zu Baccus um. »Sie bewachen das hintere Schlafzimmer. Ohne meine Erlaubnis lassen Sie da niemanden rein.«

»Alles klar.«

Das Sirenengeheul wurde lauter. Kurz darauf hämmerten die Sanitäter an die Haustür. Decker ließ sie rein. »Das Haus ist gesichert. Folgen Sie mir.«

Sobald sich die Sanitäter um Jaylene kümmerten, ging Decker zum hinteren Schlafzimmer und spähte hinein. Er zog seine Schuhe aus. »Sehen Sie das da hinten?«

»Was genau meinen Sie?«

»Er hat versucht, die Tür zu erreichen, hat es aber nicht geschafft. An der Tür und an den Wänden ist eine unglaubliche Menge an Blutspritzern. Dann ist er zum Kleiderschrank gelaufen – Sehen Sie die Fußabdrücke? Bis dahin schaffte er's aber auch nicht. Da drüben haben Sie ihn dann endgültig erledigt. Sehen Sie die verschmierte Spur? Die Leiche wurde weggeschleift ...« Decker sah auf den Flur hinaus. »Da draußen sind keine Blutspuren.« Er ging zum Fenster. Noch bevor er die Gardinen zur Seite geschoben hatte, bemerkte er, dass dort Blut auf den Boden tropfte. Er öffnete das Fenster und entdeckte unten am Fensterrahmen ebenfalls Blut. »Er wurde aus dem Fenster gezerrt.«

Decker hielt inne, dann sah er hinaus.

»Draußen ist eigentlich kein Blut zu sehen. Vielleicht haben die Täter es abgewischt. Ich sehe mir das noch mal genauer an.«

»Wie sollen sie denn die Leiche weggeschleift haben, ohne vor dem Fenster eine Blutspur zu hinterlassen?«

»Weil draußen schon jemand mit einem Müllsack bereit stand.« Decker ging zurück ins andere Schlafzimmer, um nach Jaylene Boch zu sehen. Die Sanitäter hatten ihr die beschmutzte Kleidung ausgezogen und waren gerade dabei, die Frau zu säubern. Decker wandte höflich den Blick ab, aber er hatte bereits den Infusionsschlauch in ihrem Arm und den Sauerstoffschlauch in ihrer Nase entdeckt. Er trat wieder auf den Flur, als gerade zwei Sanitäter eine Transportliege ins Zimmer schoben. »Wie geht es ihr?«

»Sie ist stark dehydriert. Sie ist zwar bei Bewusstsein, aber gerade nur so. Schwer zu sagen, welche Schäden sie davongetragen hat.«

Zehn Minuten darauf hoben sie Jaylene aus dem verschmutzten Rollstuhl auf die fahrbare Liege und luden sie in den Krankenwagen.

»Wo bringen Sie sie hin?«

»Ins St. Luke's.«

Das größte Krankenhaus in Hamilton. »Wir sehen uns dort«, sagte Decker.

Die Sanitäter nickten.

Baccus bewachte noch immer das hintere Schlafzimmer. »Ich warte hier mit Ihnen, bis die Kollegen aus Hamilton kommen«, bot Decker ihr an. »Sollten jede Minute hier sein.«

»Das schaff ich schon alleine.«

»Das hier ist ein Tatort. Gut möglich, dass der Täter noch mal herkommt oder sich draußen versteckt hat. Ich warte mit Ihnen.«

Kurze Zeit später hörten sie die Sirenen. »In Ordnung«, sagte Decker. »Sie warten hier und weisen die Kollegen aus Hamilton an, wie die Bewachung des Hauses abzulaufen hat. Niemand darf hier rein oder raus, bis Sie mit einem Detective gesprochen haben. Aber verraten Sie ihm oder ihr nicht zu viel. Sagen Sie nur, dass ich mich nachher melde. Dann bewachen Sie das Zimmer gemeinsam, bis die Spurensicherung eintrifft. Falls der Detective frech werden sollte und versucht, Sie einzuschüchtern, lassen Sie sich nicht beirren und halten Sie die Stellung. Falls jemand unangenehm werden sollte, teilen Sie dem Betreffenden mit, dass Ihr Nachname Baccus ist. Das sollte denjenigen zum Schweigen bringen. Wenn die Spurensicherung da ist, zeigen Sie denen den Tatort. Und sobald das läuft, übergeben Sie den Fall an Hamilton – aber nur bis auf Weiteres. Ich rufe die Kollegen später an und erkläre ihnen, was vorgefallen ist und warum wir hier waren.«

»Was machen Sie jetzt?«

»Ich fahre zum Krankenhaus. Falls Jaylene aufwachen sollte und bei Bewusstsein ist, will ich unbedingt mit ihr sprechen. Es sei denn, ich soll hierbleiben und Ihnen beistehen?«

»Nein, nein, das schaff ich schon. Danke für Ihr Vertrauen.« Sie sah Decker flehentlich an, dabei schnippte sie nervös mit den Nägeln. »Die arme Frau. Wird sie's schaffen?«

»Ganz ehrlich, ich weiß es nicht, Lennie.«

Lennie traten die Tränen in die Augen. Sie wischte sie mit dem Finger weg. »Tut mir leid.«

»Was tut Ihnen leid?«
»Na, dass ich …«
»Entschuldigen Sie sich nicht für ganz normale menschliche Regungen. Erst wenn so was aufhört, Ihnen nahezugehen, sollten Sie sich Sorgen machen.«

KAPITEL 10

Das Wartezimmer in der Intensivstation war mit orangefarbenen Plastikstühlen und einem an der Decke montierten Fernseher möbliert, auf dem CNN News lief. In ihren weißen Kitteln und mit Klemmbrett in der Hand sehr beschäftigt aussehende Ärzte, Schwestern und Pfleger, Stationshilfen und Ehrenamtliche liefen ständig zwischen zwei Türen hin und her. Die Notaufnahme, deren Telefone ständig klingelten, befand sich hinter einer Abtrennung aus Glas. Es dauerte einen Moment, bis Decker jemanden fand, der über Jaylene Bochs Gesundheitszustand Bescheid wusste. Die Ärzte in der Notaufnahme waren zumeist jung, und derjenige, der jetzt auf ihn zukam, schien Ende dreißig zu sein, schlank und mit dunklen Augenschatten. Laut Namensschild hieß er Dr. John Nesmith.

»Wahrscheinlich haben Sie sie gerade noch rechtzeitig gefunden«, bemerkte der Arzt.

»Also wird sie durchkommen?«, fragte Decker.

»Das kann ich nicht garantieren, aber ich glaube schon. Sie schläft jetzt, aber selbst wenn sie wach wäre, würde es nichts bringen, sich mit ihr zu unterhalten. Als sie hergebracht wurde, war sie kaum ansprechbar. Sie wusste nicht mal, wie sie heißt. Aber das ist zu erwarten bei Fällen von extremer Dehydrierung.«

»Könnte ich mal versuchen, mit ihr zu sprechen? Ihr Sohn wird vermisst, und in ihrem Haus haben wir sehr viel Blut gefunden.«

»Sie steht unter Beruhigungsmitteln, Detective. Und wenn sie sich nicht mal an ihren eigenen Namen erinnert, wird sie nicht in der Lage sein, Ihnen irgendetwas zu erzählen. Kommen Sie morgen wieder vorbei. In vierundzwanzig Stunden könnte es schon viel besser aussehen.«

Decker wusste, dass Nesmith recht hatte, aber das machte es nicht einfacher, es zu akzeptieren. »Könnte mir jemand Bescheid sagen, falls sie heute im Lauf des Tages wach und geistig gut beieinander sein sollte?«

»Wach, sicher, aber geistig gut beieinander?« Nesmith zuckte die Achseln. »Aber klar. Lassen Sie mir eine Kontaktnummer da.«

Decker reichte dem jungen Arzt seine Karte. »Es könnte sein, dass wir einen Officer zur Bewachung der Frau schicken.«

»Sie meinen zu ihrem Schutz? Der Täter hat sie doch leben lassen.«

»Solange wir nicht wissen, womit wir's zu tun haben, ist es besser, auf Nummer sicher zu gehen. Irgendwelche Einwände?«

»Nicht von mir, aber ich vermute, Sie müssen das mit dem Sicherheitsdienst des Krankenhauses abklären.«

»Danke. Ich komme dann morgen noch mal vorbei.«

Sobald Decker das Gebäude verlassen hatte, rief er McAdams an. »Wo bist du gerade?«

»In der Crane Street und setze mich gerade mit den Kollegen aus Hamilton auseinander, wer hier zuständig ist. Da es ihre Stadt ist, können wir wohl nicht viel machen. Andererseits, wenn sie Infos wollen, wäre es ja wohl angebracht, mit uns zusammenzuarbeiten. Ich versuche gerade, sie mit meiner fehlerfreien Logik zu beeindrucken, aber bislang ohne großen Erfolg.«

»Wie lange bist du schon vor Ort?«

»Vielleicht seit 'ner Stunde. Im ganzen Haus wimmelt es nur so vor Detectives und Technikern von der Spurensicherung.«

»Wer sind die Detectives?«

»Randal Smitz und Wendell Tran. Kennst du die?«

»Nein.«

»Machen einen kompetenten Eindruck. Kevin ist übrigens auch hier. Die beiden Detectives spielen sich weniger auf als die Jungs in Uniform. Radar hat versucht, das Büro von Baccus zu erreichen, um uns den Weg zu ebnen, aber er hat noch nicht zurückgerufen. Bist du noch im Krankenhaus?«

»Ja. Jaylene Boch wird's vermutlich schaffen, aber ich konnte nicht mit ihr reden, da sie unter starken Beruhigungsmitteln steht. Ist die Spurensicherung aus Hamilton da?«

»Ganz genau.«

»Die haben eine größere Abteilung und mehr Leute, also ist das in Ordnung. Bitte sie, viele Blutproben von überall in dem Zimmer zu nehmen. Könnte sich sowohl um den Tatort für Brady Neil als auch den für Joseph Boch handeln. Befragt schon jemand die Nachbarn?«

»Hamilton kümmert sich bereits darum, aber Kevin hat auch ein paar von unseren Officers mitgeschickt. Die Hamiltoner Kollegen kennen sich aber aus. Nach der Verbrechensrate hier in der Stadt zu urteilen, ist das nicht ihr erster Einsatz dieser Art.«

»Was hast du ihnen über Brady Neil erzählt?«

»Dass der Mord an ihm der Grund ist, warum du überhaupt hier im Haus warst. Die wollten natürlich Genaueres wissen. Ich habe gesagt, dass ich die Einzelheiten selbst noch nicht kenne und du ihnen alles erzählen würdest.«

»Optimale Antwort. Das bedeutet nämlich, sie werden sich garantiert an mich wenden.«

»Genau mein Motto, Boss: Man soll sich rar machen …«

Der leitende Ermittler Wendell Tran hatte einen ausgeprägten Südstaatenakzent. Er war in Louisiana als Sohn eines Krabbenfischers zur Welt gekommen und hatte vor ungefähr zehn Jahren am Hamilton PD angefangen. Warum es ihn in diese

Gegend verschlagen hatte, war unklar. Tran war achtunddreißig und mittelgroß mit glattem schwarzen Haar und braunen Augen. Er und Decker absolvierten gerade die obligatorischen fünf Minuten Small Talk auf der auseinanderfallenden Veranda vor dem Haus, um sich ein Bild von ihrem Gegenüber zu verschaffen, bevor sie zum eigentlichen Fall kamen. Drinnen war die Kriminaltechnik dabei, Spuren zu sichern und Fingerabdrücke zu nehmen, aber das Haus war derart unordentlich, dass man kaum sagen konnte, was der Normalzustand war und welche Bereiche der Täter eventuell durchwühlt hatte.

»Wie kann man nur so wohnen?«, fragte Tran.

»Die Frau sitzt im Rollstuhl.«

»Dann nimmt ihr Sohn es nicht so genau mit Ordnung und Sauberkeit, würde ich sagen.«. Er schüttelte den Kopf und sah Decker an. »Wollen Sie mir jetzt mal erzählen, was Ihre Verbindung zu dem Vorfall ist?«

»Gestern Morgen haben wir eine Leiche gefunden, die jemand auf unserem Gebiet abgelegt hat. Der Tote wurde als Brady Neil identifiziert. Der junge Mann wohnte in Hamilton bei seiner Mutter, Jennifer Neil. Joseph Boch, genannt Boxer, und Neil waren Kollegen und arbeiteten beide bei Bigstore.« Decker teilte ihm die weiteren Einzelheiten mit. »Neil wurde nicht dort ermordet, wo wir ihn gefunden haben. Deshalb habe ich Ihre Kriminaltechnik auch gebeten, zahlreiche Proben zu entnehmen. Ich glaube nämlich, dass es sich hierbei um den Tatort handeln könnte.«

»Somit würde der Mord an Neil in unsere Zuständigkeit fallen.«

»Ja, das stimmt. Ich würde die Ermittlungen zwar gerne zu Ende führen, aber es ist Ihre Entscheidung.«

»Ich habe gehört, Sie waren Detective bei der Mordkommission in L. A.«

»Fünfunddreißig Jahre insgesamt im Polizeidienst; davon dreißig Jahre bei der Mordkommission und davon fünfzehn Jahre als Lieutenant Detective.«

»Ehrlich gesagt, könnte ich die Hilfe gebrauchen«, sagte Tran. »Wir haben eine ziemlich hohe Verbrechensrate, aber dabei handelt es sich um die üblichen Besoffenen in der Kneipe, Gangschießereien oder aus dem Ruder gelaufene Drogendeals. Ich habe die Namen durch unser System laufen lassen. Die beiden gehören in keine dieser Kategorien.«

»Da bin ich Ihrer Meinung. Ich glaube nicht, dass Neil ein Dealer war. Zum einen haben die Täter Jaylene Boch nicht umgebracht. Wenn es professionelle Dealer gewesen wären, hätte sie als Erstes dran glauben müssen.« Decker dachte nach. »Brady Neil ist allerdings vorbelastet. Sein Vater Brandon Gratz sitzt wegen zweifachen Mordes im Gefängnis.«

Tran wirkte überrascht. »Oh! Ist mir gar nicht aufgefallen, als ich seinen Namen aufgerufen habe.«

»Anderer Nachname. Ich glaube, die Familie bemüht sich seit Jahren darum, dass der Mann nicht mehr mit ihr in Verbindung gebracht werden kann. Neils Mutter hat mir von dem Vater erzählt, als ich sie gestern vernommen habe.«

»Das war doch das Ehepaar, dem der Juwelierladen gehörte, die Levines. Vor meiner Zeit, aber der Fall hat lange die Schlagzeilen bestimmt. Interessant.«

»Vermutlich wissen Sie, dass Chief Baccus dabei der leitende Ermittler war.«

»Ja, weiß ich. Ist das irgendwie wichtig?«

»Nein, nicht unbedingt.«

»Glauben Sie, dass die jetzigen Morde etwas mit dem Doppelmord von damals zu tun haben? So eine Art Racheakt?«

»Ich habe keinen blassen Schimmer, Detective. Aber ich würde mich gerne mit den überlebenden Kindern unterhalten, vor allem mit Gregg Levine, der jetzt das Geschäft führt.

Er war der einzige Zeuge gegen Gratz und dessen Partner, Kyle Masterson.«

»Gregg Levine ist ein wichtiger Mann hier in Hamilton, Lieutenant. Er und seine Schwester Yvonne engagieren sich äußerst großzügig für wohltätige Zwecke.«

»Darum ist es auch besser, wenn ich mit ihnen rede. Ich habe keinen regelmäßigen Kontakt mit den beiden so wie Sie. Pete reicht übrigens. Oder Deck.«

»Ich reiße nur äußerst ungern alte Wunden wieder auf.«

»Dafür hat schon Brady Neils Tod gesorgt. Und mit diesem furchtbaren Tatort jetzt, wie lange wird es wohl dauern, bis die Leute die Verbindung herstellen?«

»Vermutlich haben Sie recht.«

»Außerdem würde ich gerne mit Brandon Gratz sprechen.«

»Hatten er und sein Sohn Kontakt?«

»Keine Ahnung, aber ich denke, das sollten wir rausfinden. Denn schon bald wird man genau die Fragen stellen, die Sie gerade stellen. Darf ich einen Detective aus Greenbury hier bei Ihnen lassen, der das Haus durchsucht, während ich meine Vernehmungen mache?«

»Sicher, wenn Sie einen von uns aus Hamilton mitnehmen, wenn Sie mit Levine und Gratz sprechen.«

»Schon geschehen.«

»Bitte?«

»Detective Baccus. Sie war hier die ganze Zeit mit dabei.«

»Ich weiß, ich habe schon mit ihr gesprochen.« Tran überlegte. »Ich dachte, Hamilton hat sie hier rausgeschickt.«

»Nein, sie arbeitet mit mir zusammen.«

Tran sah Decker überrascht an. »Wieso das?«

»Chief Baccus wollte, dass sie bei den Ermittlungen im Mordfall Brady Neil dabei ist. Das war Teil der Abmachung, die wir getroffen haben, weil strittig war, wer für den Mord an Neil zuständig ist. Wenn ich Lennie Baccus ins Team aufnehme, würde er mir Zugang zu den Hamiltoner Akten gewähren, falls nötig.«

»Was ist für den Chief dabei rausgesprungen?«

»Ich vermute, Baccus wollte, dass seine Tochter praktische Erfahrungen sammeln kann.«

»Hm, ganz schön dreist«, kommentierte Tran.

»Vielleicht brauchte er dafür jemanden, der ihm nicht unterstellt ist und daher keine Bedenken hat, sie auf ihre Fehler hinzuweisen.«

Tran verzog das Gesicht. »Wie klappt es denn so mit ihr?«

»Bislang sehr gut.« Mehr würde Decker nicht verraten.

»Dann haben Sie kein Problem damit, dass ich mit den Levines und Brandon Gratz spreche?«

»Ganz und gar nicht. Mit einem haben Sie recht: Gregg muss wirklich von dieser Sache erfahren. Wahrscheinlich ist es besser, wenn es von Ihnen kommt.«

Decker sah auf die Uhr. Schon fast drei Uhr nachmittags. »Ich schaue mal, ob ich heute noch mit Levine reden kann. Vermutlich wird es noch eine Weile dauern, bis ich den Papierkram erledigt habe, um Gratz vernehmen zu können. Ist es in Ordnung, wenn Tyler McAdams hier bei Ihren Leuten bleibt?«

»Der lockige Harvard-Junge?«

»Ja, ist ein prima Detective. Wie haben Sie das mit Harvard denn rausgekriegt?«

»Einer von Ihren Leuten hat ihn so genannt.«

»Er hat gerade zwei Jahre Jura in Harvard hinter sich.«

»Niiicht üüübel«, kommentierte Tran in seinem gedehnten Südstaatentonfall. »Deshalb werde ich nicht schlechter von ihm denken.«

Das frühere *Levine's Luscious Gems* hieß jetzt *Levine's Jewelry* und lag in dem kleinen, aber feinen Geschäftsviertel von

Bellweather. Das neue Geschäft befand sich drei Straßen vom ursprünglichen Schauplatz der Morde entfernt in einem großzügigen Gebäude mit Schaufenstern aus kugelsicherem Glas, in denen eine Fülle von glitzernden Objekten ausgestellt war. Die Stücke hatten zwar nicht die Dimensionen und Machart einer Auslage in Beverly Hills oder Midtown-Manhattan, aber in einer Arbeiterstadt wie Hamilton fielen sie auf wie ein gleißendes Leuchtfeuer in einem baufälligen Leuchtturm. In der Straße gab es kostenfreie Parkplätze diagonal zum Bürgersteig, und Decker stellte seinen Wagen direkt vor dem Geschäft ab. Man musste klingeln, um eingelassen zu werden. Decker drehte sich zu Lennie um.

»Holen Sie schon mal Ihren Ausweis raus. Ich will vermeiden, in die Tasche greifen zu müssen, sobald wir drin sind. Könnte nämlich sein, dass sie sofort eine Schusswaffe vermuten.«

Baccus nickte, und Decker betätigte die Klingel. Im nächsten Augenblick ging der Türsummer, und sie konnten eintreten. Decker sah sich rasch in dem Raum um. Zahlreiche Vitrinen mit Ringen, Ohrringen, Ketten, Armbändern, Anhängern und dünnen Kettchen standen beiderseits eines schmalen Durchgangs in der Mitte des Geschäftes. Ein bewaffneter muskulöser Wachmann behielt vom hinteren Bereich aus alles im Auge. Ein Mädchen im Teenageralter stand hinter der Verkaufstheke. Es war dünn und schlaksig, hatte ein längliches Gesicht, lange lockige Haare und runde haselnussbraune Augen. Das Mädchen trug einen Minirock und eine weiße ärmellose Bluse, die den Blick auf das Rosentattoo auf seiner Schulter freigab.

»Kann ich Ihnen behilflich sein?«

Decker hielt seinen Dienstausweis hoch. Während das Mädchen den Ausweis in seiner Brieftasche studierte, stellte er sich vor: »Ich bin Detective Peter Decker vom Greenbury PD, und das ist Detective Lenora Baccus vom Polizeirevier Hamilton. Wir würden gerne mit Gregg Levine sprechen.«

Die Augen der jungen Frau weiteten sich. »Mr. Levine ist momentan nicht im Geschäft. Darf ich fragen, worum es geht?«

»Wann ist er denn zurück?«, fragte Decker.

Eine Tür in der Rückwand ging auf, und eine gut gekleidete Frau trat heraus. Von alten Zeitungsfotos, die vor zwanzig Jahren aufgenommen worden waren, wusste Decker, dass es sich bei ihr um Yvonne Levine handelte. Sie war jetzt Ende dreißig und hatte rötlich blondes Haar und strahlend blaue Augen. Ein hautenges rotes Kleid, das knapp unter dem Knie endete, betonte ihre kurvige Figur. Dazu trug sie Schuhe mit Stilettoabsatz. »Dana, hol dir doch mal was zum Mittagessen, Schätzchen.«

Das Mädchen sah auf ihre Mickey-Mouse-Uhr. »Es ist fast vier.«

»Dann hol dir eben einen Kaffee.«

»Und was ist mit der Regel, Mom? Es müssen immer zwei von uns im Laden sein.«

»Die Leute sind von der Polizei, Dana. Was soll schon passieren? Außerdem ist Otto da.«

Das Mädchen stieß einen resignierten Seufzer aus, schnappte sich eine überdimensionierte Tasche aus Jeansstoff und verließ das Geschäft. Ihre Mutter ging an die Tür und drehte das »Geöffnet«-Schild auf »Geschlossen«. »Otto, lass niemanden rein.« Sie wandte sich an Decker und Lennie. »Yvonne Apple. Unterhalten wir uns hinten im Büro.«

Nachdem sie die beiden Detectives durch die getäfelte Tür in der Rückwand geführt hatte, ging sie einen Flur hinunter, öffnete dann eine zweite Tür und bat Decker und Baccus einzutreten. Das Zimmer war klein und enthielt zwei Schreibtische mit Stühlen, zwei Computermonitore, zwei Drucker und ein Festnetztelefon; an einer Wand befanden sich zahlreiche Bildschirme, die Aufnahmen von Überwachungskameras zeigten. Sie deckten jede erdenkliche Perspektive und jeden Winkel des Geschäftes sowie die Fassade bis hinunter zur Straße ab. Decker vermutete, die Frau wollte diesmal keinerlei Risiken eingehen.

»Nehmen Sie Platz, wo Sie mögen«, sagte Yvonne Apple.

Decker sah sich um und zog einen der Schreibtischstühle zu sich heran. »Sie haben uns bereits erwartet.«

»Und mich gefragt, warum Sie erst jetzt kommen. Die Sache ist doch schon gestern passiert.« Yvonne holte einen Stuhl für Lennie Baccus, stellte ihn neben den von Decker und nahm selbst auf dem Schreibtisch Platz. »Die Nachricht hatte ich auf meinem Newsfeed. Von seinem Tod. Brady Neils Tod.«

»Sie verfolgen, was er macht?«

»Ich verfolge, was alle Verwandten dieser beiden Ungeheuer machen – Gratz und Masterson. Wenn Sie mal etwas so Grauenvolles erlebt haben, vertrauen Sie niemandem mehr.« Apple fixierte die Monitore und beobachtete, wie Otto im Laden auf und ab ging. »Was hat der kleine Dreckskerl angestellt, dass man ihn umgebracht hat?«

»Das wissen wir noch nicht.« Decker hielt inne. »Da Sie alle Verwandten von Gratz im Auge behalten haben, wissen Sie vermutlich mehr über Brady Neil als ich.«

»Nur, wo er wohnt. Bis gestern hat er anscheinend ein unauffälliges Leben geführt, genau wie seine Schwester und seine Mutter. Bei der Familie von Kyle Masterson sieht die Sache schon anders aus. Sein Sohn Jason kommt ganz nach dem Vater. Sitzt gerade wegen bewaffneten Raubüberfalls im Gefängnis. Hat neun Jahre bekommen. Aber er kommt wieder raus und ruiniert dann das Leben seines nächsten Opfers. Kyles Ex-Frau ist nach Georgia gezogen, als die Tochter der beiden, Norma, bei einem Motorradunfall ums Leben kam. Also sind jetzt zwei weg vom Fenster, einer sitzt im Knast, bleibt noch eine übrig. Vielleicht hab ich ja Glück, und Brandy kriegt einen schmerzhaften Krebs oder so.«

»Weiß Ihr Bruder von Brady Neils Tod?«, fragte Decker.

»Ja.«

»Wo ist er gerade?«

»Beim Golfen …« Apple sah Lennie an. »Mit Ihrem Vater.«

»War das ein bereits bestehender Termin?«, fragte Decker.

»Nein, gar nicht. Gregg hat den Chief heute Morgen angerufen, nachdem ich ihm erzählt hatte, dass Brady tot ist, weil er sich vergewissern wollte, ob es stimmt. Sicher will er Einzelheiten wissen.«

»Der Mord an Brady Neil ist ein Fall des Greenbury PD«, merkte Decker an.

»Baccus ist der Polizeichef. Ich bin mir sicher, von dem kann er sich jegliche Details besorgen, die er haben will.« Yvonne Apple sah erneut zu Lennie, deren Gesichtsausdruck jedoch nichts verriet.

»Wann erwarten Sie Gregg zurück?«, fragte Decker.

»Bald.«

»In einer Stunde?«

»Kann sein.«

»Würden Sie ihn bitte für mich anrufen?«

»Tut mir leid, auf dem Golfplatz sind keine Handys erlaubt. Und Gregg ist einfach nicht wichtig genug für einen Pager. Ich werde ihm ausrichten, dass Sie da waren.«

»Darf ich Ihnen dann ein paar Fragen stellen?«

»Wenn's sein muss.«

»Soweit Sie wissen, hat Brady Neil all die Jahre ein Leben ohne besondere Vorkommnisse geführt?«

»Offenbar nicht, wenn er ermordet wurde.«

»Haben Sie diesbezüglich irgendwelche Vermutungen?«

»Vermutungen? Ob ich weiß, wer ihn getötet hat? Nein, tue ich nicht. Tut es mir leid, dass er tot ist? Nein, das tut es nicht.«

»Mrs. Apple, wo waren Sie am Dienstag gegen zwei Uhr morgens?«

»Zu Hause, im Bett, mit meinem Mann.«

»Und letzte Nacht?«

»Dieselbe Antwort. Er kann es Ihnen bestätigen, wenn Sie möchten.«

»Natürlich kann er das. Was macht Ihr Mann beruflich?«

»Er hat eine Immobilienagentur und hat geschäftlich überall hier in der Gegend zu tun. Warum?«

»Nur der Vollständigkeit halber. Vor diesem Hintergrund: Wo leben Ihre anderen Geschwister?«

»Matthew lebt in Columbus, Ohio. Martin ist in Seattle. Ella in Brooklyn. Sie ist Tattookünstlerin. Die Rose auf Danas Schulter stammt von ihr.« Yvonne sah wieder zu Baccus. »Ich glaube, Sie kannten sie.«

»Ella war eine Klasse über mir.«

»Aah, Sie können also doch sprechen.« Apple zog einen Mundwinkel nach oben. »Dann sind Sie also siebenundzwanzig.«

»Ja. Ich kann mich noch erinnern, als es passiert ist. Mein herzliches Beileid.«

Auf die unerwartete Beileidsbezeugung war Yvonne nicht vorbereitet. Tränen traten ihr in die Augen. »Wahrscheinlich hat es Ella am härtesten getroffen. Sie war acht Jahre jünger als Martin. Sie wurde zu meiner Tante verfrachtet, die nicht mit den ganzen psychologischen Auswirkungen eines so einschneidenden, grauenvollen Vorfalls umgehen konnte. Später, als Gregg verheiratet war, hat er sie zu sich geholt. Für Maran, seine Frau, war es schwierig, aber sie hat sich wirklich Mühe gegeben. Dann ist Ella ausgerastet und eine Weile zu mir gezogen. Mein Mann war ziemlich verständnisvoll, aber Ella wurde immer schwerer zu bändigen. Wir haben unser Bestes versucht, aber wir haben auch selbst noch getrauert und gleichzeitig versucht, das Geschäft weiterzuführen und unser Leben zu leben. Sie hat sich mit den falschen Leuten eingelassen. Jetzt scheint es ihr etwas besser zu gehen. Zumindest hat sie ein anderes Ventil für ihre Kreativität gefunden als Grafitti.«

Ein angespannter Ausdruck trat in Yvonnes Gesicht. »Wissen Sie überhaupt, was das für schmerzhafte alte Wunden aufreißt?«

»Mein allerherzlichstes Beileid«, sagte Decker. »Ich kann mir nicht mal im Ansatz vorstellen, wie schwer es für Sie gewesen sein muss. Ich weiß auch, dass Sie noch immer darunter leiden. Aber ich mache nur meinen Job. Brady Neil wurde ermordet, und mir ist klar, dass das eine Auswirkung auf alle Mitglieder Ihrer Familie haben wird. Besonders sobald die Presse davon Wind bekommt. Ich bin überrascht, dass die Sie nicht schon längst belästigt.«

Yvonne schwieg.

»Sie sollten sich auf diverse Anrufe gefasst machen«, fuhr Decker fort.

»Die Sache verfolgt uns selbst jetzt noch, da der kleine Scheißkerl tot ist.«

»Wirklich schrecklich. Es tut mir leid. Ich brauche aber die Telefonnummern Ihrer Geschwister, um zu überprüfen, wo sie sich aufgehalten haben, als Neil ums Leben kam. Könnten Sie mir die besorgen?«

»Na schön.«

»Danke. Und wann, denken Sie, könnten wir mit Ihrem Bruder sprechen?«

»Rufen Sie ihn doch an. Ich bin nicht seine Sekretärin.«

»Wenn Sie mir seine Nummer geben könnten, wäre das eine Hilfe.«

Yvonne Apple drehte sich zu Lennie um. »Warum fragen Sie nicht einfach Ihren Vater?«

»Ich spreche nicht über meine Fälle, noch nicht mal mit meinem Vater. Aber wenn es Ihnen zu viel ist, werde ich Mr. Levines Nummer für Detective Decker herausfinden.«

»Ach, verdammt! Ich geb sie Ihnen!« Sie sah auf die Bildschirme. »Dana ist wieder da. Ich muss aufmachen.« Sie erhob sich. »Vermutlich hat Sie diese kleine Unterhaltung nicht viel weitergebracht.«

Decker stand auf, Lennie ebenfalls. »Vielen Dank, dass Sie sich Zeit genommen haben, Mrs. Apple«, sagte Decker. »Falls Ihnen noch etwas einfällt, das wichtig sein könnte, bitte melden Sie sich.«

»Wichtig wofür? Um Ihnen zu helfen, Brady Neils Mörder zu finden? Wenn ich wüsste, wer es war, würde ich demjenigen noch einen Orden verleihen.«

KAPITEL 11

Als sie wieder im Auto saßen, sagte Lennie: »Glauben Sie allen Ernstes, Gratz und Masterson hatten was mit Brady Neils Tod zu tun? Die beiden sitzen seit fast zwanzig Jahren im Gefängnis.«

»Wir ziehen alle Möglichkeiten in Erwägung, Lennie.« Decker ließ den Motor an. »Was meinen Sie, worüber sich Ihr Vater und Gregg Levine unterhalten haben?« Er setzte vom Bordstein zurück. »Spielen die beiden oft Golf zusammen?«

»Keine Ahnung. Ich verfolge nicht im Einzelnen, mit wem mein Dad sich trifft. Aber was ich definitiv weiß, ist, dass die Levines – also Gregg und Yvonne – gesellschaftlich eine wichtige Rolle in Hamilton spielen. Die beiden engagieren sich schon lange sehr für Wohltätigkeitsveranstaltungen des Police Departments. Ich verstehe nicht, was seltsam daran sein soll, dass Gregg Dad angerufen und sich nach Brady Neils Tod erkundigt hat.«

»Überhaupt nicht seltsam«, antwortete Decker. »Ich wollte nur wissen, ob die beiden früher schon mal zusammen Golf gespielt haben.«

»Wie Yvonne bereits sagte, Gregg Levine wollte vermutlich Einzelheiten wissen.«

»Klingt einleuchtend.«

»Und da sich der letzte Vorfall in Hamilton ereignet hat, glaubt Gregg vermutlich, Anspruch darauf zu haben, die Einzelheiten zu erfahren. Es könnte schließlich etwas mit seiner Familie zu tun haben.«

»Zum Beispiel?«, fragte Decker. »Wollen Sie andeuten, dass einer der Levines hinter der Ermordung von Brady Neil steckt?«

Lennie ging nicht darauf ein. »Glauben Sie denn, dass die Levines etwas mit dem Mord an Neil zu tun hatten?«

»Netter Versuch, von meiner Frage abzulenken.« Decker schmunzelte. »Aber ich beantworte Ihre: Ich weiß es nicht. Ich bin noch dabei, Informationen zu sammeln.«

»Wahrscheinlich reagiere ich etwas über, wenn es um meinen Dad geht. Nur um eins klarzustellen: Ich habe ihm kein Wort über unsere Ermittlungen verraten.«

»Dafür bekommen Sie kein gesondertes Lob, Lennie. Nichts anderes erwarte ich nämlich von Ihnen.«

»Ich weiß.« Schweigen. »Er verhält sich sehr unklug.«

»Bitte?«

»Mein Vater. Er sollte nicht als Privatperson mit Gregg Levine sprechen. Die Unterhaltung sollte auf dem Hamiltoner Polizeirevier stattfinden und nicht auf dem Golfplatz.«

»Haben die beiden denn vorher schon mal zusammen Golf gespielt?«

»Ich weiß es nicht. Ehrlich gesagt, halte ich etwas Abstand von meinem Vater. Ich möchte, dass die Leute mich nach meinen eigenen Leistungen beurteilen und nicht nach meiner Familie.«

»Unmöglich. Wenn Sie das wollen, dürfen Sie nicht für sein Police Department arbeiten.«

»Ich weiß. Ich hätte in Philadelphia bleiben sollen. Die Idioten einfach ignorieren und den Druck aushalten. Ich war sogar ziemlich erfolgreich dort. Vermutlich hatte ich einfach einen Zusammenbruch. Was stimmt bloß nicht mit mir?«

»Lennie, wie wäre es, wenn Sie sich die Selbstzerfleischung für ein andermal aufheben und sich auf den Fall konzentrieren? Spielt Ihr Vater üblicherweise Golf mit Privatpersonen aus Hamilton?«

»Ich weiß, dass er an vielen Wohltätigkeitsturnieren teilnimmt, um Geld für einen guten Zweck zu sammeln. Meist an den Wochenenden.«

»Wäre eine Partie Golf mit Gregg Levine dann normal oder ungewöhnlich?«

»Das Spiel an sich wäre nicht ungewöhnlich. Aber ich würde nicht erwarten, dass er sich drei Stunden mitten in einer Arbeitswoche dafür freinimmt, vor allem wenn es gerade ein Blutbad in seinem Bezirk gegeben hat.«

»Vermutlich weiß er nichts von Jaylene Boch und ihrem vermissten Sohn, besonders wenn auf dem Golfplatz keine Handys erlaubt sind.«

Lennie schwieg. Dann entspannten sich ihre Züge merklich. »Das kann natürlich sein.«

Über die Freisprechanlage kam ein Anruf. Als Decker den Knopf drückte, drang Radars Stimme aus dem Lautsprecher: »Warum warst du bei Yvonne Apple?«

Decker war vollkommen überrascht. »Hat sich ja schnell rumgesprochen.«

»Sie hat ihren Bruder angerufen, der Baccus Bescheid gesagt hat, und Baccus wiederum hat mich angerufen.«

»Komisch. Mir hat sie gerade gesagt, auf dem Golfplatz herrscht Handyverbot.«

»Decker ...«

»Nur zur Info, Captain, Officer Baccus sitzt neben mir im Auto.«

»Hallo, Officer. Ich hoffe, Detective Decker zeigt Ihnen, wie es in einem Mordfall so läuft.«

»Ja, und zwar im Detail.«

»Warum ruft Chief Baccus dich wegen meines Mordfalls an?«, fragte Decker.

»Warum befragst du Leute, deren Eltern vor zwanzig Jahren Opfer eines zweifachen Mordes geworden sind?«

»Weil meine Leiche der Sohn des Mannes ist, der die Levines umgebracht hat. Ich muss alles in Erwägung ziehen, Mike.«

»Dein Fall hat nichts mit den Levines zu tun.«

»Und woher wissen wir das, Sir?« Radar schwieg. Decker sprach weiter: »Captain, ich versuche nur, so viele Hintergrundinformationen zu sammeln wie möglich. Ich bin auch nicht der Einzige, der neugierig ist. Warum sonst sollte Gregg Levine sich mit Victor Baccus zu einer Partie Golf verabreden?«

»Golf?«

»Als ich in ihrem Juweliergeschäft war, hat uns Yvonne Apple, die Schwester, mitgeteilt, dass ihr Bruder heute Morgen Victor Baccus angerufen hat, um sich mit ihm zum Golfen zu verabreden. Daher meine Erwähnung des Handyverbots. Davon hatte mir nämlich Yvonne erzählt, als ich Sie um die Handynummer ihres Bruders gebeten habe, damit ich ihn kontaktieren kann.«

Als Radar nichts darauf entgegnete, fuhr Decker fort.

»Jetzt war das vielleicht nur eine spontane Partie unter Freunden. Aber mein Bauchgefühl sagt mir, dass Gregg vermutlich versucht, Einzelheiten über den Mord an Brady Neil aus Baccus rauszubekommen.«

Lennie schaltete sich ein: »Captain, hat Chief Baccus irgendetwas über Joseph Bochs Verschwinden erwähnt? In dem Haus sah es schlimm aus. Eine Frau war so gut wie tot. Ich würde doch annehmen, er wäre lieber dort als auf dem Golfplatz.«

Decker sah rasch zu ihr hinüber und nickte.

»Er wusste nichts darüber, bis ich es ihm gesagt habe«, sagte Radar. »Vermutlich ist er gerade auf dem Weg dorthin.«

»Dann treffe ich ihn dort und bringe ihn auf den neuesten Stand«, antwortete Decker. »Ich weiß nicht, warum er sauer sein sollte, dass ich bei Yvonne Apple vorbeigeschaut habe. Das war wichtig für meinen Fall.«

»Du wirst es schon bald rausfinden, vor allem, wenn er dir den Fall entzieht.«

»Joseph Boch ist sein Fall. Der Mord an Brady Neil fällt in unseren Zuständigkeitsbereich. Ein Hoch auf departmentübergreifende Zusammenarbeit …«

»Falls die Spurensicherung ergibt, dass Neil in Bochs Haus umgebracht wurde, geht der Mordfall an Hamilton. Es ist dann deren Entscheidung, ob sie deine Beteiligung wollen. Wenn sie's lieber alleine machen, ist das auch ihre Sache.«

Decker hielt inne. Dann sagte er: »Na gut.«

Radar schwieg ebenfalls einen Moment. »Ist das wirklich in Ordnung für dich?«

»Bleibt mir wohl nichts anderes übrig.«

»Warum um Gottes willen sollte mein Vater Decker den Fall wieder wegnehmen, wenn er mich seinem Team zugeteilt hat, damit ich an ebendiesem Mordfall mitarbeite?«, fragte Lennie.

»Ich weiß es nicht, Officer Baccus«, entgegnete Radar. »Vielleicht entschließt er sich, die ganze Sache intern zu bearbeiten. Das ist auch sein gutes Recht.«

»Aber ich bin doch auch intern«, sagte Lennie. »Ich arbeite schließlich für das Hamilton PD.«

Decker signalisierte ihr, dass er übernehmen wollte. »Das ist alles Spekulation. Lass mich erst mal mit dem Mann reden. Aber eine Bitte hätte ich, Mike.«

»Schieß los.«

»Ich möchte Brandon Gratz vernehmen.«

Nach einer kurzen Pause fragte Radar: »Wieso?«

»Falls Brady Neils Blut nicht im Haus der Bochs gefunden wird, ist der Mord an ihm weiterhin mein Fall. Deshalb. Und ich bin äußerst gründlich. Brandon Gratz ist Neils Vater. Möglicherweise haben die beiden Kontakt. Der Mann kann uns vielleicht Aufschluss darüber geben, ob Neil in irgendetwas Gefährliches verwickelt war. Es wäre auch möglich, dass Neil im Auftrag seines Vaters gehandelt hat.«

»Wenn ja, warum sollte Gratz dann mit dir sprechen wollen?«

»Weil Neil sein Sohn war und dieser Sohn ermordet wurde. Das ist ein Ansatz, den wir verfolgen müssen. Wenn du helfen könntest, dass der ganze Papierkram reibungslos klappt, wäre ich dir dankbar.«

»In welchem Gefängnis ist er?«

»Im Hochsicherheitsgefängnis Bergenshaw. Das ist in der Nähe von Poughkeepsie.«

»Kenn ich. Allerdings nicht den Direktor. Ich werde tun, was ich kann.«

»Danke«, sagte Decker.

Tun, was man kann, reicht manchmal aus.

Aber in den meisten Fällen ist die Pleite damit schon vorprogrammiert.

Vom Rasen vor Jaylene Bochs Haus aus beobachtete Victor Baccus das Geschehen und wandte den Blick nicht davon ab, während er mit Decker sprach. Vor einer Stunde hatte er noch in platztauglicher Kleidung Golf gespielt. Jetzt war er tadellos gekleidet, in schwarzer Polizeiuniform mit gestärktem weißen Hemd, Krawatte und glänzend polierten schwarzen Schuhen. Baccus war durchschnittlich groß, aber muskulös mit breiten Schultern und einem kräftigen Hals. Seine Haut war glatt und rosig, die Augen dunkel und eindringlich. Mit vor der Brust verschränkten Armen drehte er sich zu Decker. »Es ist nicht so, dass ich etwas dagegen hätte, dass Sie bei den Levines ermitteln. Das verstehe ich. Ist gute Polizeiarbeit. Hätten Sie mich vorher informiert, hätte ich Ihnen helfen können. Yvonne war immer schon robuster als Gregg. Als die Sache damals passierte, war sie es, die alles zusammengehalten hat. Das Mädchen ist wirklich hart im Nehmen. Gregg ist einfach zusammengebrochen.«

»Aber er war es auch, der die Erschießungen direkt mitbekommen hat. Yvonne hat sich dieses Bild nicht in die Seele gebrannt. Ich frage mich, warum sie es für notwendig gehalten hat, Sie anzurufen, Chief?«

»Yvonne vertraut nicht allzu vielen Menschen. Ich bin mir nicht sicher, dass sie mir vertraut. Aber zumindest mehr als Ihnen. Es wäre vielleicht hilfreich gewesen, wenn Sie jemanden aus Hamilton dabeigehabt hätten.«

»Sir, Officer Baccus hat mich begleitet. Aber das schien auch keinen Unterschied zu machen.«

Chief Baccus blickte säuerlich. »Pete ... Ich darf Sie doch Pete nennen? Wir sind ja ungefähr im selben Alter.«

»Ich bin zehn Jahre älter als Sie, aber Pete ist in Ordnung.«

»Was ich meinte, ist, dass ich jemanden mit etwas mehr Erfahrung hätte schicken können. Einen richtigen Detective.«

Angesichts dieser Beleidigung war Decker ganz perplex. »Officer Baccus macht ihre Sache sehr gut, Chief. Ich könnte mir niemand Besseres wünschen.«

»Ich bin sicher, da sind Sie nicht ganz ehrlich.« Decker schwieg. Baccus seufzte und fuhr fort. »Ich liebe meine Tochter, Pete. Sie ist mein Ein und Alles. Sie ist eine gute Polizistin – hartnäckig und gibt nie auf. Aber sie ist besser hinter den Kulissen als mitten im Geschehen.«

»Darum hat es ja auch so gut geklappt, Sir. Officer Baccus hat genau das gemacht, worum ich sie gebeten habe, und zwar vorbildlich.«

»Wenn Sie das sagen ...«

»Sie haben sie doch zu mir geschickt, damit sie etwas lernt. Und genau das tut sie.«

»Dieser Fall eignet sich nicht für jemand Unerfahrenes.«

»Fälle, bei denen der Fundort nicht mit dem Tatort identisch ist, sind selten einfach zu lösen.« Decker hielt inne. »Warum haben Sie Ihre Tochter zu mir geschickt?«

»Die Wahrheit? Ich hatte nicht erwartet, dass der Mord an Neil ein kompliziertes Ermittlungsverfahren nach sich ziehen würde. Sie hatten ursprünglich nach den Akten von ein paar kriminellen Jungs aus meinem Bezirk gefragt. Ich hatte angenommen, Brady Neil gehörte dazu. Die Jungs besaufen sich, kiffen sich zu, spielen mit Waffen herum ... aus Versehen löst sich ein Schuss. So was kommt vor.«

»Neil wurde mit einem Baseballschläger erschlagen.«

»Worauf ich hinaus will: Sie ist zu unerfahren für einen so unangenehmen Fall.«

»Ich finde, sie macht sich gut.«

Baccus drehte sich erneut zu Decker um. »Ach ja?«

»Sie lernt schnell, Chief. Lassen Sie sie den Fall zu Ende bringen. Sie könnten überrascht sein.«

»Soll heißen, ich soll *Sie* den Fall zu Ende bringen lassen.«

»Das natürlich auch. Ich bin ein äußerst erfahrener Mordermittler. Und als solcher führe ich gerne zu Ende, was ich begonnen habe.«

Baccus' Blick wanderte zurück zum Haus. »Wenn Sie sich mit Wen und Randy absprechen, werde ich Ihnen den Fall nicht wegnehmen.«

»Was ist mit Lenora?«

»Die werde ich von der Sache abziehen. Um sich mit der Materie vertraut zu machen, ist er völlig ungeeignet für sie. Sie arbeiten doch normalerweise mit diesem Jungen zusammen, oder? Harvard, nicht wahr?«

»Ja, aber ich kann alle Hilfe gebrauchen, die ich kriegen kann, und das gilt auch für Lennie. Aber natürlich ist das Ihre Entscheidung. Ich stimme mich mit Ihren Leuten ab. Wir alle wollen die Sache rasch zum Abschluss bringen. Und dahingehend würde ich wirklich gerne mit Gregg Levine sprechen. Alles, was mit Brandon Gratz zu tun hat, hat auch mit ihm zu tun.«

»Aber wir wissen nicht, ob es tatsächlich etwas mit Gratz zu tun hat.« Als Decker nicht darauf einging, sprach Baccus weiter: »Wie wäre es, wenn Sie erst mal ein wenig mehr Licht in dieses Chaos bringen, und dann rede ich mit Gregg.«

»Klingt vernünftig«, sagte Decker. »Was Officer Baccus angeht: Wie haben Sie sich entschieden?«

»Sie ist ab sofort nicht mehr dabei.« Wieder wandte er sich zu Decker um. »Sagen Sie ihr, es war meine Entscheidung. Geben Sie mir die Schuld.«

KAPITEL 12

»Hat er Ihnen gesagt, warum?« Sie blies den Rauch durch ihre Nasenlöcher. Sie schnippte schneller mit den Nägeln, als eine Gerichtsstenografin tippen konnte. »Außer, dass ich noch grün hinter den Ohren bin und kaum Erfahrung habe?«

»Das waren exakt die Gründe, Len.«

»Und Sie haben ihm zugestimmt?« Sie war hochrot im Gesicht.

»Es geht Sie zwar nichts an, aber nein, ich habe ihm nicht zugestimmt«, sagte Decker. »Aber es ist seine Entscheidung. Er hat Sie an diesen Fall gesetzt, und er kann ihn Ihnen auch wieder wegnehmen. Er hätte ihn auch mir wegnehmen können, was er aber nicht getan hat. Meiner Meinung nach ist es ein Fehler, Sie nicht bis zum Schluss dabei bleiben zu lassen.«

Innerlich vor Wut kochend, biss sich Lennie auf die Lippe.

»Hören Sie mir mal kurz zu«, sagte Decker. Keine Reaktion. »Hören Sie mir zu?«

»Das Motivationsgespräch können Sie sich sparen.«

»Wie reden Sie denn mit mir? Ich bin immer noch Ihr Vorgesetzter.«

Jetzt hatte er ihre Aufmerksamkeit. Sie stieß einen Seufzer aus. »Entschuldigung, Sir.«

»Entschuldigung angenommen. Hören Sie mir jetzt zu?«

»Ja.«

»Sie arbeiten nicht länger an dem Fall mit. Ich werde nicht direkt mit Ihnen besprechen, was passiert und welche Fortschritte wir machen. Aber wir haben einmal gemeinsam daran gearbeitet, und es könnte sein, dass ich Sie ab und zu anrufe, um Sie etwas bezüglich der Vernehmungen zu fragen, die wir gemeinsam durchgeführt haben, in Ordnung? Und ich kann mir vorstellen, dass Sie mir da durchaus ein paar Fragen zur Klärung stellen könnten, damit Sie wissen, was genau ich von Ihnen will.«

Lennie sah Decker eindringlich an. »Ich werde Ihnen helfen, wo immer ich nur kann.«

»Zum Beispiel mit dem Mädchen, mit dem Neil zusammen war.«

»Olivia Anderson.«

»Genau, die. Ich würde immer noch gerne mit ihr sprechen, aber vielleicht wird sie auch mit Ihnen sprechen wollen. Das wäre kein Problem. Wenn Sie sich und mir einen Gefallen tun wollen, gehen Sie zurück zu Ihrem Vater und fragen Sie ihn, welche Aufgaben er für Sie hat. Seien Sie freundlich, und verhalten Sie sich vor allem professionell.«

»Glauben Sie, er wird seine Meinung ändern?«

»Keine Ahnung. Aber so verhalten Sie sich richtig.«

»Okay.« Sie atmete einmal tief ein und aus. »Melden Sie sich, wann immer Sie Fragen haben. Und danke, dass ich mit Ihnen zusammenarbeiten durfte.«

»Gern geschehen.«

Sie hielt inne. »Was ich in meiner Freizeit mache, geht doch eigentlich niemanden was an.«

Ihre Körperhaltung war entspannt, und ihr Gesicht hatte wieder seine normale Farbe, aber da war etwas in ihrem Blick. Decker kannte diesen Blick, weil er ihn schon sehr oft im Spiegel gesehen hatte.

Ihr könnt mich mal, ich mache, was *ich* will.

Er hatte eigentlich nicht beabsichtigt, die junge Frau als Verbündete zu gewinnen. Aber jetzt, da es so zu sein schien, beklagte er sich nicht. Trotzdem musste er die Form wahren. »Tun Sie das nicht, Lennie. Das führt zu nichts Gutem. Jetzt ab mit Ihnen, und besprechen Sie sich mit Ihrem Vorgesetzten. Viel Glück.«

»Danke.« Sie lächelte. »Mein letzter Sergeant war intelligent, scharfsinnig und überaus fair. Sie sind ihr sehr ähnlich.«

Decker lächelte und sah ihr nach, als sie davonging.

Genau umgekehrt, meine Liebe. Sie ist *mir* sehr ähnlich.

In sicherer Entfernung vor unerwünschten Zuhörern berichtete Decker McAdams von seiner Unterhaltung mit Baccus. Die beiden befanden sich ein paar Blocks vom Tatort entfernt, hatten sich einen Kaffee besorgt und unterhielten sich auf dem Rückweg zum Haus der Bochs.

Tyler war sprachlos. »Er hat sie rausgeschmissen?«

»Vom Fall abgezogen.«

»Warum?«

»Keine Ahnung.«

»Hat sie Mist gebaut?«

»Nein. Er wollte nur nicht, dass sie an einem richtigen Mordfall mitarbeitet. Zumindest hat er das behauptet.«

»Glaubst du ihm?«

»Es geht nicht darum, ob ich ihm glaube. Zwischen den beiden gibt es irgendwelche Spannungen, die ich nicht durchschaue.« Decker strich sich den Schnurrbart glatt. »Sie hat da was erwähnt, dass sie uns in ihrer Freizeit helfen will – was ich natürlich abgelehnt habe. Das wird sie aber nicht davon abhalten.«

»Sie will für uns in Hamilton spionieren?«

»Spionieren würde ich's nicht nennen, Harvard.«

»Vielleicht ist sie eine Doppelagentin. Dir lässt sie die ein oder andere Information zukommen, während sie ihrem Dad brühwarm erzählt, was du ihr gesagt hast.«

»Wenn sie eine Doppelagentin ist, spielt sie ihre Rolle sehr überzeugend. Meiner Meinung nach ist sie eine junge Frau, die nicht das volle Vertrauen ihres Vaters genießt und die sich alle erdenkliche Mühe gibt, sich zu bewähren.«

»Wollen wir nicht alle unseren Daddy beeindrucken?«

»Vielleicht.« Deckers Vater war ein sehr freundlicher, aber distanzierter Mann gewesen. Die beiden hatten sich nicht viel unterhalten, aber oft gemeinsam an Heimwerkerprojekten gearbeitet. Kommuniziert hatten sie hauptsächlich über Holz und Werkzeuge. Decker nahm einen Schluck von seinem Kaffee und fragte: »Was für Aufzeichnungen habt ihr euch von den Überwachungskameras auf dem Tollway besorgen können?«

»Wir sind nur bis zur Hälfte gekommen, dann wurden wir hierher beordert. Weder Kevin noch ich hatten Zeit, sie uns anzusehen.«

»Dann sollten wir das als Nächstes tun. Was ist mit dem Haus? Habt Kevin und du es gründlich durchsucht?«

»So gut es ging, ohne der Spurensicherung in die Quere zu kommen. Vermutlich ist es das Beste, noch mal wiederzukommen, wenn die fertig sind.«

»Finde ich auch. Fangen wir jetzt an, uns die Aufzeichnungen anzusehen. Wir haben es mit einem Mord, einem Vermissten und einem Blutbad zu tun. Ich will so viele Informationen über diesen Wagen wie möglich. Hol Kevin, dann fahren wir zusammen zurück aufs Revier. Ich warte immer noch auf einen Anruf vom Krankenhaus wegen Jaylene Boch. Falls sie wieder bei vollem Bewusstsein ist, kann sie uns vielleicht etwas erzählen – vorausgesetzt, sie ist gut beieinander.«

»So alt ist sie doch noch gar nicht.«

»Richtig, ist sie nicht, aber sie hat ein Trauma erlitten, und seit ihrem Unfall damals hatte sie es sehr schwer. Falls sie mir auch nur irgendetwas Brauchbares mitteilen kann, bin ich überglücklich.«

Zurück auf dem Revier von Greenbury, teilten sie die Aufzeichnungen der Überwachungskameras vom Tollway Boulevard unter sich auf. Fast zwei Stunden lang saßen Decker,

McAdams und Kevin Butterfield vor ihren Bildschirmen und versuchten, das Nummernschild zu erkennen oder zumindest herauszufinden, welchen Weg der verdächtige Wagen eingeschlagen hatte.

Es dauerte sehr lange, so viele Einzelbilder aus so vielen unterschiedlichen Perspektiven zu sichten, bis sie ein vollständiges Kennzeichen erhielten, was sich dann aber als Reinfall herausstellte. Das Nummernschild stammte von einem 78er Cadillac Seville – der Linda und Barry Mark gehörte, die zwei Blocks die Canterbury Lane hinunter wohnten, ungefähr drei Blocks von der Stelle entfernt, wo Brady Neils Leiche gefunden worden war.

Decker griff seine Autoschlüssel und sagte: »Ihr zwei macht mit den Aufzeichnungen weiter. Ich fahre jetzt bei den Marks vorbei. Ruft an, wenn ihr irgendwas Interessantes findet.«

»Ich komme mit«, sagte McAdams. »Meine Augen werden langsam quadratisch.«

»Dabei brauche ich aber keine Unterstützung, Harvard.«

»Ich warte im Auto, falls du mich doch noch brauchst.«

»Wie du meinst.«

Zehn Minuten darauf saß Decker im Wohnzimmer der Marks, das mit modernen Möbeln in klarer Linienführung und nüchterner Farbgebung und Ölgemälden mit abstrakten Farbklecksen ausgestattet war. Seltsam, da das Haus von außen nach wie vor wie ein Upstate-Bungalow aussah. Sonnenlicht drang durch die Fenster und traf in merkwürdigen Winkeln auf die Wände und den Betonfußboden auf. In Verbindung mit der Vernehmung hatte das Ganze etwas von einer Kunstperformance.

Linda Mark war nicht zu Hause, aber Barry sprach bereitwillig mit ihm. »Bedeutet das, wir müssen uns jetzt ein neues Nummernschild besorgen?« Er war über siebzig, vielleicht sogar schon fast achtzig, mit schütterem weißen Haar und einem Gesicht mit Hängewangen. Er trug eine dunkelblaue Jogginghose, über deren Bund ein beträchtlicher Bauch hing.

»An Ihrer Stelle würde ich das tun«, sagte Decker. »Das beugt Verwechslungen vor.«

»Verdammt ärgerlich.« Mark hielt inne, um zu husten. »Ich sollte mich vermutlich so schnell wie möglich darum kümmern. Ich will ja nicht verhaftet werden.«

»Es gibt viele Gründe, sich heutzutage Sorgen zu machen. Ob man eventuell verhaftet werden könnte, gehört nicht dazu.«

»Soll das ein Witz sein?«

»Nein, nur eine Tatsache.«

»Schön. Ich kümmere mich gleich morgen früh darum. Wurde das Auto ebenfalls gestohlen?«

»Das prüfen wir noch. Ohne die richtigen Nummernschilder ist das nicht ganz einfach.«

»Ich bin froh, dass sie meinen Wagen nicht auch mitgenommen haben.«

»Ja. Das wäre wirklich ... *ärgerlich* gewesen«, bemerkte Decker.

»Ist ein Oldtimer, der Seville.«

»Netter Schlitten.«

»Alex Delaware fährt einen Seville.«

»Bitte?«

»Na, der Psychologe in diesen Romanen. Arbeitet mit einem Polizisten zusammen... Wie hieß der noch?« Er überlegte. »Milo Sturgis. Die beiden lösen gemeinsam Kriminalfälle. Sie lesen keine Krimis? Sollten Sie aber. Verdammt gute Bücher.«

»Ich werde mal meine Frau fragen. Die liest viele Krimis.«

»Sie sollten die selbst mal lesen. Vielleicht kriegen Sie da den ein oder anderen Tipp. Na ja, WWAT.«

»Ähm?«

»Was würde Alex tun.« Mark lachte keuchend.

»Danke, dass Sie mit mir gesprochen haben, und entschuldigen Sie die Unannehmlichkeiten. Sie können jederzeit auf das Revier in Greenbury kommen und sich das Anzeigeformular für Ihr gestohlenes Nummernschild abholen.«

»Natürlich. Ich könnte Ihnen ein paar Krimis mitbringen, wenn Sie wollen. Sind Taschenbücher und haben vielleicht ein paar Kaffeeflecken, aber dafür sind sie umsonst.«

»Ihre Spende an das Police Department ist sehr willkommen. Danke, Sir.«

»Vielleicht unterhalten die Sie ein wenig auf Ihren ganzen Observierungen.«

»Das würden sie bestimmt, aber wenn man jemanden observiert, muss man sich bedauerlicherweise ganz genau auf das konzentrieren, was man beobachten soll.«

Mark überlegte angestrengt. »Hätten Sie lieber Hörbücher?«

»Mr. Mark, alles, was Sie der Polizei spenden wollen, wird gern genommen. Danke für Ihre Zeit.« Decker ging, bevor er laut loslachte. McAdams wartete im Auto.

»Was ist?«, fragte er.

Noch immer vor sich hin kichernd, ließ sich Decker auf den Fahrersitz gleiten. »Manche Leute muss man einfach gernhaben.«

»Seit wann das?«

»Immer schon. Du bist hier der Miesepeter.« Er steckte den Schlüssel ins Zündschloss. »Okay. Wir müssen uns den Rest der Aufzeichnungen von den Kameras auf dem Tollway Boulevard besorgen und rausfinden, wohin der Wagen unterwegs war, ganz besonders, da wir jetzt wissen, dass das Nummernschild gestohlen war.« Bevor Decker den Motor anlassen konnte, rief Butterfield ihn auf dem Handy an. Decker stellte auf Lautsprecher.

»Das Krankenhaus hat sich gemeldet, Deck. Jaylene Boch ist bei Bewusstsein und fragt nach ihrem Sohn. Sie wissen nicht, ob sie ihr was erzählen sollen oder …«

»Die sollen ihr sagen, dass er vermisst wird, weil das alles ist, was wir momentan wissen.«

»Sie wollen sie nicht beunruhigen.«

»Das wird es aber. Was sollen wir nach deren Ansicht dagegen tun?« Decker hielt inne. »*Ich* soll es ihr sagen?«

»Du wolltest doch sowieso mit ihr sprechen«, merkte McAdams an.

»Mannomann, soll ich jetzt auch noch den Therapeuten spielen?«

»Vermutlich haben die sich gedacht, du hast Erfahrung damit, Angehörigen schlechte Nachrichten zu überbringen …«

»Und jedes Mal finde ich es ganz furchtbar.« Decker seufzte. »Also schön. Sag dem Krankenhaus, ich komme gleich vorbei, Kev. Und kannst du noch so viele Kameraaufzeichnungen wie möglich abholen, obwohl es schon spät ist? Die gehen wir dann morgen gemeinsam durch.«

»Wird gemacht. Aber wenn du nichts dagegen hast, fahre ich danach heim. Es sei denn, du willst, dass ich zu dir ins Krankenhaus komme.«

»Nicht nötig.« Decker sah zu McAdams. »Willst du mitkommen?«

»Ja klar, jetzt wo deine beste Freundin Lennie geschasst worden ist, erinnerst du dich, dass ich auch noch da bin.« Als Decker lachen musste, grummelte McAdams: »Ich mein's ernst.«

»Ach, komm schon, Harvard! Jetzt sei doch nicht so stinkig.«

»Bin ich aber.«

»Lennie ist nicht mehr dabei?«, fragte Butterfield.

»Ihr Vater hat sie vom Fall abgezogen«, sagte Decker.

»Warum? Ich dachte, Baccus hat darauf bestanden, dass sie ins Team kommt.«

»Ich weiß. Sie hat sich auch richtig gut gemacht. Komisch, was?«

»Wie hat sie reagiert?«, fragte Butterfield.

»Sie war ziemlich sauer.«

»Hat er dir einen Grund genannt?«

»Er hat mir gesagt, er wollte nicht, dass sie bei einem so ›unangenehmen‹ Mordfall dabei ist. Vielleicht macht er sich Sorgen um ihre Sicherheit. Wie auch immer, schau mal, was du in Sachen Kameraaufzeichnungen erreichen kannst.«

»Schon dabei.« Butterfield legte auf.

»Ich glaube immer noch, sie arbeitet undercover: so 'ne Art Spion-Gegenspion-Nummer«, bemerkte McAdams.

»Warum sollte sie mich ausspionieren wollen?«, fragte Decker.

»Du hast mir doch selbst gesagt, ich soll ihr gegenüber vorsichtig sein, dass du ihr nicht traust.«

»Ich habe ihr auch nicht getraut, aber das heißt nicht, dass ich glaube, dass sie uns bespitzelt. Tatsache ist, sie ist jetzt nicht mehr dabei, also ist es egal, was wir beide denken.«

»Ich meine ja nur, vielleicht will ihr Dad sie für andere Dinge haben, jetzt, wo du der Wahrheit langsam näherkommst.«

»Was für andere Dinge?«

»In deinem Büro rumschnüffeln, wenn du nicht da bist.«

»McAdams, was für Skandalblätter hast du denn wieder gelesen? Niemand schnüffelt in meinem Büro herum. Und welche Wahrheit meinst du überhaupt? Wer Brady Neil umgebracht hat? Ich hoffe schon, dass ich der näher komme, aber den Eindruck macht es überhaupt nicht.« Decker verdrehte genervt die Augen. »Kommst du jetzt mit ins Krankenhaus oder nicht?«

»Kann ich danach mit zu euch zum Abendessen kommen? Von Chili aus der Dose hab ich langsam die Nase voll.«

»Du bist jederzeit zum Abendessen willkommen. Jetzt müssen wir aber los.«

»Übrigens, hast du den Wagen auf Wanzen überprüft? Sie könnte irgendwo eine versteckt haben und weiß jetzt über alles Bescheid, worüber wir uns gerade unterhalten haben.«

»Was ist denn mit dir los?« Decker war verblüfft.

»Na, dass ihr Dad sie einfach so vom Fall abgezogen hat. Irgendwas stimmt da nicht.«

»Kann sein, aber darüber kann ich mir keine Gedanken machen. Und eins kann ich dir garantieren, Harvard.« Decker ließ den Motor an. »Die einzigen Wanzen in meinem Auto befinden sich plattgedrückt vorne auf der Windschutzscheibe.«

Im Dämmerzustand zwischen Schlafen und Wachen wälzte sich Jaylene Boch unruhig umher und stöhnte leise vor sich hin. Sie hatte einen Schlauch in der Nase, und in beide Arme führten Schläuche von den an Ständern aufgehängten Beuteln mit Infusionslösung. Eine Maschine piepte im Rhythmus ihres Herzschlags. Ihr Blutdruck war hoch und die Sauerstoffsättigung ihres Blutes niedrig. Ideale Bedingungen, um ihr die schlechten Neuigkeiten beizubringen.

Vorsichtig rüttelte Decker sie am Arm. Die Frau drehte sich in seine Richtung, und es gelang ihr, die Augen zu öffnen. Die Augäpfel drehten sich von einer Seite zur anderen, als sie versuchte, zu fokussieren. Decker trat näher und sagte in beruhigendem Tonfall: »Jaylene, können Sie mich verstehen?«

Keine Reaktion, dann ein kaum merkliches Nicken.

»Ich bin Detective Peter Decker von der Polizei. Das hier ist Detective McAdams. Wir sind hier, um uns zu erkundigen, wie es Ihnen geht.«

»Joe ...« Jaylenes Augenlider flatterten.

Decker konzentrierte sich. »Wissen Sie, wo Sie sich befinden, Jaylene?« Keine Antwort. »Sie sind im Krankenhaus.«

Jaylene blieb stumm.

»Jemand ist bei Ihnen zu Hause eingebrochen. Haben Sie irgendeine Erinnerung daran?«

Die Frau starrte Decker an und zeigte dann auf ihn.

»Ja, ich war da. Ich habe einen Krankenwagen für Sie gerufen. Erinnern Sie sich daran?«

Wieder blieb sie stumm. Dann sagte sie wieder: »Joe ...«

»Meinen Sie Joseph, Ihren Sohn?« Keine Antwort. »Ich weiß nicht, wo Ihr Sohn ist, Jaylene. Wir suchen nach ihm. Wissen Sie eventuell, wo er sein könnte?«

Stille.

»Erinnern Sie sich an irgendetwas aus den letzten paar Tagen?«, fragte Decker.

Keine Antwort.

Dann deutete sie wieder mit dem Finger auf Decker.

»An mich können Sie sich erinnern?«

Sie sah Decker an, dann sah sie zu McAdams und zeigte auf ihn.

»Sie erinnern sich an Detective McAdams?«

»Ich war aber nicht da«, sagte Tyler.

Decker hob die Hand, um ihm zu bedeuten, dass er ruhig sein sollte. »Sie erinnern sich an Detective McAdams und an mich?«

Sie ließ ihre Hand neben sich aufs Bett sinken und schloss die Augen. »Joe ...«

»Joe wird vermisst«, sagte Decker. »Wir suchen nach ihm. Wissen Sie eventuell etwas darüber?«

Tränen rannen Jaylene über das Gesicht, aber sie hielt die Augen geschlossen. Als sie so dalag, wurde ihre Atmung nach einigen Minuten ruhiger und gleichmäßiger.

»Das war's hier für uns.« Decker stand auf. »Komm, gehen wir.«

Sobald sie das Zimmer verlassen hatten und auf dem Flur standen, sagte McAdams: »Sie ist verwirrt.«

»Ja, ist sie.«

»Ich meine, ich war doch gar nicht dort.«

»Es fängt gerade erst an, ihr besser zu gehen. Offensichtlich braucht sie mehr Zeit.«

»Meinst du, ihr Gedächtnis wird zurückkehren? Traumatische Vorfälle dieser Art werden oft verdrängt.«

»Ich weiß. Sie ist zwar noch nicht so alt, aber eben auch nicht mehr die Jüngste. Außerdem ist sie krank. Ich mache mir keine großen Hoffnungen, aber wenn es ihr besser geht, werde ich sie trotzdem befragen.«

»Denkst du, sie hat überhaupt verstanden, dass ihr Sohn verschwunden ist?«

»Doch, hat sie.« Decker seufzte. »Und noch schlimmer, ich fürchte, sie glaubt, dass er tot ist.«

KAPITEL 13

»Schön, dass du wieder in Greenbury bist, Tyler.« Rina stellte eine Warmhalteplatte mit Hühnchen auf einen Untersetzer. »Auch wenn diese Sache nicht unbedingt der Einstieg ist, den du dir vorgestellt hast.«

»Ich bin erstaunt, dass es unsere kleine Stadt in den letzten zwei Jahren zu mehreren Mordfällen gebracht hat.« McAdams breitete sich die Serviette über den Schoß. »Hier gibt's doch nur 'nen Haufen Studenten, Professoren und Leute im Ruhestand.«

»Die Morde sind in Hamilton verübt worden.«

»Und trotzdem mischen wir schon wieder mit«, kommentierte McAdams.

»Ihr müsst mir alles im Detail erzählen.« Rina schob sich das Haar unter das Kopftuch. Sie hatte ein Jerseykleid an, das ihr bis zur Wade reichte und eine Nummer zu groß war. Aber es war bequem, und nur darauf kam es ihr an. Sie setzte sich an den Tisch, nahm Deckers Teller und legte ihm ein paar Scheiben weißes Fleisch auf. Als Beilage gab es Coleslaw und noch mehr Coleslaw.

Decker fragte: »Möchtest du Wein, mein Schatz?«

»Nein, danke. Erzählt ihr mir, was passiert ist?« Nachdem Tyler sie auf den neuesten Stand gebracht hatte, sagte Rina: »Die arme Frau. Wie furchtbar.«

»Ja, aber für ihren Sohn ist es wahrscheinlich schlimmer. In dem Haus ist irgendwas ganz Schreckliches vorgefallen.«

»Und ihr wisst nicht, ob Joseph Boch Opfer oder Täter war?«

»Nein, noch nicht«, sagte Decker. »Die Spurensicherung ist dabei, diverse Proben zu entnehmen. Dann wird sich rausstellen, ob es sich um das Blut mehrerer Personen handelt.«

»Klingt grauenvoll«, entgegnete Rina. »Brady Neil ist doch der Schädel eingeschlagen worden, oder?«

»Ja.«

»Könnte seine Wunde für das ganze Blut verantwortlich sein, das ihr in dem hinteren Zimmer gefunden habt?«

»Meiner Meinung nach nicht.« Decker legte Gabel und Messer beiseite. »Dafür war es zu viel Blut und viel zu großflächig verteilt. Eine derartige Verwüstung spricht eher für eine Stichwunde, die eine Hauptader durchtrennt hat.«

»Und du hast keine Ahnung, wo sich Joseph Boch befindet?«

»Nein. Ich weiß überhaupt nichts über ihn, aber ich werde es rausfinden.«

»Fährst du noch mal zu Bigstore?«, fragte McAdams.

»Ja, irgendwann definitiv.« Decker hielt inne. »Joe Boch hat anscheinend kaum einen bleibenden Eindruck auf der Arbeit hinterlassen, also glaube ich nicht, dass dabei viel rumkommt. Ich muss wohl ein paar Nachforschungen anstellen und so viel über ihn in Erfahrung bringen, wie ich kann.« Er sah Rina an. »Wie war eigentlich dein Tag?«

»Viel weniger ereignisreich als eurer.«

»Was haben wir heute? Mittwoch?«

»Ja«, antwortete McAdams. »Kann ich Freitag zum Abendessen kommen?«

»Ja«, sagte Rina.

»Kann ich auch hier übernachten?«

»Nein«, sagte Decker wie aus der Pistole geschossen.

Rina lachte. »Du hast doch eine eigene Wohnung, Tyler.«

»Manchmal fühl ich mich aber einsam. Du kennst mich doch, Rina. Andere Leute kann ich nicht ausstehen, aber bei euch bin ich richtig gerne.«

»Wie süß«, sagte Rina.

»Die Antwort ist trotzdem Nein«, sagte Decker. »Der Freitagabend dient ausschließlich meiner Erholung. Ich kann da nichts gebrauchen, was mich an die Arbeit erinnert.« Wieder drehte er sich zu seiner Frau um. »Könntest du mir einen Gefallen tun, Rina? Wenn du irgendwann ein bisschen Zeit hast, könntest du das Internet durchforsten und dir alles ansehen, was es da draußen über den Überfall auf Levine's Luscious Gems und die Morde gibt? Ich hatte zwar ein paar alte Zeitungsartikel gefunden, aber konnte sie nicht im Detail durchgehen, weil ich anderes zu tun hatte.«

»Das kann ich doch machen«, bot McAdams an.

»Nein, du schließt dich mit den Detectives aus Hamilton wegen des Boch-Falls kurz. Wir können nicht so viel Zeit mit Lesen verbringen, wenn wir uns um einen aktuellen Mordfall kümmern müssen«, entgegnete Decker. »Vor allem jetzt, da Lennie nicht mehr am Fall mitarbeitet, fehlt uns eine Person.«

»Lennie ist nicht mehr dabei?«, fragte Rina erstaunt. »Warum denn?«

»Ihr Vater hat sie vom Fall abgezogen.«

»Ich vermute ja, sie hat für ihren Vater spioniert«, merkte McAdams an. »Victor Baccus war der leitende Ermittler bei dem Doppelmord damals. Dann wurde Brady Neil ermordet. Ich glaube, Baccus senior wollte wissen, warum, und rausfinden, was wir vorhaben.«

»Warum hat er sie dann von dem Fall abgezogen?«

»Hm, wie das da reinpasst, weiß ich noch nicht ...«

»Gibt es irgendwelche Anzeichen dafür, dass der Chief in dem Doppelmord nicht ordentlich ermittelt hat?«, fragte Rina.

»Bislang habe ich nichts gelesen, das für Fehlverhalten sprechen würde, allerdings habe ich die Originalunterlagen auch nicht zu Gesicht bekommen. Die sind ganz sicher schon im Archiv, aber ich würde sie mir liebend gerne irgendwann mal ansehen.« Decker schüttelte den Kopf und zeigte mit dem Daumen auf McAdams. »Erst erzählt mir der da, dass Brady Neil nichts mit den beiden Morden zu tun hat, und jetzt spinnt er Verschwörungstheorien.«

»›Der da‹ sitzt gleich neben dir«, grummelte McAdams. »Was ist denn deine Theorie, warum Baccus sie vom Fall abgezogen hat?«

»Ich weiß es nicht, Harvard. Ich kann nur wiedergeben, was Baccus gesagt hat: dass er sie nicht bei so einem unangenehmen Mordfall mit dabeihaben wollte.« Decker wandte sich an Rina. »Ganz unbegründet ist das nicht. Jetzt, da der Mordfall auch seinen Bezirk betrifft, will er erfahrenere Leute haben.«

»Und diese Erklärung reicht dir?«

»Nein, tut sie nicht. Vor allem, weil ich ihm gesagt hatte, dass Lennie sich sehr gut macht.«

»Deshalb hab ich auch gerade meine Meinung geändert«, merkte McAdams an. »Flexibilität ist das Kennzeichen des denkenden Menschen.«

Decker war in Gedanken vertieft. »Schon ein komischer Typ, dieser Baccus. Lennie zieht er vom Fall ab, aber mich lässt er mehr oder weniger ermitteln, wie ich will. Hoffentlich ist er auch so entgegenkommend, wenn ich ihn um die alten Fallunterlagen bitte. Oder vielleicht bitte ich auch Tran, sie mir zu besorgen. Ich glaube, dem vertraue ich mehr als Baccus.«

»Hör auf dein Bauchgefühl«, sagte Rina. »Morgen hätte ich Zeit. Ich gehe in die Bücherei in Hamilton und sehe mir alle alten Zeitungen an, die Artikel zu dem Fall gebracht haben. Selbst falls die Zeitungen noch nicht digitalisiert sind, kann ich sie mir auf Mikrofiche ansehen.«

»Ja, prima Idee. Vor zwanzig Jahren war die Digitalisierung noch nicht so weit fortgeschritten, besonders in kleineren

Städten. Ich wette, auf Mikrofiche wirst du 'ne ganze Menge mehr rausfinden.«

»Glaubst du, die Polizei hat damals korrekt ermittelt?«

»Bislang weiß ich nichts Gegenteiliges.«

»Aber warum stellst du dann Nachforschungen an?«, fragte Rina.

»Ich suche nach einem Motiv für den Mord an Brady Neil. Wenn ich keins habe, sehe ich mir den Hintergrund des Opfers an. Und das bedeutet, ich sehe mir auch den Hintergrund seines Vaters an. Eine Sache ist mir besonders aufgestoßen: In keinem der Zeitungsberichte wurde erwähnt, dass ein Alarm ausgelöst wurde, als Glen und Lydia in der Mordnacht Inventur gemacht haben. Sehr merkwürdig.« Decker hielt inne, drehte sich dann zu seiner Frau. »Wenn du in der Bücherei bist – nur, falls du Zeit hast –, könntest du auch Glen und Lydia Levine nachschlagen und alles über sie rausfinden, was du kannst? Hoffentlich verlange ich nicht zu viel von dir.«

»Über den Sommer gebe ich doch keinen Unterricht. Solange ich Zeit habe, im Garten zu arbeiten und die Bücher zu lesen, die ich mir vorgenommen habe, recherchiere ich gerne für dich. Macht mir ja eigentlich Spaß.«

»Apropos lesen: Liest du eigentlich Krimis?«

»Ich lese hauptsächlich Biografien, aber ich habe auch Lieblingskrimireihen.«

»Kennst du einen Schriftsteller namens Alex Delaware?«

»Das ist kein Schriftsteller, sondern eine Romanfigur. Die Bücher sind ganz toll. Wieso?«

Decker musste lächeln. »Jemand hat erwähnt, dass dieser Typ, Alex, einen Seville fährt. Also entweder ist diese Figur ein Retro-Hipster, oder es gibt diese Serie schon sehr lange.«

»Letzteres. Das ist aber ziemliches Spezialwissen. Derjenige muss ein eingefleischter Fan sein.«

»Du liest Krimis?«, fragte McAdams erstaunt.

»Ich schon, der Herr hier nicht.«

»Was liest du denn?«, fragte McAdams Decker.

»Reiseliteratur. Ich lese über abgelegene Regionen, in denen man sich schreckliche Krankheiten zuziehen kann oder von wilden Tieren gefressen oder giftigen Schlangen oder Insekten gebissen wird, was zu einem langsamen, qualvollen Tod führt. Orte, über die ich nicht das Geringste weiß und die ich niemals besuchen werde.«

McAdams lachte laut los. »Echt zum Schießen, der Typ.«

»Absolut«, kicherte Rina.

»Darf ich bitte am Freitag bei euch übernachten?« Als Decker nicht darauf einging, redete McAdams weiter: »Ich verspreche auch, die Arbeit mit keinem Wort zu erwähnen. Und wenn ich hier schlafe, muss ich am Samstag nicht extra zum Mittagessen wieder herkommen.«

»Ich kann mich gar nicht erinnern, dich zum Schabbes-Mittagessen eingeladen zu haben«, bemerkte Decker.

»Du hattest es aber vor, Boss«, antwortete Tyler. »Aber bei allem, was momentan los ist, ist es dir einfach entfallen.«

Als er um sieben Uhr morgens im Revier ankam, wählte Decker die Nummer von Detective Wendell Tran und bat die Sekretärin, Tran auszurichten, Decker zurückzurufen, sobald er ins Büro käme. Falls Tran und sein Partner Smitz vorhatten, Bigstore einen weiteren Besuch abzustatten, wollte er, dass sie McAdams mitnahmen.

Während er auf den Rückruf wartete, schaltete er den Computer ein in der Hoffnung, Näheres über Joseph Boch alias Boxer herauszufinden. Der Mann war einige Male wegen Trunkenheit am Steuer und Cannabisbesitz verhaftet worden, aber wegen keiner Gewaltverbrechen. Für alle Vergehen hatte er Bewährungsstrafen erhalten und gemeinnützige Arbeit geleistet, wobei die Richter ein Auge zugedrückt hatten, da Boch allein für die Pflege seiner Mutter verantwortlich war. Decker forschte ein wenig in der Datenbank des Melderegisters und fand schließlich die Geburtsurkunde. Boxer wurde in Hamilton geboren, und laut Geburtsjahr war er jetzt fünfunddreißig Jahre alt. Unter »Vater« war ein Joseph Boch eingetragen, also war Boxer ein Joseph junior. Der Vater war dreißig gewesen, als sein Sohn geboren wurde.

Umgehend stellte Decker seine Suche auf Boch senior um. Er fand eine alte Steuererklärung, die in Hamilton abgegeben worden war. Der Mann hatte eine ganze Reihe von niedrigqualifizierten Jobs gehabt: als Dachdecker, Bauarbeiter und Koch in einem Schnellrestaurant. Über ihn gab es keine Unterlagen, die jünger als zwanzig Jahre alt waren – zumindest nicht in der Datenbank von Hamilton.

Decker benötigte etwas, das ein wenig aktueller war.

Obwohl er Polizeisoftware verwendete, nahm das Eingeben der Informationen und die Suche in diversen behördlichen Datenbanken weitere fünfzehn Minuten in Anspruch, bis er eine Geburtsurkunde gefunden hatte: Boxers alter Herr war vor fünfundsechzig Jahren in Leavenworth, Kansas, zur Welt gekommen. Eine weitere Suche ergab eine Sterbeurkunde, die vor zehn Jahren von einem Leichenschauhaus in Salina, Kansas, ausgestellt worden war. Die Obduktion hatte ergeben, dass er eines natürlichen Todes, nämlich Atherosklerose der Herzkranzgefäße, gestorben war. Decker fand einige im Bundesstaat Texas abgegebene Steuerklärungen, die letzte mit einem Datum von vor zwölf Jahren, als Joe senior als Hausmeister beim örtlichen Flughafen gearbeitet hatte.

Eine Scheidungsurkunde konnte Decker nicht finden, daher ging er davon aus, dass Joseph Boch senior seine Familie mitgenommen hatte, als er Hamilton verlassen hatte und nach Kansas gezogen war.

Der Mann arbeitete als Hausmeister und gab seine Steuererklärungen ab, aber davon konnte er kaum eine Familie ernähren. Wovon lebten sie? Und was hatte die Bochs bewogen, von Hamilton in den Heimatstaat von Joe senior zu ziehen?

Und wenn Jaylene mit ihrem Mann gegangen war, was hatte sie bewogen, wieder nach Hamilton zurückzukehren?

Mehr Fragen als Antworten.

Deckers Handy klingelte.

Die Stimme am anderen Ende sagte: »Hier ist Tran.«

»Peter Decker. Danke für den Rückruf. Sind Sie schon beim Haus der Bochs?«

»Nein, die Spurensicherung ist gestern Abend erst spät fertig geworden. Randy und ich haben gestern schon mal eine vorläufige Durchsuchung durchgeführt, aber wegen der ganzen Kriminaltechniker sind wir kaum vorangekommen. Eigentlich hatten wir vor, gleich heute früh rüberzufahren, aber gerade eben sind wir zu einem brutalen Handtaschenraub gerufen worden. Die Frau liegt im Krankenhaus.«

»Wann, glauben Sie, werden Sie's zum Haus der Bochs schaffen?«

»So in zwei Stunden.«

»Hätten Sie was dagegen, wenn ich schon mal hinfahre und anfange?«

»Von mir aus gerne. Haben Sie einen Schlüssel?«

»Oh. Nein, den habe ich nicht.«

»Sie erwischen mich leider gerade auf dem Sprung. Ich stecke den Schlüssel in einen Umschlag und gebe ihn Anna, sie arbeitet hier am Empfang. Soll ich ihr sagen, dass Sie in, sagen wir, fünfzehn Minuten hier sind?«

»Halbe Stunde. Das ist wirklich sehr nett von Ihnen, Wendell. Danke.«

»Nennen Sie mich Tran. Ich bin nach einem alten Krabbenfischer benannt, der meinem Dad damals geholfen hat. Nette Geste, nur erwarten die Leute immer einen Neunzigjährigen, wenn sie ihn hören.«

»Dann also danke, Tran. Übrigens, haben Sie vor, beim Bigstore in Claremont vorbeizufahren? Dem Arbeitsplatz von Brady Neil und Boxer?«

»Irgendwann werden wir's auch dahin schaffen.«

»Könnten Sie vielleicht McAdams mitnehmen, wenn Sie hinfahren?«

»Kein Problem, aber heute wird das nichts mehr. Sagen Sie mir Bescheid, wenn Sie im Haus der Bochs irgendwas finden. Ich rufe später die Spurensicherung an und lasse mir deren Ergebnisse geben. Es gab sehr viele Spuren, die eingetütet und überprüft werden mussten. Da war alles voller Blut.«

»Ich werde achtgeben, wo ich hintrete. Bis später.«

Als er aufgelegt hatte, rief Decker im Krankenhaus an. Nachdem er zehn Minuten in der Warteschleife verbracht hatte, fand er heraus, dass Jaylene Bochs Zustand unverändert war. Die Dosierung ihrer Beruhigungsmittel wurde zwar langsam heruntergefahren, aber Jaylene sprach noch immer nicht und war sehr verwirrt.

Decker fiel auf, dass er dabei war, sein Hauptinteresse vom Mord an Neil auf den vermissten Boxer alias Joseph Boch junior zu verlegen, was offiziell nicht sein Fall war. Er blätterte durch die Akte Brady Neil und fand, wonach er gesucht hatte.

Die Namen Brett Baderhoff und Patrick Markham sowie die dazugehörigen Telefonnummern.

Es war besser, sich auf das zu konzentrieren, was in den eigenen Zuständigkeitsbereich fiel.

Mit einem Arm voller Überwachungsvideos betrat Kevin Butterfield um acht das Büro. Er legte die Aufzeichnungen auf seinem Schreibtisch ab und sagte: »Das sind die letzten.

Ich hole mir jetzt einen Kaffee und schaue sie mir an. Gibt's was Neues?«

»Ich habe gerade ein paar Nachforschungen über Joseph Boch senior angestellt.« Decker berichtete, was er herausgefunden hatte.

»Gerade um die Zeit der Levine-Morde zurück in seinen Heimatstaat zu ziehen, da muss mehr als nur Zufall dahinterstecken«, kommentierte Butterfield.

»Wühlet in den Akten und ihr sollet fündig werden.«

»Dann gibt es also eine Verbindung zwischen Joe senior und den Levine-Morden?«

»Ist auf jeden Fall etwas, das sich lohnen würde weiterzuverfolgen. Ich habe die nötigen Anträge gestellt, um Brandon Gratz im Gefängnis zu vernehmen. Keine Ahnung, was er mir erzählen wird. Aber ...« Decker hob den Zeigefinger, um zu signalisieren, dass er einen Geistesblitz hatte. »Ich kann Jennifer Neil anrufen. Vielleicht weiß sie etwas über die Freunde ihres Ex-Mannes.«

Decker suchte ihre Nummer heraus und tippte sie in sein Handy. Kurz darauf wurde ihm mitgeteilt, dass der Anschluss nicht mehr verfügbar war. Er vergewisserte sich nochmals, dass er die richtige Nummer hatte.

Butterfield bemerkte Deckers ratlosen Gesichtsausdruck. »Was ist los?«

»Jennifer Neils Anschluss gibt es nicht mehr.« Decker überlegte. »Ich versuch's mal bei der Tochter.« Es war niemand zu Hause, aber zumindest funktionierte Brandys Anschluss. Er hinterließ eine Nachricht. »Kev, wir müssen diese beiden jungen Männer befragen.« Er reichte Butterfield die Seite aus der Akte. »Könntest du die anrufen und einen Termin ausmachen? Wenn sie nicht herkommen können, besuche ich sie bei sich zu Hause.«

»Wer sind diese Jungs?«

»Highschoolfreunde von Brady Neil. Die Namen habe ich von Bradys Mutter und seiner Schwester. Vielleicht wissen die beiden etwas. Heute Nachmittag hätte ich Zeit und auch den ganzen Tag morgen.«

»Ich rufe die beiden jetzt gleich an.«

»Danke.« Als McAdams hereinkam, begrüßte Decker ihn mit: »Du brauchst dich gar nicht erst zu setzen. Wir fahren noch mal zum Haus der Bochs und machen eine gründliche Durchsuchung.«

»Bäh!« McAdams rümpfte die Nase. »Da wird's ganz schön stinken.«

»Der Tod stinkt immer. Abmarsch.«

Butterfield legte gerade den Hörer auf. »Ich habe den beiden Männern Nachrichten hinterlassen und ihnen meine und deine Nummer gegeben.«

»Klasse, Kev.« Dann fragte er McAdams: »Fertig?«

»Na ja, ich hab Dreihundertdollar-Sneaker an.«

»Mal was von Schuhüberziehern gehört?«

»Warum ziehst du nicht einfach normale Schuhe mit Gummisohle an, Harvard?«, fragte Butterfield.

»Gute Frage«, pflichtete Decker ihm bei.

»Ich mag eben teure Schuhe. In denen fühle ich mich wohl. Ist da was falsch dran?«

»Normalerweise gar nichts.« Decker verdrehte die Augen. »Allerdings ist das hier dein vierter Mordfall, Kumpel. Wenn du immer noch nichts aus deinen Erfahrungen gelernt hast, ist jedes weitere Wort von mir zwecklos.«

McAdams seufzte, zog die Sneaker aus und streifte sich stattdessen ein Paar runtergelatschte Halbschuhe mit Gummisohle über, die er unter seinem Schreibtisch gebunkert hatte. »In denen hier wurde ich angeschossen. Die stehen unter meinem Schreibtisch, um mich daran zu erinnern, dass ich nicht unbesiegbar bin.«

»Wenn's hilft, dich auf dem Teppich zu halten.«

»Hoffen wir mal, dass ich nicht dreimal hintereinander die Arschkarte ziehe.« Tyler schnüffelte an den Schuhen. »Die riechen nach ... Tod.«

»Solange's nicht dein eigener ist«, kommentierte Decker. »Jetzt aber los.«

KAPITEL 14

Auf dem Weg nach Hamilton berichtete Decker McAdams, was seine Nachforschungen über Joseph Boch senior ergeben hatten. »Ich weiß nicht, ob der Mord an Brady Neil etwas mit den Levine-Morden zu tun hat, aber so langsam glaube ich, dass mehr Leute an dem Raubüberfall beteiligt waren als nur Brandon Gratz und Kyle Masterson.«

»Meinst du, Gratz war einer der seltenen Verbrecher, die ausnahmsweise mal die Wahrheit sagen?«

»Aus der Erfahrung gesprochen, vermutlich nein. Die meisten Verbrecher lügen wie gedruckt. Denen kann man kein Wort glauben. Ich würde wirklich gerne mit Gregg Levine sprechen, weil er ein Augenzeuge war. Ich habe ihn bereits zweimal angerufen und meine Karte bei ihm zu Hause hinterlassen. Er geht mir aus dem Weg.«

»Warum?«

»Gute Frage.« Decker dachte einen Augenblick nach. »Er ist zu alt, um ein Kumpel von Brady Neil zu sein – oder von Boxer. Ich versuche die ganze Zeit, eine Verbindung außer Bigstore zwischen Brady und Boxer zu finden. Schulfreunde können sie nicht gewesen sein. Boxer ist zehn Jahre älter als Brady. Ich habe Kev gebeten, Bradys Highschoolfreunde zu kontaktieren. Vielleicht können die mir etwas erzählen. Ich muss nämlich in Betracht ziehen, dass die Vergangenheit gerade dabei ist, in die Gegenwart überzuschwappen.«

»Schön«, sagte McAdams. »Nehmen wir mal rein hypothetisch an, Boch senior hatte etwas mit dem Mord an den Levines zu tun. Und nehmen wir weiter an, dass er in den Mittleren Westen abgehauen ist, nachdem die ganze Sache passiert war. Gehen wir dann auch davon aus, dass Jaylene mit ihm gegangen ist?«

»Mein Gefühl sagt mir, dass, wenn Joe senior in großen Schwierigkeiten gesteckt hat und untertauchen musste, Jaylene sich mit ihm aus dem Staub gemacht hätte.«

»Warum sollte sie dann mit Joe dem Jüngeren zurück nach Hamilton kommen, als Joe der Vater gestorben war?«

»Keine Ahnung.« Decker fuhr an den Bordstein und parkte vor dem Hamilton Police Department, weil er sich den Schlüssel zum Haus der Bochs abholen wollte. Stattdessen blieb er jedoch im Wagen sitzen. »Harvard, ich hab ein ganz komisches Gefühl dabei, dass Jennifer Neils Anschluss nicht mehr funktioniert.«

»Sie weiß was und hat sich vom Acker gemacht?«

»Wer weiß?«

»Wenn du dir so große Sorgen um Jennifer Neil machst, schauen wir doch einfach bei ihr vorbei.«

Decker sah auf die Uhr. Schon fast zehn Uhr morgens. »Wie weit ist das von hier?«

McAdams gab die Adresse ein und sagte: »Laut Waze ungefähr zehn Minuten.«

»Die Hamiltoner Detectives sind zu einem Fall gerufen worden. Vor einer Stunde sind die nicht fertig. Na gut, hol den Schlüssel zum Haus der Bochs, dann hab ich kein so schlechtes Gewissen, wenn wir vorher bei Jennifer Neil vorbeifahren.«

»Kein Problem. Aber falls ihr etwas zugestoßen sein sollte, ist das Hamiltons Fall.«

»Also komm, die hätten schließlich genau dasselbe machen können, was wir jetzt machen. Wenn sie zu spät kommen, na, dann ist das ihre eigene Schuld, nicht meine.«

Das kleine Stück Rasen vor dem Bungalow war fast komplett von Unkraut überwuchert. Große Büschel Löwenzahn bildeten einen Teppich aus gezackten Blättern und gelben Blüten.

Eine riesige Kiefer ragte vor dem Haus empor. Nirgends war ein Zierstrauch zu sehen. Bradys Wagen – Decker vermutete, dass Jennifer ihn jetzt benutzte – parkte weder in der Einfahrt noch am Bürgersteig vor dem Haus, aber vielleicht stand er in der Garage. Auf der Straße, einem von Schlaglöchern übersäten Stück Asphalt, aus dem der Teer an die Oberfläche sickerte, herrschte kaum Verkehr. In dieser Gegend gab es kaum Infrastruktur. Dafür war es schön ruhig. Die Vögel und Insekten schienen sich auf jeden Fall darüber zu freuen.

Decker und McAdams folgten einem kleinen Weg und betraten die Veranda. Sie klopften mehrmals an die Tür, und als niemand öffnete, drehte Decker den Türknauf. Er ließ sich nicht bewegen. »Ich könnte das Schloss knacken, aber das kann ich kaum rechtfertigen.« Er spähte durch die Wohnzimmerfenster, die mit dünnen Vorhängen verhängt waren, aber er konnte trotzdem etwas im Innern erkennen. Nichts schien durcheinander zu sein. Von dem, an was er sich von seinem letzten Besuch her erinnerte, war Neils Heim spartanisch eingerichtet und recht sauber und ordentlich. »Ich sehe mich mal hinter dem Haus um.«

Genau in diesem Moment bog der Ford Focus in die Einfahrt. Die beiden Detectives warteten, bis Jennifer Neil ausgestiegen war. Sie sah die Männer ebenso überrascht an wie die sie. »Kann ich Ihnen helfen?«

»Wir sind von der Polizei, Mrs. Neil«, begrüßte sie Decker. »Wir haben uns vor Kurzem unterhalten, erinnern Sie sich?«

»Natürlich erinnere ich mich. Ich bin doch nicht senil. Geben Sie meinen Sohn zum Begräbnis frei?«

»Nein, Ma'am, leider dauert es immer noch etwas.«

»Warum sind Sie dann hier?«

»Ich wollte Ihnen noch ein paar Fragen stellen. Würde es Ihnen etwas ausmachen, wenn wir uns drinnen unterhalten?«

»Nein, ist schon in Ordnung.« Sie ging zum Kofferraum

des Wagens und öffnete den Deckel. Dann nahm sie zwei Einkaufstaschen von Walmart heraus und ging Richtung Haustür. McAdams trat zu ihr und versuchte, ihr die Taschen abzunehmen, aber sie ließ sie nicht los. »Nicht nötig.«

Vor der Tür blieb sie stehen, stellte die Taschen ab und fischte die Schlüssel aus ihrer schwarzen Lederhandtasche. Während sie die Tür aufschloss, sagte sie: »Kommen Sie rein.« Sie stellte Einkaufstaschen und Handtasche ab. »Was für Fragen?«

Decker warf einen Blick auf ihre Einkäufe und sah sich rasch um. Nichts schien durcheinandergebracht worden zu sein. »Ihr Anschluss existiert nicht mehr.«

»Ich weiß. Ich hab ihn abgemeldet.«

»Darf ich fragen, warum?«

»Es gab ein paar Anrufe wegen Brady.«

»Von wem?«

»Fernsehsender. Lokalzeitung. Ich will mit niemandem reden. Es geht die alle nichts an.«

»Haben Sie eine neue Nummer?«

»Noch nicht. Nur ein neues Handy.« Sie griff hinunter in ihre Walmart-Tüte und holte ein noch verpacktes iPhone heraus.

»Darf ich das mal sehen?« Sie reichte es Decker. Es handelte sich um das neueste Modell von Apple. »Sehr schick.«

»Wurde langsam Zeit, dass ich mir mal was Schickes gönne.«

»Wann, wenn nicht jetzt«, kommentierte McAdams.

»Da haben Sie verdammt recht, junger Mann.« Jennifer nickte ihm zu. »Der Mann im Laden hat mir gesagt, er richtet es mir ein, sobald ich 'ne neue Nummer habe. Warum sind Sie hier?«

»Wir sind vorbeigekommen, um uns zu vergewissern, dass es Ihnen gut geht, Mrs. Neil.«

Jennifer sah ihn skeptisch an. »Warum sollte es mir nicht gut gehen?«

»Zunächst mal ist Ihr Anschluss nicht mehr erreichbar.« Decker holte ein kleines Notizbuch aus der Tasche. »Außerdem müssen Sie doch gehört haben, was Jaylene Boch widerfahren ist.«

Neil schwieg und wirkte nicht übermäßig beunruhigt. Dann sagte sie: »Manche Leute sind wirklich böse. Von der Sorte hab ich in meinem Leben den ein oder anderen kennengelernt. Ich hab gehört, ihr Sohn ist verschwunden.«

»Joe junior«, sagte Decker. »Ja, das ist er. Wir sind auf Joe junior gestoßen – sein Spitzname ist Boxer –, weil er ein Arbeitskollege Ihres Sohnes war. Die beiden waren befreundet.«

Jennifer blieb stumm.

»Wussten Sie, dass die beiden Freunde waren?«

»Nein.« Die Antwort kam wie aus der Pistole geschossen. Dann dachte sie kurz nach. »Glauben Sie, er hat meinen Sohn umgebracht?«

»Vielleicht«, antwortete Decker. »Es kann aber auch sein, dass Joe junior ebenfalls umgebracht wurde. In dem Haus der Bochs ist irgendetwas Schreckliches vorgefallen. Was wissen Sie über die Familie Boch?«

»Ich weiß, wer das ist. Unser Viertel ist nicht gerade groß. Ich meine jetzt nicht die hochnäsigen Leute aus Bellweather oder Claremont. Hier bei uns begegnet man jedem hin und wieder.«

»Sind Sie mit Jaylene befreundet?«

»Manchmal sehe ich sie beim Einkaufen mit ihrem Sohn. Dann unterhalten wir uns kurz, mehr aber auch nicht. Der Junge schien sich ziemlich gut um sie zu kümmern.«

»Was wissen Sie über seinen Vater, Joseph Boch senior?«, fragte McAdams.

»Der hat nichts getaugt. War ein fauler Säufer mit 'ner großen Klappe.«

Decker übernahm wieder: »Hat Ihr Mann Brandon ihn gekannt?«

»Vermutlich. Brandon hat anscheinend alle zwielichtigen Gestalten hier in der Stadt gekannt. Soll nicht heißen, dass die einen schlechten Einfluss auf ihn hatten, sondern dass Brandon ein Mistkerl war und deshalb nur Mistkerle kannte.«

»Waren die beiden befreundet, Joe senior und Ihr Mann?«

»Keine Ahnung. Brandon hat mir nie erzählt, was er abends so getrieben hat. Meist, wenn er nach Hause kam, war er besoffen und hat nach fremdem Damenparfüm gerochen. Dann gab's noch die anderen Abende, wenn er nüchtern nach Hause kam. Beängstigend nüchtern, wenn Sie wissen, was ich meine. Hat mich zwar nie angefasst, aber ich hab zugesehen, ihn nicht zu provozieren, wenn er diesen Blick draufhatte. Wenn ich ehrlich bin, war er mir besoffen lieber.«

»An den Abenden, an denen er nüchtern nach Hause kam, hat er da Geld mitgebracht?«

»Über seine Finanzen hat er mir nie was erzählt. Aber es war immer genug da, um den Kindern Milch, Kekse und neue Schuhe zu kaufen.«

»Erinnern Sie sich daran, als Joe senior und Jaylene aus Hamilton wegzogen? Das war kurz nachdem Ihr Mann verhaftet wurde.«

»Nein, daran erinnere ich mich nicht. Ich hatte genug mit meinen eigenen Problemen zu tun, Detective. War's das? Die ganzen Fragen deprimieren mich. Außerdem verstehe ich nicht, was das alles mit Brady zu tun hat.«

»Vermutlich gar nichts, aber ein paar Fragen hätte ich noch, wenn's Ihnen recht ist.« Jennifer Neil antwortete nicht. Decker fuhr fort: »Ich bin hergekommen, weil ich mir Sorgen um Sie gemacht habe. Das tue ich immer noch. Erinnern Sie sich, wann Jaylene Boch wieder zurück nach Hamilton gezogen ist?«

»Nicht an das genaue Datum, nein. Ich bin ihr und dem Jungen nur irgendwann zufällig begegnet.« Sie überlegte. »Wie alt ist Joe junior jetzt? Ich weiß, dass er älter als meine Kinder ist. Er muss über dreißig sein.«

»Fünfunddreißig«, sagte McAdams.

»Und Sie sagen, Brady und Joe waren befreundet?«

»Sie haben beide bei Bigstore gearbeitet. Anscheinend haben sie sich angefreundet.«

Jennifer machte ein säuerliches Gesicht. »Davon weiß ich nichts. Trotzdem, traurig, dass Jaylene im Krankenhaus ist.«

»Mrs. Neil, hätten Sie etwas dagegen, wenn ich mir Ihr gesamtes Haus ansehe?«

»Das haben Sie doch schon.«

»Ich habe den Keller durchsucht. Es wäre möglich, dass Brady etwas in Ihrem Teil des Hauses versteckt hat.«

Neils Augen wurden schmal. »Was denn zum Beispiel?«

»Könnte alles Mögliche sein ... Unterlagen, elektronische Geräte ... vielleicht Drogen.«

»Unwahrscheinlich.«

»Ich würde mich trotzdem gerne umsehen.«

»In Ordnung, aber nicht heute. Ich bin zu kaputt.«

»Morgen?«

»Na gut.« Neil trat an die Haustür und öffnete sie. »Rufen Sie an, bevor Sie vorbeikommen.«

»Sie haben keine Telefonnummer.«

»Stimmt, die hab ich nicht.« Jennifer Neil grinste. »In diesem Fall warten Sie einfach, bis ich Sie anrufe.«

Sobald sie wieder im Auto saßen, sagte McAdams: »Ich weiß, was du gleich fragen wirst. Wie kann sie sich ein neues iPhone leisten, wenn sie von Sozialhilfe lebt? Da sag ich nur, guck dir mal diese ganzen gerissenen Schlitzohren an. Die leben vielleicht in miesen Verhältnissen, aber alle haben sie Geld für ein Handy.«

»Aber ihres war nagelneu, und es war von Walmart. Sie ist noch nicht mal zu Bigstore gegangen, wo sie sicher Prozente bekommen hätte. Und hast du Ihre Handtasche gesehen? Die war auch neu: Kathy Spode, eine Sonderanfertigung für Walmart. Kostet mindestens hundert Dollar. Woher hat sie so viel Geld zum Ausgeben?«

»Sie hat Bradys Geldversteck entdeckt.«

»Die Erklärung ist so gut wie jede andere.« Decker überlegte kurz. »Wir sollten überprüfen, ob Brady eine Lebensversicherung hatte.«

»Meinst du wirklich?«

»Ziemlich unwahrscheinlich, aber man weiß ja nie. Regel Nummer eins: Das Opfer wird meist von jemandem aus seinem oder ihrem näheren Umfeld ermordet. Regel Nummer zwei: Folge der Spur des Geldes. Jennifer scheint ganz gut in beide Kategorien zu passen.«

»Sie hat ihren eigenen Sohn ermordet?«

»Ich weiß es nicht, Harvard. Die beiden hatten kein enges Verhältnis. Ich habe mich auf ihren Mann konzentriert, weil der ein Bösewicht ist. Da kann man schon mal genauer hinsehen. Aber er sitzt seit sehr langer Zeit im Gefängnis. Langsam glaube ich, ich kann meine Zeit sinnvoller damit verbringen, mich in nächster Nähe umzusehen.«

»Ich bin noch nicht so lange dabei wie du, aber in wie vielen Fällen hast du schon ermittelt, in denen Eltern ihre Kinder ermordet haben?«

»Kinder über fünf: vielleicht zwei oder drei. Einer der unangenehmsten war ein Scheidungsfall. Der Vater wollte sich an der Mutter rächen und hat die gesamte Familie umgebracht. Sein eigenes Kind umzubringen, um an die Versicherungssumme zu kommen, kommt tatsächlich vor. Allerdings selten.«

»Na bitte.«

»Nichts ›na bitte‹«, entgegnete Decker. »Selten heißt doch nicht, dass es nie vorkommt.«

Der Bibliothekskatalog war digital zugänglich, aber alte Ausgaben des Hamiltonian lagen noch immer nur auf Mikrofiche vor. Die Lesegeräte standen in einer abgelegenen Ecke und sahen aus, als seien sie seit langer Zeit nicht mehr benutzt worden. Rina holte eine starke Lesebrille heraus und beschloss, beim Jahr der Levine-Morde zu beginnen. Von dort aus würde sie sich vorarbeiten, und dann würde sie in der Zeit zurückgehen.

Die Morde hatten sechs Monate lang die Titelseiten bestimmt. Die Informationen deckten sich zum großen Teil mit dem, was sie im Internet gelesen hatte, aber zu sehen, wie viel Raum dem Doppelmord gewidmet worden war, machte ihr bewusst, wie sehr er die Stadt erschüttert hatte.

Von Anfang an hatte festgestanden, dass das Motiv, also das Warum?, ein Raubüberfall war, aber das Wer? war keineswegs so eindeutig. Es dauerte einen Monat, bevor Brandon Gratz und Kyle Masterson wegen des Raubüberfalls und der Morde festgenommen worden waren. Bei einer Gegenüberstellung wurde Gratz von Gregg Levine, damals zwanzig, identifiziert. Bei einer Durchsuchung ihres Verstecks in Nashville fand man mehrere Schmuckstücke, die während des Raubüberfalls gestohlen worden waren. Zwar nicht alle, aber genug, um Gratz und Masterson daraus einen Strick zu drehen.

Als sie während der Verhandlung mit den Beweisen konfrontiert wurden, gestanden Gratz und Masterson den Überfall. Aber beide weigerten sich hartnäckig, sich zu den Morden zu bekennen, und hielten nach wie vor an ihrer Unschuld fest. Es gab auch Ungereimtheiten, die ihre Behauptung bestätigten.

Obwohl beide Waffen besaßen, stimmte keine der offiziell auf die beiden Männer eingetragenen Schusswaffen mit der überein, die für die Morde benutzt worden war. Aber dem Bezirksstaatsanwalt zufolge hieß das gar nichts. Räuber benutzten nun mal unregistrierte oder gestohlene Waffen. Aufgrund der Tatsache, dass sie im Besitz gestohlener Schmuckgegenstände waren, und aufgrund der Augenzeugenaussage stand das Urteil in dem Fall schnell fest: Die beiden wurden sowohl für den Raubüberfall als auch die beiden Morde verurteilt.

Nachdem die beiden Männer zu einer lebenslänglichen Haftstrafe mit der Möglichkeit auf Bewährung nach zwanzig Jahren verurteilt worden waren – etwas, das die Stadt angesichts eines so schrecklichen Verbrechens als Hohn empfand –, verschwanden die Morde nach und nach aus den Zeitungen. Stattdessen brachten sie Beiträge über die Levines, bei denen das menschliche Interesse im Vordergrund stand. Da die Kinder nicht mit der Presse sprachen, waren die Reporter gezwungen, auf direkte Zitate zu verzichten und sich Geschichten über eine Familie zusammenzureimen, die darum kämpfte, mit dem grauenvollen Ereignis fertigzuwerden.

Als ob das je möglich wäre.

Diese Kolumnen liefen noch einige Monate. Schließlich wurden die Levines nur noch als Teilnehmer an Wohltätigkeitsveranstaltungen und den Gedenkfeiern zum Todestag von Glen und Lydia Levine erwähnt.

Als Rina mit ihrer Recherche über die Morde fertig war, war es bereits elf Uhr vormittags. Ihre Augen waren müde, und Schultern und Nacken taten ihr weh von der vornübergebeugten Haltung. Was sie in Erfahrung gebracht hatte, war nichts Neues. Sie machte eine schnelle Mittagspause und aß ein Sandwich im Auto. Dann machte sie einen Spaziergang um den Block, um sich einen Kaffee zu besorgen, und versuchte, ihren Kopf freizubekommen.

Eine Dreiviertelstunde später war sie wieder fit genug, um sich erneut auf die winzige Schrift auf dem Bildschirm zu konzentrieren. Diesmal hatte sie sich vorgenommen, vom Zeitpunkt der Morde in der Zeit zurückzugehen und zu versuchen, sich ein vollständigeres Bild von Glen und Lydia Levine zu machen.

Als die beiden noch gelebt hatten, war es schwieriger, Informationen über sie herauszufinden. Das Einzige, was besonders auffiel, war ihre umfangreiche Wohltätigkeit: Regelmäßig spendeten sie an städtische Einrichtungen wie Polizei, Feuerwehr, Schulen, Obdachloseneinrichtungen und Rehabilitationszentren. Zwei Jahre bevor er ermordet wurde, war Glen zum Präsidenten seines Freimaurertempels gewählt worden. Und zwei Jahre bevor sie ermordet wurde hatte Lydia für den Stadtrat kandidiert, unterlag jedoch gegen den Amtsinhaber.

Rina recherchierte und recherchierte, bis ihre Augen langsam quadratisch wurden und sie kaum noch etwas erkennen konnte. Aber tapfer machte sie weiter und ging noch ein weiteres Jahr zurück.

Zehn Minuten darauf fand sie einen Artikel auf der Titelseite, der ihr den Puls in die Höhe trieb und sie leicht schwindlig werden ließ. Die Überschrift des Beitrags handelte von einem Paar, das eine Woche zuvor klammheimlich die Stadt verlassen hatte, wenige Tage bevor sie wegen Betrugs und Veruntreuung verurteilt werden konnten. Rina musste die Passage zweimal lesen, um sicherzugehen, dass sie alles richtig verstanden hatte.

Plötzlich schien alles wie im Zeitraffer abzulaufen. Sie ging wieder in den Aufzeichnungen zurück: zwei Jahre vor den Morden, als die ersten Anklagen erhoben worden waren.

Und dann las Rina fieberhaft alles, was sie über den Vorfall finden konnte.

KAPITEL 15

Die beiden Detectives stiegen aus dem Wagen und gingen zum Vordereingang des Hauses der Bochs, das mit einem Streifen gelbem Tatortabsperrband gesichert war. Decker duckte sich unter dem Absperrband hindurch und steckte den Schlüssel ins Schloss. Sobald er die Tür aufgemacht hatte, drang ihm ein Schwall warmer, übelriechender Luft entgegen. Nachdem das Innere zwölf Stunden lang versiegelt gewesen war, roch es jetzt überaus unangenehm. Er und McAdams zogen sich Latexhandschuhe über und traten ein. Alles war mit Spurensicherungspulver überzogen, das etliche Hand- und Fußabdrücke sichtbar gemacht hatte. Decker warnte McAdams: »Pass auf, wo du hintrittst.«

»Hier stinkt's nach Exkrementen. Dem Laien auch als Scheiße bekannt.«

»Vermutlich von der Stelle, wo man Jaylene Boch gefesselt hatte. Sie musste dort mehrere Tage verbringen. Konnte sich nicht vom Fleck rühren. Da hat sie sich eben eingemacht.«

»Die Ärmste. Wie geht's ihr eigentlich?«

»Besser als zu dem Zeitpunkt, als ich sie gefunden habe, aber seit gestern praktisch unverändert.« Decker reichte McAdams einen Mundschutz und zog sich dann selbst einen über Mund und Nase. »Hilft nicht sonderlich gegen den Gestank, aber wir sollten kein menschliches biologisches Material einatmen. Ich übernehme die beiden Schlafzimmer, wo der Gestank am schlimmsten ist. Du durchsuchst Wohnzimmer, Küche und Bad.«

»Danke. Suche ich nach was Bestimmtem?«

»Nur das Übliche: Geheimverstecke mit Geld oder Drogen, alte Dokumente und Unterlagen. Alles, was versteckt ist, ist garantiert wichtig.« Decker dachte nach. »Irgendetwas, das das Gemetzel im hinteren Zimmer erklären könnte.«

»Hat sich das Hamilton PD das Haus nicht schon vorgenommen?«

»Die Spurensicherung hat hier gearbeitet, und die Detectives hatten nicht besonders viel Platz für ihre Durchsuchung. Tran und Smitz haben vor, ebenfalls vorbeizukommen. Sie wollen sich alles noch mal etwas genauer ansehen.«

»Wann denn?«

»So ungefähr in einer halben Stunde. Wir zwei fangen aber schon mal an.«

Decker konzentrierte sich bei seiner Suche auf den hinteren Teil des Bungalows. Das Zimmer war komplett umgekrempelt worden, und jemand hatte die Matratzen aufgeschlitzt und die Schränke durchwühlt. Viel blieb ihm nicht mehr zu tun, außer sich alles noch einmal gründlich anzusehen, und das dauerte nur eine Viertelstunde.

In Jaylenes Zimmer stank es am schlimmsten. Und während diese Matratze nicht aufgeschlitzt worden war, war doch das Laken abgezogen worden, und man hatte sie verrückt, sodass das Sprungfedergestell jetzt freilag. Decker warf einen schnellen Blick unter die Matratze und überprüfte, ob am Gestell eine Veränderung vorgenommen worden war, fand aber nichts, was mit bloßem Auge sichtbar gewesen wäre. Er tastete die Oberseite ab; er fuhr mit der Hand über die Unterseite. Nichts, was dort nicht hingehörte. Dann warf er einen Blick unter das Bett. Ein ganzer Berg Staubmäuse auf dem Boden, aber nichts, was verdächtig aussah. Er durchsuchte den Wandschrank: die Kleidung, die Taschen der Kleidung, das Taschenfutter. In dem Schrank befand sich ein kleinerer Schrank mit Krückstöcken, Bandagen und mehreren Gehhilfen. Früher einmal war Jaylene vielleicht mobiler gewesen. Oder vielleicht hatte sie auch vor ihrem Unfall schon Gehprobleme gehabt. Neben den orthopädischen Hilfsmitteln gab es einen Schuhkarton auf dem obersten Regalbrett.

Decker holte den Karton herunter und sah hinein: alte Fotos. Und zwar eine ganze Menge. Manche stammten aus der Zeit der Fotoschnellentwicklungsläden; andere waren Farbpolaroids, die bräunlich verblasst waren. Es gab sogar ein paar Schwarzweißfotos mit gewellten Rändern. Decker beschloss, den Karton samt Inhalt als Beweismittel einzustecken. Er hatte vor, ihn später durchzugehen.

Wenn es einen Karton mit alten Fotos gab, vielleicht gab es dann auch einen mit alten Briefen und Erinnerungsgegenständen, die wichtig sein könnten. Er suchte im Schrank, fand aber keine weiteren Schuh- oder sonstigen Kartons.

In einem der oberen Fächer des Schrankes lag ein Gepäckset, bestehend aus zwei Koffern und einem kleineren, handgepäcktauglichen. Alle drei waren leer. Decker nahm das Futter genau unter die Lupe, um sich zu vergewissern, ob sich jemand daran zu schaffen gemacht hatte. Aber alles schien unversehrt zu sein. Dann befühlte er das Futter in jedem Koffer, um festzustellen, ob es sich irgendwo besonders dick anfühlte. Er hob jeden einzelnen an, um zu sehen, ob er im Licht etwas erkennen konnte.

Fehlanzeige.

Sobald er mit dem Schrank fertig war, durchsuchte er den Nachttisch und öffnete oben die Schublade. Darin befand sich eine ganze Reihe von unwichtigem Kram: ein Kamm, eine Bürste, eine Nagelschere, drei Brillen, eine Packung Heftpflaster sowie ein Sammelsurium von Haushaltsutensilien. Auf der Ablage unten lag ein Stapel von drei Taschenbüchern. Jaylenes Kommode enthielt hauptsächlich Kleidung, aber auch Dinge wie alte Knöpfe, Gummibänder, ausgetrocknete Duftsäckchen und irgendwelchen anderen Krempel.

Im Badezimmerschränkchen befanden sich etliche frei erhältliche Medikamente sowie verschreibungspflichtige wie zwei verschiedene starke, opioidhaltige Schmerzmittel. Wenig überraschend. Die Frau musste ständig Schmerzen haben. Decker sah in Fläschchen und Tablettenfläschchen nach und roch am Inhalt. Ohne die Inhaltsstoffe analysiert zu haben, konnte er nicht beschwören, dass die Tabletten auch das waren, was auf der Verpackung stand, aber weder am Aussehen noch am Geruch konnte er etwas Verdächtiges feststellen. Er machte das Medizinschränkchen wieder zu. Die gefliese Ablage war tiefer als normal angebracht und rollstuhlgerecht. Hier lagen eine weitere Haarbürste, diverse Lippenstifte, ein paar Make-up-Puder und ein Eyeliner. Trotz ihres Alters war Jaylene Boch ihr Aussehen nicht egal, und das freute ihn.

Decker untersuchte die Toilette von allen Seiten. Der Sitz hatte einen Riss, aber die Toilette selbst war intakt. Er drückte die Spülung. Es war nichts verstopft, aber trotzdem tropfte Wasser auf den Fußboden. Er sah nach, ob im Tank Drogen versteckt waren – sauber. Jaylene hatte eine rollstuhlgerechte Dusche. Decker suchte nach versteckten Hohlräumen in den gefliesten Wänden, fand jedoch nichts. Dann verließ er Jaylenes Schlafzimmer und gesellte sich zu McAdams in der Küche. Gemeinsam gingen sie die Nahrungsmittel in Dosen, Kartons und Beuteln durch, durchforsteten den Inhalt und fanden nichts, was dort nicht hingehörte – keine unerwünschten Tabletten, kleine Kristalle oder Pulver.

Eine Stunde später klingelte Deckers Handy. Es war Wendell Tran.

»Wir sind gerade zu einem weiteren Überfall gerufen worden. Sehr ungewöhnlich. Irgendwas muss wohl in der Luft liegen.«

Decker zog sich den Mundschutz herunter, bis er ihm am Band vom Hals hing. »Ja, so was verläuft in Wellen.«

»Sind Sie draußen beim Haus?«

»Sind wir. Wir sind so gut wie fertig.«

»Haben Sie etwas gefunden?«

»Nur einen Karton mit alten Fotos. Ich würde ihn gerne mitnehmen und mir den Inhalt genauer ansehen, wenn es Ihnen recht ist.«

»Meinetwegen gerne. Wir haben gerade alle Hände voll zu tun. Geben Sie uns den Karton zurück, wenn Sie damit fertig sind. Und bringen Sie auch den Schlüssel wieder mit. Irgendwann müssen Randy und ich noch mal zum Haus.«

»Gar kein Problem. Danke.« Tran legte auf, und Decker steckte das Handy wieder ein.

»Sind wir tatsächlich so gut wie fertig, oder wolltest du ihn nur abwimmeln?«, fragte McAdams. »Bei dir bin ich mir da nie so sicher.«

»Hast du alle Sofa- und Stuhlkissen überprüft?«

»Ja, habe ich. Soweit ich feststellen konnte, hat sich niemand daran zu schaffen gemacht.«

»Sahen die Säume alle unberührt aus?«

»Ja, sah alles intakt aus.«

»Was ist mit Falltüren?«

»Ich hab nichts entdeckt. Du?«

»Nein. Falls irgendetwas Wertvolles hier drin versteckt ist, kann ich's nicht finden.« Decker zuckte die Achseln. »Ich hab einen Schuhkarton mit Fotos gefunden. Aber nichts, wo Erinnerungsgegenstände und/oder alte Briefe drin gewesen wären.«

»Kommt dir das verdächtig vor?«

»Eigentlich nicht. Auf mich wirkt Jaylene nicht wie eine Briefeschreiberin. Irgendwann werde ich diese Schnappschüsse durchgehen … mal sehen, ob irgendwas meine grauen Zellen anspricht. Was sich etwas schwierig gestalten könnte, weil ich keine Ahnung habe, wer die ganzen Leute da drauf sind.«

»Darauf sind.«

Decker warf ihm einen säuerlichen Blick zu. »Was hättest

du gemacht, wenn ich den Satz grammatikalisch korrekt gebildet hätte?«

»Dann hätte ich dich wegen deiner hochgestochenen Sprache aufgezogen.«

»Anders ausgedrückt, ich bin immer der Dumme.«

»Ganz genau. Können wir jetzt hier raus? Ich glaube zwar, mein Geruchssinn ist mittlerweile abgestumpft, aber ich finde das Ganze unheimlich deprimierend.«

»In Ordnung. Komm, gehen wir.« Decker blickte auf. Er zog sich die Handschuhe aus und war schon fast beim Auto, aber dann blieb er wie angewurzelt stehen.

McAdams seufzte. »Was ist denn jetzt schon wieder?«

»Mir ist gerade was eingefallen. Du kannst im Wagen warten. Dauert nicht lange.«

»Nein, Boss, irgendjemand muss dir schließlich Rückendeckung geben.« McAdams drehte sich auf dem Hacken um und ging wieder zurück zum Haus. »Kommst du?«

Decker musste schmunzeln. Der anfangs verwöhnte und launenhafte Junge entwickelte sich langsam zu einem erfahrenen Detective. Er verfiel in Laufschritt, um zu ihm aufzuschließen, dann schloss er die Haustür auf. Beide gingen hinein. Decker streifte sich ein frisches Paar Handschuhe über, verzichtete aber diesmal auf den Mundschutz. Seine Nase hatte sich wie die von McAdams an den üblen Geruch gewöhnt. Gefolgt von Tyler betrat er Jaylenes Schlafzimmer.

»Du musstest dir aber auch das stinkigste Zimmer im ganzen Haus aussuchen.«

»Dafür gibt's einen Grund.« Decker ging zu Jaylenes beschmutzten Rollstuhl hinüber und tastete die Rückenlehne ab, ein dünnes, über den Stahlrahmen des Rollstuhls gespanntes Stück schwarzes Leder. Als ihm das nicht weiter auffällig vorkam, überprüfte er die Nähte an der Rückenlehne. Alles schien in Ordnung zu sein.

Als Nächstes kam die Sitzauflage an die Reihe, deren schwarzer Lederbezug immer noch mit Fäkalien gesprenkelt war.

Wer hat auch behauptet, das Leben sei einfach ...

Decker versuchte, die Auflage vom Stuhl abzunehmen, aber sie war festgenäht. Er befühlte die Oberseite des Sitzes, fuhr mit der behandschuhten Hand die Wölbung der Auflage entlang. Von allen Seiten fühlte sie sich glatt an. Der nächste Schritt war, sich die Nähte anzusehen.

»Du musst aber fest entschlossen sein«, kommentierte McAdams. »Das muss ich dir lassen. So dicht, wie du die Nase über das Zeug da hältst.«

»Nicht angenehm, aber ich hab schon Schlimmeres gerochen.«

»Außerdem beklagst du dich kaum. Wie kommt's?«

»Energieverschwendung.« Decker widmete sich wieder den Nähten. »Aha! Guck mal, da kannst du noch was lernen, Harvard. Sieh dir mal die Nahtstiche auf der linken Seite an.«

»Nicht ganz gleichmäßig. Vielleicht hat sie die Auflage neu befüllen und reparieren lassen.«

»Auch eine Möglichkeit.« Decker nahm sein Handy heraus und machte ein paar Aufnahmen. Dann holte er ein Schweizer Taschenmesser heraus und durchtrennte die Nähte, bis er das gelbe Sitzkissen aus Schaumstoff anheben konnte, das im Lederbezug steckte. Er schwieg. Schließlich sagte er: »Und da hätten wir etwas gefunden.« Wieder machte er Fotos mit seinem Handy. Dann zwängte er seine Finger zwischen das Kissen und die hölzerne Platte, auf der die Sitzauflage ruhte. Vorsichtig zog er einen braunen Umschlag hervor. Die Lasche war zugeklebt, und zusätzlich war sie durch einen um den Umschlag gewickelten Bindfaden gesichert. Decker tastete den Inhalt ab.

»Nichts sonderlich Hubbeliges.« Erneut drückte er darauf. »Fühlt sich wie Unterlagen an, könnten aber auch Drogen sein. Pulver in einem zweiten Umschlag. Ich mache ein Foto im ungeöffneten Zustand, und dann steckst du ihn in einen Beweismittelbeutel. Wir untersuchen ihn auf dem Revier – und lassen ihn durch den Scanner laufen, bevor wir das Siegel aufbrechen.«

»Guter Fund, Boss. Ich bin beeindruckt.«

»Das war die einzige Stelle, wo ich noch nicht nachgesehen hatte.« Decker lächelte. »Da bin ich durch Ausscheidung drauf gekommen.«

McAdams hielt inne, dann krümmte er sich vor Lachen. »Wer hätte gedacht, dass du der geborene Witzbold bist?«

Decker fing ebenfalls an zu lachen. Es fühlte sich gut an, die ganze Anspannung loszuwerden.

Dann fragte Tyler: »Irgendeine Ahnung, was sich in dem Umschlag befindet?«

»Wie gesagt, ich habe keine alten Briefe gefunden.«

»Aber warum hätte Jaylene die Sachen verstecken sollen?«

»Raten hat keinen Sinn. Lass uns zurückfahren und es rausfinden.«

»Wegen dem hier rufst du doch Tran und Smitz an, oder?«

»Irgendwann schon. Die beiden sind gerade zu einem Überfall rausgerufen worden. Ich will sie nicht mit irgendwas behelligen, bevor ich nicht genau weiß, was ich gefunden habe.«

McAdams sah Decker skeptisch an. »Dann ist das gar kein Wettpinkeln, oder? Du bist einfach nur rücksichtsvoll.«

»Harvard, ich bin einfach ein richtig netter Mensch.«

Der Scanner fand nichts auf dem Umschlag, das wie organisches Material aussah. Decker nahm das Päckchen mit in Radars Büro. Der Captain und McAdams fungierten als Zeugen, als Decker den Bindfaden aufband und dann den Umschlag auftrennte.

Darin befanden sich körnige Schwarzweißfotos, fünf insgesamt. Die Gesamtansichten waren deutlicher zu erkennen als die Nahaufnahmen, aber keines der Bilder war gestochen scharf. Alle Fotos hatten eines gemeinsam: Dieselbe Frau war auf ihnen abgebildet. Manche zeigten die Frau mit einem Mann, aber auf anderen war nur sie zu sehen. Sie schien Ende vierzig oder Anfang fünfzig zu sein, aber das war nur eine Schätzung. Weiß, mittelgroß, vermutlich brünett, aber bei einer Schwarzweißaufnahme war das schwer zu sagen. In der Nahaufnahme verschwammen die Gesichtszüge. Die Frau hatte ein längliches Gesicht. Auf den Fotos waren zwei verschiedene Männer zu sehen. Der eine hatte ein rundliches, der andere ein längliches, älteres Gesicht. Auf zwei Gesamtansichten war die Frau auf einem Bürgersteig vor Gebäuden zu sehen – vermutlich eine Stadt, da nichts sonderlich pittoresk aussah – beziehungsweise an einem kleinen runden Cafétisch aus einer Espressotasse trinkend.

Als die drei Polizisten die Schnappschüsse durchgingen, sagte McAdams: »Und die Preisfrage ist ...«

Radar studierte die Fotos eingehend. »Ich bin schon recht lange hier in der Gegend. Keine Ahnung, wer das ist.«

»Die Bildqualität ist so schlecht«, beklagte sich Decker. »Ich versuche gerade, ein Wahrzeichen oder den Namen eines Geschäftes zu erkennen ... Irgendetwas, das uns einen Anhaltspunkt gibt.«

»Auf der Kaffeetasse ... ist ein Logo ... Möglicherweise ist das Schrift«, bemerkte McAdams.

»Vielleicht können wir es vergrößern lassen?«, schlug Decker vor.

»Das ist so verschwommen, ich bezweifle, dass das funktioniert«, kommentierte Radar. »Vielleicht finden wir noch was Besseres.«

»Ich nehm's mal mit an meinen Schreibtisch und knobele noch ein bisschen daran rum«, sagte Decker.

Kevin Butterfield klopfte an den Türrahmen und betrat dann das Büro. »Patrick Markham ist da.« Auf Deckers verwirrten Gesichtsausdruck hin erläuterte er: »Du hast doch gesagt, du hast heute den ganzen Nachmittag Zeit.«

»Ja, natürlich.« Laut Deckers Uhr war es kurz nach drei. »Danke, Kev. Bring ihn in ein Vernehmungszimmer. Ich bin gleich da. Hast du in puncto Kameraaufzeichnungen irgendwas Neues rausgefunden?«

»Anscheinend war unser Auto tatsächlich in Richtung Highway unterwegs. Ich sehe mir die Aufzeichnungen noch mal an und fange wesentlich früher an dem betreffenden Abend an. Vielleicht kann ich den Wagen finden, wie er in die umgekehrte Richtung, also zum Fundort der Leiche, fährt.«

»Gute Idee. Kannst du das Gesicht des Fahrers oder eines der Passagiere erkennen?«

»Nur schemenhaft. Die Qualität ist wirklich mies. Aber eins kann ich sagen: Es handelt sich vermutlich um zwei Personen. Was siehst du dir da gerade an?«

»Ebenfalls Aufnahmen von mieser Qualität. Fotos. Die waren in Jaylene Bochs Rollstuhl versteckt.«

Butterfield warf einen raschen Blick auf einige von ihnen. »Ich nehme mal an, niemand weiß, wer diese Leute sind?«

»Richtig«, sagte McAdams. »Wir versuchen, einen Namen oder ein Wahrzeichen zu finden, das uns wenigstens verrät, wo sie aufgenommen wurden.«

»Dem Kleid, der Frisur und den Autos nach zu urteilen, sind die vielleicht fünfzehn Jahre alt«, sagte Butterfield.

»Würde ich auch sagen«, entgegnete Radar. »Ich sollte Baccus anrufen. Ihr habt die schließlich versteckt in einem Haus in seinem Zuständigkeitsbereich gefunden.«

»Beziehen wir ihn im Moment noch nicht mit ein«, bat Decker. Dann wandte er sich an Butterfield: »Ich bin gleich bei Markham. Danke, dass du alles arrangiert hast.«

»Klar doch. Gern geschehen.«

Als Butterfield gegangen war, fragte Radar: »Also kein Baccus?«

»Jetzt noch nicht, wenn's dir nichts ausmacht.«

Radar schwieg. Dann fragte er: »Wer ist Patrick Markham?«

»Ein Highschoolfreund von Brady Neil. Nach der Vernehmung erzähle ich dir mehr. Hast du noch was?«

»Nein, du kannst gehen«, antwortete Radar.

Decker verließ Radars Büro und zog McAdams mit sich. »Da Kevin noch immer die Überwachungsaufnahmen durchgeht, könntest du dir diese Fotos ansehen, ob du irgendwelche identifizierenden Merkmale rausfinden kannst?«

»Kein Problem.« McAdams dachte nach. »Vielleicht ist auf dem Film ein Wasserzeichen mit einem Datum. Gibt's manchmal.« Er studierte das Bild, auf dem die Frau und der ältere Mann Kaffee oder Tee in einem Café tranken. »Wer seid ihr?«

Auch Decker sah angestrengt auf die Fotos. »Die sehen tatsächlich aus, als wären sie vor ungefähr fünfzehn Jahren aufgenommen worden.«

»Ist das wichtig?«

»Ja, ich glaube schon. Zunächst mal gab es auch vor fünfzehn Jahren schon richtig gute Kameras. Mein erster Gedanke war, dass die hier von einem Laien entweder mit einem Billighandy oder einer miesen Kamera aufgenommen worden sind.«

»Ah, gut mitgedacht. Warum aber schwarzweiß?«

»Keine Ahnung. Vielleicht sind die abends aufgenommen worden, sodass sie nur wie Schwarzweißbilder aussehen. Weißt du, die Fotos sehen wirklich aus wie abends. Die sind heimlich aufgenommen worden.«

»Also, Boss ...« McAdams grinste. »Was ist vor fünfzehn Jahren in Hamilton passiert, von dem Chief Baccus nichts erfahren soll?«

»Nichts, was für ihn von Bedeutung wäre. Aber vielleicht etwas, das eine Bedeutung für Jaylene Boch hatte.« Decker sah von den Fotos auf und fixierte McAdams. »Jaylenes Mann, Joe senior, lebte vor fünfzehn Jahren noch.«

»Glaubst du, der Mann auf den Bildern könnte Joe senior sein?«

»Ich weiß es nicht, aber warum sollte sie sonst Fotos von Fremden in ihrem Rollstuhl verstecken? Die müssen eine bestimmte Bedeutung für sie haben.«

»Oder vielleicht hat Joe junior sie auch versteckt, ohne dass seine Mom etwas davon wusste. Vor fünfzehn Jahren war Joe junior zwanzig. Es könnte mehr mit ihm als mit ihr zu tun haben.«

In diesem Punkt musste Decker ihm recht geben. »Stimmt. Jaylene hat man einfach ihrem Schicksal überlassen. Aber Joe juniors Zimmer war der eigentliche Tatort.«

»Genau«, bestätigte McAdams. »Sein Zimmer … nicht ihres.«

KAPITEL 16

Patrick Markham trug ein Jackett und eine in sich gestreifte rote Krawatte. Ungewöhnlich für jemanden in seinem Alter, und noch ungewöhnlicher für jemanden aus Hamilton. Sein karamellfarbenes Cordjackett hatte Ellbogenflicken aus Leder, darunter trug er ein rot-braun-weiß kariertes Hemd. Dazu Jeans und Sneakers ohne Socken. Er teilte Decker mit, er sei gerade von der Arbeit nach Hause gekommen, als er die Nachricht erhalten hatte, dass die Polizei mit ihm sprechen wollte. Er hatte beschlossen, dass es einfacher wäre, einfach vorbeizukommen.

»Was machen Sie beruflich?«, fragte Decker.

»Heute habe ich in einem der Community Colleges Unterricht gegeben: Angewandte Elektrizitätslehre. Das ist eine hochtrabende Bezeichnung für das Berufsbild Elektriker.«

»Sie müssen gut darin sein, um es unterrichten zu können.«

»Ich habe einen B. A. in Elektrotechnik, aber hauptsächlich arbeite ich als Elektriker. Ich habe eine eigene Firma. Unterricht gebe ich, weil es mal eine Abwechslung ist, obwohl man fast nichts dafür bekommt. Heutzutage, wo so viele Fächer online angeboten werden, bewundere ich jeden, der zum Präsenzunterricht erscheint.«

Decker betrachtete Markham. Er schien etwa einen Meter achtzig groß zu sein, war kräftig gebaut und hatte dunkle Augen und rotbraunes Haar. Am Ringfinger seiner linken Hand trug er einen goldenen Ring.

Decker nahm seinen Notizblock heraus. »Sie sind verheiratet.«

»Wir sind seit der Highschool zusammen. Sie war Cheerleader, ich war Runningback. Alle waren geschockt, als wir geheiratet haben, obwohl sie nicht schwanger war. Die meisten Kerle haben Schiss vor diesem Schritt. Ich habe Angst davor, einsam zu sterben. Meine ganz persönliche Neurose, die die meisten meiner Altersgenossen nicht teilen. Wie auch immer, das ist vermutlich mehr, als Sie wissen wollten. Mir ist klar, dass es hier um Brady geht. Meine Güte, die letzten paar Tage waren wirklich hart.«

»Standen Sie beide sich nahe?«

»Auf der Highschool schon.«

»Aber danach nicht mehr?«

Markham hielt einen Moment inne. »Was wissen Sie über Hamilton?«

»Ich bin seit über drei Jahren hier in der Gegend. Aber ich wohne in Greenbury. Ich weiß, die dortige Bevölkerungsstruktur ist anders als die in Hamilton.«

»Das genaue Gegenteil. Greenbury ist ein wohlhabendes Universitätsstädtchen. Hamilton ist größer, aber noch keine richtige Stadt und ganz und gar nicht wirtschaftlich aufstrebend. Die örtlichen Highschools sind nicht besonders toll, und das ist das Beste, was man über sie sagen kann. Ich bin nur nicht durchgedreht, weil ich Football gespielt habe, mit Mel zusammen war und tatsächlich für die Klausuren gelernt habe. Die meisten meiner Kumpels aus dem Team haben an den Wochenenden mit Crystal und Molly Party gemacht. Viele von denen hatten Eltern, die Rezepte für opioidhaltige Schmerzmittel hatten. Spielte keine Rolle, was es war, Hauptsache, sie sind leicht drangekommen.«

»Und Brady Neil?«, fragte Decker.

»Brady gehörte irgendwie zu allen Cliquen und keiner dazu. Trotz seines Alten war er beliebt. Vielleicht auch gerade wegen ihm. Er war intelligent, aber er konnte das Bad-Boy-Image rausholen, wenn's ihm in den Kram passte.«

»Für Football war er aber ziemlich klein.«

»Er war auch nicht im Team.« Markham sah auf. »Aber er war clever. Er hat sich auf andere Weise einen Namen gemacht.«

»Wie denn?«

»In seinem Abschlussjahr hat er 'ne Menge synthetische Drogen genommen. Was immer er auftreiben konnte, war auch für andere zu haben – für Partys und gegen Bezahlung.«

»Ah«, kommentierte Decker. »Er hat gedealt.«

»Leider ja. Genug, dass er immer ein paar Scheine in der Tasche hatte. Seine Mutter hat ihn auf jeden Fall nicht finanziell unterstützt. Sie ist ja selbst kaum über die Runden gekommen. Oder vielleicht hat sie ihm doch geholfen, aber ohne es zu wollen. Ich weiß, dass er Sachen aus ihrem Medizinschränkchen geklaut hat.«

»Hat er nach seinem Abschluss weitergedealt?«

»Das weiß ich nicht. Nach der Highschool haben wir nicht mehr viel miteinander zu tun gehabt. Ich war mit dem College beschäftigt, und Brady ...« Markham verstummte. »Das Ganze war jammerschade. Brady hätte studieren können, aber das hat ihn nicht interessiert. Ich will nicht behaupten, dass er faul war, aber auf jeden Fall hatte er keinen Ehrgeiz. Er hat immer im Keller seiner Mom rumgehangen, sich zugedröhnt und Mädels abgeschleppt. Meine Frau konnte ihn nicht ausstehen. Brady und ich haben uns nach und nach aus den Augen verloren.«

»Verständlich.«

Markham nickte. »Ist nicht leicht, so ein Problem mit sich rumzuschleppen. Er ist das nie richtig losgeworden. Ich verurteile ihn nicht, aber so war es nun mal, und egal, was er gemacht hat, schuld war immer die Sache mit seinem Dad.«

»Und Sie hatten in letzter Zeit keinen Kontakt mit ihm?«

»Na ja, ist schon komisch, vor ungefähr sechs Monaten hat er mich nämlich aus heiterem Himmel angerufen. Ich meine, ruft man jemanden nach jahrelanger Funkstille einfach so an? Ich dachte, er steckt in ernsten Schwierigkeiten oder will mir was Wichtiges mitteilen. War aber nicht so. Wir haben einfach zwanzig Minuten lang über alles Mögliche gequatscht, und das war's.«

»Worüber haben Sie sich unterhalten?«

»Das Leben.« Markham dachte einen Augenblick nach. »Seit er tot – ermordet – aufgefunden wurde, bin ich das Gespräch viele Male im Kopf durchgegangen. Habe ich irgendwas nicht verstanden, was er versucht hat, mir zu sagen? Hat er mich vor irgendetwas gewarnt? Ich glaube es zwar nicht, aber ich habe damals auch nicht auf jedes einzelne Wort geachtet.«

»Hat hauptsächlich er geredet?«, fragte Decker.

»Ja, jetzt, wo ich drüber nachdenke. Er hat erzählt, dass er jetzt aufs College geht und Programmieren und Computer studiert und dass es richtig gut läuft. Er hat auch von seinem Job bei Bigstore erzählt. Und mir einen Sonderpreis angeboten, falls ich ein neues Handy, einen Computer oder Fernseher haben wollte. Er hat erwähnt, dass er ein bisschen mit recycelten Elektronikartikeln handelt. Seine Stimme klang irgendwie unbeschwert. Ich hab mich für ihn gefreut. War fast wie in alten Zeiten. Nach diesem ersten Gespräch habe ich ihn mehrmals angerufen, ihm Nachrichten auf die Voicemail gesprochen, aber er hat nie zurückgerufen. Ehrlich gesagt, mit meinem Geschäft, einer Ehefrau und zwei Kindern hatte ich genug mit meinem eigenen Leben zu tun. Bis vor ein paar Tagen hatte ich ihn wieder vergessen. Das war wie ein Schlag in die Magengrube.«

»Irgendeine Vorstellung, warum er ermordet wurde?«

»O Gott, nein. Als wir telefoniert haben, klang es nicht so, als ob er ein sonderlich gefährliches Leben führen würde. Ich hatte eher den Eindruck, als ob er endlich die Kurve gekriegt hätte. Das Ganze ist mir völlig schleierhaft.«

»Sie sagten, früher hatte Brady Geld vom Dealen?«

Es dauerte einen Moment, bis Markham antwortete. »Ja. Warum?«

»Seine Mom hat zu Protokoll gegeben, dass er immer Geld zur Verfügung hatte. Ich frage mich, ob Brady auch jetzt noch gedealt hat.«

»Das kann ich weder mit Ja noch mit Nein beantworten«, sagte Markham.

»Wenn Brady damals gedealt hat, wer waren seine Kunden?«

»Jetzt muss ich aber ganz schön lange zurückdenken.« Nach längerem Schweigen sagte Markham: »Ich weiß es nicht, Detective. Ich habe mich damals sehr bemüht, mir nichts zuschulden kommen zu lassen. Brady war zwar mein Freund, aber ich hab mich aus seinen zwielichtigeren Aktivitäten rausgehalten.«

»Na gut«, sagte Decker. »Wissen Sie, ob Brady Kontakt mit seinem Vater gehalten hat?«

»Nicht, als wir auf der Highschool waren. Falls er den Kontakt mit seinem Alten wieder aufgenommen hat, hat er das bei unserem Telefonat nicht erwähnt.«

»Ich habe gehört, Brady war auch mit Brett Baderhoff befreundet.«

»Ja, wir waren ein Dreiergespann. Brett hat's ganz gut getroffen. Er ist nach Florida gezogen und jagt Tiere, die zu Plagegeistern geworden sind. Er fängt Alligatoren, Eidechsen, Boas und andere Arten von Schlangen ein. Rotwild hat er schon immer gern gejagt, also ist es einigermaßen nachvollziehbar. Wir telefonieren ungefähr einmal im Jahr. Als wir von Bradys Tod erfahren haben, habe ich kurz darauf mit ihm gesprochen. Er war genauso am Boden zerstört wie ich.«

Decker sah sich die Nummer an, die er unter Brett Baderhoff auf seinem Handy gespeichert hatte. Er hielt sie Markham hin. »Ist die aktuell?«

»Nein, das ist 'ne alte. Ich muss seine aktuelle nachsehen. Wenn Sie kurz warten ...«

»Kein Problem.«

»Ich sag's Ihnen gleich: Brett hat auch keine Ahnung, was passiert ist. Das weiß ich, weil ich ihn gefragt habe. Außerdem wohnt er schon seit über vier Jahren nicht mehr in Hamilton.«

»Ich verstehe, aber ich würde ihn trotzdem gerne anrufen.«

»Na gut.« Markham las ihm die Nummer vor. »Sie können ihm sagen, dass ich Ihnen die Nummer gegeben habe. Brett hat sicher nichts dagegen.«

»Danke. Patrick, als Sie und Brady sich nahegestanden haben, war er da mit Joseph Boch befreundet?«

»Mit wem?«

»Joseph Boch.«

Markham öffnete den Mund, aber kein Ton kam heraus. »Der vermisste Typ, der gestern in der Zeitung war?«

»Ja, genau der. Brady und er waren befreundet. Sie haben beide bei Bigstore gearbeitet. Wissen Sie, ob sich die beiden von früher kannten?«

»Keine Ahnung.« Markham hielt inne. »Ich dachte, da stand, Boch wäre Mitte dreißig.«

»Ist er auch.«

»Das ist etwa zehn Jahre älter als wir. Warum sollte er ihn von früher kennen?«

»Wenn Brady damals gedealt hat, musste er das Meth von irgendjemandem bezogen haben, es sei denn, er hatte selbst ein Labor.«

»Und Sie vermuten, dieser Boch hat ihn mit Drogen beliefert?«

»Ich weiß es nicht. Aber ich glaube tatsächlich, dass Bochs Verschwinden und der Mord an Brady irgendwie zusammenhängen.«

Markham verzog das Gesicht. »Ich weiß nicht, wer Brady

auf der Highschool mit Drogen beliefert hat. Ich hab ihn nie danach gefragt.«

»Warum waren Sie und Brady befreundet?«, fragte Decker. »Sie beide scheinen nicht viel gemeinsam zu haben.«

Markham seufzte. »Wir haben uns einfach super verstanden. Ich glaube ... es war einfacher, mit ihm befreundet zu sein, weil wir nicht in denselben Cliquen waren. Obwohl meine Frau ihn überhaupt nicht mochte – aus naheliegenden Gründen –, habe ich mich immer prima mit ihm unterhalten können.«

Markham sah auf die Uhr.

»Wo wir gerade von meiner Frau sprechen: Ich sollte wohl besser heimfahren und Mel mit den Kindern helfen.«

»Noch eine Sache, bitte.« Decker holte eine der Schwarzweißaufnahmen heraus, die in Jaylene Bochs Rollstuhl versteckt waren. »Wissen Sie zufällig, wer diese Personen sind?«

Markham sah sich das Foto sorgfältig an. »Nein ... tut mir leid.« Er reichte Decker das Bild zurück. »Ist das alles?«

»Ja.« Decker erhob sich. »Wie viele Kinder haben Sie?«

»Zwei.«

»Jungs, Mädchen?«

»Jungs. Ein und drei Jahre alt. Beide kaum zu bändigen. Sie schaffen meine Frau total. Ich rede immer auf sie ein, dass sie wieder Unterricht geben soll. Zur Arbeit gehen ist leichter, als sich um diese beiden Wildfänge zu kümmern.« Markham lächelte. »Süß sind sie aber. Ich freue mich auch schon auf den Tag, wenn ich ›Markham and Sons‹ auf meine Geschäftskarte schreiben kann.« Jetzt stand auch er auf. »Ja, ich weiß. Ich bin ein alter Mann im Körper eines Sechsundzwanzigjährigen. Meine Lehrer haben immer gesagt: ›Pat, du bist immer so ernst. Entspann dich doch mal.‹ Ist mir aber nie gelungen.«

»Fleißig und ernsthaft bei der Sache zu sein hat noch nie jemandem geschadet«, kommentierte Decker.

»Das könnte mein Spitzname sein: Fleißig und Ernsthaft.« Markhams Augen funkelten belustigt. »Trotzdem freue ich mich schon auf mein fünfundzwanzigjähriges Abitreffen. Dann werden wir ja sehen, wer zuletzt lacht.«

Im Büro der Detectives studierte McAdams gerade ein Foto mit einem Vergrößerungsglas. Decker fragte: »Wie läuft's, Sherlock?«

»Komm mal kurz her.« McAdams hielt das Vergrößerungsglas über die Espressotasse. »Was siehst du?«

»Darf ich mal?« Als McAdams ihm die Lupe gereicht hatte, sah Decker angestrengt auf die Tasse. »Sieht aus wie ein Insekt. Vielleicht ein Schmetterling?«

»Für mich sieht's eher wie ne Libelle aus. Guck mal, wie schmal die Flügel sind.«

Decker sah erneut hin, dann reichte er Tyler die Lupe zurück. »Ich glaube wirklich, du hast recht.«

»Wie viele Cafés haben wohl eine Libelle als Logo?«

»Schlag's doch nach.«

McAdams gab »Café, Libelle« als Suchbegriffe bei Google ein. Eine überraschend große Anzahl Cafés von Portland, Oregon, bis Massachusetts erschienen als Treffer. »So viel zur einfachen Lösung.« Er hob den Blick vom Bildschirm und lehnte sich im Stuhl zurück. »Mir tut alles weh, ich bin müde, und außerdem hab ich einen Bärenhunger.«

»Haben wir nicht zu Mittag gegessen?«

»Also ich auf keinen Fall.«

Es war kurz nach fünf Uhr nachmittags. »Ich rufe schnell mal Rina an und frage, ob sie was zum Abendessen gemacht hat. Wenn nicht, hol ich uns auf dem Weg ein paar Sandwiches vom Kosher Mart.«

»Zum jetzigen Zeitpunkt würde mir alles schmecken. Meine Schultern tun mir saumäßig weh.«

»Quengel, quengel.« Decker tippte auf die Kurzwahltaste für Rina. Nach zweimaligem Klingeln ging sie dran.

Im Flüsterton sagte sie: »Moment.« Kurz darauf sagte sie in normaler Lautstärke: »Ich sitze seit ungefähr zehn Uhr in der Bücherei. Schön, mal wieder das Tageslicht zu sehen.« Sie hielt inne. »Ist es wirklich schon fünf?«

»Ja«, sagte Decker. »Was war denn so faszinierend?«

»Eine ganze Menge. Und wie lief's bei dir?«

»Langsam wird's spannend.«

»Einzelheiten folgen zu Hause. Ist zu viel, um es dir am Telefon zu erzählen.«

»Abgemacht. Soll ich uns was zum Abendessen vom Kosher Mart mitbringen?«

»Das wäre sehr lieb. Geräucherte Pute auf Roggenbrot mit Mayonnaise, Senf, Salat und Tomate und eine Extraportion Zwiebeln. Bring auch einen großen Topf Coleslaw und einen großen Topf Kartoffelsalat mit. Kommt Tyler auch mit? Wäre einfacher, wenn ich euch alles nur einmal erzählen müsste.«

»Ja, er kommt mit. Kannst du mir schon eine Andeutung geben?«

»Du hast mich doch gebeten, ein paar Nachforschungen zu den Levines vor ihrer Ermordung anzustellen, und genau das habe ich getan. Mehr verrate ich jetzt noch nicht. Sonst sind wir noch ewig am Telefon, und wie ich schon sagte, es ist so viel, dass wir es lieber persönlich besprechen sollten.«

»Na gut. Wir sind in ungefähr einer halben Stunde zu Hause.«

»Prima. Ich glaube, ich bin am Verhungern, aber ich hatte noch keine Zeit, richtig darüber nachzudenken.«

»Also, ich weiß genau, dass ich am Verhungern bin.« Decker sah erneut auf die Uhr. »Obwohl Abendbrot um halb sechs noch etwas früh ist, findest du nicht?«

»Früh zu essen ist besser für die Verdauung.«

»Jetzt klingen wir wirklich wie zwei alte Leute.«

»Sind wir doch auch. Oder zumindest einer von uns.«

»Hab ich dir jemals gesagt, dass du eine ganz schön gemeine Frau bist?«

»Und hab ich dir jemals gesagt, wie gut du aussiehst?«

Decker musste grinsen. »Vor allem für so einen alten Knacker?«

»Nein, überhaupt, du Traumtyp. Du weißt doch, ich steh auf Männer in Uniform.«

»Rina, ich habe seit dreißig Jahren keine Uniform mehr angehabt.«

»Ich weiß. Aber ich hab noch die ganzen alten Fotos von dir zu deiner Glanzzeit. Da kann man ganz schön ins Schwärmen geraten.«

KAPITEL 17

Decker ließ aus Versehen eine Gabel Kartoffelsalat auf den Ausdruck fallen, den er gerade las. Rina hatte ihm die Seiten gegeben, und jedes Mal wenn er eine fertig hatte, reichte er sie an McAdams weiter. »Ich bin so ein Ferkel.«

»Du bist müde«, sagte Rina. »Das sind wir alle.«

Decker lächelte. Sie hatte ihm gerade eine Ausrede geliefert, falls er für heute Schluss machen wollte. Auf seine Bitte hin hatte Rina sich am Abendbrottisch die verschwommenen Fotos und auch die Bilder aus dem Schuhkarton aus Jaylene Bochs Kleiderschrank angesehen. »Ich bin zwar müde, aber ein Ferkel bin ich trotzdem.«

Die letzte halbe Stunde hatte er über Margot und Mitchell Flint gelesen, und zwar über einen Fall von Veruntreuung, schwerem Diebstahl und Geldwäsche, der sich vor fünfundzwanzig Jahren ereignet hatte. Zu diesem Zeitpunkt war Mitchell Flint bereits seit zehn Jahren der Geschäftspartner von Glen Levine. Die beiden Männer waren zusammen aufgewachsen. Mitchell war von Beruf Rechtsanwalt, und Glen war ein qualifizierter Schmuck- und Edelsteinexperte und Juwelier. Flint, der eine gut gehende Kanzlei hatte, hatte seinem Freund, der zwar ein untrügliches Auge für Juwelen, aber nicht viel Sinn für Geschäftliches hatte, das Schmuckgeschäft finanziert. Lydia, Glens Frau, kam aus der Gegend. Margot war später hinzugekommen. Die Flints gehörten zum kleinen Klüngel des Hamiltoner Country Clubs. Margot wurde zur Society-Lady, ihr Name fiel häufig im Zusammenhang mit Wohltätigkeitsveranstaltungen und der Lokalpolitik. Die Flints waren ein attraktives Paar: Er war groß und dunkelhaarig, sie groß und blond. Noch häufiger als seines war ihr Foto überall abgebildet.

Lydia und Glen dagegen waren durchschnittlich, was Aussehen und Körpergröße anging. Er hatte ein rundliches

Gesicht mit einer knubbligen Nase; ihr Gesicht war hübsch, mit großen Augen und einem netten Lächeln, aber sie hatte ein paar Pfunde zu viel. Die beiden hatten hart in ihrem Geschäft gearbeitet, und obwohl die beiden Paare befreundet waren, bewegten sie sich finanziell in unterschiedlichen gesellschaftlichen Kreisen. Die Flints waren wohlhabend, wohnten in einem großen Haus und hatten die entsprechenden Autos und alles, was dazugehörte. Die Levines kamen gerade so über die Runden und fragten sich ständig, warum sich all ihre harte Arbeit nicht auszahlte.

Es dauerte fast sechs Jahre, bis Glen Levine merkte, dass sich jemand die ganze Zeit aus der Kasse bedient hatte. Und weitere zwei, bis er zu dem Schluss kam, dass es sich dabei um seinen Geschäftspartner und besten Freund Mitch handelte. Aber sobald er sich sicher war, dass er untrügliche Beweise hatte, forderte Glen Gerechtigkeit ein, so schnell sie von offizieller Stelle umgesetzt werden konnte. Es dauerte fast zwei weitere Jahre, bis Mitchell gemeinsam mit seiner Frau Margot, die als treibende Kraft angesehen wurde, wegen Veruntreuung, schwerem Diebstahl und dem größten Affront von allen, Geldwäsche, vor Gericht gestellt und verurteilt werden konnte. Zwei Tage bevor der Urteilsspruch verkündet werden sollte, gingen die Flints zum Abendessen aus und kehrten nicht nach Hause zurück. Sie hinterließen zwei Söhne im Teenageralter und einen großen Berg Schulden. Das Haus samt Inhalt wurde verkauft, um die Rechtsanwaltskosten und die gerichtlich verfügte Rückzahlung an die Levines zu begleichen. Für die Söhne blieb nichts übrig. Eine Tante und ein Onkel nahmen die obdachlosen Jungen bei sich auf.

Niemand schien zu wissen, wo die Flints hingegangen waren oder was aus ihnen geworden war. Als sie auf Kaution auf freien Fuß gesetzt worden waren, hatten sie ihre Pässe abgeben müssen, daher wurde gemunkelt, dass sie sich noch immer in den Vereinigten Staaten befanden, aber wo genau, konnte nur gemutmaßt werden. Ein Folgeartikel in der Zeitung, in dem die Söhne zehn Jahre darauf interviewt worden waren, ergab nichts Neues. Was die Jungen – zu diesem Zeitpunkt bereits junge Männer – anging, waren ihre Eltern mehr oder weniger für sie gestorben. Sie hatten sie im Stich gelassen und weggeworfen wie Abfall, um ihre eigene Haut zu retten. Ihre unglaubliche Wut war in dem Artikel deutlich zu spüren.

Nachdem er einen Kartoffelwürfel mit einer Papierserviette weggewischt hatte, betrachtete Decker die Zeitungsfotos. Mitchell hatte hellblaue Augen, hohe Wangenknochen und ein breites Lächeln. Margots blondes Haar hatte eine Außenwelle und vorne einen fedrig geschnittenen Pony. Ihre Augen waren so tiefblau wie ein See und starrten ihm von jedem Bild, auf dem sie zu sehen war, entgegen. Sie hatte einen Schmollmund, der zwei große vordere Schneidezähne erahnen ließ. »Glaubt ihr, das auf den Schwarzweißfotos sind die beiden?«

»Kann ich nicht erkennen.« McAdams nahm noch einen Bissen von seinem Sandwich. »Die Schwarzweißbilder haben eine miese Qualität, und die Zeitungsfotos der Flints sind über zwanzig Jahre alt. Vielleicht gibt es jemanden, der sie darauf wiedererkennen könnte, ich jedenfalls nicht.«

»Vielleicht haben sie sich auch die Gesichter umoperieren lassen«, gab Rina zu bedenken.

»Okay.« Decker legte den Stapel Ausdrucke beiseite. »Ich weiß, dass zwei Verbrecher wegen der Levine-Morde bereits im Gefängnis sitzen. Um mich davon zu überzeugen, dass Gratz und Masterson nicht die Täter waren, bräuchte es schon Einiges. Aber ich frage mich, ob die Polizei die Flints im Rahmen der Ermittlungen rein routinemäßig je als Verdächtige in Betracht gezogen hat.«

»Die Daten passen irgendwie nicht«, sagte McAdams. »Warum fast zwei Jahre warten, bevor man die Leute umbringt, die einen ins Gefängnis bringen wollten?«

»Einen Mord dieser Größenordnung plant man nicht von heute auf morgen«, entgegnete Rina.

»Was hätten die beiden davon gehabt, die Levines nach der Urteilsverkündung umzubringen?«

»Rache«, antwortete Rina. »Und das Ganze war auch ein Raubüberfall. Die Flints waren auf der Flucht. Wegen der Anwaltskosten waren sie verschuldet und brauchten das Geld.«

»Da hast du recht«, sagte Decker. »Außerdem erinnere ich mich, in der Zeitung gelesen zu haben, dass einige der größeren Schmuckstücke nie gefunden wurden.«

»Und wer würde besser wissen, was sich wo im Laden befand, als ein Geschäftspartner?«, fügte Rina hinzu.

»Ich bin mir sicher, die Levines haben die Safe-Kombinationen und den Code für die Alarmanlage geändert, als sie rausgefunden hatten, dass die Flints sie bestahlen«, sagte McAdams.

»Die Alarmanlage war gar nicht an«, entgegnete Rina. Dann wandte sie sich an Decker. »Das ist dir doch merkwürdig vorgekommen. Vielleicht hatte jemand sie ausgeschaltet.«

»Vielleicht.« Decker hielt kurz inne. »Alarmanlagen können aber mit mehr als einem Code ein- und ausgeschaltet werden. Falls die Levines nur einen neuen Code eingegeben und den alten nicht eigens gelöscht haben, hat der alte vielleicht noch funktioniert.«

»Das solltest du Gregg Levine fragen«, antwortete Rina.

»Würde ich ja, nur geht er nicht dran, wenn ich ihn anrufe.«

»Warum besuchst du ihn dann nicht einfach im Schmuckgeschäft?«

»Wenn Yvonne da ist, lässt sie mich gar nicht erst rein. Sie mag mich nicht.«

»Unmöglich«, sagte Rina. »Dich mag doch jeder.«

Decker lächelte. »Ob du's glaubst oder nicht, es gibt auch den ein oder anderen, der das nicht so sieht.«

»Meinst du wirklich, die wären so unvorsichtig gewesen?«, fragte McAdams. »Ich meine, den alten Alarmcode nicht zu löschen?«

»Ich weiß es nicht, Harvard. Aber egal, ob die Flints an der Sache beteiligt waren oder nicht, zum Zeitpunkt der Morde hätten sie als Verdächtige berücksichtigt werden müssen. Ich muss mir unbedingt die Akten von damals ansehen. Nur muss ich mir einfallen lassen, wie ich an sie drankomme, da Brady Neils Tod nur sehr peripher mit den Morden an den Levines zusammenhängt.«

»Wann willst du Tran und Smitz diese Fotos zurückgeben?«, fragte McAdams. »Du weißt schon, dass du das machen musst?«

Decker holte sein Handy heraus. »Ich rufe sie jetzt gleich an. Die beiden haben sich bislang sehr kollegial verhalten, und jetzt brauche ich aus ganz eigennützigen Gründen ihre Hilfe. Hast du irgendwas Interessantes in dem Schuhkarton gefunden, Rina? Irgendwas, das nach Margot und Mitchell Flint aussieht?«

»Die meisten dieser Fotos sind eher vierzig Jahre alt. Bilder von einem jungen Mädchen, vermutlich Jaylene. Manche sind Polaroids, aber viele sehen aus, als wären sie mit einer Kodak Brownie aufgenommen worden.«

»Mitchell und Glen sind zusammen aufgewachsen. Vielleicht waren sie mit Jaylene Boch befreundet. Joe ist in Kansas aufgewachsen, aber sie kommt hier aus der Gegend.« Decker überlegte einen Moment. »Gab es irgendwelche Bilder von ihr mit einem Kind?«

Rina sah ihn perplex an. Sie schwieg einen Moment. »Nein, jetzt, wo ich drüber nachdenke.«

»Und was ist mit Joe Boch?«

»Ich weiß gar nicht, wie der aussah.«

»Er war ungefähr zehn Jahre älter als Jaylene.«

»Auf den Fotos waren hauptsächlich Teenager. Ich habe keine Ahnung, wie Mitchell und Glen in dem Alter aussahen, aber ich könnte ja mal in die örtlichen Highschools gehen und einen Blick in die Jahrbücher werfen.«

»Wenn du morgen Zeit hast; könnte hilfreich sein. Aber selbst wenn wir Fotos von den beiden mit Jaylene finden sollten, wüsste ich nicht, was uns das sagen würde.« Decker spielte an seinem Handy herum. »Vielleicht sollte ich noch bis morgen warten, bevor ich die Fotos zurückgebe.«

»Nicht cool, Boss.«

»Finde ich auch«, sagte Rina.

»Schon gut, schon gut.« Decker wählte Trans Nummer und erklärte ihm die Sachlage. Dann sagte er: »Eigentlich wollte ich Sie heute nicht damit belästigen, da Sie ziemlich beschäftigt schienen. Aber bevor ich weitermache, wollte ich Ihnen Bescheid sagen.«

»Lügner«, sagte Rina leise.

Decker grinste, hörte sich die Antwort seines Gesprächspartners an und fragte dann: »Falls Sie morgen früh noch viel zu tun haben, darf ich die Fotos dann behalten? Ich bringe sie dann am Nachmittag vorbei und berichte Ihnen, was ich rausgefunden habe.« Wieder hörte er zu. »Natürlich, ich schließe mich gerne mit der Spurensicherung kurz. Gar kein Problem. Oh, eins noch. Wäre es irgendwie möglich, Einsicht in die ursprünglichen Ermittlungsakten im Mordfall der Levines zu erhalten?« Decker hörte zu. »Dürfte ich mal ins Archiv?« Wieder hörte er sich die Antwort an. »Sicher, ich bespreche das mit Chief Baccus. Kein Problem. Danke, Tran. Ich sehe Sie und Randy morgen Nachmittag.«

Er legte auf.

»Genau das wollte ich vermeiden. Baccus mit einzubeziehen.«

»Warum willst du dich partout nicht an ihn wenden?«, fragte Rina.

»Weil er der leitende Ermittler in den Mordfällen war. Ich will nicht, dass er den Eindruck bekommt, ich überprüfe den Fall, der seine Karriere begründet hat, auf Unregelmäßigkeiten.«

»Was natürlich genau das ist, was du tust«, merkte McAdams an.

»Gar nicht wahr«, verteidigte sich Decker. »Soweit ich weiß, hat er sich nichts zuschulden kommen lassen. Ich versuche nur, so umfassend vorzugehen wie möglich.«

»Umfassend in welcher Hinsicht?«, fragte Rina. »Was haben diese Morde mit Brady Neil zu tun?«

»Ich weiß es nicht.« Decker klang nachdenklich. »Seinem Freund Patrick Markham zufolge hat Brady ihn angerufen, um ihm zu erzählen, dass es ihm finanziell gut geht. Außerdem hat Bradys Mutter Jennifer uns gesagt, er hatte immer Geld zur Verfügung. Jetzt finden wir heraus, dass der ehemalige Geschäftspartner der Levines und dessen Frau flüchtig sind. Wir haben die alten Fotos, die in Jaylene Bochs Rollstuhlkissen eingenäht waren. Dann haben wir die altersmäßig zehn Jahre auseinander liegenden Joe Junior und Brady, die Arbeitskollegen sind. Und von den beiden ist einer tot und der andere verschwunden. Jetzt sag du mir, was sich daraus für ein Bild ergibt.«

»Joe und Brady haben das Versteck der Flints gefunden und sie erpresst«, antwortete McAdams. »Die Flints hatten keine Lust mehr, ihnen Geld zu geben, und haben die Jungs ermorden lassen.«

Decker zuckte die Achseln.

»Warum gerade jetzt?«, fragte Rina.

»Vielleicht ist den Flints langsam das Geld ausgegangen«, sagte McAdams. »Sie konnten die Kids nicht mehr bezahlen.«

»Wir haben die Fotos noch bis morgen Nachmittag«, sagte Decker. »Die geben wir auf dem Revier in Greenbury in den Computer ein, bevor wir sie zurückgeben.«

»Das kann ich übernehmen«, erbot sich McAdams.

»Und ich suche in den örtlichen Highschools nach Jahrbüchern, in denen Glen und Mitchell abgebildet sind«, sagte Rina.

»Danke.« Decker rieb sich die Augen und blickte dann auf. »Gibt es einen Nachtisch? Ich könnte jetzt 'ne ordentliche Dosis Zucker vertragen.«

»Im Gefrierschrank sind Biscotti. Zitrone-Mandel.«

»Ich hol sie.«

»Nein, die hole ich«, sagte Rina. »Ich weiß nämlich genau, wo sie sind. Du kannst den Tisch abräumen, während ich Kaffee mache.«

»Abgemacht.« Decker stand auf und sah McAdams an. »Du kannst ruhig mithelfen.«

»Krieg ich denn was dafür?«

»Klar, einen Tipp: Kaufen, wenn die Kurse hoch sind, und verkaufen, wenn sie niedrig sind.«

»Äh, Boss, ich glaube, das ist genau umgekehrt.«

»Ach so!« Decker grinste. »Kein Wunder, dass ich an der Börse nie einen Penny Gewinn mache ...«

Freitagvormittag um elf, nachdem er die Fotos ins Computersystem des Greenbury PD eingescannt hatte, fuhr Decker hinüber zu den Kollegen in Hamilton, um die Originale den Detectives zu übergeben, die mit dem Vermisstenfall Joseph Boch betraut waren. Als Wendell Tran im Gemeinschaftsbüro der Detectives durch die Schwarzweißbilder blätterte, fragte er: »Glauben Sie, dass diese Leute hier Mitchell und Margot

Flint sind? Die Frau ist allerdings mit mehr als einem Mann abgebildet.«

»Ich habe keine Ahnung, wer das ist«, antwortete Decker. »Zeigen Sie sie Chief Baccus. Er war ja schon hier, als die Flints untergetaucht sind. Vielleicht erkennt er die beiden wieder. Oder vielleicht weiß Gregg Levine, wer das ist. Die Flints waren Freunde der Familie. Als das Paar verschwunden ist, war er ein Teenager.«

»Ich versuch's zuerst bei Baccus, bevor ich einen Zivilisten damit behellige. Baccus ist erst heute Nachmittag wieder im Revier. War im Sitzkissen von Jaylene Boch noch irgendetwas anderes eingenäht?«

»Nein.« Decker hielt inne. »Waren Sie schon bei Jaylene Bochs Haus?«

»Machen wir noch heute.« Tran sah auf. »Vermutlich sieht das nachlässig aus, aber wir sind nur eine kleine Einheit. Gestern war ungewöhnlich viel zu tun, und es gab richtige Opfer, die wir befragen mussten.«

»Schon klar.«

»Zumindest haben wir eine Fahndung nach Joseph Boch rausgegeben. Aber wir finden kein auf ihn zugelassenes Auto. Wird schwierig, ihn zu finden, falls er überhaupt noch am Leben ist. Es gab keine Bewegungen auf seinen Kreditkarten.«

»Wie viele hat er denn?«

»Zwei, eine ist eine Bigstore-Kreditkarte, die andere eine Mastercard, und seit Ihr Opfer, Brady Neil, vor vier Tagen ermordet wurde, ist nichts von ihnen abgebucht worden. Boch hat ein Girokonto mit etwa fünfzig Dollar. Da fand auch nichts statt. Sind Sie mit dem Mord an Neil weitergekommen?«

»Momentan durchsucht einer unserer Detectives Aufzeichnungen von Überwachungskameras nach Autos, die in der fraglichen Gegend unterwegs waren. Wir haben bereits eins gefunden, das infrage kommt. Ein Camry mit einem gestohlenen Nummernschild von einem alten Cadillac. Anscheinend befanden sich zwei Personen in dem Wagen. Wir gehen der Sache nach. Ich habe auch mit Patrick Markham, Neils bestem Freund auf der Highschool, gesprochen. Damals hat Neil Mollys und Gras gedealt und regelmäßig die verschreibungspflichtigen Schmerzmittel seiner Mutter geklaut.«

»Hm, das könnte einiges erklären bezüglich dem, was ihm widerfahren ist, vor allem falls er auf Opiate umgestiegen ist.«

»Natürlich. Er könnte auch jetzt noch gedealt haben. Offenbar hatte er immer Geld in der Tasche. Aber Drogendealer haben normalerweise kein Interesse an Vollzeitjobs, besonders so etwas wie Leiter der Elektronikabteilung bei Bigstore. Zuerst hatte ich angenommen, dass er sich bei der Ware bedient hat und dass das ganze Geld daher stammte, aber jetzt bin ich mir nicht mehr so sicher.«

»Wie kommt's?«

»Was zu seiner Ermordung geführt hat, war vermutlich etwas Schwerwiegenderes als ein paar gestohlene Geräte, aber ich habe schon erlebt, dass Menschen aus allen möglichen Gründen umgebracht worden sind.«

»Vielleicht war es ein ganzer Ring.«

»Ja, das könnte es erklären, vor allem wenn dieser Ring mehrere Staaten umfasst hat.« Decker dachte kurz nach. »Ich bin wirklich gespannt, was die Schwarzweißfotos aus Jaylene Bochs Rollstuhl angeht. Die hat jemand sehr sorgfältig dort versteckt.«

»Ja, prima, dass Sie die gefunden haben«, sagte Tran. »Natürlich müssen wir die Leute noch identifizieren. Was ist mit dem Schuhkarton, den Sie im Schrank gefunden haben? War der ebenfalls versteckt?«

»Stand auf einem Regal. Eigentlich nicht zu übersehen.«

»Und welche besondere Bedeutung sollen die Bilder im Karton dann haben?«

»Ich weiß nicht, ob sie überhaupt eine haben«, antwortete Decker. »Ich habe alles ins Computersystem von Greenbury eingescannt. Es gibt diverse kriminaltechnische Programme, mit denen man Gesichter schrittweise altern lassen kann. Und auch solche, mit denen man Fotos jünger aussehen lassen kann.«

»Sie wissen sicher, dass es solche Apps auf Ihrem Smartphone gibt.«

»Die Auflösung der alten Fotos ist miserabel. Wenn ich die erst mal raufgeladen hätte, wäre sie noch schlechter. Selbst wenn die Bilder toll wären, diese Apps sind nicht besonders zuverlässig. Die guten kosten Geld, und ich kann nicht rechtfertigen, dafür etwas auszugeben.«

»Wäre vielleicht trotzdem einen Versuch wert.«

»Falls alle Stricke reißen, sicher.«

»Lassen Sie mich wissen, was Sie rausfinden. Ich schaue, was ich hier erreichen kann. Dann tauschen wir uns aus.«

»Danke.« Bei der nächsten Frage wand sich Decker innerlich. »Außerdem würde ich wirklich gerne einen Blick auf die ursprünglichen Akten zu den Levine-Morden werfen.«

»Ich hatte Sie doch gebeten, deswegen mit Chief Baccus zu sprechen.« Als Decker nicht darauf einging, fuhr Tran fort: »Warum wollen Sie nicht, dass er davon erfährt?«

»Chief Baccus war der leitende Ermittler.«

»Glauben Sie, er hat sich etwas zuschulden kommen lassen?«

»Keineswegs. Aber niemand schätzt es, wenn seine alten Fälle noch mal durchleuchtet werden, in denen längst der Urteilsspruch ergangen ist.«

»Warum tun Sie's dann?«

In Trans Stimme lag ein deutliches Zögern. Wer konnte ihm daraus auch einen Vorwurf machen? Decker bat ihn schließlich, etwas hinter dem Rücken seines Vorgesetzten zu tun.

Schließlich sagte er: »Es würde mir helfen, Brady Neil zu verstehen.«

»Brady war noch ein Junge, als sein Vater ins Gefängnis kam. Wie soll das helfen?«

»Sagen wir mal so: Ich möchte die Akte der Vollständigkeit halber einsehen. Ich behellige Sie nur sehr ungern damit, aber …«

»Die Unterlagen sind schon im Archiv, und das befindet sich in einem anderen Gebäude. Heute ist schon Freitag, und ich komme um vor Arbeit. Nächste Woche werde ich mal sehen, was ich tun kann.« Tran sah Decker fest an. »Ich weiß nicht, ob ich die Sache vor dem Chief geheim halten kann. Ich weiß auch nicht, ob ich das überhaupt möchte.«

»Es ist nicht meine Absicht, ihn vor den Kopf zu stoßen, aber die Entscheidung liegt selbstverständlich bei Ihnen.«

»Stimmt.« Tran schüttelte den Kopf. »Gehen Sie in all Ihren Mordfällen so akribisch vor und überprüfen jedes kleine Detail eines Hintergrunds so wie jetzt, oder ist Ihnen einfach langweilig?«

»Vielleicht ein bisschen von beidem.«

»Ich melde mich nächste Woche bei Ihnen. Übrigens, ich habe den Bericht der Spurensicherung auf dem Schreibtisch: mehrere DNA-Profile. Mehr als zwei. Als Allererstes brauchen wir eine Probe von Jaylene Boch und eine von Jennifer Neil. Im Fall von Jaylene ist es einfach, da sie im Krankenhaus liegt und man ihr dort bereits etliche Röhrchen Blut entnommen hat. Jennifer Neil sollten Sie kontaktieren, weil Brady Ihr Fall ist.«

»Gerne«, sagte Decker. »Danke, dass Sie sich so kollegial verhalten. Ich weiß es wirklich zu schätzen. Nicht alle Departments sind so hilfsbereit.«

»Na ja, wir sind doch alle nur kleine Departments hier in der Gegend.«

»Manchmal verteidigen gerade die kleinen Ihr Hoheitsgebiet besonders aggressiv«, bemerkte Decker.

»Ach was, das bringt nie was«, entgegnete Tran. »Ihr Department ist klein, unseres ist klein. Aber wenn wir zusammenarbeiten, können wir vielleicht etwas Größeres auf die Beine stellen.«

KAPITEL 18

In der Akutversorgung dauerte die Blutentnahme per Fingerstich nur zwanzig Sekunden, aber die Wartezeit war deutlich länger. Jennifer Neil saß in eisigem Schweigen da, bis sie an der Reihe war. Danach begleitete Decker sie zurück zum Ford Focus. Sie entriegelte die Fahrertür, und Decker half ihr beim Einsteigen.

Bevor er die Tür schloss, sagte Neil: »Ich habe keine Ahnung, warum ich das über mich ergehen lassen musste. Zu wissen, wo genau er umgebracht wurde, macht ihn auch nicht wieder lebendig.«

»Nein, das tut es nicht«, entgegnete Decker. »Aber wie ich bereits am Telefon erläutert habe, wird jede Kleinigkeit, die ich herausfinde, mir dabei helfen, diesen Fall zu lösen.«

»Ich weiß zwar nicht, wie«, murrte Neil. »Viel weiter gekommen sind Sie ja nicht gerade.«

»Nein, aber wir haben ja gerade erst angefangen.«

»Ich hab gehört, wenn man das Verbrechen nicht sofort aufklärt, sind die Chancen, es überhaupt aufzuklären, verdammt gering.«

»Je früher, desto besser trifft natürlich auch hierbei zu. Die meisten Morde haben ein offensichtliches Motiv. Bei diesem ist es nicht so. Nach dem, was ich herausgefunden habe, war Brady in nichts besonders Gefährliches verwickelt, allerdings hat er auf der Highschool gedealt. Ob er damit weitergemacht hat, weiß ich nicht.«

Jennifer Neil schwieg.

Decker fuhr fort: »Er schien dabei gewesen zu sein, etwas aus seinem Leben zu machen. Er hatte einen Job und ist aufs College gegangen.«

Jennifers Augen wurden feucht. »Er war ein guter Junge.«

»Das kann ich gut verstehen.« Decker holte Kopien der unscharfen Schwarzweißfotos heraus, die sie unter dem Sitz von Jaylene Bochs Rollstuhl gefunden hatten. »Das hier sind alte Schnappschüsse. Wissen Sie zufällig, wer diese Leute sind?«

Sie sah sich die Bilder sorgfältig an. »Woher haben Sie die?«

»Die habe ich bei der Durchsuchung des Hauses der Bochs gefunden. Wissen Sie, wer das auf den Fotos ist?«

»Keinen Schimmer.«

»Sehen Sie noch mal hin.«

Stattdessen reichte Neil ihm die Bilder zurück, ohne einen weiteren Blick darauf zu werfen. »Keine Ahnung. Wenn Sie die bei Jaylene gefunden haben, fragen Sie die doch.« Sie hielt einen Moment inne. »Wie geht's ihr denn?«

»Besser.«

»Freut mich für sie. Kann ich jetzt fahren?«

»Natürlich. Rufen Sie mich an, falls Sie noch Fragen haben.« Als Neil nicht antwortete, schloss Decker die Fahrertür. Im nächsten Augenblick war Jennifer Neil physisch verschwunden. Nach ihrem leeren Blick und der eintönigen Stimme zu urteilen, hatte sie sich psychisch schon vor Jahren verabschiedet.

Da das Krankenhaus nur fünf Minuten entfernt lag, beschloss Decker, Jaylene Boch unangemeldet einen Besuch abzustatten. Er stellte den Wagen ab und schaute auf der Intensivstation vorbei. Jaylenes Zustand hatte sich gebessert, aber sie wurde noch immer genau überwacht. Das Tablett mit ihrem Mittagessen war zur Seite geschoben worden, und jetzt stierte sie Löcher in die Wand. In ihrem Handrücken steckte eine Flügelkanüle, obwohl sie nicht mehr am Tropf hing. Und in ihre Nase führte ein Sauerstoffschlauch. Auf ihrem Krankenhausnachthemd befanden sich Reste ihrer letzten Mahlzeit, offenbar Pudding mit Apfelmus. Dass sie aß, war zumindest ein gutes Zeichen.

»Mrs. Boch?« Keine Reaktion. Decker nahm sich einen Stuhl und setzte sich neben das Krankenhausbett. »Ich bin Detective Peter Decker. Erinnern Sie sich an mich?«

Nichts.

»Wie geht es Ihnen?«

Sie nickte. Zumindest konnte sie ihn hören.

»Das ist gut. Sie scheinen sich auf dem Weg der Besserung zu befinden. Prima.«

Stille.

»Na, ich bin froh, dass es Ihnen ein klein wenig besser geht. Wenn Sie wieder ganz gesund sind, würde ich Ihnen gerne ein paar Fragen stellen.«

Sehr langsam drehte sie den Kopf in Deckers Richtung. »Was ...«

Ihr versagte die Stimme. Decker versuchte zu raten, was sie gemeint haben könnte. »Was für Fragen?« Als Jaylene Boch nickte, sagte er: »Ich habe ein paar Fotos, auf denen verschiedenen Personen abgebildet sind. Die habe ich bei Ihnen zu Hause gefunden. Ich habe mich gefragt, ob Sie mir eventuell sagen können, wer das ist?«

Ein Nicken.

Das ging ja besser als erwartet. Decker holte die Schwarzweißbilder hervor und hielt sie so vor Jaylene, dass sie sie sehen konnte. »Wissen Sie, wie diese Leute heißen?«

Er zeigte ihr das erste Foto. Als die Reaktion ausblieb, zeigte er ihr das zweite, dann das dritte und auch das vierte. »Kennen Sie irgendjemanden von denen?«

Jaylene blieb stumm.

Decker verstaute die Bilder wieder in seiner Aktentasche. »Trotzdem vielen Dank.«

Zittrige Finger packten ihn am Unterarm. »Joe?«

»Ah, Ihr Sohn. Leider haben wir ihn noch nicht gefunden. Aber wir suchen mit aller Kraft. Nicht nur wir, auch andere Polizeibehörden. Wir unternehmen jede erdenkliche Anstrengung.« Noch immer schwieg sie. »Es tut mir leid, dass ich keine besseren Nachrichten für Sie habe.«

Sie schien alles zu begreifen. »Sie waren …«

»Ja?«

»Bei mir … Haus?«, fragte sie mit schwacher Stimme.

»Ja, ich war bei Ihnen im Haus. Ich habe den Krankenwagen gerufen. Erinnern Sie sich an mich?« Als sie nicht antwortete, fuhr er fort: »Ich war gemeinsam mit Detective Baccus dort. Die Frau. Erinnern Sie sich an die?«

»Baccus.« Sie ließ seinen Arm los. »Baccus.«

Decker wartete, ob noch etwas kam, aber stattdessen schloss Jaylene Boch die Augen. Wenige Minuten darauf war sie aufrecht sitzend, den Kopf zur Seite geneigt und mit offenem Mund eingeschlafen und schnarchte laut und anscheinend vollkommen sorglos.

Der Schabbat begann am Freitagabend. Für Decker stellte er eine Zäsur dar, ein Innehalten inmitten der Woche, während dessen man durchatmen konnte, bevor man sich wieder mit voller Kraft auf sein Tagewerk stürzte. Manchmal kam der Feiertag sehr ungelegen, dann gab es andere Male, wie das heutige, an denen nichts direkt schieflief, aber auch nichts besonders gut. Im Sommer fing die Zeit des Ausruhens ein wenig später an, was genug Zeit für eine gemütliche Dusche ließ, bevor die Sonne unterging. Wie üblich war Rina in der Küche zugange. Decker war gerade damit fertig, sich um die Lampen und Uhren zu kümmern – nach Sonnenuntergang benützten sie nämlich keine Elektrizität mehr –, als es an der Haustür klingelte. Es war Tyler, leger in Jeans, Polohemd und Sandalen gekleidet, der zwei Flaschen koscheren Wein mitgebracht hatte.

»Schabbat Schalom. Bin ich zu spät, ja oder nein?«

»Ich glaube, zu früh, macht aber nichts. Komm rein. Kann ich dir die Flaschen abnehmen?«

»Klar doch. Die habe ich gekauft, nachdem ich einen Artikel im Wine Spectator gelesen hatte. Das sind angeblich ganz tolle israelische Weine. Bei dem Preis sollten sie das auch sein.«

»Danke dir. Ich kenne weder den einen noch den anderen. Da es beides Rotweine sind, welchen soll ich aufmachen?«

»Beide. Nach dieser Woche würde ich auch eine Flasche ganz allein schaffen. Noch nie im Leben musste ich mir so viele Kameraaufzeichnungen reinziehen.«

»Habt ihr was gefunden?«

»Nur den Toyota Camry, der von der Canterbury Lane in Richtung Hauptverkehrsstraße unterwegs war. Definitiv zwei Umrisse auf den Vordersitzen, aber mehr können wir nicht erkennen. Allerdings hätten wir da noch ein paar andere Ideen. Kevin hat vorgeschlagen, dass wir uns Kameraaufzeichnungen von den größeren Straßen zwischen Jaylene Bochs Haus und der Canterbury Lane besorgen, wo wir Brady Neils Leiche gefunden haben.«

»Gute Idee.«

»In der Theorie ja. Aber starr du mal in der Praxis fünf Stunden lang auf verschwommene Schwarzweißaufnahmen und sag mir dann, was du davon hältst.«

»Du stehst immer noch in der Tür, Tyler. Du kannst ruhig reinkommen.«

Rina war ins Wohnzimmer gekommen. Sie trug einen Kaftan mit gelbem Paisleymuster und Dreiviertelärmeln und ein gelbes Kopftuch.

»Hast du vor, mir aus der Hand zu lesen?«, flaxte McAdams.

Rina lachte. »Ich bin noch nicht angezogen. Du bist früh dran. Ich hab dir doch gesagt sieben, nicht sechs Uhr dreißig. Jetzt sind die Tage länger, und da hat es keinen Sinn, den Schabbes zu früh anzufangen.«

»Dann tut's mir leid. Aber du kannst ruhig dein Wahrsagerinnenkostüm anbehalten. Sollte doch bequem sein.«

»Na vielen Dank auch, aber ich hab mir schon ein Kleid zurechtgelegt.« Sie nahm Decker die Flaschen ab. »Toller Wein. Den mache ich schon mal auf und ziehe mich dann um. Ich bin am Verhungern.«

Zwanzig Minuten darauf tat McAdams Pilzsuppe auf, während Decker und Rina Platz nahmen. Den Ober zu spielen und Wein mitzubringen war sein Beitrag zu den Abendessen bei den beiden, zu denen er sich so häufig selbst einlud. Wie auch Tyler hatte Decker ein kurzärmeliges Hemd und eine Jeans an. Rina trug ein weißes Kleid mit einem goldfarbenen Gürtel um die Taille. Dann setzte sich auch Tyler. »Riecht lecker. Der Braten sieht fantastisch aus. Ich hätte mir fast schon das eine Ende abgeschnitten.«

»Lass das«, schimpfte Rina. »Der muss erst ruhen.«

»Aber nicht so sehr wie ich«, kommentierte Decker. »Obwohl ich heute gar nicht so viel gemacht habe. Weswegen dabei auch kaum etwas herausgekommen ist. Wendell Tran hat gesagt, er versucht, mir nächste Woche die Akten im Mordfall Levine aus dem Archiv zu besorgen. Mal sehen, ob er's auch wirklich macht.«

»Warum sollte er nicht?«, fragte McAdams.

»Weil man sein Verhalten bestenfalls als zurückhaltend bezeichnen kann.«

»Victor Baccus war doch der leitende Ermittler in dem Fall«, merkte Rina an.

»Ganz genau. Und ich habe mehr oder weniger angedeutet, dass Baccus nicht mitbekommen soll, was ich vorhabe. Davon war Tran gar nicht begeistert.«

McAdams schenkte ihnen allen Wein nach. »Meinst du, er wird dem Chief was erzählen?«

»Keine Ahnung. Das hab ich ihm überlassen.« Decker

drehte sich zu Rina um. »Die Suppe ist ganz ausgezeichnet, mein Schatz.«

»Danke.« Rina aß noch einen Löffel von ihrer. »Ich habe übrigens tatsächlich die Jahrbücher einiger der Highschools in Hamilton durchstöbern können.«

»Ach wirklich?« Decker freute sich. Wenigstens einer von ihnen bekam etwas auf die Reihe. »Und?«

»Also, Jaylene Boch und Brandon Gratz waren auf derselben Highschool. Aber in verschiedenen Klassen. Jaylene war vier Klassen höher als Brandon. Sie hat ihren Abschluss gemacht, aber von ihm habe ich kein Abschlussfoto gefunden. Jennifer Neil ist auf eine andere Schule gegangen. Sie ist vier Jahre jünger als Brandon, also acht Jahre jünger als Jaylene. Auch sie hat keinen Abschluss gemacht. Ich habe mir ihre Jahrbuchfotos kopiert, aber hatte noch keine Zeit, zu überprüfen, ob sie mit einem der Gesichter auf den Fotos aus dem Schuhkarton übereinstimmen.«

»Gut gemacht. Was ist mit Mitchell Flint und Glen und Lydia Levine?«

»Damals hieß Lydia noch Lydia Frost. Alle drei sind auf eine dritte Highschool in Bellweather gegangen, das ist die Nobelgegend von Hamilton. Mitchell und Glen waren in derselben Klasse, Lydia drei Klassen tiefer. Ich habe Abschlussfotos von allen dreien, aber wenn ihr wissen wollt, ob ihre Gesichter mit denen auf den Schwarzweißfotos übereinstimmen, die ihr unter dem Rollstuhl gefunden habt, könnte ich euch keine eindeutige Antwort geben. Manche Menschen haben von klein auf bis ins hohe Alter dasselbe Gesicht. Andere verändern sich dramatisch, wenn sie älter werden. Ich würde lieber die Fotos aus der Zeitung nehmen. Die sind aktueller.«

»Das hab ich schon versucht«, sagte Decker. »Also die Zeitungsfotos mit den Schwarzweißbildern zu vergleichen. Ich kann die Gesichtszüge nicht deutlich genug erkennen. Aber was ich tun kann – vorausgesetzt Radar beschafft mir das Geld –, ist, sie zur Vermessung an einen forensischen Experten zu schicken, der Gesichter rekonstruiert. Selbst wenn die Flints irgendetwas an ihrem Gesicht haben verändern lassen, die grundlegende Knochenstruktur bleibt die gleiche.«

»Plastische Chirurgie ist teuer«, merkte McAdams an.

»Vielleicht nicht so sehr in Mexiko«, sagte Rina. »In L. A. hatte ich eine Freundin, die alles nur Erdenkliche an ihrem Körper hat vornehmen lassen: Facelifting, Verkleinerung der Nase, Straffung der Bauchdecke, Schlupflidkorrektur, Entfernung einiger Rippen, um ihre Taille schmaler wirken zu lassen. Sie hatte da einen Arzt in Mexiko, der vornehmlich amerikanische Patienten behandelt hat. Ihr zufolge war die Klinik ein Resort am Golf von Kalifornien. Genau wie ein Fünfsternehotel, nur dass alle mit Verbänden rumliefen. Und sie hat behauptet, es war nur halb so teuer wie in den Staaten, weil es nicht so viele Vorschriften gab, an die die Ärzte sich halten mussten.«

»Vielleicht suchen wir im falschen Land«, kommentierte McAdams.

»Oder vielleicht haben sie die OPs im Ausland machen lassen und sind mit neuen Namen, neuen Pässen und vollkommen neuen Gesichtern zurückgekommen.« Decker spielte mit seinem Löffel. »Ehrlich gesagt, weiß ich nicht allzu viel darüber, wie man Flüchtige fasst. In all meinen Jahren bei der Polizei habe ich das nie gemacht.«

»Wer fasst denn Flüchtige normalerweise?«, fragte Rina.

»Kommt ganz darauf an. Wenn man auf der Most-Wanted-Liste des FBI steht, übernehmen die die Leitung. Wenn's sich um einen gefährlichen Verbrecher handelt, könnten es die US-Marshalls der jeweiligen Gegenden sein, in denen die Flüchtigen gesehen wurden. Oder auch Kautionsagenten. Das ist nur etwas, das ich selbst noch nie gemacht habe.«

»Vermutlich weißt du genauso viel darüber wie jeder andere hier in der Gegend«, sagte Rina.

Decker dachte einen Augenblick nach. »Ich werde Cindy mal anrufen und fragen, ob sie mir weiterhelfen kann.«

»Ich dachte, du hast gesagt, sie ist bei der KFZ-Kriminalität«, bemerkte McAdams.

»Ja, ist sie auch, aber sie kann auf Ressourcen zurückgreifen, die uns nicht zur Verfügung stehen. Wie dem auch sei, ich habe aber auch ein paar gute Neuigkeiten. Jaylene Boch scheint es langsam besser zu gehen.«

»Klasse!«, sagte Rina.

»War sie in der Lage, Fragen zu beantworten?«, fragte McAdams.

»Nein, aber sie hat gesprochen – na ja, zumindest das ein oder andere Wort. Vor allem hat sie nach ihrem Sohn gefragt.«

»Die arme Frau«, kommentierte Rina.

»Ja, wirklich eine traurige Sache. Ich wünschte, ich könnte ihr irgendetwas sagen.«

»Hast du ihr die Schwarzweißfotos gezeigt?«

»Ja, habe ich tatsächlich«, sagte Decker. »Sie hat weder eindeutig Ja noch Nein gesagt, und ihr Gesichtsausdruck hat mich weder zum einen noch zum anderen tendieren lassen. Dann vielleicht ein andermal, sobald sie etwas klarer im Kopf ist.« Er hielt inne. »Ich bin total frustriert. Vier Tage, und ich habe immer noch nichts, das uns einen Hinweis darauf gibt, warum Brady Neil ermordet wurde – abgesehen von der Tatsache, dass er auf der Highschool gedealt hat.«

»Vielleicht war ja auch Joseph junior die eigentliche Zielperson, und Brady war nur zur falschen Zeit am falschen Ort«, schlug Rina vor.

»Vielleicht«, entgegnete Decker. »Klar, alles ist möglich.«

»Wissen wir überhaupt, ob Bradys Blut im Haus der Bochs gefunden wurde?«, fragte McAdams.

»Ich habe mir gerade eine Blutprobe von Jennifer Neil besorgt. Die schicken wir an die Spurensicherung, dann werden wir's schon bald wissen.«

Rina sagte: »Wenn er gedealt hat, Pete, auch nur ein kleines bisschen, hätte das Brady in Kontakt mit den falschen Leuten gebracht.«

»Stimmt.« Decker stieß genervt die Luft aus. »Tja, momentan kann ich nichts unternehmen. Und ehrlich gesagt, will ich die nächsten vierundzwanzig Stunden auch nicht über die Arbeit nachdenken. Kann ich schon den nächsten Gang bringen?«

»Klar. Ist Salat«, sagte Rina. »Die Schüssel steht im Kühlschrank, die Teller ebenfalls. Das Dressing ist schon drauf. Vergiss nicht, die Salatzange mitzubringen.«

»Das übernehm ich, Boss«, erbot sich McAdams.

»Nein, ich mache das«, entgegnete Decker. »So weiß ich nämlich, dass du nicht das Endstück vom Braten klaust.«

»Was bedeutet, dass *du* jetzt Mittel, Motiv und Gelegenheit hast, es zu klauen«, konterte McAdams.

»Geht doch beide in die Küche«, schlug Rina vor. »Dann könnt ihr den anderen im Auge behalten.« Langsam erhoben sich die beiden Männer vom Tisch. Als sie zurückkamen, rochen beide nach Bratensoße. Sie schüttelte den Kopf. »Wie hat er denn geschmeckt?«

»Köstlich«, sagte Decker. »Nach dem Salat schneide ich ihn auf und bringe ihn rein.«

»Wenn du ihn aufschneidest, bleibt nichts mehr übrig«, grummelte McAdams.

»Jetzt hört aber auf, euch zu zanken! Es ist reichlich für alle da, ihr fleischfressenden Pflanzen.«

Stille am Tisch. Schließlich sagte McAdams: »Wir schneiden ihn gemeinsam auf.«

»So machen wir das.«

Die beiden standen auf und gingen Richtung Küche.

»Halt!«, rief Rina. »Ihr habt euren Salat noch nicht aufgegessen.«

Aber es war zu spät. Der Braten hatte gesiegt. Das Grünzeug hatte nie eine Chance gehabt.

KAPITEL 19

Am Samstagabend um elf leuchtete das Display von Deckers Handy mit Cindys Handynummer auf. Es war zwar ein wenig spät für einen Anruf, aber seine Tochter wusste, dass er und Rina den Schabbat feierten. Vermutlich handelte es sich nicht um einen Notfall. Sonst hätte sie jederzeit angerufen.

»Hallo, Prinzessin.«

»Wie war euer Schabbes?«

»Erholsam. Ich habe nur hundertmal an die Arbeit gedacht anstatt tausend.«

»Typisch für dich, Daddy. Und jetzt trage ich gleich noch zu deiner Arbeitssucht bei.«

»Wieso? Was ist denn los?«

»Heute Nachmittag hatte ich einen Anruf von Lennie Baccus ...«

»Lass mich raten«, unterbrach sie Decker. »Sie ist sauer, weil ich sie ihrem Vater gegenüber nicht verteidigt habe, und sie wollte sich bei dir beklagen.«

Cindy schwieg kurz. »Mag sein, aber darum hat sie nicht angerufen.«

»Oh. Tut mir leid. Worum ging's dann?«

»Dad, kannst du mir vielleicht ein paar Hintergrundinformationen geben? Ich weiß, sie hat in eurem Team am Mordfall Brady Neil mitgearbeitet. Sie hat mir erzählt, ihr Vater – nicht du – hat sie von dem Fall abgezogen, als ein Freund von Neil verschwunden ist. Was geht da vor sich?«

Decker schilderte Cindy die Situation, so gut er konnte. »Da im hinteren Schlafzimmer war alles voller Blut, aber was noch schlimmer war, war, dass man Jaylene Boch gefesselt hatte und sie beinahe verdurstet wäre. Chief Baccus sagte, er zieht Lennie ab, weil er sich Sorgen um ihre Sicherheit macht. Was keinen Sinn ergab. Es bestand nicht die geringste Gefahr für sie. Lennie hat sich sehr gut geschlagen. Orte, an denen ein Mord stattgefunden hat, sind immer grausig. Als Detective bei der Mordkommission sieht man so etwas nun mal. Ich habe seinen Entschluss nicht verstanden und verstehe ihn immer noch nicht.«

»Gut, das erklärt einiges. Wer sind die Levines?«

»Ein Ehepaar, das vor zwanzig Jahren in Hamilton ermordet wurde. Zwei Männer sitzen für die Morde im Gefängnis, und einer der beiden ist Brady Neils Vater. Ich habe versucht, herauszufinden, ob zwischen Bradys Tod und der Tat seines Vaters eine Verbindung besteht, aber bislang ohne Ergebnis.«

»Warum vermutest du, dass es nach zwanzig Jahren eine Verbindung gibt?«

»Ich weiß ja nicht mit Bestimmtheit, dass es sie gibt. Trotzdem, Brandon Gratz ist … war Bradys Vater. Ich würde mir gerne die ursprünglichen Mordakten zu den Levines ansehen.«

»Und warum ist das ein Problem?«

»Sollte es eigentlich nicht sein, nur dass Victor Baccus damals die Ermittlungen geleitet hat. Ich habe einen anderen Detective aus Hamilton, der mit dem Verschwinden von Boch betraut ist, gebeten, mir die Unterlagen aus dem Archiv zu besorgen. Ich habe ihn ebenfalls gebeten, Chief Baccus nichts davon zu erzählen. Aber natürlich tut er das nur sehr ungern. Übrigens habe ich nicht das geringste Anzeichen für Fehlverhalten gefunden.«

»Aber die ursprünglichen Akten hast du nicht gesehen?«

»Nein. Warum?«

»Na schön. Es ist folgendermaßen: Offenbar hat Lennie auf eigene Faust ein paar Nachforschungen im Levine-Fall angestellt …«

»O Scheiße!« Decker verzog ärgerlich das Gesicht. »'tschuldigung.«

»›O Scheiße!‹ ist richtig«, sagte Cindy. »Dein Bekannter wird die Akten nicht finden, weil Lennie sie bereits aus dem Archiv ausgeliehen hat.«

»Nicht gut, Cindy. Falls jemand anderes aus dem dortigen Team sie sich ausleihen will, wird der- oder diejenige Lennies Namen im Register entdecken. Wie wird das aussehen?«

»Als ob sie entweder einen Alleingang gewagt hat oder du dich mit ihr verschworen hast. Aber das dicke Ende kommt noch, Dad: Lennie ist sich ziemlich sicher, dass da Seiten fehlen. Außerdem ist das, was sie vorgefunden hat, großflächig geschwärzt worden.«

»Wie viele Seiten?«

»Hat sie nicht erwähnt. Sie will mit dir reden, aber sie hat Angst, dich in Schwierigkeiten zu bringen.«

»Was ist denn geschwärzt worden?«

»Keine Ahnung, Dad. Hat sie nicht gesagt.«

»Manchmal schwärzen Departments die Namen von Verdächtigen, die ein absolut wasserdichtes Alibi hatten. Man will vermeiden, dass Beamte, die sich später die Akten ansehen, einen schlechten Eindruck von ihren mustergültigen Bürgern bekommen.«

»Ach so, das leuchtet ein. Lennie hat mir erzählt, außer den Schuldigen sind damals kaum andere Verdächtige vernommen worden.«

»Komisch. Es hat nämlich einen ganzen Monat gedauert, bis sie Brandon Gratz und Kyle Masterson geschnappt haben.«

»Brandon Gratz ist Brady Neils Vater?«

»Ja. In den Unterlagen sollte es weitere Vernehmungen geben – von Angestellten, Freunden und Verwandten, bevor Gratz und Masterson gefasst wurden. Auf jeden Fall sollte die Vernehmung von Gregg, dem Sohn der Levines, drinstehen. Seine Identifizierung von Gratz führte nämlich zur Festnahme von Kyle Masterson und Brandon Gratz.«

»Vielleicht steht sie ja auch drin. Über die Einzelheiten wusste sie nicht so gut Bescheid. Lennie hat in Erwägung gezogen, ihren Vater zu fragen, aber dann würde er wissen, dass sie auf eigene Faust ermittelt. Und jetzt sagst du mir, ihr Vater war damals der leitende Ermittler? Ganz schön brisant, das Ganze.«

»Warum zieht sie dich da mit rein?«

»Weil sie mir vertraut und ich unvoreingenommen und weit weg bin. Dass wir verwandt sind, weiß sie nicht, Dad. Wie auch immer, sie glaubt, sie hat nur zwei Möglichkeiten: allein an der Sache zu arbeiten oder sich an dich zu wenden, da du dich bereits aktiv mit dem Fall beschäftigst. Allerdings hat sie auch gesagt, du hättest ihr empfohlen, nichts auf eigene Faust zu unternehmen. Was natürlich ein guter Rat war. Was ich rausgehört habe, ist, sie ist einfach neugierig geworden, als ihr Vater sie so plötzlich von dem Fall abgezogen hat.«

»Oder stinksauer auf ihn.«

»Ja, kann sein. Ich habe ihr sofort gesagt, sie soll damit aufhören. Etwas Negatives über seine Kollegen rausfinden, ohne sich der offiziellen Kanäle bedient zu haben, macht nämlich keinen schlanken Fuß. Lennie sagte aber, fast alle beteiligten Detectives sind jetzt im Ruhestand, weil die Sache zwanzig Jahre her ist. Ich habe sie dann daran erinnert, dass die Leute, die damals junge Streifenpolizisten waren, vermutlich jetzt hochrangige Officer sind. Sie darf das keinesfalls im Alleingang durchziehen.«

»Prima Ratschlag.«

»Nur dass der Einzige, dem sie jetzt noch vertraut, du bist. Um dir etwas mehr Zeit zu verschaffen, habe ich ihr gesagt, ich würde dich anrufen und dir die Situation schildern. Ich habe ihr auch gesagt, dass du einen vernünftigen Eindruck gemacht hast, als ich mit dir über ihre Zeit hier in Philly gesprochen habe.«

»Das war schon mal gelogen, Prinzessin. Dass ich vernünftig bin.«

Cindy musste lachen. »Ich weiß, ich bringe dich in eine ziemlich verzwickte Lage – na ja, nicht ich, sondern sie. Wie auch immer, ich wollte dich einfach vorwarnen.«

»Und sie weiß nicht, dass wir verwandt sind?«

»Ich habe es ihr nicht verraten. Sie ist ein brauchbarer Detective, aber bis jetzt habe ich sie nie die Initiative ergreifen sehen. Du solltest mit ihr reden, Daddy. Ich weiß, du willst nicht, dass sie das Ganze macht, aber wenn sie brisante Informationen hat, ist es gut, wenn noch jemand anderes davon erfährt.«

»Bist du dir sicher, dass sie nicht auf illegale Art und Weise an diese Informationen gekommen ist?«

»Nein, sie hat sich die Aktenordner offiziell ausgeliehen, was die Sache noch schlimmer macht. Jeder kann das zu ihr zurückverfolgen. Außerdem ... und das ist wirklich übel: Sie hat die Unterlagen mit nach Hause genommen.«

»Meine Güte, was ist denn nur in sie gefahren? Will sie unbedingt gefeuert werden?«

»Zumindest kannst du dir mal ansehen, wovon sie da redet.«

»Schwacher Trost. Ich muss drüber nachdenken. Aber egal wie, ich will diese Unterlagen sehen. Ich hatte schon Wendell Tran gebeten, sie für mich aus dem Archiv zu holen, und wenn er das jetzt tatsächlich tut, sieht er, dass Lennie sie sich bereits ausgeliehen hat. Gott, was für ein Schlamassel!«

»Wer ist Wendell Tran?«

»Der Detective für Vermisstenfälle, der das Verschwinden von Joe Boch junior bearbeitet. Jaylene Boch wohnte in Hamilton.«

»Okay. Darf ich dich was fragen?«

»Klar.«

»Warum willst du die Unterlagen sehen, wenn die Mörder im Gefängnis sitzen?«

»Ich wollte rausfinden, ob irgendetwas darin eventuell einen Bezug zum Mordfall Brady Neil hat.«

»Und?«

»Warum glaubst du, es gibt ein ›und‹?« Cindy wartete. Schließlich sagte Decker: »Na schön, was soll's. Glen Levine hatte einen Partner, Mitchell Flint. Flint und seine Frau Margot wurden der Veruntreuung, des Betruges und der Geldwäsche für schuldig befunden. Wenige Tage bevor der Urteilsspruch ergehen konnte, verließen sie die Stadt.«

»Wie haben sie das denn hingekriegt?«

»Sie waren auf Kaution auf freiem Fuß. Die Pässe hatten sie abgegeben, und man war nicht davon ausgegangen, dass ein Fluchtrisiko bestand, da sie Kinder im Teenageralter hatten.«

»Interessant.« Cindy überlegte. »Ich nehme an, das war vor den Morden?«

»Etwa zwei Jahre davor.«

»Falls sie etwas mit den Morden zu tun hatten, haben sie sich aber ganz schön lange Zeit gelassen.«

»Stimmt. Aber wie Rina schon sagte, man braucht Zeit, um so etwas zu planen, vor allem wenn man auf der Flucht ist. Ich will nicht behaupten, sie hatten tatsächlich etwas damit zu tun. Aber ihre Namen sollten als Verdächtige in den Mordfällen in den Unterlagen aufgeführt sein. Ich will überprüfen, ob jemand sie erwähnt.«

»Du hast recht. Weißt du, wo die Flints stecken?«

»Nein. Ich weiß noch nicht mal, ob sie noch im Land sind.«

»Kann ich helfen? Unsere Datenbänke sind umfassender als eure.«

»Ich will dich da eigentlich nicht mit einspannen, aber falls du zufällig neugierig sein solltest …« Decker buchstabierte ihr beide Namen.

»Kein Problem.« Cindy schwieg kurz. »Was machst du jetzt wegen Lennie?«

»Ich muss Mike Radar informieren. Wir werden uns schon was einfallen lassen.«

»Gut.« Wieder hielt sie inne. »Das Ganze tut mir leid.«

»Warum? Was kannst du denn dafür?«

»Ich schätze, wenn ich dich die Sache regeln lasse, muss ich mich nicht darum kümmern.«

»Hör mal, *ich* hatte dich doch ursprünglich wegen Lennie angerufen. Wenn irgendjemand diesen Stein ins Rollen gebracht hat, dann ich. Ruf mich an, wenn du irgendetwas brauchst, Cyn. Hilfe ist keine Einbahnstraße.«

»Stimmt. Aber in der Richtung von Elternteil zu Kind herrscht meist mehr Verkehr als andersrum.«

Decker musste lächeln und legte auf. Sein Lächeln währte allerdings nicht lange. Jetzt nämlich war es seine unbedingte Pflicht, Mike Radar anzurufen und ihn zu informieren, was sich gerade ereignet hatte. Die Reaktion des Captains war vorhersehbar.

»Wir müssen Victor Baccus anrufen.«

»Bei allem Respekt, Mike, ich fände es besser, ihn da rauszuhalten, bis ich die Akte gesehen habe. Irgendwas stimmt nicht an der Sache.«

»Genau, und was da nicht stimmt, heißt Lennie Baccus. Sie hat sich nicht nur direkten Anweisungen von ihrem Captain widersetzt, sie missachtet auch die Vorschriften. Herrgottnochmal, sie hat die Akte mit nach Hause genommen. Sie handelt auf eigene Faust.«

»Sie versucht nur, zu zeigen, was in ihr steckt.«

»Indem sie auf eigene Faust handelt.«

»Lass mich einen Blick in die Unterlagen werfen, Mike. Ich kann sofort sagen, ob sich jemand daran zu schaffen gemacht hat oder nicht.«

»Woher willst du wissen, dass sie dir keine gefälschten Unterlagen zeigt oder sich selbst daran zu schaffen gemacht hat?«

»Das kann ich natürlich nicht wissen. Aber bevor ich die Dokumente nicht gesehen habe, weiß ich gar nichts.«

»Mit abtrünnigen Cops will ich nichts zu tun haben. Vor allem nicht mit solchen, die dich offenbar in eine Falle locken wollen. Es wird so aussehen, als ob du mit ihr unter einer Decke gesteckt hast.«

»Ich weiß, aber Baccus wird wohl kaum seine eigene Tochter rauswerfen.«

»Warum denn nicht? Er hatte ja auch keine Bedenken, sie aus den Mordermittlungen rauszureißen.«

»Mike, ich lasse Lennie nicht im Stich. Was ist das Schlimmste, das du tun kannst? Mich rausschmeißen? Ich hatte bereits eine lange Karriere. Meine Rente ist mir sicher. Es ist doch bestimmt keine Straftat, mir eine Akte anzusehen, die möglicherweise mit meinem Fall zu tun hat. Und warum zum Teufel sollte sich ein Officer des Hamilton PD eine alte Fallakte nicht noch mal vorknöpfen dürfen?«

»Und sie mit nach Hause nehmen?« Als Decker schwieg, fragte Radar: »Warum lehnt sie sich so weit aus dem Fenster?«

»Wie gesagt, um ihren Dad zu beeindrucken. Oder vielleicht, um ihm eins auszuwischen. Ist auch egal. Ich werde sie jedenfalls nicht im Stich lassen, nur weil sie ein wenig Rückgrat zeigt. Hör zu, Mike, ich sag's dir nur, weil ich will, dass du Bescheid weißt, was ich vorhabe, falls irgendwas schiefgeht.«

»Was könnte denn schiefgehen?«

»Keine Ahnung. Zwei Jahre vor den Morden sind Glens zwielichtiger Geschäftspartner und dessen Frau untergetaucht. Dann wurden die Levines ermordet. Und obwohl manche der Schmuckstücke gefunden wurden, sind einige der größeren Stücke noch immer verschwunden. Weder Gratz noch Masterson haben lebenslänglich ohne Bewährung bekommen, was das normale Strafmaß gewesen wäre. Da denkt man sofort an Korruption.« Decker dachte kurz nach. »Vielleicht gab es ein Bestechungsgeld in Gestalt von Juwelen als Gegenleistung für eine mildere Strafe.«

»Das würde nicht nur korrupte Polizisten, sondern auch die Bestechung eines Richters bedeuten. Hast du irgendwelche Beweise?«

»Wenn ich die hätte, würde ich mich nicht so zurückhalten. Ich weiß, dass meine Vermutung etwas vorschnell ist. Lass mich rausfinden, was in diesen Akten steht, und dann erzähle ich dir alles, was ich weiß. Aber, bitte, lassen wir Victor Baccus im Moment noch aus dem Spiel.«

»Ich komme mit.«

»Du solltest da nicht auch noch mit drinstecken, Mike.«

»Dank dir tue ich das bereits. Ich komme mit, und McAdams ebenfalls. So wissen wir alle, was vor sich geht, und es gibt keinen Verdunklungsverdacht. Ich versuche, dir einen Gefallen zu tun, Decker.«

»Ist mir bewusst. Du setzt deine eigene Integrität aufs Spiel. Das rechne ich dir hoch an.«

»Hör auf mit der Schmeichelei. Ich bin stinksauer. Jetzt muss ich mich mit dem Captain des Nachbar-Departments auseinandersetzen, der ganz sicher hiervon erfahren wird und dann wütend ist, dass ich ihn nicht kontaktiert habe.«

»Ruf ihn erst an, nachdem wir uns die Unterlagen angesehen haben.«

»Na klar, warum bin ich da nicht selbst drauf gekommen?« Decker musste lachen. »Tut mir leid.«

Radar fing ebenfalls an zu lachen. »Ruf heute Abend Officer Langfinger mal an und mach ein Treffen aus. Hoffentlich sieht die Mordakte wie eine ganz normale Mordakte aus, und wir können am Montag alle wieder ins Büro gehen. Aber egal, wie es läuft, ich muss dieses Telefonat führen, und darüber bin ich alles andere als erfreut. Und nein, ich will nicht, dass du Baccus anrufst. Sag mir Bescheid, sobald du Zeit und Ort für das Treffen hast. Am besten noch vor dem Essen. Der Sonntag mag nicht dein Schabbat sein, aber er ist meiner.«

»Das Ganze tut mir wirklich leid.«

»Nein, tut es dir nicht. Du bist schon ganz aufgeregt und versuchst, es dir nicht anmerken zu lassen. Du hast dich da von was anstecken lassen. Hoffen wir mal, dass es nichts Gefährliches ist.«

KAPITEL 20

Um neun Uhr morgens trafen sich Decker, McAdams und Radar vor Lennies Apartmentgebäude. Links und rechts der Straße standen große, dicht belaubte Eichen. Da es ein Sonntag war, war es ruhig in der Gegend, bis auf einige aufgeregt piepsende Singvögel, die von Raben gejagt wurden. Die Sonne schien hell vom tiefblauen Himmel und ließ es bereits warm werden. McAdams trug ein weißes Hemd und eine blaue Leinenhose, das lockige Haar hing ihm in den Nacken. Radar hatte ein weißes Hemd mit offenem Kragen und eine hellbraune Stoffhose an. Decker war als Einziger im Anzug erschienen. Allerdings hatte er ihn durch ein kurzärmeliges weißes Poloshirt ein wenig aufgelockert. Jetzt sagte er: »Sie wohnt im zweiten Stock. Ich rufe sie an und sage ihr, dass wir da sind.«

Er tippte die Nummer in sein Handy und erreichte überraschenderweise nur die Mailbox. Lennie wusste doch, dass sie vorbeikamen. Vor einer Stunde hatte er es bestätigt. Wo zum Teufel steckte sie?

Decker sah die beiden anderen an. »Sie geht nicht dran.«

Radar blickte misstrauisch. McAdams ging an die Glastür, hinter der sich eine kleine Lobby befand. Sie war verschlossen. »Jemand muss uns reinlassen.«

»Gibt es hier einen Hausmeister?«, fragte Decker.

»Ja.« McAdams drückte den Klingelknopf. Als eine Stimme aus der Gegensprechanlage drang, stellte er sich als Polizist vor. Der Türsummer wurde betätigt, und alle drei traten ein. Sie nahmen den Aufzug hinauf in Lennies Stockwerk und gingen zu ihrer Wohnung. Als McAdams anklopfte, schwang die Tür auf. Er wollte schon hineingehen, aber Radar hielt ihn zurück.

»Mach erst ein Foto mit dem Handy, dann sag laut, dass du jetzt reinkommst.«

Decker sah sich den Türrahmen an. »Die ist aufgebrochen worden.« Er nahm sein eigenes Handy heraus, um Beweisfotos zu machen.

Schließlich traten die Männer ein. Die Wohnung sah sauber und ordentlich aus, und es roch deutlich nach frisch gebrühtem Kaffee. Eine rasche Bestandsaufnahme ergab eine Wohnung ohne viel unnötigen Schnickschnack: ein einfach möbliertes Wohnzimmer mit integrierter Kochnische und einer Frühstücksbar. Auf der Arbeitsfläche im Granitlook standen Becher, Löffel, Zucker und der Süßstoff Splenda. Kurz darauf hörte Decker Schritte. Er trat hinaus in den Flur und erblickte Lennie, die gerade mit einer Packung Milch zurückkam. Sie trug ein rotes T-Shirt aus Baumwolljersey zu einer Jeans und Mokassins.

»Tut mir wirklich leid, dass ich mich verspätet habe. Ich habe Kaffee gemacht, aber ich hatte keine Milch mehr. Ich weiß, Sie trinken Ihren schwarz, aber ich wusste nicht genau …«

»Lennie, bei Ihnen wurde eingebrochen«, teilte Decker ihr mit. »Als wir hier ankamen, stand Ihre Wohnung offen, und der Türrahmen sah aus, als sei die Tür aufgebrochen worden. Wie lange waren Sie weg?«

Sie blieb fassungslos stehen. »Ungefähr eine Dreiviertelstunde.«

»So lange brauchen Sie, um Milch zu holen?« Lennie schwieg. Decker fuhr fort: »Ich glaube, jemand hat sie beobachtet. Gehen wir rein. Dann sagen Sie mir, ob irgendetwas fehlt.«

Die beiden traten in die Wohnung. Lennie stellte die Milch auf die Arbeitsfläche in der Küche. Ihr stand der Schrecken noch ins Gesicht geschrieben. »Mein Laptop ist weg.« Sie sah die drei Männer an. »Da ist nichts Wichtiges drauf. Mein persönliches Zeug ist auf meinem iPad mini – und das steckt in meiner Handtasche.«

»Wir haben versucht, Sie anzurufen. Sie sind nicht drangegangen«, bemerkte McAdams.

Lennie sah in ihre Tasche und holte ihr Handy heraus. »Tut mir leid. Es war ausgestellt.«

»Wo ist die Levine-Akte?«, fragte Radar.

»Mist!« Sie lief ins Schlafzimmer. Die anderen folgten ihr und sahen zu, wie sie die Schublade einer Kommode aufzog und einen Stapel Pullover durchwühlte. »Weg.« Sie schlug sich die Hand vor den Mund. »Wie ist das passiert?«

Decker stieß frustriert den Atem aus. »Und jetzt?« Er drehte sich zu der leichenblassen Lennie um. »Was stand in diesen Unterlagen, das einen Einbruch wert war?«

»Ich habe keine Ahnung. Überzeugen Sie sich doch selbst.« Lennie holte einen USB-Stick heraus. »Gestern Abend, nachdem ich mit meinem ehemaligen Sergeant telefoniert hatte, hatte ich ein mulmiges Gefühl. Heute Morgen habe ich in einem rund um die Uhr geöffneten Internetcafé in Jackson an einem Computer den Inhalt der Akte eingescannt, meiner Vorgesetzten eine Kopie gemailt und alles auf einen USB-Stick runtergeladen.«

»Officer Baccus, Sie können nicht einfach so Polizeiunterlagen übers Internet verschicken, selbst wenn Sie sie an einen anderen Officer einer offiziellen Polizeibehörde geschickt haben. Was ist denn in Sie gefahren?«

Lennie senkte den Blick. »Ich habe alles wieder von dem Computer gelöscht.«

»Es ist immer noch auf der Festplatte, Lennie. Das wissen Sie auch. Warum beschlagnahmen wir wohl die Computer unserer Verdächtigen?« Decker wandte sich an Radar: »Wir besorgen uns den Computer und lassen ihn vernichten.«

»Die Akte ist zwanzig Jahre alt, da dachte ich, es wäre nicht so schlimm.« Als niemand antwortete, fügte Lennie hinzu: »Ich weiß, das war ganz schön dumm von mir.«

»Es war dumm von Ihnen, die Akte überhaupt mit nach Hause zu nehmen«, sagte Radar. »Und zwar genau aus diesem Grund. Das könnte Sie die Karriere kosten.«

»Ich habe sowieso keine, solange mein Vater mein Vorgesetzter ist.« Sie wirkte auf einmal entmutigt. »Er glaubt nicht an mich. Ich schätze, ich habe eine Kopie an meinen Sergeant gemailt, weil ich ihr wirklich vertraue – mehr als meinem Vater. Jetzt ist Wochenende. Vermutlich weiß sie gar nicht, dass sie sie im Postfach hat.«

»Ich werde sie anrufen.« Decker fixierte Lennie. »Wir haben uns schon viel über Sie unterhalten.«

Lennie zuckte kaum merklich zusammen. »Sie hält mich bestimmt für total bekloppt.«

»Ein bisschen. Sie glaubt auch, dass das Ganze eine Nummer zu groß für Sie ist.« Er hielt kurz inne. »Vielleicht identifiziert sie sich aber auch mit Ihnen, weil ihr Vater ebenfalls bei der Polizei ist.«

McAdams räusperte sich. Lennie fing an, mit ihren Nägeln zu schnippen. Decker legte seine Hand auf ihre. »Warum machen Sie das eigentlich? Mit Ihren Nägeln spielen. Ist furchtbar nervig.«

Sie verschränkte die Hände. »Ich hab sie mir früher bis aufs Nagelbett abgekaut. Deshalb habe ich jetzt Gelnägel. Ich knabbere zwar nicht mehr, aber ich hab wohl nur eine schlechte Angewohnheit durch eine andere ersetzt.« Sie verzog das Gesicht. »'tschuldigung.«

»Ich bin gerade ziemlich nervös. Sie sicher auch.« Decker stimmte versöhnlichere Töne an. »Sehen wir uns mal an, was Sie da auf dem USB-Stick haben. Ich glaube, dazu werden wir einen Computer brauchen.«

»Wir nehmen keinen von denen im Revier«, warf Radar ein. »Ohne vorherige Erlaubnis will ich kein Hamilton-Dokument auf unserem System haben.«

»Ich hab einen Laptop, den ich nur für die Uni benutze«, sagte McAdams. »Sollen wir alle zu mir gehen, und ich mache uns 'nen Kaffee?«

»Ich glaube, du hast den Laptop bei mir zu Hause vergessen«, merkte Decker an.

»Äh, stimmt ja«, sagte McAdams. »Wie wär's dann, wir fahren rüber zu Decker und ich mache uns da 'nen Kaffee?«

Radar sagte zu McAdams: »Gleich wenn man in die Lobby reinkommt, gibt's eine Überwachungskamera. Sie kommen mit mir, und wir lassen uns die Aufzeichnungen vom Hausmeister geben. Falls es sich um Profis handelt, haben sie vermutlich irgendwas vor die Linse geklebt. Aber wenn man's eilig hat, macht man manchmal Fehler.« Zu Decker sagte er: »Nimm Officer Baccus mit, und wir treffen uns bei dir.«

»Kommen Sie«, sagte Decker zu Lennie.

Lennie lächelte traurig. »Ich werde definitiv rausgeschmissen.«

»Ich würd's auf jeden Fall tun«, entgegnete Radar.

Wieder zuckte Lennie unwillkürlich zusammen. »Dann kann ich die Sache jetzt genauso gut durchziehen. Ich habe nichts mehr zu verlieren.«

»Stimmt nicht«, sagte Radar. »Sie müssen an Ihre eigene Sicherheit denken, Officer Baccus. Sie haben irgendjemanden sehr wütend gemacht. Und Sie haben dafür gesorgt, dass dieser jemand zum Äußersten entschlossen ist. Wütend und zum Äußersten entschlossen ist keine gute Kombination.«

Als sie sich die Kameraaufzeichnungen aus Lennie Baccus' Lobby besorgt hatten, fuhren Radar und McAdams zu Lennie und Decker, die bereits die Dateien vom USB-Stick heruntergeladen hatten. Rina kam mit dem Kaffeeservice aus der Küche und stellte es auf den Esszimmertisch. Sie sah ihrem Mann über die Schulter, als McAdams durch die Seiten scrollte.

Die Akte begann mit der Verbrechensmeldung, dann kamen die Fotos vom Tatort und Listen mit Beweismitteln gefolgt von Obduktionsberichten. Ganz am Ende gab es einige Seiten, die den Ermittlungen in dem Mordfall gewidmet waren.

»Etwas dünn, würde ich sagen«, kommentierte Decker.

»Wie viele Tatortfotos haben wir?«, fragte Radar.

»Zu wenige für einen Doppelmord.«

»Allein auf diesen Bildern zähle ich zwölf Markierungen von der Spurensicherung«, merkte Radar an. »Was war unter Beweismitteln aufgeführt?«

»Fünfzehn Objekte, aber nicht die Mordwaffe«, antwortete McAdams.

»Wie steht es mit Beweismitteln, die bei der Durchsuchung der Wohnungen der beiden Verdächtigen gefunden wurden?«

»Eine Schusswaffe wurde sichergestellt, aber es war nicht die, mit der die Levines ermordet wurden«, sagte Lennie.

»Mit welcher Waffe wurden sie denn ermordet?«, fragte Radar.

»Die Waffe wurde nicht gefunden. Sie haben aber Munition Kaliber .38 entdeckt, vermutlich von einem Smith-and-Wesson-Revolver.«

»War damals die Standardwaffe der Polizei«, bemerkte Decker.

»Ist mir bewusst«, brummte Radar.

»Steht da irgendwas auf der Beweismittelliste, dass am Tatort .357-Patronen gefunden wurden?«, fragte Decker.

»Kaliber-Drei-Siebenundfünfzig-Patronen?«, fragte McAdams.

»Ich weiß, was du denkst«, sagte Rina.

»Was denkt er denn?«, fragte McAdams.

»Man kann mit einem .357-Magnum-Revoler auch .38 Special Smith-and-Wesson-Patronen abfeuern«, sagte Rina. »Auf dem Schießplatz habe ich das mal jemanden tun sehen, und ich hab ihn danach gefragt. Er hat gesagt, dass die .38er-Munition viel billiger ist als die .357er, aber dass man vorsichtig sein muss. Aber für einen Kriminellen ist das vermutlich ein prima Weg, eine falsche Spur zu legen. Die Polizei würde nach einem .38 Special Smith-and-Wesson-Revolver suchen und nicht nach einem Magnum-Revolver. Übrigens kann man Magnum-Munition nicht in einem .38-Special-Revolver verwenden. Zu viel Durchschlagkraft.«

»Dafür kriegst du ein Sternchen«, sagte Radar. »Ich bin beeindruckt.«

»Du hast vollkommen recht, Rina«, entgegnete Decker. »Ist ein hervorragender Trick, weil es etwas ist, über das nicht viele Bescheid wissen. Falls es irgendwelche .357er-Patronen gegeben hätte … selbst eine einzige … könnten wir einen Magnum-Revolver als Mordwaffe in Betracht ziehen.«

Rina zuckte die Achseln. »Wer möchte Kaffee?«

Alle hoben die Hand. Radar fragte: »Hat man jemals die Waffe gefunden, mit der die Levines getötet wurden?«

»Falls ja, stand es zumindest nicht in der Akte«, sagte Lennie.

Radar schüttelte unzufrieden den Kopf. »Ich weiß nicht, ob an dem Ganzen etwas faul ist oder nicht, aber bei einem haben Sie recht, Baccus. Die Akte ist nicht sehr ergiebig und großflächig geschwärzt, und das ist keineswegs üblich.«

»Vielleicht waren diese Morde Teil einer größeren Ermittlung einer anderen Behörde. Wenn das der Fall ist, wird immer viel geschwärzt, um die Identität der Undercover-Beamten zu schützen.«

»Soll ich mich diesbezüglich mal umhören?«, fragte Lennie.

»Sie sagen zu niemandem ein Sterbenswörtchen, bis wir nicht wissen, was sich heute Morgen in ihrer Wohnung abgespielt hat.« Radar blickte auf. »Sie haben dafür gesorgt, dass ich mir Gedanken um Ihre Sicherheit machen muss. Ich habe jetzt das Kommando, und wir werden Folgendes machen:

Baccus, Sie und ich fahren jetzt runter aufs Revier und sehen uns die Aufzeichnungen der Überwachungskamera an. Und Sie sagen mir, wer zu Ihrem Gebäude gehört und wer nicht.«

»Ich drucke die Unterlagen jetzt aus«, sagte Decker. »McAdams und ich werden sie Wort für Wort durchgehen. In ein paar Stunden kommen wir zu euch rüber.«

»Klingt gut. Haltet die Augen offen. Die ganze Sache gefällt mir überhaupt nicht.«

Als Radar und Baccus gegangen waren, fragte Rina: »Kann ich was helfen?«

»Wir kommen schon klar«, sagte Decker.

McAdams schaltete sich ein: »Na ja, es wäre toll, wenn du anfangen könntest, Cafés mit Libelle zu recherchieren, ob du eins findest, das dasselbe Logo hat wie das auf der Kaffeetasse auf den Schwarzweißfotos. Eigentlich wollte ich das heute machen, aber jetzt scheine ich mich um etwas anderes kümmern zu müssen.«

»Mach ich gerne, aber du weißt ja, dass das alte Fotos sind. Das Café gibt es mittlerweile vielleicht gar nicht mehr. Aber einen Versuch ist es vermutlich wert.«

»Danke, Rina«, sagte McAdams. »Darf ich die Akte von deinem Laptop ausdrucken? Ich will sie nicht auf meinen privaten Computer überspielen.«

»Klar, schick sie mir, dann drucke ich euch alles aus«, sagte Rina. »Hat jemand Lust auf Frühstück? Ich könnte frische Bagels holen.«

»Mach dir keine Umstände«, sagte McAdams.

»Ich will sowieso an die frische Luft«, entgegnete Rina. »Ich muss den Kopf mal freibekommen.«

»Warum?«, fragte Decker. »Was beschäftigt dich denn?«

»Ach, eigentlich nichts Besonderes«, sagte Rina. »Mir brummt nur gerade der Schädel. Nichts, was sich nicht durch einen schönen langen Spaziergang beheben ließe.«

Decker sah hoch. »Wenn du rauswillst, nimm das Auto. Nach dem Einbruch bei Lennie will ich nicht, dass du allein und ohne Schutz unterwegs bist.«

»Mir wird schon nichts passieren.«

»Sagte die Frau, die letztes Jahr fast überfallen worden wäre. Nach dem, was in Lennies Wohnung passiert ist, kann es gut sein, dass wir alle beobachtet werden. Wenn du unbedingt zu Fuß gehen willst, geh ins Fitnessstudio und stell dich auf ein Laufband. Aber zum Bagelholen nimm bitte das Auto.«

»Na schön.« Rina griff ihre Handtasche und eine Tragetasche aus Recyclingpapier.

Als sie ging, rief Decker ihr hinterher: »Behalt die Rückspiegel im Auge! Und hab immer das Handy griffbereit!«

Ohne darauf einzugehen, machte sie die Haustür hinter sich zu und bemühte sich, nicht allzu genervt zu sein. So war Peter nun mal: besorgt um jedermanns Sicherheit.

Außer seiner eigenen natürlich.

Die Aussage, die Gregg Levine damals bei der Polizei zu Protokoll gegeben hatte, war vollständig und ungeschwärzt. Decker las sie sich mehrere Male durch und grübelte über die konfusen Äußerungen nach, aus denen ein junger, verwirrter Mann von zwanzig zu sprechen schien, der versuchte, das Grauen zu begreifen, dessen Zeuge er gerade geworden war. Stockend gab Levine wieder, was sich abgespielt hatte. Der entsetzliche Anblick seiner erschossenen Eltern, das Blut und Hirn überall an den Wänden, musste sich unauslöschlich in seine Erinnerung gegraben haben. Wer konnte schon wissen, welche Albträume Gregg Levine über die Jahre heimgesucht hatten. Es hatte Gerüchte gegeben, dass sein Vater wütend über das Partyleben des jungen Mannes gewesen war und gedroht hatte, ihm den Geldhahn abzudrehen. Aber da Decker nichts in den Unterlagen finden konnte, das diese Gerüchte bestätigte, tat er sie als leeres Geschwätz ab.

Weitere Zeugen konnten nicht ermittelt werden. Die umliegenden Geschäfte waren zum Zeitpunkt des Geschehens in den frühen Morgenstunden geschlossen. Niemand war gefunden worden, der um diese Zeit in der Nähe unterwegs gewesen war, und niemand hatte Schüsse gehört. Die Akte enthielt jedoch Aussagen über die Levines von Freunden, Nachbarn und Leuten, die sie geschäftlich oder aus der örtlichen Synagoge kannten. Niemand hatte etwas Schlechtes über das Ehepaar zu sagen. Einige erwähnten Mitch und Margot Flint als Personen, die die Polizei sich einmal näher ansehen sollte. Aber als die Morde geschehen waren, waren die Flints längst verschwunden: untergetaucht und unauffindbar.

Etwa einen Monat nach der Tat wurden Brandon Gratz und Kyle Masterson festgenommen. Keiner von den beiden war vorher schon einmal vernommen worden, und wie die Polizei an die Information gekommen war, war ein Rätsel. Eine Belohnung von zehntausend Dollar war auf jede Information ausgesetzt worden, die zur Verhaftung führte. Falls diese ausgezahlt worden war, stand zumindest nichts davon in den Unterlagen.

Die Geständnisse erfolgten siebzehn Stunden nach der Festnahme. Von professionellen Räubern bekam Decker so gut wie nie ein Geständnis. Fast alle, vom raffiniertesten Kriminellen bis zum kleinsten Ganoven, wussten, dass sie sich einen Anwalt zulegen mussten, sobald die Polizei sie ins Vernehmungszimmer führte. Nachdem man gestohlenen Schmuck in ihrem Besitz gefunden hatte, gestanden die Männer den Raubüberfall, aber bekannten sich nie zu den Morden.

Im Allgemeinen war es taktisch unklug, sich zu irgendetwas zu bekennen. Decker konnte nicht umhin, sich zu fragen, ob es irgendeinen inoffiziellen Deal gegeben hatte, da die Täter zwanzig Jahre bis lebenslänglich mit der Aussicht auf Bewährung für einen Doppelmord bekommen hatten statt lebenslänglich ohne Bewährung, was angemessener gewesen wäre. Falls etwas anderes dahintersteckte, äußerten sich die beiden verurteilten Mörder jedenfalls nicht dazu.

Rina kehrte von ihrer Bagel-Mission zurück. »Gesund und munter!« Sie drückte ihrem Mann einen Kuss auf den Kopf. »Die ganze Sorgerei war umsonst.«

»Irgendwas muss ich wohl davon haben. Sonst würde ich's ja nicht machen.«

»Ja, und zwar mich in den Wahnsinn zu treiben«, frotzelte Rina.

»Harte Worte.«

»Was hast du über die Morde an den Levines rausgefunden?«

»Nichts, was ich nicht schon wusste.«

»Hast du Hunger?«

»Da du schon mal frische Bagels mitgebracht hast, kann ich auch ein Gentleman sein und einen essen. Einen getoasteten Everything-Bagel mit Frischkäse, bitte.«

»Aber nur, weil du bitte gesagt hast.« Rina sah zu McAdams. »Tyler?«

»Für mich auch, danke.«

Decker widmete sich wieder seiner Lektüre. Victor Baccus war der Leitende Ermittler. Weitere beteiligte Detectives waren George Tor, Jack Newsome, Harvey Jaques and Ben Pearson. Er drehte sich zu McAdams um und kratzte sich den Kopf. »Newsome scheint unmittelbar mit Baccus zusammenzuarbeiten. Die anderen Detectives sind mehr oder weniger nur sporadisch dabei.«

»Ja, so interpretiere ich es auch.«

Als er Jack Newsome auf der Website des Hamilton PD eingab, erfuhr Decker, dass der Mann vor über einem Jahrzehnt in den Ruhestand gegangen war. »Tyler, finde alles über Newsome heraus, was du kannst, einschließlich seiner aktuellen Adresse.«

»Lebt er denn noch?«

»Keine Ahnung, aber das sollte ziemlich leicht rauszukriegen sein. Wenn es ihn noch gibt, würde ich mich gerne mit ihm unterhalten.« Deckers Handy klingelte. Es war Radar. Nachdem er ihm zugehört hatte, legte Decker auf und sagte: »Der Captain will, dass wir aufs Revier kommen. Die beiden haben etwas auf den Überwachungsaufzeichnungen entdeckt. Nichts Eindeutiges, aber genug, dass es sich lohnt, einen zweiten Blick darauf zu werfen. Und das Labor hat eine verwandtschaftliche Übereinstimmung zwischen Jennifer Neil und einer der Blutproben aus dem Haus der Bochs festgestellt. Sieht aus, als wäre Brady Neil dort umgebracht worden, obwohl das meiste Blut nicht seines war. Der größte Teil stammte von jemandem, der mit Jaylene Boch verwandt ist.«

McAdams gab einen Missfallenslaut von sich. »Dann war Boch das auserkorene Ziel und Brady nur ein zufälliges Opfer.«

»Mag sein, aber tot ist er trotzdem.«

»Aber damit rückt Boch in den Mittelpunkt der Ermittlungen anstelle von Brady Neil. Und Joseph Boch ist nicht unser Mordfall.«

»Aber um den Mord an Brady Neil zu lösen, müssen wir im Mordfall Joseph Boch Antworten finden. Die Fälle hängen trotzdem zusammen, auch wenn Neil nur zur falschen Zeit am falschen Ort war.« Decker fing an, die ausgedruckten Unterlagen aufeinanderzustapeln. »Hilf mir, das wegzuräumen. Ich verstaue alles in meinem Waffensafe.«

Rina brachte den beiden belegte Bagel zum Mitnehmen. »Wenn ihr wollt, recherchiere ich über Newsome. Buchstabier mir das mal.«

Das tat Decker. »Danke, das wird helfen.«

»Hat Radar gesagt, was er auf den Überwachungsaufzeichnungen entdeckt hat?«, wollte Rina wissen.

»Nein, er wollte nicht recht damit rausrücken. Oh, ganz vergessen: Ich habe die Erlaubnis erhalten, Brandon Gratz morgen im Gefängnis zu besuchen.«

»Glaubst du immer noch, das ist notwendig, obwohl Brady Neil doch ein unschuldiges Opfer war?«, fragte McAdams.

»Warum haltet ihr ihn für ein unschuldiges Opfer?«, fragte Rina.

»Ich erklär's dir später«, sagte Decker. »Ja, ich will immer noch mit Brandon Gratz sprechen. Ich habe eine Menge Fragen an ihn.« Er sah Rina an. »Willst du mir Gesellschaft leisten? Ist eine dreistündige Autofahrt pro Strecke.«

»Na klar komme ich mit. Ich habe mir gerade das neue Buch über Adams und Jefferson bei audiobooks ausgeliehen. Laut Rezensionen geht es mehr um Politik als um unzugängliche, langweilige Geschichte.«

»Will ich mir wirklich was über Politik anhören?«

»Ja, willst du. Ist doch tröstlich zu wissen, dass die menschliche Natur sich niemals ändert.«

KAPITEL 21

»Sie betreten die Lobby ... Man kann sehen, wie sie mit gesenktem Kopf und hochgezogener Kapuze die Stufen raufkommen«, erläuterte Radar. »Sie verlassen den Ausschnitt der Kamera, aber wir sehen, wie sich die Tür zum Gebäude öffnet und die Schuhe von einer Person, die hineingeht.«

»Wie haben die die Tür aufbekommen?«, fragte McAdams.

»Keine Ahnung. Bis dahin reicht die Kamera nicht.«

»Könnten Sie ein paar Einzelbilder zurückgehen?« Als Radar seiner Bitte nachkam, fragte McAdams: »Was trägt der Typ da die Stufen hoch? Sieht größer aus als eine Aktentasche.«

»So 'ne Art Männerhandtasche. Groß genug für einen Laptop«, sagte Decker.

Die beiden Gestalten verschwanden aus der Reichweite der Kamera. Radar entfernte die Überwachungs-Disc. »Die hier stammt von der Kamera in der Lobby.« Er legte eine weitere Disc ein. »Sobald sie drin sind, geht der eine nach hinten durch, wo sich der Aufzug befindet. Der Kräftigere der beiden.«

»Das ist auch derjenige mit der Männerhandtasche«, merkte McAdams an.

»Stimmt«, sagte Radar. »Der Dünnere hält etwa zwanzig Minuten lang mit der Hand die Linse der Lobby-Kamera zu. Die Aufnahme wird schwarz. Ich spule das mal vor.« Er hielt kurz inne. »Okay. Es geht weiter. Jetzt verlassen sie mit dem Rücken zur Kamera das Gebäude.«

»Und der fettere Typ trägt die Männerhandtasche, wo jetzt die Levine-Akte drin ist.«

»Vermutlich.« Radar drückte auf Pause. »Baccus hat mir gesagt, sie hat nicht mitbekommen, dass vorher jemand ihr Haus beobachtet hätte.«

»Ich habe nicht weiter darauf geachtet«, sagte Lennie. »Ich hätte wachsamer sein sollen, aber mir wären doch wohl zwei Typen aufgefallen, die sich hier rumdrücken.«

»Irgendwelche unbekannten Autos?«, fragte Decker.

Lennie zuckte die Achseln, dann schüttelte sie den Kopf. »Vor dem Haus parken immer Autos. Ist mir wirklich nicht aufgefallen. Dumm von mir.«

»Machen Sie sich deswegen nicht fertig«, beruhigte sie Decker. »Ich bin mir sicher, ab jetzt sehen Sie Sachen, die Ihnen vorher noch nie aufgefallen sind.«

»So viel steht fest.«

Decker wandte sich an Radar. »Könntest du noch mal die zweite Disc abspielen, aber diesmal in Zeitlupe?«

»Wonach suchst du?«

»Sag ich dir, wenn ich's sehe.«

Die kleine Gruppe sah sich nochmals Bild für Bild die Aufzeichnungen an. Auf einmal sagte Decker: »Stopp. Genau da. Alles klar. Die Jungs wollten offensichtlich nicht erkannt werden: Kapuze auf dem Kopf, langärmelige Oberteile, lange Hosen. Aber seht euch mal den kräftigeren Kerl an. Wenn der die Hand hebt, um sich die Männerhandtasche zurechtzurücken, rutscht sein Ärmel hoch. Könntest du ein Bild vorspulen?«

Radar tat wie geheißen.

»Noch eins. Weiter. Weiter. Okay. Stopp.« Decker zeigte auf den Bildschirm. »Man kann sein Handgelenk und das untere Drittel des Unterarms sehen. Der Fleck da auf seiner Haut. Ich glaube, das ist ein Tattoo.«

»Sie haben recht«, sagte Lennie.

»Jeder Verbrecher zwischen drei und dreihundert hat ein Tattoo«, merkte McAdams an.

»Und jedes Tattoo sieht ein bisschen anders aus«, entgegnete Decker. »Man muss eben mit dem arbeiten, was man hat.

Wir sollten die Aufnahme bearbeiten lassen, um es möglichst deutlich erkennen zu können.«

»Ich werde dafür sorgen, dass es in ein Labor kommt«, sagte Radar.

Lennie sah mit zusammengekniffenen Augen auf den Bildschirm. »Was sehen Sie sich da an?«, fragte McAdams.

»Auf diesem Bild kann man den Handrücken des dünnen Typen erkennen … bevor er die Hand hebt und damit die Kamera verdeckt …«

»Ja?«

»Aus irgendeinem Grund sieht das für mich nicht aus wie die Hand eines jungen Menschen.«

»Nein, stimmt«, gab Decker ihr recht. »Sieht fleckig aus.«

»Altersflecken«, sagte Lennie. »Die Bevölkerung von Hamilton wird immer älter. Jeder, der noch klar denken kann, sieht zu, dass er wegzieht.« Sie seufzte. »Mein Dad setzt mich immer an Fälle, wo es um Senioren geht: ältere Leute, die verwirrt und wütend sind. Irgendjemand ruft die Polizei, damit die sie wieder beruhigt. Meiner Ansicht nach ist dieser Mann schon älter. Nicht alt, aber vielleicht in den Sechzigern.«

»Gute Beobachtung«, lobte Decker sie. »Also haben wir es anscheinend mit zwei älteren Männern zu tun, die eine zwanzig Jahre alte Polizeiakte gestohlen haben.«

»Vielleicht waren die beiden damals als Polizisten an den Ermittlungen beteiligt und wollen nachsehen, ob etwas Belastendes über sie in den Unterlagen steht«, schlug McAdams vor.

»Aber die Akte ist doch geschwärzt worden.«

»Vielleicht wissen sie das nicht.«

»Nach dieser Logik sollten wir also zunächst einmal nach älteren Detectives suchen, die damals am Mordfall der Levines mitgearbeitet haben.«

»Und einer der beiden hat möglicherweise ein Tattoo auf dem Arm«, ergänzte McAdams.

»Das sollte unsere Verdächtigenliste ziemlich eingrenzen«, sagte Decker.

»Es könnte sich um Streifenpolizisten gehandelt haben«, gab Radar zu bedenken. »Müssen nicht unbedingt Detectives gewesen sein.«

»Du hast vollkommen recht«, sagte Decker.

»Vielleicht sind diese beiden Jungs auch gar keine Cops«, merkte McAdams an. »Vielleicht hat nur ein Polizist mit Dreck am Stecken jemanden damit beauftragt, die Unterlagen zu stehlen.«

»Nein, da bin ich anderer Meinung«, entgegnete Decker. »Man lässt keinen Kriminellen Dokumente für einen stehlen, wenn diese Dokumente Informationen enthalten, die einem potenziell schaden könnten. Denn er wird sie sich garantiert durchlesen und hat dann etwas gegen einen in der Hand. Ich wette mit euch, diese Jungs hatten was mit dem Levine-Fall zu tun.«

Radar nickte. »Geht die Fallunterlagen durch, so spärlich sie auch sein mögen, und erstellt eine Liste mit allen an den Ermittlungen beteiligten Personen.«

»Können wir machen. Aber wenn der Name des Betreffenden geschwärzt ist, kann ich ihn unmöglich finden. Aber ...« Decker grinste. »Ich kann diejenigen Polizisten befragen, deren Namen sichtbar sind, und sie nach den geschwärzten fragen.« Er dachte kurz nach. »Wenn ich diesen Weg einschlage, erfährt Victor Baccus garantiert davon. Wie willst du mit der Sache umgehen?«

»Muss ich noch drüber nachdenken«, antwortete Radar. »Wir lassen erst die Aufnahme vergrößern und vergewissern uns, ob es sich tatsächlich um ein Tattoo handelt.«

Decker nickte, dann wandte er sich an Lennie: »Und Sie

erinnern sich wirklich nicht, unbekannte Männer in der Nähe Ihrer Wohnung herumlungern gesehen zu haben?«

»Nein, tut mir leid.« Sie sah vom Bildschirm auf. »Aber ab jetzt werde ich mich ganz sicher an so jemanden erinnern.«

»Jetzt suchen wir erst mal ein paar Namen in den Unterlagen, und morgen fangen wir damit an, die Leute nacheinander zu überprüfen«, sagte Radar.

»Morgen früh bin ich nicht im Büro«, bemerkte Decker. »Ich hab eine Verabredung mit Bergenshaw.«

»Wer ist Bergenshaw?«, fragte Lennie.

»Nicht wer, sondern was«, entgegnete Radar. »Ein Hochsicherheitsgefängnis.«

»Brandon Gratz?«

»Ganz genau der«, sagte Decker.

Es war der perfekte Tag für einen kleinen Ausflug in die Justizvollzugsanstalt. Am Montagmorgen machten sie sich früh auf den Weg, als die Luft noch kühl war, aber eine Stunde darauf war es bereits warm geworden, und der seidig-blaue Himmel war erfüllt von Insekten und Vögeln. Als die Sonne höher stieg, boten die dicht belaubten Zweige der Bäume im Wald ein wenig Schutz vor allzu großer Hitze und Helligkeit. Da auf den Highways der werktägliche Stau herrschte, hatte Decker beschlossen, die Nebenstraßen zu nehmen, auch wenn sie dadurch etwas länger brauchen würden. Sie kamen an Meilen wild wuchernden Grüns vorbei und fuhren über mehrere Brücken mit nur einer Fahrbahn, die sich über kleine Flüsse und schmale Meeresarme spannten. Schließlich fuhr Decker auf die Mautstraße, und aus der idyllischen Umgebung wurde ein verschwommener Hintergrund in industriellem Grau.

Rina trug ein lilafarbenes, bis über die Knie reichendes Sommerkleid und ein dünnes weißes Hemd, um ihre Arme zu bedecken. Gemäß seiner Rolle als Vertreter des Gesetzes trug Decker Anzug und Krawatte. Während der ganzen Fahrt hörten sie sich das Hörbuch an, das sie sich ausgesucht hatten, und tranken dabei Kaffee und aßen die Frühstückssandwiches, die Rina frisch zubereitet hatte. Die Zeit verging wie im Fluge, und um etwa zehn Uhr morgens erreichten sie das Haupttor des Gefängnisses. Die Anlage war relativ neu und von mittlerer Größe, mit zwei Wachtürmen und dicken, hohen, mit Stacheldraht verkleideten Betonmauern.

Decker hatte Rinas Namen mit auf die Besucherliste setzen lassen. Vor einiger Zeit hatte das Department ihr auf sein Geheiß hin eine Dienstmarke für Zivilisten ausgehändigt, die ihr einen polizeiähnlichen Status verlieh. Trotzdem war sich der Wachmann nicht sicher, ob er Rina durchs Tor lassen sollte. Decker blieb ruhig, und schließlich durften sie beide passieren, und er rollte langsam mit dem alten Volvo auf den Parkplatz.

»Vermutlich hätte ich etwas Langweiliges und offiziell Aussehendes anziehen sollen«, kommentierte Rina.

»Der hat sich nur unmöglich angestellt.« Decker fuhr auf einen Besucherparkplatz. »Kleinkarierter Bürokrat.«

»In einem muss man ihm aber recht geben, ich hätte auch etwas unter meinem Unterrock versteckt haben können.«

»Unterrock? Wie altmodisch.« Decker stellte den Motor aus. »Darum gibt's doch Metalldetektoren. Willst du mit reinkommen, oder wartest du lieber im Auto?«

»Wie schmuddelig ist es denn?«

»Ich war noch nie drin, aber es ist eben ein Gefängnis. Ins Besprechungszimmer darfst du nicht mit, aber es gibt einen Warteraum.«

Rina holte ihr Handy heraus. »Lass dir ruhig Zeit. Ich wollte sowieso ein paar Sachen nachschlagen. Außerdem habe ich ein Buch dabei. Solange ich was zu lesen und genug Kaffee habe, geht's mir gut.«

»Die haben mir eine halbe Stunde mit Gratz bewilligt. Bevor ich mich mit ihm treffe, will ich mir das Besucherverzeichnis ansehen, mit wem er in letzter Zeit gesprochen hat. Vermutlich bin ich eine Stunde oder so beschäftigt, es sei denn, er bricht frühzeitig ab.«

»Warum sollte er?«

»Kriminelle sind in der Regel nicht sehr kooperativ.« Decker gab Rina die Autoschlüssel. Dann beugte er sich zu ihr und gab ihr einen Kuss. »Verriegle die Türen.«

»Viel Glück.«

»Danke.« Decker machte sich zum Eingang der Betonfestung auf, die nicht nur über eine, sondern zwei Sicherheitsschleusen verfügte. Danach wurde er vom Wachpersonal abgetastet. Da er seine Dienstwaffe nicht trug, ging er weiter zum Metalldetektor. Dahinter befand sich der Empfangsschalter des Gefängnisses. Nachdem er die notwendigen Dokumente vorgezeigt hatte, durfte er sich das Besucherverzeichnis für den laufenden Monat ansehen. Viele der Insassen hatten während der letzten dreißig Tage Besuch empfangen. Decker fing an, Namen für Namen durchzugehen.

Drei Wochen vor seiner Ermordung hatte Brady Neil sich eingetragen, um seinen Vater zu besuchen. Das war an einem Dienstag gewesen. Decker sah sich den Dienstag davor an, aber konnte Bradys Namen nicht entdecken. Dann sah er sich noch einmal alle eingetragenen Namen an, um sicherzugehen, dass er nichts übersehen hatte. Soweit Decker feststellen konnte, hatte Brady seinen Vater nur das eine Mal letzten Monat besucht.

Als Nächstes überprüfte er die Einträge für den Monat davor. Aber da er nicht mehr viel Zeit hatte, erschien es Decker effektiver, einfach Brandon selbst danach zu fragen. Falls der sich querstellte, konnte Decker sich immer noch das Verzeichnis wieder vornehmen und die vorangegangenen Monate nach Bradys Namen durchsuchen.

Er reichte der Mitarbeiterin am Empfang das Buch zurück. Sie war groß und schlaksig und hatte kurzes graues Haar. Vielleicht Anfang sechzig und vermutlich früher mal bei der Polizei. Sie sah sich Deckers Unterschrift an und verglich sie mit der auf seinem Führerschein. »Wird einen Moment dauern.«

»Kein Problem«, antwortete er. »Ich bin bereit, wann immer die anderen so weit sind.«

»Ich mache gerade noch Ihre Unterlagen fertig. Nehmen Sie Platz.«

Decker setzte sich.

Aus »einem Moment« wurde eine Viertelstunde. Schließlich erschien ein Wärter in einer hellbraunen Uniform, um ihn abzuholen, und führte ihn durch ein Gewirr von Gängen in ein Besprechungszimmer. Darin befanden sich ein Stahltisch und vier Stühle; das gesamte Mobiliar war fest mit dem Betonboden verschraubt. Es dauerte weitere zehn Minuten, bis der Gefangene hereingeführt wurde. Seine Hände waren mit Handschellen auf dem Rücken gefesselt, aber er trug keine Fußfesseln.

Brandon Gratz war in den Fünfzigern, hatte einen breiten Brustkorb und kräftige lange Arme. Sein silberfarbenes Haar war kurz geschnitten. Der grau melierte Bart war am Kinn buschig, aber im Wangenbereich sorgfältig getrimmt, sodass man eine blasse Narbe erkennen konnte, die sich über seine linke Gesichtshälfte zog. Seine hellblauen Augen blickten skeptisch, die Nase war schief und die Lippen waren dünn. Er trug einen orangefarbenen Gefängnisoverall und Schuhe zum Hereinschlüpfen in derselben Farbe. Er nickte Decker zu, und Decker nickte zurück.

»Können die Handschellen ab?«, fragte Gratz.

»Meinetwegen gerne, aber ich mache hier nicht die Vorschriften«, sagte Decker.

Der Wärter holte einen Schlüssel heraus. Er trat hinter Gratz und schloss die Handschellen auf, dann befestigte er die linke Hand des Gefangenen mit der Handschelle an einem auf dem Tisch angebrachten Metallring, wobei die rechte frei blieb. Danach steckte er den Schlüssel wieder ein und stellte sich mit der Hand am Holster neben die Tür.

»Danke.« Gratz saß vollkommen ruhig auf seinem Stuhl und wartete.

Decker versuchte, das Eis zu brechen. »Mein Beileid wegen Ihres Sohnes.«

Gratz studierte Deckers Gesicht. Er kniff die Lippen zusammen. »Leiten Sie das Ganze?«

»Die Ermittlungen im Mord an Ihrem Sohn? Ja.«

»Dann sind Sie beim Hamilton PD?«

»Greenbury PD.«

»Greenbury?«

»Die Leiche Ihres Sohnes wurde im Zuständigkeitsgebiet von Greenbury an der Grenze zu Hamilton gefunden. Es ist offiziell mein Fall.«

»Haben Sie schon in vielen Mordfällen ermittelt?«

»Ja, habe ich.« Decker wartete auf die nächste Frage. Als sie ausblieb, sagte er: »Ich habe gesehen, Brady hat sie, ein paar Wochen bevor es passiert ist, besucht.«

»Ach ja? Kann sein.«

»Ist eine Tatsache. Sein Name steht im Besucherverzeichnis. Wie oft hat er sie besucht?«

Gratz kratzte sich am Kopf. »Haben Sie nach seinem Namen gesucht?«

»Ja.«

»Warum?«

»Weil ich wissen wollte, ob Sie beide sich nahestanden.«

»Tut das was zur Sache?«

»Möglicherweise.«

»Glauben Sie etwa, ich hatte was mit der Ermordung meines eigenen Sohnes zu tun?«

»Nichts, was ich bislang gehört habe, würde diese Vermutung nahelegen. Aber wenn man in einem Mordfall ermittelt, folgt man jeder Spur. Wie oft hat er Sie besucht?«

»Was haben Sie denn gehört?«

Decker lehnte sich im Stuhl zurück. »Brandon, ich habe nur noch etwas über ...«, er sah auf die Uhr, »... zwanzig Minuten mit Ihnen. Wenn Sie nichts dagegen haben, lassen Sie mich meine Fragen stellen, und wenn dann noch Zeit ist, beantworte ich Ihre. Wie oft ist Brady Sie besuchen gekommen?«

Gratz zuckte die Achseln. »Ich kriege nicht viel Besuch.«

»Umso mehr Grund, sich genau zu erinnern, wie oft Ihr Sohn Sie besucht hat.«

Ein Lächeln umspielte die Lippen des Mannes, dann war es auch schon wieder verschwunden.

Seltsam, dachte Decker.

Schließlich sagte Brandon Gratz: »Vielleicht drei-, viermal. Fing vor ungefähr einem halben Jahr an.«

»Kam das aus heiterem Himmel?«

»Ja.«

»Worüber haben Sie beide sich unterhalten?«

»Ach, was zwischenzeitlich so alles passiert ist.«

»Warum, glauben Sie, hat er Sie auf einmal kontaktiert?«

»Er hat gesagt, er wollte mich kennenlernen.«

»Hat er von sich erzählt, oder wollte er etwas über Ihr Leben erfahren?«

Wieder kratzte Gratz sich, diesmal am Gesicht. »Sowohl als auch.«

Wie jeder clevere Gefängnisinsasse gab der Mann nicht freiwillig Informationen preis. Decker sagte: »Leute, mit denen ich gesprochen habe, haben gesagt, dass es Brady gutging.«

Gratz nickte.

»Was ist mit Ihnen, Brandon? Geht es Ihnen gut?«

Gratz verschränkte die Arme vor der Brust. »Ich lasse mir nichts gefallen, aber ich verursache auch keinen Ärger.« Er schwieg kurz. »Bald wird über meine Bewährung entschieden. Vermutlich wird es nichts, aber selbst im schlimmsten Fall sollte ich in zehn Jahren draußen sein. Oder in weniger als zehn wegen guter Führung. Wenn man mich in Ruhe lässt, verhalte ich mich auch entsprechend.«

»Klug von Ihnen.« Decker beugte sich vor. »Warum glauben Sie, dass Sie in zehn Jahren automatisch freikommen?«

»Ein Rechtsanwalt hat mir gesagt, bei Leuten über sechzig sind sie normalerweise nachsichtiger.«

»Na, dann viel Glück.« Gratz schwieg. Decker sprach weiter: »In Ordnung, Sir, es ist folgendermaßen: Ich sage Ihnen offen, was die Sachlage ist, und Sie entscheiden, ob Sie mit mir reden wollen oder nicht.« Wieder blieb Gratz stumm. »Brady hat sich anscheinend mehr oder weniger von Schwierigkeiten ferngehalten. Er hatte einen Job, er hatte ein Auto, und er hat neben der Arbeit noch studiert. Soweit ich feststellen konnte, hat er auf der Highschool gedealt, aber falls er das auch jetzt noch getan hat, war das weder für mich noch alle, die ihn kannten, offensichtlich. Ich würde sagen, aus ihm ist ein unbescholtener Bürger geworden, außer dass er immer reichlich Bargeld zur Verfügung hatte und niemand wusste, woher es stammte. Ich weiß nicht, wer Ihren Sohn ermordet hat. Aber wenn ich erst mal das Motiv herausgefunden habe, ist der Täter vielleicht leichter zu ermitteln. Ich stelle Ihnen jetzt eine Frage, und ich hoffe, Sie geben mir eine ehrliche Antwort. Glauben Sie, der Mord an Ihrem Sohn hat irgendetwas mit Ihnen und Ihrer Vergangenheit zu tun? Denn wenn Sie denken, dass Ihre Vergangenheit dabei eine Rolle spielt, würde ich wirklich gerne davon erfahren.«

Kurzzeitig blieb Gratz stumm, dann fragte er: »Was wissen Sie über meine Vergangenheit?«

»Ich weiß, dass Sie die Levine-Morde nie zugegeben haben. Und ich habe das Gefühl, da steckt weit mehr dahinter, als das Hamilton PD mir erzählt.«

»Was erzählt Ihnen Hamilton denn?«

»Dasselbe, was ich auch in der Zeitung gelesen habe.«

»Warum glauben Sie, es steckt mehr dahinter?«

»Nennen Sie's das Bauchgefühl eines Detectives.«

Wiederum blieb Gratz eine Antwort schuldig. Dann sagte er: »Die Zeit ist fast rum.«

»Stimmt.«

»Eins will ich Ihnen aber sagen: Sie sollten nichts glauben, egal, ob es in der Zeitung steht oder es Ihnen vielleicht irgendwer erzählt hat. Die Leute lügen nämlich.«

»Ich weiß. Was soll ich dann glauben?«

Gratz zuckte die Achseln.

»Na schön«, sagte Decker. »Darüber wollen Sie vielleicht noch mal nachdenken. Worüber haben Brady und Sie sich unterhalten? Im Einzelnen.«

»'ne Menge. Ich habe keine Zeit, alles aufzuzählen. Im Einzelnen.«

»Ich kann wiederkommen.«

»Schaun wir mal.«

»Eins noch, bevor Sie wieder gehen. Es ist wichtig.« Als Gratz aufblickte und nichts entgegnete, holte Decker die fotokopierten Schwarzweißbilder heraus und fragte: »Wissen Sie, wer das ist?« Er legte die Kopien auf den Tisch.

Gratz' Blick wanderte nach unten. Sehr langsam richtete er die Kopien mit einem Finger an den Ecken aus, bis sie alle in einer Reihe lagen. »Wo haben Sie die her?«

»Beantworten Sie meine Frage, dann beantworte ich Ihre. Kennen Sie diese Leute?«

Gratz schwieg einen Moment lang. »Wissen Sie über Mitchell und Margot Flint Bescheid?«

»Ja. Sie standen kurz davor, wegen Veruntreuung und schwerem Diebstahl verurteilt zu werden, aber sie sind untergetaucht. Das ist etwa achtzehn Monate vor den Morden an den Levines gewesen. Als ich die Unterlagen zu den Mordfällen gelesen habe, habe ich mich gefragt, ob die beiden vor Ihrer Verhaftung als Verdächtige in Betracht gezogen wurden.«

Gratz war sichtlich interessiert. »Und?«

»Ich habe ihre Namen nicht entdeckt, da die Akte nachträglich stark überarbeitet, also geschwärzt wurde.« Decker deutet auf die Fotokopien. »Sind das die beiden?«

»Kann ich nicht sagen. Ist sehr lange her.«

»Geben Sie sich Mühe.«

»Warum sollte ich Ihnen helfen?«

»Weil wir jetzt gerade ein gemeinsames Ziel haben: herauszufinden, wer Ihren Sohn umgebracht hat.«

»Vielleicht – wenn mir meine Kids nicht schon immer am Arsch vorbeigegangen wären.«

Eiskalt, dachte Decker. »Ein einfaches Ja oder Nein. Wissen Sie, wer diese Leute sind?«

Nach kurzem Schweigen sagte Gratz: »Ich kannte Mitch besser als Margot. Der Kerl auf den Bildern sieht nicht mal entfernt aus wie Mitch.«

»Und die Frau?«

Gratz lächelte. »Wer weiß? Frauen können ihr Aussehen verändern – sich die Haare färben, die Nase operieren, was an ihren Titten machen lassen. Margot war ziemlich scharf: 'ne Blondine mit großen Möpsen. Die Frau hier ist brünett und hat 'nen normalen Vorbau. Sie sagen's mir. Wo haben Sie die Fotos her?«

»Vom Tatort eines anderen Mordes.«

Gratz wirkte überrascht. »Wer ist ermordet worden?«

»Joseph Boch junior, genannt Boxer. Kommt Ihnen der Name bekannt vor?«

Kurzzeitig schien es Gratz die Sprache verschlagen zu haben. Er stammelte: »Ich kannte seinen Alten, Joe Boch senior.«

»Dann wissen Sie sicher auch, dass er seine Frau verprügelt und Kleindiebstähle begangen hat und ein richtig unangenehmer Typ war. Ungefähr zum Zeitpunkt Ihrer Verhaftung ist er nach Kansas gezogen. Er kam ursprünglich aus dem Mittleren Westen, aber seine Frau Jaylene war hier aus Hamilton. Jaylene kennen Sie ja. Sie sind mit ihr auf die Highschool gegangen.«

Gratz zuckte die Achseln. »Sie ist älter als ich, aber ja, ich kannte sie.«

»Seit einem Autounfall sitzt sie im Rollstuhl. Derjenige, der bei ihr zu Hause eingebrochen ist und ihren Sohn umgebracht hat, hat sie an ihren Rollstuhl gefesselt und zu einem qualvollen Tod verurteilt.«

»Tut mir leid, das zu hören.« Keinerlei Gefühlsregung in der Stimme.

»Vermutlich wird sie aber durchkommen. Was wissen Sie über Joe senior?«

»Das haben Sie mich schon mal gefragt.« Gratz fixierte Decker. Allmählich verzog er den Mund zu einem freudlosen Lächeln. »Nicht alle Kriminellen hängen zusammen rum, vor allem wenn es blöde Arschlöcher sind, die ihre Frauen verprügeln.« Er sah zum Wärter. »Bringen Sie mich wieder in meine Zelle.«

Der Wärter fesselte ihm mit den Handschellen wieder die Hände hinter dem Rücken und sagte zu Decker: »Gleich kommt jemand, der Sie hinausbegleitet.«

Decker sagte rasch: »Den Mord an Ihrem Sohn aufzuklären könnte uns beiden nützen, Brandon.«

Gratz drehte den Kopf. »Es würde Ihnen nützen, nicht mir.«

»Und was, wenn ich sagen würde, ich glaube, dass Sie möglicherweise unschuldig am Mord an den Levines sind?«

»Dann würde ich sagen, Sie machen mir was vor in der Hoffnung, etwas aus mir rauszukriegen.«

»Zum Beispiel?«

»Sagen Sie's mir, denn momentan habe ich Ihnen rein gar nichts zu sagen.«

»Brady war Ihr Sohn«, setzte Decker erneut an. »Seien Sie offen, was die Zukunft angeht. Ich komme wieder, wann immer Sie reden möchten.«

»Verlassen Sie sich nicht drauf«, knurrte Gratz verächtlich. »Sie sind ein Bulle. Und somit der Feind. Basta.«

KAPITEL 22

Decker klopfte ans Fenster auf der Beifahrerseite, woraufhin seine Frau zusammenzuckte. Als sie die Zentralverriegelung öffnete, sagte er: »Tut mir leid, dass ich dich erschreckt habe.«

»Schon in Ordnung. Wie ist es denn gelaufen?«

»Wie erwartet: frustrierend.« Er berichtete ihr von seinem Gespräch. »Gratz behauptet steif und fest, er und Brady hätten sich nur gegenseitig von ihrem Leben erzählt, aber da steckt noch mehr dahinter. Vielleicht hat das, worüber sie gesprochen haben, zu Bradys Ermordung geführt.«

»Kein Wunder, dass er nicht sehr gesprächig war«, kommentierte Rina. »Er will den Tod seines Sohnes nicht auf dem Gewissen haben.«

»Ich glaube nicht, dass er eins hat.«

»Trotzdem ist Brady sein Sohn.«

»Er hat mir gesagt, seine Kinder sind ihm scheißegal. Vielleicht war das nur Schau, aber vielleicht ist er auch wirklich abgestumpft.«

»Glaubst du, er lässt dich noch mal vorbeikommen?«

»Vielleicht, aber mir ist nicht ganz klar, was mir das bringen soll, es sei denn, er will reden. Und das wird er nur, wenn ich etwas für ihn tun kann – was nicht der Fall ist.«

»Man kann nie wissen, Peter. Vielleicht denkt er nach eurem Gespräch darüber nach und ruft dich an.«

»Klar, aber das Gefängnis ist zu weit weg, um auf gut Glück hier rauszufahren.« Er ließ den Motor an und fuhr langsam vom Parkplatz runter. »Falls er nicht irgendetwas wirklich Relevantes anzubieten hat, gibt es keinen Anlass für einen zweiten Besuch. Danke, dass du mitgekommen bist. Was hast du denn in der Zwischenzeit gemacht?«

»Versucht, den Aufenthaltsort von Jack Newsome rauszufinden – der Detective aus Hamilton vom Levine-Fall.«

»Genau. Und?«

»Er wohnt in Florida. Scheint um die fünfundsechzig zu sein.«

»Das heißt also, er ist mit ungefähr fünfundfünfzig in den Ruhestand gegangen. Ziemliches Standardprogramm für einen Polizisten.«

»Ich kenn da eine Ausnahme…«

Decker musste schmunzeln. »Es würde dir doch tierisch auf den Wecker gehen, wenn ich in Rente ginge.«

»Nein, würde es nicht.«

»Rina, du willst mich doch nicht ständig vor den Füßen haben.«

»Vielleicht nicht ständig, aber zumindest ziemlich oft.«

Decker lachte. Er bog vom Gefängnisparkplatz, fuhr Richtung Highway und machte sich auf den Heimweg. »Wenn Newsome Mitte sechzig ist, muss er um die fünfundvierzig gewesen sein, als die Levines ermordet wurden.«

»Oh, du kannst ja rechnen.«

»Sehr witzig. Wo in Florida wohnt er denn?«

»Nicht weit von deiner Mutter. Zarter Hinweis.«

»Ah, ich weiß, was jetzt kommt…« Die nächsten paar Minuten herrschte Schweigen im Wagen, dann sagte Decker: »Es ist vielleicht leichter, wenn ich ihn nur anrufe, Rina.«

»Sagst du nicht immer, es ist besser, sich persönlich mit jemandem zu unterhalten?« Rina hielt inne. »Peter, sie ist über neunzig. Sie ist zwar immer noch gesund, aber man weiß ja nie. Auch wenn das Wetter da unten heiß und schwül ist, sollten wir sie besuchen, bevor es zu spät ist. Denn wie würdest du dich dann fühlen?«

»Du hast recht. Wie immer.«

»Bloß nicht zu sentimental werden.«

»Das Problem mit Ida Decker ist, sie ist einfach zu schlau. Außerdem macht es ihr Spaß, mich zu piesacken.«

»Mir auch.«

»Stimmt, aber du meinst es eigentlich nicht so.« Decker schnaufte. »Na schön, wir fahren hin – und verbinden das Nützliche mit dem Nützlichen. Hast du auch eine Telefonnummer für Newsome gefunden?«

»Nein. Aber ich bin mir sicher, für dich als Polizeibeamten sollte das ein Leichtes sein. Ich leiste auch gerne deiner Mutter Gesellschaft, während du Newsome vernimmst.«

»Wenn er überhaupt bereit ist, mit mir zu reden.«

»Warum sollte er nicht mit dir reden?«

»Manche Detectives könnten es als unloyal empfinden, etwas Negatives über ihre ehemaligen Kollegen zu sagen.«

»Du beschuldigst ja niemanden, etwas Unrechtes getan zu haben. Du bittest lediglich jemanden um Informationen, der damals mit dabei war.«

»Er wird misstrauisch sein, und das zu Recht. Keine Ahnung, ob er sich mit mir unterhalten wird.«

»Vielleicht ist das der Grund, warum er aus Hamilton weggezogen ist: endlich Ruhe vor seinen Exkollegen zu haben.«

»Vielleicht hatte er aber auch die Nase voll von saukalten Wintern.«

»Das weißt du erst, wenn du ihn anrufst und hörst, wie er reagiert. Wenn er eine Befragung ablehnt, na ja, dann will das was bedeuten, oder?«

»Wie wär's hiermit«, sagte Decker. »Wenn wir tatsächlich runterfahren, um Mom zu besuchen, sollte ich ihn vielleicht nicht anrufen. Es wäre vielleicht besser, einfach bei ihm zu Hause aufzukreuzen. Dann könnte ich behaupten, ich wäre gerade in der Gegend gewesen und hätte ein paar Fragen. Er könnte das zwar etwas komisch finden, aber ich bezweifele, dass er mir die Tür vor der Nase zuschlagen wird.«

»Höchstwahrscheinlich nicht. Aber vielleicht solltest du ihn trotzdem besser anrufen. Viele Menschen mögen keine Überraschungen. Nehmen wir Tyler mit?«

»Darüber hatte ich noch nicht nachgedacht.« Decker hielt inne. »Ist vielleicht besser, wenn er hierbleibt ... und Lennie Baccus im Auge behält.«

»Machst du dir Sorgen um ihre Sicherheit, oder traust du ihr nicht?«

»Ein bisschen von beidem.« Er dachte kurz nach. »Tyler bleibt hier. Außerdem glaube ich nicht, dass die Welt reif ist für das Fernsehduell zwischen Tyler McAdams und Ida Decker.«

»Hm, vielleicht wäre es ja auch Ida Decker und Tyler McAdams gegen Peter Decker ...«

»Jetzt, wo ich drüber nachdenke, würde vermutlich genau das passieren. Zum Glück hab ich dich ja als Verstärkung, oder?«

»Natürlich, mein Schatz.« Rina tätschelte Decker das Knie. »Von mir kriegst du immer Rückendeckung.« Kurzes Schweigen. »Du weißt ja, von deiner Mutter bis zu meiner Mutter ist es nur ein kurzer Flug.«

Decker holte tief Luft. »Ja, ich weiß, und ja, wir besuchen auch deine Mutter. Wenigstens piesackt die mich nicht.«

Rina beugte sich zu ihm und gab ihm einen Kuss. »Danke. Du kennst ja den Talmud-Spruch, Peter: Eine gute Tat führt zur nächsten.«

»Steht da auch was von ›Eine Nervensäge führt zur nächsten?‹«

»Nein, es gibt keinen Kommentar zu Nervensägen.« Rina verzog das Gesicht. »Vermutlich, weil die Weisen weder deine noch meine Mutter kannten.«

Sie waren schon fast wieder in Greenbury, als ein Anruf über die Freisprechanlage hereinkam. Wendell Trans Stimme meldete sich: »Ich habe versucht, mir die Unterlagen zum Mordfall Levine zu besorgen. Wie es scheint, wurden sie schon von Lennie

Baccus ausgeliehen. Sie wissen nicht zufällig etwas darüber?«

Tran klang stinksauer. Wie jetzt mit dieser haarigen Situation umgehen? Decker sah Rina an und schnitt eine Grimasse. Dann fragte er: »Können wir uns irgendwo treffen, Tran?«

»Sie wollen das nicht am Telefon besprechen.«

»Das habe ich nie gesagt«, antwortete Decker. »Aber ich unterhalte mich nun mal lieber persönlich.«

»Ich rufe nicht vom Revier aus an. Unser Gespräch wird nicht aufgezeichnet.«

»Prima. Wo sollen wir uns treffen? Ich kann in ungefähr zwanzig Minuten bei Ihnen sein. Tolles Timing, denn ich wollte Ihnen sowieso von meinem Gespräch mit Brandon Gratz erzählen.«

Ausgedehntes Schweigen. Schließlich sagte Tran: »Sie haben mit Gratz gesprochen?«

»Ich bin gerade auf dem Rückweg von meinem Besuch bei ihm im Gefängnis. Ich hatte mich gefragt, ob Gratz damals etwas getan hat, dass letztendlich zum Tod seines Sohnes geführt hat.«

»Und?«

Decker räusperte sich. »Wo sollen wir uns treffen?«

»Schlagen Sie was vor.«

»Wie wär's mit dem Haus von Jaylene Boch? Es ist immer noch versiegelt. Außerdem sollten wir es uns noch mal gemeinsam ansehen ... ob wir irgendwas finden, das uns vielleicht zu Boxer führt.«

»Sie haben doch den Bericht der Spurensicherung gelesen, Decker. Sie wissen, dass kein Mensch derart viel Blut verlieren kann und es überlebt. Wir sollten nach einer Leiche Ausschau halten. Die Gegend rund um das Haus ist dicht bewaldet. Das sind mehrere Hektar, wenn nicht sogar Meilen.«

»Hat eigentlich schon jemand über die unmittelbare Umgebung hinaus gesucht?«

»Smitz und ich haben am Wochenende ein bisschen rumgeguckt. Wir sind nicht allzu weit gekommen, weil wir beide so viel mit diesem Raub zu tun hatten.«

»Ich helfe Ihnen gerne bei der Suche … wenn Sie Hilfe wollen.«

Wieder ein längeres Schweigen. Dann sagte Tran: »Es ist noch ungefähr drei Stunden hell. Wir treffen uns am Haus.«

Rina sah Decker an und machte das Thumbs-up-Zeichen.

»Also bis gleich«, sagte Decker. Er legte auf und bog in die Einfahrt. Dann stellte er den Motor aus. »Ich sollte mir besser Wanderschuhe anziehen.«

»Sei vorsichtig, Peter. Du weißt nicht, ob er wirklich vertrauenswürdig ist.«

»Tran? Der ist in Ordnung.«

»Nimm deine Waffe mit.«

»Rina …«

»Ich mein's ernst. Du hast selbst gesagt, in dem Zimmer gab's ein schreckliches Blutbad.«

»Ich nehme die Waffe mit, aber es passiert mir schon nichts, es sei denn, ich werde von 'nem Bären gefressen.«

»Umso mehr Grund, sie einzustecken.«

Decker öffnete die Autotür. »Danke, dass du mitgekommen bist.«

Rina stieg ebenfalls aus. »Du willst doch was von mir. Soll ich dir was zu essen machen?«

»Nein danke. Soll ich uns von unterwegs was zum Abendessen mitbringen?«

Rina schloss die Haustür auf. »Nein, ich mach uns was.«

»Sicher? War ein langer Tag.«

Sie drehte sich zu ihm um. »Wenn ihr eine Leiche findet, wird dein Tag noch länger werden. Wenn ich koche, hab wenigstens ich was zu essen.«

In Jaylenes Haus war es heiß und schwül, und es roch nach verdorbenem Fleisch. Wendell Tran hatte ein kurzärmeliges blaues Hemd und eine blaue Baumwollhose an. Decker hatte sich umgezogen und trug statt Anzug und Krawatte ein langärmeliges Baumwollhemd und Jeans. Beide hatten feste Schuhe an. Tran fragte: »Wollen Sie mir verraten, warum Lennie Baccus sich die Mordakten zum Levine-Fall aus dem Archiv ausgeliehen hat?«

»Den genauen Grund kenne ich nicht, aber schätzungsweise haben meine Nachforschungen sie neugierig gemacht.« Decker sah sich im Wohnzimmer um. An den Wänden klebte Spurensicherungspulver, und Bretter bedeckten den Fußboden, damit keine Schuhabdrücke das verfälschen konnten, was sich eventuell noch auf dem Holzlaminat befand. »Ich habe Lennie nicht darum gebeten. Ich habe Sie gebeten.« Als Tran nicht reagierte, fuhr Decker fort: »Um eins klarzustellen, es ist nicht einfach, herauszufinden, wie das ursprüngliche Ermittlungsteam vorgegangen ist, da die Unterlagen im Nachhinein stark bearbeitet wurden.«

»Demnach haben Sie die Unterlagen gesehen?«

»Nicht die Originale, nur Kopien.«

»Sie hat Kopien von den Originaldokumenten gemacht?«

»Zumindest behauptet sie das.«

»Jemand ist in ihre Wohnung eingebrochen und hat die Originalakte gestohlen. Aber sie hat rein zufällig eine Kopie davon gemacht?«

»Sie glauben, das ist Blödsinn?«

»Klingt zumindest so.«

Decker musterte Trans Gesicht. Er sah extrem skeptisch aus. »Kommen Sie, wir sehen uns im Wald um. Es ist schon nach sieben. Bald wird es dunkel, und hier drin stinkt es fürchterlich.«

Die beiden Detectives verließen das Haus durch die Hintertür und gingen über einen ausgetretenen Pfad hinauf in den Wald. Tran sagte: »Baccus hat die Unterlagen entgegen der Vorschriften mit nach Hause genommen. Dann hat sie Sie angerufen, und Sie sind zu ihr gefahren, um einen Blick darauf zu werfen.«

»Im Grunde stimmt das, aber nicht in der Reihenfolge. Ich fange am besten ganz von vorn an.«

Während Decker Tran schilderte, was sich ereignet hatte, erforschten sie die hügelige Gegend, wobei sie Felsbrocken, loses Geröll und Wurzelwerk umgehen mussten. Der frühe Abend war warm. In Los Angeles wurde es mit einsetzender Dämmerung kühler. Hier im Osten bedeuteten warme Abende häufig auch laue Nächte.

»Ich habe zwei Theorien, warum Lennie Baccus die Unterlagen mitgenommen hat. Die eine habe ich bereits erwähnt: Sie ist neugierig geworden und hat beschlossen, sich auf eigene Faust der Sache anzunehmen. Sie hat die Unterlagen mit nach Hause genommen. Jemand hat davon erfahren, wollte wissen, was drinsteht, und hat sie gestohlen. Wir wissen, dass zwei mit Kapuzenjacken bekleidete Männer sich Zugang zu ihrer Wohnung verschafft haben, als sie gestern Morgen einkaufen war. Wir haben uns die Aufzeichnungen der Überwachungskamera angesehen. Einer der Männer hatte ein Tattoo. Wir versuchen gerade herauszufinden, wer er ist.«

»Da Sie ja die Unterlagen gesehen haben: Was steht drin, das jemand würde stehlen wollen?«

»Meiner Ansicht nach nichts, da alles geschwärzt ist. Aber ich glaube, die Typen, die sie geklaut haben, wussten das nicht.« Der Pfad verengte sich, und Decker musste sich den Weg durchs Unterholz freischlagen. »Meine andere Theorie ist, dass Baccus die Originalunterlagen auf Geheiß von jemand Höherrangigem an sich genommen hat und sie mich die ganze Zeit an der Nase herumführt. Vielleicht hatte sie sogar die Anweisung, mir gefälschte Dokumente zu zeigen. Wie gesagt, die Unterlagen, die ich zu Gesicht bekommen habe, waren stark bearbeitet.«

»Dann glauben Sie also auch, dass das alles Blödsinn ist.«

»Könnte zumindest sein.«

Tran wechselte das Thema. »Worüber haben Sie sich heute mit Gratz unterhalten?«

»Laut Gratz hat ihn sein Sohn Brady während der letzten sechs Monate im Gefängnis besucht. Gratz hat behauptet, sie hätten sich ausschließlich darüber unterhalten, wie es ihnen so ergangen ist. Das nehme ich ihm nicht ab, aber er ist noch nicht bereit zu reden. Vielleicht redet er auch nie. Außerdem hat er uns vielleicht gar nichts Nützliches mitzuteilen.«

»Ist das alles, was er Ihnen erzählt hat?«

»Nein.« Decker stolperte, aber konnte sich gerade noch fangen, bevor er flach hinschlug. »Ich habe Gratz die Schwarzweißfotos gezeigt, die wir in Jaylene Bochs Rollstuhl gefunden haben. Er hat angedeutet, die Frau könnte Margot Flint sein, aber er hat mir auch gesagt, dass es sich bei dem Mann nicht um Mitchell handelt.«

»Meinen Sie, er will Sie hinters Licht führen?«

»Keine Ahnung.« Decker stieß laut vernehmlich den Atem aus. »Boxer ist verschwunden – vermutlich tot –, und da die Bilder gut versteckt waren, muss ich davon ausgehen, dass derjenige, der das ganze Chaos angerichtet hat, nach ihnen gesucht hat. Falls das auf den Fotos tatsächlich Margot Flint ist, hat der Fall etwas mit ihr und ihrem Mann zu tun.«

»Mit den Flints und nicht dem Mord an den Levines?«

»Die beiden sind wegen der Levines untergetaucht. Ich muss annehmen, dass es da eine Verbindung gibt, vor allem, weil die Fallakte so großflächig geschwärzt ist. Und jetzt frage ich mich, wer wusste, dass Lennie Baccus die Unterlagen mitgenommen hat?«

»Sie. Sie hat es Ihnen am Samstagabend erzählt.«

»Ich wusste es tatsächlich, aber ich habe sie nicht aus ihrer Wohnung gestohlen. Wahrscheinlicher ist, dass ...« Decker führte den Satz nicht zu Ende.

»Es jemand aus unserem Department war, der damals am Levine-Fall beteiligt war«, ergänzte Tran.

»Der Gedanke war mir schon gekommen.«

»Der Einzige, von dem ich weiß, dass er am Levine-Fall mitgearbeitet hat, und der noch im Dienst ist, ist der Chief«, bemerkte Tran. »Wenn Sie einen Verdacht haben, sollten Sie sich direkt an ihn wenden.«

»Okay.« Sie setzten ihren Weg schweigend fort und hielten Ausschau nach Tieraktivität, die unter Umständen auf eine Leiche hindeuten konnte. Schließlich sagte Decker: »In den Unterlagen steht nichts, was mich Victor Baccus im Verdacht haben lässt. Aber an dem Fall waren noch etliche andere Leute beteiligt.«

»Die sind vermutlich schon im Ruhestand.«

»Das bedeutet aber nicht, dass ich sie nicht anrufen und ihnen Fragen stellen kann.«

»Sie können machen, was Sie wollen, Decker.« Tran war stehen geblieben und sah sich um. Er war außer Atem und nassgeschwitzt. »Aber ohne guten Grund werde ich keine Nachforschungen über jemanden aus meinem eigenen Department anstellen.«

»Schon verstanden«, sagte Decker. »Da Gratz die Frau auf dem Schwarzweißfoto als möglicherweise Margot Flint identifiziert hat, sollten wir uns wohl mal die Akte zu den Flints ansehen.«

»Wer ist ›wir‹, Lone Ranger?«

»Wendell, ich weiß nicht, wer bei Ihnen im Department im Flint-Fall ermittelt hat, aber für mich sind diese Unterlagen wichtig, weil Brady Neils Blut hier in dem Zimmer gefunden wurde, wo das Gemetzel stattgefunden hat. Wir sind auf derselben Seite. Ich würde mir wirklich gerne diese Akte ansehen.«

Tran blickte hinauf in den Himmel. Die Sonne ging rasch unter, und die dicken weißen Wolken hatten einen leuchtend rosa Rand. »Ich werde mal versuchen, ob ich die Originalakte aus dem Archiv besorgen kann. Es sei denn, Lennie Baccus hat auch die mit nach Hause genommen.«

»Wenn ja, weiß ich nichts davon.«

»Warum haben Sie dem Chief nichts von Lennie erzählt, nachdem Sie rausgefunden hatten, dass sie die Unterlagen mit nach Hause genommen hat?«

»Ich hab's meinem Captain erzählt. Das musste er entscheiden. Können wir bitte weitergehen?«

Tran schüttelte unzufrieden den Kopf. »Ich muss das erst mal verdauen. Ich sage Ihnen Bescheid, sobald ich die Flint-Akte habe.«

»Danke.«

»Wird mich nicht gerade beliebt bei den Jungs im Department machen.« Er tat seine Befürchtungen mit einer Handbewegung ab. »Ach, was soll's.« Er sah auf die Uhr. »Wird langsam spät. Falls Joe junior hier draußen verscharrt ist, kann er da auch noch eine Nacht bleiben. Machen wir, dass wir zurückkommen.«

Die beiden Männer drehten um und schlugen den Weg zurück zum Haus ein. Der Rückweg dauerte etwa vierzig Minuten, und als sie ankamen, zirpten bereits die Grillen.

»Ich bin Ihnen wirklich dankbar für Ihre Hilfe«, sagte Decker.

»Ihr Dank hilft mir kein bisschen. Sie haben Ihre Rente sicher. Ich noch nicht.« Tran blieb vor seinem Auto stehen und schaltete die Alarmanlage aus. »Falls Baccus sich irgendetwas zu Schulden hat kommen lassen, wird er ganz sicher mitbekommen, dass ich rumschnüffle.«

»Falls Ihre Nachforschungen dazu führen, ihn zu verdächtigen, sollten Sie jemanden mit einbeziehen.«

»Mist. Ich hasse alles, was auch nur entfernt nach Korruption aussieht.«

»Das versteh ich.« Decker holte tief Luft. »Ich würde gerne Gregg Levine über die Mordnacht befragen. Seine Zeugenaussage war eine der wenigen Passagen, die nicht geschwärzt waren. Nur gibt es da ein Problem: Er geht mir aus dem Weg, und ich weiß nicht, warum.«

»Vielleicht ist es schmerzhaft für ihn, die ganze Sache noch einmal durchleben zu müssen.«

»Sehr wahrscheinlich. Aber ich muss trotzdem mit ihm sprechen.«

»Ich schaue mal, was ich machen kann. Solange ich dabei bin, wenn Sie mit ihm reden. Jemand muss Sie ja im Auge behalten. Ich sage Ihnen Bescheid, wenn ich Levine erreiche. Rufen Sie mich nicht an, sondern warten Sie, bis ich mich melde.«

»Alles klar.« Decker ging zurück zu seinem Wagen, drehte den Zündschlüssel und saß bei laufendem Motor einen Moment lang einfach nur da. Wendell war einer von den Guten, seinen Kopf für jemanden zu riskieren, den er nicht kannte. Er hoffte, dass sich das Ganze nicht an ihm rächen würde.

Laut Deckers Armbanduhr war es acht Uhr dreißig. Er rief rasch bei Rina an und sagte ihr, dass er rechtzeitig zum Abendessen zu Hause sein würde, falls sie nicht schon gegessen hatte. Das hatte sie nicht, und sie war gerade dabei, die Lasagne aus dem Ofen zu holen.

Dann war sein Timing ja perfekt.

KAPITEL 23

McAdams saß am Esstisch und blätterte gerade durch diverse Unterlagen. Er trug Shorts und Sandalen und brummelte etwas Unverständliches, als Decker hereinkam.

»Wie bitte?« Decker schloss die Haustür hinter sich. »Was hast du gesagt?«

McAdams brummelte erneut.

Decker zog seine Schuhe aus und stellte sie in den Schrank im Flur. Dann ging er ins Schlafzimmer und kam in einem sauberen T-Shirt und Hausschuhen wieder heraus. »Isst du manchmal auch bei dir zu Hause?«

»Eigentlich nicht.« McAdams hob den Blick nicht von seinem Papierkram. »Aber ich hab Nachtisch mitgebracht.«

»Ganz sicher irgendein Dickmacher, den ich nicht essen darf.«

»Können wir kurz über die Arbeit reden?« Tyler sah auf. »Rina hat mich vom Gefängnis aus auf den neuesten Stand gebracht. Sie hat erzählt, dass du runter nach Florida fährst, um mit Jack Newsome zu sprechen, aber dass ich hierbleiben soll, um Lennie Baccus im Auge zu behalten.«

»Genau.« Decker nahm sich die Morgenzeitung und studierte die Schlagzeilen.

»Wusstest du, dass ihr Dad sie einstweilen vom Außendienst freigestellt hat, bis er rausgefunden hat, was mit den Levine-Unterlagen passiert ist?«

Die Zeitung senkte sich. »Wer hat dir das erzählt?«

»Sie selbst. Sie hat sich aufgeregt, war aber nicht überrascht. Ich habe ihr gesagt, sie soll vorsichtig sein. Sie behauptet, dass sie momentan sehr wachsam ist. Aufgrund meiner persönlichen Erfahrung – zweimal eine Kugel abgekriegt und so – mache ich mir schon ein bisschen Sorgen um ihre Sicherheit.«

»Ich mir auch, es sei denn, sie arbeitet für die Gegenseite.«

»Genau, Lennie, die Spionin. Ich dachte, du glaubst das nicht.«

»Mittlerweile ziehe ich alles in Erwägung.«

»Ah. Offen für alles. Gefällt mir. Ja, sie könnte uns verarschen. Falls das der Fall ist, spare ich mir die Sorge, bis es einen Grund dafür gibt.« McAdams hielt kurz inne. Dann fragte er: »Glaubst du wirklich, sie spioniert uns hinterher?«

»Weiß nicht.« Decker ging in die Küche. »Kann ich was helfen?«

Rina teilte gerade eine Gemüse-Käse-Lasagne in Portionen. »Du kannst den Salat und das Knoblauchbrot mit rausnehmen.« Ihre Vierecke waren perfekt. »Wie ist es heute Abend gelaufen? Ist Wendell Tran Freund oder Feind?«

»Er ist nicht glücklich, weil ich schon wieder will, dass er mir einen Gefallen tut.«

»Du willst dir die Akte zu Mitchell und Margot Flint ansehen.«

»Genau.«

»Und besorgt er sie für dich?«

»Die Antwort war ein eindeutiges Vielleicht.« Decker überlegte kurz. »Ich denke, er ist vertrauenswürdig, aber er ist sauer, weil ich ihn unter Druck setze, Dinge zu tun, die er nicht tun will. Wie zum Beispiel seine Kollegen auszuspionieren.«

»Da würde jeder sauer reagieren. Hat er die Levine-Akte gelesen?«

»Er behauptet nein. Ich schicke ihm eine Kopie. Er hat gesagt, er sagt mir Bescheid, wenn er die Unterlagen zu den Flints hat. Dann werd ich wohl einfach abwarten müssen.«

»Und während du wartest, können wir genauso gut über unsere Reise nach Florida nachdenken. Wenn wir dieses Wochenende fliegen, kann ich uns günstige Flüge besorgen. Ich dachte, Donnerstag bis Sonntag.«

»Rina, besuch du deine Mutter doch am Donnerstag. Ich komme dann Freitagnachmittag runter, und wir verbringen den Schabbes mit ihr. Ich meine, nicht bei ihr im Altersheim, sondern im Hotel um die Ecke. Wir können uns irgendwo was zu essen holen. Meine Mutter besuchen wir am Sonntag, und ein Gespräch mit Jack Newsome kann ich hoffentlich auch noch reinquetschen.«

»Beide Mütter werden sich riesig freuen. Ist ja schon ein Weilchen her. Soll ich dann die Tickets buchen?«

»Ja, tu das.«

Rina nahm eine Serviergabel heraus. »Peter, hältst du es für möglich, dass Tran Newsome anruft und ihn vorwarnt, dass du ihn besuchen willst?«

»Er kann Newsome nichts von einem Besuch erzählen, von dem er nichts weiß.« Decker ging an den Kühlschrank und nahm mit einer Hand den Salat heraus. In der anderen hatte er bereits den Servierteller mit Knoblauchbrot. »Ich hab einen Riesenhunger. Komm, essen wir.«

Als Rina und Decker das Essen auf den Tisch stellten, räumte McAdams seine Unterlagen beiseite und verstaute sie im Rucksack neben seinem Stuhl. »Radar arbeitet daran, das Tattoo des großen Unbekannten vom Überwachungsvideo besser sichtbar zu machen. Er hat jemanden in Boston gefunden, der auf so was spezialisiert ist. Radar schickt ihm das Originalbild per FedEx und behält eine Kopie. Muss schwer für dich sein, in einem Department zu arbeiten, das im Vergleich zum LAPD noch in der Steinzeit steckt.«

»Technischer Kram muss immer erst organisiert werden«, entgegnete Decker. »Greenbury hat zwar nicht viel in dieser Richtung vorzuweisen, aber es kommt viel schneller in die Gänge als der Dinosaurier, für den ich vorher gearbeitet habe.« Er griff die Servierplatte. »Soll ich dir auftun, Rina?«

»Ja, bitte.«

»Hast du heute mit Butterfield gesprochen?«, fragte McAdams.

»Ja, ich hab ihn endlich erreicht«, sagte Decker. »Er hat eine Liste mit vierunddreißig Toyota Camrys aus der näheren Umgebung erstellt. Er arbeitet sie nacheinander ab ... ungefähr ein Drittel hat er schon geschafft.«

»Ich kann mithelfen.«

»Prima«, sagte Decker. »Was hast du heute gemacht, außer dir Sorgen um Lennie Baccus' Sicherheit zu machen?«

»Während du mit Gratz gesprochen und versucht hast, dich bei Wendell Tran einzuschleimen, habe ich mir mal genauer angesehen, welchen beruflichen Tätigkeiten Joseph Boch senior nachgegangen ist.«

»Aha.« Decker tat sich zwei Stücke Lasagne auf und reichte den Servierteller an McAdams weiter. »Und?«

»Er hat für folgende Tätigkeiten Steuererklärungen eingereicht.« McAdams nahm sich ein Stück, stellte den Servierteller beiseite und wühlte dann in seinem Rucksack herum. »Ich hatte noch keine Gelegenheit zu überprüfen, als was er gearbeitet hat, nachdem er zurück nach Kansas gezogen ist, aber in Hamilton war er vor allem in zwei Bereichen tätig: Im Baugewerbe als Dachdecker und als Hilfskoch in örtlichen Diners. Hat nie länger als neun Monate in einem Job gearbeitet und laut Steuererklärung nie mehr als zwanzigtausend im Jahr verdient.«

»Nicht gerade aufregend«, kommentierte Rina. »Hoffentlich ist da noch mehr.«

»Ja, ist es«, sagte Tyler. »Ein Job ist mir besonders aufgefallen: Joe senior hat sechs Monate als Nachtwächter im Rathaus gearbeitet.«

Decker hörte auf zu essen. »Er hat im Sicherheitsdienst gearbeitet?«

»Ein halbes Jahr lang.«

»Hm.« Dann: »Warum ist mir das nicht aufgefallen, als ich gesucht habe?«

»Ich hab auch 'ne ganze Weile gebraucht, um es zu finden. Ich glaube, der Job ist noch nicht mal auf seinen Steuererklärungen aufgeführt.«

»Hätte er aber sein müssen, wenn's bei der Stadtverwaltung war.«

»In einer Kleinstadt wird schon mal gemauschelt. Wie gesagt, ich hab's auch nicht sofort entdeckt.«

»Gute Arbeit«, lobte ihn Decker. »Um den Job zu kriegen, muss er sich doch irgendwann mal einer Sicherheitsüberprüfung unterzogen haben.«

»Oder vielleicht kannte er auch nur jemanden, der ein gutes Wort für ihn eingelegt hat«, bemerkte Rina. »Wie Tyler schon sagte: typisch Kleinstadt.«

»Wenn er im Sicherheitsdienst gearbeitet hat, muss er sich mit Alarmanlagen ausgekannt haben«, sagte McAdams.

»Kann sein«, entgegnete Decker. »Wann war das Ganze?«

»Im Rathaus hat er ein halbes Jahr vor den Levine-Morden aufgehört.«

»Wie praktisch«, bemerkte Rina.

»Ganz genau«, sagte McAdams. »Ich weiß, es ist schon lange her, aber ich könnte ins Rathaus in Hamilton gehen und fragen, ob sich jemand an ihn erinnert.«

Decker nickte. »Gib dein Bestes.« Er dachte kurz nach. »Haben wir irgendwas, das Joe senior mit den Levines in Verbindung bringt?«

»Du meinst, ob er als Wachmann für sie gearbeitet hat?«, fragte McAdams. »Ich konnte nichts finden, und ich habe sorgfältig nachgesehen. Könnte aber trotzdem sein, dass er bei den Levines beschäftigt war und sie ihm das Geld schwarz gegeben haben. Auf die Weise hätten sie keinen Arbeitgeberanteil und keine Sozialabgaben zahlen müssen, und er hätte die Einkünfte nicht auf der Steuererklärung angeben müssen. Außerdem haben sie ihn vielleicht ohne Referenzen genommen, weil er ja schon fürs Rathaus gearbeitet hatte.«

»Okay. Irgendeine Verbindung zwischen Senior und den Flints?«, sagte Decker.

»Die suche ich noch«, antwortete McAdams. »Die Verbindung besteht vielleicht zwischen Jaylene und den Flints. Die Fotos waren schließlich in ihrem Rollstuhl versteckt.«

»Gut. Ich sollte Jaylene wahrscheinlich morgen mal einen Besuch abstatten. Rausfinden, ob es ihr besser geht.«

»Ist sie immer noch im Krankenhaus?«, fragte Rina. »Ist doch jetzt schon fast eine Woche. Ist sie noch nicht über den Berg?«

»Keine Ahnung. Ich rede mal mit den Ärzten.«

»Vielleicht kann sie dir endlich erzählen, was passiert ist«, merkte McAdams an.

»Das wäre natürlich wunderbar«, sagte Decker. »Aber zuerst müssen wir mal sehen, ob sie überhaupt in der Lage ist zu sprechen.«

Es war schon nach elf, als Rina ins Bett kam. Sie hatte erwartet, dass Peter längst schlief. Stattdessen brannte das Licht auf seinem Nachttisch, und er las gerade in einem seiner kleinen schwarzen Notizbücher und blätterte durch die Seiten. Sie zog sich die Bettdecke über die Brust und drehte sich zu ihm um. »Immer noch bei der Arbeit?«

»Manchmal hilft es, die Dinge noch mal durchzugehen.«

»Bestimmt, aber nicht kurz bevor du einschlafen willst. Ich meine, du hast doch vor zu schlafen, oder?«

»Irgendwas hat mir keine Ruhe gelassen, und jetzt weiß ich auch, was es ist.« Decker pochte mit dem Handrücken auf das Notizbuch. »Dieser Typ ... C. Bonfellow. Er arbeitet bei dem Bigstore, bei dem auch Brady Neil und Joseph Boch angestellt waren.«

»So heißt er wirklich? C?«

»Nein, das stand auf seinem Namensschild. Steht vermutlich für Chris oder Carl oder so. Dieser Mann wollte mir jedenfalls unbedingt mitteilen, dass er Geheimnisse kennt, dass sich die Leute in seiner Gegenwart unterhalten, weil sie ihn einfach ausblenden.« Decker sah auf. »Hat einen Riesenminderwertigkeitskomplex, so viel ist klar.«

»Glaubst du, er hat was mit den Morden zu tun?«

»Weiß ich nicht, aber er war ziemlich komisch. Hat behauptet, noch nicht mal zu wissen, wer Boxer ist. Und seit ich das erste Mal mit ihm gesprochen habe, ist viel passiert. Könnte sich lohnen, ihm einen weiteren Besuch abzustatten.«

»Aha. Klingt gut. Können wir jetzt schlafen?«

»Na klar.« Decker legte seine Aufzeichnungen beiseite und knipste sein Licht aus. »Und wenn ich schon mal dort bin, kann ich noch mal mit den Kollegen reden. Normalerweise tratschen die ganz gerne.«

»Tratsch ist nicht immer was Schlechtes.« Sie reckte sich vor und gab Decker einen Kuss. »Denn was wäre die Ermittlungsarbeit ohne ihn?«

»Wie wahr. Ist sowieso ein Irrglaube, dass die meisten Verbrechen durch Wissenschaft gelöst werden. Stimmt nämlich nicht. Wissenschaft bringt Verbrecher hinter Gitter. Die meisten Fälle werden durch guten alten Klatsch und Tratsch gelöst, weil die Leute nun mal gerne aus dem Nähkästchen plaudern.«

Es handelte sich um ein Zweibettzimmer, aber Jaylene hatte das Bett am Außenfenster. Dadurch war es hell, und man konnte ein kleines Stück vom blauen Himmel sehen, trotzdem war es ein Krankenzimmer, das nach Krankenhaus roch und bei dem man unweigerlich daran denken musste, dass das Leben hier enden konnte. Es war sieben Uhr am Dienstagmorgen, und Jaylene war wach und frühstückte gerade, als

Decker hereinkam. Mit einem Ausdruck von Verwirrung und Teilnahmslosigkeit sah sie ihn an. Sie hatte noch immer einen Sauerstoffschlauch in der Nase, aber ihre Gesichtsfarbe war gesünder. Decker zog den Vorhang neben dem Bett zu, damit sie ein wenig ungestörter waren, und zog sich einen Stuhl ans Bett.

»Hallo, Jaylene. Wie geht es Ihnen?«

Sie konnte nicht antworten, da sie gerade mit zitternder Hand einen Löffel Cornflakes zum Mund führte. Milch tropfte von ihrem Kinn auf ein Lätzchen, das das blauweiße Krankenhausnachthemd bedeckte. Aus den riesigen Ärmeln ragten zwei abgemagerte Ärmchen hervor. Er wartete, bis sie ihn erneut ansah, bevor er weitersprach.

Dann fragte er: »Erinnern Sie sich an mich?«

Sie legte den Löffel ab. »Der Junge?«

»Meinen Sie mit ›der Junge‹ Ihren Sohn Joseph?«

Jaylene antwortete nicht. Dann traten ihr die Tränen in die Augen. »Er hat mich verlassen.«

»Inwieweit das zutrifft, weiß ich nicht, Jaylene, aber ich kann ihn nicht finden. Wissen Sie zufällig, wo er sein könnte?«

»Kansas.«

Decker versuchte, sich nichts anmerken zu lassen. »Kansas?«

»Ja, Joe ist aus Kansas.«

»Aha.« Sie brachte gerade die beiden Joes in ihrem Leben durcheinander. »Wissen Sie irgendetwas über Joes Freunde?«

Sie aß einen weiteren Löffel Cornflakes. »Alle weg oder im Gefängnis.«

»Ja, die Freunde von Joe senior sind alle weg oder im Gefängnis. Aber was ist mit den Freunden von Joe junior?«

Ein verständnisloser Blick. »Der Junge?«

»Ja, der Junge. Was ist mit seinen Freunden?«

Jaylene sah ihn wieder verständnislos an. Dann fragte sie: »Wer sind Sie?«

»Ich bin Detective Peter Decker von der Polizei in Greenbury. Letzte Woche habe ich den Krankenwagen gerufen, der sie ins Krankenhaus gebracht hat. Erinnern Sie sich daran?«

Sie blieb stumm, dann schüttelte sie kaum merklich den Kopf für »Nein«.

»Erinnern Sie sich, wie Sie hergekommen sind? Ins Krankenhaus?«

Ihre Augen wurden feucht. »Autounfall.«

Wieder verwechselte sie zwei traumatische Vorfälle. Es war nicht der geeignete Zeitpunkt, um die Sache richtigzustellen. Jetzt, da sie wieder sprechen konnte, bestand die Möglichkeit, dass ihre Gedanken mit der Zeit zusammenhängender würden. »Sie sehen schon gesünder aus«, bemerkte Decker.

Wieder starrte Jaylene ihn an. »Wer sind Sie?«

»Ich bin Polizist. Mein Name ist Peter Decker. Nach Ihrer Einweisung bin ich Sie hier im Krankenhaus schon einmal besuchen gekommen.«

Sie sah ihn eindringlich an. »Ein Polizist.«

»Ja.« Decker hielt inne. »Jemand ist bei Ihnen zu Hause eingebrochen, Jaylene. Erinnern Sie sich daran?«

»Fragen Sie den Jungen.«

»Ich versuche schon die ganze Zeit, Joseph zu finden, aber irgendwie gelingt es mir nicht.«

»Er war da.«

Decker biss sich auf die Lippe, um nichts zu überstürzen. »Joseph war da, als jemand bei Ihnen eingebrochen ist?«

»Jemand ist bei mir eingebrochen?«

»Ja. Woran erinnern Sie sich in diesem Zusammenhang?«

»Fragen Sie den Jungen.«

Sie drehten sich im Kreis. Decker fragte: »Was würde der Junge denn sagen, wenn ich ihn zu dem Einbruch bei Ihnen befragen würde?«

»Ich weiß es nicht.« Jaylene schob ihre Cornflakes zur Seite. Sie griff die Kaffeetasse, stellte sie jedoch wieder ab. »Kalt.«

»Ich besorge Ihnen neuen, heißen Kaffee.«

»Danke.«

Decker ging über den Flur zum Schwesternzimmer und schnappte sich eine kleine Frau mit ausladendem Vorbau, die in den Sechzigern zu sein schien. Sie hatte lockiges graues Haar und hellbraune Augen. Ihr Namensschild verriet Decker, dass sie Schwester Aileen Jackson hieß. »Verzeihung, könnte jemand Jaylene Boch noch eine Tasse heißen Kaffee bringen?«

Sie sah ihn misstrauisch an. »Sie haben hier keinen Zutritt, Sir.«

Eine Raucherstimme. »Ich bin Peter Decker vom Greenbury PD.« Er zeigte ihr seinen Dienstausweis. »Ich muss mit Mrs. Boch über ihren vermissten Sohn sprechen, aber sie kann sich nur sehr schlecht erinnern. Ich komme morgen wieder, vielleicht ist sie dann ein bisschen weniger verwirrt. Darf ich ihr derweil noch einen Kaffee holen?«

»Sie sollten gar nicht mit ihr sprechen, besonders nicht nach gestern.« Die Schwester warf ihm einen strengen Blick zu. »Ihr Leute gebt einfach nicht auf, was?«

»Ihr Leute?«

»Sie und die beiden, die gestern hier waren.«

Decker holte tief Luft. »Wer war gestern hier?«

Aileen sah ihn verächtlich an. »Reden Sie denn nicht miteinander?«

»Ma'am, wovon sprechen Sie?«

»Die zwei Polizisten, die gestern hier waren, gleich nachdem wir Jaylene auf ihr Zimmer gebracht haben. Sie sagten, sie hätten etwas Wichtiges mit ihr zu besprechen, aber sobald sie das Zimmer betreten haben, sind ihr Blutdruck und ihr Puls nach oben geschossen. Ich habe die beiden rausgeschickt, ich musste sie sogar anbrüllen. Wir haben eine ganze Weile gebraucht, um Jaylene wieder zu stabilisieren.« Als Decker nicht antwortete, wurde Aileen auf einmal vorsichtig. »Das waren doch Kollegen von Ihnen, oder?«

»Nicht von mir.«

»Die waren aber von der Polizei. Ich hab Ihre Dienstmarken gesehen. Die waren echt.«

»Wenn Sie die Dienstmarken gesehen haben, wissen Sie dann, wie die beiden hießen?«

»Ähm, nein.« Aileen schluckte schwer.

»Die haben ihre Namen nicht genannt, als sie sich ausgewiesen haben?«

»Nein, aber sie haben mir die Dienstmarken gezeigt.«

»Worauf Name und Identifikationsnummer stehen sollten.« Als Aileen stumm blieb, fragte Decker: »Von welchem Police Department waren die Männer?«

»Ich glaube, vom Hamilton PD.«

»Sie waren vom Hamilton PD?«

»Glaube ich zumindest.«

»Trugen die beiden Uniform?«

»Nein.« Sie funkelte Decker wütend an. »Sie doch auch nicht.«

»Stimmt. Ich habe seit dreißig Jahren keine Uniform mehr getragen.« Er überlegte. »War zufällig einer der beiden Vietnamese?«

»Nein. Zwei Weiße.«

»Gut. Jung? Alt?«

»Ich weiß nicht, ob ich überhaupt mit Ihnen reden sollte.«

»Im Gegenteil, ich bin genau der, mit dem Sie reden sollten, weil ich mich am Eingang einem Sicherheitscheck unterzogen habe, wie mein tolles Klebeschild für Besucher hier besagt. Außerdem wissen Sie, wie ich heiße und woher ich komme, und ich habe keine Panikattacke bei Jaylene Boch ausgelöst. Wie sahen die beiden Männer aus?«

»Es waren zwei ältere Weiße. An ihrem Aussehen war nichts Besonderes. Ich habe nicht weiter darüber nachgedacht, bis sie das Krankenzimmer betreten haben und Mrs. Bochs Vitalparameter hochgeschossen sind. Dann hatten wir eine Notfallsituation.«

Deckers Kiefermuskulatur spannte sich an. »Ich rufe jetzt jemanden aus meinem Department an und bitte, einen Polizeibeamten zur Bewachung von Mrs. Bochs Zimmer vorbeizuschicken. Niemand, der nicht zum Krankenhauspersonal gehört, darf ohne meine Erlaubnis rein oder raus.«

»Warum sollte ich von Ihnen Anweisungen entgegennehmen? Ich weiß ja noch nicht mal, wer Sie sind.«

»Doch, das wissen Sie«, knurrte Decker. »Ich bin Detective Peter Decker von der Polizei Greenbury, und jetzt gerade habe ich hier das Sagen. Aber damit auch jeder damit einverstanden ist, werde ich die Sache mit der Krankenhausverwaltung abklären. Ich muss wieder zurück ins Zimmer, um Jaylene im Auge zu behalten. Ich glaube, es war kein Zufall, dass ihre Vitalparameter beim Anblick dieser beiden Männer verrückt gespielt haben. Vielleicht hatten sie irgendetwas mit dem Überfall zu tun.«

»Welcher Überfall?«

»Jaylene Boch wurde überfallen.« Decker ging den Flur wieder zurück, bis er vor der Tür zu Jaylenes Zweibettzimmer stand. Schwester Jackson war ihm gefolgt. Er fragte sie: »Das wussten sie nicht?«

»Ich wusste nur, dass sie bei der Einlieferung stark dehydriert war.«

»Weil man sie an ihren Rollstuhl gefesselt und dem sicheren Tod überlassen hatte. Ihr Sohn wird vermisst. Die Frau muss beschützt werden. Niemand betritt ihr Zimmer ohne meine

Erlaubnis, egal, wie viele Dienstmarken man Ihnen vor die Nase hält.«

»Die sahen echt aus – die Dienstmarken.«

»Vielleicht waren auch die Männer echt, aber ohne Namen kann ich das nicht überprüfen.« Er sah die kläglich dreinschauende Schwester an. »Die Sache ist niemandes Schuld, Ms. Jackson. Vielleicht sind es wirklich Detectives. Ich muss nur rausfinden, wer sie waren.« Er nahm sein Handy heraus. »Ich muss ein paar Telefonate führen. Könnten wir bitte noch eine Tasse Kaffee für Mrs. Boch bekommen?«

»Ich lasse Sie nicht alleine. Ich weiß ja nicht, ob Sie mir was vorlügen.«

»Könnten Sie dann jemandem wegen des Kaffees Bescheid sagen?«

»Ich rühre mich nicht von der Stelle, und Sie sollten hier draußen wirklich nicht mit dem Handy telefonieren. Am anderen Ende des Flurs gibt's dafür einen extra Bereich.«

»Ich rühre mich auch nicht vom Fleck, Schwester Jackson. Also haben wir ganz klar eine Patt-Situation.«

»Ich könnte den Sicherheitsdienst rufen.«

»Das werden Sie nicht tun.« Decker rief auf seinem Handy die Liste mit den meistgewählten Nummern auf und tippte auf Tylers Namen. »Denn dann müssten Sie zugeben, dass Sie auf zwei Männer reingefallen sind, die sich als Polizisten ausgegeben haben.«

»Sie hätten doch Polizisten sein können. Haben Sie selbst gesagt.«

Tylers Voicemail ging dran. Decker hinterließ eine Nachricht und legte auf. »Ja, das habe ich.« Er dachte kurz nach. »Ich weiß, Sie sagten, Sie erinnern sich nicht, wie die beiden aussahen. Aber das würden Sie vielleicht, wenn Sie mit einem Phantombildzeichner zusammensäßen.«

Ihr Gesicht entspannte sich. »Möglich wär's.«

»Kann ich einen Termin vereinbaren? Es würde uns sehr weiterhelfen.«

»Wenn's Ihnen helfen würde, könnte ich's wohl machen.«

»Könnten Sie dann Mrs. Boch eine heiße Tasse Kaffee besorgen?«

»Sie sollte nichts zu Heißes trinken. Falls Sie es nicht bemerkt haben, sie kann ihren rechten Arm nicht richtig benutzen.«

»Könnten Sie ihr trotzdem einen Kaffee besorgen?«

»Ich schaue mal, was sich machen lässt.« Schwester Jackson sah Decker an. »Wollen Sie auch einen?«

»Das wäre klasse. Einfach schwarz, ohne Milch und Zucker.« Decker lächelte. »Sehen Sie, ist doch besser, Freunde statt Feinde zu sein, oder?«

»Das würde ich nicht sagen«, konterte Aileen. »Bei meinen Feinden weiß ich, woran ich bin. Aber bei Freunden kann man sich da nie sicher sein.«

KAPITEL 24

Seit ein uniformierter Beamter aus Greenbury vor Jaylene Bochs Zimmer Wache hielt, verbrachte Decker über eine Stunde damit, alles mit dem Krankenhaus abzusprechen. Obwohl Formulare ausgefüllt und diverse Hürden genommen werden mussten, stellte sich die Verwaltung als kooperativ heraus. Für den Papierkram brauchte er eine weitere Stunde, und sobald das erledigt war, verließ Decker das St. Luke's, um zur Arbeit zu fahren. Als er dann im Auto saß, machte er sich Vorwürfe, dass er die beiden Männer im Toyota Camry nicht schneller ausfindig gemacht hatte. In Greenbury ging alles seinen gemächlichen, fast schon schläfrigen Gang, aber ein Mord war immer noch ein Mord, und er hätte bei der Sache viel mehr Druck machen müssen. Nachdem er sich unter lateinischen mea culpas und hebräischen Al Chets an die Brust geschlagen hatte, beendete er seine Grübeleien und war wieder ganz der professionelle Detective. Vom Wagen aus rief er Wendell Tran an und brachte ihn kurz auf den neuesten Stand.

»Ich bin auf dem Rückweg nach Greenbury, um die Phantombildkartei vorzubereiten«, sagte Decker. »Aileen Jackson, die Krankenschwester, die die Gesichter der beiden Männer gesehen hat, hat sich bereit erklärt, uns am Nachmittag auf dem Revier zu treffen. Wäre vier Uhr in Ordnung für Sie?«

»Randy muss zu einer Gerichtsverhandlung, aber ich komme vorbei.« Kurzes Schweigen in der Leitung. »Wer sind diese Typen, und warum glauben Sie, die sind von unserem Police Department?«

»Ich beantworte zuerst Ihre zweite Frage: Die Schwester glaubt, die Dienstmarken, die sie gesehen hat, stammten aus Hamilton, aber sie ist sich nicht sicher. Ich habe keine Ahnung, ob sie tatsächlich von Ihrem Department ausgestellt wurden oder nur so aussehen sollten.«

»Hm, niemand in Hamilton, den ich kenne, hatte den Auftrag, Jaylene zu besuchen, aber ich überprüfe das noch mal, um sicherzustellen, dass ich da nicht was nicht mitbekommen habe. Meiner Meinung nach sind das aber Betrüger.«

»Würde ich auch sagen«, antwortete Decker. »Die beiden könnten dieselben Männer sein, die wir auf den Kameraaufzeichnungen entdeckt haben, wie sie in der Nacht, als Brady Neil umgebracht wurde, mit dem Auto die Canterbury Lane verließen. Möglicherweise sind es auch dieselben, die in die Wohnung von Lennie Baccus eingebrochen sind und die ursprünglichen Unterlagen zu den Levine-Morden gestohlen haben. Was diese beiden Vorfälle miteinander zu tun haben, ist allerdings völlig unklar. Was wir jedoch wissen, ist, dass Jaylene Boch beim Anblick der Männer panische Angst bekam. Ich habe einen Streifenbeamten zur Bewachung vor ihrem Zimmer postiert.«

»Aus Greenbury?«

»Bevor wir nicht wissen, ob diese Männer eine Verbindung zur Polizei in Hamilton haben – aktuell oder in der Vergangenheit –, halte ich das für vernünftig.«

Widerwillig gab Tran ihm recht. »Ich werde Baccus von den neuesten Entwicklungen in Kenntnis setzen. Haben Sie irgendetwas aus Jaylene rausbekommen?«

»Nein, sie ist immer noch verwirrt. Ich hoffe ja, dass sie mit der Zeit wieder klar im Kopf wird. Ihre panische Reaktion auf die beiden Männer ist das Aufschlussreichste, was wir bislang haben.«

»Wissen Sie, was mir Kopfschmerzen bereitet?«, fragte Tran.

»Ja, warum Jaylene nicht ebenfalls umgebracht wurde wie die beiden jungen Männer. Darauf habe ich keine Antwort. Vielleicht hatte sie einen Herzinfarkt oder einen Schlaganfall vor lauter Aufregung. Ich bin mir sicher, der Täter ging davon aus, dass sie sterben würde.«

»Warum hat er sie nicht einfach umgebracht? Warum hat er es dem Zufall überlassen?«

»Ich weiß es nicht. Das wäre der sicherste Weg gewesen, dafür zu sorgen, dass sie nie mehr redet. Ihr einfach eins überbraten.« Decker dachte nach. »Boch junior aus dem Weg zu schaffen war das Hauptanliegen. Jaylene war vielleicht nur ein nachträglicher Einfall.«

»Trotzdem, wenn der oder die Täter bereits zwei Personen umgebracht haben, warum dann nicht auch noch eine dritte?«

»Ihr Leben zu verschonen ist wirklich seltsam.« Decker hielt inne. »Vielleicht kannte der Täter sie und hatte etwas für sie übrig.«

»Wenn sie ihn gekannt hat, wäre das umso mehr Grund, sie zu töten und nicht nur zu fesseln und zu hoffen, dass sie stirbt.«

»Ja, da haben Sie recht.« Wieder hielt Decker inne. »Vielleicht hat er sie zuerst gar nicht bemerkt. Sie hat gehört, was vor sich ging, und hat sich tot gestellt. So etwas habe ich schon bei anderen Familien erlebt, wo alle ermordet wurden bis auf eine Person, die davonkam. Der Mörder nimmt diese letzte Person nicht als Bedrohung wahr, häufig ein Kind, ein kleines Baby oder jemand sehr Altes. Der wahnsinnige Blutrausch ist vorbei, das Adrenalin-High ist verflogen, der Täter bringt's nicht mehr übers Herz. Jetzt will er nur noch eins: verschwinden.«

Schweigen am anderen Ende der Leitung. »Warum hat er sie dann gefesselt?«

»Ich weiß es nicht, Tran. Vielleicht, weil er vorhatte, die Sache zu Ende zu bringen, nachdem er Boxer getötet hatte, aber nach dem Blutrausch hat er sie einfach vergessen. Vielleicht war er gerade dabei, sie zu fesseln, als Boxer ins Zimmer kam, und der Mörder hat dann ihn ins Visier genommen. Vielleicht wollte er sie nicht umbringen, sondern nur verhindern, dass sie um Hilfe ruft.«

»Lag ein Telefon in ihrer Nähe, als Sie sie gefunden haben?«

»Nein, da war keins. Vielleicht hat der Mörder es mitgenommen, weil Jaylene tatsächlich eine Handynummer hat.«

»Erscheint mir logisch.« Tran blieb einen Moment stumm. »Ich werde an den Chief weitergeben, was Sie mir gesagt haben. Dann bis um vier.«

Decker legte auf. Als er zurück aufs Revier kam, war es Viertel vor drei, und er war völlig erledigt. Wo wir doch gerade von niedrigem Adrenalinspiegel sprachen. Er war so müde, dass er sich eine Tasse von dem widerlichen, schon ewig herumstehenden Kaffee einschenkte. Nachdem er ein, zwei Schlucke genommen hatte, spuckte er ihn wieder aus.

McAdams und Butterfield traten aus einem der Vernehmungszimmer, beide mussten im grellen Kunstlicht erst einmal blinzeln. Tyler sagte: »Trink doch nicht das fiese Zeug. Nimm die neue Kapselmaschine, die ich gekauft habe.«

»Nicht stark genug, Kleiner. Ich brauche 'ne ausgewachsene Dosis Koffein.« Decker schüttelte unzufrieden den Kopf. »Nicht genug Schlaf gestern Nacht, und so langsam macht sich das Alter bemerkbar.«

Butterfield nickte. »Wie wahr, wie wahr. Ich wollte jedenfalls gerade für Harvard und mich von dem neuen Café gegenüber einen frisch gebrühten Kaffee besorgen. Ich bringe dir einen extrastarken mit, während Tyler dir von unseren Überwachungsvideos berichtet.«

»Ja, was hat sich da ergeben?«

»Nichts so Eindeutiges wie ein klarer Blick auf die Gesichter, aber wir haben ein paar Ansichten von der Seite. Definitiv zwei Personen in dem Wagen, Pete, aber wir können noch nicht mal feststellen, ob sie männlich oder weiblich sind. Die rasen vorbei, und die Aufnahmequalität ist beschissen.«

»Wir werden mit dem arbeiten, was wir haben. Was für Fortschritte machen wir mit der Camry-Liste?«

»In der unmittelbaren Umgebung gab es nichts, was vielversprechend ausgesehen hätte, also habe ich den Suchradius erweitert. Außerdem habe ich eine Anfrage nach vor Kurzem gestohlenen Camrys gestartet. Bislang bei beidem keine Treffer. Mietwagen kommen als Nächstes an die Reihe.«

»Ich erstelle gerade eine Liste mit Mietwagenagenturen in einem Umkreis von fünfzig Meilen«, meldete sich Tyler zu Wort. »Wenn wir mit allen Kameraaufzeichnungen durch sind, fange ich an, die abzutelefonieren. Aber wenn der Wagen gestohlen war, sind wir geliefert.« Er deutete ein Achselzucken an. »Im Krankenhaus alles in trockenen Tüchern?«

»Jaylene wird jetzt bewacht.« Decker erzählte Butterfield, was zwischenzeitlich passiert war. »Ich muss meine Gedanken ordnen, bevor Aileen Jackson um vier ins Revier kommt. Haben wir so was wie einen Polizeizeichner?«

Butterfield musste schmunzeln. »Nein. Brauchen wir auch nicht allzu oft.«

»Kann bei uns jemand gut zeichnen?«

»Melanie Sarzo«, sagte McAdams. »Sie ist Streifenbeamtin. Als ich hier angefangen habe, hat sie eine Karikatur von mir gemacht.«

Butterfield grinste. »Kann ich mich noch gut dran erinnern. War wirklich lustig.«

»Lustig? Wie man's nimmt ...«, grummelte McAdams. »Seitdem kann ich sie nicht mehr leiden. Aber das ist jetzt ihre Chance, die Sache wiedergutzumachen.«

»Ich sage ihr Bescheid«, bot Butterfield an. »Um vier, richtig?«

»Ja. Und wenn du schon telefonierst, ruf mal bei Lennie Baccus an. Sie hat ein Recht darauf, zu sehen, wer vermutlich bei ihr eingebrochen ist. Und es besteht immer die entfernte Möglichkeit, dass sie die beiden aus einem anderen Zusammenhang wiedererkennt.«

»Alles klar.« Butterfield rieb sich die Augen. »Aber zuallererst hole ich uns allen einen Kaffee. Nach den letzten zwei Stunden muss ich dringend ans Tageslicht.«

Das Vernehmungszimmer war zwar groß, aber jetzt platzte es fast aus allen Nähten: Aus Greenbury waren neben Decker, Melanie Sarzo, die künstlerisch begabte Polizistin, McAdams, Butterfield und Radar anwesend. Hamilton war durch Wendell Tran vertreten. Jeden Moment würde auch Chief Baccus dazustoßen. Lennie Baccus hatte den Sonderstatus, sowohl zum einen wie auch zum anderen Revier zu gehören. Draußen war es warm, und sie trug eine schwarze Baumwollhose und ein adrettes weißes Hemd. Aileen Jackson, der Star dieser Veranstaltung, war gerade von der Arbeit gekommen, weswegen sie noch immer in Dienstkleidung war.

»Er hatte ein rundliches Gesicht ...« Aileen blätterte durch die Phantombildkartei. »Ungefähr wie das da.« Sie deutete auf einen Umriss. »Nicht ganz so rund. Es war etwas länglicher. Ein längliches, rundes Gesicht. Wie jemand, der früher mal ein längliches Gesicht hatte, aber zugelegt hat, und jetzt ist es nur noch rundlich.« Ein rascher Blick zu Decker. »Ich weiß es wirklich nicht genau. Ich habe die beiden nur ganz kurz gesehen. Hauptsächlich habe ich mich auf die Patientin konzentriert.«

»Aileen, Sie sind alles, was wir haben«, merkte Decker an. »Geben Sie Ihr Bestes.«

Die Krankenschwester nickte mit feierlichem Ernst. Egal, welche Aufgabe man ihr übertrug, für sie war alles eine ernste Angelegenheit. Nach zwanzig Minuten konnten sie einen ersten Blick auf die beiden Männer werfen, derentwegen Jaylene Boch beinahe einen Herzinfarkt erlitten hätte.

»Soll ich noch etwas hinzufügen oder wieder wegnehmen?«, erkundigte sich Melanie Sarzo.

Aileen betrachtete die Zeichnung des Verdächtigen Nr. 1 genau. Schließlich sagte sie: »Irgendwas stimmt nicht.«

»Lassen Sie sich Zeit«, ermutigte sie Decker. »Wir sind für Sie da.«

»Es sind die Augen«, sagte Aileen. Sie schwieg einen Moment. »Er hat mich angestarrt, als wollte er mich umbringen, daran erinnere ich mich genau. Nicht dass es mir was ausgemacht hätte. Du kannst mich so wütend anstarren, wie du willst, aber mach, dass du aus dem Zimmer kommst.« Sie hielt inne. »Es war, als ob man ins Nichts blickt. Da war nur absolute Leere.«

»Vielleicht waren die Augen heller?« Melanie fing an, die dunkle Schraffur auszuradieren.

»Nein, es lag nicht nur an der Farbe; da war etwas in seinem Blick. Er war völlig leblos.«

»Wenn jemand wütend ist, vergrößern sich die Pupillen«, merkte Decker an. »Wenn seine Augen dunkel mit vergrößerten Pupillen waren, wirkt es so, als ob man in ein schwarzes Loch starrt.«

»Hm, vielleicht.«

Statt die Schraffur weiter auszuradieren, verstärkte Melanie sie. »So?«

»Ja, ungefähr. Außer ...« Aileen überlegte. »Vielleicht standen die Augen etwas enger zusammen. So als ob man versucht, jemanden anzusehen, der zu dicht vor einem steht. Dann gehen die Augen zusammen. Verstehen Sie, was ich meine?«

»Absolut«, sagte Mike Radar.

Als Melanie die Veränderungen anbrachte, nickte Aileen. »Ja.« Ein weiteres bekräftigendes Nicken. »Ja, genau so.«

Melanie übergab die Zeichnung Decker, der sie an Tran weiterreichte. »Sieht das aus wie jemand, den Sie kennen?«

Tran studierte das Porträt sorgfältig. »In Hamilton gibt es drei Reviere, und auch wenn ich nicht jeden Einzelnen kenne,

kenne ich doch die meisten vom Sehen. Dieser Mann kommt mir nicht bekannt vor. Zudem sieht er wesentlich älter aus als die meisten mir bekannten Kollegen.«

»Ja, er könnte etwa in meinem Alter sein«, sagte Decker. »Wenn er ein Officer oder Detective in Hamilton war, ist er vor vielleicht zehn oder fünfzehn Jahren im aktiven Dienst gewesen. In richtigen Police Departments gehen die meisten Beamten normalerweise mit etwa Mitte fünfzig in den Ruhestand.«

»Das sollte wohl ein kleiner Seitenhieb auf mich sein«, kommentierte Mike Radar. »Seit du dazugestoßen bist, hatten wir hier jede Menge zu tun, Decker.«

»Ja, ich bin eben ein richtiger Unruhestifter.«

»Wir zeigen das hier dem Chief, wenn er kommt«, sagte Tran. »Er ist schon sehr lange dabei.«

Lennie Baccus unterbrach ihre Unterhaltung. »Darf ich mal sehen?«

Tran reichte ihr die Zeichnung.

Als Lennie sie betrachtete, wartete das Team auf ihre Reaktion. Sie schloss die Augen, dann öffnete sie sie wieder und sah sich erneut das Gesicht an. Schließlich sagte sie: »Irgendwie kommt es mir bekannt vor, aber ich weiß nicht, woher.«

»Die beiden Männer, die sich Zutritt zu Ihrer Wohnanlage verschafft haben«, sagte Radar. »Könnte es sein, dass Sie sich an einen von denen erinnern, weil er in der Nähe des Gebäudes herumgelungert hat?«

»Wenn, dann nur unterbewusst, Sir.« Sie zuckte die Achseln. »Ich kann mich an niemanden erinnern, der sich einfach so vor meiner Wohnung herumgetrieben hätte.«

»Falls der Mann früher mal beim Hamilton PD war, erinnern Sie sich vielleicht an eine jüngere Ausgabe von ihm aus Ihrer Kindheit«, merkte Decker an.

»Auch das kann ich nicht beantworten, weil ich nicht weiß, warum er mir bekannt vorkommt.«

»Phantombildzeichner können Personen altern lassen; vielleicht kriegen wir es auch umgekehrt hin«, sagte Decker. »Melanie, könnten Sie dieses Gesicht eventuell als jüngeren Mann darstellen?«

Sie zögerte kurz. »Nicht meine Stärke, ehrlich gesagt.«

»Kann ich Ihnen jetzt das andere Gesicht beschreiben, damit ich nach Hause gehen kann?«, bat Aileen.

»Natürlich, Mrs. Jackson«, sagte Radar. »Sie waren uns eine sehr große Hilfe. Halten wir uns jetzt ran, bitte.«

Innerhalb einer Stunde hatten sie dank Aileen Jackson eine recht brauchbare Darstellung der beiden Männer, die sie im Krankenhauszimmer gesehen hatte. Nachdem sie sich verabschiedet hatte, fragte Decker: »Kommen diese Männer irgendjemandem bekannt vor?«

Alle schüttelten den Kopf. Kurz darauf kam Victor Baccus hereingestürmt. Seine Kleidung war makellos, aber er war hochrot im Gesicht. Er schien außer Atem zu sein. Lennie betrachtete ihren Vater. »Geht's dir gut?«

»Ja, alles bestens. Warum sollte es mir nicht gut gehen?« Baccus war genervt. »Ich war nur in Eile. Was ist hier los?«

»Wir haben ein Phantombild von den beiden Männern, die sich als Beamte des Hamilton PD ausgegeben haben.« Decker reichte ihm die Zeichnungen. »Kommen sie Ihnen bekannt vor?«

Baccus warf einen raschen Blick darauf. »Auf jeden Fall niemand, der momentan für das Department arbeitet.«

»Das hatte ich mir schon gedacht«, sagte Decker. »Die beiden sind etwas älter, Sir. Vielleicht waren sie bei der Polizei, als Sie jünger waren. Sehen Sie sie sich noch mal an.«

»Das muss ich gar nicht, Detective. Ich erkenne sie nicht.«

»Danke, Sir«, sagte Decker. »Wir sollten die Zeichnungen

in Umlauf bringen. Poster in der Gegend aufhängen, weil die beiden sich als Polizisten ausgegeben haben. Das ist strafbar.«

»Wenn wir das tun, wissen die sofort, was wir in der Hand haben«, gab Baccus zu bedenken.

»Die Bevölkerung sollte informiert werden, finden Sie nicht auch?«

»Vermutlich haben Sie recht. Aber geben Sie mir noch ein, zwei Tage. Ich würde die Bilder gerne bei anderen Behörden und auf internen Polizei-Nachrichtenportalen posten mit der Bitte, mich zu kontaktieren, falls jemand eine Vermutung hat, wer diese beiden Witzbolde sein könnten. Danach wenden wir uns an die Bevölkerung. Darf ich die hier behalten, Mike?«

»Ich kopiere sie schnell, dann können Sie die Originale haben.« Radar verließ das Zimmer mit den Porträts und kam kurz darauf wieder herein. »Bittesehr.«

Baccus steckte die Bilder in seine Aktentasche. »Wir werden schon rausfinden, was dahintersteckt. Einer meiner IT-Fachleute soll das morgen früh gleich als Erstes posten.«

»Danke, Victor. Und danke, dass Sie sich so kollegial verhalten.«

»Was ich von Ihren Leuten nicht gerade behaupten kann ... Einfach meine Tochter in Ihre Probleme mit reinzuziehen.« Die Gespräche im Raum verstummten. »Das war unfair von mir. Sie hat sich ganz allein in diese Schwierigkeiten gebracht. Ich wollte nicht, dass sie an einem so schrecklichen Mordfall mitarbeitet. Wenn ich sie nicht von dem Fall abgezogen hätte, wäre sie vielleicht jetzt nicht in dieser misslichen Lage. Das war meine Schuld. Aber jetzt ist sie vom Dienst suspendiert. Sie nützt weder Ihnen noch mir etwas.«

»Sir, ich bin anwesend«, merkte Lennie an. »Ich beteilige mich an allem, was Sie wollen.«

»Ich will, dass du in Sicherheit bist, damit ich keine Zeit

darauf verschwenden muss, dich zu babysitten«, entgegnete Baccus.

Lennie lief rot an. Decker trat in die Bresche. »Ich nehme sie wieder ins Team auf. So kann ich sie im Auge behalten.«

»Sie ist nach wie vor Teil des Hamilton PD. Sie werden nichts dergleichen tun. Gibt es sonst noch etwas? Ich muss zurück nach Hause zu meiner Frau. In letzter Zeit geht es ihr nicht gut.«

»Tut mir leid, das zu hören«, sagte Radar.

»So ist das leider mit MS«, kommentierte Lennie. »Mal hat man mehr, mal hat man weniger Grund zu hoffen.«

»Während der letzten sechs Monate gab es eher weniger Grund.« Baccus erhob sich. »Wir reden morgen, Mike.«

»Einverstanden.« Als Baccus gegangen war, wandte Radar sich an sein Team: »Machen wir erst mal Schluss und gehen zurück an die Arbeit.« Zu Tran sagte er: »Danke, dass Sie hergekommen sind. Könnten Sie als Kontaktperson zwischen uns und Hamilton agieren? Das wäre einfacher, als jedes Mal den Chief anzurufen, wenn ich eine Frage habe.«

»Gerne.«

»Danke.« Dann wandte Radar sich an Decker: »Kann ich dich kurz in meinem Büro sprechen, Pete?«

Decker hob fragend die Brauen. Das klang gar nicht gut.

Sobald sie allein waren, blaffte der Captain: »Wieso provozierst du ihn? ›Ich nehme sie wieder ins Team auf.‹ Macht mir das Leben noch schwerer, und dafür mache ich dir dann das Leben noch schwerer.«

»Nur zur Info: Niemand von uns hat Lennie in ihre gegenwärtige Lage reingezogen. Selbst wenn sie ein bisschen Mist gebaut hat, sollte jemand auf ihrer Seite sein.«

»Spiel den edlen Ritter für jemand anderes, in Ordnung? Hör auf, mir das Leben so schwer zu machen.«

»Warum hat er sie mir überhaupt ursprünglich ins Team gesetzt?«

»Weiß der Geier. Vielleicht hat sie ihm in den Ohren gelegen, dass sie an einem richtigen Mordfall mitarbeiten will, und er wollte sie los sein. Falls sie dann Fehler machen sollte, wollte er vielleicht, dass sie das in dem Department von jemand anderem tut.«

»Warum hat er sie dann wieder abgezogen? Ich hatte mich nicht über sie beschwert. Und sag jetzt nicht, weil er sich um ihre Sicherheit gesorgt hat. Zufällig ist sie jetzt in viel größerer Gefahr.«

Radar fixierte Decker. »Was genau willst du damit sagen?«

»Ich will damit sagen, dass es eventuell sein könnte, dass Baccus wissen wollte, was sich beim Brady-Neil-Fall ergibt, und sie bei uns ins Team gesetzt hat, um Informationen über unsere Ermittlungen zu erhalten. Als sie nichts erzählen wollte, hat er sie wieder abgezogen.«

»Um an Informationen zu kommen, hätte er sie gar nicht gebraucht; er hätte einfach mich fragen können.«

»Also komm. Inoffizieller Informationsaustausch zwischen Detectives findet immer statt, auch wenn du's nicht wahrhaben willst.«

»Lass einfach Hamilton in Ruhe, ja? Und hör auf, die Detectives um Gefallen zu bitten.«

»Ich will die Unterlagen zu den Flints sehen. Falls Tran sie nicht besorgen kann, könntest du Baccus darum bitten? Schließlich sind wir doch alle Freunde, oder?«

»Kommt nicht infrage, es sein denn, du kannst mir beweisen, dass es eine Verbindung zwischen den Flints und dem Mord an Brady Neil gibt.«

»Die Frau auf den Fotos, die im Haus der Bochs versteckt waren, ist wahrscheinlich Margot Flint, und Brady Neil wurde wahrscheinlich in diesem Haus ermordet. Das ist deine Verbindung.«

»Zu schwach.«

»Also ehrlich!«

»Beschaff mir jemanden, der Margot Flint einwandfrei als die Frau auf den Fotos identifiziert, und ich rede noch mal mit Baccus.«

»In Ordnung. Dann werde ich die Schwarzweißfotos Yvonne Apple und Gregg Levine zeigen. Die Flints waren Freunde der Familie. Von den beiden könnte ich ein klares Ja oder Nein bekommen.«

»Tran soll Yvonne und Gregg die Fotos zeigen. Er ist vom Hamilton PD, und Gregg und Yvonne wohnen in Hamilton. Bevor du mir vorwirfst, dir Steine in den Weg zu legen: Du hast selbst gesagt, Gregg geht nicht dran, wenn du anrufst. Und dass Yvonne sauer auf dich ist, wissen wir. Hab ich recht?« Als Decker schwieg, sagte Radar: »Es gibt keine Verschwörung, Pete.«

»Behaupte ich auch gar nicht.«

»Nach allem, was ich über die Levine-Morde weiß, scheinen die richtigen Leute im Gefängnis zu sitzen. Ich weiß nicht, ob die Schwarzweißfotos eine besondere Bedeutung haben, aber bevor wir nicht definitiv wissen, wer die Personen darauf sind, haben sie erst mal nur eine für dich. Konzentrier dich einfach auf Brady Neil.«

»Wie steht's dann hiermit, Mike: Die beiden Männer, die im Krankenhaus waren, sind vermutlich dieselben, die Brady Neils Leiche in Greenbury abgeladen haben und in Lennies Wohnung eingebrochen sind. Ich kann das eine nicht separat vom anderen betrachten. Wie kann ich einen Fall lösen, wenn ich ständig auf Hindernisse stoße?«

Diesmal war es Radar, der schwieg.

Decker breitete frustriert die Arme aus. »Na schön, Captain. Also was soll ich machen?«

Radar stieß laut vernehmlich den Atem aus. »Ich schaue mal, was ich hinsichtlich der Flint-Akte machen kann. Aber du überlässt Gregg und Yvonne Hamilton. Gibt es in der Zwischenzeit nicht jemanden, mit dem du über Brady Neil sprechen musst?«

»Ja, ich habe da tatsächlich ein paar Namen.«

»Dann verfolge das weiter, und Hamilton soll sich um die Leute in ihrem eigenen Zuständigkeitsbereich kümmern.«

»Mike, glaubst du wirklich, dass Baccus nicht weiß, wer die beiden Männer sind?«

»Warum sollte ich ihm nicht glauben? Beantworte mir das, und dann beantworte ich deine Frage.«

Decker wollte es nicht zu weit treiben. Er hatte vor, am Wochenende Jack Newsome einen Besuch abzustatten. Vielleicht würde er dort etwas Unterstützung bekommen. »Was ist mit Lennie Baccus? Ich mache mir Sorgen um ihre Sicherheit.«

»Das tut auch ihr Vater. Überlass es ihm, sich um sie zu kümmern. Oder traust du ihm auch nicht, was seine eigene Tochter angeht?«

»Das weiß ich nicht genau.«

»Tja, Decker, du hast ein Recht auf deine eigene Meinung, aber halt dich da raus. Wenn du damit ein Problem hast, ist das Pech. Ab jetzt arbeitest du mit Tran zusammen, anstatt ihn zu beschwatzen, dir zuzuarbeiten.« Radar drehte sich um und verschwand wieder im Inneren des Reviers.

Decker blieb nichts anderes übrig, als ihm zu folgen. Kopf hoch, Brust raus, sich nur nichts anmerken lassen. Wenn du nicht gerne Befehle ausführst, hättest du nicht zur Polizei gehen sollen.

KAPITEL 25

Decker wachte alle paar Stunden auf und verbrachte eine unruhige Nacht, bis er dann schließlich noch vor Morgengrauen endgültig aufstand. Nachdem er sich auf Zehenspitzen aus dem Schlafzimmer geschlichen hatte, ging er in die Küche und setzte den Kaffee auf. Wie leise er auch war, es half nichts. Selbst in guten Nächten schlief Rina wie ein Hai, das eine Auge immer offen, und kurze Zeit später kam auch sie in die Küche getappt. Decker rang sich ein kleines Lächeln ab.

»Da du ja wach bist, kann ich genauso gut duschen und mich fertig machen.«

Sie zeigte auf einen Stuhl im Esszimmer. »Setz dich.«

Das tat er.

Dann nahm auch sie Platz. »Gestern Abend habe ich nicht weiter nachgefragt, weil es nicht der richtige Zeitpunkt war. Ich dachte, ich warte, bis du es von selbst ansprichst. Aber diese Strategie scheint nicht aufzugehen. Ich weiß, es muss was Schlimmes sein, um dir derart den Schlaf zu rauben.«

»Mir geht's bestens.«

»Nein, geht's dir nicht.« Rina holte tief Luft und stieß den Atem aus. »Also, wenn Baccus nichts zu verbergen hat, macht es Sinn, dass er nicht will, dass du die Leitung übernimmst. Wenn er etwas zu verbergen hat, will er nicht, dass du herumschnüffelst. Schuldig oder nicht, es ist sein Zuständigkeitsbereich. Du würdest dich ganz genauso verhalten.«

»Ja, ich weiß.«

»Vergiss Hamilton. Vergiss die Levines und die Flints. Vergiss die Vernehmung von Gregg Levine. Die wird vermutlich so schnell nicht passieren. Das ist dir bewusst, oder?«

»Ja.«

Rina stand auf, um den Kaffee zu holen. »Angesichts dieser Einschränkungen, wie willst du vorgehen?«

»Es gibt das ein oder andere, was ich tun kann.«

»Dann red mit mir.« Sie knallte ihm einen Becher Kaffee vor die Nase.

»Ich dachte, heute nehme ich mir mal diesen Typen bei Bigstore vor, Carter Bonfellow.«

»Ah, C steht für Carter.«

»C steht auch für capito.« Als Rina lächelte, lächelte auch Decker. »Eigentlich hatte ich vor, gestern hinzugehen, aber dann ist die ganze Sache mit Jaylene und ihrem Besuch von der ›Polizei‹ vorgefallen.« Decker deutete Anführungszeichen an.

»Ist besser, dass das alles gestern passiert ist. Wenn die beiden Männer auf den Phantombildern hinter Boch und Neil her waren, sind sie gestern vielleicht auch bei Bigstore aufgetaucht, um dort zu suchen. Jetzt kannst du Carter Bonfellow die Konterfeis zeigen. Mal sehen, was er dazu sagt.«

»Ja.« Decker trank einen Schluck Kaffee. »Ja, du hast recht. So hab ich's noch gar nicht betrachtet. Danke.«

»Gern geschehen. Und wenn du schon dabei bist, zeig die Bilder im ganzen Markt herum. Du brauchst so viele Informationen wie möglich.«

»Klar, ich bin ja dann sowieso vor Ort.«

»Ergo bist du besser dafür gerüstet, Leute zu befragen, als du es gestern warst.«

»Vollkommen richtig.«

»Du hast jedes Recht, dich im Bigstore umzuhören, da Brady Neil dort gearbeitet hat.«

»Das hat auch Joseph Boch. Hamilton hat ebenfalls das Recht, dort zu sein.«

»Schon, aber das Geschäft macht schon um sieben auf. Meinst du, Wendell Tran oder Randy Smitz stehen schon vor dem Bigstore auf der Matte, wenn jemand in einer blau-orange-weißen Schürze die Türen aufschließt?«

Decker kicherte. »Nein.«

»Eben.« Rina nahm einen großen Schluck Kaffee. »Jetzt gerade sind die beiden damit beschäftigt, die Identität dieser beiden falschen Polizisten herauszufinden. Und wenn es keine falschen Polizisten sind, sind die beiden damit beschäftigt, rauszubekommen, wer die Männer genau sind und was sie vorhaben. In der Zwischenzeit kannst du dir einen Vorsprung mit den Phantombildern verschaffen.«

»Baccus wollte nicht, dass die Porträts in der Bevölkerung herumgezeigt werden. Nicht, dass mich das davon abhalten wird, aber Radar könnte sauer sein.«

»Also komm. Bigstore ist doch wohl nicht ›die Bevölkerung‹. Es ist der Arbeitsplatz deines Mordopfers.« Rina zuckte die Achseln, »Wenn du dir Sorgen machst, ruf Radar an, nachdem du alles erledigt hast.«

»Du hast vollkommen recht.«

Rina sah auf die Uhr. »Du hast noch eine Stunde. Zeit genug, um dich fertig zu machen und deinen Kaffee auszutrinken. Möchtest du noch eine Tasse?«

»Gerne.«

Rina schenkte ihm nach. »Sagst du McAdams Bescheid, dass er dich begleiten soll?«

»Nicht nötig, ihn so früh zu wecken. Für diese Sache brauche ich keine Verstärkung.« Er hielt inne. »Danke dir. Innerhalb von fünf Minuten hast du alles geklärt. Wenn ich überhaupt einen Partner brauche, dann nur dich.«

»Okay, ich komme mit.«

»Nein, nein. Das war ein Kompliment und keine Einladung als solche. Ich glaube immer noch, die ganze Sache könnte gefährlich werden.«

»Schon verstanden. Außerdem, wenn du nicht gut schläfst, tue ich das auch nicht. Eigentlich bin ich noch ein bisschen müde.«

»Geh wieder ins Bett. Tut mir leid, dass ich so unruhig war. Ich hätte dich einfach wachmachen sollen, wir hätten dieses Gespräch führen können, und dann hätten wir beide gestern Nacht gut geschlafen.«

»Da warst du noch nicht bereit für dieses Gespräch. Sich unterhalten ist wie Comedy: Das Timing ist alles. Am Morgen sieht alles viel ... hoffnungsvoller aus. Dann ist der Tag noch jung und voller Möglichkeiten.«

»Und eine gute Tasse Kaffee hat auch noch niemandem geschadet.« Decker stand auf. »Danke, Rina. Mir geht's schon viel besser. Du hast was bei mir gut. Setz das mit auf die Liste mit all den anderen Malen.«

»Du weißt schon, dass du ziemlich viele Schulden bei mir hast?«

»Ja, aber bald zahle ich das alles wieder zurück.«

»Und wie willst du das anstellen?«

»Wir fahren doch nach Florida, und ich habe mich bereit erklärt, unsere Mütter zu besuchen.«

»Du musst doch sowieso hin, um dich mit Newsome zu treffen. Ist es denn so schrecklich, ein guter Sohn und Schwiegersohn zu sein?«

»Überhaupt nicht, aber du musst zugeben, dass ich deiner Idee zugestimmt habe, ohne mich ein einziges Mal zu beschweren.«

»Wann soll ich dich seligsprechen, Petrus?«

»Ach, lass mal lieber.« Decker hob die Arme und hielt ihr die Handflächen entgegen. »Dafür lasse ich mir keine Nägel durch die Hände treiben, und mit dem Kopf nach unten hänge ich auch nicht gerne.«

Die Phantomzeichnungen steckten in Klarsichthüllen, damit sie nicht verschmierten. Auf dieser Oberfläche blieben Fingerabdrücke ebenfalls gut haften, falls er sie für seine Ermittlungen brauchen sollte. Geduscht, rasiert und in seinem üblichen Outfit aus Anzug und Krawatte fühlte Decker sich wieder frisch und munter und fuhr auf den nahezu leeren Parkplatz des Bigstore. Der Markt befand sich auf einem riesigen Shopping-Areal, auf dem die großen Ketten sowie eine Handvoll Lebensmittelgeschäfte, Restaurants, kleine Cafés, Fachgeschäfte und zwei Tankstellen vertreten waren. Das Ganze war zu einer Zeit gebaut worden, als noch grenzenloser Optimismus herrschte. Als er sich einen Parkplatz suchte, fiel ihm auf, dass einige der großen Ladenflächen geschlossen waren und »Zu-vermieten«-Schilder in den Fenstern hingen. Das Internet hatte das Kaufverhalten der Menschen verändert, und anstatt mit einem Einkaufskorb durch die Gänge zu schlendern, surfte man jetzt das Netz mit einem Warenkorb-Symbol.

Im Sommer standen oft Campingwagen und Wohnmobile auf dem Parkplatz, wenn die üppig grüne Landschaft Neu-Englands die Touristen anlockte. Für eine jährliche Mitgliedsgebühr erhielten Urlauber in allen Filialen der Bigstore-Kette Zugang zu Elektrizität, kostenfreie Duschen und Prozente im Geschäft. Decker entdeckte ein paar Leute, die mit Handtüchern darauf warteten, dass die Türen aufgingen. Er stellte den Wagen ab und trank den Rest seines Kaffees. Als er ausstieg, waren es noch zwei Minuten bis zur Öffnungszeit. Auf dem Weg zum Eingang blieb er wie angewurzelt stehen.

Offenbar hatte nicht nur Rina diesen Einfall gehabt. »Was machen Sie denn hier?«

Lennie Baccus trug ein langärmeliges weißes Baumwollhemd, Jeans und Espadrilles. In der Hand hatte sie die Phantombilder. Ihr Gesicht leuchtete genauso rot wie ihre Fingernägel. Sie sah aus wie die amerikanische Flagge. »Ich bin in meiner Freizeit hier. Ich kann tun und lassen, was ich will.«

»Nicht, wenn Sie sich als Polizeibeamtin ausgeben.«

»Ich bin Polizeibeamtin«, fauchte sie. »Aber selbst wenn ich keine wäre, kann ich die Bilder zeigen, wem ich will.«

»Erstens, diese Zeichnungen sind Sache der Polizei. Zweitens, Sie haben Ihren Vater doch gehört: Er will nicht, dass die Allgemeinheit schon davon erfährt.«

»Und trotzdem sind Sie hier und machen genau dasselbe.«

»Ich bin Polizeibeamter, und diese Sache ist wichtig für meinen Mordfall. Außerdem ist er nicht mein Vorgesetzter.«

Als Lennie schwieg, sagte Decker: »Sie sollten nach Hause gehen. Schließlich sind Sie vom Außendienst suspendiert.«

»Ich weiß. Mir sind total die Hände gebunden, aber davon lasse ich mich nicht abhalten. Soll er mich doch rausschmeißen.«

»Wenn das hier rauskommt, wird er wahrscheinlich genau das tun.«

»Wie soll es denn rauskommen? Sie werden ihm nichts verraten. Sie verdächtigen ihn doch sowieso schon.«

»Das ist doch lächerlich«, sagte Decker.

»Nein, ist es nicht. An Ihrer Stelle wäre ich auch argwöhnisch«, entgegnete Lennie. »Ich bin argwöhnisch, und ich bin seine Tochter. Ich liebe meinen Vater, aber er konnte nie viel mit mir anfangen, und er hat nie an mich geglaubt.«

»Wirklich schade, denn Sie haben Potenzial«, sagte Decker.

»Danke.«

Zwischen den beiden kehrte Schweigen ein, als ein Teenager in einer orange-weiß-blauen Schürze die Tür aufschloss. Kurz darauf setzte sich die Schlange der Wartenden in Bewegung.

Lennie sagte: »Hören Sie, Detective Decker. Diese beiden Männer sind einfach bei meinem Apartmentgebäude aufgetaucht und in meinen persönlichen Bereich eingebrochen. Die haben meine Privatsphäre verletzt und mir einen Riesenschrecken eingejagt. Ich habe jedes Recht herauszufinden, wer sie sind. Und wenn ich dadurch der Polizei – von Greenbury oder Hamilton – helfe, ist das für mich auch in Ordnung. Aber das steht für mich nicht an erster Stelle. Ich sorge gerade für meine eigene Sicherheit.«

»Ich weiß nicht, ob es Ihnen dadurch besser geht, wenn Sie die Phantombilder herumzeigen.«

»Vielleicht nicht. Aber eine Frau muss tun, was eine Frau eben tun muss.«

»Seit letzter Woche haben Sie sich ordentlich Schneid zugelegt.«

»Ich nehme das mal als Kompliment. Die Zeit läuft uns davon, Detective. Ich muss nach wie vor um neun am Schreibtisch sein. Wenn ich auch nur eine Minute zu spät bin, wird das jemandem auffallen.«

Decker schüttelte resigniert den Kopf. Wenn sie sich schon in sein Hoheitsgebiet vorwagte, konnte er auch die Regeln bestimmen. »Na schön, Officer Baccus. Wenn wir schon dasselbe Feld beackern, sollten wir uns zumindest einen Plan zulegen.«

Lennie versuchte, ihr Lächeln zu unterdrücken. »Eins möchte ich Ihnen sagen: Falls ich etwas finde, das für meinen Dad … ungünstig aussieht, werde ich nichts beschönigen.«

»Ich glaube Ihnen.« Decker hob überrascht die Augenbrauen. »Als wir letzte Woche gemeinsam hier waren, haben Sie sich mit jemandem im Café unterhalten. Fangen Sie dort an. Falls diese beiden Witzbolde hergekommen sind und wegen Boch und Neil rumgeschnüffelt haben, haben sie sich vielleicht einen Kaffee geholt.«

»In Ordnung.«

»Ich habe immer noch nicht mit Olivia Anderson, der jungen Frau, die mit Brady Neil zusammen war, gesprochen, weil immer etwas dazwischenkam. Muss ich unbedingt noch machen. Falls sie heute da ist, könnten Sie ein Gespräch für mich vereinbaren.«

»Sie ist da. Habe ich schon überprüft. Ich werde was für Sie ausmachen. Um wie viel Uhr?«

»Ich möchte vorher noch mit ein paar anderen Leuten reden. Wie wär's mit acht? Wenn ich mit ihr gesprochen habe, tauschen wir beide uns aus, und dann können Sie wieder zurück zu Ihrem Schreibtischjob.«

»Wunderbar. Gibt's sonst noch was?«

»Nein.«

»Kann ich Ihnen einen Kaffee holen, Sir? Einen doppelten Espresso, schwarz?«

»Hören Sie auf zu versuchen, mich zu beeindrucken. Das haben Sie bereits, indem Sie hier aufgetaucht sind. Momentan möchte ich keinen Kaffee. Vielleicht später.« Dann fügte Decker noch ein »Danke« hinzu.

Lennie lächelte. »Ich weiß nicht, warum, aber Sie erinnern mich an meine alte Vorgesetzte.«

»Wir sind beide rothaarig. Zumindest war ich das in jungen Jahren.«

Lennie sah ihn fragend an. »Sie kennen sie doch gar nicht. Woher wissen Sie, dass sie rote Haare hat?«

Decker hielt inne, überrascht, dass sie ihn bei diesem Lapsus erwischt hatte.

In der Tat, viel Potenzial.

»Ich habe den Röntgenblick, Officer. Überschreiten Sie nicht Ihre Befugnisse. Wir reden später.«

Es war Viertel nach sieben Uhr morgens, und Carter Bonfellow saß, in seine Unterlagen vertieft, an seinem Schreibtisch. Als er aufsah, weiteten sich seine Augen. Er ließ die Hand mit dem Stift auf den Tisch sinken. »Ich hatte mich schon gefragt, wann Sie wiederkommen würden.«

»Sie haben mich erwartet.«

»Zumindest irgendjemanden, seit Joseph Boch verschwunden ist.«

»Noch niemand hat mit Ihnen gesprochen?«

»Nein, bislang noch nicht.«

Decker nickte. »Bei unserer letzten Unterhaltung haben Sie gesagt, Sie kennen ihn nicht.«

Bonfellows Augen wurden schmal. »Ich habe gesagt, ich kenne keinen ›Boxer‹. Wer Joseph Boch ist … beziehungsweise war, weiß ich natürlich.« Er schwieg kurz. »Sollte das Präsens oder Vergangenheit sein?«

»Da wissen Sie so viel wie ich.« Decker schenkte ihm ein flüchtiges Lächeln. »Hätten Sie kurz Zeit?«

Bonfellow richtete sich im Stuhl auf. »Ja, natürlich.«

Decker nahm sich einen Stuhl und setzte sich ihm gegenüber vor den Schreibtisch. Bonfellow trug ein rotes Polohemd. Er war kompakt gebaut und hatte einen eher kleinen Kopf. Mit dem strohblonden Haar – fein, mit Seitenscheitel – sah er aus wie eine Bloody Mary mit Zitronenscheibe.

»Letztes Mal haben Sie erzählt, Sie bekommen alles mit, was hier in dem Laden vor sich geht. Ich habe mich gefragt, ob Sie irgendetwas gehört haben, das relevant für die Ermittlungen sein könnte.«

Plötzlich standen Bonfellow Schweißperlen auf der Stirn. Er wirkte nicht nervös, nur aufgeregt, bei dieser Intrige mitmischen zu dürfen. »Nun ja …« Er legte die Hände ineinander. »Ich habe nie selbst etwas mitbekommen, aber es machen Gerüchte die Runde, dass Neil und Boch gedealt haben.«

»Ah. Erzählen Sie mir mehr darüber?«

»Wollen Sie meine Meinung hören?«

»Aber ja.« Ein angedeutetes Lächeln erschien auf Bonfellows Lippen. Vermutlich war es das erste Mal, dass man ihn ernst nahm. Decker hatte nichts dagegen, dem Ego des Mannes ein wenig zu schmeicheln. »Erzählen Sie mir, was Sie von der Sache halten.«

»Also …« Ein flüchtiges Lächeln. »Ich glaube, die Leute sind aufgeregt. Wenn die beiden in irgendetwas Schlimmes verwickelt waren, wie zum Beispiel Dealen, wäre das ein Motiv für den ganzen Wahnsinn.«

»Sehr gut erkannt«, lobte ihn Decker. »Waren die beiden denn in etwas Schlimmes verwickelt?«

»Ich weiß es nicht. Wie gesagt, ich habe nie etwas mitbekommen. Aber sie haben sich sehr oft privat unterhalten«, antwortete Bonfellow. »Ich erinnere mich, die beiden mal in ein Gespräch verwickelt in der Cafeteria gesehen zu haben. Sie haben sich ständig umgesehen, als ob sie jemand beobachtete. Sehr geheimnisvoll.«

»Wissen Sie zufällig, worum es dabei ging?«

»Nein, muss aber etwas besonders Wichtiges gewesen sein. Sie saßen in der Ecke, und jedes Mal wenn jemand vorbeiging und grüßte, hörten sie auf zu reden.«

»Ich würde Sie gern Folgendes fragen«, sagte Decker. »Gab es irgendwelche Gerüchte, dass die beiden Ware gestohlen haben? Ich weiß, dass Brady mal mit gebrauchten Elektronikgeräten gehandelt hat.«

»Hier gibt es immer einen ganzen Berg Schrottware. Es geht viel kaputt. Manchmal verbucht der Laden das als Verlust und schickt die Ware nicht an den Hersteller zurück. Aber Neuware stehlen?« Bonfellow zuckte die Achseln. »Irgendwie bezweifle ich das. Hier gibt es überall versteckte Kameras.«

»Ach ja?«

»Ja. Überall. Und da die beiden nie rausgeworfen wurden, muss ich davon ausgehen, dass sie keine neuen Waren gestohlen haben.«

»Mit Kameras ›überall‹ meinen Sie …«

»Wirklich überall. Und die Orte wechseln, damit die Angestellten sich nie sicher sein können«, sagte Bonfellow. »Eigentlich sind die Kameras dazu da, Ladendiebe zu überführen. Aber ich könnte mir vorstellen, dass auch ab und zu ein unehrlicher Mitarbeiter dabei ist. Im Lager und in der Elektronikabteilung gibt es sehr viele Kameras. Aber gestohlen wird alles, und ich meine wirklich alles. Der Sicherheitsdienst hat mal einen Mann geschnappt, der versucht hat, eine Langhantel unter seiner Regenjacke rauszuschmuggeln.«

»Woher wissen Sie das alles?«

Wieder richtete der Mann sich auf. »Ich höre zu, wenn die Leute sich unterhalten. Außerdem war ich schon unten in der Sicherheitsabteilung, als ich irgendwelchen Papierkram für sie erledigen musste. Die liegt im Untergeschoss, aber man kommt nur mit einem Ausweis da runter. Da gibt es ganze Wände mit Monitoren, die Aufnahmen aus jedem erdenklichen Blickwinkel zeigen.«

»Wer ist der Chef der Sicherheitsabteilung?«

»Benton Horsch.«

»Haben Sie seine Nummer?«

»Ich habe die Durchwahl der Sicherheitsabteilung. Soll ich für Sie dort anrufen?«

In den letzten Minuten schien der schmächtige Mann ganz neues Selbstvertrauen gewonnen zu haben. Decker sagte: »Ja, ich würde mich gerne mit denen unterhalten, aber noch nicht sofort.« Er holte die beiden Zeichnungen heraus und legte sie auf den Schreibtisch. »Kommen Ihnen diese beiden Männer bekannt vor?«

Bonfellow studierte die Phantombilder. »Sind das die Mörder?«

»Lediglich Verdächtige. Haben Sie die beiden schon mal gesehen?«

Ein weiterer angestrengter Blick. »Falls ich sie gesehen habe, weiß ich nicht mehr, wo oder wann. Wenn ich die hierbehalten könnte, werde ich nach ihnen Ausschau halten.«

»Nein, ich möchte nicht, dass Sie das tun. Wenn Ihre Antwort Nein ist, bleibt es dabei.«

»Tut mir leid.« Bonfellow schüttelte den Kopf. Er schien aufrichtig enttäuscht zu sein, dass er die Männer nicht kannte.

»Könnten Sie jetzt die Sicherheitsabteilung für mich anrufen?«, bat Decker.

»Gerne.« Der Mann hielt kurz inne. »Kann ich sonst noch etwas für Sie tun?«

»Ich muss nur mit der Sicherheitsabteilung sprechen.« Decker rang sich ein Lächeln ab. »Sie waren mir eine große Hilfe, Mr. Bonfellow.«

Bonfellow lächelte breit. »Vielen Dank.«

Das Kompliment schien seinem besorgten Gesicht einen wesentlich entspannteren Ausdruck zu verleihen.

Deckers gute Tat für den heutigen Tag.

Die Sicherheitsabteilung war höhlenartig und nahm im Untergeschoss die gesamte Fläche des Geschäftes ein. Der Raum war fensterlos; manche Bereiche waren durch Kunstlicht grell erleuchtet, in anderen herrschte nur Dämmerlicht. Dutzende von Monitoren zeigten Dutzende von Kameraansichten, darunter auch das Lager und den Parkplatz. Horsch führte Decker auf verwinkelten Wegen in sein Büro. Von seiner eigenen Körpergröße ausgehend, schätzte Decker Horsch auf knapp eins neunzig mit breitem Brustkorb: ein Gewichthebertorso auf den langen Beinen eines Basketballspielers. Der Mann schien in den Vierzigern zu sein. Er hatte dunkle Augen, dunkles, buschiges Haar und einen dichten dunklen Schnurrbart. Auf der Vordertasche seiner schwarzen Uniform prangte in Gold die Aufschrift SICHERHEITSLEITER.

An den Wänden von Horschs Büro waren unzählige Bildschirme angebracht, auf denen ständig die Ansicht wechselte. Jeder, der empfindlich auf Stroboskoplicht reagierte, wäre durchgedreht. »Nehmen Sie Platz.« Horschs Stimme war tief und rau. Als Decker sich einen Stuhl herangezogen hatte, fragte der Mann: »Was kann ich für Sie tun?«

»Vermutlich eine ganze Menge. Lassen Sie mich kurz meine Gedanken ordnen.« Schließlich sagte Decker: »Ich suche diese beiden Männer.« Er legte die Phantombilder auf Horschs Schreibtisch. »Die beiden sind Verdächtige in diversen aktuellen Ermittlungen bezüglich Ihrer früheren Mitarbeiter, Brady Neil und Joseph Boch.«

»Verstanden.« Horsch sah sich die Zeichnungen an und zuckte die Achseln. »Ich sitze meist hier im Bat Cave. Das verlasse ich kaum, um draußen auf Jagd zu gehen.«

»Aber Sie haben Kameraaufzeichnungen. Und zwar riesige Mengen davon.«

»Nur für den internen Gebrauch. Das sind auch keine normalen Überwachungsaufzeichnungen. Alles wird nach Datum geordnet auf den Computer übertragen. Bei diesen ganzen Monitoren brauchen Sie Stunden, um die Aufzeichnungen eines einzigen Tages durchzugehen.«

»Wir würden mit dem Parkplatz, der Elektronikabteilung und dem Warenlager anfangen. Ich weiß, da müssen wir uns viel ansehen, aber falls diese beiden Männer im Geschäft aufgetaucht sind, hätten sie nicht gewusst, dass sie gefilmt werden, und wir hätten ihre Gesichter auf Band. Das ist viel besser als eine auf der Erinnerung einer Frau basierende Zeichnung, die noch nicht mal besonders genau hingesehen hat.«

»Sie sind gar nicht aus Hamilton.«

»Stimmt. Wir sind aus Greenbury. Der Mord an Brady Neil ist mein Fall. Aber ich kann jemanden vom Hamilton PD herbestellen, wenn Sie möchten.«

Nach kurzem Schweigen fragte Horsch: »Warum brauchen Sie den Parkplatz?«

»Ich habe eine Vermutung, welches Auto die beiden gefahren sein könnten.«

Horsch nagte an seinem Schnurrbart. »Ich muss jemanden abziehen, der Sie beaufsichtigt. Das heißt, dann habe ich einen Mitarbeiter zu wenig, und es hat sich sowieso schon jemand krankgemeldet. Momentan habe ich nur noch vier Leute an den Monitoren und vier weitere, die die Kunden im Laden überwachen. Wie lange werden Sie für das Ganze brauchen?«

»Hängt davon ab, wie viele Kameras Sie an den Stellen haben, die ich genannt habe.«

»Um die drei Dutzend, vielleicht mehr. Die Elektronikabteilung ist bekannt dafür, dass Leute gerne was mitgehen lassen, und im Lager und auf den Parkplätzen haben wir immer Kameras.«

»Was soll ich sagen, Mr. Horsch. Wir müssen eben unseren Job machen.«

»Nennen Sie mich Ben.« Wieder nagte er an seinem Schnurrbart. »Wann wollen Sie anfangen?«

»Heute. Wir ermitteln in einem Mordfall.«

»Ich weiß nicht, ob ich's für heute einrichten kann. Ich muss meine Sekretärin fragen, wie die Planung aussieht. Ich rufe Sie an, und auch das wird nicht vor heute Nachmittag sein.«

»Ich nehme, was immer Sie mir geben. Vielen Dank, Ben.«

»Gern geschehen, Detective.«

»Pete.«

»Dann gern geschehen, Pete.«

Decker gesellte sich zu Lennie Baccus und Olivia Anderson, die an einem orangefarbenen Tisch auf orangefarbenen Stühlen saßen, und trank einen Kaffee mit den beiden. Die junge

Frau, die eine Zeitlang mit Brady Neil zusammen gewesen war, war neunzehn und hatte glattes mausgraues Haar und grünbraune Augen. Ihr Teint war eher olivfarben als rosa, und sie wirkte insgesamt ziemlich farblos. Sie war ungefähr einen Meter fünfundsechzig groß und knochig, und es dauerte nicht lange, dann flossen bei ihr die Tränen. Mit einer Papierserviette trocknete sie sich das Gesicht.

»Er hat mich zum Lachen gebracht.«

Decker nickte und lächelte kurz. »Guter Sinn für Humor?«

»Ich denke schon.« Olivia schniefte. »Er hat halt immer so alberne Sachen gemacht.« Sie starrte auf ihre Kaffeetasse. »Wir sind in schöne Lokale gegangen. Er hat immer bezahlt.«

»Was für ›schöne Lokale‹ genau?«, fragte Lennie.

»Pastarestaurants, Steakrestaurants.« Olivia hielt inne. »Einmal ist er sogar mit mir zum Brunch ins Marriott gegangen. Wir waren nicht lange zusammen. Er hat gesagt, es lag nicht an mir … Es gäbe nur wichtige Dinge, um die er sich kümmern müsste.« Wieder flossen die Tränen. »Natürlich hab ich gedacht, es lag an mir. Männer sagen das nur, wenn sie nett sein wollen. Aber ich hab ihn nie mit anderen Frauen gesehen. Dabei haben Carmen und Rhonda ständig mit ihm geflirtet. Wenn er eine andere Freundin gewollt hätte, hätte er eine haben können. Aber ich habe ihn nie mit einer der beiden gesehen, also vielleicht hat's ja doch gestimmt.«

»Ich glaube, das hat es«, sagte Decker.

Ihr Kopf schoss in die Höhe. »Wirklich?«

»Ja, wirklich«, sagte Decker. »Wann hat er mit Ihnen Schluss gemacht?«

»Vor ungefähr sechs Monaten. Danach war er immer noch nett zu mir. Ich habe immer gehofft, dass sich seine geschäftliche Sache aufklärt und wir wieder zusammen sein könnten. Aber er …« Erneut senkte sie den Kopf und starrte auf ihren Kaffeebecher.

»Hat Brady Ihnen gegenüber je seinen Vater erwähnt?«

Sie blickte auf und sah Decker verwirrt an. »Mir hat er gesagt, sein Vater wäre tot.«

»Aha.«

»Dann ist er nicht tot?«

»Nein, sein Vater sitzt im Gefängnis.«

»Oh.« Sie überlegte kurz. »Na ja, vielleicht war es ihm peinlich.«

»Ganz bestimmt sogar«, sagte Decker. »Brady hatte keinerlei Verbindung zu seinem Vater. Dann fing er vor ungefähr sechs Monaten an, ihn zu besuchen. Haben Sie eine Ahnung, warum?«

»Nein. Wie gesagt, Brady hat mir erzählt, sein Vater ist tot.« Sie schwieg einen Moment. »Wow. Im Gefängnis. Das hab ich nicht gewusst.«

»Was hat er Ihnen noch über sich oder seine Familie erzählt?«

Das Mädchen dachte angestrengt nach. »Eigentlich hat er nicht viel über sich erzählt. Ich meine, wir haben uns über die Arbeit unterhalten. Das hatten wir gemeinsam. Aber wir haben keine langen, tiefschürfenden Gespräche geführt. Meist sind wir ins Kino gegangen und dann was essen, und beim Essen haben wir uns über den Film unterhalten. Er mochte Videospiele. Hilft Ihnen das?«

Decker lächelte. »Alles, was Sie mir erzählen, hilft mir weiter. Ich will nicht zu persönlich werden, aber waren Sie beide je intim miteinander?«

Olivia wurde rot, das erste bisschen Farbe, das sie zeigte. »Ich wohne bei meinen Eltern. Er hatte seine eigene Wohnung bei seiner Mutter im Keller. Wenn wir allein sein wollten, sind wir da hingegangen. Danach haben wir immer Videospiele auf seinem iPad gespielt oder was auf Netflix geguckt.«

»Haben Sie beide je Drogen zusammen genommen?«

Sie errötete wieder, diesmal noch stärker. »Ab und zu haben wir vielleicht ein bisschen Gras geraucht, aber das ist ja mittlerweile fast schon legal. Er hat gerne Bier getrunken, aber für mich hatte er immer Weißwein im Haus. Er hat viel rumgeblödelt, aber er konnte auch ein richtiger Gentleman sein.«

»Ja, das wird deutlich«, kommentierte Decker. »Hat er je seltsame Anrufe bekommen, als Sie dabei waren? Bei denen er sich absentiert hat, um ungestört zu reden?«

Bedächtig schüttelte sie den Kopf.

»Und bei Bigstore? Haben Sie Ihre Pausen gemeinsam verbracht? Mittag zusammen gegessen?«

»Nein.« Sie holte tief Luft und schüttelte den Kopf. »Er wollte nicht, dass rauskommt, dass wir zusammen waren. Keine Ahnung, warum. Total viele Mitarbeiter hängen zusammen rum. Mal ehrlich, wo soll man in dieser Stadt sonst jemanden kennenlernen außer in der Kirche oder auf der Arbeit?«

»Gab es noch andere Leute, mit denen Brady rumgehangen hat?«, fragte Lennie.

»Nein, ich hab Ihnen doch schon gesagt, ich habe ihn nie mit einer anderen Frau gesehen.«

»Was ist mit Männern?«, fragte Decker.

»Ah, alles klar. Sie meinen Boxer. Ja, die beiden waren befreundet. Die haben fast jeden Tag zusammen Mittag gegessen. Ich hab nie verstanden, warum Brady ihn mochte. Der Typ ist irgendwie ein Loser. Mal ehrlich, fünfunddreißig, und arbeitet immer noch im Warenlager? Brady war schon Leiter der Elektronikabteilung, und er war zehn Jahre jünger.«

»Dann war er also ehrgeizig.«

»Ja, auf jeden Fall.« Olivia traten schon zum dritten Mal die Tränen in die Augen. »Aber die beiden schienen ziemlich dicke zu sein. Haben sich die ganze Zeit unterhalten, und wenn ich zu ihnen rübergekommen bin, waren sie sofort still. War 'ne komische Sache, aber manchmal ziehen Gegensätze sich ja an. Wie ich und meine Freundin Grayson. Ich hab gern Spaß, und sie ist, naja, superfleißig. Sie will Rezeptionistin in einer Arztpraxis werden. Wir sind total verschieden, aber wir verstehen uns super.«

»Bei einer Freundschaft zählen die unterschiedlichsten Dinge«, bemerkte Lennie.

»Richtig.« Olivia nickte. »Ganz genau.« Sie hielt inne. »Jetzt muss ich aber wieder zurück zur Arbeit.«

Decker reichte ihr seine Karte. »Ich weiß, Sie haben Officer Baccus' Nummer, aber hier ist auch meine. Wenn Ihnen noch etwas einfällt ... egal, wie unwichtig, melden Sie sich.«

»Brady mochte M&Ms. Zählt das?«

»Klar.« Decker zeigte ihr seinen Notizblock. »Da. Ich hab's aufgeschrieben.«

Olivia stand auf und bemühte sich zu lächeln. Alles, was sie zustande brachte, war jedoch eine Art Grimasse. »Danke für den Kaffee.«

»Gerne. Und Sie können mich jederzeit anrufen.«

»Finden Sie den, der das getan hat.«

»Genau das habe ich vor, Olivia.«

Als sie hinaus auf den Parkplatz traten, sagte Lennie: »Viel hat sie uns nicht erzählt.«

»Zumindest nichts Wichtiges«, entgegnete Decker. »Aber sie hat auf jeden Fall den zeitlichen Ablauf bestätigt. Vor sechs Monaten hat sich Brady von ihr getrennt und angefangen, seinen Vater zu besuchen. Olivia sagte, er war mit irgendeiner Sache beschäftigt. Das passt alles zusammen. Er hatte eindeutig etwas vor.«

»Was, glauben Sie, war das? Die Unschuld seines Dads zu beweisen?«

»Vielleicht. Aber das hätte nicht funktioniert. Es ist egal, ob Gratz oder Masterson auf den Abzug gedrückt haben oder nicht. Die Levines sind als Folge des Raubüberfalls umgekommen. Brandon und Kyle sind verantwortlich für ihren Tod.«

»Aber wenn die beiden sie nicht erschossen haben, bedeutet das, dass die tatsächlichen Schützen ungestraft davongekommen sind.« Sie musste lachen. »Wie tiefgründig, Officer Offensichtlich.«

Decker schmunzelte. »Offensichtlich, aber es stimmt.«

»Was haben Sie bei Bonfeller rausgefunden?«

»Bonfellow. Ich habe rausgefunden, dass es überall im Geschäft versteckte Überwachungskameras gibt. Mehr will ich aber gar nicht sagen, da Sie offiziell gar nicht mehr an den Ermittlungen beteiligt sind.« Als Lennie die Augen verdrehte, sagte Decker: »Lassen Sie das. Sie haben Glück, dass ich Sie nicht bei Ihrem Vater verpfeife.«

»Als ob Sie das tun würden.« Sie hielt vor ihrem Wagen an. »Der hier ist meiner.« Sie gab den Zugangscode in die Fahrertür ein. Aber anstatt die Alarmanlage abzuschalten, ging sie los. »Was soll das denn? Das ist wirklich komisch.«

»Was denn?«

Lennie gab erneut den Code ein. »Ich weiß, ich habe den Alarm eingeschaltet. Ich bin extrem vorsichtig, vor allem nach dem, was in meiner Wohnung passiert ist.« Sie wollte gerade die Hand nach dem Türgriff ausstrecken, aber Decker hielt sie zurück. Er reichte ihr ein Taschentuch.

»Nur für den Fall, dass da Fingerabdrücke drauf sind.«

»Okay.« Sie öffnete die Tür. Das Handschuhfach stand sperrangelweit offen. Die Bedienungsanleitung des Autos, Straßenkarten, eine Taschenlampe und eine Sonnenbrille lagen im Fußraum. »Meine Güte, die haben sich überhaupt keine Mühe gegeben, unauffällig vorzugehen.«

»Die müssen Ihnen gefolgt sein.« Decker war verärgert. »Ist Ihnen denn nichts aufgefallen?«

»Nein, gar nichts. Und ich habe aufgepasst, ich schwör's. Ich habe mich ganz genau umgesehen.«

»Tut mir leid.« Decker schnaufte. »Ich wollte damit nicht sagen, dass Sie nachlässig waren. Das müssen echte Profis sein.«

»Was für eine schreckliche Sache.« Lennie fing an, an ihrem Daumennagel herumzuknabbern, ließ es dann aber bleiben. »Die haben doch schon die Akte zu den Levines. Wonach könnten sie denn jetzt noch suchen?«

Decker schüttelte den Kopf. Er hatte bestimmte Vermutungen, aber gleichzeitig war er verwirrt.

Lennie schnippte mit ihren Nägeln. »Vermutlich werden Sie jetzt die Polizei rufen.«

»Wir sind die Polizei. Aber wenn Sie wissen wollen, ob ich Tran und Smitz anrufe, ist die Antwort Ja. Die beiden müssen informiert werden, weil ich möchte, dass die Hamiltoner Spurensicherung sich Ihren Wagen ansieht. Lassen Sie mich kurz nachdenken. Ich muss mir eine Strategie überlegen.«

»Natürlich.« Nach einer Weile fragte Lennie: »Wollen Sie jetzt einen Kaffee?«

Decker lächelte, aber wehrte ab. »Also gut. Das ist der Plan: Sie warten hier auf Tran und Smitz und erzählen ihnen, was passiert ist.«

»Die werden sich fragen, was ich hier mit Ihnen zu suchen hatte, wo ich doch eigentlich vom Dienst suspendiert bin.«

»Sie waren nicht mit mir hier, Lennie. Ich hatte keine Ahnung, dass Sie herkommen würden. Und wenn Sie den beiden nicht verraten wollen, dass Sie zum Bigstore gefahren sind, um auf eigene Faust Detective zu spielen, sagen Sie ihnen, Sie trinken hier morgens immer Ihren Kaffee und ratschen mit den Mädels vom Café. Mich haben Sie zufällig getroffen, als das

Geschäft aufgemacht hat. Danach haben sich unsere Wege getrennt. Sie können auch sagen, dass ich darauf bestanden habe, Sie zurück zu Ihrem Wagen zu begleiten. Dann ist Ihnen aufgefallen, dass sich jemand daran zu schaffen gemacht hat, und wir haben die Polizei benachrichtigt. Sollte einfach zu merken sein, da es die Wahrheit ist.«

»Was ist mit Olivia Anderson?«

»Machen Sie sich deswegen keine Sorgen. Falls die Sprache darauf kommt, regele ich das, in Ordnung?«

»In Ordnung. Wo werden Sie sein?«

»In der Sicherheitsabteilung. Wie gesagt, hier gibt es überall versteckte Kameras, auch auf diesem Ungetüm von Parkplatz. Wir wissen zwar, wann Sie hier angekommen sind, aber ich weiß nicht, wo sich die Kameras befinden. Aber vielleicht haben wir ja Glück.«

KAPITEL 26

Der Großteil der Kameras im Außenbereich überwachte die Besucherströme an den beiden riesigen Eingangstüren aus Glas. Auf diese Weise ertappte der Sicherheitsdienst neunzig Prozent aller Ladendiebe. Die Langfinger behaupteten, sie seien abgelenkt gewesen und hätten nur vergessen zu zahlen. Bei kleinen Artikeln wie Make-up, der Nummer eins auf der Liste der gestohlenen Waren, funktionierte diese Ausrede, aber wenn man versuchte, einen Game Boy unter dem Regenmantel aus dem Geschäft zu schmuggeln, war es schon schwieriger, auf Gedächtnisschwund zu plädieren. Egal, um was es sich handelte, bei Bigstore galt die Devise, im Zweifelsfall für den Angeklagten zu entscheiden. Wenn derjenige wieder hineinging und für den Artikel bezahlte, gab es keinen Grund, die Polizei hinzuzuziehen.

Manchmal war das Diebesgut so gut versteckt, dass jemand das Geschäft verlassen konnte, ohne den Alarm auszulösen. Allerdings gab es Alarmanlagen auf dem Parkplatz, und wenn der Dieb versuchte, seine Beute im Kofferraum seines Wagens zu verstauen, wurde ein lautloser Alarm ausgelöst. Die Kameras auf dem Parkplatz lieferten zusätzliche Beweise. Die Überwachungsanlage entdeckte auch einen beträchtlichen Prozentsatz der Autoeinbrüche.

Obwohl Abteilungsleiter Benton Horsch zunächst etwas reserviert auf die Einmischung der Polizei reagiert hatte, fand er rasch Gefallen an dem Gedanken, eine zentrale Rolle bei einem echten Ermittlungsverfahren zu spielen. Er saß in seinem Büro vor dem Computer, an den zahlreiche an der Wand befestigte Fernsehmonitore angeschlossen waren. Gerade sah er sich die Kacheln mit den Schwarzweißaufzeichnungen auf seinem Bildschirm an. Er fragte Lennie Baccus: »Wo haben Sie noch mal geparkt?«

»Oranger Bereich, zwischen 2B und 2C.«

Horsch bewegte den Cursor über eine Liste von Bildern. »Möglicherweise können wir Sie mit dieser Kamera finden ... Moment.« Er klickte auf die Maus. »Nein, dass wird auch nicht funktionieren. Versuchen wir's mal mit einer anderen Perspektive. Warten Sie kurz, bis ich die Videos runtergeladen habe.« Die Kamera zeichnete aus mehreren unterschiedlichen Perspektiven auf und wechselte zwischen den einzelnen Ansichten hin und her. Horsch drückte auf Pause. »Der da sieht aus wie ein Kia Optima.«

Der Bildschirm zeigte eine Windschutzscheibe und den Teil eines Kühlergrills mit der oberen Hälfte eines Nummernschilds. Auf dem Standbild konnte man vorne auch die obere Hälfte der Beifahrertür erkennen.

Lennie rief: »Das ist mein Auto!« Sie nannte ihr Kennzeichen, was mit den angeschnittenen Buchstaben und Nummern übereinstimmte. »O mein Gott, ich kann nicht glauben, dass wir auf den Kameras tatsächlich etwas gefunden haben.«

»So ungewöhnlich ist das gar nicht. Wir platzieren sie ja schließlich an den strategisch wichtigen Stellen.« Horsch wirkte genervt. »Um wie viel Uhr sind Sie bei Bigstore angekommen?«

»Ich war noch vor Ladenöffnung hier.«

»Gut. Dann spulen wir die Aufzeichnungen bis vor sieben Uhr morgens zurück.« Er ging auf schnellen Rücklauf. Die Aufzeichnungen rauschten verschwommen vorbei. Es war unmöglich, etwas darauf zu erkennen.

»Wie wäre es«, Horsch hielt das Band an, »wenn wir um sechs Uhr fünfundvierzig anfangen, da Sie ja nicht wissen, wann genau Sie angekommen sind.«

»Ja, okay«, sagte Lennie.

Horsch drückte auf Play. Auf dem Monitor war zu sehen, wie Lennies Kia um zwölf Minuten vor sieben auf seinen Parkplatz gefahren war. Eine Minute darauf stieg sie aus, ging nach rechts davon und war kurze Zeit später nicht mehr im Bild.

»Das Gesicht ist richtig gut zu erkennen«, bemerkte Decker.

»Wir haben zwei Jahre altes Equipment. Nicht die allerneueste Version, aber immerhin ziemlich neu«, entgegnete Horsch. »Das Ganze ist komplett digital, nicht diese miesen Überwachungsbänder, und die Auflösung ist absolut brauchbar.«

»Die beste Auflösung, die ich bislang gesehen habe«, sagte Decker.

Dann saßen die drei da, ohne sich zu unterhalten, und sahen sich die Menschen an, die an der Kamera vorbeischlenderten. Junge Frauen, die Babys und Kleinkinder auf dem Arm hatten oder sie in Bigstore-Einkaufswagen schoben. Andere, Schulkinder an der Hand, eilten hastig vorbei. Paare im Seniorenalter schoben leere Einkaufstrolleys, die sie von zu Hause mitgebracht hatten. Ganze Familien betraten das Geschäft mit Handtüchern und kamen mit feuchten Haaren und prall gefüllten Bigstore-Taschen wieder heraus – Vorräte für den nächsten Abschnitt ihrer Reise.

Nach einer gewissen Zeit sagte Decker: »Wir haben uns etwa anderthalb Stunden im Bigstore aufgehalten. Ich weiß, Sie haben viel zu tun. Wenn Sie etwas anderes erledigen müssen, kommen wir auch allein zurecht.«

»Niemand außer meinen Mitarbeitern fasst meine Ausrüstung an«, antwortete Horsch. »Außerdem ist es besser, wenn ich hier bin. Dann kann ich bezeugen, dass Sie nicht an irgendwas rumgefummelt haben.«

»Verstehe. Ich wollte nur nicht Ihre Zeit verschwenden.«

»Einen Einbruch aufzudecken ist keine Zeitverschwendung«, sagte Horsch. »Verbucht doch jeder gern auf seinem Erfolgskonto.« Er wandte sich an Lennie. »Nimmt schon jemand Ihren Wagen auf?«

»Vor zwanzig Minuten sind zwei Detectives aus Hamilton eingetroffen. Sie warten noch auf ein Team von der Spurensicherung.«

»Tran und Smitz?« Als Lennie zur Bestätigung nickte, fragte Decker weiter: »Ist Chief Baccus aufgetaucht?«

Lennie blickte säuerlich. »Als ich mich hierher auf den Weg gemacht habe, war er nicht da, aber ich bin mir sicher, er wird von der Sache erfahren.« Sie schnippte mit den Nägeln. »Niemand wird glauben, dass wir nicht zusammen hergekommen sind.«

»Das ist nicht mein Problem.«

»Tran und Smitz wirkten irgendwie genervt von mir. Sie können nicht begreifen, warum ich nicht bemerkt habe, dass mir jemand folgt. Dabei habe ich die ganze Zeit in die Spiegel gesehen.«

»Ist ziemlich schwierig, einen Verfolger im Auge zu behalten und gleichzeitig Auto zu fahren.«

»Ich schwöre, ich habe mich die ganze Zeit umgesehen …«

»Gehen Sie auf Standbild«, unterbrach Decker. Horsch hielt die digitale Aufzeichnung an. Mitten im Bild befand sich ein Mann, der sich Lennies Auto näherte. Drei Viertel seines Gesichts waren zur Kamera gedreht. Decker fragte Lennie: »Ist das einer von unseren Verdächtigen?«

»Der kräftigere?«

»Ja, der.«

Lennie sah auf die Phantomzeichnung und dann wieder auf das Standbild. »Könnte sein.«

»Könnten Sie ab hier auf langsamen Vorlauf gehen, Mr. Horsch?«, bat Decker.

»Ben«, sagte Horsch. »Klar.«

Der unbekannte Mann hielt vor dem Kia an und sah sich um. Decker richtete sich im Stuhl auf. »Was genau führst du im Schilde?« Der Unbekannte warf einen Blick über die

Schulter und trat unruhig von einem Bein aufs andere. Wie durch ein Wunder drehte er sich um und sah für einen kurzen Moment genau in die Kamera. Der Mann war ziemlich stämmig. Auf dem Schwarzweißvideo schien er ein rundliches Gesicht, weißes Haar und dunkle Augen zu haben. Er trug eine für so ein warmes Wetter viel zu dicke Bomberjacke. Auch passte sie nicht zu seinen Surfershorts, die den Blick auf muskulöse Beine freigaben, und den Flipflops. Die große, voluminöse Jacke bedeutete, dass er Werkzeug darunter versteckt hatte.

Horsch ging auf Standbild und notierte die Zeit bis auf die exakte Hundertstelsekunde. »Gutes Bild.«

»Fantastisches Bild!«, sagte Decker.

Lennie sah erneut auf die Phantomzeichnung. »Ziemlich genau getroffen.«

»Ich frage mich, ob irgendwo auf dem Band seine Handgelenke zu sehen sind.«

»Wegen des Tattoos.«

»Genau.«

»Ich spule dann mal weiter vor.« Horsch drückte auf die PLAY-Taste. Das Band lief jetzt in halber Geschwindigkeit vorwärts. Der Unbekannte kam immer mal wieder kurz ins Bild, als die Kamera zwischen anderen Ansichten des Parkplatzes und dem Kia hin und her wechselte. Der Unbekannte schien mit den Händen in der Tasche um das Auto herumzugehen. Langsam bewegte sich das Band vorwärts. Nach vier Minuten und dreiundzwanzig Sekunden tauchte ein weiterer unbekannter Mann – UM 2, wie Decker ihn taufte – bei dem Kia auf. Auch er trug eine dicke Jacke. Die beiden unterhielten sich. Dann ging UM 2 auf die Fahrerseite des Wagens und beugte sich mindestens fünf Minuten lang nach unten – außer Reichweite der Kamera. UM 1 stand vorne vor dem Fahrzeug und fungierte ganz klar als Wachposten. Nachdem UM 2 wieder hochgekommen war, machte er sich an der vorderen Beifahrertür zu schaffen, bis sie aufschwang. UM 1 ging um die Tür herum, sodass diese ihn größtenteils verdeckte. Dann bückte auch er sich nach unten, vermutlich weil er von der Beifahrerseite aus das Auto durchwühlte. Beide Männer befanden sich jetzt außerhalb der Reichweite der Kamera.

Über fünf Minuten waren die Männer nicht zu sehen. Als sie wieder ins Bild kamen, unterhielten sie sich kurz und schienen dann getrennter Wege zu gehen. Die beiden Männer waren insgesamt zwölf Minuten und zweiundvierzig Sekunden auf dem Bildschirm zu sehen. Obwohl die Kamera ein gutes Bild von UM 1 aufgezeichnet hatte, erschien sein Komplize, UM 2, nie mit dem Gesicht zur Kamera. Horsch hielt die digitale Aufzeichnung an.

»Ich schneide diese Sequenz zusammen und gebe sie Ihnen.«

»Das ist ein hervorragendes Beweismittel, wenn wir sie schnappen. Was ich wirklich brauche, sind die Autos der beiden. Ich vermute, es sind zwei, da die beiden zu unterschiedlichen Zeiten angekommen sind. Aber vielleicht sollte es auch nur so aussehen. Oder vielleicht hat auch einer der beiden ein Uber-Taxi genommen.« Er hielt kurz inne. »Haben Sie Uber in Hamilton?«

»Uber und Lyft.«

»Das wäre natürlich die beste Variante, weil die Firma dann Aufzeichnungen über die Fahrt hätte. Wie dem auch sei, gibt es eine Möglichkeit, die beiden auf dem Weg zu ihren Autos zu finden?«

»Dazu müssten wir uns andere Kameras ansehen«, sagte Horsch. »Das wird ein Weilchen dauern.«

»Es ist wichtig.«

»Ich muss ein bisschen mit anderen Kameras rumspielen, aber ich werde mein Bestes tun.«

»Danke. Ist nämlich ein wichtiger Fall.« Decker drehte sich zu Lennie um. »Warten Sie doch hier, während Mr. Horsch alles vorbereitet. Ich gehe zu Tran und Smitz und rede mit ihnen. Vielleicht haben die beiden Komiker ja brauchbare Fußabdrücke hinterlassen.«

»Das kann ich doch für Sie ...« Lennie hielt abrupt inne, als ihr einfiel, dass sie vom Außendienst befreit war, und sagte dann: »Äh, gute Idee. Natürlich.«

Innerhalb einer Stunde lagen Decker die Marke und das Modell des Fahrzeugs von UM 2 vor. Das Kennzeichen war nicht zu erkennen. Als er sich bei der örtlichen Zulassungsstelle erkundigte, fand er heraus, dass ein Wagen derselben Marke und desselben Modells drei Stunden zuvor als gestohlen gemeldet worden war. Er fand sich wieder bei Lennie, Tran und Smitz ein und sah der Spurensicherung bei der Arbeit zu. Tran trug eine schwarze Hose und ein gelbes, bis zum Ellbogen hochgekrempeltes Hemd. Smitz hatte einen blauen Anzug und ein weißes Hemd an, allerdings ohne Krawatte. Sein Teint war so hell, dass er schon fast farblos wirkte. In der Morgensonne würde er sich leicht einen Sonnenbrand zuziehen. Vielleicht trug er aus diesem Grund auch einen Cowboyhut.

Als schließlich Chief Baccus eintraf – in Uniform –, hatte Decker sich eine brauchbare Aufnahme des Gesichts von UM 1 von der digitalen Disk besorgt. Er überreichte Baccus das Bild; der Chief betrachtete es lange. »Ich wünschte, ich wüsste, wer das ist, aber ich weiß es nicht.«

Decker studierte Baccus' Gesicht. Soweit er sehen konnte, verstellte er sich nicht. »Das können Sie behalten und rumzeigen.«

»Der Mann ist etwa in meinem Alter, vielleicht älter. Im Department wird ihn niemand erkennen, wenn ich's schon nicht tue.«

»Okay.«

»Ich werd's aber trotzdem posten. Wer auch immer dieser Mann ist, er ist kein Officer in meinem Department. Vielleicht sollten Sie's Ihrem Captain zeigen.«

»Ja, natürlich.«

»Könnte jemand aus Greenburys Vergangenheit sein.«

»Absolut.«

Baccus wandte sich seiner Tochter zu. »Alles in Ordnung?«

»Mir geht's gut. Ich wünschte, ich wüsste, was die gesucht haben. Was immer es ist, ich habe es nicht.«

»Was hast du überhaupt hier bei Bigstore gemacht? Du weißt doch, dass du Schreibtischdienst hast.«

»Natürlich, Sir. Ich habe mir vor der Arbeit nur einen Kaffee geholt. Ich komme ein-, zweimal die Woche her.«

»Und du hast ihn nur ganz zufällig getroffen?« Decker war gemeint.

»Ja, Sir.«

Baccus sah Decker an, der abwartete, bis die Frage kam. Denn eines hatte er gelernt: Rücke nie freiwillig mit Informationen heraus. Schließlich fragte der Chief: »Und Sie?«

»Ich arbeite am Brady-Neil-Fall. Ich zeige die Phantombilder herum.«

»Ich wollte doch, dass Sie abwarten, bis ich die Bilder auf internen Polizei-Nachrichtenportalen gepostet habe.«

»Sir, bei allem Respekt, Neil war hier angestellt. Ich habe die Bilder nur Leuten gezeigt, die mit ihm zusammengearbeitet haben, nicht der Allgemeinheit.«

Baccus machte ein verärgertes Gesicht. »Hatten Sie Erfolg?«

Decker deutete auf das gut zu erkennende Bild von UM 1. »Ja, das hier.« Er hielt kurz inne. »Wir brauchen irgendetwas, anhand dessen wir ihn identifizieren können. Ich poste es auf unseren Websites und setze es auch in die Lokalzeitung. Könnten Sie dasselbe für den Hamiltonian übernehmen?«

»Vermutlich wäre das eine gute Vorgehensweise«, musste Baccus zugeben.

»Danke, Sir.«

Eine mit blauem Overall und Schuhüberziehern bekleidete Technikerin von der Spurensicherung zog sich die Latexhandschuhe aus. »Wir sind hier fertig. Wir haben etliche Fingerabdrücke.« Sie drehte sich zu Lennie um. »Ich weiß, wir haben Ihre Kartei irgendwo in den Unterlagen, aber es ist immer besser, aktuelle Fingerabdrücke zu machen. Die brauchen wir, um Sie ausschließen zu können.«

»Selbstverständlich.«

»Ich fahre zurück aufs Revier«, verkündete Baccus. Dann wandte er sich an Lennie. »Mein Büro. Drei Uhr.«

»Ja, Sir.« Als Baccus gegangen war, seufzte sie. »Na, das wird was geben.«

»Vielleicht nicht für Sie persönlich, aber für den Fall hat sich die Sache wirklich gelohnt«, merkte Decker an.

»Da spricht der eingefleischte Mordkommissar.« Tran schüttelte schmunzelnd Kopf. »Das Einzige, was im Haus der Bochs versteckt war, waren diese alten Schwarzweißfotos. Falls die beiden Männer danach gesucht haben, warum sollten sie annehmen, dass Lennie sie hat?«

»Sie hat die Akte geklaut, also hat sie vielleicht auch die Bilder«, merkte Smitz an.

»Ich hab überhaupt nichts geklaut!«, rief Lennie entrüstet.

»Wer außer einem Polizeibeamten würde wissen, dass sie die Unterlagen mit nach Hause genommen hat?«, fragte Decker.

Niemand antwortete. Schließlich sagte Tran: »Sie glauben, es ist jemand aus unserem Department. Ich versichere Ihnen, dieser Witzbold ist keiner von uns.«

»Das behaupte ich auch gar nicht. Aber die Möglichkeit besteht, dass etwas dem Falschen zu Ohren gekommen ist.«

»Vielleicht durch Ihr Department, aber nicht von uns«, sagte Smitz.

»Vielleicht.« Decker ließ sich auf keine Auseinandersetzung ein. Er kannte jeden Einzelnen am Greenbury PD. Niemand war ein potenzieller Maulwurf. Aber in einem hatte Baccus recht: Decker konnte nicht ausschließen, dass die unbekannten Verdächtigen früher einmal zu Greenbury gehört hatten. »Wenn ich nicht mehr gebraucht werde, fahre ich zurück aufs Revier.« Er tippte auf das Bild. »Ich muss meine Kollegen hiervon in Kenntnis setzen.« Er blickte auf. »Übrigens, dieses Wochenende fahre ich weg. Freitag ist Abreise, aber ich bin auf dem Handy erreichbar. Wenn irgendwas passiert, bitte rufen Sie mich an.«

»Wohin geht's?«, fragte Tran.

»Ich besuche meine vierundneunzigjährige Mutter.«

»Ist sie krank?«, fragte Smitz.

»Nein, das nicht, nur vierundneunzig. Sie wohnt in Florida, und ich bin seit einem Jahr nicht mehr dort gewesen. Wird langsam Zeit.«

»Viel Spaß«, sagte Smitz.

»Spaß?« Decker musste lachen. »Ganz offensichtlich kennen Sie meine Mutter nicht ...«

KAPITEL 27

Nachdem er das Bild von der Überwachungskamera und die beiden Phantombilder auf der internen Nachrichtenseite des Greenbury Police Department gepostet hatte, machte sich Decker daran, nachzusehen, wer sich auf der aktuellen Mitarbeiterliste des Hamilton PD befand. Kurze Zeit später stand Radar an seinem Schreibtisch und sah ihm über die Schulter.

»Was zum Teufel machst du da, Decker?«

»Kein Grund zu fluchen, Captain. Ich denke nur, irgendjemand muss gewusst haben, dass Lennie die Levine-Akte mit nach Hause genommen hat.«

»Mach das zu«, bellte Radar. »Mein Büro. Sofort.«

Decker war genervt, aber ließ sich nichts anmerken. Ohne Eile machte er sich auf den Weg in Radars Büro. Der Captain hatte einen leicht angeekelten Gesichtsausdruck, als hätte er gerade in einen wurmstichigen Apfel gebissen.

»Ich will keine Verschwörung aufdecken, in Ordnung?« Decker schloss die Tür hinter sich. »Ich versuche lediglich herauszufinden, wie jemand, der nicht bei der Polizei ist, gewusst haben konnte, dass die Akte ausgeliehen wurde.«

»Wenn diese Männer sich schon mal als Polizisten ausgegeben haben, könnten sie's auch gegenüber demjenigen getan haben, der zu dem betreffenden Zeitpunkt das Archiv betreut hat. Eine Sekretärin zum Beispiel würde nicht jeden einzelnen Polizeibeamten kennen. Mit Uniformierten und Detectives muss Hamilton an die einhundert Officers haben.«

»Hm, dann lass mich mit den Phantombildern ins Hamiltoner Archiv gehen und schauen, ob der oder die Diensthabende uns eine Identifizierung liefern kann.« Als Radar nicht darauf einging, fuhr Decker fort: »Falls es jemand vom Hamilton PD war, werden sie wohl kaum ihre eigenen Leute überwachen.«

»Nicht unbedingt. Wie dem auch sei, darüber wollte ich nicht mit dir reden. Was hast du dir dabei gedacht ... mit Lennie Baccus zusammenzuarbeiten?«

»Ich habe nicht mit ihr zusammengearbeitet. Sie ist einfach aufgekreuzt ...«

»Jaja, um sich ihren morgendlichen Kaffee zu besorgen. Glaubst du wirklich, das nehm ich euch ab?«

»Solltest du, denn es ist die Wahrheit ... zumindest größtenteils.«

»Größtenteils?«

»Sie ist aus demselben Grund zum Bigstore gefahren wie ich. Um rauszukriegen, wer die Männer auf den Phantombildern sind. Ich bin nicht gemeinsam mit ihr hingefahren. Wir haben uns zufällig vorm Eingang getroffen, bevor das Geschäft aufgemacht hat.«

»Du hättest sie einfach nach Hause schicken sollen.«

»Ich hab's ihr nahegelegt. Sie ist nicht darauf eingegangen. Ich kann einer erwachsenen Frau doch nichts befehlen. Was hätte ich deiner Meinung nach denn tun sollen? Ihren Vater anrufen?«

»Auf jeden Fall nicht mit ihr zusammenarbeiten.«

»Habe ich auch nicht. Wir sind getrennter Wege gegangen.«

»Soll heißen, ihr habt eure Vorgehensweise nicht abgesprochen oder so?«

»Sie wollte sich im Café umhören. Dagegen hatte ich nichts einzuwenden. Sie kennt da jemanden. Ich bin direkt zu Carter Bonfellow gegangen, um ihm ein paar Fragen zu stellen.«

»Wer ist das?«

Nachdem Decker es Radar erklärt hatte, sagte er: »Carter war derjenige, der mir von den Überwachungskameras erzählt hat. Ich hatte vor, zu überprüfen, ob diese Typen je im Bigstore gewesen sind. Und falls sie gefilmt worden waren, ob ich sie vielleicht dabei erwischen könnte, wie sie sich mit

Brady Neil und/oder Boxer unterhielten. Nachdem mich der Sicherheitschef informiert hat, dass es mindestens einen Tag dauern würde, die Aufzeichnungen aller Kameras zu besorgen, habe ich beschlossen, Olivia Anderson zu befragen, eine junge Frau, die bei Bigstore arbeitet, und, noch wichtiger, mal mit Brady Neil zusammen war. Lennie hat das Gespräch vereinbart, da sie diejenige war, die sich ursprünglich mit Olivia unterhalten hatte – als sie noch am Mordfall mitgearbeitet hatte. Nach dem Gespräch bin ich mit Lennie zu ihrem Wagen gegangen. Und da hat sie entdeckt, dass darin eingebrochen worden war. Wir sind dann zurück zum Sicherheitsdienst gegangen. Zum Glück lag ihr Auto teilweise im Bereich einer Kamera, und wir haben die Täter in den Aufzeichnungen entdeckt. Wir haben ein paar Bilder, auf denen frontal das Gesicht des einen zu sehen ist. Das hatte ich nicht geplant, als ich heute Morgen zum Bigstore gefahren bin, aber es hat alles prima funktioniert.«

Decker holte tief Luft.

»Jetzt bist du auf dem neuesten Stand.«

Radar blieb stumm. Schließlich sagte er: »Baccus will nicht, dass du weiterhin am Fall mitarbeitest. Er sagt, du mischst dich nicht nur in seine Mordfälle ein, sondern du untergräbst auch seine Anordnungen an seine Mitarbeiter.«

»Also komm!« Decker starrte Radar an, der schwieg. »Das kann nicht dein Ernst sein!«

»Ich werde dich nicht vom Fall abziehen.« Schweigen. »Gern geschehen.«

»Danke. Aber wir wissen beide, dass Baccus das nicht zu entscheiden hat.«

»Stimmt, hat er nicht, aber ...«

»Es gibt ein Aber?«

»Ja, gibt es.« Radar überlegte, wie er es am besten formulieren sollte. »Du wolltest doch Freitag frei haben, um deine hochbetagte Mutter zu besuchen. Du hast mir gesagt, Rina fährt schon morgen.« Er holte tief Luft. »Fahr mit ihr. Lass Victor sich erst mal beruhigen.«

»Jetzt, wo wir im Fall kurz vor einem Durchbruch stehen und wir vielleicht tatsächlich rausfinden, wer diese Typen sind, will er mich nicht mehr dabeihaben.«

»Falls sich etwas Konkretes ergibt, sage ich dir Bescheid.«

»Es wird sich nichts ergeben, weil Baccus nichts unternehmen will, um mir bei der Identifizierung dieser Komiker zu helfen.«

»Pete, ich werde die Ermittlungen in einem Mordfall nicht blockieren. Lass Victor ... sich einfach beruhigen, damit wir mit ihm zusammenarbeiten können, in Ordnung? Wir sind auf seine Hilfe angewiesen, da das Haus der Bochs in seinem Zuständigkeitsbereich liegt. Lass die Spurensicherung sich Lennies Auto komplett vornehmen. Ich werde das persönlich überwachen. Du hast großartige Arbeit geleistet. Ich schwöre dir, falls es einen wichtigen Durchbruch gibt, wird niemand dich davon ausschließen.«

»Wir müssen Jaylene Boch rund um die Uhr bewachen lassen. Auch wenn Hamilton nicht die Leute bereitstellen will ...«

»Kevin hat schon einen Einsatzplan ausgearbeitet. Fahr nach Hause und buch deinen Flug um. Verbring ein wenig Zeit mit deiner Familie. Wir sehen uns Montagmorgen.«

»Na gut.« Decker erhob sich. »Na gut.«

Radar wirkte verblüfft, dass Decker so problemlos zustimmte. »Danke, dass du so vernünftig bist. Deine Handynummer habe ich ja. Ich melde mich, falls ich etwas brauche oder etwas höre.«

»Prima.«

Decker meinte es auch so.

Diese unerwartete Planänderung würde ihm nämlich größere Flexibilität verschaffen, was Jack Newsome anging.

Es gab tatsächlich einen Gott.

Deckers ursprünglicher Plan war gewesen, Newsome am Sonntag mit einem Spontanbesuch zu überraschen. Aber nach der Umbuchung der Flugtickets stellte sich heraus, dass es billiger war, seine Mutter am Donnerstag zu besuchen und danach zum Schabbat Rinas Mutter. Vor diesem Hintergrund ließ Decker es darauf ankommen und rief den Mann einfach an. Wie es der Zufall wollte, plante Newsome ein Angelwochenende von Donnerstag bis Sonntagabend. Er war bereit, sich mit Decker zu unterhalten, obwohl er keine Ahnung hatte, wie er helfen konnte, allerdings hatte er nur am Donnerstagnachmittag Zeit, und auch dann nur etwa eine Stunde.

Alles klar, dachte Decker. Er würde nehmen, was er kriegen konnte.

Um vier Uhr morgens, als Decker gerade das letzte Gepäckstück im Volvo verstaut hatte in der Hoffnung, den 9-Uhr-Flug von JFK nach Gainesville zu erreichen, kam Rina mit einer kleinen Kühlbox voller Proviant aus dem Haus. Sie hatte eine geblümte Tunika zu weißen Leggings und Espadrilles an. Das schulterlange Haar trug sie offen unter einer weißen Baskenmütze aus Strick.

Sie legte los, noch bevor er etwas sagen konnte. »Ich weiß, wir können nichts zu trinken mit ins Flugzeug nehmen, aber belegte Brote schon. Die Getränke lassen wir im Kofferraum für die Rückfahrt. Sonst noch Fragen?«

»Wie dir auffällt, habe ich keinen Piep gesagt.«

»Aber du hattest diesen Blick drauf.«

»Welchen Blick?«

»Den Ehegattenblick, der besagt: ›Warum schleppst du so viel zu essen mit?‹«

Decker musste schmunzeln. »Was der Blick eigentlich aussagen will, ist: ›Warum schleppst du genug Essen für eine ganze Garnison mit?‹«

»Zu deiner Information: Es sind nur vier Brote.«

»Ach so. Das geht ja noch.«

»Na ja, eigentlich vier von jeder Sorte, also insgesamt acht.«

»Du hast sie geschmiert, ich werde sie essen. Genau das ist das Problem. Fahren wir, bevor wir in den Berufsverkehr kommen. In New York fängt der früh an.«

Rina stieg rasch auf der Beifahrerseite ein, stellte die Kühlbox hinter ihren Sitz und eine Papiertüte in den Fußraum. Sie hatte eine Thermoskanne herausgeholt. »Kaffee?«

»Ja, sobald ich aus der Einfahrt raus bin.« Er schob den Hebel in den Rückwärtsgang und rollte die Einfahrt hinunter. Zehn Minuten darauf befanden sie sich auf dem Highway in Richtung New York. »Jetzt hätte ich gerne einen Kaffee. Bitte nicht zu heiß, und mach den Becher nur halb voll. Ich will mir schließlich nicht den Mund verbrennen.«

»Klar doch. Einen Bagel?«

»Gleich.« Decker hielt inne. »Wie viele Bagel hast du eingepackt?«

»Zwei Käse-Jalapeño, zwei Everything.«

»Zusätzlich zu den belegten Broten?«

»Die einen sind für's Frühstück, die anderen für's Mittagessen«, entgegnete Rina. »Um wie viel Uhr triffst du dich mit Newsome?«

»Um drei. Wenn Radar mir nicht gesagt hätte, ich soll mich rar machen, hätte ich mich dieses Wochenende gar nicht mit Newsome unterhalten können. Aber so haut alles hin.«

»Manchmal ist das so. Möchtest du, dass ich mitkomme?«

»Zu der Befragung?« Als Rina nickte, sagte Decker: »Kümmere dich einfach nur um Ida Decker. Das reicht als Aufgabe voll und ganz.«

»Passt mir sowieso besser. Ich mache doch das Abendessen. Ich habe einen Zweieinhalb-Kilo-Braten an die Adresse deiner

Mutter schicken lassen. Randy und die neue Dame seines Herzens kommen nämlich auch.«

Ehefrau Nummer vier seines Bruders. Seine Mutter hatte ein eigenes, koscheres Topf- und Pfannenset für Rina und ihn. Das war sehr entgegenkommend von ihr, wenn man bedachte, dass sie praktizierende Baptistin war. Rinas Aufgabe war es, den Herd und Ofen zu reinigen, wenn sie zu Besuch kam.

»Chabad kommt um zwei vorbei, um den Ofen auszusengen. Eigentlich wäre es vernünftiger, wenn ich alles in meiner eigenen Küche zubereiten würde, aber deiner Mutter scheint es sehr viel zu bedeuten, dass ich ihre Küche benutze. Außerdem backt sie gerne, und es ist fantastisch, dass sie das in ihrem Alter noch kann.«

»Wenn man dich rumzukommandieren als backen bezeichnen will.«

»Sie rollt immer noch selbst den Teig für die Pies aus.«

»Och, wie niedlich.«

Rina knuffte ihn. »Irgendeine Vermutung, warum Baccus sich so bescheuert aufführt?«

»Ich denke ja nur ungern Schlechtes von Kollegen, aber der Mann hat irgendwas zu verbergen.«

»Im Zusammenhang mit den Levine-Morden?«

»Das weiß ich eben nicht.«

»Glaubst du, er weiß, wer die Männer auf den Phantombildern sind?«

Decker holte tief Luft. »Ich habe ihn genau beobachtet. Er sah nicht so aus, als ob er sie wiedererkannte, aber er könnte ein guter Lügner sein.«

»Wenn Baccus in die Sache verwickelt ist, warum sollte er seine eigene Tochter verfolgen lassen?«

»Wenn er in die Sache verwickelt ist, warum hat er mich dann überhaupt gebeten, sie ins Team aufzunehmen?«

»Wie du schon sagtest, vielleicht dachte er, sie würde eine gute Informationsquelle abgeben. Und als sie es nicht war, hat er sie vom Fall abgezogen.«

»Tja, irgendwer glaubt, sie weiß mehr, als sie tatsächlich tut. Und vermutlich ist es jemand vom Hamilton PD.«

»Befürchtest du, dass sie in Gefahr ist?«

»Ja. McAdams ist dieses Wochenende bei ihr. Um Tyler mache ich mir allerdings auch ein bisschen Sorgen. Er ist zwar ein Polizist, aber kein sehr erfahrener. Er weiß nicht, wie rau es da draußen zugehen kann.«

»Ich bin mir sicher, er kann auf sich aufpassen, Peter. Schließlich ist er zweimal angeschossen worden.«

»Ich weiß. Er hat mir das Leben gerettet. Er kann die Dinge richtig einschätzen. Aber er ist immer noch etwas grün hinter den Ohren, und ich bin nicht da.« Decker hielt inne. »Deshalb habe ich Kevin gebeten, ein Auge auf die beiden zu haben.«

»Findest du das nicht etwas beleidigend Tyler gegenüber?«

»Natürlich. Er würde mich umbringen, wenn er's wüsste. Aber meiner Ansicht nach ist die Sache so, Rina: Wenn McAdams nicht merkt, dass Kevin ihn beschattet, habe ich das Richtige getan. Und wenn er es doch merkt, weiß ich für die Zukunft, dass ich ihn nicht mehr bemuttern muss. Egal, wie es ausgeht, ich kann gut mit meiner Entscheidung leben.«

Der Bundesstaat Florida, in dem das ganze Jahr über schönes Wetter herrschte und es keine Einkommenssteuer gab, zog viele Rentner von der Ostküste an, die ganz versessen darauf waren, die frostigen Temperaturen gegen eine Eigentumswohnung am Strand einzutauschen. Die Kehrseite der Medaille waren Hurricanes und monatelange erbarmungslose Hitze und drückende Schwüle.

Gainesville, Deckers Geburtsort, veränderte sich ständig und war immer unter den beliebtesten zehn Städten zu finden, in denen die Leute gerne leben wollten. Wohnen war erschwinglich, die Beschäftigungsrate hoch, und es war eine Universitätsstadt mit über fünfzigtausend Studierenden allein von der University of Florida. Die Studenten genossen die gemäßigten Monate und verzogen sich während der Sommer-Monsune, obwohl es das ganze Jahr über jederzeit regnen konnte und häufig auch tat. Ende Juni, Anfang Juli war das Klima üblicherweise heiß und feucht und ähnlich wohltuend wie ein Schlag mit dem nassen Handtuch. Der Mietwagen hatte eine gute Klimaanlage und gute Wischblätter, beides notwendige Ausstattungsmerkmale, als sich Decker vom Flughafen in Richtung Westen aufmachte. Das Haus seiner Mutter lag außerhalb der Stadt. Es war ein bescheidenes, seit Jahrzehnten unverändertes Gebäude umgeben von einem großen Grundstück. Früher einmal war dort Sumpfland gewesen, aber vor langer Zeit hatte sein Vater das Wasser abgeleitet und es in ein äußerst gepflegtes Feuchtgebiet verwandelt. Obwohl seine Mutter das Haus langsam verfallen ließ, war ihr Garten noch immer üppig und grün.

Um zwölf Uhr mittags hielt Decker vor einem weitläufigen einstöckigen Haus im Ranch-Stil mit umlaufender Veranda und weiß gestrichener Holzverkleidung. Der Rasen vor dem Haus war von einem satten Grün, und die umliegenden Beete waren mit Blumen in allen erdenklichen Farben bepflanzt. Sobald Decker ausgestiegen war, klatschte er sich auf den Nacken. Es waren viele Mücken unterwegs. »Ich hab den Insektenschutz vergessen.«

Rina stieg aus dem Wagen. Sofort traten ihr Schweißperlen auf die Stirn. »Den hab ich in den Koffer gepackt.«

»Zumindest denkt einer mit.«

»Mitdenken schon, aber nicht sehr gründlich. Ich hätte ihn in mein Handgepäck tun sollen.« Rasch ging sie zur Haustür und klopfte.

Es dauerte einige Minuten, bis Ida es zur Tür geschafft hatte. Die Tür schwang auf, und Rina sah auf ein winziges runzliges Persönchen mit tiefblauen Augen und allmählich schütter werdendem strahlend weißem Haar herab, das mit hellblauen Stretchhosen und einer kurzärmligen Bluse mit Blumenmuster bekleidet war. Die beiden lächelten sich an. Dann folgte die kurze Umarmung.

»Kommt rein, bevor ihr die ganze kühle Luft rauslasst«, sagte Ida. »Brauchst du Hilfe, Peter?«

»Klar, du kannst die Koffer reintragen.« Als Ida zum Auto gehen wollte, hielt Decker sie am knochigen Arm zurück. »Ma, war nur Spaß.«

»Wieso? Du glaubst wohl nicht, dass ich das kann.«

»Ich weiß, dass du es kannst, aber ich kann's auch.« Er beugte sich nach unten und drückte ihr einen Kuss auf die ihm entgegengereckte Wange. »Wie geht's dir?«

»Wir unterhalten uns, sobald du die Koffer geholt hast.« Sie drehte sich um und ging zurück ins Haus.

Rina folgte ihr durch ein ordentliches Wohnzimmer, das vor sechzig Jahren einmal modern gewesen war. Die Möbel waren sauber, aber sehr, sehr verschlissen. Sie spiegelten nicht die nahezu grenzenlose Energie ihrer vierundneunzigjährigen Besitzerin wider. Die Küche, geräumig und kühl dank einer eigenen Klimaanlage, die gekühlte Luft hereinblies, war das Herzstück des Hauses. Die Geräte waren alt und avocadogrün lackiert, aber funktionierten noch gut. Die Arbeitsflächen waren in Rücksichtnahme auf Rinas Kaschrut-Gesetze mit stabiler Plastikfolie abgedeckt.

»Ich habe noch keine Töpfe und Pfannen rausgeholt.« Ida setzte sich an einen mitten im Raum stehenden großen runden Küchentisch, auf dem ein neues Tischtuch lag. »Ich wollte mich erst vergewissern, dass du einverstanden bist, bevor ich irgendwas aus dem Schrank hole. Ich habe die Schwämme ausgetauscht und neue Küchentücher besorgt. Zwei Sätze, einmal für Fleisch, einmal für Milch. Ich brauchte sowieso neue, und bei Walmart hatten sie gerade welche im Angebot.«

»Sieht perfekt aus. Danke, dass du dich darum gekümmert hast.«

Ida seufzte. »Was bleibt mir anderes übrig? Sonst würdet ihr ja nicht hier essen.«

»Mom, sei nett«, ermahnte sie Decker.

»Bin ich doch«, sagte Ida. »Ich hab's schließlich gemacht, oder?«

Rina musste lachen. »Ja, das hast du. Du hast ja den Rostbraten bekommen, den ich dir geschickt habe, Ida. Möchtest du, dass ich ihn mache, oder willst du das übernehmen?«

»Mach du das. Ich backe. Ich habe frische Aprikosen vom Markt besorgt. Ich werde ein paar Pies machen.«

»Klingt toll«, lobte Rina.

»Ich könnte ein paar mehr machen, wenn ihr länger bleibt.«

»Mom ...« Decker wedelte abwehrend mit dem Zeigefinger.

»Wer kommt schon den ganzen Weg hier raus, um nur einen einzigen Tag zu bleiben?«

»Ich stecke mitten in einem Fall.«

»Tust du doch immer.«

Decker nickte. »Ja, da hast du recht.« Er sah auf die Uhr. »Tatsächlich muss ich mich jetzt duschen und umziehen. Ich muss jemanden vernehmen, und die Fahrt dauert mindestens eine Stunde. Um wie viel Uhr ist das Abendessen?«

»Um wie viel Uhr hättest du's denn gerne?«

»Na ja, um wie viel Uhr kommen Randy und Wieheißtsienochgleich?«

»Sie heißt Blossom.«

»Blossom?« Decker musste sich das Grinsen verkneifen. »Ist sie nett?«

»Sie ist zweiundvierzig und hat eine Tätowierung am Hals.«

»Randy hat auch Tattoos.«

»Gleich und gleich gesellt sich gern ... Und sag mir nicht, ich soll mich benehmen. Ich bin nun mal die, die ich bin, und mit meinen neunzig Jahren werd ich mich nicht mehr ändern.«

»Äh, ich glaube, du bist vierundneunzig.«

»Blödsinn. Im September werde ich einundneunzig.« Ida reckte angriffslustig das Kinn. »Weißt du noch nicht mal, wie alt deine eigene Mutter ist?«

»Ich dachte schon«, entgegnete Decker. »Aber scheinbar doch nicht.«

Ida brummte etwas Unverständliches. Rina räusperte sich. »Warum gehst du jetzt nicht unter die Dusche?«

»Gute Idee. Aber ich weiß immer noch nicht, wann das Abendessen ist.«

»Ich rufe dich an und sage dir Bescheid.« Ida hielt inne. »Blossom ist ganz in Ordnung. Aber sie ist eben nicht Rina.«

»Danke, Ida«, sagte Rina. »Das ist ein tolles Kompliment.«

»Die Gute kann nicht mal Wasser kochen.«

»Vielleicht hat sie andere Begabungen«, bemerkte Rina.

»Vermutlich die Sorte, die wir nicht öffentlich erwähnen können«, grummelte Ida.

»Bis später, Ma«, verabschiedete sich Decker.

»Sieben«, sagte Ida. »Wir essen um sieben.«

»Weiß Randy, um wie viel Uhr er erwartet wird?«

»Nein.«

»Hast du vor, ihm Bescheid zu sagen?«

»Nein, sag du's ihm.«

»Okay, mach ich.«

»Du bist doch rechtzeitig zurück, oder?«, fragte Ida.

»Ich hab's fest vor.«

»Gut. Ich würde nämlich gerne ein bisschen Zeit mit dir verbringen, auch wenn's nur ein Tag ist.«

»Nächstes Mal bleiben wir länger.«

»Das sagst du immer.«

Decker gab ihr noch einen Kuss auf den Kopf. »Das sage ich tatsächlich immer, was? Tut mir leid, Mom. Ich verspreche, mich zu bessern.«

»Ach.« Sie bedeutete ihm, sich zu verziehen. »Geh und erledige, was du zu erledigen hast. Ich muss dringend an den Herd.« Damit stand sie auf und machte sich daran, das koschere Kochgeschirr hervorzuholen.

Aber Decker hatte die Tränen bereits entdeckt, die ihr in die Augen getreten waren.

KAPITEL 28

Die Fahrt von Gainesville in nordwestliche Richtung, aber eher nach Westen als nach Norden, dauerte über eine Stunde. Draußen war es heiß und schwül, und die Straßen waren schon länger nicht instand gesetzt worden. Der zweispurige Highway führte Decker durch ausgedehnte üppige Bestände von Hartriegel, Virginia-Eiche, Magnolienbäumen und dicht belaubten Palmettopalmen. Newsomes Anwesen, ein einstöckiges Gebäude im Ranchstil inmitten eines ausgedehnten gerodeten Stücks Land, lag mitten im Nirgendwo. Überall rings umher wucherte die dichte grüne Wildnis, aber es gab Stromleitungen, also war es sehr gut möglich, dass der Mann eine Klimaanlage hatte.

Der Bereich vor dem Haus war komplett geschottert; dort parkten ein Campingwagen, ein SUV und ein Pick-up. Da er den Unterboden des Mietwagens nicht ruinieren wollte, stellte Decker sich auf die mit Schlaglöchern überzogene Asphaltstraße. Die Entfernung von der Straße bis zum Haus betrug etwa dreißig Meter. Als er die Türglocke läutete, war sein Rücken schweißnass.

Die Tür ging auf, und Decker schlug ein wohltuender Schwall kühler Luft entgegen.

Der Mann, der im Türrahmen stand, schien in den Siebzigern zu sein. Er hatte weißes Haar, grau melierte Bartstoppeln und ein Gesicht voller Falten – oberhalb der Lippen, auf der Stirn, quer über die Wangen und rund um die dunklen wach blickenden Augen. Er trug ein kurzärmliges Hemd und eine hellbraune Khakihose, war groß und schlank und hatte große Hände, deren eine er Decker zur Begrüßung hinstreckte. »Jack Newsome. Herzlich Willkommen.« Seine Stimme war tief und rau. »Kommen Sie rein. Richtig heiß da draußen.«

»Kann man wohl sagen.« Decker trat ins Haus; er hatte eine Aktentasche mit Informationen zu seinem Fall sowie den Phantombildern bei sich. »Danke, dass Sie bereit sind, sich mit mir zu treffen.«

»Möchten Sie etwas trinken? Wasser? Limonade?«

»Ich nehme, was immer Sie trinken.«

»Ich habe einen Wodka mit Limonade. Wollen Sie auch einen?«

Decker lachte. »Ich muss noch fahren. Nur Limonade ist prima.«

Newsome führte ihn in ein kleines Wohnzimmer – mehr ein kleines Stübchen mit einem Ledersofa, einem großen Sessel mit Hocker und einer kleinen Leseecke in einer Fensternische. Eine ganze Wand war mit Regalen bedeckt, die tatsächlich Bücher enthielten. »Waren Sie schon mal in Florida?«

»Ich bin in Gainsville aufgewachsen. Meinen ersten Job hatte ich am dortigen Police Department.«

Newsome lächelte. »Dann ist Ihnen die Gegend ja nicht ganz fremd.«

»Nein, meine Familie ist hier seit Generationen zu Hause.«

»Wie lange waren Sie am Gainesville PD?«

»Vier Jahre. Gleich als ich aus der Army entlassen wurde, habe ich mich an der Academy angemeldet. An der Uni habe ich meine Exfrau kennengelernt, und als wir geheiratet haben, wollte sie wieder zurück nach Los Angeles. Ich muss sagen, ich hatte nichts dagegen. Mir hat L.A. gefallen.«

»Sie waren am LAPD?«

»Ja. Ich habe meine Laufbahn als Lieutenant Detective beendet. Viel langweiliger Bürokram, aber das hat mir nichts ausgemacht. Wann immer es einen kniffligen Mordfall gab, durfte ich ermitteln.«

»Wie lange waren Sie bei der Mordkommission?«

»Etliche Jahre.«

»Was hat Sie ans Hamilton PD geführt?«

»Eigentlich ja Greenbury. Die nette Rente, die ich in der Tasche hatte, und ein ruhigerer Lebensstil.«

»Verstanden. Nehmen Sie Platz.« Newsome verließ das Zimmer und kehrte mit einer Karaffe Limonade, einem Glas mit Eiswürfeln und einer Flasche Stolichnaya zurück. »Nur für den Fall, dass Sie sich's doch anders überlegen.«

»Danke.«

Newsome setzte sich. »Ich komme ursprünglich aus New Hampshire und war dreißig Jahre lang am Boston PD. Nach meiner Pensionierung dachte ich wie Sie, nur dass ich in Hamilton gelandet bin.«

»Wie lange waren Sie dort?«

»Fünf Jahre.« Newsome schüttelte den Kopf. »Mir hat's da nicht gefallen. Gegen Kleinstädte habe ich nichts, aber ich mochte die Kleinstadtmentalität nicht. Nachdem meine Frau an Krebs gestorben war, bin ich hierhergezogen und endgültig in den Ruhestand gegangen. Vielleicht hat mir Hamilton auch deswegen nicht gefallen. Ich assoziiere es immer mit dieser schrecklichen Zeit in meinem Leben.«

Decker nickte. »Was hat Sie nach Florida geführt?«

»Zum einen ist es billig. Und es ist ruhig. Mir macht die Hitze nichts aus, und ich liebe die ganze Natur. Ich fische im Golf, und wann immer ich die Gelegenheit habe, gehe ich jagen.«

»Klingt nett.«

»Jagen Sie?«

»Nein.«

»Zu viel Tod nach der Mordkommission?«

»Möglich. Aber ich bin Jude, und wir leben koscher. Das bedeutet, dass Fleisch rituell geschlachtet werden muss. Ich dürfte gar nicht essen, was ich erlege, und Blutvergießen zum Zeitvertreib finde ich sinnlos.«

»Oh ... Dürfen Sie dann überhaupt trinken?«

»Alkohol?« Decker lächelte. »Ja, und das tue ich auch, nur eben jetzt nicht.«

»Wie steht's mit Fischen? Fischen Sie?«

»Ja, aber das hab ich schon länger nicht mehr gemacht.«

»Dürfen Sie die Fische essen?«

»Ja.«

»Ich habe etwas Catfish in der Tiefkühltruhe. Ich gebe Ihnen ein paar Steaks mit.«

Catfish war nicht koscher. Er würde sie seinem Bruder geben. »Vielen Dank.«

»Also gut.« Newsome lehnte sich im Stuhl zurück. »Was kann ich für Sie tun?«

»Zuerst …« Decker griff in die Aktentasche und zog ein Standbild von UM 1 von der Digitalaufzeichnung heraus. Er reichte es Newsome. »Wissen Sie, wer das sein könnte?«

Newsome studierte das Bild einen Moment lang. »Wo ist das aufgenommen worden?«

»Von einer Überwachungskamera auf einem Parkplatz.«

»Gute Bildqualität für eine Überwachungskamera.«

»Heutzutage ist alles digital.«

»Was macht dieser Mann gerade, dass er gefilmt wurde?«

»Er ist in das Auto von jemandem eingebrochen.«

»Warum?«

»Ich glaube, er sucht etwas.«

»Was denn?«

»Keine Ahnung.«

Newsome sah sich Deckers Gesichtsausdruck an, dann sah er auf die Uhr. »Ich schätze, Sie fangen am besten ganz von vorne an.«

»Wie viel Zeit haben Sie?«

»Genug für eine schnelle Zusammenfassung.«

»Wunderbar, aber zuerst: Erkennen Sie den Mann auf dem Foto wieder, ja oder nein?«

»Ich bin mir nicht sicher. Aber ... wenn ich ihn identifizieren müsste, würde ich sagen, das ist Yves Guerlin.«

»Yves Guerlin?« Dieser Name sagte Decker gar nichts. »Wer ist das?«

»Zu meiner Zeit war er Streifenpolizist am Hamilton PD. Wir konnten uns nicht ausstehen.«

»Okay.« Decker holte sein Notizbuch heraus und fing an, sich Dinge zu notieren. »Wie kam's?«

»Ich hielt ihn für jemanden, der andere schikanierte, und er hielt mich für eingebildet.« Er hielt inne. »Ich muss etwas ausholen: Ich bin als Detective dazugekommen. Vermutlich ist ihm das sauer aufgestoßen, weil er schon viel länger dabei war und immer noch Streife fuhr. Er hätte die Prüfung zum Sergeant machen können, aber entweder war er zu dumm oder zu faul. Hat ihn aber nicht daran gehindert, alles besser zu wissen.«

»Die Sorte kenn ich.« Bei Decker überschlugen sich fast die Gedanken. »Würde Baccus ihn gekannt haben, Guerlin meine ich?«

»Das Hamilton PD hat drei Reviere. Yves hat in dem in Bitsby gearbeitet, hohe Verbrechensrate und immer viel los. Victor war in Claremont/Bellweather, wo es viel weniger Verbrechen und auch viel weniger Schwerverbrechen gab, bis zu den Levine-Morden. Ich wurde nur dahin versetzt, weil die Vorgesetzten jemanden mit Großstadterfahrung haben wollten. Nach den Morden und dem Tod meiner Frau beschloss ich, dass ich genug hatte. Ich bin dann endgültig in den Ruhestand gegangen.«

»Das kann ich gut verstehen.« Decker wartete kurz. »Dann kannten die beiden sich nicht, Yves und Victor?«

Newsome zuckte die Achseln. »Die haben sich in unterschiedlichen Kreisen bewegt. Ich kannte auf jeden Fall nicht jeden in den drei Revieren. Gibt es einen bestimmten Grund, warum Sie Vic nicht selbst fragen wollen?«

»Das habe ich gestern getan. Er sagte, er hat keine Ahnung, wer der Mann ist.« Decker holte die Zeichnungen hervor. »Eine Zeugin hat uns bei diesen Phantombildern geholfen. Ich glaube, der hier sieht aus wie der Mann, den Sie als Yves Guerlin identifiziert haben.«

Newsome nahm die Zeichnung. »Ja, sieht ihm ziemlich ähnlich.«

»Was ist aus Guerlin geworden?«

Kurzzeitig sah Newsome besorgt aus. »Keine Ahnung. Nachdem ich nach Claremont/Bellweather versetzt worden war, habe ich ihn zum Glück aus den Augen verloren. Wie gesagt, wir mochten uns nicht.«

»Wie alt wäre er jetzt ungefähr?«

»Er war jünger als ich. Also so um die sechzig.«

Das deckte sich mit dem Alter des Mannes auf dem Kamerabild. »Wissen Sie zufällig, ob Guerlin irgendwelche Tätowierungen hatte?«

»Das kann ich Ihnen wirklich nicht sagen.« Er sah von der Zeichnung auf und dann wieder zu Decker. »Als ich ihn kannte, war er rothaarig. Aber das ist sehr lange her.«

»Vor zwanzig Jahren hatte ich auch noch rote Haare.«

»Das kann man noch erahnen.«

»Nett, dass Sie das sagen.« Decker deutete auf die zweite Zeichnung. »Und der hier?«

Ein eingehender Blick auf das Bild. »Er kommt mir irgendwie bekannt vor, aber den Namen kenne ich nicht.«

»Vielleicht jemand, den Yves kannte?«

»Vielleicht. Sieht jünger als Guerlin aus.«

»Finde ich auch«, sagte Decker. »Könnte der auch ein Polizist gewesen sein?«

»Sicher. Ich kannte nicht jeden einzelnen. Dasselbe gilt vermutlich auch für Victor.« Wieder sah Newsome auf die Uhr. »Jetzt sind Sie an der Reihe. Worum geht es?«

Decker gab ihm eine zehnminütige Zusammenfassung, die den Mord an Neil, Boxers Verschwinden, den Tatort im Haus der Bochs, die Schwarzweißfotos, die in Jaylene Bochs Rollstuhl versteckt waren, und die Identifizierung von Margot Flint durch Brandon Gratz mit einschloss. Er erwähnte, dass Victor Baccus seine Tochter erst dem Ermittlungsteam zugeteilt und sie dann wieder vom Fall abgezogen hatte, und schloss mit dem Einbruch in Lennies Wohnung, nachdem sie die Akte zu den Levine-Morden mit nach Hause genommen hatte. Die unglaubliche Flut an Informationen schien Newsome vorübergehend sprachlos gemacht zu haben.

Decker fuhr fort: »Manchmal gibt es bei einem Verbrechen zu wenige Anhaltspunkte, um es zu lösen. Ich habe zu viele.«

»Das können Sie laut sagen. Haben Sie die versteckten Schwarzweißbilder dabei?«

»Kopien.« Decker holte sie aus seiner Aktentasche.

Newsome sah sie sich an. »Den Mann kenne ich nicht. Aber die hier sieht tatsächlich aus wie eine ältere Margot Flint mit dunklem Haar. Umwerfende Frau. Ich kann mich noch genau daran erinnern, als sie und ihr Mann untergetaucht sind. Das Ganze war ein Riesendesaster und ein großer Skandal. Der Staatsanwalt bekam furchtbaren Ärger, weil er sie gegen Kaution freigelassen hatte, und dem Rechtsanwalt der Flints wurde vorgeworfen, Beihilfe zu ihrer Flucht geleistet zu haben.«

»Hat es gestimmt?«

»Ich glaube, man brauchte nur einen Sündenbock. Der Chief des Hamilton PD musste zurücktreten. Er hieß Rodney Bellingham, falls es Sie interessiert.«

»Mich interessiert alles. Warum ist man gegen ihn vorgegangen? Die Polizei sammelt doch nur Beweise.«

»Die Flints haben in Hamilton ein Vermögen an wohltätige Zwecke gespendet, dazu gehörte auch die dortige Polizei.«

Newsome überlegte kurz. »Im Department habe ich mich abseits gehalten – ich hatte genug mit meiner Frau zu tun. Daher habe ich nicht allen Klatsch mitbekommen. Aber es gab viele Spekulationen über die Flints: dass sie so etwas nicht zum ersten Mal gemacht hatten, dass ihnen ein Insider bei der Flucht geholfen hat, dass sie etwas mit dem Mord an den Levines zu tun hatten. Man hatte den Eindruck, egal, wohin wir uns wendeten, hatte jemand etwas über die Flints zu sagen.«

»Was war mit den Kindern der Levines? Haben die auch geglaubt, dass die Flints an der Ermordung ihrer Eltern beteiligt waren?«

»Ich weiß es nicht. Der Sohn der Levines ... wie hieß er noch mal? Gerade schlägt die altersbedingte Vergesslichkeit zu.«

»Gregg.«

»Genau. Gregg. Hieß die Schwester Yvonne?«

»Ja.«

»Ich habe nie mitbekommen, dass die Kids die Flints des Mordes beschuldigt hätten, aber ich bin mir sicher, es wurde gemunkelt. Woran ich mich aber noch genau erinnere, ist, dass die ganzen Gerüchte schlagartig aufhörten, als Gratz und Kyle Masterson festgenommen wurden. Und etwa drei Monate nach der Festnahme der beiden starb dann meine Frau, und ungefähr einen Monat darauf bin ich aus der Gegend weggezogen.«

Decker machte sich Notizen, so schnell er konnte. »Sie sagten, es gab Gerüchte, dass ein Insider den Flints bei der Flucht geholfen hat. Fällt Ihnen da außer dem Rechtsanwalt noch jemand ein?«

»Niemand Bestimmtes, aber Margot war eine sehr attraktive Blondine mit einer klasse Figur. Woher ich das weiß? Jedes Mal wenn ich sie sah, hatte sie etwas Hautenges an.« Newsome hielt inne. »Ich kannte sie überhaupt nicht. Aber der Eindruck, den ich von ihr hatte, war ... Berechnung. Sie hat einen angesehen, und man konnte förmlich spüren, dass sie einen taxierte, nach dem Motto, was könnte der Betreffende für sie tun. Wissen Sie, was ich meine?«

»Ja. Aus den alten Zeitungsberichten, die ich gelesen habe, weiß ich, dass sie ständig etwas für wohltätige Zwecke gemacht hat. Manchmal war das eine Veranstaltung gemeinsam mit Mitchell, aber an einigen dieser Veranstaltungen war nur sie beteiligt.«

»Sie hatte viele einflussreiche Freunde. Und ich glaube, sie war gerne mit diesen einflussreichen Freunden zusammen, wenn Mitchell nicht da war.«

»Freunde mit gewissen Vorzügen?«

»Wie gesagt, ihrem Rechtsanwalt wurde vorgeworfen, dass er den beiden zur Flucht verholfen hatte. Und der Chief ist zurückgetreten, also wurde sein Name ebenfalls in diesem Zusammenhang genannt. Ich habe sogar gehört, Glen soll ihnen geholfen haben, weil Margot und er eine Affäre hatten. Diese Behauptungen waren vollkommen haltlos. Glens Aussagen vor Gericht richteten sich hauptsächlich gegen Mitchell, seinen Partner, aber es war natürlich trotzdem deutlich zu spüren, dass er wütend auf beide war.« Wieder hielt er inne. »Es ist schon ziemlich spät.«

Decker legte das Notizbuch beiseite und trank einen Schluck Limonade. »Wie viel Zeit habe ich noch?«

»In einer halben Stunde sollte ich los. Was beschäftigt Sie noch?«

»Kannten Sie Joseph und Jaylene Boch?«

Newsome nickte, während er über die Frage nachdachte. »Nicht persönlich. Aber ich erinnere mich, dass das ein oder andere Mal Streifenbeamte wegen häuslicher Gewalt rausgerufen wurden. Der Kerl war ein richtiges Arschloch.« Erneut schwieg er kurz. »Er ...« Newsome schien Schwierigkeiten zu haben, sich zu erinnern. »Er war auch als Wachmann für die Levines tätig. Zeitweilig haben wir ihn als potenziellen Verdächtigen betrachtet. Aber er hatte ein Alibi; etliche Leute haben sich für ihn für diese Nacht verbürgt, was aber nicht bedeutet, dass er nicht trotzdem irgendetwas geplant haben kann.«

»Stimmt.«

»Aber dann nahm Vic Gratz und Masterson fest, und Boch tauchte nur noch unter ferner liefen in den Ermittlungen auf. Gratz und Masterson haben ihm nie was angehängt, also ist er auf der Liste ganz nach unten gerutscht.«

Newsome sah ein drittes Mal auf die Uhr. »Jetzt muss ich aber packen. Sie können mich aber jederzeit anrufen.«

»Danke.« Decker nahm einen letzten Schluck Limonade und klappte sein Notizbuch zu. »Ich wäre Ihnen sehr dankbar, wenn Sie unsere Unterhaltung für sich behalten könnten.«

»Kein Problem. Ich habe immer noch Kontakt zu meinen Kumpels in Boston, aber ich rede mit niemandem in Hamilton. An den Ort habe ich nur schlechte Erinnerungen.«

»Danke für Ihre Hilfsbereitschaft. Da fällt mir noch ein, was hielten Sie von Victor Baccus und der Art und Weise, wie er damals in den Levine-Morden ermittelt hat?«

»Ich fand, er schlug sich gut, vor allem, wenn man bedenkt, dass er keine Erfahrung in einem Großstadtdepartment hatte. Er machte einen professionellen und tüchtigen Eindruck.«

»Keine Anzeichen von Korruption?«

»Zumindest nicht, dass ich es mitbekommen hätte. Nein, ich fand, dass die Ermittlungen zu den Levines gut geführt wurden.«

»Freut mich zu hören.« Decker steckte die Fotos, das Überwachungskamerabild von Yves Guerlin und die Phantombilder wieder ein. »Eine letzte Frage, und zwar eine sehr wichtige: Wer hat Gratz und Masterson verraten?«

»Anonymer Hinweis. Es war eine Frau. Manche behaupten, es war Margot, andere, seine Frau.«

»Jennifer Neil?«

»Damals hieß sie noch Jennifer Gratz. Eiskalte Frau, wie ich mich erinnere, aber schließlich wurde sie von Gratz auch verprügelt. Vielleicht war es tatsächlich sie, die angerufen hat.«

»Was denken Sie?«

»Ich wusste es nicht, es war mir auch egal. Die Frau hat uns nützliche Informationen geliefert. Es war ein wichtiger Fall. Wir waren einfach froh, endlich einen Durchbruch erzielt zu haben.«

KAPITEL 29

Am anderen Ende der Leitung vergewisserte sich McAdams bei Decker, wie man den Namen Yves Guerlin schrieb. Dann fragte er: »Wer ist das?«

»Er war Polizist am Hamilton PD, als die Levines ermordet wurden.« Decker war gerade auf dem Rückweg nach Gainesville. Es war noch immer hell, und wenn er das Tempo beibehielt, konnte er sogar noch vor dem Abendessen wieder zurück sein.

»Vor ungefähr zwanzig Jahren.«

»Newsome kann sich noch von davor an ihn erinnern – aus der Zeit, als die Flints die Kaution haben verfallen lassen und untergetaucht sind. Könntest du den Mann mal für mich recherchieren?«

»Na klar. Kleinen Augenblick …« Im Hintergrund hörte man das Klicken der Tastatur. »Okay, dieser Yves Guerlin scheint um die dreißig zu sein. Er post hier mit Freunden vor einem gigantischen Teller Nachos.«

»Auf welchem Netzwerk bist du gerade?«

»Instagram.«

»Das ist vermutlich ein Sohn. Der Yves Guerlin, hinter dem wir her sind, wäre vermutlich nicht auf Instagram.«

»So manch alter Knacker ist wesentlich hipper als du.«

»Falls es da nicht auch eine Seite für Yves Guerlin senior gibt, schau woanders nach.«

»Schon gut, schon gut.« Erneutes Klicken. »Okay. Google liefert mir ein Gruppenbild mit Männern um die sechzig beim Golfen auf einer Wohltätigkeitsveranstaltung für benachteiligte Kinder.«

»Langsam kommen wir der Sache näher. Ist da ein Yves Guerlin abgebildet?«

»Die Namen sind in einem Artikel zu der Veranstaltung

aufgeführt, aber es gibt keine Bildunterschrift. Es ist ein ganz kleines Foto, und wenn ich es vergrößere, wird es unscharf.«

»Wie alt ist das Bild?«

»Von vor zwei Jahren ... oh, warte mal, das ist interessant. Das Ganze wurde von der Levine-Stiftung gefördert.«

»Ist Gregg Levine auf einem der Fotos?«

»Ich weiß nicht, wie Gregg Levine aussieht, und wie gesagt, die Auflösung ist bestenfalls mies. Ich sehe mal unter der Veranstaltung selbst nach.«

»Mach das zum Schluss, zuerst brauche ich aber eine Adresse für Yves Guerlin senior.«

»Okay. Bleib dran, während ich seinen Führerschein aufrufe. Wie geht's dir sonst so?«

»Gut. Wie geht's Lennie?«

»Ist wieder in Hamilton.«

Decker war überrascht. »Sollte sie jetzt wirklich arbeiten?«

»Innendienst. Vielleicht will ihr Vater sie im Auge behalten.«

»Wenn er auch nur annähernd ein normaler Vater ist, hätte das Vorrang.« Decker wartete kurz. »Wie sicher ist sie da?«

»Mit ihrem Vater in der Nähe würde ich sagen, relativ sicher. Wir sind per SMS in Kontakt, aber falls was passiert, kann ich nichts machen.«

»Was soll denn passieren?«

»Nur rein theoretisch. Übrigens bin ich stinksauer, dass du übers Wochenende weggefahren bist. Ist 'ne ziemliche Verantwortung, gleichzeitig auf Baccus und auf mich selbst aufzupassen. Und was die Sache noch schlimmer macht: Wo kriege ich jetzt was zu essen?«

»Du wirst schon nicht verhungern. Wo wohnt Lennie dieses Wochenende? Ich will nicht, dass sie allein ist.«

»Ich habe ihr meine Wohnung angeboten. Falls tatsächlich jemand einbrechen sollte, gibt's da absolut nichts zu stehlen.

Ist nur mit dem Allernötigsten ausgestattet, weil ich so viel Zeit bei dir und Rina verbringe ... Alles klar, hier ist Guerlins Adresse, wie sie in seinem New Yorker Führerschein steht.« McAdams gab ihm die Hausnummer und den Straßennamen durch. »Ich schätze mal, du willst diesen Typen observieren lassen?«

»Ja, sobald du ihn gefunden hast. Sei vorsichtig. Mittlerweile muss er damit rechnen, dass wir ihn suchen.«

»Wer soll Guerlin auf den Fersen sitzen, während der Lennie und mir auf den Fersen sitzt?«

»Na Butterfield. Wo ist Kevin überhaupt?«

»Im Bigstore und geht mit Benton Horsch die Aufzeichnungen der Überwachungskameras durch.« Tyler hielt kurz inne. »Hast du ihn übrigens gebeten, mich zu beschatten?«

»Wen, Kevin?« Decker ließ eine angemessene Pause, bevor er weitersprach. »Warum sollte er das tun? Warum fragst du, Harvard?« Eine weitere Pause. »Beschattet er dich etwa jetzt gerade?«

»Ach, vergiss es. Ich muss wohl übermüdet sein.«

»Ganz sicher. Jedenfalls rufe ich gleich Kevin an, ziehe ihn von den Kameraaufzeichnungen ab und setzte ihn auf Guerlin an. Da du ja dieses Wochenende auf Lennie aufpasst, könnt ihr zwei ja zum Bigstore fahren und euch die Aufzeichnungen ansehen. Auf diese Weise seid ihr beide in Sicherheit und habt was zu tun.«

»Weder Baccus noch Radar werden es gut finden, wenn Lennie mitmacht.«

»Sie hat ein Recht darauf, zu erfahren, wer sie die ganze Zeit verfolgt. Besonders jetzt, da wir einen Namen haben. Wie alt ist Guerlin eigentlich?«

»Zweiundsechzig laut Zulassungsbehörde. Wenn du kurz wartest, schaue ich mal, ob da was steht, dass er in den Ruhestand gegangen ist.«

»Ja, wäre nicht so toll, wenn er immer noch am Hamilton PD wäre.«

»Moment ... aha, er ist vor acht Jahren in Rente gegangen.«

»Gut. Was kannst du mir noch über ihn sagen?«

»Ich schau mal, ob er ein Facebook-Profil hat ... äh, nein, hat er nicht.«

Decker dachte nach. »Was ist mit Yves junior? Hat der eins?«

»Ich überprüf das mal.« Tastengeräusche im Hintergrund. »Ja, der ist bei Facebook. Elektriker ... ist auf die Andrew-Jackson-Highschool in Bitsby gegangen ... einunddreißig, ledig ... Er fotografiert gerne Essen.«

»Irgendwelche Bilder von seinem Vater?«

»Augenblick ...«

Stille in der Leitung. Decker fragte: »Tyler?«

»Ich gehe gerade seine Fotos durch. Der Typ steht wirklich total auf Essen. Fotos, wo jemand Älteres drauf ist, sehe ich keine, aber er muss Guerlins Sohn sein. Wie viele Yves Guerlins kann's schon geben?«

»Hat er rote Haare? Newsome hat gesagt, Yves senior war rothaarig.«

»Ja, hat er tatsächlich. Ein eher dunkler Rotton. So 'ne Art Ziegelrot.« Tyler schwieg einen Moment. »Es gibt ziemlich viele Fotos, auf denen er mit einem Typen namens Phil zu sehen ist. Darunter stehen Sachen wie ›Phil und ich geben uns gerade im Madness die Kante‹. Zu deiner Info: Das ist eine Bar in der Nähe von Claremont. Phil könnte sein Bruder sein. Er ist nämlich auch rothaarig.«

Ein Verdacht fing an, in Deckers Hirn Gestalt anzunehmen, als es sich durch eine Fülle von gespeicherten Namen und Bildern arbeitete.

Kahlköpfig bis auf einen orangefarbenen Irokesen.

Auf dem Namensschild stand Phil G.

Genau vor seiner Nase, so ein Mist.

Dann sagte er: »Harvard, du musst jetzt gut zuhören.«

»Okay … Was gibt's?«

»Bei Bigstore arbeitet ein gewisser Phil G., er hat einen orangen Irokesen. Er war einer der Ersten, die ich nach Brady Neils Tod vernommen habe. Damals hatte ich noch den Ansatz, dass Neil möglicherweise Elektronikgeräte aus dem Lager gestohlen hat – und Phil hat im Lager gearbeitet. Ich habe mit ihm über Neil und über Boxer gesprochen. Das war noch bevor ich in Jaylene Bochs Haus gewesen bin.«

Stille in der Leitung.

»Tyler?«

»Ich bin noch dran.«

»Zuerst finde mal raus, wie Phil G. mit Nachnamen heißt. Und dann, ob er heute arbeitet.«

»In Ordnung. Und dann?«

»Gute Frage. Ich muss überlegen, wie wir die Sache angehen. Wenn sein Nachname Guerlin lautet, muss ihn jemand im Auge behalten.«

»Mit ›ihn‹ meinst du Phil G. mit dem orangen Iro.«

»Genau.«

»Meinst du, er hat Neil und Boxer ermordet?«

»Keine Ahnung, aber er hat beide gekannt. Er hätte leicht mitbekommen können, wie sie sich über einen Fall unterhalten haben, der eventuell große Auswirkungen auf seinen Vater haben könnte.«

»Die Morde an den Levines?«

»Das oder eventuell das Untertauchen von Mitchell und Margot Flint. Oder vielleicht auch etwas, das gar nichts damit zu tun hat. Was immer es war, es kann sein, dass er die Informationen an seinen Vater weitergegeben hat.«

»O Mann. Ist schon ein verdammt seltsamer Zufall, Phil, Boxer und Brady – alle Arbeitskollegen.«

»Gar nicht so seltsam«, sagte Decker. »Wir reden ja nicht von Manhattan. Wir reden über drei Jungs beziehungsweise Männer von hier, die in einer eher kleinen Stadt leben, alle drei keine besonderen Qualifikationen haben und Hilfsjobs in einem großen Kaufhaus machen, in dem es viele Jobs dieser Art gibt.«

»Schon. Ist aber trotzdem seltsam. Die Kinder, verstrickt in die Angelegenheiten der Eltern.«

»Die Vergangenheit rächt sich. Ich weiß, Radar wollte, dass ich mir das Wochenende freinehme, aber daraus wird nichts. Von hier unten kann ich die Ermittlungen nicht leiten. Es ist zu spät, um heute Abend noch einen Flug zu erwischen, aber ich komme morgen zurück.«

»Soll ich ihm Bescheid sagen?«

»Das mach ich schon, aber danke.«

»Kommt Rina mit zurück?«

»Vermutlich nicht. Sie wird sicher übers Wochenende bei ihrer Mutter bleiben wollen. Der letzte Besuch ist schon zu lange her.«

»Schön. Was machst du dann wegen dem Schabbes?«

»In der Garage steht ein Gefrierschrank voll mit Essen. Wird also kein Problem sein, aber danke, dass du fragst.«

»Hättest du gerne Gesellschaft?«

Nie ohne Hintergedanken. Decker sagte: »Klar. Komm vorbei. Schau morgen früh beim Haus vorbei, such dir aus, was du gern essen würdest, und stell es auf die Arbeitsfläche in der Küche zum Auftauen. In der Garage gibt's alles, von Suppe bis Nachtisch.«

»Bringe ich Lennie mit?«

»Na klar. Finde nur raus, wie Phil mit Nachnamen heißt, und lass ihn beobachten.«

»Willst du, dass ich das übernehme?«

»Nein, du bewachst Lennie. Wir machen Folgendes: Da

Kevin bereits im Bigstore ist, werde ich Kev anrufen, und anstatt ihn zu bitten, Yves Guerlin zu beschatten, werde ich ihm die Sachlage mit Phil erklären.«

»Nur damit ich das richtig verstehe, Boss. Du hast vor, Kevin von den Überwachungsaufzeichnungen abzuziehen, damit er Phil G. beobachtet, falls er im Bigstore ist, richtig?«

»Ja, genau. Und wenn Phil G. nicht da ist, findest du, wenn möglich, raus, wo er ist. Ich werde dann Kevin bitten, sich an Yves Guerlin senior zu heften. Wir haben doch nach einer Verbindung zwischen Brady, Boxer und dem UM 1 gesucht, der sich als Yves Guerlin herausgestellt hat. Jetzt haben wir nicht nur die Verbindung gefunden, sondern auch die undichte Stelle.«

In Ida Deckers Haus gab es zwei Gästezimmer. Das eine hatte ein Queensizebett und kein eigenes Badezimmer, das andere ein Doppelbett und ein eigenes Bad. Rina wählte das mit dem Queensizebett, da sowohl sie als auch Decker mehr Zeit mit Schlafen verbringen würden als mit dem gelegentlichen nächtlichen Ausflug auf die Toilette. Sie schüttelte gerade die Kissen auf, als Decker mit Handtuch und Zahnbürste in der Hand ins Zimmer kam. Rina fragte: »Hast du deinen Flug bestätigt?«

»Ja, um zwei Uhr nachmittags bin ich in Greenbury. Ich habe dein Ticket umgebucht, jetzt kommst du am Sonntag in Albany an anstatt auf dem JFK. Ich sollte dich abholen können.«

»Schick doch einfach einen Wagen, Peter.« Rina kletterte ins Bett. »Ich werd schon zurechtkommen.«

»Das Ganze tut mir wirklich leid.«

»Liebling, meine Mutter mag dich sehr. Aber ehrlich gesagt, wenn du nicht da bist, kann ich ihr meine ungeteilte Aufmerksamkeit widmen. Und du wärst sowieso die ganze Zeit wie auf glühenden Kohlen und würdest dich fragen, was wohl gerade im Fall passiert. Du hast die richtige Entscheidung getroffen. Ich weiß, das ist jetzt nicht so wichtig, aber hol auf jeden Fall das Essen aus dem Gefrierschrank, damit es noch auftauen kann, bevor der Schabbes anfängt.«

»Tyler fährt gleich morgen früh vorbei. Er hat schon die Mahlzeiten geplant, und ich glaube, er hat Nachtisch gemacht. Ich werd's schon hinkriegen.« Er schlüpfte unter die Bettdecke. »Danke, dass du so verständnisvoll bist.«

»Mach dir keine Sorgen um mich. Wirst du schlafen können?«

»Vermutlich nicht. Ich bin immer noch dabei, alle Informationen im Kopf zu sortieren.«

»Was hast du bislang rausgefunden?«

»Phil G. ist Phil Guerlin, und er ist die letzten zwei Tage nicht zur Arbeit erschienen. Zwischenzeitlich ist Yves Guerlin verschwunden, nachdem er in Lennies Auto eingebrochen ist. Ich mache mir Sorgen um sie, ich mache mir Sorgen um Jaylene Boch …«

»Die bewacht doch jemand.«

»Schon, aber Guerlin war mal ein erfahrener Cop. Und wenn sein Komplize ebenfalls mal bei der Polizei war, kennen die sich mit Sicherheitsmaßnahmen bestens aus. Ganz zu schweigen von den ganzen VIPs in Hamilton.«

»Apropos VIPs: Wenn Guerlin erst vor acht Jahren in Rente gegangen ist, muss Baccus ihn gekannt haben.«

»Radar hat ihn angerufen. Baccus sagte, natürlich weiß er, wer Yves Guerlin ist. Er hat ihn auf der Zeichnung nur nicht erkannt. Anscheinend hat Yves senior in den letzten Jahren ziemlich zugelegt.«

»Trotzdem. Er lügt, meinst du nicht?«

»Auf jeden Fall. Ist nur acht Jahre her. Gesichter verändern sich doch nicht so sehr.« Decker schnaufte. »Mich verwirrt Folgendes: Jedes Mal wenn ich mich erkundige, wie Baccus mit den Levine-Morden umgegangen ist, höre ich von allen, dass er seine Sache gut gemacht hat.«

»Er muss einfach was zu verbergen haben. Warum sollte er sonst lügen?«

»Aber was? Vielleicht hat er bei den Levine-Morden wirklich gute Arbeit geleistet.«

»Kann schon sein«, sagte Rina. »Aber jetzt ist er der Chief of Police. Da wird er nicht nur seine Mitarbeiter schützen wollen, sondern auch seinen guten Ruf.«

»Ja, du hast recht.« Decker setzte sich auf. »Ich will ja nicht wie einer von diesen Leuten klingen, aber das Ganze klingt wie eine Art Verschwörung des Schweigens. Radar muss mit ihm reden. Einen Chief des Fehlverhaltens zu beschuldigen ist 'ne ernste Angelegenheit. Außerdem wissen wir nicht, ob er sich wirklich falsch verhalten hat. Aber irgendwas ist nicht koscher an der Sache.«

Rina musste lächeln.

Decker lächelte zurück. »Beim Abendessen hat meine Mutter glücklich ausgesehen, oder?«

»Total glücklich. War ein rundum schöner Abend.«

»Danke fürs Kochen und Aufräumen.«

»Du hast doch mitgeholfen.«

»Randy und ich haben ein paar Teller in die Küche gebracht. Ich weiß, wer die eigentliche Arbeit gemacht hat.«

»Blossom hat auch ihren Teil beigetragen. Ich mag sie, Peter. Sie ist wirklich nett.«

»Stimmt tatsächlich.« Decker schmunzelte. »Meinst du, mein Bruder hat endlich die Richtige gefunden?«

»Schaun wir mal. Das wird sich mit der Zeit herausstellen.« Sie drückte Decker einen Kuss auf den Mund. »Du musst morgen früh raus. Versuch, ein bisschen zu schlafen.«

»Wenn's hoch kommt, kann ich vier Stunden schlafen. Kaum wert, sich dafür ins Bett zu legen.«

»Willst du aufstehen und alles aufschreiben, um den Kopf freizubekommen?«

»Zumindest hätte ich gerne eine Strategie.« Er zuckte die Achseln. »Ich schlafe im Flugzeug.«

»Na, zieh dich schon an und raus mit dir«, sagte Rina. »Aber gib mir noch einen Kuss, bevor du zum Flughafen aufbrichst.«

»Mein Schatz, von mir bekommst du einen Kuss, wann immer du möchtest.«

KAPITEL 30

Sobald Decker am Nachmittag um 2:26 Uhr das Revier in Greenbury betrat, reichte ihm McAdams einen Ausdruck. »Das da ist Denny Mayhew. Er war zehn Jahre lang bei der Hamiltoner Polizei, aber nach der Festnahme von Gratz und Masterson hat er urplötzlich gekündigt. Mayhew war mehr oder weniger hier aus der Gegend, er ist nämlich im Nachbarort Sawtooth auf die Highschool gegangen.«

Während McAdams' Erläuterungen studierte Decker eingehend das Blatt. »Wie bist du an den Namen gekommen?«

»Von Mike Radar, der ihn wiederum von Baccus hatte. Sobald Newsome Guerlin identifiziert hatte, ist Radar rüber nach Hamilton gefahren und hat Baccus wegen des zweiten Verdächtigen unter Druck gesetzt. Baccus hat gesagt, dass es sich vermutlich um Mayhew handelt, da er und Guerlin einen Zeitlang Partner waren. Aber er kannte Denny eigentlich nicht, da er nicht auf seinem Revier gearbeitet hat. Er sagte auch, dass der Guerlin auf dem Bild vollkommen anders aussah als der Officer, an den er sich noch vage erinnern konnte. Yves muss über vierzig Kilo zugenommen haben.«

»Ja, das hatte ich schon gehört. Lächerlich. War Mayhew zum Zeitpunkt der Levine-Morde Guerlins Partner?«

»Baccus war sich nicht sicher, da der Mann zu dem Zeitpunkt schon kein Streifenpolizist mehr war und auch nicht mehr im Revier in Bitsby gearbeitet hat, hielt es aber für möglich. Er will noch mal in den Unterlagen nachsehen und es überprüfen. Wie sehr vertrauen wir dem Chief?«

»Gar nicht.«

»Jetzt ist meine Frage an dich: Was haben Guerlin und Mayhew mit den Morden an den Levines zu tun? Auf jeden Fall waren sie nicht die Ersten am Tatort, als Gregg den Notruf gewählt hat. Das weiß ich, weil ich nachgesehen habe.«

Decker sah von dem Blatt auf. »Ich kann mich nicht erinnern, die Namen der beiden irgendwo in den Unterlagen zu den Levine-Morden gelesen zu haben.«

»Haargenau, Boss«, sagte McAdams. »Ich habe mir gerade noch mal die Dateien angesehen, die Lennie uns zur Verfügung gestellt hat. Die beiden werden nicht mal lobend erwähnt. Andererseits waren die Unterlagen stark geschwärzt.«

Decker sah wieder auf den Ausdruck. »Feiglinge. Lassen uns die ganze Arbeit machen, während sie sich irgendwo verstecken und jeden unserer Schritte beobachten. Sie sollten wenigstens den Mumm haben, sich offen zu zeigen.«

»Na ja, zumindest haben wir ihre Namen, trotz all ihrer Bemühungen, unerkannt zu bleiben.«

Decker stieß frustriert die Luft aus. »Haben wir irgendeine Vermutung, wo Mayhew sich aufhalten könnte?«

»Er wohnt außerhalb von Tucson, Arizona. Seiner Ehefrau zufolge war er die ganze letzte Woche auf einem Campingausflug.«

»Wohl eher ein Jagdausflug.« Decker sah McAdams eindringlich an. »Macht Lennie Baccus immer noch Innendienst?«

»Ja, ungefähr fünfzehn Meter vom Büro ihres Vaters entfernt.«

»Wenn Baccus die Befürchtung hatte, dass der Vorfall in Jaylene Bochs Haus zwei Ex-Polizisten auf den Plan rufen könnte, die auf der Jagd nach etwas sind, könnte das der Grund sein, warum er sie vom Fall abgezogen hat.«

»Warum hat er sie dann erst mit drangesetzt?«

»Ja, das war merkwürdig. Vielleicht hat er die Wahrheit gesagt. Vielleicht wollte er wirklich, dass sie Erfahrungen bei der Mordkommission sammelt. Zu dem Zeitpunkt, als wir uns an ihn gewendet haben, ob wir einen Blick auf Akten der Hamiltoner Polizei werfen könnten, haben mich nur die kleinen Mistkerle interessiert, mit denen Neil eventuell zu tun hatte.

Da haben wir wirklich nicht geahnt, dass Brady Neils Tod irgendwie mit den Morden an den Levines zusammenhängt.«

»Du schon. Du hast fast sofort angefangen, über die Morde zu recherchieren.«

»Aber erst nachdem Jennifer Neil mir von Bradys Dad erzählt hatte – nachdem Baccus mich gebeten hatte, Lennie ins Team aufzunehmen. Dann gab es das Blutbad im Haus der Bochs, und er hat sie abgezogen. Baccus wusste vermutlich, dass der Fall größere Ausmaße hatte als ein paar auf Abwege geratene jugendliche Rowdys. Er hat sich Sorgen um ihre Sicherheit gemacht.« Decker dachte kurz nach. »Ich habe Mike gebeten, heute noch ein ›informelles Gespräch‹ mit Baccus zu vereinbaren.«

»Wann denn?«

»Gegen fünf. Du kannst mitkommen, falls Radar es wirklich durchzieht.«

»Warum sollte er das nicht?«

»Die Sache ist etwas heikel, aber es muss sein.«

Kevin Butterfield kam herein. Sein Hemd klebte ihm am Rücken, und er hatte Schweißperlen auf der Stirn und dem kahlen Schädel. »Ganz schön warm draußen.« Er sah äußerst frustriert aus. »Ich war mindestens sechsmal zu verschiedenen Zeiten bei Phil Guerlin zu Hause, habe geklopft und mehrfach meine Karte hinterlassen. Ich habe jeden einzelnen seiner Nachbarn befragt. Ich habe versucht, mit jedem uns bekannten Freund oder Bekannten von ihm zu sprechen. Ich war in jeder Bar und jedem Restaurant, das er bekanntermaßen frequentiert. Der Kerl ist offiziell ein Maulwurf und hat sich verdammt tief eingebuddelt.«

»Vielleicht ist es am besten, wenn wir einfach abwarten, bis Mayhew von seinem ›Campingausflug‹ zurück ist. Wenn er eine Frau hat, muss er ja wieder nach Hause kommen«, schlug Decker vor.

»Ich werd mich mit der Polizei vor Ort in Arizona in Verbindung setzen«, sagte McAdams.

»Bevor du das tust, Harvard, willst du vielleicht hierbei mitmachen.« Butterfield wandte sich an Decker. »Du hast einen Besucher, Deck. Gregg Levine. Hat eigens nach dir gefragt.«

»Mach keine Witze!« Decker war sprachlos. »Der Typ ist mir seit dem Mord an Neil nur aus dem Weg gegangen.« Er hielt inne. »Hast du eine Ahnung, was er will?«

»Nee, und von sich aus sagt er auch nichts. Aber so wie ich schwitzt er sichtlich. Könnte an der Hitze liegen. Aber ich vermute, es ist, weil er uns etwas zu erzählen hat.«

Es war wichtig, nicht zu vergessen, dass dieser mittlerweile vierzigjährige Mann vor zwanzig Jahren seine Eltern auf äußerst brutale und gewaltsame Weise verloren hatte.

Decker verankerte diesen Gedanken fest in seinem Hinterkopf.

Geh langsam und behutsam vor.

Butterfield hatte Levine gebeten, in einem der beiden Vernehmungszimmer Platz zu nehmen. Er erhob sich, als Decker und McAdams hereinkamen. Levine war dünn und wirkte recht klein, obwohl er von durchschnittlicher Größe war. Er hatte ein längliches Gesicht mit einer langen Nase und Augen, deren Augenwinkel nach unten zeigten, was ihm einen bluthundartigen Gesichtsausdruck verlieh. Sein Kopf war gekrönt von einem allmählich schütter werdenden Lockenschopf. Bekleidet war er mit einem blau-weiß-karierten Hemd, einer dunkelblauen Leinenhose und Loafern ohne Socken. Er tupfte sich mit einem Taschentuch den Schweiß von der Stirn.

»Bitte nehmen Sie doch wieder Platz«, sagte Decker. »Möchten Sie ein Glas Wasser? Es ist wirklich sehr warm draußen.«

»Das wäre nett.« Er hatte eine tiefe Stimme, dank des prominenten Adamsapfels.

»Ich hole es«, erbot sich McAdams. »Möchtest du einen Kaffee, Boss?«

»Ja, danke«, antwortete Decker.

»Könnte ich auch einen Kaffee haben?«, fragte Levine.

»Natürlich«, sagte McAdams. »Wie trinken Sie ihn denn?«

»Mit Milch und Zucker, falls Sie haben.«

»Ja, haben wir.« McAdams stand auf. »Gleich wieder da.«

Als er gegangen war, rang Levine sich ein kleines Lächeln ab. »Tut mir leid, dass ich mich nicht früher bei Ihnen gemeldet habe.«

»Ich bin sicher, Sie hatten Ihre Gründe.«

»Und jetzt überfalle ich Sie einfach.«

»Wir sind die Polizei«, sagte Decker. »Zu uns kommen die Leute zu jeder Tages- und Nachtzeit.«

»Stimmt, aber Sie sind nicht die für mich zuständige Polizeibehörde.«

»Sie meinen Hamilton.« Als Levine nickte, fuhr Decker fort: »Dann gibt es also einen Grund, warum Sie hier und nicht dort sind.« Keine Reaktion. »Warum fangen Sie nicht ganz am Anfang an, Mr. Levine.«

»Ich ... ich weiß nicht, wie viel ich Ihnen sagen soll, weil ...« Levine senkte den Blick. »Ich will keine Schwierigkeiten bekommen.«

Decker breitete einladend die Arme aus. »Sie sind hier, weil Sie etwas beschäftigt. Irgendetwas muss Sie ja bedrücken ...«

»Meinen Sie?« Ein freudloses Lachen. »Ich habe zwanzig Jahre lang damit gelebt. Nicht dass ich mich schuldig fühle, denn ... na ja ... das tue ich nicht. Und ich wäre auch nicht hier, wenn es in letzter Zeit nicht diese Vorfälle gegeben hätte. Bestimmte Dinge machen mich nervös.«

McAdams kam mit dem Kaffee zurück. Er reichte jedem seinen Pappbecher und setzte sich.

Decker dankte ihm. »Was macht Sie denn nervös?«

Levine nippte an seinem Kaffee. »Der ist gut.« Er nahm einen weiteren Schluck. »Ich hatte mich auf etwas Ungenießbares eingestellt.«

»Wir haben eine Kapselmaschine, die hauptsächlich von mir benutzt wird«, merkte McAdams an. »Meine kleine Spende an unser glorreiches Team von Gesetzeshütern.«

Decker bedeutete ihm mit einem Blick, einen Gang herunterzuschalten. Es war schwierig genug, jemanden zum Reden zu bringen, da konnte man keine Ablenkung gebrauchen. Andererseits beruhigte es Levine vielleicht.

»Ja, ist wirklich guter Kaffee.« Levine blieb stumm.

Decker ließ das Band wieder laufen. »Was macht Sie nervös, Gregg? Ich darf Sie doch Gregg nennen?«

»Sicher, wie Sie wollen.«

»Erzählen Sie mir, warum Sie hier sind. Warum fühlen Sie sich beunruhigt?«

Levine stieß in einem Rutsch hervor: »Was im Haus von Jaylene Boch passiert ist.«

»Aha.« Ein großes Geständnis. Lass ihn sich erst mal wieder beruhigen. »Warum macht Sie das nervös?«

»Ich bin mir nicht hundertprozentig sicher, aber ... ich glaube, sie war dabei.«

Decker bemühte sich, sich nichts anmerken zu lassen. Er warf dem erstaunten McAdams einen raschen Blick zu. »Gregg, meinen Sie mit ›dabei‹, dass Jaylene Boch anwesend war, als Ihre Eltern ermordet wurden?«

Levine senkte den Blick. »Es ist wirklich dumm von mir, ohne Rechtsanwalt mit Ihnen zu reden. Aber ich glaube, meine Familie und ich benötigen dringender Schutz als rechtlichen Beistand.«

»Wer bedroht Sie, Gregg?«

»Es sind keine richtigen Drohungen. Eher eine Art kleine Erinnerung.« Er hielt kurz inne. »Sie müssen sich klarmachen, dass ich damals ein zwanzigjähriger Junge war, der unvermittelt in diesen Albtraum geraten ist.« Tränen traten ihm in die Augen. »Ich stand unter Schock; ich hatte unglaubliche Angst. Ich habe einfach gemacht, was die mir gesagt haben.«

»Wer ist ›die‹?«

»Als ob Sie das nicht wüssten.«

»Ich weiß es nicht, Gregg. Wirklich. Als Ihre Eltern brutal abgeschlachtet wurden, war ich in der Mordkommission am LAPD. Vom Mord an Ihren Eltern habe ich erst letzte Woche erfahren, als Brady Neil ermordet wurde. Ich wollte unbedingt mehr erfahren, deshalb habe ich auch versucht, mit Ihnen in Kontakt zu treten. Erzählen Sie mir, von wem Sie sprechen. Wer hat Ihnen gesagt, was Sie machen sollen?«

»Ich habe damals versucht, das Richtige zu tun.«

»Natürlich haben Sie das. Wer hat Ihnen gesagt ...«

»Die Polizei.« Levine sprach so leise, dass er kaum zu verstehen war.

»Ah.« Schweigen. Schließlich fragte Decker: »Und was wollte die Polizei im Einzelnen, das Sie tun?«

»Sie haben mir zu verstehen gegeben, dass, falls ich nicht bestimmte Dinge über das sage, was passiert ist, würden die Mörder ungeschoren davonkommen. Ich musste bestimmte Dinge sagen, um sicherzustellen, dass sie gefasst wurden!«

Jetzt schön langsam. Decker sagte: »In Ordnung. Jetzt fange ich langsam an zu begreifen.« Er hielt kurz inne. »Erinnern Sie sich an die Namen der Officers, mit denen Sie gesprochen haben?«

»Wie könnte ich sie vergessen, wenn sie mich ständig daran erinnern, dass ich einen Meineid geschworen habe!« Er wischte sich die Augen. »Yves Guerlin und Denny Mayhew. Hauptsächlich hat Guerlin geredet.«

»Gut.« Drück dich klar und deutlich aus. »Diese beiden Officer, Yves Guerlin und Denny Mayhew, wollten, dass Sie auf dem Zeugenstand einen Meineid schwören?«

»Viel schlimmer …« Levine erstarrte. »Vergessen Sie's.«

»Ich bin hier, um Ihnen zu helfen und Sie zu beschützen …«

»Klar doch.« Levine verdrehte die Augen. »Sie stecken doch mit denen unter einer Decke. Ich weiß überhaupt nicht, warum ich hier bin.«

»Sie sind hier, weil Sie Angst haben. Und da kann ich Ihnen helfen. Gregg, in meiner über fünfunddreißigjährigen Laufbahn habe ich mir nie auch nur das Geringste zuschulden kommen lassen. Ich werde meinen Ruf bestimmt nicht für irgendjemanden aufs Spiel setzen, das gesamte Hamilton PD eingeschlossen.« Decker wartete kurz, bevor er weitersprach. »Wenn Sie Hilfe möchten, werde ich Ihnen selbstverständlich helfen. Aber bitte helfen Sie auch mir. Fangen Sie ganz von vorne an. Was ist damals passiert, Gregg? Erzählen Sie mir von dieser furchtbaren Nacht.«

Eine Zeitlang blieb Levine stumm. Schließlich sagte er leise: »Ich sollte ins Geschäft kommen und meinen Eltern bei der Inventur helfen.« Seine Stimme wurde fester. »Eine blöde Arbeit. Ich hatte keine Lust dazu. Damals wollte ich nichts mit dem Laden zu tun haben. Aber nachdem die Sache mit Mitch Flint passiert war – wissen Sie über Mitch und Margot Flint Bescheid?«

»Ja, tun wir«, antwortete McAdams.

Abrupt drehte Levine sich zu ihm um, als habe er seine Anwesenheit gerade erst bemerkt. Sofort sah er wieder Decker an. »Wie dem auch sei, danach hat Dad nur noch Familienmitgliedern vertraut. Manchmal war Dad so knickerig, dass ich Lust hatte, ihm etwas zu klauen. Was ich nicht getan habe, falls Sie sich fragen.«

»Ein luxuriöses Juweliergeschäft zu führen stellt eine große Verantwortung für jeden dar, ganz zu schweigen für einen jungen Mann im Collegealter«, bemerkte Decker. »Ich bin mir sicher, Sie hatten anderes vor, als Ihren Eltern auszuhelfen.«

»Kann man wohl sagen.« Levine stierte in seinen Kaffee, als wolle er die Zukunft daraus lesen. »Zu der Zeit kamen Dad und ich nicht gut miteinander aus. Eigentlich überhaupt nicht.« Er sah auf. »Die Polizei hatte mich ja im Verdacht, weil ich in der Vergangenheit ein paar Äußerungen gemacht hatte, und Dad hatte ein paar Äußerungen gemacht, aber das hatte überhaupt nichts zu bedeuten. Wir waren nur stinksauer aufeinander und wollten uns Luft machen.«

»Schon verstanden.«

»Zusätzlich zu allem, was ich gerade durchmachte, wurde ich vernommen wie ein Verdächtiger. Eine Sauerei.«

»Wer hat Sie vernommen?«

»Victor Baccus. Damals habe ich den Mistkerl gehasst.«

»Damals?« Decker hielt inne. »Jetzt hassen Sie ihn nicht mehr?«

»Nein.« Ein kurzes Lachen. »Überhaupt nicht. Jetzt ist er so eine Art Vaterfigur für mich.«

»Wir wissen, dass Sie beide zusammen Golf spielen«, schaltete McAdams sich ein.

»Es ist mehr als das.« Levine hielt noch immer seinen Kaffeebecher umklammert. Er stellte ihn ab. »Ohne Victor hätte ich das alles nicht überlebt. Er hat sich der Sache angenommen und dafür gesorgt, dass ganz Hamilton uns unterstützt. Ich meine, wir waren fünf völlig verstörte Kinder, und ich war der Älteste.«

»Ich verstehe.« Warum redest du dann mit mir und nicht mit Victor? Decker sagte: »Erzählen Sie mir von Guerlin und Mayhew. Was für Schwierigkeiten machen die beiden Ihnen?«

»O Gott«, stöhnte Levine. »Ich habe eine Frau. Ich habe Kinder. Ich weiß nicht, ob ich das kann.«

»Gregg, ich weiß, dass Sie in Bezug auf etwas gelogen haben, denn warum hätten Sie sonst Meineid erwähnt? Wir sind doch schon auf halbem Wege. Sie schaffen das. Ihr Vater hatte Sie gebeten, zur Inventur ins Geschäft zu kommen. Was ist danach passiert?«

Ein tiefes Seufzen. »Wie ich bereits sagte, ich hatte keine Lust dazu. Aber mein Vater war wütend auf mich, weil ich nicht mithelfen wollte. Am Ende habe ich nachgegeben und ihm gesagt, ich würde vorbeikommen. Dann hat mich aber ein Freund angerufen, und wir sind gemeinsam auf eine Party gegangen. Es gab jede Menge Alkohol – und auch anderes. Ich wusste, dass die Inventur normalerweise sowieso die ganze Nacht dauerte. Ein paar Stunden lang würden sie mich nicht vermissen.« Levine hielt kurz inne. »Ich habe mich zugekifft und verdammt viel getrunken.«

»Kommt in den besten Familien vor«, kommentierte McAdams.

»Na ja, zu der Zeit ist mir das andauernd passiert. Ich wusste, ich konnte nicht nach Haschplantage oder Destillerie stinkend im Laden auftauchen. Suchen Sie sich was aus. Ich habe abgewartet, bis das meiste davon verflogen war. Da war es dann schon sehr spät oder sehr früh, ungefähr zwei Uhr morgens. Ich wusste, sie würden noch arbeiten. Ich wusste auch, dass mein Vater mich anschnauzen würde. Aber dass er trotzdem dankbar für meine Hilfe wäre. Also bin ich zu Fuß zum Geschäft gegangen. Ich habe mir viel Zeit gelassen.«

Wieder traten ihm die Tränen in die Augen.

»Unmittelbar bevor ich dort ankam, blieb ich wie angewurzelt stehen. Vor der Tür parkte ein Streifenwagen mit blinkenden Lichtern, Blau, Rot, Blau, Rot. Das konnte nichts Gutes bedeuten. Mein Vater hätte nie wegen einer Lappalie die Polizei gerufen.«

»Was haben Sie gemacht?«

»Ich war wie versteinert. Ich bin einen Schritt zurückgetreten und habe mich in der Dunkelheit versteckt. Dann habe ich mir überlegt, was ich als Nächstes machen sollte.« Er senkte kurz den Blick. »Nach etwa ein oder zwei Minuten habe ich zwei Männer aus dem Laden kommen sehen. Sie zogen so was wie Reisetaschen hinter sich her, so ähnlich wie die, die man mit ins Flugzeug nimmt. Ich dachte: ›O Gott. Mom und Dad.‹ Sie waren ausgeraubt worden. Aber dann dachte ich: ›Aber die Polizei ist ja schon da!‹ Ich war vollkommen verwirrt.«

Decker nickte. »Nachvollziehbar. Ich bin auch verwirrt.«

»Die beiden Männer, die aus dem Geschäft gekommen waren, gingen die meinem Versteck gegenüberliegende Straßenseite entlang. Gemächlich, nicht im Laufschritt.«

»Ohne große Eile«, merkte McAdams an.

»Ohne große Eile«, bestätigte Levine. »Ein Auto hielt neben ihnen an, sie stiegen ein, und der Wagen fuhr davon.«

»In Ordnung«, sagte Decker. »Was haben Sie dann gemacht?«

»Ich habe einfach nur dagestanden und versucht zu verstehen, was da gerade vor sich gegangen war. Gesichter konnte ich keine erkennen, dafür war es zu dunkel, aber das Auto habe ich wiedererkannt. Eine alte Schrottmühle. Ziemlich auffällig.«

Levine hielt inne. Schließlich fuhr er fort.

»Der Wagen gehörte Joe und Jaylene Boch. Darum habe ich Ihnen gesagt, ich glaube, dass sie dabei war.«

Decker gab ihm einen Moment, um seine Erinnerungen zu sortieren. »Warum sie und nicht er?«

»Weil ich Joe Boch gerade erst auf der Party gesehen hatte. Er war so zugedröhnt, er hätte nicht mal 'nen Einkaufswagen schieben können.«

McAdams fragte: »Vielleicht ist es unwichtig, aber wieso hat sich Joe Boch mit einem Haufen Kids die Kante gegeben?«

»Der Mann war ein Mistkerl und ein Arschloch und hat ständig junge Mädels angemacht, die ihn gehasst haben wie die Pest. Aber …«, Levine hob den Zeigefinger, um eine wichtige Information anzudeuten, »er hat das Bier und den anderen Alkohol für uns Minderjährige gekauft. Als ich die Party verlassen habe, war Joe bewusstlos.«

»Ah«, sagte Decker.

»Außerdem hatten wir alle gehört, dass seine Alte ständig was mit anderen hatte.«

»Mit wem denn?«

»Ein paar meiner Freunde haben sich gebrüstet, dass sie's mit ihr getrieben hätten. Bei ihr zu Hause, mit Joe junior im Nebenzimmer. Keine Ahnung, warum sie so eine Schlampe wie die überhaupt vögeln wollten. Harte Worte, ich weiß, wenn man bedenkt, was ihr widerfahren ist.« Er senkte den Blick. »Aber es würde mich gar nicht überraschen, dass sie was mit Losern wie Brandon Gratz und Kyle Masterson hatte. Meine Güte, jeder in der Stadt wusste, dass man sich mit denen besser nicht einlässt. Die beiden waren richtig üble Typen.«

»Was ist mit Yves Guerlin? Was hatten Sie über den gehört?«

»Bis zu dieser schrecklichen Nacht wusste ich nicht, wer Yves Guerlin war«, sagte Levine. »Ich weiß nur, als ich es schließlich bis ins Geschäft geschafft hatte, standen Guerlin und Mayhew mit ernster Miene bereits dort. Sie teilten mir mit, dass meine Eltern tot waren – erschossen.«

Jetzt liefen ihm die Tränen über die Wangen.

»Dann wurde mir auf einmal schwindlig. Ich ... ich bin ohnmächtig geworden und einfach umgekippt. Als ich wieder wach wurde, war mir immer noch schwindlig. Dann wurde mir speiübel, und ich musste mich übergeben. Ich glaube, danach könnte ich wieder ohnmächtig geworden sein. An alles kann ich mich nicht erinnern. Ich stand vollkommen unter Schock.«

»Was haben Guerlin und Mayhew während dieser ganzen Zeit gemacht?«

»Um ehrlich zu sein, haben Sie sich um mich gekümmert. Sie haben mich nicht in das Zimmer gelassen, in dem meine Eltern lagen. Zumindest zu Anfang nicht. Sie haben sich erkundigt, ob ich einen Arzt bräuchte. Ob sie einen Krankenwagen rufen sollten. Einer von den beiden hat mir ein Glas Wasser gebracht. Sie waren ... nett, würde ich sagen. Sie haben mir einen Stuhl geholt, auf den ich mich setzen sollte ... damit ich mich erst mal beruhigen konnte.«

Er hielt eine Zeitlang inne, bevor er fortfuhr.

»Wie gesagt, es war hauptsächlich Guerlin, der geredet hat. Soweit ich mich erinnere, erzählte er mir, dass er wüsste, wer das meinen Eltern angetan hat. Weil er diejenigen aus dem Laden hat laufen sehen, als er und sein Kollege mit dem Streifenwagen vorgefahren sind. Ich wusste, das konnte nicht hinkommen. Niemand war weggerannt, aber ich war zu fassungslos, um etwas zu sagen. Dann sagte Guerlin ... Er wiederholte noch mal, dass er wüsste, wer die Mörder waren, aber ohne meine Hilfe könnte er nichts beweisen. Ich fragte mich, wie genau ich helfen könnte, außer indem ich mein Erbrochenes wegwische.« Kurzes Schweigen. »Wissen Sie schon, worauf das Ganze hinausläuft?«

»Ich habe eine Vermutung«, antwortete Decker. »Aber erzählen Sie es mir.«

»Guerlin sagte ...« Levine atmete tief ein und aus. »Er sagte, er brauche einen Augenzeugen der Erschießung. Ich sollte der Polizei sagen, ich hätte gesehen, was passiert ist. Er sagte, wenn ich nicht vor Gericht aussage, dass ich gesehen habe, was meinen Eltern widerfahren ist, würden ihre Mörder ungeschoren davonkommen.«

Levine schwieg eine Zeitlang, bevor er fortfuhr.

»Guerlin entwarf einen Plan. Es klang so, als ob er ihn sich in dem Moment einfallen ließ. Er sagte mir, sie, also er und Mayhew, würden jetzt gehen und ich sollte den Notruf wählen, sobald sie weg waren. Ich sollte als Augenzeuge auftreten, um meine Eltern zu rächen. Die beiden sagten mir auch, was ich der Notrufzentrale sagen sollte und was ich sagen sollte, wenn die Polizei kam. Ich war vollkommen durcheinander. Sie waren doch die Polizei! Warum wollten sie, dass ich den Notruf verständige, wenn die Polizei längst da war? Ich meine, was hatten die beiden überhaupt dort zu suchen?«

»Haben Sie sie gefragt?«

»Könnte sein ... Ich glaube, das habe ich. Die beiden sagten, sie waren als Erste am Tatort, aber es sei zu spät gewesen. Ich sei der Einzige, der Gerechtigkeit für meinen Vater und meine Mutter bekommen könnte. Ich war vollkommen entsetzt und fassungslos und habe das Ganze nicht infrage gestellt. Ich habe einfach getan, was sie von mir wollten.«

»Und das war?«

»Guerlins Plan. Als sie gegangen waren, habe ich den Notruf angerufen und so getan, als sei es gerade erst passiert. Ich habe denen erzählt, ich hätte alles genau gesehen. Ich habe es nicht genau so gemacht, wie Guerlin und Mayhew es von mir wollten, weil ich mich, ehrlich gesagt, nicht genau an ihre Anweisungen erinnern konnte. Ich habe der Polizei erzählt, ich hätte mich im Schrank versteckt und einen der Männer gesehen, als er sich die Maske auszog. Und nachdem Gratz und

Masterson verhaftet worden waren, habe ich geglaubt, schon zu tief drinzustecken, um die Wahrheit zuzugeben.«

»Die Wahrheit, dass Sie gar nicht gesehen hatten, was passiert ist.«

»Ja. Ich habe nicht gesehen, was passiert ist, aber Gratz und Masterson hatten den Schmuck, also kam es mir wirklich nicht so vor, als ob ich gelogen hätte.«

»Aber zu dem Zeitpunkt haben Sie Gratz gegenüber den Detectives nicht identifiziert.«

»Nein, ich habe nur gesagt, dass ich einen der beiden gesehen hätte, und das auch nur kurz. Das war eine Lüge, aber nur eine kleine. Später sollte ich zu einer Gegenüberstellung aufs Revier kommen. Guerlin stattete mir einen Besuch ab. Er sagte, ich solle Gratz identifizieren, da meine Beschreibung eher auf ihn als auf Masterson passte. Da ich wusste, wer Gratz war, konnte ich ihn auch bei der Gegenüberstellung identifizieren. Und ich konnte einigermaßen gut damit leben. Guerlin und Mayhew waren seriöse Beamte des Hamilton PD, und die beiden Ungeheuer hatten den Schmuck meiner Eltern in ihrem Besitz. Es kam mir nicht so vor, als ob ich etwas Unrechtes täte. Jetzt verstehe ich, wie naiv ich war, aber damals kam es mir überhaupt nicht in den Sinn, dass die beiden Polizisten in die Tat verwickelt sein könnten. So habe ich einfach nicht gedacht.«

»Aber mittlerweile glauben Sie, dass die beiden etwas mit der Tat zu tun gehabt haben könnten?« Als Levine nicht antwortete, fragte Decker: »In welcher Weise bedroht Guerlin Sie?«

»Er bedroht mich nicht.«

»Schön, Gregg. Was sagt er dann zu Ihnen, das sie so beunruhigt?«

»Nur dass ich mir bei allem, was in letzter Zeit passiert ist – Jaylene, Joe junior und der Mord an Brady Neil –, genau überlegen soll, was ich sage, weil sie, also die Polizei, anfangen könnten, mir Fragen über den Mord an meinen Eltern zu stellen.«

»Und wie haben Sie darauf reagiert?«

»Ich habe gesagt: Was ist mit Ihnen, Yves? Sie waren vor Ort, lange bevor ich dort ankam.«

»Und?«

»Er sagte, dass er und Mayhew gar nicht hätten dort gewesen sein können. Sie wurden nämlich zu einem anderen Einsatz gerufen. Wenn irgendjemand sich das Polizeiprotokoll ansehen würde, gäbe es dort keinen Vermerk, dass Mayhew oder er im Geschäft meiner Eltern waren. Dann sind mir natürlich auf einmal die Schuppen von den Augen gefallen ... Hat ja nur zwanzig Jahre gedauert.« Levine schüttelte den Kopf, als wolle er die Erinnerung an damals vertreiben. »Ich weiß nicht, ob die beiden von Anfang an mit dringesteckt haben oder ob sie nur zufällig den Notruf angenommen hatten und gierig geworden sind ... und einen Deal mit Gratz und Masterson vereinbart haben, als Gegenleistung für eine Beteiligung an der Beute Stillschweigen zu bewahren. Egal, wie dieser Deal ausgesehen hat, er hat nichts genützt, denn einen Monat später wurden Gratz und Masterson mit Schmuck aus dem Laden festgenommen.«

»Nicht mit dem gesamten Schmuck«, merkte Decker an. »Ich habe gehört, ein paar große Stücke fehlten.«

Levine holte tief Luft. »Baccus sagte, die großen Stücke gingen vermutlich an einen Hehler. Sie waren mit zahlreichen Edelsteinen bestückt, also leicht auseinanderzunehmen und einzeln zu verkaufen.«

»Natürlich«, kommentierte Decker.

»Oder ...« Levine seufzte. »Klar, die beiden Polizisten hätten sie sich als Gegenleistung für ihr Stillschweigen genommen haben können. Daran hatte ich damals nicht gedacht.

Guerlin und Mayhew sind nie in Erscheinung getreten – in keiner Art und Weise. Nicht während der Ermittlungen, nicht während der Festnahme und auch nicht während des Prozesses. Ich fand das seltsam, aber ich habe den Mund gehalten. Sie dürfen nicht vergessen, wie viel Angst ich hatte. Ich wollte, dass Gratz und Masterson lebenslänglich hinter Gitter kamen. Als sie nur eine so milde Strafe bekamen, war ich schockiert. Vielleicht hat Guerlin irgendeinen Deal für die beiden ausgehandelt, damit sie nichts verrieten. Ich bin sicher, Richter können bestochen werden.«

»Der ein oder andere ist käuflich«, stimmte Decker ihm zu.

»Die Sache ist die …« Levine trank einen Schluck Kaffee. »Falls in Wirklichkeit Guerlin und Mayhew diejenigen sind, die meine Eltern ermordet haben, verstehen Sie bestimmt, warum ich beunruhigt bin. Und da sie tatsächlich echte Polizisten waren, können Sie auch nachvollziehen, warum ich mich deswegen nicht an die Hamiltoner Polizei wenden will.«

»Ich dachte, Baccus ist Ihr Freund«, sagte McAdams.

»Ist er auch. Aber er ist auch der Polizeichef und war der leitende Ermittler im Mord an meinen Eltern, und ich weiß nicht, was er weiß oder nicht weiß. Momentan will ich ihn einfach nicht miteinbeziehen.«

»Sie denken, er könnte etwas mit der Sache zu tun gehabt haben?«, fragte McAdams.

»Nein.« Levine klang entschieden. »Das kann ich nicht glauben. Aber es wäre möglich, dass er danach etwas rausgefunden hat. Ich behaupte nicht, dass es so ist, aber ich weiß, dass falls meine Zeugenaussage abgewiesen wird, das den gesamten Fall kippt. Und dieser Fall war der Beginn seiner Karriere.«

»Ihre Aussage wird abgewiesen werden«, sagte Decker. »Ihnen ist klar, dass ich die Sache melden muss, oder?«

»Schon, ich hatte wohl nur gehofft ... Natürlich. Solange Sie sich Guerlin und Mayhew schnappen.«

»Darauf können Sie Gift nehmen.« Decker holte einen gelben Notizblock und einen Stift heraus. »Schreiben Sie alles auf, an was Sie sich im Zusammenhang mit jener Nacht erinnern. Jede Einzelheit, egal, wie klein und unwichtig sie Ihnen vorkommt.«

Levine nahm Block und Stift. »Bis heute, selbst jetzt in diesem Moment, habe ich mich nie schuldig gefühlt, weil ich, was Gratz und Masterson angeht, gelogen habe. Ich weiß, die beiden haben meine Eltern ausgeraubt. Sie hatten Schmuck bei sich. Und tief in mir drin weiß ich auch, dass sie meine Eltern umgebracht haben.«

»Das mag sein, aber das Urteil wird trotzdem gekippt werden. Der Staatsanwalt wird den Fall nicht wiederaufnehmen, es sei denn, es gibt Beweise gegen sie wegen Mordes. Der Fall hing von Ihrer Aussage als Augenzeuge ab. Und diese besteht jetzt nicht mehr.«

»Meine Eltern waren brutal abgeschlachtet worden, und ich habe nur getan, was die Polizisten von mir wollten. Dafür entschuldige ich mich nicht.«

»Aber vielleicht waren genau diese Polizisten für die Morde verantwortlich«, gab McAdams zu bedenken.

»Dann sollten sie sich schämen, einen völlig verstörten Jugendlichen auszunutzen, der emotional und körperlich unter Schock stand.« Levine lief rot an. »Die sollten sich schämen, Sie alle sollten sich schämen.«

Es war schon fast dunkel, als Decker und McAdams Levine aus dem Revier von Greenbury begleiteten. Decker hatte einen Riesenhunger und war erledigt, und alles, was er jetzt wollte, war nach Hause zu einem warmen Schabbatmahl und seinem warmen Bett zu fahren. Stattdessen erwarteten ihn

Stapel von Papierkram und endlose Telefonate im Nachgang zu Levines Eröffnung gerade eben. Alle mussten informiert werden: Radar, Baccus, die Bezirksstaatsanwälte, die Richter. Aber vor allem mussten sie Guerlin und Mayhew finden und sich anhören, was sie zu der Sache zu sagen hatten.

Levines Wagen stand auf der gegenüberliegenden Straßenseite. Als die drei Männer darauf warteten, dass die Ampel grün wurde, holte Levine sein Telefon heraus und öffnete die Autotüren mit einer Smart-App. »Ich kann nicht behaupten, dass es mir Spaß gemacht hat.« Er sah hinauf in den Abendhimmel. »Aber es war schon lange überfällig. Diese Schweine haben zwanzig Jahre verbüßt. Ich will nicht sagen, dass das reicht, aber immerhin ist es etwas.« Er sah Decker an. »Werde ich angeklagt?«

»Diese Entscheidung habe nicht ich zu fällen, Gregg. Aber ich muss alles, was Sie mir erzählt haben, den Zuständigen mitteilen und sie entscheiden lassen. Wenn Sie mich fragen, ich würde Sie nicht unter Anklage stellen. Selbst wenn Gratz und Masterson nicht selbst auf den Abzug gedrückt haben, war es der Raubüberfall, der letztendlich zum Tod Ihrer Eltern geführt hat. Ich habe kein Mitleid mit den beiden.«

»Danke, dass Sie das sagen, auch wenn Sie's nicht so meinen.«

»Der Boss meint immer, was er sagt«, bemerkte McAdams.

Levine rang sich ein Lächeln ab. Es wurde grün. Als sie vom Bürgersteig auf die Straße traten, deutete er mit dem Handy auf sein Auto, um den Motor anzulassen.

Im selben Augenblick gab es eine gewaltige Explosion.

Ohne zu überlegen, ließ Decker sich auf den Boden fallen und riss Levine und McAdams mit sich nach unten, als ein ohrenbetäubender Knall ertönte. Ein mit Glas und Metallstücken gespickter Ball blendender Helligkeit und Hitze schoss über ihn hinweg, wobei sich einige Splitter durch seine

Kleidung bohrten. Eine Welle glühend heißer, nach Benzin stinkender Luft verbrannte seinen Rücken. Darauf folgte der Geruch nach brennendem Gummi und schmelzendem Metall. Als Levine den Kopf heben wollte, drückte ihn Decker wieder nach unten. »Nicht bewegen. Es könnte noch weitere Bomben geben.« Ihm fiel auf, dass er auf McAdams lag, und rutschte zur Seite.

»Alles in Ordnung, Harvard?«

»Peter, in deinem Rücken stecken jede Menge Glas und Metall.«

»Ja, fühlt sich so an, als hätte mir jemand jede Menge Nadeln da reingerammt.« Langsam erhob er sich, während Glassplitter und Metall von seinem Rücken rutschten und auf den Bürgersteig fielen. Menschen kamen aus dem Revier gerannt. Einige Augenblicke darauf rasten Löschfahrzeuge die Straße herunter und näherten sich einem absoluten Chaos.

McAdams stand auf und zog Levine ebenfalls auf die Beine. Decker sagte: »Bring ihn zurück aufs Revier.«

»Du brauchst einen Arzt«, sagte McAdams.

Bei all dem Lärm konnte Decker ihn kaum verstehen. Und zusätzlich klingelten ihm die Ohren noch von der Explosion. Auf einmal stand Kevin Butterfield vor ihnen. »Was zum Teufel …!« Er warf einen Blick auf Deckers Rücken. »O Scheiße!«

»Mir geht's gut, Kev. Besorg dir ein paar Beamte, halte die Menschenmenge zurück und sichert den Tatort. Ist das Bombenentschärfungskommando schon da?«

»Nein. Darum kümmere ich mich, Deck. Du musst dich jetzt um dich selbst kümmern.«

»Danke.« Decker rollte die Schulter. Die Hitze hatte sich durch seine Kleidung gefressen. Er wusste, dass sein Rücken nicht nur wie ein Nadelkissen aussah, sondern auch einen bösen Sonnenbrand aufwies. »Wir müssen Gregg in Sicherheit bringen.« Aus Levines Rücken ragten mehrere gezackte Metallteile. »Warten Sie. Nicht bewegen. Sie haben Splitter im Rücken, Gregg. Ich möchte nicht, dass Sie herumlaufen, ohne dass jemand einen Blick auf Sie geworfen hat.«

McAdams holte sein Handy heraus. »Ich rufe einen Krankenwagen.«

»Da war bereits jemand schneller. Geh ins Gebäude und hol ein paar Atemmasken. Diese Dämpfe sind giftig.« Und im Flüsterton: »Und schick umgehend einen Streifenwagen zu Levines Haus.«

McAdams ging, als ein Krankenwagen in vollem Tempo die Straße heruntergerast kam. Decker winkte ihn zu sich. Zwei Sanitäter, eine Frau und ein Mann, sprangen aus dem Fahrzeug.

»Dieser Mann braucht Hilfe.« Decker zeigte auf Levine. »Ich weiß nicht, ob es noch jemanden gibt, der schwerer verletzt ist.«

Genau in diesem Augenblick rief ein Feuerwehrmann von der gegenüberliegenden Straßenseite zu ihnen herüber: »Ich habe hier eine Verletzte!«

Sofort rannten die Sanitäter über die Straße. Jemand hatte einen Scheinwerfer an eines der Löschfahrzeuge angeschlossen. Im nächsten Augenblick kam Wasser aus den Feuerwehrschläuchen geschossen, und Wolken übelriechenden, öligen Rauchs erfüllten die Luft. Ein zweiter Krankenwagen hielt vor ihnen an. Decker rief: »Auf der anderen Straßenseite gibt es eine Verletzte. Wenn Sie die verarztet haben, könnte sich jemand seinen Rücken ansehen? Ich will nicht, dass er herumläuft, falls die Splitter tief sitzen.«

Inmitten des Feuers, der Gluthitze, des Rauchs und des Gestanks kamen zwei weitere Sanitäter zum Schauplatz des Geschehens geeilt. Eine von ihnen war eine kräftige Frau namens Candy. Sie zerriss Levines zerfetztes Hemd, zog es ihm vom Körper und warf einen Blick auf seinen Rücken. Er war voller Kratzer, wies Verbrennungen auf und war von winzigen Metallsplittern gespickt.

»Darf er ins Gebäude gehen? Die Dämpfe hier draußen sind giftig.«

»Warten Sie kurz. Bin gleich wieder da.«

McAdams kehrte mit einem Karton Mundschutz zurück. Mehrere Officers fingen gerade an, die Menschenmenge ein wenig zurückzudrängen. Kevin hatte Tatortabsperrband mitgebracht und brüllte Anweisungen. Tyler sagte: »Streifenwagen sind auf dem Weg zu Levines Haus.« Als Decker ihn bat, ins Gebäude zu gehen und zu warten, wo die Luft besser war, antwortete er: »Ich gehe nirgendwohin.«

Die Sanitäterin kam mit einer schwarzen Tasche zurück. Als sie seinen verletzten Rücken abtupfte, zuckte Levine zusammen. Behutsam entfernte sie den größten Metallsplitter. Die Wunde fing an, stark zu bluten. Die Sanitäterin übte Druck auf die Stelle aus. »Sterben werden Sie nicht, aber Sie müssen ins Krankenhaus. Das hier sollte besser ein Arzt machen.«

Von der anderen Straßenseite schoben Sanitäter eine fahrbare Liege zu einem der Krankenwagen. Die Frau darauf hatte eine Sauerstoffmaske über Nase und Mund.

»Geht es ihr gut?«, rief Decker.

Ein Sanitäter gab ihm ein Thumbs-up, was heißen sollte, dass sie überleben würde. Aber wie schwer verletzt sie war ... Die Sanitäterin arbeitete weiter an Levines Rücken und zog langsam und vorsichtig Splitter für Splitter heraus. Kurz darauf fuhr ein weiterer Krankenwagen vor.

»Fahren Sie ins Krankenhaus, Gregg.« Decker sah zu McAdams. »Und du fährst mit ihm.«

Levine hatte noch immer nichts gesagt. Plötzlich wurde er leichenblass, und die Knie knickten ihm ein. »Meine Frau und meine Kinder!«

McAdams sah auf sein Handy. »Ich habe gerade eine SMS bekommen. Jemand ist bei ihnen. Es geht ihnen gut.«

»Wer denn?« Levine bekam Panik. »Doch niemand aus Hamilton!«

»Nein, das sind unsere Leute«, sagte McAdams. »Ihrer Familie geht es gut.«

Radars Wagen hielt vor ihnen an, und der Chief sprang heraus. »Ich war gerade auf dem Nachhauseweg, als ich es gehört habe.« Entsetzen stand ihm ins Gesicht geschrieben: Seine Augen waren weit aufgerissene Augen und das Gesicht kreidebleich, was Decker selbst im schummrigen Licht der Straßenbeleuchtung erkennen konnte. »Um Himmels willen! Was ist denn passiert?«

»In Mr. Levines Auto war eine Bombe …«

»O Gott!«

»Zwei unserer Leute sind gerade draußen bei Mr. Levines Haus«, sagte McAdams. »Seiner Familie geht es gut, aber Mr. Levine muss ins Krankenhaus.« Er deutete mit dem Kinn in Deckers Richtung. »Der Boss übrigens auch, aber er macht keine Anstalten.«

»Fahr mit dem Mann ins Krankenhaus, Decker.« Radars Telefon klingelte. »Das ist ein Befehl.«

»Kommt nicht infrage, solange ich nicht Bescheid weiß, was hier los ist …«

»Nein, du musst ins Krankenhaus …«

»Kannst du mal drangehen, Mike? Das Geklingel tut mir in den Ohren weh.«

Radar drückte auf die grüne Annehmen-Taste und meldete sich. Als der Captain sich anhörte, was die Person am anderen Ende zu sagen hatte, konnte Decker beobachten, wie jegliche noch verbliebene Farbe aus Radars Gesicht verschwand. Jetzt war es aschfahl. »Gregg Levine ist hier. Jemand hat gerade versucht, sein Auto in die Luft zu sprengen, aber es geht ihm gut …«

»Was gibt's denn?«, fragte Decker.

Radar wimmelte ihn ab. »Ich bin sofort da.«

»Was ist los, Mike?« Decker blieb beharrlich.

Radar nahm ihn beiseite, damit der besorgte Levine nichts mitbekam. »Das war Victor Baccus. Es gibt eine Geiselnahme. Levines Juwelierge…«

»Verdammt! Yvonne Apple?«

»Schlimmer. Ihre Tochter, Dana.«

KAPITEL 31

»Die wollen mich da unten gar nicht, ganz zu schweigen von dir«, sagte Radar zu Decker. »Baccus hat ein Sondereinsatzkommando, ein Geiselnahme-Verhandlungsteam und ein Bombenentschärfungsteam angefordert. Das Geschäft ist komplett umstellt.«

»Warum fährst du dann trotzdem hin?«, fragte Decker.

»Baccus will informiert werden, was Levine dir erzählt hat, und über das hier – was hier passiert ist.«

»*Ich* habe Levine befragt. Und ich war hier, als die Bombe hochgegangen ist. Ich kann ihm Bericht erstatten. Auf der Fahrt dorthin fasse ich alles noch mal für dich zusammen.«

»McAdams kommt mit und erzählt mir alles«, entgegnete Radar. »Er ist nämlich unverletzt.«

»Nur weil ich so nett war, auf ihm zu landen. Wenn du mich nicht mitnimmst, fahre ich mit meinem eigenen Wagen. Dabei dürfte ich überhaupt nicht Auto fahren.«

»Wenn du überhaupt nicht Auto fahren dürftest, dürftest du auch nicht arbeiten.«

»Leute, die Uhr tickt«, merkte McAdams an. »Decker, warum fährst du nicht mit Levine ins Krankenhaus, und ich begleite den Cap …«

»Kommt nicht infrage!«, polterte Decker. Dann sagte er zu Radar: »Ich warte im Auto auf dich«, und stapfte davon.

Radar seufzte. »Fahr du mit Gregg Levine, Tyler. Ruf seine Familie an und organisiere ihnen Polizeibegleitung zum Krankenhaus.« Nach einer kurzen Pause schüttelte der Captain den Kopf. »Meine Güte, was für ein blöder Dickschädel.«

»Er braucht ärztliche Hilfe«, sagte McAdams. »Ich rufe einen Krankenwagen, der vor dem Laden auf euch warten soll.«

»Die Hamiltoner Kollegen haben bereits ein komplettes medizinisches Team angefordert.« Er drehte sich zu McAdams um. »Ich werde ihn wohl einfach dort behandeln lassen. Jetzt fahr.« Radar eilte im Laufschritt zu seinem Wagen, öffnete die Fahrertür und setzte sich hinein. Decker knallte lautstark die Beifahrertür zu. »Schau dich doch mal an!«

»Was?«

»Du hörst nichts, und du kannst dich nicht mal anlehnen, ohne vor Schmerz zusammenzuzucken.«

»Mir geht's prima.«

»Nein, tut es nicht.« Radar ließ den Motor an und setzte die Sirene aufs Dach. »Du siehst aus, als hättest du 'nen Stock verschluckt.«

»Spar dir die Kommentare. Bitte fahr.«

Unter lautem Sirenengeheul fuhr Radar los. »Das Auto ist einfach zufällig in die Luft geflogen, als ihr die Straße überqueren wolltet?«

»Mike, die Sirene ist an, du musst ein bisschen lauter sprechen.«

»Ach, vergiss es …«

»Nein, nix ›vergiss es‹. Sprich einfach lauter.«

Radar wiederholte seine Frage.

»Die Bombe wurde gezündet, als die Zündung anging«, sagte Decker. »Levine hat eine App auf dem Handy, und er hat den Motor per Fernbedienung angelassen. Er hat verdammt viel Glück gehabt.«

»Er hat den Wagen per Fernbedienung angelassen? Wer macht denn so was?«

»Was soll ich sagen, Mike? Manchmal ist eben die Zeit von jemandem noch nicht gekommen.«

»Gab es sonst noch Verletzte?« Keine Reaktion. Radar wiederholte die Frage.

»Eine Frau wurde verletzt. Der Sanitäter hat signalisiert, dass sie's überleben wird, allerdings weiß ich nicht, wie schwer sie verletzt ist. Jetzt bist du dran. Wer ist im Juweliergeschäft und hat das Mädchen als Geisel genommen? Guerlin und Mayhew?«

»Ich weiß nur, dass es sich um eine Geiselnahme handelt. Dana Apple ist das Opfer.«

»Im Laden gibt es einen Wachmann.«

»Dann hat er offenbar seine Aufgabe nicht erfüllt.«

»Ich bin doch schon in dem Geschäft gewesen. Ich weiß, wie es da drinnen aussieht.«

»Klasse, dann kannst du ja dem SWAT-Team helfen.«

»Dazu bin ich absolut in der Lage …«

»Decker, ich habe dich wider besseres Wissen mitgenommen. Aber ich gebe zu, dass du vielleicht etwas Wichtiges zu dieser Situation beitragen kannst. Vor dem Geschäft befindet sich ein medizinisches Team. Während wir warten, lässt du dich behandeln. Und danach … finden wir raus, wie wir helfen können. Baccus hat die Leitung. Wir sind nur zur Unterstützung hier. Verstanden?«

»Woher weißt du, dass Baccus nicht mit in der Sache steckt?«

»Warum um Gottes willen sollte Baccus Gregg Levine umbringen wollen?«

»Weil er rausgefunden hat, dass Gregg Levine vorhatte, auf das Revier von Greenbury zu kommen und uns zu erzählen, was in der Mordnacht tatsächlich passiert ist.« Decker gab Radar eine schnelle Zusammenfassung des Gesprächs. »Baccus weiß, dass Levines Geständnis den Fall kippen wird, der seine Karriere begründet hat. Zwei seit über zwanzig Jahren eingesperrte Männer und ein von der Polizei zum Lügen angestifteter Zeuge? Das würde das Ende der Laufbahn des Chiefs bedeuten.«

»Dass Levine gelogen hat, ist bedauerlich, aber das heißt nicht, dass Baccus im Bilde war. Es hat nie auch nur die geringste Andeutung gegeben, dass Baccus den Fall nicht vorschriftsmäßig behandelt hat. Das hast du mir selber gesagt.«

Decker schwieg. »Hör mal, wir wissen noch nicht mal, wer das im Juweliergeschäft ist. Und bis gestern wusstest du auch nicht, wer Yves Guerlin ist.«

So ungern Decker es auch zugab, Radar hatte recht. »Vielleicht urteile ich gerade etwas vorschnell.«

»Allerdings. Jetzt organisieren wir dir mal ärztlichen Beistand. Und denk nicht mal dran, da reingehen zu wollen. Ich brülle die ganze Zeit, und du verstehst mich kaum.«

Auch damit hatte er recht. »Ja, das könnte wohl tatsächlich ein Nachteil für mich sein.«

»Ganz genau. Du gehst jetzt und lässt dir helfen, während ich mit Baccus rede.«

»Sicher, dass du dich mit dem Chief besprechen willst? Noch wissen wir nicht, ob er Dreck am Stecken hat.«

Radar verzog das Gesicht. »Hast du auch nur den kleinsten Beweis, dass es so ist?«

»Wenn ich den hätte, würden wir jetzt nicht dieses Gespräch führen.« Decker hielt kurz inne. »Wir wissen nicht, wer Dana Apple als Geisel genommen hat. Aber wenn es sich um Guerlin und Mayhew handelt und die beiden Joe junior und Brady Neil umgebracht haben, würden sie auch vor einem weiteren Mord nicht zurückschrecken.«

»Davon kannst du ausgehen. Hoffen wir mal, dass wer immer es ist, nicht gerade eine weitere Bombe baut.«

Die Straße war von Polizisten abgeriegelt worden, die die Zugänge bewachten. Sie standen in einer Reihe nebeneinander, die Arme vor der Brust verschränkt oder die Hände am Waffengurt. Aus der Entfernung erinnerte der Anblick Decker an die unzähligen Fernseh-Shoots, die er auf den Straßen von Los Angeles mitbekommen hatte. Nur dass hier die Catering-Trucks fehlten. Radar zeigte einem der Officer seine Dienstmarke und erhielt widerwillig die Erlaubnis, den Wagen ein paar Blocks entfernt abzustellen. Um zum Zentrum des Geschehens zu gelangen, musste man ein gutes Stück laufen, und allmählich spürte Decker die Erschöpfung, die der sinkende Adrenalinspiegel mit sich brachte. Noch immer hatte er ein Klingeln in den Ohren und spürte jeden Schnitt, jeden Kratzer und jede Verbrennung überdeutlich, als er gemeinsam mit Radar zurückging. Kleine Glas- und Metallsplitter steckten noch immer in seinem Rücken und seinen Beinen, und bei jedem Schritt zuckte er vor Schmerz zusammen. Er brauchte dringend Ruhe, aber der Wunsch nach Gerechtigkeit trieb ihn voran.

Radar bemerkte, dass er humpelte, und wurde langsamer. »Keine Ahnung, wer von uns beiden verrückter ist. Du, weil du hier bist, oder ich, weil ich dir erlaubt habe, mitzukommen.«

»Das Mädchen war da, als ich im Geschäft war«, sagte Decker.

»Welches Mädchen? Dana Apple?«

»Ja.«

»Warum bist du überhaupt da vorbeigegangen?«

»Um Gregg Levine Fragen über Brandon Gratz zu stellen. Ich dachte, die Sache könnte etwas mit dem Mord an Brady Neil zu tun haben. Er war nicht da, also habe ich letztendlich mit Yvonne Apple gesprochen. Erinnerst du dich nicht? Chief Baccus hat dich doch angerufen, um sich zu beschweren. Er hat dir eine Standpauke gehalten und du mir dann auch.«

»Wie ich mich erinnere, verhielt sich das etwas anders, aber was ich noch genau weiß, ist, dass du mit der Schwester gesprochen hast.« Sie waren noch etwa fünfzehn Meter von einem Halbkreis von Streifenwagen entfernt, die einen Schutzwall um das Geschäft gebildet hatten. Künstliche Beleuchtung war angeschlossen worden. Auf der Zivilistenseite des durch Absperrband markierten Bereiches befanden sich

Nachrichten- und Ü-Wagen mit Reportern, die Mikrophone und Kameras aufbauten. Auch Vertreter der Druckpresse waren zugegen. Niemand schien Decker und Radar zu bemerken, als sie sich einen Weg durch die Menge bahnten und über das Polizeiabsperrband stiegen. »Dass das Mädchen dort war, hast du nicht erwähnt.«

»Sie war nur kurz da. Ein ganz normaler Teenager, der im Geschäft seiner Eltern aushalf.« Decker überlegte. »Aber ich kann mich noch recht gut daran erinnern, wie der Laden innen ausgesehen hat. Ich könnte reingehen, nur um Anweisungen …«

»Du bist nicht in der Lage, irgendwohin zu gehen außer in ein Krankenhaus.«

Draußen war es dunkel, aber der Bereich, wo sich die Polizei postiert hatte, war gut beleuchtet. Es gab Scheinwerfer und Strahler, und auf den Dächern der Streifenwagen blinkten die Lichter in einem unregelmäßigen Rhythmus. Hinter den Streifenwagen standen mehrere Krankenwagen, deren Sanitäter sich für alle Fälle bereithielten. Decker konnte Yvonne schreien hören, aber verstand nicht, was sie sagte. Aufgeregt gestikulierte sie vor Victor Baccus. Ein Mann stand neben ihr, vermutlich ihr Ehemann. Er legte ihr die Hand auf die Schulter, aber sie schüttelte sie ab. Als sie Decker bemerkte, marschierte sie auf ihn zu und gab ihm eine Ohrfeige. »Sie Mistkerl! Sie sind verantwortlich für das, was gerade passiert.«

Sie wollte ein weiteres Mal ausholen, aber Radar hielt ihren Arm fest. »Tief durchatmen …«

»Lassen Sie mich los, Sie verdammter Nazi!« Yvonnes Augen waren feucht, und das Make-up lief ihr die Wangen herab. Ihre Frisur war vollkommen durcheinandergeraten. Auf ihren Wangen befanden sich Kratzspuren, als sei sie mit einem Drahtkamm darübergefahren. Die ursprünglich perfekt manikürten Nägel waren unansehnlich und abgebrochen. Sie trug eine weiße Hose und ein rotes Hemd, das ihr aus der Hose gerutscht war, als sie versuchte, sich aus Radars Griff zu befreien. »Lassen Sie mich endlich los!«

Auf einmal stand Baccus vor ihnen. Er nahm Yvonne beim Arm. »Hör auf.« Er sah den Mann neben ihr an. »Bring sie nach Hause, Paul.«

»Ich gehe nirgendwohin.« Plötzlich brach Yvonne zusammen und vergrub das Gesicht in den Händen. »Du versteht das nicht!«

»Natürlich verstehe ich es, Yvonne. Und wir tun, was immer wir können. Aber so kannst du dich nicht aufführen.«

Radar schaltete sich ein. »Dieser Mann hat Ihrem Bruder das Leben gerettet.«

»Gregg ist mir scheißegal.« Yvonne war wieder ihr kämpferisches Selbst. »Das hier ist alles seine Schuld! Wenn er nicht gelogen hätte ...« Sie wandte sich an Decker. »Sie waren der Auslöser. Jetzt unternehmen Sie endlich was!«

Wieder legte Paul ihr die Hand auf die Schulter, und wieder stieß seine Frau sie weg. Er war nur wenige Zentimeter größer als sie und hatte einen breiten Brustkorb, dazu ein rundliches Gesicht, runde Augen und die Anfänge eines Doppelkinns sowie einen deutlichen Bauchansatz, der über seinen Gürtel hing. Er hatte schütteres Haar, und seine Augen waren gerötet und blickten ins Leere. Er wirkte vollkommen verloren.

Decker sah zu Baccus. »Kann ich Sie kurz unter vier Augen sprechen, Sir?«

Baccus wiederholte: »Paul, bring sie nach Hause ...«

»Ich gehe nirgendwohin!«, schrie Yvonne ihn an.

»Dann warte hier kurz.«

Das nahm Yvonne ihm übel. Sie packte Baccus am Arm. »Wo willst du hin, Victor?«

»Ich will den beiden nur berichten, was ...«

»Sag mir verdammt noch mal endlich, was los ist.« Sie durchbohrte ihn mit Blicken. »Diese Sache geht mich unmittelbar an!«

»Ich kann mich jetzt gerade nicht um deine Fragen kümmern, Yvonne.«

»Ich habe jedes Recht, Fragen zu stellen! Es geht verdammt noch mal um das Leben meiner Tochter!«

»Sir?«

Baccus sah nach links. Ein Officer richtete ihm aus, dass das Sondereinsatzkommando seine Aufmerksamkeit benötigte.

»Chief, beantworten Sie mir nur die eine Frage«, sagte Decker. »Sind es Mayhew und Guerlin?«

»Wir glauben, es ist Guerlin, und wir glauben, er ist allein.«

Decker war überrascht, aber er bemühte sich, es sich nicht anmerken zu lassen. »Wo ist Mayhew?«

»Das können wir nur mutmaßen. Seine Frau ist bereits benachrichtigt worden …«

»Sir, das Sondereinsatzkommando wartet.«

»Yvonne, ich muss mich um die Einheit kümmern, die den Laden stürmen soll. Du musst dich in Sicherheit bringen. Sofort! Geh und warte bei den Krankenwagen.«

»Victor …«

»Ich kann jetzt nicht mit dir sprechen, Yvonne. Wenn du nicht freiwillig gehst, muss ich dich gewaltsam wegbringen lassen.«

Yvonne Apple stapfte unter leisen Verwünschungen gegen Gott und die Welt davon. Paul hielt inne, dann rannte er ihr hinterher. Baccus machte sich zum Sondereinsatzkommando auf. Decker musste sich beeilen, um mit ihm Schritt zu halten. Jeder Schritt war schmerzhaft und brannte wie Feuer. »Kennt die SWAT-Einheit den Aufbau des Ladens?«

»Woher soll ich das wissen, wenn ich noch nicht mit ihnen gesprochen habe?«, fragte Baccus.

»Ich war schon drin.«

»Du kannst nicht mitgehen, Pete«, sagte Radar. »Du bist verletzt und hörst nichts. Du bist nur hinderlich.«

»Ich kann ihnen den Grundriss aufmalen.«

»Mist«, fluchte Baccus. »Ich hätte Yvonne bitten sollen, das für mich zu tun. Allerdings glaube ich nicht, dass ihr Gedächtnis momentan sonderlich gut funktioniert. Und es ist Jahre her, seit ich selbst das letzte Mal im Geschäft war.«

»Decker war erst vor Kurzem drin«, bemerkte Radar. »Er kann helfen.«

»Ja, tun Sie das, während ich mit der SWAT-Einheit und dem Unterhändler bei Geiselnahmen spreche. Ich habe die Hoffnung noch nicht aufgegeben, dass wir die Sache beenden können, ohne dass noch jemand ermordet wird.«

»Da sind Sie eventuell zu spät dran«, entgegnete Decker. »Im Laden arbeitet ein Wachmann.«

Baccus blieb stehen. »Ein bewaffneter Wachmann?«

»Ja. Er heißt Otto. Entweder wurde er ebenfalls als Geisel genommen, oder er ist tot.«

»Verdammt!« Verärgert stapfte Baccus davon. Als sie sich dem Sondereinsatzkommando näherten, entdeckte Decker jemanden nur zu Bekanntes, der sich gerade mit einem der Officer vor dem Einsatzfahrzeug unterhielt.

Baccus lief rot an. Er kochte vor Wut. »Lenora, mach sofort, dass du von hier verschwindest!«

Lennie sah zu Decker. »Wie fühlen Sie sich, Sir? Detective McAdams hat mir erzählt, es hat Sie ganz schön erwischt.«

»Gute Neuigkeiten verbreiten sich schnell.«

Baccus blaffte: »Wenn du nicht sofort von hier verschwindest, sorge ich dafür, dass man dich in Handschellen von hier wegschafft.«

Lennies Stimme blieb fest. »Ich habe nur gerade Officer Nelson den Aufbau des Geschäfts beschrieben, so gut ich mich erinnern konnte, Chief. Wenn ich mich mit Detective Decker abstimmen könnte, könnte ich mich sicher noch besser erinnern. Darüber hinaus bin ich der Ansicht, ich wäre eine Bereicherung für das Team …«

»Verschwinde!«

»Sir, ich habe an zwei Razzien gegen Autoschmugglerbanden teilgenommen. In beiden Fällen war das Team erfolgreich.« Sie klang entschlossen. »Ich kann das, Chief.«

»Geh, bevor ich dich festnehmen lasse, Lennie.«

Lennies Gesicht verdunkelte sich. Mit leiser Stimme sagte sie: »Bei jedem anderen hättest du keinerlei Bedenken.«

»Du bist unerfahren.«

»Nicht so unerfahren, wie du mich gerne hättest.«

»Ich schicke dich da nicht rein, Lenora. In dem Geschäft gibt es vermutlich schon einen toten Wachmann, und ich will nicht für den Ausdruck auf dem Gesicht deiner Mutter verantwortlich sein, falls dir irgendetwas zustößt.«

»Dana Apple ist Yvonnes Tochter. Wie willst du ihr gegenübertreten, wenn du nicht alles getan hast, das du hättest tun können?«

Decker nickte Radar zu, der beschwichtigend die Hand erhoben hatte. Baccus wirkte eher erschöpft als wütend. »Geh mit Detective Decker. Er wird sich mit Yvonne Apple austauschen, um einen genauen Lageplan des Ladens anzufertigen. Vielleicht kannst du irgendwie dabei helfen.«

»Ich bleibe hier«, sagte Radar. »Und helfe dem Chief, wie auch immer ich kann. Geht nur.«

»Kommen Sie«, sagte Decker zu Lennie. Er drehte sich um und ging zu Yvonne und Paul hinüber.

Lennie sah ihren Vater an, folgte dann jedoch Decker. »Sie wissen, dass ich recht habe!«

»Wie viel Erfahrung haben Sie wirklich bei Festnahmen?«

»Ich hab doch schon gesagt, ich war an zwei Razzien gegen

Autoschmugglerbanden beteiligt. Mit kugelsicherer Weste und allem.«

»Dieser Mann ist äußerst gefährlich«, sagte Decker. »Vermutlich hat er bereits den Wachmann getötet …«

»Otto. An den erinnere ich mich. Falls er noch am Leben ist, könnte er dabei helfen …«

»Wahrscheinlich ist er außer Gefecht gesetzt oder tot.« Decker sah Lennie an. »Sie wissen ja, dass meine Tochter bei der Polizei ist. Ich würde sie nicht in diese Situation reinschicken, obwohl sie dazu ausgebildet ist.«

»Dann denken Sie mehr an sich als an die Bürger, denen Sie zu dienen geschworen haben.«

»Das mag zwar sein, aber ein Eid verliert jede Bedeutung, wenn man vor dem Sarg seines Kindes steht. Nicht so schnell!«

Lennie wurde langsamer. »'tschuldigung.«

»Die Entscheidung muss von ihm kommen.«

»Legen Sie einfach ein gutes Wort für mich ein.«

»Das werde ich nicht tun, Lennie. Ich will nicht für Ihren Tod verantwortlich sein. Das müssen Sie mit sich selbst abmachen.«

»Können Sie nicht wenigstens bestätigen, dass ich kompetent bin?«

»Das sind Sie. Das stand auch nie in Zweifel. Aber zuerst braucht das Sondereinsatzkommando eine Strategie. Und für eine gute Strategie braucht man einen guten Lageplan.«

Yvonne ließ sich nicht beiseiteschieben. Sie verhielt sich unkooperativ und wollte direkt mit Baccus sprechen, bevor sie überhaupt bereit war zu helfen. Begleitet von Decker und Lennie kam sie zurück und marschierte direkt auf Baccus zu. »Erst drohst du, mich verhaften zu lassen, dann bittest du mich um Hilfe. Wenn du willst, dass ich dir helfe, muss ich wissen, was ihr vorhabt.«

»Jetzt nicht, Yvonne.« Baccus wirkte entmutigt.

»Was ist los?«, fragte Decker.

Baccus sah zu Boden. Jetzt liefen Yvonne die Tränen übers Gesicht. Sie wiegte sich hin und her. »Sie ist tot.«

»Nein, nein, soweit ich weiß, ist sie das nicht.« Er sah Yvonne an und schluckte schwer. »Habt ihr einen Raum mit mehreren Überwachungsbildschirmen an der Wand?« Yvonne schloss die Augen und nickte. »Gibt es einen Bereich im Laden, den die Kameras nicht abdecken?«

Als Yvonne nicht antwortete, sagte Mike Radar: »Das Einsatzkommando versucht gerade, einen Weg zu finden, wie sie sich Zugang verschaffen können, ohne sofort von Guerlin erschossen zu werden.«

»Woher wissen Sie das mit dem Raum?«, fragte Decker.

»Von Guerlin«, sagte Baccus. »Es ist tatsächlich Guerlin. Er hat dem Unterhändler von dem Raum erzählt. Dort drin hält er Dana fest und beobachtet alles, was hier draußen vor sich geht.«

»Was ist mit dem Wachmann?«

»Ich habe ihn nicht gefragt, und er hat nichts gesagt.«

Innerlich fluchte Decker. »Hat er irgendwelche Forderungen?«

Radar antwortete. »Ein Hubschrauber und Bargeld – zwanzig Millionen Dollar oder irgend so eine lachhafte Summe.«

»Er wird Dana mitnehmen.« Baccus musste schlucken. »Wenn er bekommt, was er verlangt, wird er sie irgendwann an einem Ort wieder freilassen, an dem er sich sicher fühlt.«

Yvonne schwankte. Lennie konnte sie gerade noch halten, bevor sie ohnmächtig wurde. »Könnte ihr bitte jemand etwas zum Hinsetzen besorgen?«

»Bring sie zu einem Streifenwagen, Lennie«, blaffte Baccus. »Sorg dafür, dass sie's bequem hat. Ich bin gleich da.«

Als die beiden Frauen gegangen waren, fragte Decker: »Ist Dana wirklich noch am Leben?«

»Weiß der Teufel.« Baccus spuckte aus. »Ich habe vor ungefähr einer Minute mit ihr gesprochen. Also ja, sie lebt noch. Aber das wird sich ändern. Je länger er sie in seiner Gewalt hat, desto höher die Wahrscheinlichkeit, dass sie am Ende tot ist.«

»Hat er Ihnen ein Ultimatum für seine Forderungen gestellt?«

»Drei Stunden.«

Hm, das schaffen wir nie, dachte Decker im Stillen und fragte: »Wie wäre es mit einem Geiseltausch?«

»Wer? Sie? Ich?« Baccus lächelte grimmig. »Kein Polizist ist so wertvoll für ihn wie Dana Apple.«

»Außer mir!« Lennie schnippte mit ihren Nägeln. Baccus sah sie an, aber sie sprach weiter, bevor er etwas sagen konnte. »Ich bin deine Tochter. Du wirst Himmel und Hölle in Bewegung setzen, um mich zu retten. Zumindest musst du ihm das erzählen.«

»Du wirst da nicht reingehen.«

»Ich bin Polizistin, Dad, und als Polizistin ist es meine Aufgabe, mein eigenes Leben dem der Menschen unterzuordnen, denen ich diene …«

»Hör auf mit dem Blödsinn, Lennie. Du gehst nirgendwohin. Wenn du da reingehst, bedeutet das lediglich, dass wir uns mit zwei Toten rumschlagen müssen. Drei, den Wachmann eingerechnet.«

»Guerlin kann Dana und mich nicht gleichzeitig unter Kontrolle behalten. Jedes Mal wenn er Dana ansieht, hat er mich nicht mehr im Auge, und ich stelle eine Bedrohung dar …«

»Nicht wenn sie gefesselt ist. Nicht wenn er beschließt, dich umzubringen.«

»Dann überzeuge ihn davon, dass es in seinem Interesse ist, mich nicht umzubringen.« Lennie schnaufte genervt. »Hör zu, ich wette, ich kann Dana da lebend rausholen. Was danach passiert …« Sie zuckte theatralisch mit den Schultern.

Baccus lachte freudlos. »Was danach passiert ...« Wieder lachte er. »Mach, dass du wegkommst. Jetzt gerade stellst du eine unerwünschte Ablenkung dar.«

Lennie sah Decker flehentlich an. Schließlich sagte er: »Ich habe eine Tochter, die Detective ist. Ich würde sie dort auch nicht reinschicken. Als Vater könnte ich das nicht. Aber ... ganz unrecht hat Lennie nicht.«

»Mach, dass du von hier wegkommst, Lenora!«, wiederholte Baccus.

»Dad, jedes Mal wenn ich versucht habe, über mich hinauszuwachsen, hast du dich mir entschlossen in den Weg gestellt!« Sie richtete sich zu ihrer vollen Größe von einem Meter achtundsiebzig auf und reckte ihm das Kinn entgegen. »Aber diesmal nicht! Du kannst dir nicht erlauben, mich anders zu behandeln als die anderen. Niemand im Department wird dir oder mir je wieder vertrauen, falls du es tust. Du musst es mich versuchen lassen!« Schweigen. Nur das Schnippen ihrer langen roten Nägel war zu hören. »Frag ihn wenigstens, ob er bereit ist, Dana gegen mich auszutauschen.«

»Guerlin weiß, dass wir seine Forderungen nicht erfüllen werden«, sagte Decker. »Sie können nicht erfüllt werden. Aber selbst ein Psychopath wie er würde vermutlich eher eine Polizeibeamtin als ein junges Mädchen erschießen. Fragen Sie ihn, ob er bereit zu einem Austausch ist – egal, in welcher Form. Benutzen Sie Lennie als letzten Spielstein. Aber selbst dann wird er vermutlich nicht darauf eingehen. Mit ihm zu sprechen ist eine gute Verzögerungstaktik, bis Sie wissen, was Ihr nächster Schritt ist. Das wird ihm nicht nur ein Gefühl von Macht geben, sondern auch die Kommunikationswege offen halten.«

»Und wie viele Geiselnahmen haben Sie schon erfolgreich beendet, Sie Überflieger?«

»Los Angeles ist eine große Stadt, Sir. Es waren genug, dass ich glaube, wir sollten es versuchen.«

Baccus wartete einen Moment, bevor er antwortete. Schließlich sagte er: »Ich werde den Unterhändler bitten, einen Austausch zur Sprache zu bringen.«

»Soll ich das übernehmen?«, fragte Decker. »Mit Guerlin verhandeln?«

»So viel Erfahrung haben Sie, Decker?«

»Nein, aber ich denke mir Folgendes: Ein Mann wie Guerlin würde lieber mit einem im aktiven Dienst befindlichen Polizisten reden als mit einem zivilen Geiselunterhändler. Von Cop zu Cop. Mann zu Mann. Aber die Entscheidung liegt bei Ihnen.«

Baccus sah sich um – zu den Streifenwagen mit ihren blinkenden Lichtern, den Scheinwerfern, den Nachrichtencrews, den Kameras, den Krankenwagen, dem Transporter des Sondereinsatzkommandos, dem Wagen des Unterhändlers. Er sah auch Yvonne, die schluchzend auf dem Rücksitz eines Streifenwagens saß und die Hände vors Gesicht geschlagen hatte. Er betrachtete Paul, der an den schwarzweißen Wagen gelehnt reglos und blass in ihrer Nähe stand.

Dann sah er wieder zu Decker. »Der Unterhändler sitzt im Transporter des Einsatzkommandos. Kommen Sie, Sie Überflieger. Zeigen Sie uns, was die einem in der Großstadt so beibringen.«

KAPITEL 32

Weitere Überzeugungsarbeit war nötig, aber schließlich gab Victor Baccus nach. Lennies Ideen hatten viel für sich, und niemand meldete sich mit einem besseren Vorschlag als dem ihren. Es wäre schön gewesen, wenn sie genug Zeit gehabt hätten, einen Plan auszuarbeiten. Stattdessen mussten unverzüglich Entscheidungen getroffen werden.

Lennie würde unbewaffnet und bis auf ihre kugelsichere Weste, ihre polizeiliche Kampfausbildung und ihren eigenen Verstand, ungeschützt den Laden betreten. Als man ihr die Uniform anlegte, zitterte sie vor Aufregung. Danach setzte die unnatürliche Gelassenheit ein. Für Dinge wie diese war sie ausgebildet worden. Dies war ihr Job. Sie drehte sich zu Decker um. »Sie müssen sich wirklich von einem Arzt ansehen lassen.«

»Wenn das alles vorbei ist.« Deckers Puls raste. »Der Mann ist gemeingefährlich, Lennie. Er ist ein erbarmungsloser Mörder. Und vermutlich wird er Sie nicht ernst nehmen, weil Sie eine Frau sind ...«

»Kein Prob ...«

»Unterbrechen Sie mich nicht. Er könnte Sie also als Gegner unterschätzen – was sich zu Ihrem Vorteil erweisen könnte. Was immer Sie tun, lassen Sie sich nicht aus der Ruhe bringen. Betteln Sie nicht, machen Sie keine Zugeständnisse, aber bringen Sie ihn auch nicht gegen sich auf. Um eine Verbindung zu ihm aufzubauen, müssen Sie ihm vor allem zuhören. Geben Sie keine Ratschläge oder interpretieren Sie das, was er Ihnen eventuell mitteilt. Sie sind wie ein Spiegel. Geben Sie seine Worte nur wieder, aber ändern Sie die Formulierung ein wenig. Sonst könnte er glauben, Sie machen sich über ihn lustig.«

»Verstanden.«

»Denken Sie dran, Sie gehen als seine Vertreterin da rein. Ihre Aufgabe ist es, ihn bei seinen Forderungen zu unterstützen.«

»Okay.« Sie fing an, mit den Nägeln zu schnippen, legte dann aber die Hände ineinander. »Wo ist mein Vater?«

»Im Einsatzfahrzeug beim SWAT-Team und kümmert sich um die letzten Details.«

Man hatte Lennie die Strategie in groben Zügen geschildert: Sie hatten vor, die Stromversorgung der Überwachungsmonitore zu unterbrechen, damit das SWAT-Team in das Geschäft gelangen konnte, ohne erschossen zu werden. Momentan versuchten sie, einen Weg zu finden, wie die Officers die Kameras umgehen konnten, damit sie beim Abschalten des Stroms nicht gesehen wurden.

»Sobald drinnen das Licht ausgeht, stürmen die Einsatzkräfte sofort das Geschäft. Das ist dann Ihre Chance, das Mädchen rauszuholen.«

»Das wird in etwa einer Stunde sein?«

»Wir hoffen, in genau einer Stunde.« Decker sah auf die Uhr. »Fangen Sie nach fünfundvierzig Minuten an, auf die Uhr zu sehen. Und das sollte ich Ihnen eigentlich nicht sagen müssen: Halten Sie ihn so lange hin wie nur möglich.«

»Und wenn das Einsatzkommando die Stromversorgung der Monitore nicht abschalten kann, ohne dass er sie dabei sieht?«

»Das Team ist gerade dabei, einen Plan B, C bis hin zu Z auszuarbeiten. Wir stehen alle voll hinter Ihnen.«

»Ich würde gerne meinen Vater sehen, bevor ich reingehe.« Als Decker seufzte, fragte Lennie: »Oder hält er sich absichtlich von mir fern?«

»Sie wissen, dass das hier sehr schwierig für ihn ist.« Lennie schwieg. »Ich hole ihn …«

Lennie hielt Decker am Arm zurück. »Nein, schon gut. Lassen Sie ihn das machen, was er gut kann. Gefühle zeigen ist es jedenfalls nicht. Aber falls mir etwas zustoßen sollte, richten Sie ihm aus, dass ich ihn und Mom sehr lieb habe.«

»Ihnen wird nichts zustoßen.«

»Das wissen Sie nicht.«

Natürlich tat er das nicht. Er hatte gelogen. »Ich werde Ihre Nachricht überbringen.«

»Danke.« Nachdem Lennie Decker das Megafon aus der Hand genommen hatte, kündigte sie Guerlin an, dass sie jetzt reinkäme. Zahlreiche, auf das Geschäft gerichtete Schusswaffen gaben ihr Rückendeckung, als sie auf die Tür zuging. Es dauerte einen Moment, bis Guerlin öffnete, und als er es tat, hatte er Danas Hals im Würgegriff und richtete eine Waffe auf ihren Kopf. Er brüllte: »Rein, rein, rein!«

Sobald Lennie eingetreten war, ging die Tür zu, und es herrschte Finsternis. Sie musste die Augen zusammenkneifen, aber dann konnte sie tatsächlich eine menschliche Gestalt erkennen, die im hinteren Teil des Geschäftes auf dem Boden lag. Vollkommen reglos. Keine Zeit, weiter darüber nachzudenken. Sie musste sich beeilen, als Guerlin wie ein wandelnder Schatten, der Tod und Elend verbreitete, durch die holzgetäfelte Geheimtür und den kurzen Flur hinunter hastete. In Yvonnes Büro, wo die Monitore der Überwachungskameras ihm einen Überblick über alles verschafften, was draußen vor sich ging, blieb Guerlin schließlich stehen. Er winkte Lennie herein, schloss die Tür und nahm die Waffe von Danas Kopf. Den Arm ließ er um den Hals des Mädchens. Mit dem Lauf seiner Pistole deutete er auf einen Stuhl. »Hinsetzen. Nicht bewegen.«

Lennie tat wie geheißen. Guerlin zielte mit der Waffe auf ihr Gesicht, als er den Arm von Danas Hals nahm. »Du weißt, was du zu tun hast, Kleine. Setz dich da in die Ecke. Wenn du dich bewegst, bist du tot.« Er gab dem Mädchen einen Schubs. »Geh.«

Auf zittrigen Beinen torkelte Dana auf die Stelle zu. Selbst in der Dunkelheit konnte Lennie erkennen, dass sie völlig unter Schock stand. Wie ein Symbol des Schmerzes und der Angst saß sie klein und in sich zusammengesunken da. Das Gesicht hatte sie in den Händen vergraben, die Beine angezogen, und ein dichter Vorhang ihres lockigen Haars hing ihr ins Gesicht. Es war schwer zu sagen, aber Lennie vermutete, dass sie lautlos vor sich hin weinte.

Guerlin rief barsch in den Raum: »Du da.« Lennie war gemeint. »Steh auf.«

Lennie erhob sich.

»Bist du verkabelt?«, fragte er.

»Nein«, log sie. »Nur die kugelsichere Weste.«

»Wenn du lügst, bring ich dich um. Also, bist du verkabelt?«

»Nein.«

Guerlin tastete sie oberflächlich ab. Dann sagte er: »Zieh deine Sachen aus.«

Für den Bruchteil einer Sekunde zögerte Lennie. »Sie wollen mich splitterfasernackt?« Guerlin grinste. Aus irgendeinem Grund machte es ihr nichts aus. Sein Gesichtsausdruck war grimmig, jedoch nicht lüstern.

Sie zog ihre gesamte Kleidung aus.

Immer noch mit seiner Waffe herumfuchtelnd, überprüfte er ihren Mund, die Ohren, die Scheide und den Anus. Er sah sich ihre Haut an und befühlte die Kopfhaut. »Zieh die Ohrringe aus.«

Lennie tat wie geheißen. »Die hätte ich gerne wieder. Sie waren ein Geschenk meines Vaters.«

»Deines Vaters ...« Guerlin schnaubte verächtlich. »In dem Fall ...« Er warf die Ohrringe quer durchs Zimmer.

Sie rollten ein Stück über den Boden und blieben in einer Ecke liegen. Und da befände sich jetzt auch das Mikrofon.

Lennie hoffte, es war empfindlich genug, um alles aufzuzeichnen, was sie sagten. Sie fragte laut: »Kann ich mich jetzt wieder anziehen?«

Guerlin musterte sie von Kopf bis Fuß. »Alles außer der Weste.« Er öffnete die Tür des Büros und warf die Weste auf den Flur. »Da drin hättest du ein Mikro versteckt haben können.«

Rasch streifte sie ihre Kleidung wieder über. »Kein Mikro. Sie können es überprüfen.«

»Hinsetzen und die Klappe halten.«

»In Ordnung.« Sie setzte sich und machte sich ein genaues Bild von Guerlins Körpergröße und seinem Umfang. Er war untersetzt, aber muskulös. Kräftige Arme. Selbst im Dunkeln konnte sie einen dunklen Fleck an seinem Handgelenk wahrnehmen, bei dem es sich vermutlich um das Tattoo handelte. Also war er definitiv der Mann, der die Linse der Überwachungskamera vor ihrem Apartment zugehalten hatte. Jetzt trug er ein kurzärmliges schwarzes T-Shirt und eine schwarze Hose. Sie versuchte, Augenkontakt mit ihm herzustellen, aber er ging die ganze Zeit unruhig auf und ab. Sein Blick war unfokussiert und ins Leere gerichtet. Sein gesamtes Verhalten ließ auf mangelnde Organisation schließen. Was immer er für einen Plan haben mochte, er war nicht sonderlich gut durchdacht. »Was machen die da draußen?« Er richtete wieder die Waffe auf sie. »Lüg mich verdammt noch mal nicht an.«

»Sie sind dabei, sich zu überlegen, wie sie die Sache beenden können, ohne dass jemand dabei zu Schaden kommt.«

»Was hat Mayhew euch erzählt?«

»Mayhew?«

»Ja, Mayhew. Was erzählt er euch für einen Blödsinn?«

»Mr. Guerlin, wir wissen überhaupt nicht, wo Denny Mayhew ist.«

Guerlin sah verwirrt aus. »Du lügst.«

»Nein, Sir, das tue ich nicht.« Sie hielt kurz inne. »Wissen Sie vielleicht, wo er ist?«

»Halt einfach die Klappe. Ich will nicht über Mayhew reden. Der verlogene Mistkerl. Das Ganze ist seine Schuld.«

»Gut ... inwiefern denn?«

»Klappe halten.« Lennie schwieg. »Warum haben die dich reingeschickt?«

»Ich bin die Tochter von Chief Baccus, Lenora. Das soll Ihnen beweisen, dass er ernsthaft mit Ihnen verhandeln will.«

»Was will er?«

»Das hier friedlich beenden. Und was wollen Sie?«

»Das habe ich denen doch schon gesagt.« Er sah auf die Uhr. »Dein Daddy hat noch etwas über zwei Stunden. Dann fange ich an zu schießen.«

Vom Gefühl her wollte Lennie mit ihm verhandeln, aber sie hatte die Anweisung, nur zuzuhören. »Okay.«

Guerlin wurde zunehmend aufgebrachter. »Los, sag schon, was ist der Plan? Das Einsatzkommando bereitet doch irgendwas vor.« Er fuchtelte mit der Pistole vor ihrem Gesicht herum. »Vielleicht sollte ich deinem Dad sagen, dass ich ihm gerade die Zeit gekürzt habe.«

»Sie können so viel Zeit haben, wie Sie wollen«, sagte Lennie. »Niemand wird etwas unternehmen, solange wir hier sind. Die wissen auch, dass Sie alles sehen können.« Sie zeigte auf die Monitore an der Wand.

Das schien ihn ein wenig zu beruhigen. »Warum haben die dich reingeschickt? Um mich zu bequatschen?« Er schnaubte verächtlich. »Ich gehe nicht in den Knast, und wenn ich draufgehe, gehst du mit mir drauf.« Lennie nickte. »Ihr beide geht mit mir drauf.« Als sie nicht reagierte, redete er weiter: »Warum zum Teufel bist du wirklich hier? Einen Austausch mache ich keinesfalls. Das muss dir klar gewesen sein. Legst du's drauf an, zu sterben?«

»Nein, Sir, das tue ich nicht.«

»Warum zum TEUFEL bist du dann hier?«

Lennie konnte sehen, wie seine Halsschlagader pochte. Sie hielt kurz inne, um ihre Gedanken zu ordnen. »Ich werde Ihre offenkundige Intelligenz nicht beleidigen. Zwei Personen sind schwerer im Auge zu behalten als eine. Ich glaube, wir hatten alle gehofft, Sie würden Dana laufen lassen. Solange Sie mich als Geisel haben, wird mein Vater nichts unternehmen.«

Guerlin holte tief Luft und ließ den Atem langsam entweichen. Er antwortete nicht.

Die Zeit verging unaufhaltsam.

Eine Minute.

Zwei Minuten.

Fünf Minuten.

Er sah auf die Uhr. »Langsam geht denen die Zeit aus.«

Lennie sah ihn an. »Könnten Sie ihnen etwas mehr Zeit geben?«

»Damit das Einsatzkommando sich besser vorbereiten kann?«

»Ihre Entscheidung, Sir.«

»Ja, das können Sie verdammt noch mal glauben, dass das meine Entscheidung ist.« Wieder fing er an, unruhig auf und ab zu gehen. »Warum zum Teufel haben Sie den Fall überhaupt wieder aufgerollt? Über zwanzig Jahre lang war alles geklärt. Warum haben Sie's nicht einfach auf sich beruhen lassen?«

»Anweisung von oben.«

»Wessen? Von diesem Idioten Dexter? Wer ist der überhaupt?«

»Detective Decker ist vom Greenbury PD. Er ermittelt im Mordfall Brady Neil. Neil ist Brandon Gratz' Sohn. Detective Decker hatte die Vermutung, dass Neils Tod etwas mit seinem Vater zu tun haben könnte, und dann führte eins zum anderen.«

Guerlin verstummte. Dann sagte er: »Ich war's.«

Lennie reagierte nicht unmittelbar. »Was waren Sie, Sir?«

»Brady Neil und Joe Boch. Ich habe die beiden umgebracht.«

»In Ordnung.« Lennie schluckte schwer. »Darf ich fragen, warum?«

»Nein, ich will nicht drüber reden.«

»Okay«, entgegnete Lennie. »Sie haben das Sagen.«

Stille.

Dann fragte Lennie: »Und was ist mit der Bombe?«

Guerlin schwieg. »Das war ich ebenfalls. Gregg Levine war ein mieser kleiner Verräter. Sobald ich ihn in das Polizeirevier habe gehen sehen, wusste ich, dass es vorbei war. Er hat es verdient zu sterben.«

»Wie konnten Sie so schnell die Bombe anbringen?«

»Die hatte ich schon vor drei Tagen angebracht. Ich musste sie nur mit dem Zündschalter verbinden, was ungefähr dreißig Sekunden gedauert hat.« Er sah Lennie an. »Falls Sie hier in einem Stück wieder rauskommen, würde ich mir mal das Fahrgestell Ihres Autos genauer ansehen.«

Also das war es, was Denny Mayhew gemacht hatte, als er sich auf dem Parkplatz von Bigstore unter ihr Auto geduckt hatte. Er hatte eine Bombe angebracht. Wie konnte die Spurensicherung die übersehen? Sie musste winzig gewesen sein.

Lennie sagte: »Gregg Levine ist nicht dabei umgekommen.«

»Hä?« Guerlin sah sie überrascht an. »Was erzählst du da?«

»Das Auto ist in die Luft gegangen, aber Gregg ist nicht umgekommen.«

Guerlin schloss die Augen. »Scheiße!« Er lachte kläglich. »Selbst der beste Plan ... was? Ist jetzt auch egal! Bald ist alles vorbei.«

Lennie erschauderte, aber sie gab keinen Ton von sich. Die Uhr tickte unaufhörlich weiter. Schließlich fand sie die Sprache wieder. »Wenn Sie Brady und Joe getötet haben, darf ich fragen, warum Sie Jaylene Boch am Leben gelassen haben?«

Blitzartig drehte er sich zu ihr um und richtete die Pistole auf sie. »Ich hab dir doch gerade gesagt, ich will nicht darüber reden!«

»Verstanden.«

Es war seltsam, wieso er Jaylene nicht umgebracht hatte. Vielleicht wusste sie über den ursprünglichen Raubüberfall Bescheid, und Guerlin hatte in ihr keine Bedrohung gesehen. Gregg Levine hatte das Auto damals als das von Joseph Boch senior identifiziert. Vielleicht hatte Guerlin Jaylene auch für ohnehin so gut wie tot gehalten, als er sie an den Rollstuhl gefesselt zurückgelassen hatte. Was immer der Grund gewesen war, Lennie wusste, dass Jaylene Angst vor ihm hatte. Warum hätte sie sonst eine Panikattacke bekommen sollen, als Guerlin und Mayhew sie im Krankenhaus besuchten? Lennie ging das Risiko ein und sprach trotzdem weiter. »Ich glaube, Sie haben sie am Leben gelassen, weil Sie beide vor langer Zeit vielleicht einmal befreundet waren.«

Guerlin saß in Yvonnes Stuhl, sein Blick huschte zwischen den Monitoren und Lennies Gesicht hin und her. »Ich sollte dich fesseln.«

Lennie hielt kurz inne. »Nur zu, aber ich gehe nirgendwohin.«

»Wenn das hier vorbei ist, sagst du denen, dass ich dich gut behandelt habe.«

Ein Thumbs-up. »Mache ich.«

Eine weitere Minute verging.

Schließlich sagt Guerlin: »Ja, ich kannte Jaylene.« Eine Pause. »Ich hatte auch mit ihrem Schwachkopf von Ehemann zu tun. Der war ein Arschloch.«

»Darin scheinen sich alle einig zu sein.«

Mehr Zeit verstrich.

»Er kannte den Code – oder wusste, wie man den Code umgehen konnte. Wollte uns die Zahlen nicht verraten, der Mistkerl. Alles, was das Arschloch zu tun hatte, war die Alarmanlage auszuschalten. Noch nicht mal das hat er hingekriegt.«

»Was ist passiert, wenn ich fragen darf?«

»Er ist gar nicht erst aufgetaucht.« Mit der Pistole in der Hand drehte er sich zu ihr um »Das Ding ist losgegangen, als Gratz und Masterson rein sind. Ich bin hingerannt, so schnell ich konnte, aber Mayhew war schon drin und hat sich gefragt, was zum Teufel los war.«

Lennie schwieg.

Guerlin blickte auf. »Ich musste ihm einen Anteil abgeben. Zum Glück hatte er den Notruf entgegengenommen, ich wusste nämlich, dass er korrupt war. Ich hätte ihm einfach eine Kugel verpassen sollen, als ich die Gelegenheit dazu hatte.«

»Wenn Mayhew umgebracht worden wäre, hätte es eventuell die Aufmerksamkeit auf Sie gelenkt.«

Er fixierte sie. »Vielleicht.« Eine Minute verging. »Das Ganze war nicht meine Idee ... der Raubüberfall.« Als Lennie nickte, sagte er: »Jaylene hat mich mit dazugeholt. Sie und Gratz hatten was am Laufen.« Er lachte kurz auf. »Damals hatte sie mit jedem was am Laufen. Wenn man sie jetzt so ansieht, würde man's gar nicht vermuten, aber sie war mal viel mehr als eine bedauernswerte alte Kuh.«

»Ja, sie ist ziemlich bedauernswert«, bekräftigte Lennie. »Warum wurden Sie mit zum Raubüberfall dazugeholt?«

Guerlin antwortete nicht, sondern konzentrierte sich weiter auf die Monitore.

Lennie änderte das Thema. »Wissen Sie zufällig, warum Jaylene Boch alte Fotos von Margot Flint in ihrem Rollstuhl versteckt hatte?«

»Margot Flint?« Guerlin schwieg einen Moment. Dann sagte er: »Den Namen habe ich schon eine ganze Weile nicht mehr gehört.«

»Manche behaupten, sie hat hinter dem Überfall gesteckt.«

»Würde mich nicht überraschen. Sie hat es damals mit Levine getrieben und ist völlig ausgerastet, als der einen Prozess gegen sie und Mitch angestrengt hat. Die war auch so eine, die sich durch alle Betten gevögelt hat.«

»Haben Sie irgendeine Vermutung, warum Jaylene Bilder von Margot in ihrem Rollstuhl versteckt hatte?«

»Woher zum Teufel soll ich das wissen?« Ausgedehntes Schweigen. »Jaylene hasste sie, also Margot.«

»Warum?«

»Wie gesagt, Margot ließ nichts anbrennen. Denk mal nach.«

Lennie nickte. »Margot hatte was mit Joe Boch. Hat er den Überfall für sie geplant?«

»Der könnte keinen Klobesuch planen, ohne sich selbst auf den Schwanz zu treten. Wenn irgendjemand was geplant hat, dann Margot. Angeblich wollte sie Rache. Vielleicht hat sie sie ja bekommen.«

»Hat Joe Jaylene gezwungen, am Überfall teilzunehmen?«

»Hör auf, mir Fragen zu stellen.«

»Tut mir leid.«

Während der nächsten fünf Minuten herrschte Schweigen.

»Ich weiß nicht, wessen Idee es war«, sagte Guerlin schließlich. »Ich wurde dafür bezahlt, die Streifenwagen aus der Gegend fernzuhalten, während der Überfall im Gange war. Sie sollten gar nicht erschossen werden – die Levines. Das gehörte nicht zum Plan.« Er verstummte. »Das waren allesamt richtige Arschlöcher. Ich bin auch ein Arschloch. Auf einmal bin ich gierig geworden.« Er sah auf die Uhr. »Gleich zwei Stunden vorbei. Frag mal nach, wie weit sie mit den

Forderungen sind ... nein, vergiss es. Die werden nur sagen, sie arbeiten dran.«

»Können Sie ihnen mehr Zeit geben?«

»Nein.«

»Okay.«

Einige weitere Minuten vergingen. Guerlin sagte: »Die brauchten jemanden vom Police Department als Beobachtungsposten.«

»Wer brauchte den? Gratz und Masterson?«

»Ja. Jaylene wusste, dass ich bestechlich war. Das waren viele von uns. Ich könnte Namen nennen, aber ich bin ein Gentleman.« Er sah Lennie an. »Jaylene war gut darin, einem Geheimnisse zu entlocken. Diese Informationen hob sie sich auf, um sie gegen Gefälligkeiten einzutauschen. Sie hat sich an 'ne Menge Leute rangeschmiert. Ich war damals dumm – hab mit dem falschen Körperteil gedacht. Aber ich war nicht der Einzige.«

Lennie musste schlucken. Sie musste es einfach wissen. »Mein Vater?«

Guerlin sah sie an und grinste. Schließlich sagte er: »Nee, nicht dein Vater. Sie hatte nicht genug Klasse für ihn.«

Aus irgendeinem Grund verspürte Lennie große Erleichterung.

»Bei ihr klang die ganze Sache wie ein Kinderspiel«, fuhr Guerlin fort. »Bei Jaylene, meine ich. Rein und raus. Gratz und Masterson waren erstklassige Einbrecher. Das wusste ich, weil ich in der Gegend aufgewachsen war, von früheren Einbrüchen, die auf ihr Konto gingen. In dieser Nacht war ich für die Polizeistreifen verantwortlich. Alles, was ich zu tun hatte, war, die Einsatzwagen von dem Gebiet fernzuhalten.«

»Sie saßen am Schreibtisch?«

»Ja, bis der verdammte Fernalarm losging.«

»Was für ein Desaster.«

»Kann man wohl sagen.« Guerlin hatte die Pistole in den Schoß sinken lassen. Er sah Lennie an. »Du behauptest, zu meiner Unterstützung hier zu sein. Was kannst du also für mich tun?«

»Was soll ich denn für Sie tun?«

»Besorg mir einen Wagen, Baccus. Bring mich hier raus.«

»Den Anruf erledige ich gerne für Sie. Deswegen bin ich ja hier.«

»Ach nein, lass stecken. Ich weiß, wie das läuft. Die werden sagen, lass das Mädchen laufen, dann sehen wir weiter. Das Mädchen bleibt, wo es ist.«

»Warum? Sie haben doch noch mich.«

»Du bist ausgebildet. Sie nicht.«

»Stimmt. Aber wirke ich wie eine Bedrohung auf Sie?«

»Keine Ahnung, wie du auf mich wirkst.«

»Ich bin keine Bedrohung. Lassen Sie Dana laufen, dann kann ich Ihnen helfen.«

Guerlin ging nicht darauf ein.

Lennie wechselte das Thema. »Warum haben Sie Brady Neil umgebracht? Was hat er Ihnen getan?«

»Halt die Klappe! Ich will nicht darüber reden.«

»Ich dachte mir nur, vielleicht war es ja Mayhews Idee.«

»Ich hab doch gesagt, ich will nicht drüber reden.« Guerlin dachte kurz nach. »Geisteskrankes Arschloch, dieser Mayhew. Der steckt genauso tief drin wie ich. Genau wie ich hat der sich schmieren lassen.«

»Niemand hält ihn für unschuldig. Wir glauben nur, dass Sie der Kopf der ganzen Sache gewesen sind, weil Sie intelligenter sind.«

»Vergiss die Schmeichelei. Funktioniert nicht.«

»Ich mein ja nur.«

»Dann lass es. Ich war von gar nichts der Kopf. Ich stand nur Schmiere.«

Zweifellos eine Lüge, aber Lennie nickte trotzdem.

Guerlin sah sie an. »Dein Dad hat verdammt viel Mumm – dich hier reinzuschicken.«

»Sie wissen doch, solange ich hier bin, wird er keine Dummheiten machen.« Lennie lachte. »Meine Mutter würde ihn umbringen.«

»Wie geht's deiner Mutter?«

Lennie bemühte sich, sich ihre Überraschung nicht anmerken zu lassen. Dass er ihre Mutter kannte und wie aufrichtig interessiert er klang. »Nicht so toll.«

»Ihr geht's schon länger nicht so toll.«

»Es wird immer schlimmer.«

»Leider ist das so bei diesen Krankheiten. Was hat sie noch mal?«

»Multiple Sklerose.«

»Greift die Muskeln an, oder?«

»Genau.«

»Hast du Geschwister?«

»Nein. Sie ist bei meiner Geburt fast gestorben.«

Lange Zeit schwieg Guerlin. Dann sah er erneut auf seine Armbanduhr. Mittlerweile konnte Lennie selbst in dem Dämmerlicht die Uhr an der Wand erkennen.

Noch eine halbe Stunde, bis das Einsatzkommando das Geschäft stürmen würde. Sie fing an, sich innerlich darauf vorzubereiten.

Schließlich sagte Guerlin: »Ich will, dass du ihnen Folgendes ausrichtest.« Er hielt kurz inne. »Hörst du, was ich sage?«

»Jedes Wort. Bitte sagen Sie mir, was Sie haben wollen.«

»Ich will, dass du da rausgehst und ihnen sagst, sie sollen das Geld und den Hubschrauber vergessen. Ich brauche nur einen Wagen mit kugelsicheren Scheiben. Keinen Peilsender. Wenn ich feststelle, dass mir jemand folgt, bringe ich das Mädchen um.« Jetzt atmete er schwer. »Ich nehme das Mädchen mit. Solange mir niemand folgt, wird auch niemand verletzt. Ich will nicht, dass irgendjemand stirbt, aber ich werde nicht als Einziger draufgehen. Hast du das kapiert?«

»Es muss überhaupt niemand sterben.«

»Da bin ich mir nicht so sicher. Los jetzt. Mach, dass du rauskommst.«

»Sie könnten doch das Mädchen laufen lassen …«

»Nein. Raus mit dir, bevor ich meine Meinung ändere und euch beide erschieße.« Wie zur Unterstreichung des Gesagten richtete er die Waffe auf Lennie. »Geh.«

Lennie machte sich bereit aufzustehen. »Sagen Sie mir noch mal genau, was Sie haben wollen, und ich rufe an.«

»Nein, du sagst es ihnen persönlich. Wenn es so weit ist, will ich mich nicht um dich und sie kümmern müssen.«

»Lassen Sie sie laufen …«

»Hör sofort auf damit, verstanden?«

»Mr. Guerlin, ich will nur sagen, dass es vermutlich leichter für Sie ist, wenn Sie sich nur um mich kümmern müssen. Meine Güte, Sie waren doch früher mal Polizist. Sie haben eine Waffe, und Sie haben viel mehr Erfahrung als ich. Und solange ich hier bin, wird mein Vater nichts unternehmen.«

»Okay, jetzt hast du's vermasselt.« Er hielt Lennie die Pistole ins Gesicht. Seine Hand war ruhig, und sein Blick konzentriert. Aber er zögerte. Den Lauf noch immer auf ihren Kopf gerichtet, sagte er: »Du hast verdammt viel Mumm.«

Lennie spürte, wie ihr die Tränen in die Augen traten. Rasch senkte sie den Blick. »Ich glaube alles, was Sie mir sagen, Sir. Alles. Ich will nicht sterben. Aber vor allem will ich nicht, dass das Mädchen stirbt. Es war meine Idee, herzukommen.«

»Um deinem Vater etwas zu beweisen?«

»Ja, wahrscheinlich.«

»Kann ich gut verstehen.« Er schüttelte nachdenklich den Kopf. »Ich bin kein Unmensch, weißt du.«

»Das weiß ich. Lassen Sie das Mädchen laufen.«

Guerlin sah wieder auf die Uhr. »Ich will wirklich niemanden erschießen.«

»Lassen Sie mich das Telefon benutzen. Ich sage denen, was immer Sie wollen.«

»Ist keine schwierige Forderung: Beschafft mir nur einen verdammten kugelsicheren Wagen.«

»Ist einfacher als ein Hubschrauber.«

»Die hatten 'ne Menge Zeit, um einen zu beschaffen. Ruf sie an.«

»Das werde ich. Wollen Sie direkt mit ihnen sprechen?«

»Nein. Du machst das.« Er fuchtelte mit der Waffe vor ihrem Gesicht herum. »Mach schon.«

Lennie nahm den Hörer vom Telefon auf Yvonne Apples Schreibtisch. Das Telefonat war kurz und präzise. Wenn das versteckte Mikro funktionierte, wusste das Team draußen ohnehin schon, warum sie anrief. Sie legte auf. »Sie versuchen, den Wagen zu beschaffen. Wie Sie bereits sagten, diese Forderung ist nicht ganz so schwierig.«

»Diesmal sollte es besser klappen, denn langsam wird die Zeit knapp. Und euch beide kann ich nicht mitnehmen. Wenn du nicht bald gehst, kommst du hier nicht lebend raus.«

»Wie viel Zeit habe ich?«

»Wieso? Warum willst du noch bleiben? Du hast getan, was du konntest. Es hat nicht funktioniert. Find dich damit ab. Besser, als dir die Radieschen von unten anzusehen. Und ich werde dich wirklich erschießen. Jetzt mach endlich, dass du hier rauskommst.«

Bevor sie aufstand, sagte Lennie: »Darf ich Sie was fragen? Hat nichts mit der Situation zu tun, in der wir uns gerade befinden.« Als Guerlin nicht antwortete, fuhr sie fort: »Haben Gratz und Masterson die Levines umgebracht?«

Guerlin lachte laut auf. »Na klar haben sie die Levines umgebracht. Die zwei sind vollkommen durchgeknallt. Sie mussten sie nicht umbringen. Vermutlich haben sie's nur zum Spaß gemacht. Das war der Auslöser ... der Grund, warum ich dem Jungen gesagt habe, er soll lügen, dass er die beiden gesehen hat. Sie sind es gewesen, und ich wollte nicht, dass diese zwei Mistkerle frei herumlaufen.«

»Die beiden sind des zweifachen Mordes für schuldig befunden worden. Warum haben sie nicht lebenslänglich ohne Bewährung bekommen?«

»Warum?« Guerlin machte die universelle Geste für Schmiergeld. »In dieser Stadt gibt es ein paar Arschlöcher, die sich Richter nennen. Vom Überfall hatten Gratz und Masterson jede Menge wertvolles Zeug. Als Jaylene Mayhew und mich wegen des Schmiergelds kontaktierte, wussten wir, dass wir in der Scheiße steckten. Aber es ging noch mal gut. Gratz und Masterson sind für eine Weile in den Knast gewandert, und irgendwann werden sie auch die Möglichkeit haben zu versuchen, auf Bewährung rauszukommen.«

»Klingt einleuchtend.« Lennie hielt inne. »Aber wieso mussten Brady Neil und Joe Boch sterben?«

»Halt den Mund davon. Und jetzt verschwinde, bevor ich doch noch abdrücke. Sofort!«

Als Lennie aufstand, wurden plötzlich die Monitore schwarz, und im Raum herrschte vollkommene Dunkelheit.

Im gleichen Moment sprang Guerlin auf Lennie zu, da er wusste, dass sie näher bei ihm stand als Dana.

Ein taktischer Fehler. Er hätte sich das Mädchen schnappen sollen. Mit ihr hätte er leichter fertig werden, sie leichter unter Kontrolle halten können.

Als er sie packte, ließ Lennie blitzartig die Arme rotieren und schlug Guerlin damit die Waffe aus der Hand.

Treffer Nummer eins. Lennie schrie zu Dana hinüber: »Los, los, los!«

Der Teenager stürzte, so schnell er konnte, zur Tür und entriegelte sie. Die Tür schwang auf, knalle gegen die Wand und fiel dann wieder ins Schloss, wodurch sie sich automatisch wieder verriegelte.

Selbst ohne die Waffe wusste Lennie, dass sie Guerlin unterlegen war. Sie hatte gewusst, was passieren würde, aber trotzdem war er ihr irgendwie zuvorgekommen. Jetzt wehrte sie sich mit aller Kraft, als er versuchte, sie in einen Würgegriff zu nehmen. Sie versuchte, ihm den Hacken in den Fußrücken zu rammen, aber seine Füße befanden sich zu weit hinter ihr. Sie versuchte, ihn zu treten, aber als er sie würgte, konnte sie keinen festen Stand finden. Er war stärker und erfahrener als sie. Auch brachte er mehr auf die Waage und konnte das ganze Gewicht einsetzen, um den Druck auf ihren Hals zu verstärken.

Es waren schon mehrere Sekunden vergangen, und Lennie hörte noch immer nichts.

Wo zum Teufel war das Einsatzkommando?

Mann gegen Mann würde sie diesen Kampf nicht gewinnen. Konventionelle Methoden und Polizeitaktik waren soeben über Bord gegangen. Irgendwie gelang es ihr, noch einmal tief Luft zu holen, bevor er anfing, ihr die Luft abzudrücken und sie zu würgen. Mit ihren spitzen roten Nägeln krallte sie sich in seinen Arm. Aber er war so mit Adrenalin vollgepumpt, dass er den Schmerz kaum zu registrieren schien.

Sie bohrte ihre Nägel tief in sein Fleisch und kratzte tiefe Furchen in seine Haut, bis ihm das Blut den Arm herunterlief.

Rot auf Rot.

Entfernt nahm sie Geräusche wahr.

Menschliche Stimmen.

Sie konnte den Atem nicht länger anhalten und stieß ihn mit einem lauten Geräusch aus. Sie versuchte, das Einatmen hinauszuzögern, aber das Bedürfnis nach Sauerstoff verdrängte jeden anderen Gedanken. Helle Funken tanzten vor ihren Augen, als sie allmählich das Bewusstsein verlor. Die Geräusche wurden lauter, aber sie wusste nicht, wie lange sie noch wach bleiben konnte.

So wurde das nichts.

Sie nahm eine Hand von seinem Arm und versuchte, sie unter seinen Unterarm zu schieben, anstatt ihn von ihrem Hals zu ziehen. Alles, was sie brauchte, war ein kleines bisschen Platz, damit sie ihre Hand zwischen seinen Arm und ihren Hals bringen konnte. Es gelang ihr, seinen Unterarm so weit von ihrem Hals wegzudrücken, dass sie ein wenig Sauerstoff einsaugen konnte.

Mehr brauchte sie auch nicht.

Sie legte ihre Hände hinten an den Kopf, genau vor die empfindliche Stelle an seinem Hals, und mit aller Kraft und Wucht, die sie aufbringen konnte, rammte sie ihm ihre spitzen roten Nägel in die Kuhle unterhalb des Adamsapfels. Verblüfft lockerte Guerlin seinen Griff, als ihm das Blut aus dem Hals spritzte. Er versuchte, den Kopf zurückzureißen, aber Lennies Finger steckten noch tief in seiner Gurgel und hielten ihn fest.

Lennie holte tief Luft und genoss den plötzlichen Zustrom von Sauerstoff, als sie sich um die eigene Achse drehte und ihm die Nägel noch tiefer in die verletzte Kehle bohrte. Verzweifelt darum bemüht, ihr Leben zu retten, nahm sie kaum wahr, dass das Einsatzkommando durch die Tür gebrochen war.

Sie wusste, sie konnte jetzt aufhören, aber ein Schalter in ihrem Hirn war eingerastet, und sie bohrte immer weiter und drehte ihm die Nägel und Finger immer tiefer in den Hals, bis sie ein tiefes, breites blutrotes Loch gegraben hatte … bis ihre Finger seine Halswirbelsäule berührten.

KAPITEL 33

Bis Deckers Rücken und seine Beine im St.-Luke's-Krankenhaus von Splittern befreit und wegen leichter Verbrennungen behandelt worden waren, war es bereits nach Mitternacht. Da man ihm den Oberkörper und die Beine verbunden hatte, konnte er sich nur langsam den Flur hinunterbewegen. McAdams ging rechts von ihm und beobachtete, wie Decker sich vorwärtskämpfte. Er war zur Hand, falls Decker ins Wanken geriet. Als sie die Lobby am Eingang erreichten, sah Tyler durch die Glasfassade nach draußen und sagte: »Normalerweise würde ich ja den Wagen holen. Aber ich will dich nicht mit der Presse allein lassen.«

Vor dem Haupteingang des Krankenhauses war die Meute der Medienleute fast ganz verschwunden, bis auf ein paar Korrespondenten, die sich auf nächtliche Berichterstattung spezialisiert hatten, und ein oder zwei unerschütterliche Reporter, darunter einer vom Hamiltonian. Am Tatort hatte Chief Baccus selbst die meisten spontanen Fragen beantwortet. Am Morgen würde er eine offizielle Erklärung abgeben.

»Bis zur Garage kann ich laufen.« Decker versuchte, seine Schultern zu lockern, aber der Verband saß zu stramm. »Ist Radar noch auf dem Revier?«

»Denk nicht mal dran, zurück ins Büro zu gehen, Boss. Ich habe Rina versprochen, dich nach Hause zu bringen und persönlich auf dich aufzupassen.«

Decker blieb stehen. »Du hast Rina angerufen? Am Schabbes?«

»Meinst du, es wäre besser, wenn sie's aus den Nachrichten erfährt?«

»Tyler, am Schabbes guckt sie kein Fernsehen.«

»Sie besucht gerade ihre Mutter im Altersheim, Peter. Da

laufen die Nachrichten rund um die Uhr. Nur zur Info: Sie war sehr dankbar, von mir zu erfahren, was passiert ist, und nicht aus irgendeiner anonymen Quelle. Außerdem, wenn sie's am Schabbes erfahren hätte, hätte sie dich sowieso sofort angerufen. Diesen Anruf habe ich ihr erspart.«

Das stimmte wahrscheinlich. Decker setzte seinen Weg fort, jedoch schweigend.

McAdams sagte: »Es war nur ein kurzes Telefonat. Ich habe ihr gesagt, egal, was sie hören sollte, es geht dir gut. Davon, dass du aussiehst wie eine wandelnde Mumie, habe ich nichts erwähnt.«

»Klug.« Decker schüttelte den Kopf. »Harvard, ich muss wirklich dringend mit Radar sprechen.«

»Sag mir, was ich ihm ausrichten soll.«

»Nein, das muss ich persönlich machen.«

»Warum?«

»Weil eine bestimmte Sache mir keine Ruhe lässt.«

»Komm schon!« McAdams blieb stehen. Was kein Problem war, da Decker so langsam vorwärtsschlurfte wie ein alter Mann. »Was denn?«

»Während der ganzen Zeit, die wir da draußen waren und auf irgendeine Art von Abschluss dieses furchtbaren Dramas gewartet haben, habe ich Yves Guerlins Söhne nicht gesehen. Du etwa?«

»Nicht, dass ich mich erinnere. Ich habe aber auch nicht nach ihnen gesucht.«

»Man würde doch annehmen, dass jemand sie benachrichtigt hätte, da sich ihr Vater in einer lebensgefährlichen Situation befand.«

»Das hat vielleicht auch jemand. Vielleicht sind sie uns nur nicht aufgefallen.«

»Nein, sie waren nicht da. Ich wüsste gerne, warum.«

»Das kannst du morgen rausfinden, Peter. Jetzt, wo Guerlin

tot ist, wird man sicher die nächsten Angehörigen benachrichtigen.«

»Guerlin ist geschieden. Seine nächsten Angehörigen sind die Söhne. Wo haben die verdammt noch mal gesteckt?«

»Ist doch unwichtig, Peter. Guerlin hat gestanden, Brady Neil umgebracht zu haben. Dein Fall ist gelöst.«

»Ich finde es nur seltsam, dass die Söhne sich überhaupt nicht haben blicken lassen.«

»Du hörst mir nicht zu. Guerlin hat gestanden. Fall gelöst.«

»Baccus hat gesagt, er würde sie, also die Söhne, anrufen.«

»Vielleicht hat er's vergessen, bei allem, was los war.«

»Bei einer Geiselnahme vergisst man nicht, die Angehörigen zu benachrichtigen. Man benutzt sie nämlich, um den Geiselnehmer zur Vernunft zu bringen. Klappt selten, aber man schöpft alle Möglichkeiten aus.«

»Die Zeit war knapp. Vielleicht hatten die Söhne nicht genug Zeit, dorthin zu kommen. Ich bin mir sicher, jetzt, wo Guerlin tot ist, wird Baccus sie kontaktieren.«

»Dann sollte es doch kein Problem sein, dass ich mich mit ihnen unterhalte.«

»Das kannst du sicher irgendwann tun, aber nicht um halb ein Uhr morgens. Um diese Uhrzeit redet keiner mit dir.«

»Ich will nur noch ein paar Sachen auf dem Computer nachsehen. Fahr du nach Hause und schlaf ein bisschen. Ich nehme mir ein Taxi.«

McAdams seufzte theatralisch. »Ich bringe dich. Und bleibe auch bei dir. Schließlich habe ich Rina versprochen, dich nicht aus den Augen zu lassen.«

»Du musst doch todmüde sein, Kleiner. Fahr nach Hause.«

»Und was ist mit dir? Oder braucht der Sechs-Millionen-Dollar-Cop keinen Schlaf?«

»Ich bin zu aufgekratzt«, sagte Decker. »Ich könnte niemals schlafen, bis wir nicht a) wissen, wo die Söhne sind, b) wo

Denny Mayhew ist, und c) ich nicht mit Lennie gesprochen habe.«

»Keinen von den drei Punkten wirst du heute Nacht noch klären.« Sie hatten den Aufzug erreicht. McAdams drückte auf den Knopf. »Vor allem nicht das mit Lennie. Sie muss gerade offiziell Bericht erstatten. Ich glaube nicht, dass sie in nächster Zeit Lust haben wird, sich mit irgendwem zu unterhalten.«

»Vielleicht ist sie viel belastbarer, als du ihr zutraust.«

Die beiden Detectives betraten den Aufzug und fuhren in die Tiefgarage. Auf dem Weg zum Wagen sagte McAdams: »Du hast sie doch gesehen. Sie ist vollkommen verstört. Das war keine Schießerei, Peter; es war ein richtiggehender Nahkampf. Ich kann mir das überhaupt nicht vorstellen … Vielleicht kannst du's dir vorstellen …« Als Decker nicht antwortete, sagte er: »Vielleicht sollte ich einfach die Klappe halten.«

»In 'Nam war Nahkampf nicht meine Aufgabe. Ich war Sanitäter und nicht beim Spähtrupp. Aber als Polizist habe ich ein paar Mal Mann gegen Mann gekämpft. Dabei wurde ich auch angeschossen. Und ja, das hat mich sehr lange Zeit belastet.«

»Dann weißt du ja, was sie gerade durchmacht.«

»Ja, das tue ich. Irgendjemand muss ihr sagen, dass sie ihren Job ganz hervorragend gemacht hat. Das muss sie begreifen.«

»Boss, du wirst noch die Gelegenheit haben, es ihr zu sagen. Aber nicht um …« McAdams sah auf die Uhr. »Knapp ein Uhr morgens.«

»Ich will rausfinden, ob Radar oder Baccus die Söhne kontaktiert haben.«

»Sind wir wieder beim Thema? Warum sind dir Guerlins Söhne so wichtig?«

»Nachdem ich das Gespräch zwischen Guerlin und Lennie über das versteckte Mikro mitgehört habe, glaube ich, dass wir jetzt eine klarere Vorstellung vom Tathergang der Levine-Morde haben. Aber ich weiß immer noch nicht, warum Guerlin Brady Neil oder Joe Boch ermordet haben soll.«

»Das werden wir vermutlich auch nie, es sei denn, Jaylene fängt an, sich zu erinnern.«

Die beiden waren beim Auto angekommen. Decker konnte sich nur langsam bewegen, aber er wollte sich nicht helfen lassen. Er ließ sich auf den Beifahrersitz sinken. »Brady Neil ist mein Fall, und ich will wissen, warum er ermordet wurde.«

»Na dann viel Glück.« Als Decker nicht darauf einging, fragte McAdams: »Also, was ist deine Theorie, Mr. Supercop?«

»Du zuerst«, sagte Decker.

McAdams stieg ein und ließ den Motor an. »Ich glaube, Jaylene hat Joe junior erzählt, dass Guerlin und Denny Mayhew bei den Levine-Morden Schmiergeld bekommen hatten: Geld oder vielleicht auch Beute vom Raubüberfall. Joe junior hat es dann Brady erzählt, und die zwei hatten die glorreiche Idee, die beiden korrupten Polizisten zu erpressen. Anfangs haben sie Brady und Joe junior ein bisschen was bezahlt, damit sie die Klappe hielten. Ich vermute, dass Bradys zusätzliches Geld daher stammte. Aber vielleicht haben es die Jungs zu weit getrieben, und Guerlin wurde sauer.«

»Warum hat er Jaylene Boch dann nicht umgebracht?«

»Wie Lennie bereits sagte, vielleicht hatte Guerlin etwas für sie übrig.« McAdams verstummte, als er die Auffahrt hinauf und aus der Garage fuhr. »Vielleicht hat er angenommen, dass sie einfach eines natürlichen Todes sterben würde.«

»Guerlin fand nichts dabei, Lennie Einzelheiten über seine Rolle beim Überfall auf die Levines und bei ihrer Ermordung zu verraten, einschließlich der Tatsache, dass er Gregg Levine dazu gebracht hat, Meineid zu schwören. Warum war er so zurückhaltend, als sie ihm Fragen zu den Morden an Neil und Boch gestellt hat?«

»Hör auf damit, um den heißen Brei herum zu reden, Peter. Ich bin verdammt schlecht drauf. Es ist spät. Sag mir einfach, was du denkst.«

»Vielleicht hat Guerlin die Morde gar nicht begangen, wusste aber, wer der Täter war.«

McAdams schwieg eine Zeitlang. Dann sagte er: »Du glaubst, er schützt seine Söhne.«

»Ich könnte auch vollkommen falsch liegen. Aber wenn mein Vater gerade umgekommen wäre und ich nichts damit zu tun gehabt hätte, würde ich definitiv wissen wollen, wie es dazu gekommen ist. Phil ist die letzten paar Tage nicht zur Arbeit erschienen. Sollten wir nicht mit den beiden reden, um rauszufinden, was sie wissen? Sollten wir uns nicht wenigstens erkundigen, ob man sie kontaktiert hat?«

»Und wenn ja?«

»Dann fahre ich heim, lege mich ins Bett und setze meine Überlegungen morgen fort.«

»Und wenn sie nicht kontaktiert wurden?«

»Dann habe ich noch ein bisschen Arbeit vor mir.«

Radar hatte tiefe Augenringe. Sein Gesicht war bleich, die Lippen aufgesprungen. Das weiße Hemd, das sonst so akkurat gebügelt war wie beim Militär, war zerknittert und schmutzig. Er wollte nur noch den Papierkram fertig machen und ins Bett gehen. Was er nicht brauchen konnte, war jemand, der Probleme aufs Tapet brachte. Sein Blick glitt über den Schreibtisch und landete schließlich auf den Gesichtern von Decker und McAdams. »Guerlin hat die Morde gestanden. Es ist Baccus' Fall, und er ist zufrieden. Geht nach Hause.«

»Brady Neil ist mein Fall ...«

»Geht nach Hause!«

Decker entgegnete: »Ich bin genauso kaputt wie du, Mike.

Ruf ihn einfach an und frag ihn, ob er mit Guerlins Söhnen gesprochen hat.«

»Baccus ist gerade bei seiner Tochter, da werde ich ihn nicht stören. Fahrt heim.«

Decker hielt inne. »Ja, du hast recht. Vermutlich geht er gar nicht ans Telefon. Was ist mit Wendell Tran? Der weiß doch bestimmt, ob jemand die Söhne kontaktiert hat.«

»Warum ist dir das so wichtig?«

»Weil Phil Guerlin schon seit Tagen nicht mehr zur Arbeit erschienen ist. Ich will wissen, wo er steckt.«

»Also gut. Du glaubst offensichtlich, dass Guerlins Söhne etwas mit dem Mord an Neil zu tun hatten – obwohl Yves Guerlin zugegeben hat, Neil und Boch umgebracht zu haben. Und Brady Neil hat in den vergangenen sechs Monaten seinen Vater besucht, also kann es sehr gut sein, dass Brandon Brady alles über den Raubmord erzählt hat. Yves senior zu erpressen klang vermutlich sehr verlockend für Brady.«

»Wenn Brandon Brady alles über die Levine-Morde erzählt hat und Brady beschlossen hat, eine Erpressung zu starten, warum sollte er Joe junior da mit reinziehen?«, fragte McAdams. »Allem Anschein nach war Joe nicht der Hellste, und Brady so 'ne Art Einzelgänger.«

»Hilft uns nicht weiter«, kommentierte Radar.

»Ist aber eine berechtigte Frage«, merkte Decker an.

»Ich denke Folgendes«, fuhr Radar fort. »Phil Guerlin hat mitangehört, wie Boch und Neil ihre Erpressungspläne besprochen haben, und er hat seinem Vater davon erzählt. Sein Vater hat die beiden umgelegt. Basta.«

»Klingt vollkommen logisch«, sagte Decker. »Ich würde mich auch wirklich gerne mit Phil unterhalten, ob es zutrifft. Aber bevor ich das tun kann, wüsste ich gerne, wo er ist. Wegen Baccus hast du recht. Er wird nicht mit mir sprechen wollen. Aber wie wär's, wenn ich Wendell Tran anrufe?«

»Das ist nicht deine Aufgabe.«

»Könntest du es dann bitte machen?«

Radar schnaufte. »Weil du bitte gesagt hast. Aber der arme Mann schläft vermutlich.«

»Vermutlich muss er sich gerade durch einen Berg Papierkram wühlen. Und wenn er ein Detective ist, der auch nur annähernd seinen Namen verdient, arbeitet er vermutlich auf Hochtouren daran, Denny Mayhew zu finden«, sagte Decker. »Ich glaube, Guerlin und Mayhew hatten sich getrennt, als sie Gregg Levine in das Revier von Greenbury haben gehen sehen. Ich glaube auch, die beiden wussten, dass sie sich trennen mussten. Ich wette, zu dem Zeitpunkt wollte Mayhew aussteigen, und Guerlin war auf sich allein gestellt. Könntest du bitte Tran anrufen?«

Radar sah ihn wütend an, aber er nickte. »Ich probiere mal, ob Wendell Tran drangeht.«

»Vielen Dank.«

»Warte draußen«, knurrte Radar. »Ich will nicht, dass du das Gespräch mithörst. Du machst mich gleichzeitig nervös und stinksauer.« Er hielt kurz inne. »Wie fühlst du dich, Pete?«

»Hundsmiserabel.«

»Fährst du nach dem Telefonat nach Hause und ruhst dich ein bisschen aus?«

»Großes Ehrenwort.«

»Dann raus mit dir.« Radar griff das Telefon. »Auf der Stelle.«

Decker und McAdams warteten in dem dunklen, leeren Gemeinschaftsbüro, dass sich die Detectives teilten. Einige Minuten darauf kam Radar aus seinem Büro und setzte sich auf einen freien Stuhl. Frustriert zuckte er mit den Achseln. »Kein Hinweis darauf, wo sich die Söhne oder Mayhew aufhalten. Sie haben Denny Mayhew zur Fahndung ausgeschrieben.«

»Was ist mit den Söhnen?«, fragte McAdams.

»Was soll mit denen sein? Die sind ja in nichts verwickelt.«

»Ich glaube, die beiden – naja, zumindest Phil – wissen etwas über die Morde an Boxer und Brady. Er hat mit den beiden zusammengearbeitet, und kurz nachdem sie umgebracht wurden, ist er verschwunden. Das soll nicht verdächtig sein?«

»Wir wissen nicht, ob Phil verschwunden ist. Wir wissen lediglich, dass er nicht zu Hause ist und nicht ans Telefon geht.«

»Und wir wissen, dass er nicht zur Arbeit erschienen ist«, ergänzte McAdams.

»Vielleicht hat er sich freigenommen.«

»Könntest du ihn ebenfalls zur Fahndung ausschreiben?«, bat Decker.

Radar warf ihm einen giftigen Blick zu. »Ich habe Tran schon gefragt, was er davon hält. Das muss er entscheiden. Die Morde im Haus der Bochs fallen in seinen Zuständigkeitsbereich.«

»Meinst du, er wird es machen?«

»Keine Ahnung. Vielleicht. Er bewundert nämlich deine Hartnäckigkeit.«

»Ach ja?«

»Zumindest hat er das gesagt.«

»Ich bin die Hartnäckigkeit in Person.«

»Nein, eher 'ne Nervensäge.« Radar seufzte. »Es ist alles unter Kontrolle, Pete. Kümmer dich morgen um den ganzen Mist, wenn du ein bisschen erholter bist. Bring ihn nach Hause, McAdams.«

»Gerne.«

Langsam und vorsichtig stand Decker auf. Als Tyler und er den Ausgang erreicht hatten, rief Radar: »Detectives?«

Beide Männer drehten sich um.

»Ihr habt mich richtig gut dastehen lassen. Exzellente Arbeit.«

Decker schlief fünfzehn Stunden lang. Als er schließlich aufwachte, war es fast Abendbrotszeit, und Rina beugte sich gerade mit einem besorgten und ängstlichen Gesichtsausdruck über ihn. Sie legte ihm die Hand auf die Stirn. »Du fühlst dich heiß an.«

»Mir geht's gut«, antwortete Decker. Aber ganz offensichtlich stimmte es nicht. Er konnte sich kaum bewegen und hatte starke Schmerzen. Sein Mund war trocken, und sein Schlafanzug war nassgeschwitzt. Er roch fürchterlich.

»Ich glaube, du hast Fieber«, sagte Rina. »Ich rufe den Arzt...«

»Nein, bitte nicht. Bring mir nur ein paar Schmerztabletten und was zum Fiebersenken. Und eine Tasse starken Kaffee. Dann geht's mir gleich wieder besser.«

Rina wusste, dass es keinen Zweck hatte, mit ihm zu diskutieren. »Weißt du, Peter, wir sind hierhergezogen, um dem ganzen Verbrechen und dem Stress zu entkommen. Vielleicht funktioniert es nicht. Vielleicht musst du wirklich in den Ruhestand gehen.«

»Mag sein, dass du recht hast, aber könnten wir das ein andermal besprechen?«

»Ja, natürlich. Ich hole dir den Kaffee.« Rina verzog mitfühlend das Gesicht, als sie ihm dabei zusah, wie er sich aus dem Bett hochkämpfte. »Soll ich dir helfen?«

»Nein, nein. Ich muss mich nur wieder wie ein Mensch fühlen.« Endlich hatte er es geschafft, aufzustehen. »Ich komme zu dir in die Küche, sobald ich mich ein bisschen gewaschen, rasiert und angezogen habe.«

»Ich hole dir einen sauberen Schlafanzug.«

»Ich muss aufs Revier. Dauert nicht lange.«

Rina lachte ungläubig auf. »Es ist nach fünf Uhr nachmittags. Du gehst nirgendwohin.«

Sie hatte recht. Decker seufzte. »Na schön. Ich will mich nicht streiten.«

Diese Antwort beunruhigte Rina. »Ich gehe mal Kaffee machen.«

»Kannst du Tyler für mich anrufen und ihn bitten, vorbeizukommen?«

Rina war ein wenig beruhigter. Er war zwar noch immer komplett auf den Fall fixiert, aber jetzt würde er McAdams bequem von zu Hause aus ausquetschen. »Es ist Schabbes, Peter.«

Decker schlug sich an die Stirn. »Natürlich! Ich mache das. Ich mache auch den Kaffee.«

»Nein, ich habe löslichen und heißes Wasser. Mach dir keine Sorgen deswegen. Ruf jetzt Tyler an.«

Eine Stunde darauf kam McAdams zur Haustür hereinmarschiert. Decker war kurz zuvor mit seiner Katzenwäsche fertig geworden: Er hatte sich die Haare gewaschen, sich rasiert und einen sauberen Jogginganzug angezogen. Die Tabletten hatten auch angefangen zu wirken. Er fühlte sich zwar nicht gut, aber zumindest fühlte er sich besser. Er beneidete McAdams um seine Frohnatur.

»Irgendwas duftet hier ganz köstlich!«, rief Tyler freudig.

»Hühnersuppe mit Gemüse«, sagte Rina.

»Lecker«, sagte Tyler. »Was noch?«

»Das ist alles. Hühnersuppe mit Gemüse. Oh, ein Baguette habe ich auch gekauft. Du kannst gerne bleiben, aber das ist alles, was es gibt.«

»Mehr, als ich zu Hause habe.«

»Was hast du denn zu Hause?«

»Eine Packung Milch, eine Dose löslichen Kaffee und eine große Tüte voll Garnichts. Soll ich dir bei irgendwas helfen?«

»Nein, Suppe darf ich austeilen.«

»In dem Fall...« McAdams zog sich einen Stuhl vom Tisch im Esszimmer heran. Er sah sich Decker an und gab einen mitfühlenden Laut von sich. »Boss.«

»Hallo.« Decker atmete vorsichtig ein und aus. Es tat weh. »Was gibt's Neues bezüglich der Guerlin-Jungs?«

»Noch immer *ignotus*.«

»Ignorant?«

»*Unbekannt*. Also, sie selbst nicht, aber ihr Aufenthaltsort. Wie fühlst du dich?«

»Ich bin im Moment nicht so wichtig. Was unternehmen unsere Vorgesetzten, um die beiden zu finden?«

»Tran hat einen Fahndungsbefehl rausgegeben. Die Kollegen in Hamilton tun, was sie können.«

»Sicher.«

»Nein, es stimmt, Decker. Niemand dreht gerade Däumchen.« McAdams beugte sich zu ihm. »Du könntest dich auch einfach entspannen, die Zeit vergeht ja doch nicht schneller.«

»Da hast du wohl recht.«

McAdams holte tief Luft. »Es gibt keinen einfachen Weg, es dir zu sagen, Boss: Jaylene Boch ist heute Morgen einem schweren Herzinfarkt erlegen. Und noch bevor du die Frage stellst, ja, wir hatten Tag und Nacht jemanden zur Bewachung vor ihrer Tür. Niemand ist rein- oder rausgegangen, ohne sorgfältig überprüft zu werden. Um es kurz zu machen, sie ist eines natürlichen Todes gestorben, vermutlich als Auswirkung des ganzen Stresses. Wir wissen aber beide, dass sie sehr krank war. So was kommt leider vor.«

Decker nagte an seiner Lippe, sagte jedoch nichts. Sprechen tat weh, aber Denken nicht. Er ließ sich einen Moment durch den Kopf gehen, was der Junge ihm gerade erzählt hatte.

McAdams durchbrach die Stille. »Was natürlich bedeutet, dass wir nie genau über das Gemetzel in ihrem Haus, die versteckten Fotos in ihrem Rollstuhl oder die Einzelheiten der Levine-Morde Bescheid wissen werden, es sei denn, wir bringen andere Leute zum Reden – Brandon Gratz zum Beispiel. Und da es unwahrscheinlich ist, dass er auspackt, stecken wir in einer Sackgasse. Aber vielleicht ist das auch okay. Der Fall ist zwanzig Jahre alt. Wenn man Papa Guerlin glauben kann, wissen wir mehr oder weniger, was sich ereignet hat. Vielleicht nicht jede Einzelheit, aber ...« Er zuckte die Achseln. »Boss, der Levine-Fall ist tot. Sprechen wir ein paar Worte und begraben ihn.«

Decker antwortete nicht unmittelbar. Schließlich sagte er: »Ich glaube, du hast recht.«

Ungläubig starrte Tyler ihn an. »Na, das ist ja ganz was Neues.«

»Wo du recht hast, hast du recht.«

»Warum glaube ich, da kommt noch ein Aber?«

»Was Brady Neil angeht, habe ich noch einen ungelösten Fall. Ich weiß, du glaubst, Phil Guerlin hat zufällig mitangehört, wie Boxer und Neil sich über Erpressung unterhalten haben. Und dass Phil seinem Vater von ihren Erpressungsplänen erzählt hat. Du glaubst auch, Yves hat die beiden umgebracht, aber das ergibt keinen Sinn. Warum um alles in der Welt sollten er und Mayhew sich noch in der Gegend aufhalten, wenn sie Boxer und Neil umgebracht hätten? Die Akte wurde nach dem Mord gestohlen, Harvard. Wohingegen Yves' Sohn ganz plötzlich verschwunden ist. Der Sohn. Nicht der Vater. Ich meine, ein erfahrener Polizist bringt zwei Menschen um, lässt eine Hauptzeugin am Leben und bleibt hier, damit er eine Polizeiakte stehlen kann? Klingt das einleuchtend?«

»Eigentlich nicht«, sagte McAdams. »Was sind deine Gedanken?«

»Meine Gedanken sind momentan ziemlich durcheinander«, gab Decker zu. »Ich glaube, wir haben es mit zwei verschiedenen Fällen und zwei unterschiedlichen Motiven zu tun: Zum einen haben wir Yves Guerlin und Denny Mayhew, die nach Hamilton gekommen sind, als ich angefangen habe, Nachforschungen anzustellen, um herauszufinden, was wir in

Bezug auf den Levine-Fall gegen sie in der Hand haben. Zum anderen haben wir den Phil Guerlin/Boxer/Neil-Fall, der eigentlich gar nichts mit dem Levine-Fall zu tun hatte.«

»In Ordnung, bauen wir deine Idee weiter aus. Lassen wir Guerlin und Mayhew mal außer Acht. Warum sollte Phil Guerlin Boxer und Neil umbringen?«

»Sehen wir uns noch mal den Tatort an, Harvard. Boxers Blut war überall. Als Fontäne, als Spritzer, als Tropfen. Neil dagegen bekam einen tödlichen Schlag auf den Hinterkopf ab.«

»Boxer war die eigentliche Zielperson. Das wussten wir von Anfang an.«

»Richtig.« Decker überlegte. »Das einzige Mal, dass ich mit Phil gesprochen habe, hat er erzählt, er mochte Neil. Aber es war klar, dass er Boxer nicht leiden konnte. Boxer und Neil waren befreundet, obwohl niemand zu wissen scheint, warum. Nach allem, was man hört, war Neil intelligenter als Boxer. Joe junior war so unterbelichtet wie sein Vater. Außerdem war da der Altersunterschied von zehn Jahren.« Erneut hielt er inne. »Trotzdem, ich erahne da eine Art Dreiecksbeziehung. Nein, keine Liebesbeziehung, aber irgendetwas.«

»Dann bist du also wieder bei deiner ursprünglichen Theorie gelandet«, entgegnete McAdams, »dass Neil irgendwelche krummen Geschäfte mit Elektronikartikeln am Laufen hatte. Obwohl es da überall Kameras gibt.«

»Überwachungskameras können nicht alles abdecken. Das wissen wir aus eigener Erfahrung, nachdem wir uns die unzähligen Kameraaufzeichnungen vom Tollway angesehen haben. Und wenn Neil lange genug bei Bigstore gearbeitet hat, könnte er gewusst haben, wo sich die Kameras befinden.«

»Vielleicht«, sagte McAdams.

»Angenommen ...« Decker dachte kurz nach. »Angenommen, Neil hatte dieses krumme Geschäft gemeinsam mit Phil am Laufen, der im Lager gearbeitet hat. Boxer hat es rausgekriegt und sich reingedrängt.«

»Oder vielleicht hat Neil Boxer eingeladen mitzumachen, weil sie befreundet waren«, merkte McAdams an. »Phil wollte das nicht. Die drei haben sich gestritten, und, zack, es gibt ein Blutbad.«

»Ganz genau.«

»Aber was ist hiermit: Warum hat Phil Jaylene am Leben gelassen?«

»Vielleicht war das Adrenalin verflogen, und er konnte es nicht über sich bringen, eine ältere Dame umzubringen. Vielleicht hat sie sich auch tot gestellt.«

»Warum hat er sie dann gefesselt?«

»Nur für alle Fälle.«

»Hm, ich weiß nicht«, sagte McAdams »Wie auch immer, wenn wir Phil finden, kannst du ihn selbst fragen.«

»Falls wir ihn finden. Er könnte schon längst über alle Berge sein.«

Rina brachte ein Tablett mit Suppentellern herein. »Genug vom Job.«

»Darauf nehme ich einen Löffel«, witzelte McAdams.

»Hast du Hunger?«, fragte Rina ihren Mann.

»Ehrlich gesagt, ja.«

»Dann essen wir jetzt und unterhalten uns über alles, nur nicht über ungelöste Fälle und Mord.«

Was darauf hinauslief, dass während der Mahlzeit Stille herrschte.

Herrliche, erholsame Stille.

KAPITEL 34

Eine Woche darauf waren in der kleinen Stadt noch immer die Nachwirkungen des Vorfalls zu spüren. Die mit Auszeichnungen geschmückte und als Heldin im Verdienst um ihre Stadt gefeierte Lenora Baccus wurde mit Lob überschüttet und für längere Zeit beurlaubt. Zwei Tage nachdem alles vorbei war, verließ sie Hamilton, ohne sich zu verabschieden. Decker erhielt nicht die Gelegenheit, mit ihr zu sprechen, aber sie hinterließ ihm eine Nachricht, die Wendell Tran ihm aushändigte, in der sie ihn herzlich grüßte und ihm dafür dankte, ihr ein wahrer Mentor gewesen zu sein. Die Ausdrucksweise passte nicht zu ihr, und Decker vermutete, dass jemand aus dem Büro den Text für sie verfasst hatte. Er hatte in Erwägung gezogen, sie direkt zu kontaktieren, aber es gab in seinem Leben schon genug Dinge, um die er sich kümmern musste, ohne noch Öl aufs Feuer zu gießen.

Levine's Jewelry gab sofort danach seine Schließung auf unbestimmte Zeit bekannt. Sich dem anschließend, hing an Yvonne Apples Haus ein »Zu-verkaufen«-Schild, passend zu dem, das im Rasen vor Gregg Levines Haus steckte. Beide Familien zogen wenige Tage nach dem Vorfall aus. Und beide hinterließen keine neue Adresse.

Victor Baccus ließ sich in den Ruhestand versetzen, was auch gut war, denn die Verurteilung von Brandon Gratz und Kyle Masterson wegen Mordes stand aufgrund von Gregg Levines Meineid kurz davor, aufgehoben zu werden. Die Verbrecher wussten, dass die Mühlen des Gesetzes nur langsam mahlen: Bürokratie nahm viel Zeit in Anspruch. Der Bezirksstaatsanwalt konnte das Verfahren noch wiederaufnehmen, aber da die Angeklagten fast zwanzig Jahre abgesessen hatten und beide in einem Jahr auf Bewährung freikommen konnten, wurde beschlossen, die Urteile in die bereits abgesessene

Strafe umzuwandeln. Innerhalb weniger Wochen wären beide Männer wieder auf freiem Fuß – so frei wie Stechmücken, die irgendeine arme, ahnungslose Seele umschwirrten und darauf warteten, das nächste Mal Blut zu saugen.

Die Aufregung hatte sich noch nicht ganz gelegt, als Philip Guerlin zehn Tage nachdem sein Vater getötet worden war in das Hamilton PD spazierte. Als Decker schließlich mit McAdams als Unterstützung eintraf, hatte man Guerlin bereits in einem Vernehmungszimmer Platz nehmen lassen. Der Mann hatte an Gewicht und Muskelmasse abgenommen, und die Haut seiner tätowierten Arme hing lose herab. Jetzt, da er sich den Irokesen abrasiert hatte, bedeckte ein kurzer Bürstenhaarschnitt seinen ehemals kahlen Schädel. Seine Augen blickten matt, und die Wangenknochen traten deutlich hervor. Er trug ein schwarzes T-Shirt und Jeans, beide Kleidungsstücke waren zwei Nummern zu groß für ihn.

McAdams holte einen Laptop hervor. Seine Hauptaufgabe war es, sich Notizen zu machen, auch wenn die Vernehmung in Bild und Ton aufgezeichnet wurde. Tran und Decker würden den Großteil der Befragung durchführen. Tyler hatte keinen Zweifel, dass Decker die Leitung übernehmen würde. Sein Boss war nicht nur ein hervorragender Detective, er war auch ein Ass, was Vernehmungen anging.

Die Anwesenden schüttelten sich ohne Begeisterung die Hand. Guerlin trank einen Schluck Wasser. Seine Stimme war leise und ausdruckslos. »Ich habe gehört, Sie suchen mich und meinen Bruder.« Er räusperte sich. »YJ wird nicht vorbeikommen. Er ... Ich habe ihm gesagt, ich würde für uns beide rausfinden, was los ist.«

»Wo ist Yves junior?«

»Geht Sie nichts an«, sagte Guerlin. Er hielt kurz inne. »Was wollen Sie?«

Tran klappte einen Notizblock auf. Er trug ein weißes

Hemd, eine rosa Krawatte, eine schwarze Hose und schwarze Turnschuhe. »Anfänglich wollten wir Sie und Ihren Bruder vom Tod Ihres Vaters in Kenntnis setzen.«

»Ich denke, darüber sind wir hinaus. Gibt es sonst noch was? Ihre Anrufe bei mir finde ich ziemlich bedrohlich.«

»Das war nicht unsere Absicht.«

»Was war dann Ihre Absicht?«

Decker schaltete sich ein. »Danke, dass Sie vorbeigekommen sind.«

»Ja, ja. Was wollen Sie?«

»Wo sind Sie gewesen?«, fragte Tran.

»Überall, nur nicht hier. Ich will mit keinem reden.«

»Muss schwer für Sie sein«, merkte Decker an.

»Danke, ›Detective Offensichtlich‹.«

»Hat die Presse Sie verfolgt?«

Guerlin war unruhig. »Ich rede nicht mit der Presse. Und mit der Polizei will ich überhaupt nicht reden.«

»Und trotzdem sind Sie hier«, kommentierte Tran.

»Wie gesagt, die Anrufe waren bedrohlich.«

»Mein herzliches Beileid, Phil«, sagte Decker.

Guerlin schnaufte verächtlich. »Ja, klar.«

»Meines Wissens hat Ihr Vater sich sehr um Sie und Ihren Bruder gekümmert.«

»Woher wollen Sie das wissen?«

»Ich habe keine Ahnung, wie er privat war, aber so hat er sich zumindest nach außen hin verhalten. Traf das zu?«

Guerlin starrte ins Leere. Er antwortete nicht.

Decker fuhr fort: »Als Ihr Vater mit Detective Baccus im Juweliergeschäft war, hat er ihr einiges erzählt.« Jetzt sah Guerlin Decker wieder an. »Wir haben uns gefragt, ob er Ihnen vor seinem Tod etwas über sein Leben erzählt hat …«

»Bevor er ermordet wurde, meinen Sie wohl.«

»Bevor er getötet wurde«, korrigierte ihn Decker.

Guerlin schüttelte den Kopf. »Wenn ich Sie wäre, würde ich nichts von dem glauben, was diese Schlampe Ihnen erzählt hat.«

»Wir haben die Gespräche der beiden aufgezeichnet«, sagte Tran.

»Klar.« Guerlin lachte bitter. »Spielen Sie's mir vor.«

»Dabei handelt es sich um Beweismaterial«, informierte ihn Tran. »Auf dem Band sind Informationen, die Sie nicht hören dürfen.«

»Ich darf sie nicht hören, weil es sie nicht gibt. Ich weiß, dass die Polizei lügen darf. Schließlich ist mein Vater ein Bulle.« Er hielt kurz inne. »War mein Vater ein Bulle. Sie würden doch alles behaupten, nur um ein …« Er verstummte.

Geständnis zu bekommen. Decker sagte: »Baccus trug ein verstecktes Mikrophon.«

»Das hätte mein Dad gefunden. Sie lügen.«

»Es war winzig und gut versteckt.« Tran erhob sich. »Lassen Sie mich mal sehen, ob wir eine nicht so wichtige Stelle finden. Nur damit Sie seine Stimme hören können.«

»Stimmen kann man verändern.«

»Dann kann Sie nichts, was wir Ihnen sagen, davon überzeugen, dass wir Ihren Vater auf Band aufgenommen haben, bevor er umkam?«, fragte Tran.

Guerlin antwortete nicht. Schließlich sagte er: »Ich weiß ja noch nicht mal, warum Sie mich herbestellt haben.«

»Wie Detective Tran bereits sagte, ursprünglich wollten wir Sie nur vom Tod Ihres Vaters in Kenntnis setzen«, sagte Decker. »Jetzt, da Sie hier sind, haben Sie vielleicht Fragen. Gibt es irgendetwas, das Sie uns fragen möchten?«

Guerlin schwieg. »Ja, und zwar was ziemlich Wichtiges: Warum musste sie ihn umbringen?«

»Detective Baccus hat unbewaffnet das Gebäude betreten«, antwortete Tran. »Als das Sondereinsatzkommando es gestürmt hat, hat Ihr Vater gerade versucht, sie umzubringen.«

»Blödsinn! Vermutlich hat sie ihn zuerst angegriffen. Mein Dad ist so manches, aber kein Mörder.«

Tran sah Decker an, der sagte: »Sie wissen, dass Ihr Vater den Wachmann ermordet hat, der im Juweliergeschäft Dienst hatte. Sie müssen ebenfalls wissen, dass er zwei Morde gestanden hat.« Guerlin blieb stumm. »Zwei Männer. Brady Neil und Joseph Boch. Ihre Freunde …«

»Keine Freunde«, sagte Guerlin.

»Aber Sie kannten sie«, merkte Tran an.

»Ja, ich kannte sie. Wir haben in demselben Riesenkaufhaus gearbeitet. Na und? Da arbeiten 'ne Menge Leute.«

»Das ist natürlich wahr«, sagte Decker. »Aber zufällig haben Sie mit Joseph Boch im Lager gearbeitet. Und Sie kannten Brady Neil. Um genau zu sein, als ich das erste Mal mit Ihnen über den Mord an Brady gesprochen habe, schienen Sie ihn zu mögen, Brady meine ich.«

»Brady war in Ordnung.« Guerlin senkte den Blick.

»Ja, Sie wirkten traurig, als Sie von seinem Tod erfuhren.«

»War ich auch.«

»Und Boxer?«

»Als Sie reinkamen, wusste ich nicht, dass er tot war. Er war nur nicht zur Arbeit erschienen, erinnern Sie sich?«

»Ja, Sie haben recht, Phil. Ich wusste gar nicht, wer Boxer war. Erst später habe ich rausgefunden, dass er mit Brady befreundet war.«

»Er war ein Arschloch.«

»Ja, irgendwie erinnere ich mich, dass Sie ihn nicht leiden konnten.«

»Ja, ich konnte ihn nicht leiden. Ich kann 'ne Menge Leute nicht leiden, aber die laufen immer noch rum. Und sind nicht verschwunden oder tot.«

Decker nickte. »Kaum jemand mochte Boxer.«

»Er war ein Arschloch.«

»Warum, glauben Sie, mochte Brady ihn?«, fragte Decker. Guerlin zuckte die Achseln.

»Was noch wichtiger ist: Warum hat Ihr Vater die beiden Ihrer Ansicht nach umgebracht?«, fragte Tran. »Wir haben nach einem Motiv gesucht, aber keins gefunden.«

»Also hat er sie vielleicht gar nicht umgebracht.«

»Warum sollte er's dann behaupten?«, fragte Decker. »Ich meine, woher wusste er überhaupt von ihnen?«

Guerlin antwortete nicht. Schließlich sagte er: »Mein Vater kannte ihre Väter.«

»In Ordnung«, entgegnete Decker. »Wir wissen, sie alle waren in den Mord an den Levines verwickelt.«

Tran fragte: »Glauben Sie, er hat die Söhne umgebracht, um sich an den Vätern zu rächen?«

»Kann sein.«

»Möglich ist alles«, kommentierte Decker. »Aber wir reden von einem Verbrechen, das sich vor zwanzig Jahren ereignet hat. Warum jetzt?«

»Passen Sie auf, Detective, ich habe keine Ahnung, was in den letzten Momenten meines Vaters los war.« Guerlin befeuchtete sich die Lippen mit der Zunge. »Wenn Sie meinen Vater auf Band haben, wie er die Morde gesteht, warum die ganzen Fragen?«

»Er hat nur die Morde gestanden«, erklärte ihm Decker. »Warum, hat er nicht gesagt. Ich verstehe nicht, warum Ihr Vater Neil und Boxer hätte umbringen sollen. Was hatte er davon?«

»Langsam wird's langweilig. Ich glaube, ich sollte gehen.«

»Dürfen Sie«, sagte Decker. »Das ist in Ordnung. Aber zu Ihrer Information: Ich bin nicht komplett ahnungslos. Ich habe da ein paar Theorien, an denen ich arbeite. Ich melde mich bei Ihnen, sobald ich etwas rausgefunden habe.«

Plötzlich wirkte Guerlin angespannt. »Was für Theorien?«

»Gründe, warum Ihr Dad Brady und Boxer tot sehen wollte. Die Sache ist die, Phil, ich glaube nicht, dass er sie umgebracht hat, also Brady und Boxer. Vielleicht hat Ihr Vater ein falsches Geständnis abgelegt, um uns irrezuführen oder so. Warum, weiß ich nicht. Sie vielleicht?«

»Nein.«

Im Zimmer herrschte Stille, bis auf Guerlin, der nervös mit dem Fuß auf den Boden pochte. Schließlich sagte er: »Also, wie gesagt, mein Dad kannte ihre Dads.« Poch, poch. »Vielleicht haben sie, also Brady und Boxer, versucht, ihn zu erpressen.«

»Brady und Boxer haben versucht, Ihren Vater zu erpressen?«, fragte Decker. »Wegen eines zwanzig Jahre zurückliegenden Verbrechens?«

Guerlin nickte. »Ich erinnere mich da tatsächlich an was.«

»Prima«, sagte Decker. »Schießen Sie los.«

»Er hat mir erzählt – also, mein Vater hat mir erzählt –, dass er für den Raubüberfall auf die Levines Schmiergeld kassiert hat. Vielleicht haben Boxer und Brady das mit dem Schmiergeld rausgekriegt und angefangen, ihn zu erpressen.«

»Hat er Ihnen das erzählt?«, fragte Decker.

»Ja, mehr oder weniger.«

»Was genau hat er Ihnen gesagt, Phil?«

»Nur das«, sagte Guerlin. »Dass er Schmiergeld kassiert hat und dass Boxer und Brady ihn erpresst haben.«

»Wie haben die beiden von dem Schmiergeld erfahren?«, fragte Tran.

»Von Boxers Mom. Die hat's ihnen erzählt.«

»Jaylene Boch hat ihrem Sohn und Brady erzählt, dass Ihr Vater Schmiergeld eingesteckt hat?«

»Genau.«

»Warum sollte sie wollen, dass ihr Sohn über ihre Mitwirkung an einem Verbrechen Bescheid weiß?«, fragte Decker.

»Warum wohl?«, sagte Phil. »Geld.«

»Jaylene hat bei der Erpressung mitgemacht?«

»Vielleicht. Ich weiß auch nicht alles.« Guerlin wurde allmählich ungehalten. »Finden Sie's doch raus.«

»Wenn Sie wussten, dass Brady und Boxer Ihren Vater erpresst haben, warum waren Sie dann mit ihnen befreundet?«, fragte Tran.

»Nicht mit Boxer. Den hab ich gehasst.«

»Dann eben mit Brady«, sagte Decker. »Er hat Ihren Vater erpresst, aber Sie standen trotzdem weiterhin auf gutem Fuß mit ihm?«

»Ich wusste erst, dass Neil meinen Dad erpresst hat, als er schon tot war. Dann hat mein Vater mir die ganze Sache erzählt. Dass er erpresst wurde und er die beiden umgebracht hat.«

»Und obwohl Sie all das wussten, sind Sie trotzdem am nächsten Tag zur Arbeit gegangen?«

»Was hätte ich denn sonst machen sollen?« Guerlin wurde zunehmend aufgeregt. »Ich hätte ihn doch niemals verpfiffen. Für was für einen Sohn halten Sie mich?«

»Ich glaube, Sie haben Ihren Vater geliebt.«

»Verdammt richtig.« Guerlin sah McAdams an. »Sagen Sie auch mal was?«

»Ich bin nur für die Technik zuständig«, sagte Tyler.

Guerlin verdrehte die Augen.

»Lassen Sie mich das richtig verstehen«, sagte Decker, »Brady und Boxer haben angefangen, Ihren Vater zu erpressen. Dann hat Ihr Vater beschlossen, die beiden umzubringen.«

»Nein, er hat es mir erst erzählt, nachdem er sie umgebracht hatte.«

»Dann hätten Sie Beihilfe nach der Tat geleistet.« Was nicht ganz zutraf, aber Decker war gerade richtig in Fahrt. »Warum sollte er Sie in diese Lage bringen?«

Guerlin schwieg geraume Zeit. »Vielleicht habe ich das verwechselt. Vielleicht hat er's mir erzählt, bevor er sie umgebracht hat.«

»Und Ihnen ist nicht eingefallen, Brady und Boxer etwas davon zu erzählen?«, fragte Tran. »Dass ihr Leben eventuell in Gefahr ist? Ihnen ist nicht eingefallen, die Polizei zu informieren oder zu versuchen, Ihren Vater davon abzubringen?«

»Ich hab ihn nicht ernst genommen. Man sagt doch die ganze Zeit Sachen, die man nicht so meint.«

»Ja, stimmt«, entgegnete Decker. »Aber die meisten von uns werden nicht erpresst. Das ist eine schwerwiegende Straftat, die die Betroffenen richtig sauer macht.«

»Sie hätten die beiden vielleicht warnen können, dass sie besser damit aufhören«, merkte Tran an. »Oder sie unter Druck setzen, dass Sie sie anzeigen, falls sie damit weitermachen.«

»Warum denn?«, fragte Guerlin. »Die beiden haben die ganze Zeit zusammengesteckt und getuschelt. Getratscht wie zwei kleine Mädchen. Was zum Geier gehen die mich an?«

»Na ja, zum einen rückt ihr Tod Sie unmittelbar in den Fokus der Ermittlungen, Phil.«

»Kann sein, aber ich hab ihnen nichts gezahlt.«

»Das glaube ich Ihnen«, sagte Decker. »Aber ganz ehrlich, Phil, wir haben auch keinen Beweis, dass Ihr Vater den beiden Geld gegeben hat. Vielleicht haben Sie ja einen. Tun Sie das?«

»Sehen Sie sich mal Bradys Konto an. Er hatte immer total viel Geld zur Verfügung.«

»Ja, ist mir bekannt«, sagte Decker. »Dasselbe hat auch seine Mutter gesagt. Ich habe auch bereits sein Bankkonto überprüft. Er hatte zwar Geld, aber nicht übermäßig viel. Ich glaube nicht, dass dieses Geld aus einer Erpressung stammte, Phil. Was dieses Geld betrifft, habe ich allerdings eine andere Vermutung.«

»Zum Beispiel?«

»Später.« Decker schüttelte den Kopf. »Es ist so, Phil: Ihr Vater war ein erfahrener Polizist. Ich kann mir einfach nicht vorstellen, dass Ihr Vater sich von zwei kleinen Mistkerlen mit Verbrecher-Vätern so hat einschüchtern lassen.«

Guerlin sah zutiefst alarmiert aus. Dann sagte er: »Aber es stimmt. Die hatten einen Plan, der meinen Dad ruiniert hätte. Ich hab mitbekommen, wie sie sich darüber unterhalten haben. Ich habe natürlich meinem Dad davon erzählt.«

»Schön.« Decker hielt einen Moment inne. »Lassen Sie mich das alles noch mal zusammenfassen, um zu sehen, ob ich es verstanden hab: Sie haben Ihrem Vater erzählt, dass Brady Neil und Joseph Boch ihn wegen seiner Verwicklung in den Raubüberfall/Mord an den Levines erpressen wollten. Und Ihr Vater hat die beiden ermordet, damit sie ihn nicht finanziell ruinierten.«

»Ja.« Guerlin nickte. »Ganz genau.«

»Dann hätte das Geld auf Bradys Bankkonto nicht aus einer Erpressung stammen können, da zu diesem Zeitpunkt der Plan noch gar nicht umgesetzt worden war, richtig?« Als Guerlin schwieg, fuhr Decker fort: »Wie hat Ihr Vater reagiert, als Sie ihm von den Erpressungsplänen erzählt haben?«

Guerlin antwortete nicht.

»Phil?«

»Er hat gesagt ... Ich hab's ihm erzählt, und er hat gesagt, er würde die kleinen Mistkerle umbringen.«

Er benutzte denselben Ausdruck, den Decker gerade verwendet hatte. »Aber Sie dachten, er meinte es nicht so.«

»Ja«, sagte Guerlin. »Aber anscheinend hat er's doch ernst gemeint.«

»Haben Sie nicht eben noch gesagt, Ihr Vater ist kein Mörder?«

»Zumindest nicht ohne guten Grund.«

Tran schaltete sich wieder ein: »Dann mordet Ihr Vater doch, wenn es einen guten Grund gibt?«

»Wenn man bedroht wird, kann jeder zum Mörder werden.«

»Schon richtig«, sagte Decker. »Jetzt sagen Sie mir also, Ihr Vater hat Brady und Boxer umgebracht, weil die beiden damit gedroht haben, ihn zu erpressen.«

»Zum hundertsten Mal, ja.« Guerlin holte tief Luft und ließ sie geräuschvoll entweichen. »Boxers Alte wusste über den ursprünglichen Plan Bescheid. Sie war diejenige, die Boxer von meinem Dad erzählt hat. Und Boxer hat es Brady Neil erzählt, und die beiden haben dann diese Erpressungspläne geschmiedet.« Sein Atem ging schnell, und er vermied es, Decker direkt anzusehen. »Ich hab's meinem Dad erzählt. Er ist nicht mit der Absicht hingefahren, ihn umzubringen …«

»Ihn?«, fragte Decker.

»Boxer. Er war der Drahtzieher. Noch ein Grund, warum ich ihn nicht ausstehen konnte.«

»Jetzt behaupten Sie, dass Ihr Vater nicht mit der ausdrücklichen Absicht, ihn umzubringen, zu Boxer nach Hause gefahren ist.«

»Ja, richtig. Er wollte ihm nur einen kleinen Schrecken einjagen, um ihn dazu zu bringen, aufzuhören. Sie wissen schon, ihn ein bisschen härter anfassen.« Guerlin nagte an seiner Unterlippe. »Ich schätze, die Sache ist aus dem Ruder gelaufen.«

»Ich dachte, Sie hätten gerade noch gesagt, er wollte die beiden umbringen.«

»War wohl nur so 'ne Redensart«, sagte Guerlin. »Er wollte ihn nur ein bisschen vermöbeln.«

»Nur dass Ihr Vater die beiden umgebracht hat.«

»Wie gesagt, vielleicht ist die Sache aus dem Ruder gelaufen.«

»Ja, manchmal kann so was passieren.« Decker wartete kurz ab. »Gut. Ich muss noch mal rekapitulieren, Phil. Sie haben Ihrem Vater von den Erpressungsplänen erzählt, weil Sie mitangehört haben, wie Brady Neil und Boxer sich darüber unterhalten haben, ja?«

Guerlin nickte.

»Könnten Sie bitte für die Videoaufnahme mit Ja oder Nein antworten?«

»Ja.«

»Schön«, sagte Decker. »Dann ist Ihr Vater zu Boxer nach Hause gefahren, um ihn dazu zu bringen, mit der Erpressung aufzuhören – oder die Pläne für eine Erpressung nicht weiterzuverfolgen. Denn zu dem Zeitpunkt hatten die beiden die Erpressung ja noch nicht in die Tat umgesetzt, richtig?«

»Richtig.«

»Aber die Sache ist außer Kontrolle geraten, und am Ende hat Ihr Dad Neil und Boxer umgebracht.«

»Ja.«

»Brady ist also nur zufällig dort gewesen oder …«

»Ich denke mal.« Guerlin blickte nicht auf. »Ich war ja nicht dabei.«

»Richtig«, entgegnete Decker. »Aber ich hätte eine kleine Frage zum Tathergang: Warum hat Ihr Vater Bradys Leiche an einem offen zugänglichen Ort liegen lassen, wo sie leicht entdeckt werden konnte? Und warum sollte er Boxer dort begraben, wo ihn niemand findet?«

»Woher zum Teufel soll ich das wissen? Darüber haben wir nicht geredet – über die Morde. Und ganz bestimmt nicht darüber, wo er sie begraben hat.«

»Sie haben keine Ahnung, wo Boxer begraben ist oder ob er überhaupt tot ist?«

Guerlin vermied den Augenkontakt. »Ja, keine Ahnung.«

Aber Decker hatte eine andere Vermutung. Nach den Morden rief Phil voller Panik seinen Vater an, und die beiden schafften die Leichen weg. Zuerst begruben sie Boxer, und dann legten sie Brady Neil irgendwo unter freiem Himmel ab. Vielleicht wollte Phil, dass er gefunden wurde. Oder vielleicht waren sie zu dem Zeitpunkt auch schon zu erschöpft, um ihn richtig zu begraben. »Und der Tatort«, fuhr Decker fort. »Kaum etwas von Neils Blut. Aber literweise von Boxers Blut ...«

»Boxer war ein blöder Idiot. Ich kann gut verstehen, warum mein Dad ihn zusammengeschlagen hat. Der Drecksack schafft es, alle auf die Palme zu bringen. Wahrscheinlich war das mit der Erpressung seine Idee. Brady hat vermutlich einfach nur mitgemacht.«

»Nein, das glaube ich nicht«, sagte Decker. »Boxer war nicht clever genug, um sich einen so ausgeklügelten Plan auszudenken. Meiner Meinung nach war Neil auch zu schlau, um zu versuchen, einen erfahrenen Polizisten zu erpressen. Er wusste, wozu ein wütender Cop in der Lage ist. Es muss irgendeinen anderen Grund geben, warum Ihr Vater die beiden umgebracht hat.«

Stille.

»Reden wir über etwas anderes, Phil«, sagte Decker. »Von ein paar Teenagern, die ich vor einiger Zeit vernommen habe, habe ich etwas sehr Interessantes erfahren. Ich sage Ihnen jetzt, was sie mir erzählt haben, in Ordnung?«

Keine Reaktion.

»Sie haben mir erzählt, dass Brady Elektronikausrüstung zu Spottpreisen wiederverkauft hat. Und alles, was er damit verdient hat, war reiner Profit, denn die Elektronikartikel waren aus Bigstore-Kaufhäusern gestohlen worden.«

Guerlins Kiefermuskulatur arbeitete auf Hochtouren. Er

sah überallhin, nur nicht auf Decker. Schließlich sagte er: »Wenn Brady und Boxer nebenbei ein Geschäft laufen hatten, wusste ich nichts davon.«

»Ich glaube, das stimmt nicht ganz, Phil, und zwar aus folgenden Gründen: Um dieses krumme Ding durchzuziehen, brauchte Brady jemanden wesentlich Schlaueren im Lager als Boxer. Sie sind schlau, Phil. Ich glaube, dieser Jemand waren Sie.«

»Sie können allen Mist glauben, den Sie wollen, aber ich war's nicht.«

»Was ist passiert, Phil? Hat Boxer versucht, sich in Ihre lukrative Nummer zu drängen?«

»Ich habe genug gehört.« Guerlin stand auf und ging Richtung Tür.

»Sind die Dinge bei Boxer zu Hause außer Kontrolle geraten?«, rief Decker ihm nach. »Haben Sie Ihren Vater dort hinbestellt, damit er Ihnen dabei hilft, das Chaos zu beseitigen, das Sie angerichtet hatten? Hat Ihr Vater Ihnen eine vollkommen plausible Tarngeschichte geliefert, für den Fall, dass die Polizei Sie verhören sollte?«

Phil drehte den Türgriff. Sie war verschlossen. »Lassen Sie mich raus!« Er kochte vor Wut. »Sie können mich hier nicht festhalten.«

»Die ist nur verschlossen, damit wir ungestört sind, Phil.«

»Dann lassen Sie mich hier raus. Ich kenne meine Rechte! Sie haben keine verdammten Beweise!«

Seine Worte hingen im Raum.

»Hören Sie sich mal an, was Sie gerade gesagt haben, Phil«, sagte Decker. »Ich kenne meine Rechte. Sie haben keine Beweise.« Er schwieg einen Moment. »›Sie haben keine Beweise‹, nicht ›Ich kenne meine Rechte. Ich bin unschuldig.‹«

»Ich bin unschuldig! Ich bin verdammt noch mal ...« Tränen traten Phil in die Augen. »Mein Vater wurde ermordet.

Das hier ist Polizeischikane! Ich werde Sie verklagen bis zum Gehtnichtmehr.«

»Das sollten Sie besser nicht tun«, sagte Decker. »Denn sobald Sie das tun, sind wir dazu berechtigt, zu unserer Verteidigung jedes kleine Detail Ihres Lebens genauestens unter die Lupe zu nehmen.«

Phil wischte sich die Tränen vom Gesicht. »Lassen Sie mich hier raus. Ich rede nicht mehr mit Ihnen. Ich will einen Anwalt.«

»Wenn Sie unschuldig sind, warum brauchen Sie dann einen Anwalt?«

»Sie dürfen mich nicht weiter vernehmen, sobald ich um einen Anwalt gebeten habe.«

»Ich kann alles tun, was ich will, da Sie nicht verhaftet worden sind.«

»Ich spreche nicht mehr mit Ihnen.« Er trocknete sich mit dem Ärmel die Tränen. »Entweder lassen Sie mich gehen, oder Sie verhaften mich und beschaffen mir einen Anwalt. Was Sie nicht können, weil Sie keine Beweise haben.« Guerlin senkte den Blick. »Außerdem bin ich unschuldig.«

»Ob Sie's glauben oder nicht, Phil, ich bin nicht hier, um Sie zu schikanieren. Ich will der ganzen Sache nur endlich auf den Grund gelangen, weil ich nicht glaube, dass Ihr Vater Brady Neil und Joseph Boch junior umgebracht hat.«

»Ist mir egal, was Sie glauben. Machen Sie endlich die verdammte Tür auf.«

»Gerne.« Decker erhob sich. »Danke für Ihre Hilfe.«

»Lecken Sie mich.«

»Detective McAdams, wären Sie so freundlich, Mr. Guerlin hinauszubegleiten?«

Tyler stand auf. »Wissen Sie, was ich denke?«

»Ist mir scheißegal, was Sie denken«, fauchte Guerlin.

McAdams fixierte ihn. »Ich denke, ein Typ, der seinen Daddy die Schmutzarbeit für ihn erledigen lässt, ist ein richtiges Weichei.«

Guerlin rastete aus. Er sprang McAdams an die Gurgel. Sofort schossen Decker und Tran von ihren Stühlen auf, zogen Guerlin von Tyler weg und klatschten ihm die Arme auf den Rücken.

Sofort legte Tran ihm Handschellen an. »Ich nehme Sie wegen tätlichen Angriffs auf einen Polizeibeamten fest.« Dann las er Phil seine Rechte vor. Der antwortete mit einem laut vernehmlichen »Leck mich«.

Decker sagte: »Mit einem haben Sie recht, Phil. Detective McAdams sagt nicht viel. Aber wenn er was sagt, hat es ziemliche Durchschlagskraft.«

KAPITEL 35

Guerlin verbrachte die Nacht in der Zelle, erkannte die Vorwürfe der Anzeige an, und der Richter verurteilte ihn zu einer Bewährungsstrafe und einem halben Jahr gemeinnütziger Arbeit. Weitere Anklagepunkte gegen ihn wurden nicht erhoben. Und Denny Mayhew befand sich noch immer auf freiem Fuß. Da er in Arizona lebte, kursierte das Gerücht, er habe sich über die Grenze nach Mexiko abgesetzt, wo er einstweilen untertauchen würde, wenn nicht für immer.

Nicht jede offene Frage konnte hinreichend geklärt werden. Decker verspürte nicht sonderlich viel Befriedigung angesichts dieses Falls. Zwei Mörder würden aus dem Gefängnis entlassen werden, und Philip Guerlin, der Mann, der vermutlich für zwei weitere Todesfälle verantwortlich war, spazierte frei durch die Stadt und sammelte am Wochenende Abfall ein.

Zwei Wochen darauf gab das Bergenshaw-Gefängnis das Datum der Freilassung von Brandon Gratz und Kyle Masterson bekannt. Decker brach einen Tag vor dem Termin, an dem die beiden Verbrecher in die Freiheit entlassen werden sollten, zu der dreistündigen Fahrt zum Gefängnis auf. Decker war sich nicht sicher, ob Gratz mit ihm sprechen würde, aber er war angenehm überrascht, als der Mann sich tatsächlich dazu bereit erklärte.

Obwohl seine Entlassung bewilligt worden war, machte der Wärter Gratz dennoch an dem am Boden festgeschraubten Tisch im fensterlosen Besprechungszimmer fest. Eine Vorsichtsmaßnahme, die Decker zu schätzen wusste. Er lockerte seine Krawatte. Es war sehr warm in dem Raum.

»Ich gratuliere«, sagte er.

Gratz war völlig entspannt. »Ich schätze, dafür habe ich Ihnen zu danken.«

»Die Bibel fragt: ›Kann ein Panther seine Flecken wandeln?‹ Wenn es nach mir ginge, würde ich Sie hier drin behalten. Aber es geht nicht nach mir, und es gab einen Justizirrtum, und vor diesem Hintergrund haben Sie definitiv ein Anrecht auf das, was Ihnen bewilligt wurde.«

Gratz funkelte ihn wütend an. »Wenn Sie sauer sind, weil ich freikomme, stecken Sie das nächste Mal Ihre Nase nicht in Dinge, die Sie nichts angehen.«

»Da haben Sie recht.« Decker holte tief Luft. »Yves Guerlin senior hat gestanden, Ihren Sohn ermordet zu haben.«

»Wundert mich nicht«, kommentierte Gratz. »Und ich bin froh, dass Guerlin getötet wurde. Sie glauben, ich bin ein Schwein? Der Kerl war ein richtiges Ungeheuer.«

»Auf jeden Fall kein ehrenwerter Mensch, das gebe ich zu. Aber ich glaube nicht, dass er Ihren Sohn umgebracht hat.«

»Ach nein?« Gratz beugte sich nach vorn. »Wer denn dann?«

»Da müssen Sie selbst drauf kommen«, sagte Decker. »Ich nenne keine Namen. Mit Ihnen da draußen kommt das einem Todesurteil gleich.«

Gratz grinste. »Sie sind nicht dumm, das muss ich Ihnen lassen.«

»Wie Sie wissen, wurden Ihr Sohn sowie ein weiterer Mann ermordet.«

»Ja, der Sohn von Joe Boch.«

»Die beiden waren befreundet, allerdings konnte niemand sich einen Reim darauf machen. Joe Boch junior, Boxer, war nicht sehr helle. Ihr Sohn war so schlau wie sein Vater. Über Geschmack lässt sich nicht streiten, was?«

Gratz schwieg.

Decker fuhr fort: »Ich denke immer wieder darüber nach, warum die beiden Freunde waren: zehn Jahre Altersdifferenz, unterschiedliche Begabungen, verschieden in jeder Hinsicht, außer dass beide eher klein von Statur waren.« Er hielt kurz inne. »Ehrlich gesagt, ähnelten sich die beiden äußerlich sehr.«

Gratz lächelte. »Kann schon sein.«

»Haben Sie Ihrem Sohn während eines seiner Besuche erzählt, dass er und Joe Halbbrüder sind, oder hat er sich das selbst zusammengereimt?«, fragte Decker. Gratz antwortete nicht. »Jaylene ist übrigens tot.«

Gratz zuckte die Achseln. »Pech für sie.«

»Ich glaube, Guerlin senior hatte etwas für sie übrig. Darum konnte er sie auch nicht umbringen, obwohl sie noch am Leben war, als er das Haus betrat. Hatten die beiden auch mal was miteinander?«

»Kann sein. Jaylene hatte so einiges mit so einigen.«

»Genau wie Margot Flint so einiges mit so einigen hatte.«

»Nicht mit mir«, sagte Gratz. »Sie hat sich für Leute mit mehr … Verbindungen interessiert. Leute, die ihr nützlich sein konnten.«

»Denken Sie an jemand Spezielles?«

»Wie Sie selbst eben zu mir gesagt haben: Da müssen Sie selbst drauf kommen.«

»Hat das eventuell mit einem bestimmten Detective mit einer chronisch kranken Frau zu tun, der vielleicht auch selbst mal etwas verwöhnt werden wollte?«

»Meinen Sie einen gewissen aufstrebenden Detective, der weggesehen hat, als sie und Mitch verurteilt werden sollten? Ich meine, irgendwer hat da richtigen Mist gebaut, oder?«

»Stimmt«, entgegnete Decker. Plötzlich fühlte er sich niedergeschlagen. All das Gute, das Baccus für die Levine-Kinder getan hatte, war wahrscheinlich von Schuldgefühlen motiviert gewesen. Denn er musste genau gewusst haben, dass Margot Flint, die Frau, die er hatte entkommen lassen, hinter den Morden gesteckt hatte. »Die Fotos von Margot Flint, die ich

Ihnen gezeigt habe: Die waren in Jaylene Bochs Rollstuhl eingenäht. Für mich sieht das so aus, als hätte sie die als Rückversicherung behalten.«

»Vielleicht.«

»Rückversicherung gegen Margot oder Rückversicherung gegen Baccus?«

»Wahrscheinlich beides.« Gratz grinste. »Man kann sich nie genug absichern.« Er sah zum Wärter. »Ich bin hier fertig.«

Decker stand auf. »Danke, dass Sie sich die Zeit genommen haben.«

»Danke, dass Sie mich hier rausgeholt haben.«

»Hm.« Decker seufzte.

Ein mehr als unbefriedigender Fall.

Der September brach an, und Greenbury summte förmlich vor Geschäftigkeit, als die Studenten für das neue akademische Jahr in die Stadt zurückkehrten. Tyler ging für das letzte Jahr seines Jurastudiums zurück nach Harvard, und Decker und Rina hatten das Haus wieder für sich. Obwohl es einige Wochen dauerte, bis Decker sich ganz von seiner gedrückten Stimmung erholt hatte, wurde er bald gelassener, denn nur so konnte man die Arbeit bei der Polizei einigermaßen unbeschadet überstehen.

Von Lennie Baccus hörte er nie wieder.

Da es nur noch zwei Wochen bis zu den jüdischen Feiertagen war, hatte Rina damit angefangen, Listen mit Dingen zu verfassen, die sie noch erledigen musste. Jede Menge Essen, jede Menge Aufräumen, mit anderen Worten: jede Menge zu tun. Gerade saß sie am Esstisch, und die Haare hingen ihr ins Gesicht, da sie keine Haarspange oder Mütze trug. Sie kaute an einem Bleistift.

Decker sah ihr über die Schulter. Dann setzte auch er sich. »Kannst du es dir nicht auch einfacher machen?«

»Vier verheiratete Kinder, drei Enkelkinder und ein viertes unterwegs – Baruch Haschem, Gott sei gepriesen. Und nicht zu vergessen Gabe und Yasmine. Verrat mir mal, wie ich mich da entspannen soll.«

»Können wir kein Büffet machen? Und jeder steuert etwas bei?«

»Nein, das können wir nicht«, sagte Rina. »Dieses Jahr wird es genau genommen sogar einfacher sein. Von meinen Studenten kommt keiner vor Sukkot vorbei. Rosch Haschana und Jom Kippur sind wir unter uns.«

»Außer dass du die Mittagessen am Hillel ausrichtest und das Essen zum Fastenbrechen zu Jom Kippur, wenn ich mich nicht täusche.«

Rina betrachtete ihren Ehemann. Wegen allem, was sich diesen Sommer ereignet hatte, war ihr nie richtig aufgefallen, wie erschöpft er aussah. »Eigentlich habe ich noch nirgends fest zugesagt. Wir können auch nur zu zweit feiern.«

»Das klappt nicht. Du wirst all die Studenten sehen, die nichts Anständiges zu essen haben, und Schuldgefühle bekommen.«

»Vermutlich hast du recht.«

»Aber«, Decker hob den Zeigefinger, um anzudeuten, dass er einen Geistesblitz hatte, »wenn wir gar nicht hier wären, wäre das kein Problem, oder?«

Rina sah von ihren Listen auf. »Stimmt.« Sie hielt inne. »An wo hattest du denn gedacht?«

Decker zuckte die Achseln. »Egal wo, nur nicht hier. Du darfst dir was aussuchen.«

»Super!« Rina legte den Bleistift ab. »Na, wir könnten noch mal unsere Mütter besuchen. Besseres Wetter und etwas mehr Zeit?«

»Du möchtest, dass wir Rosch Haschana und Jom Kippur in Florida verbringen? In einem Altersheim?«

»Vielleicht lässt sich das wirklich nicht so gut umsetzen.« Rina überlegte kurz. »Wir könnten die Feiertage in Israel verbringen und auf dem Rückweg für ein paar Tage bei den Müttern vorbeischauen.«

Decker dachte kurz nach. »Die Feiertage in einem Land verbringen, dessen Sprache ich nicht spreche und in dem ich keine Menschenseele kenne außer meiner Seelenverwandten? Klingt ideal! Das machen wir.«

»Im Ernst?« Als Decker nickte, grinste Rina. »Du bist schon ein komischer Kauz. Ich liebe dich über alles.«

»Für immer und ewig?«

»Für immer und ewig.«